中國古文鑒賞

中國古文鑒賞

李永田　編著

商務印書館

中國古文鑒賞

編　　著：李永田
責任編輯：譚　玉
封面設計：張　毅
出　　版：商務印書館（香港）有限公司
香港筲箕灣耀興道 3 號東滙廣場 8 樓
http://www.commercialpress.com.hk
發　　行：香港聯合書刊物流有限公司
香港新界大埔汀麗路 36 號中華商務印刷大廈 3 字樓
印　　刷：美雅印刷製本有限公司
九龍官塘榮業街6號海濱工業大廈4樓A
版　　次：2016 年 1 月第 1 版第 4 次印刷

ISBN 978 962 07 4459 4
Printed in Hong Kong

前言

古文包括散文、韻文、駢文。其中的散文和詩歌一樣，是中國古代一種主要的文學體裁。凡不押韻、不重排偶的散體文章，包括經、傳、史書在內，一律稱為散文。中國古代散文歷經數千年的發展，貫穿整個中國文學史，源遠流長。

現在可見最早的散文當是殷商甲骨上斷續的卜辭，這些散文是因實用而起的，簡短，斷續，而不成章法。成篇的散文則要追溯到《尚書》。到了東周，出現了《春秋》、《左傳》、《國語》、《戰國策》等歷史著作。

春秋戰國時期的諸子散文和歷史散文主要是說理和記事。記載諸子言論的書流傳到現在的有《論語》、《孟子》、《墨子》、《莊子》、《韓非子》、《荀子》等。先秦諸子的說理散文無論在思想上，還是在藝術風格上，都對後世散文的發展產生了顯而易見的影響。

司馬遷的《史記》代表了兩漢散文的最高成就。它的出現將先秦歷史散文又大大向前發展了一步。魯迅先生在他的《漢文學史綱要》一書中稱讚《史記》是"史家之絕唱，無韻之離騷"。

戰國時縱橫家誇飾的文風和楚辭的傳統相結合，形成了漢賦，到魏晉南北朝逐漸演變成極其盛行的駢體文，講究對偶和華麗的辭藻。到了唐代，韓愈倡導"古文運動"，反對僵化的駢文，主張解放文體。這種清新的文風一直沿續到宋代，"唐宋八大家"就是這一時期產生的散文大家他們代表了中國古代散文的最高成就。

宋代蘇軾的一些短文可以說是晚明小品的濫觴。北宋的歷史文學家司馬光編寫的歷史巨著《資治通鑒》，除具有史學價值外，還具有極高的文學價值。明清時代，文壇雖然推崇唐宋"古文"，但由於程朱理學的影響，"古文"染上了許多道學家的氣味。這時期較為有活力的就是小品文，

"獨抒性靈，不拘格套"，表現了一些個性思想，而且對"五四"白話散文也產生了影響。

在中國文學史上，歷朝歷代幾乎都有散文名篇佳作出現，要從如此浩如煙海的散文作品中甄選出適合賞讀、廣受歡迎的篇章，殊為不易。我們竭盡所能，收錄名篇佳作約兩百，希望能為讀者提供好的古文選本，唯學識所限，難免有遺珠之憾，敬請廣大讀者予以批評指正。

編者

目錄

三國兩晉南北朝名篇 87

隋唐名篇 119

明代名篇 361

清代名篇 427

先秦名篇

《左傳》

《左傳》是先秦歷史文學的著名作品。相傳是春秋末年魯人左丘明闡釋孔子的《春秋》而作。經過宋代以來的考證，這個說法有所動搖。現代一般都認為這是戰國初年（公元前 5 世紀）魏國史官的作品，書名原為《左氏春秋》，後人把它作為解經之作，按例稱為傳，故稱《春秋左氏傳》，簡稱《左傳》。

鄭伯克段于鄢

初，鄭武公娶于申，曰武姜[1]。生莊公及共叔段。莊公寤生[2]，驚姜氏，故名曰"寤生"，遂惡之。愛共叔段[3]，欲立之。亟請於武公[4]，公弗許。及莊公即位，為之請制，公曰："制，岩邑也，虢叔死焉，他邑唯命[5]。"請京，使居之，謂之京城大叔[6]。

祭仲曰[7]："都城過百雉[8]，國之害也。先王之制：大都不過參國之一[9]；中，五之一；小，九之一。今京不度，非制也[10]。君將不堪。"公曰："姜氏欲之，焉辟害。"對曰："姜氏何厭之有？不如早為之所。無使滋蔓，蔓難圖也。蔓草猶不可除，況君之寵弟乎？"公曰："多行不義必自斃[11]，子姑待之。"

既而大叔命西鄙北鄙貳於己[12]。公子呂曰[13]："國不堪貳，君將若之何[14]？欲與大叔，臣請事之；若弗與，則請除之，無生民心。"公曰："無庸，將自及[15]。"

大叔又收貳以為己邑，至于廩延。子封曰："可矣！厚將得眾[16]。"公曰："不義不暱，厚將崩[17]。"

大叔完聚，繕甲兵，具卒乘[18]，將襲鄭。夫人將啟之[19]。公聞其期，曰："可矣！"命子封帥車二百乘以伐京[20]，京叛大叔段，段入于鄢，公伐諸鄢。五月辛丑[21]，大叔出奔共。

書曰[22]："鄭伯克段于鄢。"段不弟，故不言弟。如二君，故曰克。稱鄭伯，譏失教也。謂之鄭志[23]。不言出奔，難之也。

遂置姜氏于城潁，而誓之曰："不及黃泉，無相見也。"既而悔之。

潁考叔為潁谷封人[24]，聞之，有獻於公。公賜之食，食舍肉。公問之，對曰："小人有母，皆嘗小人之食矣，未嘗君之羹，請以遺之[25]。"公曰："爾有母遺，繄我獨無[26]。"潁考叔曰："敢問何謂也？"公語之故，且告之悔。對曰："君何患焉？若闕地及泉，隧而相見，其誰曰不然[27]？"公從之。公入而賦："大隧之中，其樂也融融[28]。"姜出而賦："大隧之外，其樂也洩洩[29]。"遂為母子如初。

君子曰：潁考叔，純孝也。愛其母，施及莊公[30]。《詩》曰："孝子不匱，永錫爾類[31]。"其是之謂乎[32]？

註釋

1 武姜：上古對已婚貴族婦女的稱謂方式之一，就是在其死後，在其姓前冠以配偶或本人的謚號。此處鄭武公妻，武姜之稱即屬此類。"武"指武公的謚號，"姜"指娘家姓姜。

2 寤（wù）生：胎兒腳先出來，難產。寤，逆着，倒着的意思。

3 共（gōng）叔：共，國名，在今河南輝縣。叔，排行在最後，説明段是莊公之弟。

4 亟（qì）：屢次。

5 唯命："唯命是聽"的略稱。

6 大：同"太"。

7 祭（zhài）仲：鄭大夫。

8 都城：都，都邑；城，指城牆。雉：量詞，古城牆長三丈，高一丈為一雉。

9 參國之一：國都的三分之一。參，三；國，國都。

10 不度：不合法度。非制：不是先王之制。

11 斃：這裏指垮台。

12 既而：不久。鄙：邊城。貳於己：一方面屬於莊公，一方面屬於段自己。貳，兩屬。

13 公子呂：字子封，鄭大夫。

14 若之何：即對兩屬的情況怎麼辦。之，它。

15 庸：用。及：趕上。

16 厚：指土地擴大。眾：指百姓，這裏指民心。

17 不義不暱：對國君不進道義，對兄長不講親情。暱，親近。崩：這裏指垮台。這句是説："共叔段對國君行不義之事，對兄長做不親近的舉措，土地再多也不得民心，注定要垮台。"

18 完：修城牆。聚：聚集百姓、糧草。繕：修理，製造。甲：盔甲。兵：兵器。卒：步兵。乘（shèng）：兵車。

19 夫人：這裏指武姜。啟之：為段把城門打開，以作內應。

20 帥：通"率"，率領。

21 五月辛丑：以干支紀日。辛丑，即二十三日。

22 書：此指《春秋》原文。

23 鄭志：鄭伯的意圖。

24 穎考叔：鄭大夫。穎谷：鄭邊邑。封人：管理疆界的官。

25 遺（wèi）：贈送的意思。

26 繄（yī）：句首語氣詞，無義。

27 闕：通"掘"，挖的意思。隧：挖隧道。其：加強反問的語氣詞。

28 融融：歡樂祥和的樣子。

29 洩洩（yì yì）：舒散快樂的樣子。

30 施（yì）及：擴展到，影響到。施，擴展。

31 匱：窮盡的意思。錫：通"賜"，給予。

32 其是之謂乎：大概是説這種情況吧。其，表示委婉的語氣詞。

【鑒賞】

本文選自《左傳・隱公元年》。文章用簡潔、生動的文字記錄了春秋初年鄭莊公與其弟共叔段爭權奪利，矛盾不斷激化，最後兵戎相見的歷史。

第一段介紹了鄭莊公母子、兄弟不和的原因。武姜因"莊公寤生"，"遂惡之"。她寵愛共叔段，向莊公"為之請制"。莊公自然不會把地勢險要的制封給其弟，只把京這個地方封給共叔段。

共叔段得到超過百雉的京後，仍不滿足，暗地裏把西部和北部的邊邑歸為己有，漸漸正式吞併，使領地延伸到鄭國的西北邊邑。期間，鄭莊公已覺察，而且大夫祭仲、公子呂直言明諫，要求鏟除共叔段；但莊公老謀深算，裝作不聞不問，實為縱容共叔段，讓其恣意妄為，惹火燒身。

在共叔段修築好城郭，聚齊人馬，準備襲擊鄭國之時，莊公認為是消滅共叔段的時候了。於是命公子呂率二百輛戰車討伐京邑，一舉鏟除了共叔段。共叔段逃亡到共。解除心頭之患以後，鄭莊公開始向母后武姜報復。他將武姜幽禁於城潁，並發下毒誓"不及黃泉，無相見也"。後來在潁考叔的幫助下，母子二人最終團聚。

文中刻畫了貪婪偏愛的武姜，驕縱狂妄、野心勃勃的共叔段和陰鷙狠毒、口蜜腹劍的鄭莊公。忠實的祭仲勸諫後，鄭莊公說："多行不義，必自斃，子姑待之。"公子呂請求除掉共叔段時，他只說"無庸，將自及"和"不義不暱，厚將崩"。對於共叔段的野心鄭莊公已瞭如指掌，他只是在等待有利時機以一舉消滅。可見鄭莊公的仁義、寬容都是虛偽的，只是為了維護自身的尊嚴和私利。

文中插入的"書曰"和"君子曰"兩段，是用來宣揚儒家的"正名主義"和"孝悌"觀念的，是古文中常用的議論方式。

曹劌論戰

十年春，齊師伐我[1]。公將戰[2]，曹劌請見[3]。其鄉人曰："肉食者謀之[4]，又何間焉[5]？"劌曰："肉食者鄙[6]，未能遠謀。"乃入見。

問何以戰[7]。公曰："衣食所安[8]，弗敢專也[9]，必以分人。"對曰："小惠未遍，民弗從也。"公曰：犧牲玉帛，弗敢加也，必以信[10]。"對曰："小信未孚[11]，神弗福也[12]。"公曰："小大之獄[13]，雖不能察[14]，必以情[15]。"對曰："忠之屬也[16]，可以一戰。戰則請從。"公與之乘[17]，戰于長勺[18]。

公將鼓之[19]，劌曰："未可。"齊人三鼓，劌曰："可矣。"齊師敗績[20]。公將馳之[21]，劌曰："未可。"下視其轍[22]，登軾而望之[23]，曰："可矣。"遂逐齊師。

既克，公問其故。對曰："夫戰，勇氣也。一鼓作氣[24]，再而衰[25]，三而竭。彼竭我盈[26]，故克之。夫大國難測也，懼有伏焉[27]。吾視其轍亂，望其旗靡[28]，故逐之。"

註釋

1 齊師：齊國的軍隊。我：此指魯國。
2 公：指魯莊公，是魯國的國君。
3 曹劌（guì）：魯國的一位武士。
4 肉食者：指有權勢、地位的人。
5 間：參與。
6 肉食者鄙：指有權勢之人眼光短淺。
7 何以戰：靠甚麼去作戰？
8 衣食所安：我所享受的衣和食。安，安逸。
9 專：指獨自享有。
10 "犧牲玉帛"三句：犧牲，此指祭祀時所需的牛、羊、豬。這三句的意思是説，祭祀用的牛、羊、豬、寶玉和絲綢等物，都有規定的數量，不敢自行增減；在向神和祖先禱告時，一定要誠實。
11 孚（fú）：取信於人。
12 福：保佑。
13 小大之獄：大小不等的訴訟事件。
14 察：徹底查明情況。
15 必以情：一定要處理得符合情理。
16 忠之屬也：屬於盡心竭力為百姓辦事的行為。
17 公與之乘：莊公和曹劌在同一輛戰車裏坐着。
18 長勺：魯國的地名，在今山東曲阜東。
19 鼓之：擂鼓進攻。
20 敗績：大敗。
21 馳之：驅車追擊敵人。
22 轍（zhé）：車輪輾出的痕跡。這句話説，曹劌下車察看齊軍戰車輾出的痕跡。
23 登軾（shì）：扶住戰車前面的橫木。
24 一鼓作氣：第一次擂鼓時，士兵們鼓足了勇氣。
25 再而衰：第二次擂鼓時，勇氣就漸漸衰落。
26 彼竭我盈：敵人已經喪失了勇氣，我軍勇氣正旺盛。
27 懼有伏焉：怕對方有伏兵。
28 旗靡：旗幟倒下去的意思。

【鑒賞】

魯莊公十年（前 684），齊桓公發動攻打魯國，因為魯國曾經幫助過公子糾和他爭奪王位。這就是春秋時期著名的長勺之戰。本文的故事即發生在這種背景下。

在齊師壓境的關鍵時刻，曹劌請求謁見魯莊公，曹劌的同鄉説："這是那些做官人的事，你又何必參與進去呢？"短短一語，寫盡當時人的淺薄和事不關己、己不勞心的心態。而曹劌的"做官者淺陋，不能深謀遠慮"之言，則道出權貴的無知和曹劌對他們的蔑視。文章一開頭就寫出了曹劌胸懷大志，與眾不同。

接下來，曹劌和魯莊公論戰。曹劌問："憑甚麼作戰？"莊公説："衣食等物，我不敢一人獨享，必定要分給他人。"但曹劌説："這種小恩小惠沒有遍及到老百姓身上，他們不會聽從你的命令。"莊公繼續答："祭祀用的牛羊豬和珠寶絲綢，不敢自行增加，在向神和祖先禱告時，必定忠誠老實。"莊公以此來祈求得到上天神靈的庇佑而打贏戰爭。曹劌則不以為然："這種小信還不能取信於神，神是不肯降福的。"接着，莊公又説出取勝的第三個條件："大小不等的訴訟案件，雖然我不能徹底調查清楚，也必定求其處理得合情合理。"這一點得到曹劌認同，他説："這是盡心辦事的表現，可以憑藉它與敵作戰。作戰時請讓我跟隨您去。"睿智的曹劌認識到民乃國之本，得到人民的支持，才能成功。曹劌不僅獻計獻策，而且"戰則請從"，積極參戰，人物形象逐漸生動、飽滿起來。

在長勺交戰中，曹劌與魯莊公乘坐同一輛戰車。莊公要擊鼓前進，曹劌及時阻止。齊軍擊鼓三次後，曹劌説："可以進兵了。"齊軍果然大敗。莊公準備命令軍隊驅車追擊，曹劌又及時阻止，走下車來仔細察看敵軍撤退時的車轍，並登上車前橫木眺望齊軍敗退情形，説："可以追擊了。"於是魯軍逐擊齊師。這一段記述了長勺之戰的交戰過程，作者通過描述曹劌簡短的語言和敏捷的動作，突出了曹劌在長勺之戰中所起的重要作用。同時也為讀者留下了懸念，以便下文解謎。

結尾是全文的關鍵和點睛之筆。魯莊公不明曹劌為何兩次阻止他。這時曹劌把個中原因娓娓道來："打仗，要憑一股勇氣。第一次擊鼓時，戰士鼓足了勇氣；第二次擊鼓時，士氣就低落了；第三次擊鼓時，士氣就完全喪失了。齊軍三鼓故勇氣竭盡，而我軍士氣正充沛，所以我們能夠取勝。當追擊敵人時，因為他們是大國，恐怕有埋伏，所以我仔細觀察。他們的戰車車轍混亂，軍旗倒下，可知他們已大亂，所以才去追擊他們。"

綜觀全文，對話貫徹始終，充分體現了曹劌"論"戰這一特點。曹劌所採取的"敵疲我打"的戰術和抓住有利時機及時反擊的方法，不僅使魯國在長勺之戰獲勝，譜寫了中國古代戰史中以弱勝強，以少勝多的著名戰例，也為後人留下了寶貴經驗。

宮之奇諫假道

宮之奇諫假道晉侯復假道於虞以伐虢。宮之奇諫曰：“虢，虞之表也。虢亡，虞必從之。晉不可啟[1]，寇不可玩[2]，一之謂甚，其可再乎？諺所謂‘輔車相依[3]，唇亡齒寒’者，其虞、虢之謂也。”

公曰：“晉，吾宗也，豈害我哉？”對曰：“大伯、虞仲，大王之昭也[4]。大伯不從，是以不嗣。虢仲、虢叔，王季之穆也[5]，為文王卿士[6]，勳在王室，藏於盟府[7]。將虢是滅，何愛於虞？且虞能親於桓、莊乎，其愛之也？桓、莊之族何罪，而以為戮，不唯逼乎[8]？親以寵逼[9]，猶尚害之，況以國乎？”

公曰：“吾享祀豐潔，神必據我[10]。”對曰：“臣聞之，鬼神非人實親，惟德是依。故《周書》曰：‘皇天無親，惟德是輔[11]。’又曰：‘黍稷非馨，明德惟馨[12]。’又曰：‘民不易物，惟德繄物[13]。’如是，則非德民不和，神不享矣。神所馮[14]依，將在德矣。若晉取虞而明德以薦馨香，神其吐之乎？”

弗聽，許晉使。宮之奇以其族行，曰：“虞不臘矣。在此行也，晉不更舉矣[15]。”

……

冬十二月丙子朔，晉滅虢。虢公醜奔京師。師還，館于虞，遂襲虞，滅之，執虞公及其大夫井伯。

註釋

1 晉不可啟：意思是説不可使晉國擴張其野心。

2 玩（wàn）：習於其事而忽視它。

3 輔車相依：一説輔為面頰，車為牙牀骨，互相依靠。另一説認為輔為車兩旁之板，用以夾車者。《詩・小雅・正月》：“其車既載，乃棄爾輔。”《呂氏春秋・權勳篇》：“宮之奇諫曰：虞之與虢也，若車之有輔也。車依輔，輔亦依車，虞虢之勢是也。”車載物，是憑輔來支持，所以輔與車有相依的關係。

4 “大伯”二句：大伯、虞仲，大王之子。大，同“太”。周代貴族把始祖以下的同族男子逐代先後相承地分為“昭”、“穆”兩輩。例如，周代尊太王為始祖，則其子太伯、虞仲、王季為昭字輩，王季之子文王、虢仲、虢叔等為穆，再下，文王之子武王、周公旦又為昭。如此往復。

5 “虢仲”二句：虢仲、虢叔都是王季之子，王季在宗廟為昭，故虢仲、虢叔為穆。

6 卿士：官名，掌管國家政權的大臣。

7 “勳在”二句：有功勳於王室，其受勳的文書藏於盟府。盟府，專管盟書的官府。

8 逼：逼近，此處有威脅的意思。

9 親以寵逼：近親由於位尊而相逼。

10 神必據我：意思是神靈必定保佑我。據，依。

11 “皇天”二句：皇天與人並沒有親疏關係，只有有德行的人才會保佑他。

12 “黍稷”二句：黍稷並不等於馨香，光明的德行才是馨香。黍稷，是古人祭祀常用的穀物。

13 “民不”二句：人們用來祭祀的祭品不必變換花樣，只有德行才是神真正看重的。

14 馮：同“憑”。

15 “虞不”三句：虞國等不到臘祭了！這次就要滅掉虞國，晉國用不着再次出兵。

【鑒賞】

公元前658年，晉國以寶玉、駿馬為賂，向虞國借道攻打虢國。貪婪而愚蠢的虞公不僅答應借道，而且還要同去攻打虢國。虞國大夫宮之奇向虞公進諫，但虞公不聽勸告，結果這次戰役晉國攻佔了虢國的下陽。事過三年，晉獻公又向虞借道，再次攻打虢國，愚笨的虞公又答應了。在虞國面臨生死存亡的危急時刻，宮之奇再次挺身而出，直言勸諫虞公。

文章開篇，宮之奇開門見山地說：“虢國，是虞國的屏障。虢國滅亡，虞國也不能倖免。不可使晉國的野心擴大，也不可忽視晉軍。我們已經犯過了一次錯誤，難道還要重蹈覆轍嗎？虞國和虢國是唇齒相依的關係啊！”

然而，昏庸的虞公並不聽從宮之奇的勸諫，把他自己的謬論一一列出來。首先，他認為：“晉國與虞國是同一個宗系，不會害他。”對此，宮之奇列舉了太伯和虞仲、虢仲和虢叔、桓叔、莊伯的例子，從同宗和近親兩方面進行反駁，有理有據，嚴辭反駁，把虞公批駁得啞口無言。

但虞公在神佑這方面又存在幻想，他說：“我給神的祭品豐盛清潔，神一定會保佑我的。”宮之奇不慌不忙說：“我聽說，鬼神不是以人為親，而是依從德行。沒有德行，民眾不和，他的祭品神也不會享受。如果晉國佔領了虞國，再來修明德行，祭祀神靈，難道神靈會拒絕他們的祭品嗎？”這段話主要從理論上反駁虞公，並引經據典，增強了反駁的力度。

儘管宮之奇擺事實，講道理，苦口婆心，但虞公“弗聽，許晉使”。宮之奇率族出走，並斷言：虞國之亡等不到年終臘祭。晉國滅虞，就在這次行動，不需再次出兵了。

最後文章記述了虞被滅亡的結局，證實了宮之奇的斷言。

全文結構嚴謹，敘事清晰。開宗明義，虞、虢是唇齒相依的關係，唇亡齒寒，不能借道給晉國，但虞公不信。針對虞公“同宗”、“神佑”故晉不滅我的錯誤想法，宮之奇擺事實，講道理，有理有據，言辭犀利，鞭闢入裏，把虞公駁得無以應對。但是，昏庸無道的虞公仍執迷不悟，我行我素，最終國滅。慶幸的是，宮之奇毅然率族人出走，避免了忠臣被殺被辱的可悲下場。

燭之武退秦師

晉侯、秦伯[1]圍鄭，以其無禮於晉，且貳於楚也。晉軍函陵[2]，秦軍氾南[3]。

佚之狐[4]言於鄭伯[5]曰："國危矣！若使燭之武見秦君，師必退。"公從之。辭曰："臣之壯也，猶不如人；今老矣，無能為也已。"公曰："吾不能早用子，今急而求子，是寡人之過也。然鄭亡，子亦有不利焉。"許之。

夜縋而出。見秦伯曰："秦、晉圍鄭，鄭既知亡矣。若亡鄭而有益於君，敢以煩執事[6]。越國以鄙遠，君知其難也。焉用亡鄭以陪鄰？鄰之厚，君之薄也。若舍鄭以為東道主，行李[7]之往來，共[8]其乏困，君亦無所害。且君嘗為晉君賜矣。許君焦、瑕[9]，朝濟而夕設版焉，君之所知也。夫晉何厭之有？既東封鄭[10]，又欲肆其西封。若不闕秦，將焉取之？闕秦以利晉，唯君圖之。"秦伯説[11]，與鄭人盟，使杞子、逢孫、揚孫[12]戍之，乃還。

子犯[13]請擊之，公曰："不可。微夫人[14]之力不及此。因人之力而敝之，不仁；失其所與，不知[15]；以亂易整，不武[16]。吾其還也。"亦去之。

註釋

1 晉侯：指晉文公。秦伯：指秦穆公。
2 函陵：鄭地名，在今河南新鄭北。
3 氾（fán）南：這裏指東氾水，在今河南中牟南，現已乾涸。
4 佚之狐：鄭大夫。
5 鄭伯：指鄭文公。
6 執事：指左右辦事的人，實指秦穆公。因不敢直指，故稱其左右。
7 行李：使者。
8 共：同"供"。
9 焦、瑕：兩個城名，舊址在今河南三門峽市附近。
10 東封鄭：東取鄭地以作自己東邊的疆界。封，疆界，這裏名詞作動詞用。
11 説：同"悦"。
12 杞子、逢孫、揚孫：皆為秦大夫。
13 子犯：晉大夫狐偃的字。
14 微夫人：微，無；夫（fú）人，那個人，此指秦穆公。
15 所與：指同盟國，秦、晉為同盟。知：同"智"。
16 亂易整，不武：秦、晉兩國整軍而來，如果他們互相衝突，變整為亂，即使勝利了也不威武。

【鑒賞】

本文選自《左傳・僖公三十年》。公元前630年，已取得霸主地位的晉國聯合西鄰秦國去攻打東鄰鄭國。晉、秦兩支大軍駐紮的函陵和氾南都是鄭國的地方。

戰爭的理由是鄭國曾經對晉無禮，並懷有二心，和楚國親近。對晉無禮是指當年重耳流亡到鄭國時，鄭文公缺乏遠見，沒有理睬重耳。懷有二心與楚親近，是指晉楚城濮之戰以前，鄭國準備派兵幫助楚國對晉作戰。後來雖未參戰，卻因此得罪了晉國。

鄭國面臨秦、晉大國的聯合進攻，當然驚恐萬狀。這時鄭國大夫佚之狐向鄭文公舉薦派燭之武去遊説秦君退兵。燭之武最初推辭，在鄭文公的懇求下，最終以大局為重，答應退秦。這段話表達了三個意思：第一，佚之狐胸有成竹，極力舉薦燭之武，使燭之武英雄有用武之地。第二，鄭文公先前用人不善，但關鍵時刻，誠懇自責，也不失國君風範。第三，燭之武雖不被重用，但在國家危難之時，能夠不計前嫌，顧全大局，挺身而出，為國除難。

第三段是全文的精華。首先，"夜縋而出"，晚上，燭之武用繩子綁住身體，懸吊到城外，這裏交待了燭之武出城的時間和方式，燭之武的拳拳愛國之情讓讀者油然而生敬意。

然後燭之武向秦穆公娓娓道來伐鄭的利弊得失。他説："假如滅鄭對您有益，那麼您可以繼續發兵。不過，越過中間的晉國，把偏遠的鄭國作為秦國的邊邑，您知道這是很困難的。"這是第一層意思。

接着他説："為甚麼要用消滅鄭國的辦法來擴充晉這個鄰國的土地呢？鄰國的實力雄厚了，就是削弱您自身的實力。"這樣既加大亡鄭不利於秦只利於晉這一論點的力度，又顯示出態度的懇切，是第二層意思。

此後，他退一步説："如果放棄鄭國，把它作為東方大路上的主人，秦國的使者往來經過時鄭國可以提供物資，這樣對您也沒甚麼害處。"這是第三層意思。站在秦國的立場上，為其着想，增強説服力。

此時，秦穆公已被説動，燭之武繼續説："您曾經施予晉惠公恩惠（即二十年前，晉公子夷吾流亡時，秦穆公接夷吾入秦，然後幫助他返回晉國做了國君），當時，夷吾曾把晉的焦、瑕二邑許給秦國，作為酬謝，但他早上渡黃河歸國，晚上就設版築城，修建工事，與秦對抗。"舊事重提以説明晉君態度變化太快，不守信用，不可與之共事，這是第四層意思。

最後，燭之武一改委婉的方式，直截了當地指出："晉國哪會滿足？已經在東邊向鄭國開拓土地，又要恣意向西邊擴疆。他不損害秦國，到哪裏取利？損秦而利晉，這件事您自己考慮吧。"這是第五層意思。

到此，燭之武勸解結束，五層意思一氣呵成，間用對比、設問、推理、援引史實、挑撥離間等手段，並不斷變換角度，層層推進，逐步深入；從地理位置、歷史事實和邏輯推理等方面，把秦、晉之間的矛盾全部揭示出來，有理有據，足見他思維的縝密。秦穆公也被説得心悦誠服，無言以對，最後放棄攻鄭，並與鄭國訂立友好盟約，派杞子、逢孫和揚孫屯兵幫助鄭國防守。至此，秦國撤軍。

晉大夫子犯請求派兵追擊秦軍。晉文公認為攻打曾對自己有恩且作為盟軍的秦國是不仁不義不武的行為，於是也率軍回國。晉兵撤退可以説是燭之武退秦師這一成果的延伸。

全文語言精練，詳略得當。以“退秦師”為中心和目的，刻畫了能言善辯、智勇雙全的燭之武。他剛柔相濟、委婉扼要、鞭闢入裏的言辭，使一個傑出的古代外交家形象躍然紙上。同時，佚之狐、鄭文公、晉文公等人物性格也較豐滿。

全文敘事完整，從鄭國面臨危難、燭之武為國排憂到鄭國解除危難，短短二百餘字，不僅完整地敘述了故事，而且人物形象鮮明。

《戰國策》

《戰國策》，簡稱《國策》，作者無考，近人羅根澤以為漢初蒯通作。此書記載戰國策士的言論和活動，其記事上繼《春秋》，下至楚漢，保存了當時許多重要史料，但其中也有誇張與虛構之處。其文氣勢縱橫，論事周密，善於用寓言譬喻，語言生動。西漢末年，由劉向重新校正編次，並定名為《戰國策》。

蘇秦以連橫說秦

蘇秦始將連橫説秦惠王[1]，曰："大王之國，西有巴、蜀、漢中之利[2]，北有胡貉代馬之用[3]，南有巫山黔中之限，東有殽函之固[4]。田肥美，民殷富，戰車萬乘，奮擊百萬，沃野千里，蓄積饒多，地勢形便[5]，此所謂天府[6]，天下之雄國也。以大王之賢，士民之眾，車騎之用，兵法之教，可以併諸侯，吞天下，稱帝而治。願大王少留意，臣請奏其效。"

秦王曰："寡人聞之：毛羽不豐滿者，不可以高飛；文章不成者[7]，不可以誅罰；道德不厚者，不可以使民；政教不順者，不可以煩大臣。今先生儼然不遠千里而庭教之，願以異日。"蘇秦曰："臣固疑大王之不能用也。昔者神農伐補遂，黃帝伐涿鹿而禽蚩尤[8]，堯伐驩兜[9]，舜伐三苗[10]，禹伐共工[11]，湯伐有夏，文王伐崇[12]，武王伐紂，齊桓任戰而霸天下。由此觀之，惡不戰者乎？古者使車轂擊馳[13]，言語相結，天下為一。約從連橫[14]，兵革不藏。文士並飭[15]，諸侯亂惑，萬端俱起，不可勝理！科條既備，民多偽態。書策稠濁[16]，百姓不足。上下相愁，民無所聊[17]。明言章理，兵甲愈起。辯言偉服，戰攻不息。繁稱文辭，天下不治。舌敝耳聾，不見成功。行義約信，天下不親。於是乃廢文任武，厚養死士[18]，綴甲厲兵，效勝於戰場。夫徒處而致利[19]，安坐而廣地，雖古五帝、三王、五伯，明主賢君，常欲坐而致之，其勢不能，故以戰續之。寬則兩軍相攻，迫則杖戟相撞，然後可建大功。是故兵勝於外，義強於內，威立於上，民服於下。今欲併天下，淩萬乘[20]，詘敵國[21]，制海內，子元元[22]，臣諸侯，非兵不可。今之嗣主，忽於至道，皆惛於教，亂於治，迷於言，惑於語，沉於辯，溺於辭。以此論之，王固不能行也。”

說秦王書十上，而說不行，黑貂之裘敝，黃金百斤盡，資用乏絕。去秦而歸，羸縢履蹻[23]，負書擔橐，形容枯槁，面目黧黑[24]，狀有愧色。歸至家，妻不下紝[25]，嫂不為炊，父母不與言。蘇秦喟然歎曰[26]：“妻不以我為夫，嫂不以我為叔，父母不以我為子，是皆秦之罪也。”乃夜發書，陳篋數十[27]，得太公《陰符》之謀[28]，伏而誦之，簡練以為揣摩[29]。讀書欲睡，引錐自刺其股，血流至足。曰：“安有說人主不能出其金玉錦繡，取卿相之尊者乎？”期年[30]，揣摩成，曰：“此真可以說當世之君矣。”

於是乃摩燕烏集闕[31]，見說趙王於華屋之下，抵掌而談[32]，趙王大悅，封為武安君[33]，受相印。革車百乘，錦繡千純[34]，白璧百雙，黃金萬鎰[35]，以隨其後。約從散橫，以抑強秦。故蘇秦相于趙，而關不通[36]。

當此之時，天下之大，萬民之眾，王侯之威，謀臣之權，皆欲決於蘇秦之策。不費斗糧，未煩一兵，未戰一士，未絕一弦，未折一矢，諸侯相親，賢於兄弟。夫賢人在而天下服，一人用而天下從。故曰：“式於政，不式於勇；式於廊廟之內[37]，不式於四境之外。”當秦之隆，黃金萬鎰為用，轉轂連騎，炫熿於道[38]，山東之國，從風而服，使趙大重。

且夫蘇秦，特窮巷掘門、桑戶棬樞之士耳[39]。伏軾撙銜[40]，橫歷天下，廷說諸侯之主，杜左右之口，天下莫之伉[41]。

將說楚王，路過洛陽。父母聞之，清宮除道，張樂設飲，郊迎三十里；妻側目而視，側耳而聽；嫂蛇行匍伏，四拜自跪而謝。蘇秦曰：“嫂，何前倨而後卑也[42]？”嫂曰：“以季子之位尊而多金。”蘇秦曰：“嗟乎！貧窮則父母不子，富貴則親戚畏懼，人生世上，勢位富貴，蓋可以忽乎哉[43]？”

註釋

1 蘇秦：戰國時東周洛陽人，字季子。連橫：當時主張秦與齊、楚個別國家聯合起來，攻打其他諸侯國，使之服從的一種策略。說（shuì）：勸說。秦惠王：秦國國君，秦孝公之子。

2 巴：今四川東部。蜀：今四川西部。漢中：今陝西南部。

3 胡貉（hè）：指北方少數民族地區出產的貉皮，可用來製作裘。代馬：指今山西、河北北部出產的馬。

4 殽（xiáo）函：殽山和函谷關的合稱。

5 地勢形便：指有優越的地理形勢，以便於攻守。
6 天府：指自然條件優越，形勢險固，物產富饒的好地方。
7 文章：這裏指法令。
8 補遂：上古部落名。涿鹿：今河北涿鹿東南部。蚩尤：傳説中的九黎族首領。
9 驩（huān）兜：堯的臣，因作亂而被放逐。
10 三苗：古代部落名也稱苗、有苗，分佈在今河南南部到湖南洞庭、江西鄱陽一帶。
11 共工：堯舜時為水官，非常殘暴，歷史上稱之為兇人。
12 崇：指崇侯虞，是殷紂的卿士，助紂為虐，後被文王誅滅。
13 車轂（gǔ）：指車輪中心的圓木，可用以插軸。
14 約從（zòng）：即合縱。從，同“縱”。
15 飭（shì）：通“飾”，巧飾，指花言巧語。
16 書策：記載法令政事的書籍，這裏指法規制度。古代時沒有紙，把文字寫在竹簡上，故稱作書策。
17 聊：依賴的意思。
18 死士：不怕犧牲的勇士。
19 徒處：只坐着甚麼事都不幹。
20 萬乘（shèng）：指古代能出萬輛兵車的強大國家。
21 詘：同“屈”，使屈服。
22 子元元：統治老百姓。元元，人民。
23 羸（léi）縢（téng）：裹着綁腿。蹻（juē）：草鞋。
24 黧（lí）：黑而帶黃的顏色。
25 紝：紡織，這裏指織機。
26 喟（kuì）然：歎息的樣子。
27 篋（qiè）：小箱子。
28 陰符：相傳是姜太公所作的兵書，即《陰符經》。
29 簡練：挑選出重要的文章熟讀。
30 期（jī）年：滿一年。
31 摩：逼近，走近。燕烏集闕：趙都的關塞名。
32 抵掌而談：形容兩人志趣相投，談得來。抵掌，擊掌。
33 武安君：蘇秦的封號。武安，趙國邑名，故地在今河北武安縣西南部。
34 純（tún）：匹、捆。
35 鎰（yì）：二十兩為一鎰。一説二十四兩為一鎰。
36 關不通：指秦與六國斷絕交往。關，函谷關，是秦與六國來往的要塞。
37 式：用。廊廟：古代帝王祭祖的地方，也在此商討國政。此指朝廷。
38 炫熿：顯耀。熿，同“煌”。
39 掘（kū）門：窟門，就着牆挖的小門。桑戶：桑木做的門板。棬（quān）樞：用彎木枝做門軸。
40 撙銜：拉着馬韁繩。
41 伉：通“抗”，匹敵，抗衡。
42 倨：傲慢。
43 蓋：通“盍”（hé），何，為甚麼。

【鑒賞】

蘇秦是戰國時著名的縱橫家。西遊説秦惠王不受，後發憤攻讀。先後遊趙、燕、韓、魏、齊、楚諸國，倡導合縱，並相六國，為縱約之長。後因替燕國入齊施反間計而被齊王車裂。連横，戰國縱橫家的外交策略之一，即六國各自與秦國交好，服從秦國，離散合縱。

文章開篇洋洋灑灑，詳細寫了蘇秦廣徵博引，對秦國地理環境、自然資源、經濟、政治和軍事形勢進行了全面分析，企圖説服惠王通過戰爭“併諸侯，吞天下，稱帝而治”。但當時秦國雖變法成功，舊貴族勢仍盛，惠王被迫“誅商鞅，疾辯士弗用”，他深感“文章不成”、“道德不厚”、“政教不順”，進攻時機尚未成熟，不肯輕舉妄動。

雖然蘇秦的説辭運用排比錯綜句式和誇飾鋪張手法，氣勢奔放，辭意飛揚，在列舉典故時，連用五帝、三王、五伯、明主、賢君的九件征伐事例，凌厲揮霍，先聲奪人；但這套議論大而空，缺乏簡練和揣摩，不中要害，未顧及秦國歷史發展和現實情況，缺乏政治家的洞察力和深厚功底，故不能打動秦王。

蘇秦説秦王書十上，曠日持久，終不被用。直拖得他裘敝金盡，無可奈何，去秦而歸。回家時困頓狼狽，形容枯槁，面目黧黑，自覺愧對家人。家人對他的態度也是冷若冰霜，妻居家主織，不下機；嫂留家司爨，不為炊；父母不與言。蘇秦自身的深刻反省和家人的冷漠態度，促使他知恥發憤，錐刺骨，夜發書，博覽精研，終於學有所成。蘇秦學成之後説趙王，趙王“受相印。革車百乘，錦繡千純，白璧百雙，黃金萬鎰”，氣勢顯赫自不必説，與前文潦倒時慘狀形成鮮明對比。此後作者高度評價了蘇秦合縱決策的作用和功效，相繼使用了“天下之大”與“不費斗糧”等九個四字排比句，充分肯定，反覆強調。

文章最後寫蘇秦得志，路過洛陽，並未歸家。但父母帶頭隆重遠迎，屈尊俯就；妻不敢正視，惶惑不安；嫂匍匐拜謝，驚恐畏懼。尤其是蘇秦“嫂，何前倨而後卑”一語調侃，其嫂“以季子之位尊而多金”的坦率回答，寫盡了當時倫理關係的虛偽和勢利，具有深刻的社會意義。蘇秦的自歎又暴露了他庸俗的人生觀及當時社會重名利的價值觀。

本文記敍了蘇秦坎坷曲折的發跡史，刻畫了一個能言善辯、急功近利、意志堅忍，奮發有為的士子形象。照應和對比的表現手法，增強了本文的藝術感染力。如説秦王的內容多而雜，毫無收效；而説趙王的內容隻字未提，反獲成功，可見作者用心良苦。又如蘇秦失意時的狼狽與得志時的顯赫相比，家人態度的前倨後卑的對比，都非等閒之筆，含意深遠。

本文語言流暢生動，講究辭藻，注意鋪排，文勢起伏不平，聲律抑揚多變，讀來朗朗上口，如珠玉落盤。

鄒忌諷齊威王納諫

鄒忌修八尺有餘[1]，身體昳麗[2]。朝服衣冠，窺鏡，謂其妻曰：“我孰與城北徐公美？”其妻曰：“君美甚，徐公何能及君也！”城北徐公，齊國之美麗者也。忌不自信，而復問其妾曰：“吾孰與徐公美？”妾曰：“徐公何能及君也！”旦日[3]，客從外來，與坐談。問之客曰：“吾與徐公孰美？”客曰：“徐公不若君之美也！”

明日，徐公來，孰視之[4]，自以為不如；窺鏡而自視，又弗如遠甚。暮寢而思之，曰："吾妻之美我者，私我也[5]；妾之美我者，畏我也；客之美我者，欲有求於我也。"

於是，入朝見威王[6]，曰："臣誠知不如徐公美；臣之妻私臣，臣之妾畏臣，臣之客欲有求於臣，皆以美於徐公[7]。今齊地方千里，百二十城。宮婦左右，莫不私王；朝廷之臣，莫不畏王；四境之內，莫不有求於王。由此觀之，王之蔽甚矣[8]。"

王曰："善。"乃下令："群臣吏民，能面刺寡人之過者[9]，受上賞；上書諫寡人之過者，受中賞；能謗議於市朝[10]，聞寡人之耳者，受下賞。"令初下，群臣進諫，門庭若市；數月之後，時時而間進[11]；期年之後[12]，雖欲言無可進者。燕、趙、韓、魏聞之，皆朝于齊。此所謂戰勝於朝廷[13]。

註釋

1 鄒忌：齊威王相。修：長，這裏指身高。
2 昳麗：即逸麗，漂亮而有風度。昳，通作"逸"，氣度不凡之意。
3 旦日：第二天。
4 孰視：仔細地看。
5 私我：偏愛於我。
6 威王：齊威王，是齊國國君。
7 皆以美於徐公：都認為我比徐公美。
8 王之蔽：大王所受的蒙蔽。
9 能面刺寡人之過：能當面指出我的過失。
10 謗議於市朝：在公共場所指責議論我的過失。謗，謂言其過失。
11 時時而間進：隔一些時候，間或有人進諫。
12 期年：滿一年。
13 戰勝於朝廷：身居朝廷而戰勝敵國。意謂政治修明，不必用軍事行動就能使敵國畏服。

【鑒賞】

本文選自《戰國策・齊策》。鄒忌是齊國有辯才的策士，善鼓琴。本文就是寫他巧妙規勸齊王納諫除弊的故事。

鄒忌身材修長，八尺有餘，儀容漂亮而有風度。他問自己的妻妾以及客人，他與齊國的美男子——城北徐公相比，誰更美？三人都説徐公不及鄒忌漂亮。過了一天，徐公來了，鄒忌仔細打量，自愧不如徐公美；攬鏡自照，更覺與徐公相差甚遠。他醒悟到："我的妻子説我漂亮，是偏愛我；我的妾説我漂亮，是畏懼我；客人説我漂亮，是有事要求我。"

鄒忌在與徐公比美的過程中，覺悟出愛妻、妾、客三人的奉承蒙蔽。

鄒忌於是向齊威王進諫："今齊地方圓千里，城池一百二十座。宮裏的后妃和身邊的隨從沒有誰不偏愛您，朝廷裏的臣子沒有誰不懼怕您，全國境內，沒有人不有求於您。由此看來，大王所受的蒙蔽很厲害啊！”鄒忌把身邊小事提升到國家政治大事的高度中，由小及大，手法高妙，增強了説服力。

齊威王接受鄒忌的進諫，表現出虛懷若谷的胸襟。

全文由此及彼，因小見大，説明人貴有自知之明，一個人總是有缺點，所以要虛心採納別人的意見。作為國君，更要廣開言路。同時，進諫者也要注意選擇合適的進諫方法，這樣諫言才能被順利採納。

馮諼客孟嘗君

齊人有馮諼者，貧乏不能自存。使人屬孟嘗君[1]，願寄食門下。孟嘗君曰：“客何好？”曰：“客無好也。”曰：“客何能？”曰：“客無能也。”孟嘗君笑而受之，曰：“諾。”左右以君賤之也，食以草具[2]。居有頃，倚柱彈其劍，歌曰：“長鋏歸來乎，食無魚！”左右以告。孟嘗君曰：“食之，比門下之客！”居有頃，復彈其鋏，歌曰：“長鋏歸來乎，出無車！”左右皆笑之，以告。孟嘗君曰：“為之駕，比門下之車客[3]！”於是乘其車，揭其劍，過其友曰：“孟嘗君客我！”後有頃，復彈其劍鋏，歌曰：“長鋏歸來乎，無以為家！”左右皆惡之，以為貪而不知足。孟嘗君問：“馮公有親乎？”對曰：“有老母。”孟嘗君使人給其食用，無使乏。於是馮諼不復歌。

後孟嘗君出記[4]，問門下諸客：“誰習計會，能為文收責于薛者乎[5]？”馮諼署曰：“能[6]。”孟嘗君怪之，曰：“此誰也？”左右曰：“乃歌夫‘長鋏歸來’者也！”孟嘗君笑曰：“客果有能也！吾負之，未嘗見也。”請而見之，謝曰：“文倦於事，憒於憂，而性懧愚[7]，沉於國家之事，開罪於先生。先生不羞[8]，乃有意欲為收責于薛乎？”馮諼曰：“願之。”於是約車治裝[9]，載券契[10]而行。辭曰：“責畢收，以何市而反[11]？”孟嘗君曰：“視吾家所寡有者。”

驅而之薛，使吏召諸民當償者，悉來合券[12]。券遍合，起矯命，以責賜諸民，因燒其券，民稱萬歲。

長驅到齊，晨而求見。孟嘗君怪其疾也，衣冠而見之，曰：“責畢收乎？來何疾也！”曰：“收畢矣。”“以何市而反？”馮諼曰：“君云‘視吾家所寡有者’，臣竊計，君宮中積珍寶，狗馬實外廄，美人充下陳[13]；君家所寡有者，以義耳，竊以為君市義。"孟嘗君曰："市義奈何？"曰："今君有區區之薛，不拊愛子其民[14]，因而賈利之[15]；臣竊矯君命，以責賜諸民，因燒其券，民稱萬歲，乃臣所以為君市義也。"孟嘗君不説[16]，曰："諾。先生休矣[17]！"

後期年[18]，齊王謂孟嘗君曰："寡人不敢以先王之臣為臣[19]！"孟嘗君就國[20]于薛，未至百里[21]，民扶老攜幼，迎君道中正日[22]。孟嘗君顧謂馮諼曰："先生所為文市義者，乃今日見之！"

馮諼曰："狡兔有三窟，僅得免其死耳；今君有一窟，未得高枕而卧也。請為君復鑿二窟！"孟嘗君予車五十乘，金五百斤。西遊於梁[23]，謂惠王曰："齊放其大臣孟嘗君于諸侯[24]，先迎之者，富而兵強。"於是梁王虛上位[25]，以故相[26]為上將軍，遣使者黃金千斤，車百乘，往聘孟嘗君。馮諼先驅，誡孟嘗君曰："千金，重幣也；百乘，顯使也。齊其聞之矣。"梁使三反[27]，孟嘗君固辭不往也。

齊王聞之，君臣恐懼，遣太傅齎黃金千斤，文車二駟，服劍一[28]，封書謝孟嘗君曰："寡人不祥[29]，被於宗廟之祟[30]，沉於諂諛之臣，開罪於君。寡人不足為也[31]，願君顧先王之宗廟，姑反國統萬人乎？"馮諼誡孟嘗君曰："願請先王之祭器，立宗廟于薛[32]。"廟成，還報孟嘗君曰："三窟已就，君姑高枕為樂矣！"

孟嘗君為相數十年，無纖介[33]之禍者，馮諼之計也。

註釋

1 孟嘗君：即田文，齊王室貴族，任相國封於薛，號孟嘗君。
2 食（sì）：給食物吃。草具：裝盛粗劣食品的器具。
3 車客：能乘車的食客，孟嘗君將門客分為三等：上客食魚、乘車，中客食魚，下客食菜。
4 出記：出通告，出文告。
5 "誰習"二句：計會，今指會計。責，通"債"。薛，孟嘗君的領地，今山東棗莊市附近。
6 署：簽名於通告上。
7 倦於事：為國事勞碌。憒（kuì）於憂：困於思慮而心中昏亂。愞：同"懦"，怯弱。
8 不羞：不以受怠慢為羞辱。
9 約車治裝：預備車子，治辦行裝。
10 券契：債務契約，兩家各保存一份，可以合驗。
11 何市而反：買些甚麼東西回來。市，買；反，返回。
12 合券：指核對債券（借據）、契約。
13 下陳：後列。
14 拊愛：即撫愛。子其民：視民如子，形容特別愛護百姓。
15 賈（gǔ）利之：以商人手段向百姓牟取暴利。
16 説：同"悦"。
17 休矣：算了的意思。
18 期（jī）年：滿一年。
19 齊王：齊湣王。先王：指齊宣王，湣王的父親。
20 就國：到自己封地（薛）去住。

21 未至百里：距薛地還有一百里。
22 正日：整整一天。
23 梁：魏國都大梁（今河南開封）。魏王罃（即梁王）遷都大梁，國號曾一度稱"梁"。
24 放：棄，免。于：給……機會。
25 虛上位：空出最高的職位（宰相）。
26 故相：過去的宰相。
27 反：同"返"。
28 文車二駟：套四匹馬的繪或刻有文飾的車兩輛。服劍：齊王自用的佩劍。服，佩帶。
29 不祥：不善，不好。
30 被於宗廟之祟：受到祖宗神靈的處罰。
31 不足為（wéi）：不值得顧念幫助。
32 立宗廟于薛：孟嘗君與齊王同族，故請求分給先王傳下來的祭器，在薛地建立宗廟，將來齊即不便奪毀其國，如果有他國來侵，齊亦不能不相救。這是馮諼為孟嘗君所定的安身之計，為"三窟"之一。
33 縴介：細微。

【鑒賞】

本文選自《戰國策·齊策四》。戰國時期，列國紛爭，王侯將相爭相養士，從而出現了"士"這一特殊階層。

齊孟嘗君、趙平原君、魏信陵君與楚春申君，各養士數千，號為四公子。馮諼"貧乏不能自存"，故請人對孟嘗君說，願意寄食門下。孟嘗君問來人："他有甚麼愛好？他有甚麼特長？"來人故意說都沒有，實為試探以禮賢下士著稱的孟嘗君。孟嘗君"笑而受之"。

接着，馮諼又進行了第二步試探，他彈劍鋏唱道："長劍啊，我們回去吧，連魚都吃不上！"孟嘗君聽到後，吩咐和門下食魚的門客同等對待。但此後馮諼一次比一次升級，又提出了出門坐車，供養家口的要求，孟嘗君都滿足了他。與此同時，左右人等平庸無知，對馮諼"皆惡之，以為貪而不知足"。孟嘗君雖無先見之明，卻寬容大度，為他後來地位失而復得起了巨大作用。

接下來的"收責于薛"使馮諼的才能得到了施展的機會。當孟嘗君徵求熟悉會計業務的人，一向裝作"無好、無能"的馮諼毅然自薦，令孟嘗君深感愧疚："我虧待了他，還不曾接見過他。"繼而公開道歉："以前我把先生得罪了。"這一突變情節，展示出馮諼在關鍵時刻挺身而出、士為知己者效力的氣度。孟嘗君的深深自責、公開賠罪，並委以重任，又使他仍不失大家風範。

馮諼全部核查諸民借據後，假託奉孟嘗君之命，把債券全部還給百姓。他的不凡舉動使文勢再生波瀾，也表現了他重視民本的遠見卓識和大膽決斷的性格。然而孟嘗君沒有體會到馮諼的深意，故對他的行為顯示出不悅。

接下來馮諼"經營三窟"，幫助孟嘗君恢復並鞏固了相位。一窟是孟嘗君罷相到薛，百姓扶老攜幼來迎接他，他終於理解了馮諼市義的行為，並深受其益。二窟是馮諼西遊於梁，說服梁王三遣使者以千金百乘聘孟嘗君為相。

為抬高孟嘗君的威信而虛張聲勢，給齊王以危機感，從而達到了重新用孟嘗君的目的。這裏又表現了馮諼善於利用齊王和梁王之間的矛盾，足智多謀的性格特徵。三窟是齊王謝罪並重新起用孟嘗君，並立宗廟於薛。在此，馮諼滿意地說："三窟已成，您可以高枕無憂了。"此時的孟嘗君對馮諼的態度也由不悦、"休矣"的不信任轉變為言聽計從，並深為馮諼的才能所折服。

文章最後一句寫孟嘗君為相數十年，未遇絲毫災禍，靠的是馮諼的計策。以對馮諼才能的肯定和孟嘗君的受益作結，完整自然。

本文的特色是通過情節變化展現人物性格的變化。馮諼的藏才不露、初試鋒芒、大顯身手與孟嘗君的輕視、重視、存疑和折服互為襯托對比，情節也是波瀾重生，引人入勝。在寫作上，本文有人物、有故事、有情節、有戲劇衝突、有細節描繪，初具傳記的特徵，開後世史書"列傳"的先河。

趙威后問齊使

齊王使使者問趙威后[1]，書未發[2]，威后問使者曰："歲亦無恙耶[3]？民亦無恙耶？王亦無恙耶？"使者不説，曰："臣奉使使威后，今不問王而先問歲與民，豈先賤而後尊貴者乎？"威后曰："不然。苟無歲，何以有民？苟無民，何以有君？故有舍本而問末者耶[4]？"

乃進而問之曰："齊有處士曰鍾離子[5]，無恙耶？是其為人也，有糧者亦食，無糧者亦食[6]；有衣者亦衣，無衣者亦衣。是助王養其民者也，何以至今不業也[7]？葉陽子無恙乎[8]？是其為人，哀鰥寡，恤孤獨，振困窮[9]，補不足。是助王息其民者也[10]，何以至今不業也？北宮之女嬰兒子[11]，無恙耶？撤其環瑱[12]，至老不嫁，以養父母。是皆率民而出於孝情者也[13]，胡為至今不朝也[14]？此二士弗業，一女不朝，何以王齊國、子萬民乎[15]？於陵子仲尚存乎[16]？是其為人也，上不臣於王，下不治其家，中不索交諸侯[17]。此率民而出於無用者，何為至今不殺乎？"

註 釋

1 齊王：齊王建，襄王子。趙威后：趙惠文王妻。
2 書：指齊王致威后書。未發：尚未啟封。
3 歲：指年成。無恙：無憂，即平安無事，這裏指好年成。下文"民亦無恙"指人民安樂，"王亦無恙"指齊王身體康健。
4 故：通"顧"，反而之意。
5 鍾離子：齊處士。鍾離是此人的氏。

6 “有糧者”兩句：大意説，對於有糧食的人，鍾離子給他們飯吃；而沒有糧食的人，鍾離子也給他們飯吃。指鍾離能撫恤貧困，使所有的人得到溫飽。
7 不業：不使他居官，以成就功業。
8 葉（shè）陽子：齊國處士。葉陽是此人的氏。
9 振：救濟。
10 息其民：使其人民得以繁衍生息。息，生息、繁衍。
11 北宮之女嬰兒子：北宮氏名嬰兒子的女子，是齊國著名的孝女。
12 撤：除。環瑱：泛指女人的裝飾物。瑱（tiàn），帶在耳邊的玉製裝飾品。
13 是皆率民而出於孝情者也：以身作則，帶動人民行孝積德。
14 朝：使其朝見，獲得封賜。古代受到封賜的婦女才能朝見君主。這裏指獲得重視，由君主召見。
15 王齊國：君臨齊國。子萬民：撫愛萬民。
16 於陵子仲：於（wū）陵，地名；子仲，人名。
17 索交：求交。

【鑒賞】

趙威后是趙惠文王之妻、趙孝成王之母。公元前266年，惠文王卒，孝成王立，因年幼，故趙威后執政。趙威后洞悉政治民情，明察愚賢是非，是一位優秀的女政治家。本文突出地表現了她的卓越才能。

文章開始，威后就連續發問：“年成還好吧？百姓安樂吧？齊王安康吧？”她把收成放在第一位，因為“國以民為本，民以食為天”。接着，她問到百姓，而把國君齊王放在末位，反映出她的民本思想。收成好自然百姓安樂，百姓安樂自然國君無恙。然而使者卻不悦，他詰問趙威后“先賤後尊”，威后的回答清晰明瞭，層層遞進，駁得使者無話可説。

接下來威后問道：“撫養百姓的鍾離子為甚麼沒有被任用，沒有成就功業呢？使百姓得到生息繁衍的葉陽子為甚麼得不到重用呢？帶動百姓奉行孝道的嬰兒子為甚麼得不到封賜呢？”這三位賢士孝女是幫助齊王治理國家的有德之人，故以“無恙乎”熱情發問，弦外之音即是對齊王昏庸無道的指責。威后對與賢士孝女形成鮮明對比的不賢不孝、無所事事、無益於國的於陵子仲則十分憤恨，她問道：“尚存乎？……何為至今不殺乎？”對比和連續發問表現了趙威后豪爽坦率的個性。

全文以“問民”為主。因為“歲收”在很大程度上取決於客觀條件，而治亂則可以人為控制，是國家的關鍵。治亂需要選賢任能，重用和表彰那些善於“養民”、“息民”和導民以“孝情”的賢人，貶斥於國於家無用無功之人。文章的民本思想與孟子的“民為貴、君為輕”觀點一脈相承。

全文的特點是連續用了十六個問句，沒有一句人物外貌、心理、舉止等描寫，已使一個女政治家形象栩栩如生。文章有正問、反問，有排比、對比，在一氣呵成的十六個問句中有錯綜變化之妙，寓動於靜之中，讓人無呆板生厭之感。

觸龍說趙太后

趙太后新用事[1]，秦急攻之。趙氏求救於齊，齊曰：“必以長安君為質[2]，兵乃出。”太后不肯，大臣強諫，太后明謂左右：“有復言令長安君為質者，老婦必唾其面！”

左師觸龍言[3]願見太后，太后盛氣而胥之[4]。入而徐趨，至而自謝，曰：“老臣病足，曾不能疾走，不得見久矣。竊自恕。而恐太后玉體之有所郄[5]也，故願望見太后。”太后曰：“老婦恃輦而行。”曰：“日食飲得無衰乎？”曰：“恃粥耳。”曰：“老臣今者殊不欲食，乃自強步，日三四里，少益嗜食，和於身[6]。”太后曰：“老婦不能。”太后之色少解。

左師公曰：“老臣賤息[7]舒祺，最少，不肖。而臣衰，竊愛憐之，願令得補黑衣[8]之數，以衛王宮。沒死以聞。”太后曰：“敬諾。年幾何矣？”對曰：“十五歲矣。雖少，願及未填溝壑[9]而託之。”太后曰：“丈夫亦愛憐其少子乎？”對曰：“甚於婦人。”太后笑曰：“婦人異甚。”對曰：“老臣竊以為媼之愛燕后[10]，賢於長安君。”曰：“君過矣，不若長安君之甚。”左師公曰：“父母之愛子，則為之計深遠。媼之送燕后也，持其踵，為之泣，念悲其遠也，亦哀之矣。已行，非弗思也。祭祀必祝之，祝曰：‘必勿使反。’豈非計久長，有子孫相繼為王也哉？”太后曰：“然。”左師公曰：“今三世以前，至於趙之為趙[11]，趙主之子孫侯者，其繼有在者乎？”曰：“無有。”曰：“微獨趙，諸侯有在者乎？”曰：“老婦不聞也。”“此其近者禍及身，遠者及其子孫。豈獨人主之子孫則必不善哉？位尊而無功，奉厚而無勞，而挾重器[12]多也。今媼尊長安君之位，而封之以膏腴之地，多予之重器，而不及今令有功於國，一旦山陵崩[13]，長安君何以自託於趙？老臣以媼為長安君計短也，故以為其愛不若燕后。”太后曰：“諾，恣君之所使之。”於是，為長安君約車百乘，質于齊，齊兵乃出。

子義[14]聞之，曰：“人主之子也，骨肉之親也，猶不能恃無功之尊，無勞之奉，以守金玉之重也，而況人臣乎？”

註釋

1 趙太后：即趙威后。公元前266年，趙惠文王卒，以其子孝成王年齡小，故由威后執掌政權。用事：執政的意思。

2 長安君：威后少子，孝成王弟，長安君為其封號。質：人質。

3 左師：官名。觸龍：人名。

4 胥：原作"揖"，清人王念孫考證，當為"胥"字傳寫之誤；馬王堆漢墓帛書亦作"胥"字。胥，同"須"，等待。
5 郄：勞累。
6 少益嗜食：意思是稍漸加大食慾。和於身：使身體舒服。
7 賤息：對自己兒子的謙稱。
8 黑衣：指衛士。當時趙宮廷衛士皆着黑衣。
9 填溝壑：指死亡。
10 燕后：趙太后之女，嫁燕王為后，故稱燕后。
11 趙之為趙：指趙氏由晉國大夫與韓、魏分晉後成為趙國國君之時。
12 重器：指寶物。
13 山陵崩：原指國君死亡，這裏指趙太后去世。
14 子義：趙國的有識之士。

【鑒賞】

公元前266年，秦昭王趁趙孝成王年幼繼位、趙太后執政缺乏經驗之時發兵攻趙。趙國在危急存亡關頭向近鄰齊國求救。齊國是秦的世仇，雖有救趙之心，卻提出先決條件，讓趙太后最寵愛的小兒子長安君作人質，方肯出兵。無論朝臣如何強諫，太后卻不肯答應。

在這種緊張氣氛下，老臣觸龍謁見趙太后。太后盛氣以待。觸龍"入而徐趨"、"至而自謝"，告罪道："老臣有腳疾，故走不快，但很掛念太后的身體。"接下來問起太后的健康狀況和飲食起居。太后的回答是"恃輦而行"、"恃粥耳"、"老婦不能"，言語短促，態度冷漠；但觸龍謙恭誠懇、和顏悅色，緩和了緊張的氣氛，"太后之色少解"。

然而，老謀深算的觸龍並不急於提出長安君之事。他迎合太后愛子之心，從自己為小兒子安排前途的心事說起，這就激起了太后的興趣："大丈夫也憐愛他的小兒子嗎？"觸龍巧妙地回答："比女人還愛得厲害。"逼太后說出內心話："婦人異甚。"緊接着觸龍指出趙太后愛女兒燕后甚於愛幼子長安君，進一步逼出太后愛女兒"不若長安君之甚"的肺腑之言。至此，太后不知不覺進入了對長安君的討論之中。

觸龍先肯定了太后愛燕后是"計久長"，然後連續發問："三世以前，到趙氏建立趙國的時候，趙王子孫封為侯的，他們的子嗣還有繼續在位的嗎？""其他諸侯子孫封侯的，其子嗣還有在位的嗎？"使得太后莫名其妙，只應答"無有"、"老婦不聞也"。這時，趙太后已完全處於被動地位，觸龍繼續展開攻勢："如今您給長安君高官厚祿，肥壤寶物，卻不讓他建功立業，百年之後，他憑甚麼在趙國安身呢？"一席話說得趙太后茅塞頓開，心悅誠服。齊兵乃出，趙國得救。

觸龍的成功，不僅在於他立論的正確，為長安君"計深遠"，而且循循善誘，巧於言辭，曉之以理，動之以情。趙太后固然溺愛子女，有些狹隘和淺見，但當她認識到捨子質齊有益於社稷大計時，便從善如流，表現了政治家的大度器量。

文章對趙太后感情變化的描寫生動傳神，從表情上看，先是“盛氣而胥之”，再是“色少解”，最後是“笑”；從語言上看，先是冷冰冰的“恃輦而行”、“恃粥耳”、“老婦不能”，然後是“然”直到最後的“諾”，與觸龍巧妙精彩的論辭相互配合，相映成趣。

從本文中，我們可以認識到愛子女就要為他們長遠考慮、讓他們經受磨煉的道理，還可以從觸龍以真情感人的勸諫方法中學到循循善誘的說理藝術。

《論 語》

《論語》是記錄孔子言行的著作。孔子名丘，字仲尼，魯國陬邑（今山東曲阜）人。生於公元前 551 年，卒於公元前 479 年。他是儒家學派的創始者。其政治思想的核心是“仁”，對後世影響很大。魯定公時，孔子曾為司寇，後去魯，周遊宋、衛、陳、蔡、齊等國宣傳自己的政治主張，都不被採納。晚年歸魯從事著述和講學，編訂了《詩》《書》等重要古代文獻，並根據魯史修《春秋》。相傳有弟子三千人，其中名字可考者七十餘人。死後，孔門弟子及後學記錄他的言行，編成《論語》二十篇，是研究孔子生活、思想的重要資料。《論語》用語錄體寫作，文字簡樸，也有少數描寫比較生動的片段。

子路曾皙冉有公西華侍坐

子路、曾皙、冉有、公西華[1]侍坐。

子曰：“以吾一日長乎爾，毋吾以也[2]。居[3]則曰：‘不吾知也！’如或知爾，則何以哉？”

子路率爾而對曰：“千乘之國，攝乎大國之間[4]，加之以師旅，因之以饑饉[5]；由也為之，比及三年，可使有勇，且知方也[6]。”

夫子哂之。

“求，爾何如？”

對曰：“方六七十，如五六十，求也為之，比及三年，可使民足。如其禮樂，以俟君子。”

“赤，爾何如？”

對曰：“非曰能之，願學焉。宗廟之事[7]，如會同[8]，端章甫[9]，願為小相焉[10]。”

“點，爾何如？”

鼓瑟希，鏗爾，舍瑟而作，對曰：“異乎三子者之撰[11]。”

子曰："何傷[12]乎？亦各言其志也。"

曰："莫春者，春服既成[13]，冠[14]者五六人，童子六七人，浴乎沂，風乎舞雩[15]，詠而歸。"

夫子喟然歎曰："吾與點也[16]！"

三子者出，曾皙後。曾皙曰："夫三子者之言何如？"

子曰："亦各言其志也已矣。"

曰："夫子何哂由也？"

曰："為國以禮，其言不讓，是故哂之。"

"唯求則非邦也與？"

"安見方六七十、如五六十而非邦也者？"

"唯赤則非邦也與？"

"宗廟、會同，非諸侯而何？赤也為之小，孰能為之大？"

註釋

1 子路：姓仲，名由。曾皙：名點，曾參的父親。冉有：名求。公西華：名赤，字子華。四人均為孔子學生。

2 毋吾以也：不要因為我在。

3 居：平居，平日的意思。

4 千乘之國：古時一車四馬為一乘。諸侯大國地方百里，出車千乘，稱其為千乘之國。攝：迫近。

5 師旅：軍隊。饑饉：饑荒。

6 知方：知道方向，明白道理。

7 宗廟：古代君王、諸侯、大夫、士祭祀祖先的地方。這裏宗廟之事即指祭祀。

8 如：或者。會同：古代諸侯朝見天子之稱。

9 端章甫：端，玄端，古代禮服。章甫，指禮帽。

10 小相（xiàng）：贊禮的人。古代行朝聘、盟會、享宴、祭祀等盛大禮儀，必有襄助之人。其人曰"相"，其事曰"相禮"。作"相"的人身份有卿、大夫、士三個等級，小相是最低一級的士。

11 撰：善言。

12 何傷乎：有甚麼妨礙呢？

13 莫：同"暮"。春服：夾衣。成：定。

14 冠（guàn）：古代貴族子弟年二十為成年，行冠禮。

15 沂：水名。源出於山東鄒縣的東北部，西經曲阜，與洙水聯合，入於泗水，與大、小沂河不同。風：用作動詞，即吹風，乘涼。舞雩（yú）：魯國祭天求雨的場所，在今山東曲阜南。

16 吾與點也：我贊同曾點的主張。

【鑒賞】

本文可以説是《論語》的代表作。《論語》是記述孔門思想和學問的，但其傳播不是靠空洞的説教，而是藉助於特有的形象。本文就安排了"侍坐"師生談話這一特定的環境，不僅記述了孔子的抱負和理想，也刻畫了子路、曾皙、冉有、公西華四個鮮明的形象。

文章一開頭孔子就説："雖然我比你們年長，但不要因此就不敢説話了。把你們每個人的抱負説出來，各抒己見。"短短二十幾個字，就把孔子和藹、謙恭的氣度表現出來。

接下來四個弟子各有不同的表現。子路不假思索地說："一個在幾個大國的夾縫中生存的國家，內有災荒，外有侵略，即使在這種情況下，三年之後，我能讓百姓勇戰善戰且知書達禮。"子路的"率爾"回答表現了他當仁不讓、率直的性格，但也説明他遇事輕率、急躁和自負。孔子對他的表現是"哂"(微笑)。這微笑中，有對其志向的肯定，也有對其不夠禮讓的批評。

接下來，孔子詢問冉有的想法。冉有的回答很謙虛，他說："一個方圓六七十里或五六十里的國家，若讓我去治理，三年之後我可以使百姓生活富足，但至於修明禮樂之事，要交給賢人君子去做了。"在冉有的回答中，他把國家的方圓改小，把禮樂事宜交給更有德行的人去處理，這都表現了他的寬厚和謙讓。

公西華的回答與冉有相比更顯謙遜，他說："我不敢説我能做甚麼，但我希望得到學習的機會。在國君祭祀或諸侯會盟的時候，我願意穿着禮服、戴着禮帽，做一個小司儀。"從他間接的回答中，隱約體現出一些做作的成分。

在子路、冉有、公西華回答時，曾皙一直在瀟灑地鼓瑟，琴彈完才謙讓地回答："我的志向與他們三位不同。"這時，孔子説："這有甚麼呢？不過各抒己見罷了。"循循善誘、耐心啟迪的師者形象再一次得到了強化。曾皙不勝嚮往地說："暮春三月，人們穿上春天的衣服，我和五六個成年人、六七個小孩子，在沂水裏洗澡玩耍，在舞雩台上吹風吟詩，然後唱着歌回家。"這一幅春光明媚、少年結伴相遊圖是曾皙的理想，也得到了孔子的喟然贊同。因為孔子及其弟子生活的春秋末年，社會大動盪，風雲變幻，他們的理想就是太平盛世，人民安居樂業。

本文的語氣詞使用較多，使文中的對話更加委婉達意。可以説，本文的風格代表了《論語》的特色，即偏重於內省的智慧，致力於刻畫個性鮮明的文學形象和理論富於形象的藝術手法，使文章具有強烈的文學魅力。

《孟 子》

孟子（公元前 390～前 305），名軻，字子輿，戰國時鄒（今山東鄒縣）人。是孔子以後儒家的主要代表人物，政治上主張法先王、行仁政。

有《孟子》七篇。《孟子》是儒家的重要著作，語言流暢，富有感染力，對於後代散文有較大的影響。

得道多助

孟子曰：天時不如地利[1]，地利不如人和[2]。

三里之城[3]，七里之郭[4]，環而攻之而不勝[5]。夫環而攻之，必有得天時者矣；然而不勝者，是天時不如地利也。城非不高也，池非不深也[6]，兵革非不堅利也，米粟非不多也，委而去之[7]，是地利不如人和也。

故曰：域民不以封疆之界[8]，固國不以山谿之險[9]，威天下不以兵革之利[10]。得道者多助，失道者寡助。寡助之至[11]，親戚畔之[12]；多助之至，天下順之[13]。以天下之所順，攻親戚之所畔，故君子有不戰，戰必勝矣[14]。

註 釋

1 天時：指適宜於作戰的時令、氣候條件。地利：指有利於作戰的地理位置。
2 人和：指得民心，上下團結一致。
3 三里之城：周圍三里的城。
4 郭：外城。
5 環：圍的意思。
6 池：指護城河。
7 委：拋棄。去：離去。
8 "域民" 句：使人民定居於本國境內，不必靠國家邊界的限制。域，地域，這裏當動詞用；以，用；封疆之界，劃定的邊疆界線。
9 "固國" 句：要想鞏固國防，不必靠山川的險阻。
10 "威天下" 句：要威信於天下，不必靠武力的強大。
11 之至：達到極點。
12 畔：同"叛"。
13 順：服從。
14 "故君子" 二句：得道的國君有不戰之時，一旦戰爭，則必定勝利。

【鑒賞】

本文選自《孟子・公孫丑下》，是孟子民本思想的代表作之一。

本文開宗明義，通過兩個對比，突出人和在天時、地利中的重要性，不僅觀點明確而且統領全篇。

接下來從事實論證人和的重要："一個方圓三里的小城，它的外城有七里，敵人包圍進攻它而不能取勝。能取勝，是得到了有利的天時；不能取勝，這説明把握天時不如佔有地利。城牆並不是不高，護城河並不是不深，武器裝備並不是不堅固鋒利，糧草並不是不充足，但是守城者棄城逃跑，是因為地利不如人和啊。"雙重否定的句式，突出"地利"的優越，但戰而不勝，更突出"人和"可貴。

作者以"故曰"承上啟下，開始道理論證："要使人民定居，不能單靠劃定的邊疆界線；要鞏固國防，不能只憑山河的險要；要震懾天下，不能依仗兵甲的鋒利。"下面是全文的點睛之筆："得道者多助，失道者寡助。"施行仁政、擁有正義就會得到許多人的幫助，不施行仁政，失去正義，就少有人幫助他。以"多助"和"寡助"的結果作一番鮮明對比，得出結論："君子有不戰，戰必勝。"

全文擺事實，講道理，層層遞進，闡明"天時不如地利，地利不如人和"，而獲得人和就要實行仁政，因為"得道者多助，失道者寡助"。

魚我所欲也

孟子曰："魚，我所欲也；熊掌[1]，亦我所欲也。二者不可得兼，舍魚而取熊掌者也。生，亦我所欲也；義，亦我所欲也。二者不可得兼，舍生而取義者也。生亦我所欲，所欲有甚於生者，故不為苟得也[2]；死亦我所惡，所惡有甚於死者，故患有所不辟也[3]。如使人之所欲莫甚於生，則凡可以得生者，何不用也[4]？使人之所惡莫甚於死者，則凡可以辟患者，何不為也？由是則生而有不用也，由是則可以辟患而有不為也[5]。是故所欲有甚於生者，所惡有甚於死者。非獨賢者有是心也，人皆有之；賢者能勿喪耳。一簞食[6]，一豆羹[7]，得之則生，弗得則死。嘑爾而與之[8]，行道之人弗受[9]；蹴爾而與之[10]，乞人不屑也[11]。萬鍾則不辨禮義而受之[12]，萬鍾於我何加焉[13]？為宮室之美、妻妾之奉、所識窮乏者得我與[14]？鄉為身死而不受[15]，今為宮室之美為之；鄉為身死而不受，今為妻妾之奉為之；鄉為身死而不受，今為所識窮乏者得我而為之。是亦不可以已乎[16]？此之謂失其本心[17]。”

註釋

1 熊掌：熊的腳掌，是一種非常珍貴的食品。
2 苟得：苟且獲得，指生存。
3 患：指禍患。辟：同“避”。
4 何不用也：有甚麼手段不可採用呢？指不擇手段。
5 “由是”二句：意思是，事實上有這樣的情況：有時通過某一方法可以保全生命，然而人們卻不願意採用這種方法；通過某種行動可以逃避患難，人們卻不願實行這種行為。
6 簞（dān）：盛食物的竹器。
7 豆：此指古代用來盛肉或羹的木器。
8 嘑爾：輕蔑或粗暴地呼喊。爾，語氣助詞。
9 行道之人：過路的行人。
10 蹴（cù）：踐踏。
11 不屑：不顧，即不屑一顧，不願接受。
12 萬鍾：指優厚的俸祿。鍾，古量器名，六斛四斗為一鍾。
13 何加：有甚麼益處？
14 得：同“德”，感激。
15 鄉：同“向”，向來。
16 已：止，罷休。
17 本心：指羞惡之心。

【鑒賞】

本篇選自《孟子・告子上》。孟子闡述了義重於利、義重於生的觀點，勸導人們辨別義和利孰輕孰重，讚美了“捨生取義”的精神。

孟子從日常生活小事説起，“魚，我所欲”、“熊掌，亦我所欲”，二者不可兼得，故取更美味的熊掌。然後轉入人生價值的討論。“生，亦我所欲”、“義，亦我所欲”，當二者不能兼得時，取更有價值的義。在這裏，孟子運用了譬喻，以魚喻生，以熊掌喻義，從口腹之慾自然過渡到人生價值的討論上，使人不覺突兀。同時，義重於生也是孟子“性善論”的主要內容之一。

接下來，孟子圍繞“捨生取義”這個論點反覆論證。首先從正面論述，指出生死對每個人固然重要，但更重要的“義”才是做事選擇的標準。其次，作者以假設的方式指出，“捨生取義”是人的本心。所以，人們在生與義不能兼得時，寧可取義，也不願苟且偷生；在死和不義不能同時避開時，寧可赴死，也不願躬行不義。世人的行為有賢與不肖、義與不義的區別，是因為賢者能堅持捨生取義，一般人則因環境的改變而“失其本心”。

接着，孟子指出，簞食豆羹，得之則生，弗得則死。但如果施與者態度不好，被施與者即使是處在社會最底層的乞丐，也寧死而不受食。因為這種“嗟來之食”將陷自身於不義，人們天生的羞惡之心阻止自己這樣做。相反，萬鍾之粟，得之雖可增宮室之美、妻妾之奉，還可使窮乏者感激自己，弗得卻也不致有生命之虞；然而某些昔日寧死不受嗟來之食的人，此時卻不辨禮義受之。為甚麼會出現這種現象？孟子這樣解釋道：這類人在無盡的利慾的引誘下喪失了本心。作者多用排比句，譴責了不義者，語氣嚴峻，句句緊逼，表現了一種激憤和鄙夷。

本文深入淺出，層層對比，多用譬喻，把深刻的問題說得透徹明白。孟子提倡的“捨生取義”和孔子的“殺生成仁”，成為中華民族傳統文化的精華，也激勵着無數仁人志士為國捐軀，慷慨赴難。

《荀子》

荀子（公元前313～前238），名況，又稱荀卿，漢代為避漢宣帝諱，稱孫卿，趙國人。他遊歷過齊、秦、楚諸國，在齊國為列大夫和祭酒。在楚國，春申君用他為蘭陵令。李斯和韓非都是他的學生。荀子的思想基本上屬於儒家，如推崇孔子、讚揚《五經》、本"仁義"、期"正名"等。他的否定天命、強調人為、強調後天的教育改造等思想，則具有較多的唯物主義因素。他著有《荀子》三十二篇。他的文章說理綿密，結構嚴整，筆力渾厚。

勸學篇

君子曰[1]：學不可以已[2]。青，取之於藍[3]，而青於藍；冰，水為之，而寒於水。木直中繩[4]，輮以為輪[5]，其曲中規[6]，雖有槁暴[7]，不復挺者[8]，輮使之然也。故木受繩則直，金就礪則利[9]，君子博學而日參省乎己[10]，則知明而行無過矣[11]。

故不登高山，不知天之高也；不臨深谿，不知地之厚也；不聞先王之遺言，不知學問之大也。干、越、夷、貉之子[12]，生而同聲，長而異俗，教使之然也。《詩》曰："嗟爾君子，無恆安息[13]。靖共爾位[14]，好是正直[15]。神之聽之，介爾景福[16]。"神莫大於化道[17]，福莫長於無禍。

吾嘗終日而思矣，不如須臾之所學也；吾嘗跂而望矣[18]，不如登高之博見也。登高而招，臂非加長也，而見者遠；順風而呼，聲非加疾也[19]，而聞者彰[20]。假輿馬者[21]，非利足也[22]，而致千里[23]；假舟檝者[24]，非能水也[25]，而絕江河[26]。君子生非異也[27]，善假於物也[28]。

南方有鳥焉，名曰蒙鳩[29]。以羽為巢，而編之以髮，繫之葦苕[30]。風至苕折，卵破子死。巢非不完也，所繫者然也。西方有木焉，名曰射干[31]。莖長四寸，生於高山之上，而臨百仞之淵。木莖非能長也，所立者然也。蓬生麻中，不扶而直；白沙在涅，與之俱黑[32]。蘭槐之根是為芷[33]，其漸之滫[34]，君子不近，庶人不服[35]。其質非不美也，所漸者然也。故君子居必擇鄉，遊必就士[36]，所以防邪僻而近中正也。

物類之起，必有所始；榮辱之來，必象其德[37]。肉腐出蟲，魚枯生蠹[38]。怠慢忘身，禍災乃作。強自取柱[39]，柔自取束。邪穢在身，怨之所構[40]。施薪若一，火就燥也；平地若一，水就濕也[41]。草木疇生[42]，禽獸群居[43]，物各從其類也。是故質的張而弓矢至焉[44]，林木茂而斧斤至焉，樹成蔭而眾鳥息焉，醯酸而蜹聚焉[45]。故言有召禍也，行有招辱也，君子慎其所立乎[46]！

積土成山，風雨興焉；積水成淵，蛟龍生焉；積善成德，而神明自得[47]，聖心備焉[48]。故不積蹞步[49]，無以至千里；不積小流，無以成江海。騏驥一躍[50]，不能十步；駑馬十駕[51]，功在不舍。鍥而舍之[52]，朽木不折；鍥而不舍，金石可鏤。螾無爪牙之利[53]，筋骨之強，上食埃土，下飲黃泉，用心一也。蟹八跪而二螯[54]，非蛇蟺之穴無可寄託者[55]，用心躁也。是故無冥冥之志者，無昭昭之明；無惛惛之事者，無赫赫之功[56]。行衢道者不至[57]，事兩君者不容。目不能兩視而明，耳不能兩聽而聰。螣蛇無足而飛[58]，鼫鼠五技而窮[59]。《詩》曰："鳲鳩在桑，其子七兮。淑人君子，其儀一兮[60]。其儀一兮，心如結兮[61]。"故君子結於一也。

昔者瓠巴鼓瑟而流魚出聽[62]，伯牙鼓琴而六馬仰秣[63]。故聲無小而不聞，行無隱而不形[64]。玉在山而草木潤，淵生珠而崖不枯。為善不積邪？安有不聞者乎[65]？

學惡乎始[66]？惡乎終？曰：其數則始乎誦經，終乎讀禮[67]；其義則始乎為士，終乎為聖人[68]。真積力久則入，學至乎沒而後止也[69]。故學數有終，若其義則不可須臾舍也。為之，人也；舍之，禽獸也。故《書》者，政事之紀也；《詩》者，中聲之所止也[70]；《禮》者，法之大分，類之綱紀也[71]。故學至乎《禮》而止矣。夫是之謂道德之極。《禮》之敬文也[72]，《樂》之中和也，《詩》、《書》之博也，《春秋》之微也[73]，在天地之間者畢矣[74]。

君子之學也，入乎耳，箸乎心[75]，佈乎四體[76]，形乎動靜[77]。端而言，蝡而動，一可以為法則[78]。小人之學也，入乎耳，出乎口[79]，口耳之間則四寸耳，曷足以美七尺之軀哉？古之學者為己，今之學者為人。君子之學也，以美其身；小人之學也，以為禽犢[80]。故不問而告謂之傲[81]，問一而告二謂之囋[82]。傲，非也；囋，非也。君子如向矣[83]。

學莫便乎近其人[84]。《禮》、《樂》法而不說[85]，《詩》、《書》故而不切[86]，《春秋》約而不速[87]。方其人之習君子之說，則尊以遍矣，周於世矣[88]。故曰：學莫便乎近其人。學之經莫速乎好其人[89]，隆禮次之[90]。上不能好其人，下不能隆禮，安特將學雜識志，順《詩》、《書》而已耳[91]！則末世窮年[92]，不免為陋儒而已。將原先王，本仁義，則禮正其經緯蹊徑也[93]。若挈裘領，詘五指而頓之，順者不可勝數也[94]。不道禮憲[95]，以《詩》、《書》為之，譬之猶以指測河也，以戈舂黍也[96]，以錐餐壺也[97]，不可以得之矣。故隆禮，雖未明，法士也[98]；不隆禮，雖察辯[99]，散儒也[100]。

問楛者[101]，勿告也；告楛者，勿問也；說楛者，勿聽也。有爭氣者，勿與辯也。故必由其道至，然後接之[102]，非其道則避之。故禮恭而後可與言道之方[103]，辭順而後可與言道之理，色從而後可與言道之致[104]。故未可與言而言謂之傲，可與言而不言謂之隱[105]，不觀氣色而言謂之瞽[106]。故君子不傲、不隱、不瞽，謹順其身[107]。《詩》曰："匪交匪舒[108]，天子所予[109]。"此之謂也。

百發失一，不足謂善射；千里蹞步不至，不足謂善御[110]；倫類不通[111]，仁義不一[112]，不足謂善學。學也者，固學一之也。一出焉，一入焉[113]，塗巷之人也[114]。其善者少，不善者多，桀、紂、盜跖也[115]。全之盡之[116]，然後學者也。

君子知夫不全不粹之不足以為美也。故誦數以貫之[117]，思索以通之，為其人以處之[118]，除其害者以持養之[119]。使目非是無欲見也，使耳非是無欲聞也，使口非是無欲言也，使心非是無欲慮也。及至其致好之也，目好之五色，耳好之五聲，口好之五味，心利之有天下。是故權利不能傾也，群眾不能移也，天下不能蕩也[120]。生乎由是，死乎由是，夫是之謂德操[121]。德操然後能定[122]，能定然後能應[123]。能定能應，夫是之謂成人。天見其明，地見其光，君子貴其全也[124]。

註釋

1 君子曰：古書中凡所引用前人有價值的言論，往往用"君子曰"來概括。

2 已：止。

3 藍：染青色的植物。

4 中（zhòng）：合乎。繩：匠人製器取直的工具，即繩墨之"繩"。這句話說，木性本直，合於繩墨。

5 輮(róu)：同"煣"，以火烘烤，使木彎曲。

6 規：指圓規。

7 槁暴：即曬乾。暴，同"曝"。

8 挺：直。

9 金：指金屬的刀劍類。礪：磨刀石。

10 參：參驗。省（xǐng）：省察。

11 知：同"智"。

12 干、越、夷、貉：泛指四方民族。干，國名，被吳所滅，這裏即指吳國；貉（mò），古代東北部族名。子：指嬰兒。
13 嗟：感歎詞。恆：常常。安息：猶安處。這兩句的意思是勉勵君子不要貪圖安逸。
14 靖：安。共：同"恭"。位：指職位。
15 好：愛好。正直：《毛傳》："正直為正，能正人之曲曰直。"
16 聽：察覺。介：助、佑。景：大。
17 神：此處指學問修養到達最高境界時的精神狀態。化道：指受到道的熏陶感染，使氣質有所改變。
18 跂（qì）：提起腳後跟。
19 疾：壯，指聲音洪亮。
20 彰：清楚。
21 假：憑藉，藉助。
22 利足：行走靈活、迅速。
23 致：達到。
24 楫：槳。
25 能水：指善於游泳。
26 絕：渡過。
27 生：同"性"。
28 物：指外物。
29 蒙鳩：即鷦鷯，一種很會築窩的小鳥。
30 葦：蘆葦。
31 射干：一種植物名，可做藥材。
32 "蓬生麻中"四句：比喻善惡無常，唯人所習，即近朱者赤，近墨者黑的意思。涅（niè），黑泥。
33 蘭槐：香草名，其苗名蘭槐，其根名芷。
34 其：若，如果。漸：浸漬。滫（xiū）：臭汁。
35 服：佩戴。
36 遊必就士：交遊必須接近賢德之士。
37 象：依照。
38 蠹（dù）：蛀蟲。
39 柱：通"祝"，斷折。這句話說，物太剛強，則自取斷折，與下句相對。
40 構：結。
41 "施薪若一"四句：同樣放一些柴，火總是向乾燥處燒；一樣平的地方，水總是向潮濕處流。施，放置。
42 疇：同"儔"，類。也通作"稠"，稠生，即叢生。
43 禽獸群居：相同類型的禽獸都居住在一起。
44 質：箭靶。
45 醯（xī）：醋。蜹（ruì）：一種小飛蟲。
46 所立：指為學。
47 而：則。神明：指智慧。
48 聖心：聖人之心。
49 蹞（kuǐ）步：同"跬步"，即半步。
50 騏驥：千里馬。
51 駑馬：庸劣的馬。十駕：指十日之程，早上駕馬，晚上解下，以一日所行為一駕。
52 鍥（qiè）：與下文的鏤都作雕刻解。
53 螾：同"蚓"，即蚯蚓。
54 八跪：八足，原作"六跪"，據盧文弨《群書拾補》說校改。跪，足。
55 蟺：同"鱔"。
56 "是故"四句：冥冥、惛惛（hūn），皆精神專一的意思；昭昭，明達的樣子；赫赫，顯盛的樣子。
57 衢道：即歧路。
58 螣（téng）蛇：龍類，相傳能興雲霧而游於其中。
59 鼫（shí）鼠：相傳牠能飛不能上屋；能緣（爬樹）不能窮木；能游不能渡谷；能穴不能掩身；能走不能先人。
60 "鳲鳩"四句：意思說，鳲鳩餵養七子，早晨從上而下，日暮從下而上，始終如一。仁君的生活態度也應如鳲鳩的專一。
61 心如結：指用心非常堅固、專一。
62 瓠巴：古代善長鼓瑟的人。流：通"游"。一說應作"沉"，沉魚即指潛於水底的魚。
63 伯牙：楚人，古代善鼓琴者。六馬：古代天子輅車駕六馬。仰秣：馬在吃草時，聽到伯牙的琴聲，都把頭抬了起來。
64 "故聲"二句：只要有聲音，無論多麼微小，沒有不被人聽見的；行為無論多麼隱蔽，沒有不顯露出來的。
65 "為善"兩句意思是：你們大概以為為善而不能累積吧，哪有為善有恆而不被別人聞知的呢？
66 惡（wū）：何，疑問詞。
67 數：術，即方法、途徑。經：指六經。禮：指典章禮制之類，包括在六經之內。
68 義：指為學的目的和意義。《荀子》以士、君子、聖人為三等。
69 "真積力久"二句：意思說，真誠而能累積，力行而能持久，必然能深入，這樣學習一直堅持到永遠。真，真誠；力，力行；入，指深入而有所得；沒，同"歿"，死亡。
70 中聲：中和之聲。止：存。
71 法：指禮制、法律、政令。大分：大的原則、界限。類：指禮法所沒有明文規定而觸類引申的條例、附則等。
72 敬文：楊倞註："禮有周旋揖讓之敬，車服等級之文也。"文，標誌。

73 微：隱微。
74 畢：盡。這句話説，天地間的東西都包括在《詩》、《書》、《禮》、《樂》、《春秋》之中了。
75 箸：通"著"，明。
76 佈：表現。四體：四肢。
77 形：體現。
78 "端而言"三句：君子的言行，雖極微細者，皆可為人法則。端，通"喘"，微言；蝡（ruǎn），微動；一，皆。
79 "小人之學"三句：意思説，不求心有所得和用於實踐，只是道聽途説，誇誇其談，是自身不能夠受益的。
80 禽犢：小的禽獸。古人相見須拿羔雁等作為見面禮，禽犢即指此。比喻小人為學，不為修身而只以它作為見面禮，取悦於他人。
81 傲：浮躁。
82 囋（zàn）：形容言語繁碎。
83 向：同"嚮"。
84 其人：指賢師益友。
85 法而不説：僅有成法而無群細的解説。
86 故而不切：所載大多是前代故事，而不切近當前實際。
87 "《春秋》"句：《春秋》含義隱約，不易使人迅速理解。約，隱約；速，直接迅速。
88 "方其人"三句：仿效賢師益友的言行，則可以養成尊貴的人格，獲得普遍的認識，全面通曉世務了。方，仿效；前一"之"字作而解；以，而。
89 經：通"徑"，道路，途徑。
90 隆：尊崇。
91 "安特"二句：那只是學到一些駁雜的記載，給《詩》《書》作些註解而已。安，則；特，僅；雜識志，駁雜的記載；順，通"訓"，訓釋。
92 末世窮年：指到老死。末世，即沒世。
93 "將原先王"三句：要探求先王施政之源，以仁義為根本，那麼學禮正是重要的途徑。經緯，織布的直線和橫線，猶組織；蹊徑，道路。
94 "若挈（qiè）裘領"三句：正好像提起皮袍的領子，用手去梳理它的毛，則裘上的毛全順了。挈，提舉；詘，同"屈"；頓，引。
95 道：由，通過。禮憲：即禮法。
96 舂（chōng）：用杵搗米叫舂。
97 壺：盛食物的器具。
98 法士：守禮法之士。
99 察辯：明察善辯。
100 散儒：即不遵守禮法的儒生。散，指不自我檢點約束。
101 楛：同"苦"，惡。問楛：所問不合禮義。
102 故必由其道至，然後接之：意思是，一定要來者是合乎禮義之道的，然後接待他。
103 方：指方向。
104 致：極致。
105 隱：指藏私，即有意隱瞞。
106 瞽：盲，指盲目從事。
107 身：猶人。
108 匪：同"非"。交：同"絞"，急切。舒：紓緩，怠緩。
109 予：有讚許之意。以上兩句説，不急切不紓緩的人，是天子所讚許的。
110 "千里"兩句：行千里的人，差半步不到達終點，便不能被稱為好的御者。
111 倫類不通：指不能觸類旁通。
112 一：指專一。
113 一出焉，一入焉：一會兒出來，一會兒進去。指學不專一。
114 塗巷之人：指普通的人。塗，同"途"。
115 桀、紂：夏、商兩代亡國暴君。盜跖：古代傳説中反抗貴族統治的領袖，盜是舊時對他的蔑稱。
116 全之盡之：學得全面、透徹。
117 誦數：猶誦説。
118 為：效法。其人：指所企慕之人。
119 除其害：指排除妨害學習的有害因素。持養：扶持培養。
120 蕩：動。
121 德操：有德而能操持。
122 定：指有堅定的意志和見解。
123 應：指有應付各種事物的本領。
124 明：大。光：通"廣"。

【鑒賞】

《勸學篇》是《荀子》的開篇之作，是其思想精華。

文章開篇就提出：學習不可以停止。荀子認為人的本性是惡的，必須用不斷的學習和教化來矯正。開宗明義，立意深廣，自然引出下文滔滔論述。

接着用“青青於藍”和“冰寒於水”說明人通過發憤學習，都能進步，都能超越自我。木料經過繩墨的比量，就可以取直；刀劍經過磨石的磨礪，就可以鋒利。用比喻說明即使是“不善”之人，通過學習，也可以改變成完全合乎道德規範的人。在強調了學習的重要作用後，文章以設喻引出論斷：君子廣泛學習，而且每天檢查省察自己，就會智慧通達，行為沒有過錯。接下來說明不同的教化可以使生下來相同的嬰兒長大成人後不同。引用《詩經》中的話更加強了說服力。

然後荀子以親身經驗說明空想不如學習。以“登高而招”、“順風而呼”、“假輿馬”、“假舟檝”喻示學習要善於利用外物。君子要有超乎常人的才德，就要利用外物好好學習。通過排比和比喻，形象生動，使結論水到渠成。

接下來舉蒙鳩、射干、蓬蒿、白沙和白芷的例子來說明君子要選擇有利於自身增長德行的環境。荀子認為人的品德和才能並不是生而有之的，而是通過後天教育和社會環境的熏陶形成的。

下面一段以兩個比喻引出一個分論點：“積土成山，風雨興焉；積水成淵，蛟龍生焉；積善成德，而神明自得，聖心備焉。”說明學貴持之以恒，要不斷積累。接下來又從反面論證論點，增強說明力。“騏驥一躍，不能十步”與“駑馬十駕，功在不舍”相比，“鍥而舍之，朽木不折”與“鍥而不舍，金石可鏤”相比，說明“不舍”的重要性。下面又以蚯蚓和蟹對比，闡述學習要像蚯蚓那樣專心致志，不能像螃蟹那樣浮躁粗心。後面諸段就學習的方式方法、學習要選擇環境、學貴持之以恒等方面，進一步展開論述。

本文嚴謹細密，說理透徹，旁徵博引，論證詳明。以生活中和自然界中的大量事例作為論據，巧譬博喻，層出不窮，既生動形象，又通俗貼切，說服力強，有助於突出“勸學”這一中心論點。文章語言整齊流暢，頗便誦讀，有不少優美而精闢的格言、成語，是先秦時代學術性、藝術性較高的一篇佳作。

《莊子》

莊子（公元前369～前286），名周，戰國時宋國蒙（約今河南商丘東北）人。曾為漆園吏。《史記・老子韓非列傳》說："其學無所不窺，然其要本歸於老子之言。故其著書十餘萬言，大抵率寓言也。作《漁父》《盜跖》《胠篋》，以詆訿孔子之徒，以明老子之術。《畏累虛》《亢桑子》之屬，皆空語無事實。然善屬書離辭，指事類情，用剽剝儒、墨，雖當世宿學不能自解免也。其言洸洋自恣以適己，故自王公大人不能器之。"概括地指出了他的思想特色、學術淵源和文章風格。

《漢書・藝文志》中選入道家著錄《莊子》五十二篇。今本《莊子》有三十三篇，《內篇》七，《外篇》十五，《雜篇》十一。研究者們多認為《內篇》是莊子所作，《外篇》多出於莊子後學所追記。

逍遙遊

北冥[1]有魚，其名為鯤。鯤之大，不知其幾千里也。化而為鳥，其名為鵬。鵬之背，不知其幾千里也。怒而飛，其翼若垂天之雲。是鳥也，海運則將徙於南冥[2]。南冥者，天池也。齊諧[3]者，志怪者也。諧之言曰："鵬之徙於南冥也，水擊三千里，摶扶搖[4]而上者九萬里，去以六月息[5]者也。"野馬[6]也，塵埃也，生物之以息相吹[7]也。天之蒼蒼，其正色邪？其遠而無所至極邪？其視下也，亦若是則已矣。且夫水之積也不厚，則其負大舟也無力。覆杯水於坳堂之上，則芥為之舟，置杯焉則膠，水淺而舟大也。風之積也不厚，則其負大翼也無力。故九萬里則風斯在下[8]矣，而後乃今培風[9]；背負青天而莫之夭閼[10]者，而後乃今將圖南。蜩與學鳩[11]笑之曰："我決起而飛，搶榆枋[12]，時則不至，而控於地而已矣，奚以之九萬里而南為？"適莽蒼[13]者，三飡而反，腹猶果然；適百里者，宿舂糧；適千里者，三月聚糧。之二蟲[14]，又何知！小知不及大知[15]，小年不及大年[16]。奚以知其然也？朝菌不知晦朔[17]，蟪蛄不知春秋[18]，此小年也。楚之南有冥靈[19]者，以五百歲為春，五百歲為秋；上古有大椿者，以八千歲為春，八千歲為秋，此大年也。而彭祖[20]乃今以久特聞，眾人匹之[21]，不亦悲乎！

湯之問棘也是已[22]："窮髮[23]之北，有冥海者，天池也。有魚焉，其廣數千里，未有知其修者，其名為鯤。有鳥焉，其名為鵬，背若泰山，翼若垂天之雲；摶扶搖羊角[24]而上者九萬里，絕雲氣，負青天，然後圖南，且適南冥也。斥鴳[25]笑之曰：'彼且奚適也！我騰躍而上，不過數仞而下，翱翔蓬蒿之間，此亦飛之至也。而彼且奚適也！'"此小大之辨也。

故夫知效一官[26]，行比一鄉[27]，德合一君，而徵一國[28]者，其自視也，亦若此矣。而宋榮子猶然笑之[29]。且舉世譽之而不加勸，舉世非之而不加沮；定乎內外之分，辨乎榮辱之境，斯已矣。彼其於世，未數數[30]然也。雖然，猶有未樹[31]也。夫列子御風而行，泠然善也[32]，旬有五日而後反。彼於致福者，未數數然也。此雖免乎行，猶有所待者也[33]。若夫乘天地之正[34]，而御六氣之辯[35]，以遊無窮[36]者，彼且惡乎待哉[37]！故曰：至人無己，神人無功，聖人無名[38]。

堯讓天下於許由[39]，曰："日月出矣，而爝火[40]不息；其於光也，不亦難乎！時雨降矣，而猶浸灌；其於澤也，不亦勞乎！夫子立而天下治，而我猶尸之，吾自視缺然，請致天下。"許由曰："子治天下，天下既已治也；而我猶代子，吾將為名乎？名者，實之賓也。吾將為賓乎？鷦鷯巢於深林，不過一枝；偃鼠飲河，不過滿腹。歸休乎君，予無所用天下為。庖人雖不治庖，尸祝不越樽俎而代之矣。"

肩吾問於連叔[41]曰："吾聞言於接輿[42]，大而無當，往而不反。吾驚怖其言，猶河漢而無極也；大有徑庭[43]，不近人情焉。"連叔曰："其言謂何哉？"曰："'藐姑射之山[44]，有神人居焉。肌膚若冰雪，淖約若處子[45]；不食五穀，吸風飲露；乘雲氣，御飛龍，而遊乎四海之外；其神凝[46]，使物不疵癘[47]而年穀熟。'吾以是狂[48]而不信也。"連叔曰："然。瞽者無以與乎文章之觀[49]，聾者無以與乎鐘鼓之聲。豈唯形骸有聾盲哉？夫知[50]亦有之。是其言也，猶時女也[51]。之人也，之德也，將旁礴萬物以為一。世蘄乎亂，孰弊弊焉以天下為事[52]！之人也，物莫之傷：大浸稽天而不溺[53]，大旱金石流、土山焦而不熱。是其塵垢粃糠，將猶陶鑄堯舜者也，孰肯以物為事[54]！宋人資章甫而適諸越[55]，越人斷髮文身[56]，無所用之。堯治天下之民，平海內之政，往見四子藐姑射之山、汾水之陽[57]，窅然喪其天下焉[58]。”

惠子[59]謂莊子曰：“魏王[60]貽我大瓠之種[61]，我樹之成而實五石[62]。以盛水漿，其堅不能自舉也。剖之以為瓢，則瓠落無所容。非不呺然[63]大也，吾為其無用而掊之[64]。”莊子曰：“夫子固拙於用大矣！宋人有善為不龜[65]手之藥者，世世以洴澼絖[66]為事。客聞之，請買其方百金。聚族而謀曰：‘我世世為洴澼絖，不過數金；今一朝而鬻技百金，請與之。’客得之，以說吳王。越有難，吳王使之將。冬，與越人水戰，大敗越人。裂地而封之。能不龜手，一也；或以封，或不免於洴澼絖，則所用之異也。今子有五石之瓠，何不慮以為大樽而浮乎江湖[67]？而憂其瓠落無所容，則夫子猶有蓬之心[68]也夫！”

惠子謂莊子曰：“吾有大樹，人謂之樗[69]；其大本擁腫而不中繩墨，其小枝卷曲而不中規矩。立之塗[70]，匠者不顧。今子之言，大而無用，眾所同去[71]也。”莊子曰：“子獨不見狸狌[72]乎？卑身而伏，以候敖者[73]。東西跳梁[74]，不避高下，中於機辟[75]，死於罔罟。今夫犛牛[76]，其大若垂天之雲，此能為大矣，而不能執鼠。今子有大樹，患其無用，何不樹之於無何有之鄉，廣莫之野，彷徨乎無為其側，逍遙乎寢卧其下，不夭斤斧，物無害者。無所可用，安所困苦哉？”

註釋

1 北冥：北冥即北海。海水甚深而呈黑色，故稱“冥”。
2 海運：海浪波動。海動時必有大風，鵬即乘此風徙往南海。
3 齊諧：書名，齊國諧隱之書。
4 摶：聚，聚風，此指藉風盤旋。扶搖：急劇盤旋而上的暴風。
5 六月息：即六月的風。息，氣息，指風。
6 野馬：春天陽氣發動，遠遠望去，林莽之間，水氣升騰，有如奔馬，稱作野馬。
7 生物之以息相吹：此句綜上大鵬乘旋風而上天，林澤之間蒸氣上騰，塵土在空中飄盪，皆被生物的氣息吹動而致。
8 風斯在下：意思是，大鵬能飛上九萬里的高空，是因為下面有着強勁的風力托着牠。
9 培風：即憑風，乘風。
10 夭閼（è）：阻礙。
11 蜩（tiáo）：蟬。學鳩：指小鳥。
12 決：迅疾。搶榆枋：碰到榆樹和枋樹（檀木）而停下來。
13 莽蒼：這裏指近郊的林野。因郊野草莽一片蒼色，故以莽蒼代指郊野。
14 之二蟲：之，此；二蟲，指蜩與學鳩。
15 知：同“智”。
16 小年：壽命短的。大年：壽命長的。
17 朝菌：天陰時糞上所生之大芝，見到太陽則死。
18 蟪蛄：寒蟬，春生夏死，夏生秋死，故不知有春又有秋。
19 冥靈：大木名。一說為溟海靈龜。
20 彭祖：傳說中長壽的人。
21 匹之：比附他。
22 棘：即《列子・湯問篇》之夏革，商湯時賢大夫。“革”、“棘”在古代可以通用。
23 窮髮：不毛之地。髮，指草木。

24 羊角：旋風。
25 斥：池塘，小澤。鴳：生活在小澤中的小鳥，即今所謂鵪鶉。
26 知效一官：才智達到勝任一官的職守。知，同“智”。
27 行比一鄉：行為能夠迎合一鄉人的心願。比，合。
28 “德合”二句：德行能夠投合一個國君的心意，取得一國人的信任。徵，取信。
29 宋榮子：亦作宋鈃（jiān）、宋牼（kēng），宋國人，戰國時稷下早期學者。猶然：喜笑自得的樣子。
30 數數（shuò）：迫切的樣子。
31 未樹：未曾樹立的，這裏指尚有未達到的境界。
32 列子：姓列，名禦寇，戰國時思想家。泠然：輕巧的樣子。
33 “此雖”二句：意思是説，列子能御風而行，雖然可免於步行，還必須依靠風。待，憑藉，依靠。
34 乘天地之正：順着自然的規律。正，即是規律、法則。
35 御六氣之辯：駕馭着六氣的變化。六氣，陰、陽、風、雨、晦、明；辯，通“變”。
36 遊無窮：遨遊於無窮的宇宙之中。
37 惡（wū）乎待：即何所待。此為反詰句，意即無所待。
38 至人：莊子理想中修養最高的人。無己：能任順自然，消除物我界限，忘了自己。神人：修養達到高妙莫測境界的人，次於至人。無功：不求建功立業。聖人：修養達到聖明的人，次於神人。無名：不求顯名。
39 許由：古代傳説中的高士，字武仲。
40 爝火：火把，小火。
41 肩吾、連叔：舊説二人為“古之懷道者”。懷疑是莊子虛構的人物。
42 接輿：為楚國的狂士，見《論語・微子》。接輿因接孔子之輿而得名，亦是寓言人物。《莊子》此處引述其所説的話，皆為假託之辭。
43 徑庭：徑，門外之路；庭，堂外之地。徑與庭，一處門外，一處門內，相隔甚遠。
44 藐姑射（yè）之山：傳説中仙山名。
45 淖約：同“綽約”，形容體態柔美。處子：即處女。
46 神凝：精神專注。
47 疵癘（lì）：疾病。
48 狂：同“誑”，意指荒誕不經之談。
49 與（yù）乎文章之觀（guàn）：參與有文采的東西的鑒賞。
50 知：同“智”。
51 是其言也：此其言也，指上文“心智亦有聾盲”而言。猶時女也：這話説的就是你（肩吾）啊！時，同“是”；女，同“汝”。
52 “將旁礴”三句：謂神人之德足以混萬物為一體，而世人爭功求名，紛擾不已，他怎肯忙忙碌碌疲憊不堪地去管天下的俗事呢？旁礴，混同；蘄，同“祈”；弊弊焉，忙碌疲憊的樣子。
53 大浸：大水。稽天：至於天。溺：淹沒。
54 “是其塵垢”三句：此三句的意思是説，這個神人身上的塵垢糟粕都將陶鑄出堯、舜來，他哪裏還肯去以紛紛擾擾的以外物為事呢？塵、垢、粃、糠，皆鄙賤之物，意同糟粕。
55 資：販賣。章甫：帽子名。諸：之於。
56 斷髮文身：剪短頭髮，身刺花紋。
57 四子：相傳指王倪、齧缺、被衣、許由。但此是莊子寓言，四子亦本無其人，不必坐實。汾水之陽：水北曰“陽”，地名平陽，在今山西臨汾市西南部，曾為堯都。
58 窅然：所見深遠的樣子。喪其天下：忘其身居天下之統治地位。
59 惠子：即惠施，宋國人，曾為魏相，與莊子為友，是戰國時哲學家。
60 魏王：即魏惠王。因魏遷都大梁（今河南開封），故又稱作梁惠王。
61 瓠（hù）：葫蘆。
62 樹：種植。成：成熟。實：容納。石：容量單位，一石為十斗。
63 呺（xiāo）然：形容物件雖巨大卻很空虛。
64 掊（pǒu）：擊破。
65 龜（jūn）：同“皸”，指皮膚受凍而裂。
66 洴（píng）澼（pì）絖（kuàng）：漂絮於水上。絖，同“纊”，細棉絮。
67 慮：拴，縛繫。大樽：一名腰舟，功能似今之求生圈，形如酒器，縛在身上，可自渡江湖。
68 蓬之心：指心思茅塞不通。蓬，草名，彎曲不直的樣子。
69 樗（chū）：亦稱臭椿，一種劣質大木。
70 塗：通“途”。
71 去：棄。
72 狸狌：狸，野貓。狌（shēng）：黃鼠狼。
73 敖者：指出遊的小動物，是狸狌取食的對象。敖，同“遨”，出遊。
74 跳梁：同“跳踉”，騰躍跳動。
75 機辟（bì）：捕捉鳥獸的機關。
76 犛（lí）牛：犛牛，出產於中國的西南部。

【鑒賞】

文章開始即運用寓言，通過具體事物説明：無論是“摶扶搖而上”的沖天大鵬，還是“決起而飛”的蓬間小雀；也無論是“不知晦朔”的短命朝菌，還是以八千歲為春秋的長壽大椿。它們雖有大小之分、長短之別，卻都有所依賴，不是逍遙遊。那些為世所累的“知效一官，行比一鄉，德合一君，而徵一國者”固然不能無所待，就是“定乎內外之分，辨乎榮辱之境”的宋榮子仍是“猶有所待”。能夠順着自然規律，不受時間、空間限制的，才是真正的逍遙遊。唯有無己的至人、無功的神人、無名的聖人，即任乎自然，順乎物理，把自身、功德、名望都看作虛幻之物的人才能絕對自由地作逍遙遊。

莊子以寓言和傳説論證“至人無己、神人無功、聖人無名”。堯讓天下於許由，闡述無名。“肌膚若冰雪，淖約若處子”的至美神人，是莊子“無己”思想的形象體現。人一旦忘卻了自身的形骸，像神人一樣，進入“無己”境地，精神上就會獲得徹底自由，不為世俗羈絆，達到凡人無法企及的高度。這是莊子絕對自由理想的極致。

最後莊子與惠子關於“用大”的兩段辯論，着重説明“無功”。無功思想的核心是無用之用。莊子認為，只有對外無用，才能免於禍患。同時，莊子還創造出純粹幻想中的“無何有之鄉”、“廣莫之野”的理想之境和“彷徨乎無為其側，逍遙乎寢卧其下”的自我形象，與現實針鋒相對。

莊子的這篇文章藉助於一系列虛幻的故事和形象，否定了有所待的自由，提出了一個無所待，無所限的絕對自由境界，又創造了一個神人形象使其具體化，並且認為“無為”是達到這一自由境界的途徑。

文章語言優美，想像豐富，創造了雄健的大鵬，長壽的大椿，超然美麗的神人等生動形象，獨具匠心，讀之如入絕美縹緲、浪漫而奔放之境，動靜結合，給人以美的享受。

庖丁解牛

庖丁[1]為文惠君[2]解牛，手之所觸，肩之所倚，足之所履，膝之所踦[3]，砉然[4]響然，奏刀騞然[5]，莫不中音：合於《桑林》[6]之舞，乃中《經首》之會[7]。

文惠君曰：“嘻，善哉！技蓋至此乎？”

庖丁釋刀對曰：“臣之所好者道[8]也，進乎技矣。始臣之解牛之時，所見無非牛者。三年之後，未嘗見全牛也。方今之時，臣以神遇[9]，而不以目視，官知止而神欲行[10]，依乎天理[11]，批大郤[12]，道大窾[13]，因其固然[14]，技經肯綮之未嘗[15]，而況大軱[16]乎？良庖歲更刀，割也[17]；族庖[18]月更刀，折也[19]。今臣之刀十九年矣，所解數千牛矣，而刀刃若新發於硎[20]。彼節者有間[21]，而刀刃者無厚；以無厚入有間，恢恢乎其於遊刃必有餘地矣。是以十九年，而刀刃若新發於硎。雖然，每至於族[22]，吾見其難為，怵然為戒，視為止，行為遲，動刀甚微，謋[23]然已解，如土委地。提刀而立，為之四顧，為之躊躇滿志，善刀而藏之。"

文惠君曰："善哉！吾聞庖丁之言，得養生焉。"

註釋

1 庖丁：名丁的廚工。
2 文惠君：舊註指梁惠王。王懋竑指出此因"惠"字附會，實未詳何人。
3 踦（yǐ）：通"倚"，抵住。
4 砉（huā）然：骨肉相離聲。
5 騞（huō）然：刀裂物聲，其聲大於砉。
6《桑林》：商湯樂名。
7《經首》：堯樂，《咸池》中一章。會：韻律。
8 道：指宇宙的本原，世界萬物發展變化的一股規律。
9 神遇：心神與牛體接觸。
10 官知：人的感覺器官，如眼、耳。止：停止活動。神欲行：心神自運。
11 天理：指牛身的自然結構。
12 批：分開。大郤：筋骨縫隙。
13 道：同"導"，導引，指引刀而入。窾：骨節空穴處。
14 固然：指牛的自然結構。
15"技經"句：郭象註："技之妙也，常遊刃於空，未嘗經概於微礙也。"技，俞樾以為"枝"之誤。枝經為經絡，肯綮為筋肉骨聚結處。
16 大軱（gū）：大骨。
17 割：割筋肉。
18 族庖：指一般的廚工。
19 折：用刀劈。
20 硎（xíng）：磨刀石。
21 節：牛的骨節。間：間隙。
22 族：筋骨交錯處。
23 謋（huò）：骨肉相離聲。
24 善：拭，擦。

【鑒賞】

本文選自《莊子・養生主》。文章詳細描寫了庖丁解牛的姿態、過程，從而悟出養生之道。

開篇是惟妙惟肖的描寫，庖丁手、肩、足、膝並用，觸、倚、履、踦相配合，和諧瀟灑。牛骨肉分離的聲音錯落有致。他的表演和解牛的聲音相配合，跟典雅的《桑林》舞一樣美妙，跟輝煌的《咸池》樂一樣動聽。如此的精彩表演，博得了文惠君的由衷讚歎，他驚奇地問道："技藝怎麼會這麼高明呢？"一語發問引出下文。

庖丁娓娓道來他解牛的經歷、經驗和感受。解牛之初，庖丁見到的是渾然一牛，三年之後，他把牛不再看成一個整體，對牛的生理結構已瞭如指掌，憑內在精神去體驗牛體，順應自然，擇隙而進，劃開筋肉間隙，導向骨節空處，按照牛的自然結構去解牛。

又以普通廚工和庖丁作比，良庖每年換一把刀，因為他是順勢切割，族庖每月換一把刀，因為他砍缺了刀口。庖丁的刀，用了十九年，殺牛幾千，但刀刃如新。這是因為他善於尋找空隙、利用空隙，這樣就"恢恢乎其於遊刃必有餘地矣"。庖丁用"良庖"和"族庖"作反襯，説明了自己技藝的高超。

文惠君的話可謂全文的點睛之筆，他説："聽了庖丁的這番話，我領悟了養生之道。"莊子提倡的養生之道，就是像庖丁一樣，尋找空隙，避開矛盾，像保護刀刃一樣保護自己。但面對外界事物，不是消極逃避，束手無策，而是像庖丁解牛那樣掌握事物的本來規律，順應規律，自由灑脱，遊刃有餘。同時，在掌握規律，處理問題的過程中，要膽大心細，謹慎從事，不可魯莽。

本文描寫與論述相結合，通過寓言故事體現深刻的哲理，讓人回味無窮。

《韓非子》

韓非（公元前 280 ～前 233），出身於韓國貴族，與李斯同為荀況的學生。韓非見韓國逐漸衰弱，屢次上書韓王，不被用，乃著書十餘萬言説明治國之道。秦王（始皇）見而悦之，為得到韓非而發兵攻韓。韓非入秦後，李斯、姚賈二人妒忌他的才能，進言於秦王而殺之。

韓非的學術綜合了申不害的“術”，商鞅的“法”，慎到的“勢”，並加以發展，主張因時制宜，強調法治和君主集權，為先秦法家的集大成者。著有《韓非子》五十五篇。他的文章以説理精密、文筆犀利見長，又善於用淺顯的寓言説明抽象的道理。

扁鵲見蔡桓公

扁鵲見蔡桓公[1]，立有間，扁鵲曰：“君有疾在腠理[2]，不治將恐深。”桓侯曰：“寡人無疾。”扁鵲出，桓侯曰：“醫之好治不病以為功[3]。”居十日，扁鵲復見，曰：“君之病在肌膚，不治將益深。”桓侯不應。扁鵲出，桓侯不悦。

居十日，扁鵲復見，曰：“君之病在腸胃，不治將益深。”桓侯又不應。扁鵲出，桓侯又不悦。

居十日，扁鵲望桓侯而還[4]走。桓侯故使人問之。扁鵲曰：“疾在腠理，湯熨[5]之所及也；在肌膚，針石[6]之所及也；在腸胃，火齊[7]之所及也；在骨髓，司命[8]之所屬，無奈何也。今在骨髓，臣是以無請也。”

居五日，桓侯體痛，使人索扁鵲，已逃秦矣。桓侯遂死。

註釋

1 扁鵲，戰國時醫學家，姓秦名越人，渤海郡鄚（今河北任丘市鄚州鎮）人，以其醫術與黃帝時名醫扁鵲一樣高明，故以“扁鵲”稱之。其行醫事蹟多不可考實。蔡桓公，即蔡桓侯，名封人，春秋時蔡國（今河南上蔡西南）國君，公元前 714 ～前

695年在位，比扁鵲早二百年。《史記》記載此事為齊桓侯，齊亦無桓侯。此處僅作為故事中人物來説明道理，不可拘泥。
2 腠理：皮膚的紋理。
3 醫之好治不病以為功：即醫生總喜歡為無病之人治病，作為自己的功勞。《史記・扁鵲倉公列傳》作"醫之好利也，欲以不疾者為功"。劉向《新序・雜事》作"醫之好利也，欲治不疾以為功"。
4 還：通"旋"，轉身。
5 湯熨（wèi）：湯，通"燙"。燙熨即用藥熱敷患處。
6 針石：即針灸。古代以砭石（磨製的尖石或石片）為針，後來改用金屬針，合稱針石。
7 火齊（jì）：古代清火去熱的湯劑。
8 司命：掌管人生死的神。

【鑒賞】

本文選自《韓非子・喻老》，是韓非用歷史故事與民間傳説闡發老子思想的哲學文章。

文章先交代了人物。"立有間"表明了醫師對病人有過一個觀察容貌氣色而後診斷的過程。"君有疾在腠理，不治將恐深"，語氣肯定明確，直言不諱，表現了扁鵲高超的醫術和高尚的醫德。但蔡桓公剛愎自用，"寡人無疾"一語拒人千里之外，語氣生硬堅決，顯出他昏庸、固執的性格弱點。

下面三個"居十日"，表明了蔡桓公的病從"腠理"發展到"肌膚"、"腸胃"直到"骨髓"的全過程。"扁鵲復見"説明他一直抱着認真負責的態度，並未因蔡桓公的斷然拒絕而中止勸諫治病。扁鵲誠懇準確的勸告，桓公均充耳不聞，而且"不應"、"不悦"、"又不應"、"又不悦"，態度冷漠，神情厭煩。當他的病發展到骨髓之時，名醫扁鵲也無力回天，故"望桓侯而還走"。

昏庸無知的蔡桓公自是茫然，"使人問之"，扁鵲解釋道："你的病在皮膚表面，用藥熱敷就可以治癒；你的病發展到肌膚裏時，用針灸方法可以治癒；你的病深入到腸胃裏時，用湯藥也可以治好。但當到骨髓之時，已是不可救藥，我也無可奈何了。"前後照應，解釋了"還走"的原因。

最後一段，"居五日"表現了扁鵲的判斷很快變成現實，"桓侯體痛，使人索扁鵲"，"索"字表現了桓侯在病痛之時的急切心情，與前面判若兩人。而此時扁鵲"已逃秦矣"，既説明他對桓侯之病無能為力，也説明他對居上位者慣常的遷怒與諉過的做法深感畏懼。"桓侯遂死"結束全文，證明扁鵲的分析無誤。

用短小精悍的故事比喻和象徵類似的情事，使抽象的道理變得具體形象，淺顯易懂，這是先秦諸子散文的特色。

秦漢名篇

李斯

李斯（公元前？～前 208），戰國時楚上蔡（今河南上蔡西）人。李斯是著名思想家荀況的弟子，後輔助秦始皇統一中國，官至丞相，為始皇定郡縣之制，下禁書令，以小篆作為統一文書。始皇死時，李斯聽信趙高的讒言，矯詔殺太子扶蘇。二世立，趙高起事，誣斯謀反，斯被腰斬於咸陽。

諫逐客書

秦宗室大臣皆言秦王曰[1]："諸侯人來事秦者，大抵為其主遊間於秦耳[2]？請一切逐客。"李斯議亦在逐中。斯乃上書曰：

臣聞吏議逐客，竊以為過矣。昔穆公求士，西取由余於戎[3]，東得百里奚於宛[4]，迎蹇叔於宋[5]，來丕豹、公孫支於晉[6]。此五子者，不產於秦，而穆公用之，併國二十，遂霸西戎。孝公用商鞅之法[7]，移風易俗，民以殷盛，國以富強，百姓樂用，諸侯親服，獲楚魏之師[8]，舉地千里，至今治強。惠王用張儀之計[9]，拔三川之地，西併巴蜀，北收上郡[10]，南取漢中，包九夷，制鄢郢[11]，東據成皋之險[12]，割膏腴之壤，遂散六國之從，使之西面事秦，功施到今[13]。昭王得范雎，廢穰侯，逐華陽[14]，強公室，杜私門[15]，蠶食諸侯，使秦成帝業。此四君者，皆以客之功。由此觀之，客何負於秦哉！向使四君卻客而不內[16]，疏士而不用，是使國無富利之實，而秦無強大之名也。

今陛下致崑山之玉[17]，有和隨之寶[18]，垂明月之珠，服太阿之劍[19]，乘纖離之馬[20]，建翠鳳之旗[21]，樹靈鼉之鼓[22]。此數寶者，秦不生一焉，而陛下悅之，何也？必秦國之所生然後可，則是夜光之璧不飾朝廷，犀象之器不為玩好，鄭衛之女不充後宮，而駿良駃騠[23]不實外廄，江南金錫不為用，西蜀丹青不為采[24]。所以飾後宮、充下陳、娛心意、悅耳目者，必出於秦然後可，則是宛珠之簪[25]，傅璣之珥[26]，阿縞之衣[27]，錦繡之飾，不進於前，而隨俗雅化，佳冶窈窕[28]趙女不立於側也。夫擊甕叩缶，彈箏搏髀[29]，而歌呼嗚嗚快耳者，真秦之聲也；鄭衛桑間[30]、韶虞武象者[31]，異國之樂也。今棄擊甕叩缶而就鄭衛，退彈箏而取韶虞，若是者何也？快意當前，適觀而已矣。今取人則不然。不問可否，不論曲直，非秦者去，為客者逐。然則是所重者在乎色樂珠玉，而所輕者在乎人民也。此非所以跨海內、制諸侯之術也。

臣聞地廣者粟多，國大者人眾，兵強則士勇。是以太山不讓土壤，故能成其大；河海不擇細流，故能就其深；王者不卻眾庶，故能明其德。是以地無四方，民無異國，四時充美，鬼神降福。此五帝三王之所以無敵也。今乃棄黔首以資敵國[32]，卻賓客以業諸侯[33]，使天下之士退而不敢西向，裹足不入秦，此所謂"藉寇兵而齎盜糧"者也[34]。

夫物不產於秦，可寶者多；士不產於秦，而願忠者眾。今逐客以資敵國，損民以益仇，內自虛而外樹怨於諸侯，求國無危，不可得也。

註釋

1 宗室：與國君同一祖宗的貴族。

2 遊間：遊説離間。據説，當時韓國為了消耗秦國人力，以延緩秦的兼併行動，便派水工鄭國入秦，遊説開鑿鄭國渠，後被發覺，於是發生了這次"逐客"事件。

3 由余：春秋時晉人，逃亡到戎地，奉戎王命使秦。秦穆公用計使他歸秦，並運用他的計謀伐戎，開地千里，遂霸西戎。

4 百里奚：虞大夫，晉滅虞，奚被俘，作為晉獻公女兒陪嫁的奴僕入秦。後逃入楚國，被楚人捉住。秦穆公聽説他很有才能，便用五張羊皮將他贖出，並任用他為大夫。宛（yuān）：楚地名，今河南南陽市。

5 蹇(jiǎn）叔：百里奚的朋友，住在宋國，經百里奚推薦後入秦，被封為上大夫。

6 來：招來。丕豹：晉國人，其父丕鄭被晉惠公所殺，他逃到秦，穆公任他為將，助秦攻晉。公孫支：又名子桑，岐州（今陝西鳳翔）人，遊於晉，後入秦為穆公出謀劃策。

7 商鞅：姓公孫，名鞅，衛國公子，稱衛鞅，戰國時法家代表人物。入秦後幫助秦孝公變法強國，封於商，故號為商君。孝公死，被秦惠王車裂。

8 獲楚、魏之師：楚宣王三十年，秦封衛鞅於商，南侵楚。秦孝公二十二年，商鞅擊敗魏軍，俘獲魏公子得魏河西之地。

9 惠王：指秦惠王嬴駟。他於公元前 323 年稱王，故此後秦國國君都稱王。張儀：魏國人，主張"連橫"，"拔三川（指境內的黃河、伊河、洛河）之地"，但惠王時未實行，直到公元前 306 年，秦武王才派甘茂取三川。

10 上郡：魏地，今陝西榆林東南部。公元前 328 年，魏國戰敗請和，獻秦上郡十五縣地。

11 九夷：泛指當時巴蜀和楚國南陽一帶的少數民族。鄢（yān）：楚國舊都，在今湖北宜城。郢（yǐng）：楚國國都，在今湖北江陵北。

12 成皋（gāo）：周朝都邑以東的軍事要塞，即今河南滎（xíng）陽縣的虎牢關。

13 施（yì）：延續。

14 華陽：即華陽君，秦昭王母宣太后同父弟，封於華陽。因與宣太后有親戚關係而專權。

15 杜私門：杜絕魏冉等權貴家族的勢力。指范雎幫助秦昭王從穰侯和華陽君等人手中奪回實權。

16 向使：如果。卻：拒絕。內：同"納"。
17 崑山：即崑崙山，它的北麓和闐以產玉著稱。
18 和隨之寶：指和氏之璧（楚人卞和在山中發現的美玉）與隨侯之珠（夜明珠）。
19 太阿（ē）：寶劍名。相傳由春秋時吳國歐冶子、干將所鑄。
20 纖離：古駿馬名。
21 翠鳳之旗：飾有翠鳥羽毛組成的鳳形圖案的旗子。
22 靈鼉（tuó）：俗名"豬婆龍"，皮可蒙鼓。
23 駃（jué）騠（tí）：古代產於北方的寶馬。
24 丹青：指顏料。丹，丹砂。采：彩飾。
25 宛珠之簪（zān）：用宛地出產的珠子裝飾而成的髮簪。
26 傅璣之珥（ěr）：鑲着小珠寶的耳環。
27 阿縞（gǎo）：齊國東阿（今山東東阿）所產的白色薄綢。
28 佳冶：美好亮麗。
29 搏髀（bì）：拍着大腿打拍子。
30 桑間：衛國地名，傳說此地民歌十分動聽。
31 韶虞：也稱簫韶，相傳是歌頌虞舜的樂舞。武象：周初的一種樂舞。
32 黔首：百姓。黔：黑色。
33 業：促成其事。
34 藉：借。齎（jī）：送給。

【鑒 賞】

據《史記·秦始皇本紀》，李斯的《諫逐客書》作於秦王嬴政十年（公元前 237 年），當時韓國派了一個有名的水利專家鄭國到秦國從事間諜活動，慫恿秦王興修長三百餘里的灌溉渠，企圖以此來消耗秦的國力，減輕秦國對東方的武力進攻，結果被秦王發覺。與此同時，那些因為客卿為秦王所重用而權勢受到威脅的秦國貴族，利用這件事進行挑撥，勸說秦王驅逐客卿，秦王接受了他們的意見，下令逐客。李斯也在被逐之列，臨行前他寫下這篇《諫逐客書》，勸秦王不要逐客，使秦王幡然悔悟，收回了逐客成命。《諫逐客書》膾炙人口，千百年來為世人傳誦。

《諫逐客書》結構簡單，說服力和藝術感染力卻相當強。文章一開頭便亮明觀點"臣聞吏議逐客，竊以為過矣"，直截了當，給人以強烈的震撼。接下來以大量事實來說明客卿為秦國做出的巨大貢獻，證明逐客的錯誤性。在論證中，作者按時間的順序由遠及近精心地挑選秦國歷史上幾個極為典型的材料來作為論據，以事實來表明客卿對於秦的功勞巨大。文章還巧妙地運用了反詰，以假設口吻從反面進行推理，使論點得到了強有力的說明，從而駁倒了秦國宗室借題發揮、攻擊客卿的各種言論。

這篇文章另一特色在於對事的高度概括和行文的整飭而又富於變化。全文往往用極簡練的筆墨，將複雜的史實高度概括出來。如寫秦穆公用客，只有八句，寫用客結果，只有八字，可見其語言的凝練。在行文上，敘述四位秦君任用客卿，都是先寫用客，後寫用客結果，使文章自然地分成四個分明的層次，這是其整飭之處，但具體寫每位秦王用客時，側重點又不同，句子參差不齊。這樣，文章既具有整齊美感又呈現出活潑的丰姿，真是跌宕生姿，極盡曲折變化之能事，無形中增強了全文的表達效果。

在行文上文章還注意到前後呼應，前段用無可辯駁的事實説明"客何負於秦哉"，論證了"吏議逐客，竊以為過矣"的觀點，後段筆鋒一轉，發出新的議論。然後順理成章，把逐客一事提到不利於"跨海內，制諸侯"的戰略高度來認識，上下呼應，一氣貫通。全篇文章顯得不蔓不枝，緊湊縝密。在層層論證中，逐客不利於秦統一的道理得到了透徹説明，再加上本文多用排比和對偶句式，給文章更增添了一種雄渾奔放的氣勢。正如明代林希元説："只就逐客一事生枝生葉，反覆頓伏，有無限態度，無限精神，真秦漢間一等文學。"(《史記評林》)

賈誼

賈誼（公元前 200 ～前 168），洛陽（今河南洛陽）人。漢文帝初年，官至太中大夫。因力主改革，被權貴中傷，貶為長沙王太傅。四年後，被召為梁懷王太傅。懷王墮馬而死，誼自傷為傅無狀，鬱鬱而死。賈誼在政治上主張逐步削弱地方割據勢力，鞏固中央政權，全力抗擊匈奴；經濟上強調重農，充裕民食。政論文如《陳政事疏》、《論積貯疏》、《過秦論》等，分析形勢，陳述利害，內容充實，極具説服力。辭賦以《鵩鳥賦》、《弔屈原賦》最著名。後人輯其文為《賈長沙集》。另著有《新書》十卷。

過秦論（上）

秦孝公據殽函之固[1]，擁雍州之地[2]，君臣固守，以窺周室，有席卷天下、包舉宇內、囊括四海之意，併吞八荒之心[3]。當是時也，商君佐之，內立法度，務耕織，修守戰之具，外連衡而鬥諸侯。於是秦人拱手而取西河之外[4]。

孝公既沒，惠文、武、昭蒙故業[5]，因遺策，南取漢中，西舉巴蜀[6]，東割膏腴之地，收要害之郡。諸侯恐懼，會盟而謀弱秦。不愛珍器、重寶、肥饒之地，以致天下之士，合從締交[7]，相與為一。當此之時，齊有孟嘗，趙有平原，楚有春申，魏有信陵。此四君者，皆明智而忠信，寬厚而愛人，尊賢而重士，約從離橫，兼韓、魏、燕、楚、齊、趙、宋、衛、中山之眾[8]。於是六國之士，有寧越、徐尚、蘇秦、杜赫之屬為之謀[9]，齊明、周最、陳軫、召滑、樓緩、翟景、蘇厲、樂毅之徒通其意[10]，吳起、孫臏、帶佗、兒良、王廖、田忌、廉頗、趙奢之倫制其兵[11]。嘗以十倍之地，百萬之眾，叩關而攻秦[12]。秦人開關而延敵，九國之師，逡巡遁逃而不敢進，秦無亡矢遺鏃之費[13]，而天下諸侯已困矣。於是從散約解，爭割地而賂秦。秦有餘力而制其弊，追亡逐北，伏屍百萬，流血漂櫓[14]，因利乘便，宰割天下，分裂河山，強國請伏，弱國入朝。

施及孝文王、莊襄王[15]，享國之日淺，國家無事。及至始皇，奮六世之餘烈，振長策而御宇內，吞二周而亡諸侯，履至尊而制六合[16]，執敲撲以鞭笞天下[17]，威振四海。南取百越之地，以為桂林、象郡[18]。百越之君俯首繫頸，委命下吏。乃使蒙恬北築長城而守藩籬[19]，卻匈奴七百餘里，胡人不敢南下而牧馬，士不敢彎弓而報怨。於是廢先王之道，燔百家之言[20]，以愚黔首[21]。隳名城[22]，殺豪俊，收天下之兵聚之咸陽，銷鋒鍉[23]，鑄以為金人十二，以弱天下之民。然後踐華為城，因河為池[24]，據億丈之城，臨不測之谿以為固。良將勁弩，守要害之處，信臣精卒，陳利兵而誰何[25]！天下已定，始皇之心，自以為關中之固，金城千里，子孫帝王萬世之業也。

始皇既沒，餘威震於殊俗[26]。然而陳涉甕牖繩樞之子，甿隸之人，而遷徙之徒也[27]；材能不及中庸，非有仲尼、墨翟之賢，陶朱、猗頓之富[28]；躡足行伍之間，俛起阡陌之中[29]，率罷散之卒，將數百之眾，轉而攻秦；斬木為兵，揭竿為旗，天下雲集而響應，贏糧而景從[30]，山東豪俊[31]，遂並起而亡秦族矣。

且夫天下非小弱也，雍州之地，殽函之固，自若也。陳涉之位，非尊於齊、楚、燕、趙、韓、魏、宋、衛、中山之君也，鋤櫌棘矜，非銛於鈎戟長鎩也[32]，謫戍之眾[33]，非抗於九國之師也，深謀遠慮，行軍用兵之道，非及曩時之士也[34]。然而成敗異變，功業相反也。試使山東之國與陳涉度長絜大[35]，比權量力，則不可同年而語矣。然秦以區區之地，致萬乘之權，招八州而朝同列[36]，百有餘年矣。然後以六合為家，殽函為宮，一夫作難而七廟隳[37]，身死人手[38]為天下笑者，何也？仁義不施，而攻守之勢異也。

註 釋

1 秦孝公：姓嬴，名渠梁。公元前 361 ～前 338 年在位。他任用商鞅，施行新法，使秦國逐步富強。殽函：指殽山（今河南洛寧北）和函谷關（今河南靈寶東北）。

2 雍州：相傳古代分天下為九州，雍州指秦國當時統治的地區，相當於今陝西東部、北部及甘肅部分地區。

3 八荒：指八方。

4 拱手：兩手合抱，意輕而易舉。西河：指當時秦、魏交界的黃河西岸地區，原屬魏國。公元前 340 年商鞅攻魏，魏割西河地區予秦。隨後，秦又向東擴張，故這裏説“取西河之外”。

5 惠文：秦孝公之子，名駟，又稱惠王。武：惠王之子，名蕩。昭：秦武王的異母弟秦昭襄王，又稱昭王。

6 巴蜀：巴國和蜀國，都在今四川。

7 合從：即合縱，指位於秦東邊的六國南北聯合，共同抗秦的策略。

8 兼：聚合，聚集。

9 寧越：趙國人名。徐尚：宋國人名。蘇秦：周國洛陽人，主張合縱抗秦的代表人物，當時曾任“縱約長”。杜赫：周國人名。

10 齊明：東周大臣。周最：東周君的兒子。陳軫（zhěn）：楚國人。召（shāo）滑：楚國人。樓緩：魏文侯之弟。翟景：魏國人。蘇厲：蘇秦之弟，在齊國做官。樂毅：燕國名將。
11 吳起：衛國人，事魏文侯為將，後事楚。戰國前期著名軍事家。孫臏：齊國人，戰國中期著名軍事家。帶佗：楚將。兒良、王廖：兩人都是軍事家。田忌：齊國大將。廉頗、趙奢：都是趙國名將。
12 叩關：直攻函谷關。
13 矢：箭。鏃：箭頭。
14 北：通"背"，失敗。敗者背身逃走。櫓：大盾牌。
15 孝文王：昭襄王子，在位一年（公元前 250 年）。莊襄王：孝文王子，在位三年（公元前 249～前 247 年）。
16 履：登上的意思。至尊：指天子的地位。公元前 221 年秦王嬴政稱皇帝。六合：東、西、南、北、上、下，稱為六合。
17 執敲撲：亦作"執捶拊"。敲與撲，皆指棍棒，短的叫敲，長的叫撲。鞭笞（chī）：本指刑具，在這裏是鞭打的意思。
18 百越：古代越族種類很多，故稱百越，亦稱百粵。他們散居於今浙江、福建、廣東、廣西等地。《漢書・地理志》云："自交阯至會稽，七八千里，百粵雜處，各有種姓。"桂林：故地約在今廣西東南部及廣東西北部一帶。象郡：約在今廣西西部、廣東西南部和貴州南部一帶。
19 蒙恬（tián）：秦國大將。始皇三十三年（公元前 214 年），蒙恬奉命率兵三十萬，北逐匈奴，修築長城。
20 燔（fán）百家之言：指公元前 213 年，秦始皇下令燒燬儒家經典、各國史書和諸子書。燔，焚燒、燒燬的意思。
21 黔首：指百姓。
22 隳（huī）：毀壞。
23 兵：兵器。銷：熔化。鋒鍉（dì）：代指兵器。或作"鋒鏑"，箭頭。
24 華：華山。河：黃河。池：護城河。
25 誰何：誰敢怎麼樣。
26 殊俗：風俗不同的邊遠地區。
27 甕牖（yǒu）繩樞：用瓦甕作窗，用繩子拴門軸。形容住宅非常簡陋，出身十分貧寒。甿（méng）隸：沒有土地的僱農。甿，同"氓"。遷徙：公元前 209 年陳涉等人被徵發到漁陽（今北京密雲西南）戍守邊疆。
28 陶朱：即范蠡，春秋末年越國大夫，棄官到陶（今山東定陶西北）地經商成為巨富，號陶朱公。猗頓：春秋時魯國人，在猗氏（今山西臨猗南）經營鹽業，成為巨富。
29 行（háng）伍：代指士兵。俛（miǎn）起：奮起。俛，通"勉"，竭盡全力。阡陌：田間小路，這裏代指田野。
30 贏：肩挑、背負。景（yǐng）從：像影子跟着形體一樣。景，後來作"影"。
31 山東：指殽山、函谷關以東。指東方六國之地。
32 櫌（yōu）：平整土地的一種農具，似耙而無齒，形如榔頭。棘矜：戟柄。棘，通"戟"。銛（xiān）：鋒利。鉤：像劍而彎的一種兵器。一說"鉤戟"是指帶鉤的戟。鎩（shā）：有長刃的矛。
33 謫戍之眾：指陳涉等戍邊的九百多人。
34 曩（nǎng）時之士：指從前的如寧越、徐尚等六國之士。
35 度（duó）：比。絜（xié）：衡量。
36 萬乘：天子擁地方千里，有兵車萬乘，故稱天子為萬乘。（諸侯地方百里，有兵車千乘。）同列：同等的諸侯。
37 七廟：天子宗廟。古代天子有七廟，供奉七代祖先。七廟隳則王朝滅亡。
38 身死人手：指秦二世為趙高所殺，子嬰被項羽所殺。

過秦論（中）

秦併海內，兼諸侯，南面稱帝，以養四海[1]。天下之士斐然向風[2]，若是者何也？曰：近古之無王者久矣[3]！周室卑微，王霸既歿，令不行於天下，是以諸侯力政[4]，強侵弱，眾暴寡[5]，兵革不休，士民罷敝[6]。今秦南面而王天下[7]，是上有天子也。既元元之民冀得安其性命，莫不虛心而仰上[8]，當此之時，守威定功[9]，安危之本在於此矣。

秦王懷貪鄙之心，行自奮之智[10]，不信功臣，不親士民，廢王道，立私權[11]，禁文書而酷刑法[12]，先詐力而後仁義[13]，以暴虐為天下始[14]。夫併兼者高詐力[15]，安定者貴順權[16]，此言取與守不同術也[17]。秦離戰國而王天下[18]，其道不易，其政不改，是其所以取之、守之者異也[19]。孤獨而有之[20]，故其亡可立而待。藉使秦王計上世之事，並殷周之跡，以制御其政[21]，後雖有淫驕之主，而未有傾危之患也。故三王之建天下，名號顯美[22]，功業長久。

今秦二世立，天下莫不引領而觀其政[23]。夫寒者利短褐而飢者甘糟糠[24]，天下之嗷嗷，新主之資也[25]。此言勞民之易為仁也[26]。鄉使二世有庸主之行而任忠賢，臣主一心而憂海內之患，縞素而正先帝之過[27]，裂地分民以封功臣之後，建國立君以禮天下[28]；虛囹圄而免刑戮，除收帑污穢之罪[29]，使後反其鄉里，發倉廩，散財幣，以振孤獨窮困之士[30]，輕賦少事以佐百姓之急[31]，約法省刑以持其後[32]，使天下之人皆得自新，更節修行[33]，各慎其身，塞萬民之望，而以威德與天下，天下集矣[34]。即四海之內，皆歡然各自安樂其處，唯恐有變[35]。雖有狡猾之民，無離上之心，則不軌之臣無以飾其智[36]，而暴亂之奸止矣。二世不行此術，而重之以無道，壞宗廟與民[37]，更始作阿房宮[38]，繁刑嚴誅，吏治刻深[39]，賞罰不當，賦斂無度，天下多事，吏弗能紀，百姓窮困而主弗收恤[40]，然後奸偽並起，而上下相遁[41]，蒙罪者眾，刑戮相望於道，而天下苦之。自君卿以下至於眾庶。人懷自危之心，親處窮困之實，咸不安其位，故易動也[42]。是以陳涉不用湯武之賢，不藉公侯之尊，奮臂於大澤[43]而天下響應者，其民危也。故先王見始終之變，知存亡之機[44]。

是以牧民之道[45]，務在安之而已，天下雖有逆行之臣，必無響應之助矣。故曰："安民可與行義，而危民易與為非。"此之謂也。貴為天子，富有天下，身不免於戮殺者，正傾非也[46]。是二世之過也。

註釋

1 以養四海：指享有天下。養，取。

2 “天下之士”句：這句説，天下的知識分子都呈現其文采，傾心於秦人統一之業，願為之效力。斐然，有文采的樣子；向風，聞風歸附。

3 “近古之無王”句：舊時人們認為天下人所擁護的王朝，才是名副其實的“王”。所以王字解釋為：“王，天下所歸往也。”自東周以來，周王室名存實亡，各諸侯之間爭霸兼併，無共主可尊。故稱“近古無王”。

4 政：借用為征。力征，各國以武力相攻伐。

5 暴：虐待欺侮。這句説，大國恃其人眾欺侮力量薄弱的國家。

6 士民：指兵士及人民。罷敝：即疲憊，困乏無力。

7 王（wàng）天下：統一天下。

8 既：盡，凡是。元元：古代稱人民為黎元，或稱元元。冀：希望。上：指皇帝。虛心仰上：抱着傾心嚮往的情懷，仰望他能有清明的政治。

9 守威：維持削平六國的威望。定功：制定出統一治理天下的政治規劃。功，事業。

10 貪鄙：是説慾望大而見解偏狹、淺陋。自奮：自誇個人的智力。

11 廢王道：拋棄王道不用。立私權：建立帝王有至高無上權力的專制制度。

12 禁文書而酷刑法：指始皇三十四年“有藏詩書百家語者，悉詣守尉雜燒之。有敢偶語詩書，棄市（古代殺人於市）。以古非今者，族（誅）”等法令。

13 先詐力：重視欺詐與威力。後仁義：輕視仁義。

14 始：開端的意思。

15 “夫併兼”句：是説企圖吞併別人的人，當然要推崇詐術與威力。

16 安定者：想穩定他人並兼併其成果的人。順權：是説能根據實際情況制定一套新的政治方案。順，遵循；權，衡量。

17 術：方法、策略。

18 離：併吞。

19 “其道不易”三句：大意是，秦統一天下之後，它統治天下的方法和策略沒有改變，這是錯誤地把攻取天下的方法應用到治理天下上去了。

20 孤獨：集權於皇帝個人。有：專有。之：代指天下。

21 計：考慮。並殷周之跡：比較殷周兩代為何興、為何亡的往事。並，比較；跡，往事。制：裁斷。御：治理。

22 三王：指夏、殷、周三代開國之君，即夏禹、殷湯、周文王、武王。顯：光明。

23 二世：秦朝第二代皇帝，即秦始皇少子，名胡亥。引領：伸着脖子。觀其政：希望二世能改變他父親的專制作風。

24 褐：極粗的毛織衣料。

25 “天下之嗷嗷”句：這兩句是説，天下人民都嗷嗷怨恨，是替新起的君主創造條件。嗷嗷（áo），眾多的積怨聲。

26 勞民：疲勞痛苦的人民。為仁：施行仁政。

27 鄉使：那時候假使。鄉，同“向”。庸主：平庸無為的君主。縞（gǎo）素：白色織物。古代喪服尚白，故以縞素代喪服。這裏是説二世不必有所等待，應在服喪期間，下令改正他父親的政治錯誤。

28 建國立君：是説給所滅的六國後裔以少量土地，立其為國君以減少六國之後的反抗情緒。

29 囹圄：有高圍牆的監獄。帑（nú）：即“孥”字，指兒女。

30 振：拯救。士：此指知識分子。

31 佐：幫助。急：困苦。

32 “約法”句：意思是説，在推行上列一些措施之後，再用簡法省刑的辦法堅定地執行下去。約法，簡化法令；省刑，減輕刑罰；持，執持、實行。

33 節：立身準則。

34 塞：滿足。以威德與天下：意思是説，把職權分一些給天下之人，把恩德實施到各階層。集：和平安定的意思。

35 即：與“則”字用法同。歡然：快樂的樣子。唯恐有變：恐怕變亂發生，失去安定生活。

36 不軌：不遵守法度。飾：粉飾，偽裝。

37 壞宗廟與民：毀壞了宗廟和人民。壞，自行破壞之意。

38 更始：工程停頓了一段時間，重又開始建築。

39 “繁刑嚴誅”二句：指二世“遵用趙高，申法令”，用法更加深刻，誅殺大臣及諸公子等事。刻深，刻薄嚴酷。

40 紀：治理。收恤：把渙散的人心重新聚集起來，對他們的困苦予以考慮和救濟。

41 奸偽：指奸詐和欺騙的行為。相遁：互相隱瞞以逃避責任。

42 君卿：指大臣。易動：容易引起騷動和變亂。

43 奮臂：揮動臂膀，號召人民起來反抗。大澤：陳涉起義的大澤鄉（在今安徽宿縣西南）。

44 見始終之變，知存亡之機：察見事物的全部變化過程，認識存亡的關鍵所在。

45 牧民：統治人民。

46 貴為天子，富有天下，身不免於戮殺者：二世三年八月，起義軍大敗秦兵於鉅鹿，趙高恐二世殺己，遂殺二世於望夷宮。又四十餘日秦亡。正傾：把傾斜而將要倒塌的房屋扶正起來。這是說秦帝國在始皇死時，已像一個將要傾覆的大廈，二世沒有採取矯正的方略，終至身死國滅。

過秦論（下）

秦併兼諸侯山東三十餘郡[1]，繕津關，據險塞[2]，修甲兵而守之。然陳涉以戍卒散亂之眾數百，奮臂大呼，不用弓戟之兵，鉏耰白梃，望屋而食[3]，橫行天下。秦人阻險不守，關梁不闔，長戟不刺，強弩不射[4]。楚師深入，戰於鴻門，曾無藩籬之艱[5]。於是山東大擾，諸侯並起，豪俊相立[6]。秦使章邯將而東征[7]。章邯因以三軍之眾要市於外，以謀其上[8]，群臣之不信[9]，可見於此矣。

子嬰立，遂不寤[10]。藉使子嬰有庸主之材，僅得中佐[11]，山東雖亂，秦之地可全而有[12]，宗廟之祀未當絕也。秦地被山帶河以為固，四塞之國也。自繆公以來，至於秦王，二十餘君，常為諸侯雄。豈世世賢哉，其勢居然也[13]。且天下嘗同心並力而攻秦矣[14]。當此之世，賢智並列，良將行其師，賢相通其謀[15]，然困於險阻而不能進，秦乃延入戰而為之開關，百萬之徒逃北而遂壞[16]。豈勇力智慧不足哉？形不利，勢不便也。秦小邑併大城，守險塞而軍，高壘毋戰，閉關據阨，荷戟而守之。諸侯起於匹夫[17]，以利合，非有素王之行也[18]。其交未親，其下未附，名為亡秦，其實利之也。彼見秦阻之難犯也，必退師[19]。安士息民，以待其敝；收弱扶罷，以令大國之君[20]，不患不得意於海內。貴為天子，富有天下，而身為禽者，其救敗非也[21]。

秦王足己不問，遂過而不變[22]。二世受之，因而不改，暴虐以重禍。子嬰孤立無親，危弱無輔[23]。三主惑而終身不悟，亡，不亦宜乎？當此時也，世非無深慮知化之士也[24]；然所以不敢盡忠拂過者，秦俗多忌諱之禁[25]，忠言未卒於口而身為戮沒矣[26]。故使天下之士，傾耳而聽，重足而立，拑口而不言[27]。是以三主失道，忠臣不敢諫，智士不敢謀，天下已亂，奸不上聞[28]，豈不哀哉！先王知雍蔽之傷國也，故置公卿大夫士，以飾法設刑[29]，而天下治。其強也，禁暴誅亂而天下服。其弱也，五伯征而諸侯從[30]。其削也，內守外附而社稷存。故秦之盛也，繁法嚴刑而天下振[31]；及其衰也，百姓怨望而海內畔矣[32]。故周五序得其道，而千餘歲不絕[33]。秦本末並失，故不長久[34]。由此觀之，安危之統相去遠矣[35]！

野諺曰："前事之不忘，後事之師也[36]。"是以君子為國，觀之上古，驗之當世，參以人事[37]，察盛衰之理，審權勢之宜，去就有序，變化有時[38]，故曠日長久而社稷安矣[39]。

註釋

1 併兼：兼併或吞併。
2 繕：修繕。津：關要路口有橋樑處。
3 散亂：無組織，比喻非常雜亂。白梃：無漆飾的大棒。望屋而食：指起義隊伍沒有給養，需要到有房屋有人家的地方找飯吃。
4 阻險：險塞。闔（hé）：關閉。弩：用機括來發射的強弓。
5 楚師：此處指陳涉所派遣的將軍周文（一名周章）所率的軍隊。這支隊伍有幾十萬人，曾進軍到今陝西臨潼東面叫做戲的地方，即後來項羽駐兵的鴻門坡，所以説"戰於鴻門"。這支隊伍後被章邯打敗，退出函谷關。
6 於是：在這個時候。擾：亂。
7 章邯：秦二世所任命的大將。
8 要（yāo）市：即約市。像彼此間互訂契約來做買賣，所以稱為"要市"。章邯在鉅鹿（今河北平鄉）被項羽打敗後，接受部下陳餘的勸告，投降了項羽。章邯使人見項羽，欲約，項羽欲聽其約之事。以謀其上：即站在起義軍的立場上，相約共同攻秦。
9 不信：是説秦二世對臣下不信任，君臣間互相猜嫌。
10 遂：終。不寤：不醒悟。
11 藉：同"借"。藉使，即假使。中佐：中等才能的人來作他的輔相。
12 秦之地：指秦原來擁有的土地。即孝公以前的雍州之地。
13 繆（mù）：同"穆"。居：踞。勢居，秦地形勢所踞。
14 嘗：曾經。
15 行其師：指揮軍隊。通其謀：相互協商對付秦國的計謀。
16 延入：迎入，請入。
17"諸侯起於匹夫"句：是説原各諸侯所在地區的叛亂者都是些平常之人，烏合之眾。
18 素王：有德無位之稱。
19 其交：指東方起義諸侯間的關係。利之：是説在亡秦的名義下又想自為諸侯王。
20 安士息民：安定他的軍士和人民。
21 為禽：被人所擒。禽：同"擒"。救敗非也：是説子嬰在他覆亡前夕沒有作出挽救的措施。
22 足己：驕傲自滿。不問：不徵求別人意見。遂過：一直錯誤下去。
23 弱：指子嬰年幼。無輔：指子嬰沒有親信大臣的輔佐。
24 知化：對形勢變化認識透徹，又能掌握着情況以制定方策。
25 拂：通"弼"，輔導糾正。
26 未卒於口：話還沒有講完。沒：滅亡。
27 傾耳而聽：很小心地怕觸犯刑戮。重足：兩隻腳疊起來，不敢行走，怕踏上不測之禍。
28 奸：統治者對"盜賊"和叛亂者的蔑稱。此處指起義軍。
29 雍（yōng）：同"壅"，阻塞。飾（chì）：同"飭"。飭法，整頓法度。設刑：制訂刑事制度。
30 五伯：指春秋時齊桓公、晉文公、秦穆公、宋襄公、楚莊王。春秋時周王朝衰微，無力解決糾紛，由五伯來主持討伐事，故曰"五伯征"。

31 振：同“震”。天下震動。
32 望：恨。起義皆發生在舊六國之地，所以說“海內畔”。
33 五序：凡有次第排行者皆為有序。賈誼所說的“周五序得其道”，是針對始皇把所有權力集中到皇帝一個人身上而說的。千餘歲：誇辭，實際只有八九百年。
34 本：指政治方針和上文所說的“五序”制度。末：指“正傾”“救敗”的措施。
35 統：是千頭萬緒中的根本事物，即政治綱領。
36 野諺：泛舉俗話中不知所本的格言。作者引用這兩句諺語，表明了他寫此文的用意所在。
37 為國：治理國家。參以人事：從各方面察驗人事使用是否得當，考察事務施行中的所有利弊。
38 審權勢之宜：斟酌權勢之間的恰當分寸。權，權威；勢，形勢。有序：指按照一定規律。變化應時：意謂時代變了政策也要相應改變。
39“故曠日長久”句：是說在上面的政策方針引導之下，日子久了，就會建立起“治安”的基礎。曠，原意為寬闊，借喻為久長。

【鑒賞】

《過秦論》選自《新書》，有上、中、下三篇，論述秦代的興亡得失，故名曰“過秦”。但作者的主旨在於提供歷史借鑒，總結經驗，以鞏固漢王朝。

賈誼的政論，以其敏鋭的觀察能力和深刻的分析能力著稱於世，內容充實，説理透徹，感情充沛，文采煥發，對後世散文創作產生了深遠的影響。

本篇論述了秦代興亡的主要原因和得失功過，總結了秦王朝的興亡史及其歷史教訓。文章鋪敘了秦國從小到大，由弱變強，吞併諸侯建立統一的帝國的整個過程。而其滅亡之迅速，又是始料不及，短短幾年，就被“斬木為兵，揭竿為旗”的農民起義軍推翻。究其原因，賈誼認為是“仁義不施”，同時也認為秦使用武力，一統天下，而一味地追求用武力鎮壓，實行愚民、弱民、與民為敵的政策，又造成了秦的滅亡。

為説明以上觀點，賈誼可謂鑽研窮盡，費盡心機，賦予了本文獨特的藝術魅力。全文在結構上，與李斯的《諫逐客書》截然不同，正如明代孫執昇所説：“古文有開口即提出主意，後乃層折瀾翻者，《逐客書》是也。有全篇不點之意，層次敲擊，至末而躍出者，此論是也。”（《評註昭明文選》引）

在語言的運用上，賈誼大量使用排比、對偶，對史實進行大肆渲染，筆酣墨飽，氣勢非凡。同時其精闢透徹的議論，嚴密的組織邏輯，反襯對比手法的大量使用，使文章具有強烈的感染力和説服力，引人入勝。

所謂“著論準《過秦》，作賦擬《子虛》”，該文以其獨特的思想和藝術成就，成為文學史上一座豐碑。

晁錯

晁錯（公元前 200～前 154），漢潁川郡（今河南禹縣）人。他是漢初的大學者，同時也是積極的政治改革者。文帝時做過太常掌故、博士、太子家令，後遷至中大夫。在中大夫時，他提了許多關於兵事、邊防的好建議。景帝初，官至御史大夫（位僅次於丞相）。他極力主張提高中央權力，削減諸侯王封地，亦因此被殺。

論貴粟疏

聖王在上，而民不凍飢者，非能耕而食之，織而衣之也，為開其資財之道也。故堯禹有九年之水[1]，湯有七年之旱[2]，而國亡捐瘠者[3]，以畜積多而備先具也。今海內為一，土地人民之眾不避[4]湯禹，加以亡天災數年之水旱，而畜積未及者，何也？地有遺利，民有餘力，生穀之土未盡墾，山澤之利未盡出也，遊食之民未盡歸農也。

民貧，則姦邪生。貧生於不足，不足生於不農，不農則不地著[5]，不地著則離鄉輕家，民如鳥獸，雖有高城深池，嚴法重刑，猶不能禁也。夫寒之於衣，不待輕煖[6]；飢之於食，不待甘旨[7]；飢寒至身，不顧廉恥。人情，一日不再食則飢，終歲不製衣則寒。夫腹飢不得食，膚寒不得衣，雖慈母不能保其子，君安能以有其民哉？明主知其然也，故務民於農桑[8]，薄賦斂，廣畜積，以實倉廩，備水旱，故民可得而有也。

民者，在上[9]所以牧之，趨利如水走下，四方亡擇也。夫珠玉金銀，飢不可食，寒不可衣，然而眾貴之者，以上用之故也。其為物輕微易臧[10]，在於把握，可以周海內而亡飢寒之患。此令臣輕背其主，而民易去其鄉，盜賊有所勸[11]，亡逃者得輕資也[12]。粟米布帛生於地，長於時，聚於力，非可一日成也。數石之重，中人弗勝[13]，不為姦邪所利，一日弗得而飢寒至。是故明君貴五穀而賤金玉。

今農夫五口之家，其服役[14]者不下二人，其能耕者不過百畝，百畝之收不過百石[15]。春耕，夏耘，秋穫，冬藏，伐薪樵，治官府，給徭役；春不得避風塵，夏不得避暑熱，秋不得避陰雨，冬不得避寒凍，四時之間，亡日休息；又私自送往迎來，弔死問疾，養孤長幼在其中。勤苦如此，尚復被水旱之災，急政暴賦，賦斂不時，朝令而暮當具，有者半賈而賣，亡者取倍稱之息[16]，於是有賣田宅鬻子孫以償責[17]者矣。而商賈大者積貯倍息，小者坐列販賣，操其奇贏[18]，日遊都市，乘上之急[19]，所賣必倍[20]。故其男不耕耘，女不蠶織，衣必文采，食必粱肉；亡農夫之苦，有仟佰[21]之得。因其富厚，交通王侯，力過吏勢，以利相傾[22]；千里遊敖[23]，冠蓋相望[24]，乘堅策肥[25]，履絲曳縞[26]。此商人所以兼併農人，農人所以流亡者也。今法律賤商人，商人已富貴矣；尊農夫，農夫已貧賤矣。故俗之所貴，主之所賤也；吏之所卑，法之所尊也[27]。上下相反，好惡乖迕，而欲國富法立，不可得也。

方今之務，莫若使民務農而已矣。欲民務農，在於貴粟。貴粟之道，在於使民以粟為賞罰。今募天下入粟縣官[28]，得以拜爵，得以除罪。如此，富人有爵，農民有錢，粟有所渫[29]。夫能入粟以受爵，皆有餘者也。取於有餘以供上用，則貧民之賦可損，所謂損有餘補不足，令出而民利者也。順於民心，所補者三：一曰主用足，二曰民賦少，三曰勸農功[30]。今令：“民有車騎馬一匹者[31]，復卒三人[32]。”車騎者，天下武備也，故為復卒。神農之教曰：“有石城十仞，湯池百步，帶甲百萬，而亡粟，弗能守也。”以是觀之，粟者，王者大用[33]，政之本務。令民入粟受爵至五大夫[34]以上，乃復一人耳[35]，此其與騎馬之功相去遠矣[36]。爵者，上之所擅[37]，出於口而亡窮；粟者，民之所種，生於地而不乏。夫得高爵與免罪，人之所甚欲也。使天下人入粟於邊，以受爵免罪，不過三歲，塞下之粟必多矣。

註釋

1 “故堯禹”句：《尚書・堯典》、《史記・夏本紀》俱載堯時洪水滔天事。據載，堯用鯀治水，九年而不成，由禹繼任，故以堯、禹並稱。

2 “湯有”句：據《説苑・君道》記載：“湯之時，大旱七年，雒圻川竭，煎沙爛石，於是使人持三足鼎祝山川。”

3 亡（wú）：通“無”，下同。捐：指遺棄的幼弱。瘠（zì）：指餓瘦乃至餓死的災民。

4 不避：不次於。

5 地著（zhuó）：即土著，指定居在一地、不再遷徙。

6 輕煖：指以裘皮或絲綿做成的貴重冬衣。

7 甘旨：指精美可口的食物。

8 務民於農桑：使百姓盡力於種田和養蠶。

9 上：指國君。

10 臧：通“藏”，收藏。

11 勸：鼓勵。

12 亡逃：因犯法而逃亡。輕資：帶着輕便的財物。

13 中人弗勝：中等體力的人不能勝任，拿不動。
14 服役：從事於官府的勞役。
15 石：即“斛”。據《漢書・律曆志》記載，漢代量器“二龠為合，十合為升，十升為斗，十斗為斛”。
16“賦斂不時”四句：徵收賦稅，不按生產季節，且徵收急迫，早上下達徵收的命令，傍晚就要如數納齊。百姓在有糧的時候不得不以半價賤賣，無糧的時候不得不以加倍的利息以求借貸。
17 責：通“債”。
18 操其奇贏：牟取暴利。
19 乘上之急：趁君主迫切需要之時。
20 所賣必倍：賣出的價錢必定成倍提高。
21 仟佰：指收入高於農民千百倍。
22 傾：壓倒。
23 敖：通“遨”。
24 冠蓋相望：指商人一路上往來不斷。冠蓋，原指仕宦者的官服和車蓋，這裏指商人。
25 乘堅：乘坐堅固的車。策肥：騎着肥壯的馬。
26 履絲：穿着絲織的鞋。曳縞：拖着精細的絲織白絹衣服，因古代衣裾長而拖地。
27“故俗之所貴”四句：意思是一般人所尊敬的，正是國君所輕賤的商人，百官所鄙視的，正是法律所尊重的農民。
28 募：號召。入粟縣官：將糧食繳納給國家。漢以“縣官”作為皇帝的代稱，通指政府。
29 渫（xiè）：分散。
30 勸農功：鼓勵人從事農業生產。
31 今令：現行法令。車騎馬：能駕戰車的馬。
32 復卒三人：免除三個人的兵役。
33 王者大用：治理天下重要的資材。
34 五大夫：爵號，漢代侯以下分二十級，五大夫屬第九等。
35 乃復一人：才免除一人的兵役。
36 騎馬之功：出車騎之功。
37 擅：專有。

【鑒賞】

本文選自《漢書・食貨志》，作於景帝十二年，是晁錯從當時的國家形勢出發，為解決現實問題給漢景帝上的一份奏章，是西漢著名的政論文。

晁錯力主使民務農、入粟於邊，以解決守邊士卒的糧食和糧食運輸問題，並採取措施限制商人，緩和矛盾。他的建議被景帝採納，在實行中他所提出的務農在於貴粟，貴粟在於以粟為賞罰等一系列方法對於當時農業生產的發展，起到了重要的推動作用，同時促進了漢王朝經濟的繁榮發展，加強了西漢的鞏固統一。

這篇文章說理透徹，邏輯嚴密，具有很高的藝術性，這在政論文中是不多見的。在論述中，作者層層深入，分析具體嚴密而又富於變化。全文結構錯落有致，此起彼伏，同時還採用對照比較的方法，在相互比較中加強論點，使全文有血有肉，可感可信。

晁錯的策論文章，後人評價甚高，宋代鄭曉說：“策莫大於漢，漢策莫過於晁策。就事為文，文簡約明暢，事事鑿鑿可行，賈太傅不及也！”

司馬遷

司馬遷（公元前145～前？），字子長，夏陽（今陝西韓城）人。他的先代，世為周代史官。父司馬談，諳熟天文、史事，通曉諸子學術，武帝建元、元封年間，任為太史令。遷少即好學，二十以後，幾乎遊歷全國。武帝元封三年（前108），遷繼任太史令，從而有機會博覽政府所藏的大量書籍。太初元年（前104）開始着手編寫《史記》，天漢二年（前99），他為投降匈奴的李陵辯解，觸怒武帝，被處腐刑。獄中仍繼續寫作《史記》。太始元年（前96）被赦，出任中書令。當時中書令大都由宦官擔任，他忍辱含垢，發憤著述，於徵和元年（前92），大體完成這部巨著。不久即去世。

五帝本紀贊

太史公曰[1]：學者多稱五帝，尚矣[2]。然《尚書》獨載堯以來[3]；而百家言黃帝，其文不雅馴[4]，薦紳先生難言之[5]。孔子所傳宰予問《五帝德》及《帝系姓》[6]，儒者或不傳。余嘗西至空峒[7]，北過涿鹿[8]，東漸於海[9]，南浮江淮矣，至長老皆各往往稱黃帝、堯、舜之處，風教固殊焉，總之不離古文者近是。予觀《春秋》、《國語》，其發明《五帝德》、《帝系姓》章矣[10]，顧弟弗深考[11]，其所表見皆不虛[12]。《書》缺有間矣，其軼乃時時見於他說[13]。非好學深思，心知其意，固難為淺見寡聞道也。余並論次，擇其言尤雅者，故著為本紀書首。

註釋

1 太史公：司馬遷自稱。《史記》各篇都有"太史公曰"，就是司馬遷以這一形式加以評論。

2 尚：時代久遠。

3《尚書》：是先秦時代的歷史文獻彙編，主要記載夏、商、周時代帝王的言論與文告。

4 雅馴：規範典雅，有根據。雅，正確；馴，通"訓"。

5 薦紳先生：這裏指有地位的士大夫階層。薦紳，即"搢紳"。

6《宰予問五帝德》、《帝系姓》：是《大戴禮》和《孔子家語》中的篇名，有些儒者認為不是聖人之言，故多不傳授。
7 空峒（tóng）：即崆峒山，在今甘肅平涼西。傳說黃帝曾到過此地。
8 涿鹿：山名，在今河北涿鹿東南部。山側有涿鹿城，傳說黃帝、堯、舜都曾到過這裏並建都。
9 漸（jiān）：至，達到。
10 章：同"彰"，顯著。
11 顧：但。弟：通"第"，只是。
12 表見：記載的內容。見（xiàn），通"現"。
13 有間（jiàn）：指長時間。軼（yì）：通"佚"，散失。

【鑒賞】

本文選自《史記・五帝本紀》，文章對五帝生平、功績做了詳細的敘述，對於五帝，司馬遷持肯定態度，對他們的德行多加褒揚，認為他們都合乎天意、順應民心。

司馬遷希望五帝事蹟能廣為流傳，為後世統治者提供借鑒。但從當時情況觀察，史書對於五帝的記載不夠翔實，同時世人對五帝的重視不夠。司馬遷於是重新收集材料，對五帝的事蹟加以整理，重新編排。

項羽本紀贊

太史公曰：吾聞之周生曰"舜目蓋重瞳子[1]"，又聞項羽亦重瞳子。羽豈其苗裔邪？何興之暴也[2]！夫秦失其政，陳涉首難[3]，豪傑蜂起，相與並爭，不可勝數。然羽非有尺寸[4]，乘勢起隴畝之中，三年，遂將五諸侯滅秦[5]，分裂天下，而封王侯，政由羽出，號為"霸王"，位雖不終，近古以來未嘗有也[6]。及羽背關懷楚[7]，放逐義帝而自立[8]，怨王侯叛己，難矣。自矜功伐[9]，奮其私智而不師古，謂霸王之業，欲以力征經營天下，五年卒亡其國。身死東城，尚不覺寤[10]，而不自責，過矣。乃引"天亡我，非用兵之罪也[11]"，豈不謬哉！

註釋

1 重（chóng）瞳子：雙瞳仁。
2 暴：突然，迅猛。
3 陳涉：秦末農民起義的領袖之一。首難（nàn）：首先發難，指首先起義反秦。
4 尺寸：指狹小封地。
5 五諸侯：指原來的齊、趙、韓、魏、燕五個諸侯國。
6 近古：指春秋戰國以來的時代。
7 背關：放棄關中之地（指秦地）。關中，今函谷關以西，西安、咸陽一帶。原秦國腹地。懷楚：渴望回到楚國舊地而建都彭城。
8 義帝：公元前 208 年（秦二世二年），項梁立楚懷王的孫子熊心為王，仍稱楚懷王。公元前 206 年，項羽分封諸侯王，表面上尊楚懷王熊心為帝，但自己號稱"西楚霸王"，定都彭城（今江蘇徐州）。公元前 205 年，項羽派人殺死義帝。

9 矜（jīn）：誇耀。功伐：功勞。
10 覺寤（wù）：覺醒。寤，通"悟"。
11 引：援引，拿來作理由。

【鑒賞】

本篇是《史記・項羽本紀》的最後一段，作為總結性言辭，作者司馬遷回顧項羽滅秦稱王的全過程，稱頌其曠古未有的歷史功績，並分析失敗原因。文章層次分明，語言精練。

司馬遷對項羽滅秦的功績是予以肯定的，同時對他妄想憑藉自己的私智用武力號令天下進行了批判，這在當時都是很有眼光的。

項羽失敗的主要原因，是他戰勝後殘暴地屠殺那些曾抵抗過的人民，如一次就坑殺了秦國降卒十幾萬人。這種做法使他失去了人民的擁護。同時，項羽違背歷史潮流分封諸侯王，企圖再一次分裂天下的錯誤做法也注定了他的失敗。

孔子世家贊

太史公曰：《詩》有之："高山仰止，景行行止[1]。"雖不能至，然心鄉往之[2]。余讀孔氏書[3]，想見其為人。適魯，觀仲尼廟堂、車服、禮器，諸生以時習禮其家，余低迴留之[4]不能去云。天下君王至於賢人眾矣。當時則榮，沒則已焉。孔子布衣，傳十餘世，學者宗之。自天子王侯，中國言"六藝"者[5]折中於夫子，可謂至聖矣！

註釋

1 這兩句詩見於《詩經・小雅・車舝》。景行（háng）：大道。比喻行為正大光明。止：同"之"。
2 鄉：通"嚮"。
3 孔氏書：主要指記錄孔子及其弟子言行的《論語》。
4 低迴：徘徊。
5 六藝：指以六經為教材的禮、樂、射、御、書、數六種技能。六經，即儒家經典《易》、《禮》、《樂》、《詩》、《書》、《春秋》。折中：用以斷定事物正確與否的準則。

【鑒 賞】

本篇選自《史記・孔子世家》，作為結束性段落，司馬遷對孔子的一生予以評定，抒發對孔子的景仰和嚮往之情。

孔子作為一個平民，身體力行，言傳身教，身前身後追隨者雲集，其學說為世人所推崇。本文筆觸精練，敘事、抒情皆在其中。對比中主旨更上一層，給人以深刻的印象。

鴻門宴

楚軍夜擊阬[1]秦卒二十餘萬人新安[2]城南。行略定秦地。函谷關[3]有兵守關，不得入。又聞沛公[4]已破咸陽。項羽大怒，使當陽君等擊關。項羽遂入，至於戲西[5]。沛公軍霸上[6]，未得與項羽相見。沛公左司馬曹無傷使人言於項羽曰："沛公欲王關中，使子嬰[7]為相，珍寶盡有之。"項羽大怒，曰："旦日饗士卒，為擊破沛公軍！"當是時，項羽兵四十萬，在新豐鴻門[8]；沛公兵十萬，在霸上。范增[9]說項羽曰："沛公居山東時，貪於財貨，好美姬。今入關，財物無所取，婦女無所倖，此其志不在小。吾令人望其氣，皆為龍虎，成五采，此天子氣也[10]。急擊勿失！"

楚左尹項伯者，項羽季父[11]也，素善留侯張良[12]。張良是時從沛公，項伯乃夜馳之沛公軍，私見張良，具告以事，欲呼張良與俱去。曰："毋從俱死也！"張良曰："臣為韓王送沛公，沛公今事有急，亡去不義，不可不語。"良乃入，具告沛公。沛公大驚，曰："為之奈何？"張良曰："誰為大王為此計者？"曰："鯫生[13]說我曰：'距[14]關，毋內[15]諸侯，秦地可盡王也。'故聽之。"良曰："料大王士卒足以當項王乎？"沛公默然，曰："固不如也，且為之奈何？"張良曰："請往謂項伯，言沛公不敢背[16]項王也。"沛公曰："君安與項伯有故？"張良曰："秦時與臣遊，項伯殺人，臣活之。今事有急，故幸來告良。"沛公曰："孰與君少長？"良曰："長於臣。"沛公曰："君為我呼入，吾得兄事之。"張良出，要[17]項伯。項伯即入見沛公。沛公奉卮酒為壽，約為婚姻。曰："吾入關，秋豪不敢有所近，籍吏民，封府庫，而待將軍。所以遣將守關者，備他盜之出入與非常也。日夜望將軍至，豈敢反乎！願伯具言臣之不敢倍[18]德也。"項伯許諾，謂沛公曰："旦日不可不蚤[19]自來謝項王。”沛公曰：“諾。”於是項伯復夜去，至軍中，具以沛公言報項王。因言曰：“沛公不先破關中，公豈敢入乎？今人有大功而擊之，不義也。不如因善遇之。”項王許諾。

沛公旦日從百餘騎來見項王，至鴻門，謝曰：“臣與將軍戮力而攻秦，將軍戰河北，臣戰河南，然不自意能先入關破秦，得復見將軍於此。今者有小人之言，令將軍與臣有郤[20]。”項王曰：“此沛公左司馬曹無傷言之，不然，籍何以至此。”項王即日因留沛公與飲。項王、項伯東向坐；亞父[21]南向坐。亞父者，范增也。沛公北向坐，張良西向侍。

范增數目[22]項王，舉所佩玉玦以示之者三，項王默然不應。范增起，出召項莊[23]，謂曰：“君王為人不忍，若[24]入前為壽，壽畢，請以劍舞，因擊沛公於坐，殺之。不者，若屬皆且為所虜。”莊則入為壽。壽畢，曰：“君王與沛公飲，軍中無以為樂，請以劍舞。”項王曰：“諾。”項莊拔劍起舞，項伯亦拔劍起舞，常以身翼蔽沛公，莊不得擊。

於是張良至軍門，見樊噲[25]。樊噲曰：“今日之事何如？”良曰：“甚急！今者項莊拔劍舞，其意常在沛公也。”噲曰：“此迫矣！臣請入，與之同命！”噲即帶劍擁盾入軍門。交戟之衛士欲止不內，樊噲側其盾以撞，衛士仆地，噲遂入，披帷西向立，瞋目視項王，頭髮上指，目眥[26]盡裂。項王按劍而跽[27]曰：“客何為者？”張良曰：“沛公之參乘[28]樊噲者也。”項王曰：“壯士！賜之卮酒！”則與斗卮酒。噲拜謝，起，立而飲之。項王曰：“賜之彘肩[29]！”則與一生彘肩。樊噲覆其盾於地，加彘肩上，拔劍切而啖之。項王曰：“壯士！能復飲乎？”樊噲曰：“臣死且不避，卮酒安足辭！夫秦王有虎狼之心，殺人如不能舉，刑人如恐不勝[30]，天下皆叛之。懷王與諸將約曰：‘先破秦入咸陽者王之。’今沛公先破秦入咸陽，豪毛不敢有所近，封閉宮室，還軍霸上，以待大王來。故遣將守關者，備他盜出入與非常也。勞苦而功高如此，未有封侯之賞，而聽細說，欲誅有功之人。此亡秦之續[31]耳，竊為大王不取也！”項王未有以應，曰：“坐！”樊噲從良坐。

坐須臾，沛公起如廁[32]，因招樊噲出。沛公已出，項王使都尉陳平召沛公。沛公曰：“今者出，未辭也，為之奈何？”樊噲曰：“大行不顧細謹，大禮不辭小讓[33]。如今人方為刀俎[34]，我為魚肉，何辭為！”於是遂去。乃令張良留謝。良問曰：“大王來何操[35]？”曰：“我持白璧一雙，欲獻項王；玉斗一雙，欲與亞父。會其怒，不敢獻。公為我獻之。”張良曰：“謹諾。”當是時，項王軍在鴻門下，沛公軍在霸上，相去四十里。沛公則置[36]車騎，脱身獨騎，與樊噲、夏侯嬰、靳強、紀信等四人持劍盾步走，從酈山[37]下，道芷陽間行[38]。沛公謂張良曰：“從此道至吾軍，不過二十里耳。度我至軍中，公乃入。”

沛公已去，間至軍中，張良入謝，曰：“沛公不勝杯杓[39]，不能辭。謹使臣良奉白璧一雙，再拜獻大王足下；玉斗一雙，再拜奉大將軍足下。”項王曰：“沛公安在？”良曰：“聞大王有意督過[40]之，脱身獨去，已至軍矣。”項王則受璧，置之座上。亞父受玉斗，置之地，拔劍撞而破之，曰：“唉！豎子[41]不足與謀！奪項王天下者，必沛公也，吾屬今為之虜矣！”

沛公至軍，立誅殺曹無傷。

註釋

1 擊阬：擊殺後掘坑埋掉。阬，同“坑”。
2 新安：秦縣名，故址在今河南澠池。
3 函谷關：在今河南靈寶西南。
4 沛公：劉邦起兵於沛（今江蘇沛縣），故稱沛公。
5 戲西：戲水之西。戲水在今陝西臨潼東。
6 霸上：地名，在今陝西西安市東部。
7 子嬰：秦二世胡亥之姪，趙高殺二世，立他為秦王。曾在位四十二天，投降劉邦，後被項羽所殺。
8 新豐鴻門：新豐，縣名，在今陝西臨潼東。鴻門：古地名，在今陝西臨潼東十七里鴻門堡村。
9 范增：項羽的重要謀士。
10 “吾令人望其氣”四句：望氣是古代占卜法，望雲氣附會人事，預言吉凶。劉邦所在的地方天空有異樣的雲氣，是天子氣，預示將來要做皇帝。
11 季父：叔父。
12 張良：字子房，劉邦的重要謀臣，後封為留侯。
13 鯫（zhōu）生：淺薄而無知的人。
14 距：通“拒”。
15 內：通“納”。
16 背：背叛。
17 要：通“邀”。
18 倍：通“背”。
19 蚤：通“早”。
20 郤：通“隙”。
21 亞父：尊敬之稱，表示僅次於父親。
22 數目：多次使眼色。
23 項莊：項羽的堂弟。
24 若：你。
25 樊噲（kuài）：隨劉邦起兵，做其部將。
26 目眥：指眼眶。
27 跽（jì）：長跪。按劍而跽，表示警惕、戒備。
28 參乘：車右的侍衛。
29 彘肩：豬腿。
30 “殺人”兩句：殺人唯恐不能殺盡，懲罰人唯恐不能用盡酷刑。
31 亡秦之續：意為重蹈亡秦的覆轍。
32 如廁：上廁所。
33 “大行”兩句：幹大事不可拘泥小節，講大禮不必計較瑣屑的禮貌。
34 俎（zǔ）：切肉用的案板。
35 何操：即操何，帶了甚麼（禮物）。
36 置：留下。
37 酈山：即驪山，在今陝西臨潼東南部。
38 道芷陽間行：從芷陽抄近路走。芷陽：秦縣名，在今陝西長安縣東。

39 不勝杯杓：意思說，酒量有限，已經喝醉了。杯，酒具；杓，舀酒器。

40 督過：責備。

41 豎子：小子，罵人的話。這裏明指項莊，暗譏項羽。

【鑒賞】

《鴻門宴》是《史記‧項羽本紀》中一個片斷，公元前206年項羽在鉅鹿之戰中消滅了秦軍主力，劉邦也乘虛先入關中，秦王子嬰投降。鴻門宴就發生在這種大敵已滅，兩支同盟軍即將勢不兩立的非常時刻。鴻門宴上，觥籌交錯，刀光劍影，人物各具特色，形象鮮明，情節跌宕，成為千百年來為世人傳誦的名篇。

鴻門宴展現了一場尖銳的政治鬥爭，它用生動細緻的語言描寫了劉邦在張良、樊噲等人幫助下，講道理、動智慧、有理有節地展開鬥爭，最終在這場撼人心弦的鬥爭中化險為夷的全過程。

在鴻門宴上，劉邦本來處於十分被動的地位，生命完全掌握在項羽的手中，隨時都有被殺的危險，但由於他聽取謀士們的意見，能屈能伸，隨機應變，終於安然無恙地從虎口脫險。而項羽則不同，本來項羽對劉邦搶先進入咸陽是十分惱火的，並且決定除掉他，但當他在鴻門見到劉邦稱臣謝罪的樣子，又聽了一番花言巧語，心就軟了，甚至連曹無傷向他告密的事也告訴了劉邦。這表現了項羽老實、直爽而又輕信的性格特徵。項羽勇猛有餘而智慧不足，在複雜的政治鬥爭中缺乏謀略，這方面遠遠不如劉邦。劉邦和項羽都是將帥，性格卻迥然不同，一個是奸詐狡猾，知人善用，富有謀略；一個是有勇而少謀，剛愎自用。

不僅如此，二人的手下同樣存在很大的差別。同樣是謀士，張良從容不迫，冷靜沉着；而范增顯得急躁冒進、急於求成；同樣是勇士，樊噲粗中有細，項莊卻勇而寡謀。敵對雙方形成了強烈的對比，正是由於這截然不同的性格，導致了雙方不同的言行，促成了故事情節向縱深發展。性格的強烈反差，預示了劉邦終將勝利，項羽必定失敗的結局。在充分展現人物性格的同時，故事情節的發展顯得十分自然。

管晏列傳

管仲夷吾者，潁上人也[1]。少時常與鮑叔牙[2]遊，鮑叔知其賢。管仲貧困，常欺鮑叔，鮑叔終善遇之，不以為言。已而鮑叔事齊公子小白，管仲事公子糾[3]。及小白立為桓公，公子糾死，管仲囚焉。鮑叔遂進管仲[4]。管仲既用，任政于齊，齊桓公以霸，九合諸侯，一匡天下，管仲之謀也。

管仲曰："吾始困時，嘗與鮑叔賈，分財利多自與，鮑叔不以我為貪，知我貧也。吾嘗為鮑叔謀事而更窮困，鮑叔不以我為愚，知時有利不利也。吾嘗三仕三見逐于君，鮑叔不以我為不肖[5]，知我不遭時也。吾嘗三戰三走，鮑叔不以我為怯，知我有老母也。公子糾敗，召忽死之，吾幽囚受辱，鮑叔不以我為無恥，知我不羞小節而恥功名不顯于天下也。生我者父母，知我者鮑子也。"鮑叔既進管仲，以身下之。子孫世祿于齊，有封邑者十餘世，常為名大夫。天下不多[6]管仲之賢而多鮑叔能知人也。

管仲既任政相齊，以區區之齊在海濱，通貨積財，富國強兵，與俗同好惡。故其稱[7]曰："倉廩實而知禮節，衣食足而知榮辱，上服度[8]則六親固。四維[9]不張，國乃滅亡。下令如流水之原，令順民心。"故論卑而易行。俗之所欲，因而予之；俗之所否，因而去之。其為政也，善因禍而為福，轉敗而為功。貴輕重，慎權衡。桓公實怒少姬，南襲蔡[10]，管仲因而伐楚，責包茅不入貢於周室[11]。桓公實北征山戎，而管仲因而令燕修召公之政[12]。於柯之會，桓公欲背曹沫之約，管仲因而信之，諸侯由是歸齊[13]。故曰："知與之為取，政之寶也[14]。"管仲富擬於公室，有三歸[15]，反坫[16]，齊人不以為侈。管仲卒，齊國遵其政，常強於諸侯。後百餘年而有晏子焉。

晏平仲嬰者，萊之夷維人也[17]。事齊靈公、莊公、景公，以節儉力行重于齊。既相齊，食不重肉，妾不衣帛。其在朝，君語及之，即危言；語不及之，即危行。國有道，即順命；無道，即衡命。以此三世顯名於諸侯。

越石父[18]賢，在縲紲中。晏子出，遭之途，解左驂贖之，載歸。弗謝，入閨。久之，越石父請絕。晏子懼然，攝衣冠謝曰："嬰雖不仁，免子於厄，何子求絕之速也？"石父曰："不然。吾聞君子詘於不知己而信於知己者。方吾在縲紲中，彼不知我也。夫子既已感寤而贖我，是知己；知己而無禮，固不如在縲紲之中。"晏子於是延入為上客。晏子為齊相，出，其御之妻從門間而窺其夫。其夫為相御，擁大蓋，策駟馬，意氣揚揚，甚自得也。既而歸，其妻請去。夫問其故，妻曰：“晏子長不滿六尺，身相齊國，名顯諸侯。今者妾觀其出，志念深矣，常有以自下者。今子長八尺，乃為人僕御，然子之意自以為足，妾是以求去也。”其後夫自抑損。晏子怪而問之，御以實對。晏子薦以為大夫。

太史公曰：吾讀管氏《牧民》、《山高》、《乘馬》、《輕重》、《九府》[19]，及《晏子春秋》[20]，詳哉其言之也。既見其著書，欲觀其行事，故次其傳。至其書，世多有之，是以不論，論其軼事。管仲世所謂賢臣，然孔子小之[21]。豈以為周道衰微，桓公既賢，而不勉之至王，乃稱霸哉？語曰：“將順其美，匡救其惡，故上下能相親也[22]。”豈管仲之謂乎？方晏子伏莊公屍哭之，成禮然後去[23]，豈所謂“見義不為無勇[24]”者耶？至其諫說，犯君之顏，此所謂“進思盡忠，退思補過[25]”者哉！假令晏子而在，余雖為之執鞭，所忻慕焉。

註釋

1 管仲夷吾：管仲（公元前？～前645），字夷吾，春秋齊國潁上（今屬安徽）人，春秋時著名的政治家。初事公子糾，後相齊桓公，輔佐桓公成就霸業。

2 鮑叔牙：即鮑叔，春秋齊國大夫。

3 “已而”兩句：公元前686年，齊襄公昏庸無道，齊國動亂，管仲、召忽跟隨公子糾逃奔魯，鮑叔跟隨公子小白奔莒。糾、小白均為齊襄公弟。

4 “乃小白”三句：公元前686年，齊襄公被殺，糾與小白爭先回國即位。魯國發兵送糾回齊，並派管仲襲擊小白，射中小白帶鈎。小白佯死，使魯國延誤糾的歸期，小白得以先回國即位，即齊桓公。桓公大敗魯軍，魯國被迫殺死糾。召忽自殺，管仲被囚禁。鮑叔遂進管仲：桓公即位時任命鮑叔為宰，他力辭不就，推薦管仲執政。桓公藉口解射鈎之恨，要魯國押送管仲回齊。管仲返回齊後，桓公任他為相。

5 不肖：不賢。

6 多：稱讚，讚美。

7 稱：稱述。指《管子》書中的論述。

8 上：君主。服：享用。度：限度。

9 四維：指禮、義、廉、恥。

10 “桓公實怒”二句：少姬，齊桓公夫人，蔡國人。桓公曾與少姬在苑囿乘舟遊玩，少姬故意盪舟，桓公驚懼，怒而遣少姬回蔡，但未斷絕關係，蔡人卻讓少姬改嫁，桓公怒而襲蔡。蔡國，建都上蔡（今河南上蔡西南），後遷新蔡（今屬河南）一帶。

11 “管仲”二句：《左傳・僖公四年》記載，齊桓公伐楚，使管仲責之曰：“爾貢包茅不入，王祭不共，無以縮酒。”包茅，束成捆的菁茅草，古代祭祀時用以濾酒去渣。

12 “桓公”二句：山戎，又稱北戎，古代北方民族，居於今河北東部，春秋時代常騷擾齊、鄭、燕等鄰國。山戎攻燕時，齊桓公曾出兵伐山戎救燕。召公，召康公。西周初人，姬姓。因封地在召，故稱召公。武王滅紂後，把北燕封給他。官為太保，曾與周公分陝而治，陝以西由他治理。

13 “於柯之會”四句：魯莊公十二年（前682），齊桓公攻魯，約魯莊公會於柯（今山東陽谷東），莊公的侍從曹沫（亦作曹劌）以匕首劫持桓公，逼他訂立退還侵佔魯國土地的盟約。後桓公欲違約，因管仲進言，終退還魯國失地，以示守信用。

14 “知與之”二句：懂得取捨之道，是為政者最寶貴的品質。

15 三歸：台名。

16 反坫：反爵之坫。坫為放置酒杯的土台。諸侯互敬酒後，將空杯反置坫上，為周代宴會之禮。

17 “晏平仲嬰”二句：晏嬰（公元前？～前500），字平仲，春秋時夷維（今山東高密）人。任父職齊卿，歷仕靈公、莊公、景公三世。萊，古國名，在今山東黃縣東南，公元前 567 年為齊所滅。
18 越石父：春秋時晉國人，有賢德。
19《牧民》、《山高》、《乘馬》、《輕重》、《九府》：皆《管子》篇名。《管子》為戰國時齊稷下學者託管仲之名所作。其中《牧民》、《乘馬》等篇存有管仲的思想。《輕重》等篇對經濟問題作了重要闡述。
20《晏子春秋》：原稱春秋齊晏嬰撰，實係後人依託並加入晏子言行而作。
21 孔子小之：《論語・八佾》有"管仲之器小哉"語。
22"將順其美"三句：見《孝經・事君》。
23"方晏子"二句：事見《左傳・襄公二十五年》。
24"見義"句：《論語・為政》："見義不為，無勇也。"
25"進思"二句：見《孝經・事君》。

【鑒賞】

《管晏列傳》是齊國兩個名相的合傳。分為相對獨立的兩大部分，中間用"後百有餘年而有晏子焉"加以銜接。管仲和晏嬰都是賢相，又都是齊國人，作者利用這一共同點對其進行黏貼，顯示出其獨到的文學視角和藝術魅力。

第一部分寫管仲，在這一部分中，作者先以精密細微的筆觸對管仲和鮑叔的交往進行了描寫。通過對幾個典型事件的敍述，管仲和鮑叔的形象躍然紙上。對於二人友誼的描摹，更是從小處着眼，以真情感人，使讀者有強烈的共鳴。一般人看到的可能是管仲的貪、愚、不肖、怯和無恥，但鮑叔看到的是與之截然相反的可貴的正面品質。鮑叔對管仲的瞭解，可見其目光之犀利，見識之深遠。在這裏，作者運用人物獨白方法，為我們塑造了一個獨具慧眼的伯樂——鮑叔的形象。

接着作者通過內政、外交兩方面寫管仲一生的功業，在有限的筆墨中，剪裁枝蔓，突出主幹，對管仲在經濟、政治、外交方面的貢獻，簡明扼要加以敍述，使讀者對管仲的遠見卓識有了更深刻的認識。至此，司馬遷在文章開始所強調的"賢"有了非常具體、充實的內涵。"齊人不以為侈"從另一角度對管仲的功勞和才能予以深化，強調了他在人民中的深遠影響。

文章的第二部分是晏嬰傳。作者在第一段用寥寥幾筆揭示了晏子的"節儉力行"與"危言危行"兩種品質，脈絡分明，重點突出，使人一目瞭然。

接下來寫了晏子的兩則軼事。在這裏，作者採用細節描寫，從描寫人物的言行入手，通過不同側面展示晏子的精神面貌——熱愛國家、忠於職守、嚴於律己、愛護人民，字裏行間時刻流露着作者對晏子的褒揚和讚美。

對於御者之妻，着墨不多，卻形神兼備。她那一番閃耀着光芒的言語，表現出她非凡的志趣。寫御者就利用了白描手法，"擁大蓋，策駟馬，意氣揚揚，甚自得也"，形象生動鮮明，接下去只用"自抑損"三字就揭示出這一人物心理狀態的轉變。駕車人與晏嬰的對照、駕車人前後對照，生動且富有戲劇性。

報任少卿書

太史公牛馬走[1]司馬遷再拜言。少卿足下：曩者辱賜書，教以慎於接物[2]，推賢進士為務，意氣勤勤懇懇。若望[3]僕不相師用，而流俗人之言。僕非敢如此也。僕雖罷駑[4]，亦嘗側聞長者之遺風矣。顧自以為身殘處穢[5]，動而見尤，欲益反損，是以獨鬱悒而與誰語。諺曰："誰為為之？孰令聽之？"蓋鍾子期死，伯牙終身不復鼓琴[6]。何則？士為知己者用，女為説己者容[7]。若僕大質[8]已虧缺矣，雖才懷隨和[9]，行若由夷[10]，終不可以為榮，適足以見笑而自點[11]耳。書辭宜答，會東從上來[12]，又迫賤事，相見日淺，卒卒無須臾之閒[13]，得竭至意。今少卿抱不測之罪，涉旬月，迫季冬，僕又薄從上雍[14]，恐卒然不可為諱[15]。是僕終已不得舒憤懣以曉左右，則長逝者[16]魂魄私恨無窮。請略陳固陋。闕然久不報，幸勿為過！

僕聞之：修身者，智之符[17]也；愛施者，仁之端也；取與者，義之表也；恥辱者，勇之決也；立名者，行之極也。士有此五者，然後可以託於世，而列於君子之林矣。故禍莫憯[18]於欲利，悲莫痛於傷心，行莫醜於辱先，詬莫大於宮刑。刑餘之人，無所比數[19]，非一世也，所以來遠矣。昔衛靈公與雍渠同載[20]，孔子適陳；商鞅因景監見，趙良寒心[21]；同子參乘，袁絲變色[22]：自古而恥之。夫以中才之人，事有關於宦豎，莫不傷氣，而況於慷慨之士乎？如今朝廷雖乏人，奈何令刀鋸之餘，薦天下豪俊哉！僕賴先人緒業[23]，得待罪輦轂下[24]，二十餘年矣。所以自惟[25]，上之不能納忠效信，有奇策才力之譽，自結明主；次之又不能拾遺補闕[26]，招賢進能，顯巖穴之士[27]；外之又不能備行伍，攻城野戰，有斬將搴旗之功；下之不能積日累勞，取尊官厚祿，以為宗族交遊光寵。四者無一遂，苟合取容，無所短長之效，可見於此矣。向者僕嘗廁下大夫[28]之列，陪外廷[29]末議。不以此時引綱維，盡思慮，今已虧形為掃除之隸，在闒茸[30]之中，乃欲仰首伸眉，論列是非，不亦輕朝廷、羞當世之士邪！嗟乎！嗟乎！如僕，尚何言哉！尚何言哉！

且事本末未易明也。僕少負不羈之才，長無鄉曲之譽。主上幸以先人之故，使得奏薄技，出入周衛[31]之中。僕以為戴盆何以望天，故絕賓客之知，忘室家之業，日夜思竭其不肖之才力，務一心營職，以求親媚於主上。而事乃有大謬不然者。夫僕與李陵[32]俱居門下，素非能相善也。趣[33]舍異路，未嘗銜杯酒，接殷勤之餘歡。

然僕觀其為人，自守奇士：事親孝，與士信，臨財廉，取與義，分別有讓[34]，恭儉下人[35]，常思奮不顧身以徇國家之急。其素所蓄積也，僕以為有國士之風。夫人臣出萬死不顧一生之計，赴公家之難，斯已奇矣。今舉事一不當，而全軀保妻子之臣，隨而媒糵[36]其短，僕誠私心痛之！且李陵提步卒不滿五千，深踐戎馬之地，足歷王庭[37]，垂餌虎口，橫挑強胡，仰億萬之師，與單于連戰十有餘日，所殺過當[38]。虜救死扶傷不給。旃裘[39]之君長咸震怖。乃悉徵其左右賢王，舉引弓之民，一國共攻而圍之。轉鬥千里，矢盡道窮，救兵不至，士卒死傷如積。然陵一呼勞軍，士無不起躬流涕，沬血飲泣，更張空弮[40]，冒白刃，北向爭死敵者。陵未沒時，使有來報，漢公卿王侯皆奉觴上壽。後數日，陵敗書聞，主上為之食不甘味，聽朝不怡。大臣憂懼，不知所出。僕竊不自料其卑賤，見主上慘愴怛悼，誠欲效其款款之愚。以為李陵素與士大夫絕甘分少[41]，能得人死力，雖古之名將，不能過也。身雖陷敗，彼觀其意，且欲得其當[42]而報於漢。事已無可奈何，其所摧敗，功亦足以暴[43]於天下矣。僕懷欲陳之，而未有路，適會召問，即以此指，推言陵之功。欲以廣主上之意，塞睚眥[44]之辭。未能盡明，明主不曉，以為僕沮貳師，而為李陵遊說，遂下於理[45]。拳拳之忠，終不能自列，因為誣上，卒從吏議。家貧，貨賂不足以自贖；交遊莫救，左右親近不為一言。身非木石，獨與法吏為伍，深幽囹圄[46]之中，誰可告愬者！此正少卿所親見，僕行事豈不然邪？李陵既生降，隤[47]其家聲；而僕又佴之蠶室[48]，重為天下觀笑。悲夫！悲夫！事未易一二為俗人言也。

僕之先非有剖符丹書之功，文史星曆，近乎卜祝之間，固主上所戲弄，倡優畜之，流俗之所輕也。假令僕伏法受誅，若九牛亡一毛，與螻蟻何以異？而世又不與能死節者，特以為智窮罪極，不能自免，卒就死耳。何也？素所自樹立使然也。人固有一死，或重於太山，或輕於鴻毛，用之所趨異也。太上不辱先，其次不辱身，其次不辱理色[49]，其次不辱辭令，其次詘體受辱，其次易服[50]受辱，其次關木索、被箠楚受辱，其次剔毛髮、嬰金鐵受辱，其次毀肌膚、斷肢體受辱，最下腐刑極矣！傳曰：“刑不上大夫[51]。”此言士節不可不勉勵也。猛虎在深山，百獸震恐；及在檻阱之中，搖尾而求食，積威約之漸也。故士有畫地為牢，勢不可入，削木為吏，議不可對，定計於鮮[52]也。今交手足，受木索，暴肌膚，受榜箠，幽於圜牆之中。當此之時，見獄吏則頭槍地[53]，視徒隸則心惕息。何者？積威約之勢也。及已至是，言不辱者，所謂強顏耳，曷足貴乎？且西伯，伯也，拘於羑里[54]；李斯，相也，具於五刑[55]；淮陰，王也，受械於陳[56]；彭越、張敖，南面稱孤，繫獄抵罪[57]；絳侯誅諸呂，權傾五伯，囚於請室[58]；魏其，大將也，衣赭衣，關三木[59]；季布為朱家鉗奴[60]；灌夫受辱於居室[61]。此人皆身至王侯將相，聲聞鄰國，及罪至罔加，不能引決自裁，在塵埃之中。古今一體，安在其不辱也？由此言之，勇怯，勢也；強弱，形也。審矣，何足怪乎？夫人不能早自裁繩墨之外，以稍陵遲[62]，至於鞭箠之間，乃欲引節[63]，斯不亦遠乎！古人所以重施刑於大夫者，殆為此也。夫人情莫不貪生惡死，念父母，顧妻子。至激於義理者不然，乃有所不得已也。今僕不幸，早失父母，無兄弟之親，獨身孤立，少卿視僕於妻子何如哉？且勇者不必死節，怯夫慕義，何處不勉焉！僕雖怯懦，欲苟活，亦頗識去就之分矣，何至自沉溺縲紲之辱哉！且夫臧獲婢妾，猶能引決，況僕之不得已乎？所以隱忍苟活，幽於糞土之中而不辭者，恨私心有所不盡，鄙陋沒世[64]，而文采不表於後世也。

古者富貴而名摩滅，不可勝記，唯倜儻非常之人稱焉。蓋文王拘而演《周易》[65]；仲尼厄而作《春秋》；屈原放逐，乃賦《離騷》[66]；左丘失明，厥有《國語》[67]；孫子臏腳，兵法修列[68]；不韋遷蜀，世傳《呂覽》[69]；韓非囚秦，《說難》、《孤憤》[70]；《詩》三百篇，大底聖賢發憤之所為作也。此人皆意有所鬱結，不得通其道，故述往事，思來者[71]。乃如左丘無目，孫子斷足，終不可用，退而論書策，以舒其憤，思垂空文以自見。僕竊不遜，近自託於無能之辭，網羅天下放失舊聞，略考其行事，綜其終始，稽其成敗興壞之紀，上計軒轅，下至于茲，為十表，本紀十二，書八章，世家三十，列傳七十，凡百三十篇。亦欲以究天人之際[72]，通古今之變，成一家之言。草創未就，會遭此禍。惜其不成，是以就極刑而無慍色。僕誠已著此書，藏諸名山，傳之其人，通邑大都，則僕償前辱之責，雖萬被戮，豈有悔哉！然此可為智者道，難為俗人言也。

且負下未易居[73]，下流多謗議[74]。僕以口語[75]遇遭此禍，重為鄉黨所笑，以污辱先人，亦何面目復上父母丘墓乎？雖累百世，垢彌甚耳！是以腸一日而九迴，居則忽忽若有所亡，出則不知其所如往，每念斯恥，汗未嘗不發背沾衣也。身直為閨閤之臣[76]，寧得自引深藏巖穴邪？故且從俗浮沉，與時俯仰，以通其狂惑。今少卿乃教以推賢進士，無乃與僕私心剌謬乎？今雖欲自雕琢，曼辭[77]以自飾，無益，於俗不信，適足取辱耳！要之，死日然後是非乃定。書不能悉意，略陳固陋。謹再拜。

註釋

1 太史公：為司馬遷自謂。牛馬走：像牛馬一樣供人驅使，猶指僕人，為司馬遷自謙之詞。
2 接物：指待人接物。
3 望：抱怨。
4 罷：同"疲"。駑（nú）：駑馬，跑不快的劣馬。罷駑，比喻身體疲弱，才能低下的人。
5 身殘處穢：指身遭腐刑，處於受侮辱的可恥地位。
6 鍾子期、伯牙：春秋時楚國人。伯牙善彈琴，精於音樂的鍾子期最能欣賞他。子期死後，伯牙覺得世上再也沒有知音了，遂絕破琴，終身不再彈琴。事詳見《呂氏春秋・本味》。
7 說：通"悅"。容：修飾打扮。
8 大質：身體，體質。
9 隨和：指隨侯珠、和氏璧，均為天下至寶。喻指美好的才德。
10 由夷：指許由、伯夷，均為古代品行高潔的賢士。
11 自點：自污。點，玷污。
12 東從上來：指跟隨漢武帝從東方回到長安。
13 卒（cù）：倉促。
14 薄：迫，靠近。雍：古縣名，在今陝西鳳翔南。漢武帝常到這裏祭祀天神。
15 不可為諱：不可避諱，指任安不可避免要被處死。
16 長逝者：死者，指將死的任安。
17 符：憑據。
18 憯（cǎn）：同"慘"。
19 比數：相提並論。
20 衛靈公：春秋時衛國國君，名元，公元前534～前493年在位。雍渠：衛靈公寵愛的宦官。
21 商鞅：戰國時著名的政治家，衛國人，公孫氏，名鞅，亦稱衛鞅。景監：秦孝公寵倖的太監。商鞅因景監推薦而被秦孝公重用。趙良：秦國的賢士。
22 同子：指漢文帝時的宦官趙談。司馬遷為避父諱，故稱趙談為同子。袁絲：即袁盎（絲為其字），漢文帝時以直諫而聞名於朝廷。
23 緒業：遺業。
24 待罪輦轂下：謙詞，指在皇帝周圍做官。
25 惟：思。
26 拾遺補闕：為皇帝補救過失，指諷諫。
27 巖穴之士：古時隱士多依山而居，故稱巖穴之士。
28 下大夫：太史令官祿六百石，位為下大夫。
29 外廷：即外朝。漢代朝官分內朝官和外朝官。漢武帝把侍中、常侍、給事中等近臣組成內朝，參與國家大事決策。丞相為首的外朝執行一般政務。
30 闒茸（tà róng）：卑賤。
31 周衛：戍衛嚴密，此指宮禁。
32 李陵：名將李廣之孫，善騎射。武帝時任騎都尉。曾率兵出擊匈奴，被匈奴包圍，矢盡援絕，遂降匈奴。
33 趣：同"趨"。
34 分別有讓：指待人接物能分別尊卑長幼，恪守禮節，謙讓有禮。
35 下人：指甘居人下。
36 媒孽：醞釀的意思，比喻誣陷，釀成其罪。媒，酒母；孽，酒麯。
37 王庭：指匈奴單于所在地。
38 過當：指所殺之敵超過所領漢軍數目。當，相等，相當。
39 旃（zhān）裘：匈奴人穿的氈製之衣。這裏指匈奴。
40 張空弮：李陵矢盡，故張空弓。弮，弩弓。
41 絕甘分少：拒絕接受甘美之物，將僅有的少量東西分給別人。
42 當：適當，指適當的機會。
43 暴（pù）：顯露。
44 睚眥：怒目而視。此處指怨忿。
45 理：古代的司法機關。

46 囹圄（líng yǔ）：監獄。
47 隤（tuí）：同"頹"，敗壞。
48 佴（èr）：置。蠶室：獄名，宮刑者所居之室。《後漢書・光武帝紀下》註："蠶室，宮刑獄名。宮刑者畏風，須暖，作窨室蓄火如蠶室，因以名焉。"
49 理色：道理和臉面。
50 易服：改穿囚服。
51 傳：指《禮記》。
52 定計：事先做好了計劃。鮮：明確。
53 槍地：即搶地，頭觸地。
54 西伯：指周文王。商末周初周族領袖，姬姓，名昌。商紂時為西伯，曾被紂囚禁於羑里（今河南湯陰北）。
55 李斯：秦丞相，後被趙高陷害，腰斬於市。五刑：古代五種刑罰，指墨（臉上刺字）、劓（割鼻）、剕（斷足）、宮刑、大辟（死刑）。
56 淮陰：即漢淮陰侯韓信，曾封楚王。公元前 201 年，有人上書告信欲謀反，高帝採用陳平計策，偽稱將遊雲夢，會諸侯於陳（今河南淮陽），信至，令用刑具鎖縛。械：鎖縛手足的刑具。
57 彭越：字仲，漢初昌邑（今山東金鄉西北）人，封梁王。後被告發謀反，下獄被殺。張敖：張耳子，嗣其父為趙王。因趙相貫高等謀刺高祖，被捕下獄。南面稱孤：稱王。
58 絳侯：即周勃，勃以功封絳侯。呂后死後，與陳平誅殺呂產、呂祿等人，迎立文帝，任右丞相。後被人誣告，一度下獄。請室：囚禁有罪官吏的牢獄。
59 魏其：即竇嬰。嬰被封魏其侯。後因與丞相田蚡不和，被彈劾拘禁於都司空衙門的獄中。赭衣：囚衣。三木：加在犯人頸、手、足上的刑具。
60 季布：漢初楚人，任俠有名。項羽曾派他率兵屢次圍困劉邦。項羽敗後，劉邦以千金懸賞捉拿，他匿於濮陽周氏家。後接受周氏之計，髡鉗（古代刑罰，剃去頭髮，用鐵圈束頸）為奴，賣身給魯國遊俠朱家。
61 灌夫：曾為燕相。因辱罵丞相田蚡，被拘禁於居室。居室：漢官署名，為拘禁犯人的處所。
62 陵遲：同"陵夷"，衰落。
63 引節：守節自殺。
64 沒世：終身。
65 文王拘而演《周易》：相傳周文王被商紂囚於羑里期間，推演伏羲所畫的八卦為六十四卦，成為《周易》。
66 "屈原放逐"二句：戰國時楚國大詩人屈原因遭靳尚等人誣陷，被流放，奮發而作《離騷》。
67 "左丘失明"二句：春秋時魯國史官左丘明相傳失明後著《國語》。
68 "孫子臏腳"二句：孫子即孫臏，戰國初軍事家。他被龐涓處以臏刑（剜去膝蓋骨），後撰寫了《孫臏兵法》。
69 "不韋遷蜀"二句：呂不韋本商人，後尊為秦國相國，以罪免職，被遷往蜀地。曾命門客編撰《呂氏春秋》，也稱《呂覽》。
70 "韓非囚秦"二句：韓非，戰國末思想家、法家代表人物。曾建議韓王變法圖強，不被用。後出使秦國，李斯忌其才，被陷入獄而自殺。《説難》、《孤憤》為《韓非子》篇名。
71 "述往事"二句：《文選》李善註："言故述往行事，思令將來人知己之志。"
72 究天人之際：探究自然與人類社會的關係。
73 負下：處低下卑微的地位。未易居：不容易生活。
74 下流多謗議：指自己居於社會下游容易遭到誹謗。
75 口語：指為李陵辯解。
76 直：同"值"，當。閨閤之臣：指如宦官一類的官職。
77 曼辭：好聽的話。

【鑒賞】

《報任少卿書》是司馬遷給朋友任少卿的一封覆信，對老朋友以前寫信給他，要他利用中書令的職務"推賢進士"的事予以答覆。作者引古徵今，説明以往的沉痛教訓和對現實的深刻認識，字裏行間飽含深情，抒發了自己胸中強烈的憤慨和激情。

全文共分六段，第一段主要説明遲遲回信的原因，委婉地説明自己處於“身殘處穢”的地位，無法“推賢進士”。

第二段訴説自己所受的奇恥大辱，具體論述不配“推賢進士”的緣故。言語之中，借題發揮，訴説了自己的不幸遭遇和精神上難以明言的苦痛。

第三段回顧為李陵事而下獄經過。這一段，對於黑暗現實的抨擊最為激烈，對公卿王侯的惡劣行徑予以無情的鞭撻，同時藉助高超的藝術技巧不露聲色地直指漢武帝，反映了漢武帝處事不公和剛愎昏庸。這些地方，全用事實説話，是非愛憎相當分明。

第四段主要闡述作者的人生態度，表明其生死觀：“人固有一死，或重於太山，或輕於鴻毛”。

第五段説明已著成《史記》。以著書來洗清恥辱，飽含蒼涼的感慨。

最後一段表明自己現時的悲慘處境，同時照應第一段中“身殘處穢”和不能“推賢進士”，使全文結構顯得嚴謹縝密，富於條理。

司馬遷胸中鬱積着深深的不平，感情處於極度的激憤和沉痛狀態，行文氣勢磅礴，一字一句都如靈魂之吶喊，憤怒之抗爭，顯示出作為歷史學家的博大精深和作為文學家的富麗辭采。難怪後人稱其著作《史記》為“史家之絕唱，無韻之離騷”。

班固

班固（32～92），字孟堅，東漢扶風安陵（今陝西咸陽東北）人。班固學問淵博，因父親班彪所著的《史記後傳》不夠詳盡，於是他續寫父書。後有人告發他"私改國史"，被捕入獄。賴弟班超求見明帝，説明原委；明帝見到他的原稿，也很讚賞他的才華；遂被釋放，任為蘭台令史，後升為郎，並奉詔撰寫《漢書》。和帝永元元年，大將軍竇憲出征匈奴，命班固為中護軍，隨同出征。永元四年，竇憲被誣告企圖謀反，遂被迫自殺。班固受牽連被捕，死於獄中。其時《漢書》尚未全部寫完，後由妹班昭和馬續續寫完成。

蘇武傳

武字子卿，少以父任，兄弟並為郎[1]，稍遷至栘中廄監[2]。時漢連伐胡，數通使相窺觀。匈奴留漢使郭吉、路充國等前後十餘輩[3]。匈奴使來，漢亦留之以相當。

天漢元年[4]，且鞮侯單于初立[5]，恐漢襲之，乃曰："漢天子，我丈人行也。"盡歸漢使路充國等。武帝嘉其義，乃遣武以中郎將使持節送匈奴使留在漢者[6]，因厚賂單于，答其善意。武與副中郎將張勝及假吏[7]常惠等募士斥候[8]百餘人俱。既至匈奴，置幣遺單于。單于益驕，非漢所望也。

方欲發使送武等，會緱王[9]與長水虞常等謀反匈奴中。緱王者，昆邪王[10]姊子也，與昆邪王俱降漢；後隨浞野侯[11]沒胡中。及衛律[12]所將降者，陰相與謀劫單于母閼氏[13]歸漢。會武等至匈奴。虞常在漢時，素與副張勝相知，私候[14]勝曰："聞漢天子甚怨衛律，常能為漢伏弩射殺之。吾母與弟在漢，幸蒙其賞賜。"張勝許之，以貨物與常。

後月餘，單于出獵，獨閼氏子弟在。虞常等七十餘人欲發，其一人夜亡，告之。單于子弟發兵與戰，緱王等皆死，虞常生得。單于使衛律治其事。張勝聞之，恐前語發，以狀語武。武曰："事如此，此必及我。見犯乃死，重負國。”欲自殺。勝、惠共止之。虞常果引張勝。單于怒，召諸貴人議，欲殺漢使者。左伊秩訾[15]曰：“即謀單于，何以復加？宜皆降之。”單于使衛律召武受辭[16]。武謂惠等：“屈節辱命，雖生，何面目以歸漢！”引佩刀自刺。衛律驚，自抱持武，馳召醫。鑿地為坎，置煴火[17]，覆武其上，蹈其背以出血。武氣絕，半日復息。惠等哭，輿[18]歸營。單于壯其節，朝夕遣人候問武，而收繫張勝。

武益愈，單于使使曉武，會論虞常，欲因此時降武。劍斬虞常已，律曰：“漢使張勝謀殺單于近臣，當死。單于募降者赦罪。”舉劍欲擊之，勝請降。律謂武曰：“副有罪，當相坐。”武曰：“本無謀，又非親屬，何謂相坐？”復舉劍擬之，武不動。律曰：“蘇君！律前負漢歸匈奴，幸蒙大恩，賜號稱王，擁眾數萬，馬畜彌山，富貴如此。蘇君今日降，明日復然。空以身膏草野，誰復知之！”武不應。律曰：“君因我降，與君為兄弟。今不聽吾計，後雖欲復見我，尚可得乎？”

武罵律曰：“女為人臣子，不顧恩義，畔主背親，為降虜於蠻夷，何以女為見！且單于信女，使決人死生，不平心持正，反欲鬥兩主，觀禍敗。南越殺漢使者，屠為九郡[19]；宛王殺漢使者，頭縣北闕[20]；朝鮮殺漢使者，即時誅滅[21]；獨匈奴未耳！若知我不降明，欲令兩國相攻。匈奴之禍，從我始矣！”律知武終不可脅，白單于。單于愈益欲降之，乃幽武，置大窖中，絕不飲食。天雨雪，武卧齧雪，與旃[22]毛並嚥之，數日不死。匈奴以為神，乃徙武北海上無人處，使牧羝，羝乳[23]乃得歸。別其官屬常惠等，各置他所。

武既至海上，廩食不至，掘野鼠去草實而食之。杖漢節牧羊，卧起操持，節旄盡落。積五六年，單于弟於靬王弋射海上[24]。武能網紡繳[25]，檠[26]弓弩，於靬王愛之，給其衣食。三歲餘，王病，賜武馬畜、服匿、穹廬[27]。王死後，人眾徙去。其冬，丁令[28]盜武牛羊，武復窮厄。

初，武與李陵俱為侍中[29]。武使匈奴明年，陵降，不敢求武。久之，單于使陵至海上，為武置酒設樂。因謂武曰：“單于聞陵與子卿素厚，故使陵來說足下，虛心欲相待。終不得歸漢，空自苦亡人之地，信義安所見乎？前，長君為奉車[30]，從至雍棫陽宮[31]，扶輦下除，觸柱折轅，劾大不敬，伏劍自刎，賜錢二百萬以葬；孺卿從祠河東後土[32]，宦騎與黃門駙馬[33]爭船，推墮駙馬河中，溺死[34]，宦騎亡，詔使孺卿逐捕，不得，惶恐飲藥而死。來時，太夫人已不幸，陵送葬至陽陵[35]。子卿婦年少，聞已更嫁矣。獨有女弟[36]二人，兩女一男，今復十餘年，存亡不可知。人生如朝露，何久自苦如此！陵始降時，忽忽如狂，自痛負漢，加以老母繫保宮[37]。子卿不欲降，何以過陵？且陛下春秋高[38]，法令亡常，大臣亡罪夷滅者數十家，安危不可知，子卿尚復誰為乎？願聽陵計，勿復有云！"

武曰："武父子亡功德，皆為陛下所成就，位列將[39]，爵通侯[40]，兄弟親近，常願肝腦塗地。今得殺身自效，雖蒙斧鉞湯鑊，誠甘樂之。臣事君，猶子事父也；子為父死，無所恨。願勿復再言！"

陵與武飲數日，復曰："子卿壹聽陵言。"武曰："自分已死久矣！王必欲降武，請畢今日之驩，效死於前！"陵見其至誠，喟然歎曰："嗟乎，義士！陵與衛律之罪，上通於天！"因泣下沾衿，與武決去。陵惡自賜武，使其妻賜武牛羊數十頭。

後，陵復至北海上，語武："區脱捕得雲中生口[41]，言太守以下吏民皆白服，曰：上崩。"武聞之，南鄉號哭，歐血，旦夕臨數月。

昭帝即位。數年，匈奴與漢和親。漢求武等，匈奴詭言武死。後，漢使復至匈奴，常惠請其守者與俱，得夜見漢使，具自陳道。教使者謂單于，言："天子射上林[42]中，得雁，足有繫帛書，言武等在某澤中。"使者大喜，如惠語以讓單于。單于視左右而驚，謝漢使曰："武等實在。"於是李陵置酒賀武曰："今足下還歸，揚名於匈奴，功顯於漢室。雖古竹帛所載，丹青所畫，何以過子卿！陵雖駑怯，令漢且貰[43]陵罪，全其老母，使得奮大辱之積志，庶幾乎曹柯之盟[44]，此陵宿昔[45]之所不忘也！收族陵家，為世大戮，陵尚復何顧乎？已矣，令子卿知吾心耳！異域之人，壹別長絕！"陵起舞，歌曰："徑萬里兮度沙幕，為君將兮奮匈奴。路窮絕兮矢刃摧，士眾滅兮名已隤。老母已死，雖欲報恩將安歸！"陵泣下數行，因與武決。單于召會武官屬，前已降及物故，凡隨武還者九人。

武以始元六年[46]春至京師。詔武奉一太牢，謁武帝園廟[47]。拜為典屬國[48]，秩中二千石[49]。賜錢二百萬，公田二頃，宅一區。常惠、徐聖、趙終根皆拜為中郎，賜帛各二百匹。其餘六人，老，歸家，賜錢人十萬，復終身。常惠後至右將軍，封列侯，自有傳。武留匈奴凡十九歲，始以強壯出，及還，鬚髮盡白。

武來歸明年，上官桀、子安與桑弘羊及燕王、蓋主謀反[50]。武子男元與安有謀，坐死。初，桀、安與大將軍霍光爭權[51]，數疏光過失予燕王，令上書告之。又言蘇武使匈奴二十年，不降，還，乃為典屬國。大將軍長史無功勞[52]，為搜粟都尉[53]，光顓權自恣。及燕王等反，誅，窮治黨與，武素與桀、弘羊有舊，數為燕王所訟[54]，子又在謀中，廷尉奏[55]請逮捕武。霍光寢其奏[56]，免武官。

數年，昭帝崩。武以故二千石與計謀立宣帝[57]，賜爵關內侯[58]，食邑三百戶。久之，衛將軍張安世薦武明習故事[59]，奉使不辱命，先帝以為遺言。宣帝即時召武待詔宦者署[60]。數進見，復為右曹典屬國[61]。以武著節老臣，令朝朔望，號稱祭酒[62]，甚優寵之。武所得賞賜，盡以施予昆弟故人，家不餘財。皇后父平恩侯、帝舅平昌侯、樂昌侯[63]、車騎將軍韓增、丞相魏相、御史大夫丙吉，皆敬重武。

武年老，子前坐事死，上閔之。問左右："武在匈奴久，豈有子乎？"武因平恩侯自白："前發匈奴時，胡婦適產一子通國，有聲問來，願因使者致金帛贖之。"上許焉。後通國隨使者至，上以為郎。又以武弟子為右曹。武年八十餘，神爵二年[64]病卒。

甘露三年[65]，單于始入朝[66]，上思股肱之美[67]，乃圖畫其人於麒麟閣[68]，法其形貌，署其官爵、姓名。唯霍光不名[69]，曰"大司馬大將軍博陸侯，姓霍氏"；次曰："衛將軍富平侯張安世"；次曰："車騎將軍老頜侯韓增"；次曰"後將軍營平侯趙充國"；次曰"丞相高平侯魏相"；次曰"丞相博陽侯丙吉"；次曰"御史大夫建平侯杜延年"；次曰"宗正陽城侯劉德"；次曰"少府梁丘賀"；次曰"太子太傅蕭望之"；次曰"典屬國蘇武"。皆有功德，知名當世，是以表而揚之，明著[70]中興輔佐，列於方叔、召虎、仲山甫[71]焉。凡十一人，皆有傳。自丞相黃霸、廷尉於定國、大司農朱邑、京兆尹張敞、右扶風尹翁歸及儒者夏侯勝等，皆以善終，著名宣帝之世，然不得列於名臣之圖，以此知其選矣。

註釋

1 "少以父任"二句：因父親職位之故而得任官。漢代年俸二千石以上的官員，其子弟可以為郎。蘇武父蘇建曾任代郡太守，以功封平陵侯，蘇武與兄蘇嘉、弟蘇賢都被任用為郎。郎，官名，皇帝近侍。

2 稍遷：逐步升遷。移（yí）：木名。廄監：管理馬廄的官員，掌管漢宮廷移園中鞍馬、鷹犬和射獵用具。

3 "匈奴留漢使"句：漢武帝於元封元年（前110）統兵十八萬以臨北邊，使郭吉曉諭烏維單于。郭吉見單于，言盡威脅之意。單于怒，扣留郭吉。元封四年秋，匈奴使至漢，因病服藥而死，漢使路充國送其喪歸，單于誤以為漢殺匈奴貴使，扣留路充國。

4 天漢元年：即公元前 100 年。天漢為漢武帝年號（公元前 100 ～前 97）。

5 "且鞮" 句：且鞮（jū dī）侯單于，烏維單于之弟。原為左大都尉，烏維單于死，其子年少，號為兒單于。兒單于在位三年而死，由且鞮侯繼位。

6 中郎將：官名。節：使臣所持信物，以竹為桿，長八尺，上綴三重犛牛尾以作裝飾，故又稱旄節。

7 假吏：臨時充任為吏者。

8 募士：招募來的士卒。斥候：偵察人員。

9 緱（gōu）王：匈奴的一個親王。

10 昆邪（hún yē）王：匈奴的一個親王。

11 浞（zhuó）野侯：即趙破奴，早年曾亡命匈奴，後歸國，為霍去病軍司馬。太初二年（前 103）春，率二萬兵馬出擊匈奴，被俘投降，全軍皆淪陷於胡。後又逃歸漢，被滅族。

12 衛律：其父為長水胡人，在漢出生長大。與協律都尉李延年交情頗深，以李舉薦出匈奴。將還時，李因罪全家被捕，衛律奔降匈奴，被封為丁零王。

13 閼氏（yān zhī）：匈奴王后的稱號。

14 私候：私訪。

15 左伊秩訾（zī）：匈奴王號，有左右之分。

16 受辭：受審。

17 坎：坑。煴（yūn）火：微熱沒有火焰的火。

18 輿：抬着。

19 "南越" 二句：漢武帝元鼎五年（前 112），南越王相呂嘉殺南越王及漢使，武帝派人討伐。次年，平定南越，抓獲呂嘉，並在其地設九郡。

20 "宛王" 二句：漢武帝曾派使者至大宛國尋求良馬，大宛不與，又截殺漢使於歸途。太初元年（前 104）漢武帝派李廣利征大宛，至太初三年，大宛諸侯貴族殺國王毋寡。李廣利攜毋寡首級歸京師，懸掛在漢朝的宮闕下。縣，通 "懸"。

21 "朝鮮" 二句：漢武帝元封二年（前 109），漢武帝派涉何出使朝鮮，涉何派人刺死伴送自己的朝鮮人，偽稱殺死朝鮮將領，被武帝封為遼東東部都尉。後朝鮮發兵殺死涉何。於是武帝再派兵攻朝鮮，次年，朝鮮相殺其王右渠，降漢。

22 旃（zhān）：通 "氈"，氈毯。

23 羝（dī）乳乃得歸：要想歸漢除非公羊生小羊。羝，公羊；乳，生育。

24 於靬（wū jiān）王：且鞮侯單于之弟。弋射：射獵。

25 網：結網。紡繳（zhuó）：紡出箭尾所繫的絲繩。

26 檠（qíng）：矯正弓弩的器具。

27 服匿：盛酒酪的瓦器。穹廬：圓頂的大帳篷。

28 丁令：又作丁靈、丁零，匈奴族的一支。

29 侍中：官名，侍從皇帝左右，掌管車馬服物。

30 奉車：掌管皇帝乘車的官。

31 雍：春秋時為秦都，漢代置雍縣。棫（yù）陽宮：秦宮，在雍縣東北。

32 孺卿：蘇武弟蘇賢的字。祠：祭祀。河東：漢郡名，治所在今山西夏縣西北。後土：土地神。

33 宦騎：擔任皇帝騎從的宦官。黃門駙馬：皇帝的騎侍。

34 溺死：淹死。

35 陽陵：漢縣名，治所在今陝西咸陽東北部。

36 女弟：妹。

37 保宮：漢少府屬官，有時也用作繫囚之所。本名居室，武帝太初元年更名為保宮。

38 春秋高：年紀大。

39 位列將：指蘇武父蘇建曾為右將軍，蘇武本人為中郎將。

40 爵通侯：指平陵侯蘇建。

41 區（ōu）脫：同 "歐脫"。匈奴稱邊境的屯戍或守望之處為 "區脫"。雲中：郡名，治所在今內蒙古托克托東北。生口：俘虜。

42 上林：漢上林苑，皇帝遊獵之地。

43 貰（shì）：寬恕。

44 曹柯之盟：春秋時，齊軍伐魯，魯三戰皆敗，莊公遂獻邑地以求和，與齊會盟於柯。會盟時，大將曹沫執匕首劫持齊桓公，迫使其歸還所侵之地。此句意思是自己本有如同曹沫折服敵國的願望。

45 宿昔：往日。

46 始元六年：公元前 81 年。始元為漢昭帝年號。

47 太牢：以一牛、一豬、一羊為祭品。園：陵寢，帝后的葬地。廟：祭祀祖先之處所。

48 典屬國：掌管少數民族事務的官。

49 秩：官秩。中二千石：漢代二千石的官秩按俸祿大小分為中二千石、二千石、比二千石三等，中二千石官秩最高。

50 上官桀：字少叔。武帝末拜左將軍，封安陽侯，與霍光、金日磾（mì dī）共同輔佐昭帝。其子安，昭帝時拜車騎將軍。桑弘羊：武帝末為御史大夫。燕王：劉旦，武帝第三子。蓋主：武帝長女，昭帝姊。其夫封為蓋侯，故稱蓋長公主，又稱蓋主。謀反之事指上官桀等人欲殺霍光，廢昭帝，立燕王，事敗被殺，燕王與蓋主自殺。

51 霍光：字子孟，霍去病異母弟，武帝時為奉車都尉，昭帝時任大司馬大將軍，封博陸侯，昭帝死後迎立昌邑王劉賀為帝，不久即廢，又迎立宣帝，前後執政二十年。

52 大將軍長史：大將軍的輔佐官員，此指楊敞，霍光的屬官。

53 搜粟都尉：亦稱治粟都尉，屬大司農（掌管租稅錢穀鹽鐵的長官）。

54 訟：上書為人申訴。

55 廷尉：主管司法的官員。

56 寢其奏：扣壓廷尉欲捕蘇武的奏章。寢：擱置，扣壓。

57 "武以" 句：宣帝，漢武帝曾孫劉詢。昭帝死後，昌邑王劉賀即位，因其荒淫，霍光等人廢賀而立宣帝。此句謂蘇武以前任二千石官職的身份，參預謀立宣帝之舉。

58 關內侯：有稱號而無統轄土地的侯爵。

59 張安世：字子孺，武帝時御史大夫張湯之子，昭帝時任右將軍、光祿勳，封富平侯。與霍光策立宣帝，為大司馬。明習故事：熟習朝章典故。

60 待詔：等待皇帝的詔令。宦者署：宦者令的衙署。

61 右曹：加官的一種，由任其他職務的官員兼任。

62 "令朝" 二句：令蘇武只在每月的初一和十五朝見皇帝，其他時間不必上朝，敬稱他為祭酒。祭酒，指德高望重的老人。因古代舉行重大宴會或祭享時，必推年高德重者舉酒先祭。

63 平恩侯：指宣帝皇后之父許廣漢。平昌侯：宣帝母王夫人之兄王無敵。樂昌侯：王無敵之弟王武。

64 神爵二年：即公元前 60 年。神爵為漢宣帝年號。

65 甘露三年：即公元前 51 年，甘露為漢宣帝年號。

66 單于始入朝：匈奴內亂，呼韓邪單于為爭取漢朝幫助，遂入漢稱臣。

67 股肱（gōng）之美：指輔佐大臣的功績。股，大腿；肱，胳膊。

68 麒麟閣：在漢未央宮中。

69 唯霍光不名：因霍光為三世重臣，政績顯著，故不為其名以示尊敬。

70 明著：明確地指出。

71 方叔、召虎、仲山甫：皆輔佐周宣王中興的功臣。

【鑒 賞】

本文選自《漢書・李廣蘇建傳》。作品敍述蘇武被拘匈奴十九年的艱苦經歷，讚揚了蘇武的民族氣節。

作為史傳文學，《蘇武傳》詳細描寫蘇武羈留匈奴的遭遇和歸漢後的情形，生動鮮明地刻畫出蘇武的性格，堅忍個性、民族氣節、愛國意志。作者運用對照、映襯的藝術手法，在對人物言行的比較烘托中，恰到好處地塑造了主人公的形象。

對照中，張勝的見利忘義、喪失骨氣，襯托了蘇武的深明大義、有骨氣、無畏的使臣風度；衛律的驕橫無恥、賣國求榮，突出了蘇武崇高的民族氣節；李陵置一家一己的恩怨於國家民族利益之上，而蘇武則置一家一己的恩怨於不顧，一心一意為國家民族利益着想。蘇武喚醒了李陵的深層愛國之心，李陵由開始時甘當説客，到後慚愧及到蘇武回國又悲痛欲絕。這一轉變，作者刻畫得可謂淋漓盡致。

本文的環境描寫也非常富有特色，對於表現蘇武的性格、氣節和愛國主義精神起着不可忽視的作用。“置大窖中，絕不飲食。天雨雪，武卧齧雪，與旃毛並嚥之”，反映了外部環境的惡劣，在如此條件下蘇武仍能保持氣節，其性格之堅忍，對國之忠誠，更顯得難能可貴。

三國兩晉南北朝名篇

諸葛亮

諸葛亮（181～234），字孔明，琅邪陽都（今山東臨沂南）人。諸葛亮早年避難於荊州，躬耕隴畝，自比管仲、樂毅。後輔佐劉備聯吳拒曹，西取益州，建立蜀漢。備稱帝，拜為丞相。備卒，受遺詔輔佐劉禪。諸葛亮前後六次出師北伐曹魏，卒於軍中，謚號忠武。著有《諸葛丞相集》。

前出師表

臣亮言：先帝創業未半，而中道崩殂[1]。今天下三分[2]，益州疲弊，此誠危急存亡之秋也。然侍衛之臣不懈於內，忠志之士忘身於外者，蓋追先帝之殊遇，欲報之於陛下也[3]。誠宜開張聖聽，以光先帝遺德，恢弘志士之氣，不宜妄自菲薄，引喻失義，以塞忠諫之路也。

宮中府中[4]俱為一體，陟罰臧否[5]，不宜異同。若有作奸犯科及為忠善者[6]，宜付有司[7]論其刑賞，以昭陛下平明之治，不宜偏私，使內外異法也。侍中、侍郎郭攸之、費禕、董允等[8]，此皆良實，志慮忠純，是以先帝簡拔以遺陛下。愚以為宮中之事，事無大小，悉以諮之，然後施行，必能裨補闕漏[9]，有所廣益。將軍向寵[10]，性行淑均[11]，曉暢軍事，試用於昔日，先帝稱之曰能，是以眾議舉寵以為督。愚以為營中之事，悉以諮之，必能使行陣和睦[12]，優劣得所。親賢臣，遠小人，此先漢所以興隆也；親小人，遠賢臣，此後漢所以傾頹也。先帝在時，每與臣論此事，未嘗不歎息痛恨於桓、靈也。侍中、尚書、長史、參軍[13]，此悉貞亮死節之臣也，願陛下親之信之，則漢室之隆，可計日而待也。

臣本布衣，躬耕於南陽[14]，苟全性命於亂世，不求聞達於諸侯。先帝不以臣卑鄙[15]，猥自枉屈[16]，三顧臣於草廬之中，諮臣以當世之事，由是感激，遂許先帝以驅馳，後值傾覆[17]，受任於敗軍之際，奉命於危難之間，爾來二十有一年矣[18]。先帝知臣謹慎，故臨崩寄臣以大事也[19]。受命以來，夙夜憂歎，恐託付不效，以傷先帝之明，故五月渡瀘[20]，深入不毛[21]。今南方已定，兵甲已足，當獎率三軍，北定中原[22]，庶竭駑鈍[23]，攘除奸兇，興復漢室，還於舊都[24]。此臣所以報先帝而忠陛下之職分也。

至於斟酌損益[25]，進盡忠言，則攸之、禕、允之任也。願陛下託臣以討賊興復之效；不效，則治臣之罪，以告先帝之靈。若無興德之言，則責攸之、禕、允等之慢，以彰其咎。陛下亦宜自謀，以諮諏善道[26]，察納雅言，深追先帝遺詔，臣不勝受恩感激。今當遠離，臨表涕零，不知所云。

註釋

1 先帝：去世的皇帝，此指劉備。崩殂(cú)：古代帝王死稱崩，殂也是死。
2 三分：指魏、蜀、吳三分天下的局勢。
3 陛下：對劉備的兒子劉禪的尊稱，公元223年至263年在位。
4 宮中：指宮廷內部。府中：指丞相府。建興元年(223)，諸葛亮任丞相。
5 陟罰臧否：賞善罰惡。陟(zhì)：升遷。臧(zāng)：善。否(pǐ)，惡。
6 作奸犯科：違法亂紀。
7 有司：主管部門的官吏。司，管理。
8 侍中、侍郎：都是官名，皇帝身邊的近臣。悙攸之：時任侍中。費禕(yī)：時任侍中。董允：時任黃門侍郎。三人都是有德才的人。
9 裨(bì)：補益。闕：通"缺"，過失、錯誤。
10 向寵：當初，劉備伐吳時遭到慘敗，只有向寵的部隊未受損失，諸葛亮認為向寵善於治軍，故臨行留他掌管軍事。
11 淑：性格和善。均：做事公平。
12 行陣：指軍隊。
13 尚書：協助皇帝處理政務的官吏。此指陳震。長(zhǎng)史：漢丞相及三公(太尉、司徒、司空)府均設長史，以輔佐三公。此處指張裔。參軍：漢末至南北朝丞相及諸王府掌管軍務的重要幕僚。此指蔣琬。
14 南陽：郡名。治所在宛縣(今河南南陽市)。這裏指南陽鄧縣的隆中。
15 卑鄙：見識淺陋，地位卑微。
16 猥(wěi)自枉屈：指劉備自己降低身份。猥，辱。
17 傾覆：大敗。指建安十二年(207)，在當陽長阪(今湖北當陽東北)，劉備被曹操擊潰之事。
18 爾來：從那時以來。即建安十二年(207)劉備與諸葛亮相遇，到建興五年(227)上《出師表》時，共二十一年。
19 臨崩寄臣以大事：寄，託付。章武三年(223)，劉備伐吳失敗後死於白帝城(今四川奉節東)，臨終時將蜀漢軍政大權託付給諸葛亮，要他輔佐劉禪。
20 瀘：瀘水，金沙江的支流。指建興三年(225)諸葛亮南征孟獲事。
21 不毛：未開發地帶。
22 中原：黃河流域。此指曹魏所佔領的地方。
23 庶：但願。駑(nú)鈍：比喻才能平庸。駑，劣馬；鈍，刀刃不鋒利。
24 舊都：這裏指兩漢國都長安和洛陽。蜀漢自稱繼漢統，所以把取二地叫做還舊都。
25 斟酌損益：權衡得失，考慮取捨。
26 諮諏(zōu)：徵詢。

【鑒賞】

《出師表》是三國時建興五年(227)蜀相諸葛亮出師北伐時給後主劉禪的奏表。因建興六年冬諸葛亮第二次北征前又上了一表，所以把建興五年作的表稱為《前出師表》，建興六年的表稱為《後出師表》。

建興五年，諸葛亮在出師前上表告誡劉禪要“親賢臣，遠小人”，同時也表達自己北定中原的決心。這篇文章就是由勸諫和表態兩部分組成。

首先列舉國家不利因素：一是先帝劉備創業未成一半就死去；二是魏、蜀、吳三國鼎立之勢對蜀非常不利；三是蜀漢自己人力、物力也較差，處於比較危急的時刻。諸葛亮提出解決問題的三個策略：納諫、法治、用人。

諸葛亮具體地指出郭攸之、費禕、董允、向寵這幾位賢臣，請後主遇事無論大小都要徵求他們的意見。舉文官武將為例後，諸葛亮又引用史上“親賢遠佞”的正反面教訓，作進一步説明 ，正反對比，利害鮮明，偶句對列，寓意深刻。

後面部分作者主要是敍忠情、言宏志。他先敍述了自己二十一年來的經歷，把一片赤誠之心自剖於眼前，表明他對蜀漢的忠心，同時也順理成章地引出了北伐這個主題。他自立軍令狀督責諸臣，又勸後主“察納雅言”，三方共同努力，以復興漢室。

這篇文章表現出一種興邦建業，頑強進取的精神。全文周密暢達，被喻為“志盡文暢”、“表之英也”(《文心雕龍・章表》)，一般章表常給人以呆板無情的感覺，而通覽此表，諸葛亮憂國盡忠之情，表現得淋漓盡致、感人肺腑。另外，文中語言駢散結合，氣勢雄壯而又有節奏感。

後出師表

先帝慮漢、賊[1]不兩立，王業不偏安[2]，故託臣以討賊也。以先帝之明，量臣之才，故知臣伐賊，才弱敵強也；然不伐賊，王業亦亡，惟坐而待亡，孰與伐之？是故託臣而弗疑也。

臣受命之日，寢不安席，食不甘味。思惟北征，宜先入南[3]。故五月渡瀘[4]，深入不毛，併日而食。臣非不自惜也，顧王業不得偏全於蜀都[5]，故冒危難，以奉先帝之遺意也，而議者謂為非計。今賊適疲於西[6]，又務於東[7]，兵法乘勞[8]，此進趨之時也。謹陳其事如左：

高帝[9]明並日月，謀臣淵深，然涉險被創[10]，危然後安。今陛下未及高帝，謀臣不如良、平[11]，而欲以長計取勝，坐定天下，此臣之未解一也。劉繇、王朗[12]各據州郡，論安言計，動引聖人，群疑滿腹，眾難塞胸，今歲不戰，明年不征，使孫策[13]坐大，遂併江東，此臣之未解二也。曹操智計殊絕於人，其用兵也，彷彿孫、吳[14]，然困於南陽[15]，險於烏巢[16]，危於祁連[17]，逼於黎陽[18]，幾敗北山[19]，殆死潼關[20]，然後偽定[21]一時耳。況臣才弱，而欲以不危而定之，此臣之未解三也。曹操五攻昌霸[22]不下，四越巢湖不成[23]。任用李服[24]，而李服圖之。委夏侯[25]，而夏侯敗亡。先帝每稱操為能，猶有此失，況臣駑下，何能必勝？此臣之未解四也。自臣到漢中[26]，中間期年耳，然喪趙雲、陽群、馬玉、閻芝、丁立、白壽、劉郃、鄧銅等及曲長、屯將[27]七十餘人，突將無前[28]；賨、叟、青羌[29]散騎、武騎一千餘人，此皆數十年之內所糾合四方之精鋭，非一州之所有。若復數年，則損三分之二也。當何以圖敵？此臣之未解五也。今民窮兵疲，而事不可息。事不可息，則住與行，勞費正等。而不及今圖之，欲以一州之地，與賊持久，此臣之未解六也。

夫難平者，事也。昔先帝敗軍於楚[30]，當此時，曹操拊手，謂天下以定。然後先帝東連吳越[31]，西取巴蜀[32]，舉兵北征，夏侯授首[33]。此操之失計，而漢事將成也。然後吳更違盟，關羽毀敗[34]，秭歸蹉跌[35]，曹丕稱帝[36]。凡事如是，難可逆見。臣鞠躬盡力[37]，死而後已，至於成敗利鈍，非臣之明所能逆睹[38]也。

註釋

1 漢：蜀漢自稱。賊：對曹魏蔑稱。

2 偏安：指帝王不能統治全國，偏據一方以自安。

3 入南：指建興三年（225）諸葛亮深入南中，平定四郡事。

4 瀘：瀘水，金沙江支流。

5 蜀都：指成都。

6 賊適疲於西：指建興六年（228）春，諸葛亮初出祁山（今甘肅禮縣東）伐魏時，曹魏西部的南安、天水、安定三郡叛魏歸蜀。

7 又務於東：指建興六年秋，東吳陸遜擊敗魏大司馬曹休於石亭（今安徽潛山東北）事。

8 乘勞：趁敵軍疲憊之機。

9 高帝：指漢高祖劉邦。

10 涉險被創：劉邦曾親臨戰場，多次被困受傷。

11 良、平：張良、陳平，劉邦的謀士和重臣。

12 劉繇（yóu）：字正禮，東漢末年任揚州刺史，後被袁紹逼至曲阿（今江蘇丹陽），興平二年（195）為孫策擊敗。王朗：字景興，東漢末年任會稽（今浙江紹興）太守，孫策率軍渡江時，他兵敗投降。

13 孫策：字伯符，孫堅之子，孫權之長兄。堅死後，策收拾殘部依附袁術，興平二年（195）渡江進據江東地區，奠定了孫吳政權的基礎，後遇刺身亡。

14 孫、吳：指春秋戰國時的軍事家孫武和吳起。

15 困於南陽：建安二年（197）曹操進軍宛城（今河南南陽），張繡設計偷襲曹營，操中流矢，長子昂亡於戰事。

16 險於烏巢：建安五年（200），官渡之戰中，袁紹屯糧烏巢（今河南延津東南），兵多糧足，操軍困乏危急，操夜襲烏巢，焚其糧草，殲其主力，方轉危為安。

17 危於祁連：建安九年（204）曹操圍鄴，由祁山還鄴途中，險為袁紹的將領審配所設伏兵射中。

18 逼於黎陽：建安七年（202）五月，袁紹死，操攻黎陽，不克。

19 幾敗北山：可能指建安二十四年（219），

曹、劉爭奪漢中，三月，曹操自長安出斜谷，軍至陽平北山（今陝西沔縣西），劉備因險拒守，不克。操於五月引軍還歸長安。

20 殆死潼關：建安十六年（211），曹操與馬超、韓遂戰於潼關，將北渡黃河，遇馬超軍，避於舟中，追騎沿岸射擊，箭如雨下。

21 偽定：指曹氏統一北方，僭稱國號。

22 昌霸：一稱昌豨。建安四年（199），東海郡昌霸數萬兵歸附劉備。

23 四越巢湖不成：曹操駐合肥以重軍，南隔巢湖，與駐屯濡須口的孫吳對峙，但操始終未能越過巢湖。

24 李服：據《通鑒》胡三省註：“李服，蓋王服也。”建安四年（199），車騎將軍董承受獻帝衣帶詔，與長水校尉种輯、將軍吳子蘭、王服和劉備等合謀誅操。事洩，董、吳、王被殺。

25 夏侯：指曹操的大將夏侯淵。建安二十年（215）曹操東征張魯，留夏侯淵屯守漢中。建安二十四年（219），劉備出兵漢中，夏侯淵被蜀將黃忠擊殺。

26 漢中：郡名，治所在今南鄭。

27 曲長、屯將：軍隊中的將領。

28 突將：衝鋒陷陣的勇將。無前：無敵。

29 賨、叟、青羌：蜀軍中少數民族士兵。

30 敗軍於楚：建安十三年（208），曹操南征劉表。表死，子琮投降。操即追擊劉備，大敗劉備於當陽長阪坡。當陽古屬楚地，所以這樣説。

31 東連吳越：指建安十三年（208），赤壁之戰中劉備與孫權聯合抵禦曹操。

32 西取巴蜀：建安十六年（211）益州牧劉璋恐曹操襲己，聽張松計，迎劉備入蜀。後備與璋有隙，劉備自葭萌（今四川廣元西南）進擊益州，諸葛亮、張飛等平定白帝、江州、江陽等地，劉備進圍成都，璋出降，劉備遂佔有巴蜀地區。

33 授首：被殺。

34 “吳更”二句：赤壁之戰後，劉備領荊州牧。建安十六年（211）劉備入蜀時，留關羽鎮守荊州。劉備得益州，孫權欲復得荊州，雙方於建安二十年（215）議定共據荊州。二十四年（219），孫權乘關羽北攻曹魏時，取江陵，擄其家屬。關羽還軍南下，途遭陸遜截擊，羽及子平被殺，孫吳遂獨佔荊州。

35 秭歸蹉跌：劉備忿恨孫吳襲擊荊州殺關羽，於章武元年（221）親率步卒伐吳，破吳軍於秭歸（今屬湖北）。次年，被吳將陸遜火攻於猇亭，劉備還秭歸，收拾殘兵，駐屯白帝。蹉跌，失墜。

36 曹丕稱帝：公元 220 年，曹操亡，其子丕廢獻帝自立，改國號為魏。

37 盡力：一作“盡瘁”。

38 逆睹：預料。

【鑒賞】

建興六年冬，諸葛亮聞孫權破曹休，魏兵東下，關中空虛，遂欲二次北伐。由於前一次北伐失利，因此，朝廷內出現反對北伐的意見。為堅定劉禪北伐信心，統一朝廷內部意見，諸葛亮再次上表破除人們的疑慮。本文分為四個部分説明道理。

第一部分説明再度出師的原因。首先漢與曹賊勢不兩立，要想復興漢室，就必須討賊。其次，坐以待斃不如起而抗爭。

第二部分，論述戰略方針，平定南方以後，現在正是北伐的大好時機。

第三部分説明危而後安，戰而後強，包括六層意思，提出“六未解”。第一層以高帝創業為例，説明不能避難就易，坐待敵亡。高帝賢明，張良、陳平深謀遠慮，也是經歷無數艱險才取得天下，而現在蜀國情況不及高帝之時，更應該積極出戰。第二層是以劉繇、王朗的教訓來開導後主，希望以他們的失敗為鑒戒。劉繇、王朗各自據守州郡，以為可以坐待敵亡，結果遭到失敗。第三、四兩層以曹操為例來勸導後主。曹操是一世梟雄，也經常失敗。那麼如果是劣鈍之才，就不能要求每戰必勝了。第五層説，從建興五年以來，蜀國已喪失了許多精鋭，這些精鋭是數十年中從四方糾合來的，如果不趁現有兵力奮發圖強的話，照此速度再過幾年，兵力就只剩三分之一，更無法對敵了。第六層説雖兵窮民疲，但戰事不能如願停止。與其被動作戰，不如主動出擊，兩者的勞力費用是一樣的。

第四部分説明未來是難以預料的，將來可能成功，也可能失敗。鼎足三分，尚不知鹿死誰手，因此只能努力爭取，死而後已。

綜觀全文，其寫作目的是申明出師的必要，同時指出時機寶貴，迫在眉睫。作者沒有採用華麗的辭藻和驚人之筆，但層層剖析，邏輯謹嚴，很有説服力。

曹丕

曹丕（187～226），字子桓，沛國譙（今安徽亳縣）人，曹操次子。初為五官中郎將，曹操死後，嗣位為丞相、魏王。公元220年，逼漢獻帝禪位，建立魏王朝，諡為文帝。他不僅是位政治家，也是位出色的文學家，他的詩學習民歌的各種體裁，形式多樣，語言簡潔明瞭。《燕歌行》是現存文人作品中較早的完整的七言詩。《典論・論文》是一篇開文學批評風氣的重要論文。有《魏文帝集》。

典論・論文

文人相輕，自古而然。傅毅之於班固，伯仲之間耳，而固小之，與弟超書曰："武仲以能屬文，為蘭台令史，下筆不能自休[1]。" 夫人善於自見，而文非一體，鮮能備善，是以各以所長，相輕所短。俚語曰："家有弊帚，享之千金。" 斯不自見之患也。

今之文人，魯國[2]孔融文舉，廣陵[3]陳琳孔璋，山陽[4]王粲仲宣，北海[5]徐幹偉長，陳留[6]阮瑀元瑜，汝南[7]應瑒德璉，東平[8]劉楨公幹。斯七子者，於學無所遺，於辭無所假，咸以自騁驥騄於千里，仰齊足而並馳[9]，以此相服，亦良難矣。蓋君子審己以度人，故能免於斯累，而作《論文》。

王粲長於辭賦，徐幹時有齊氣[10]，然粲之匹也。如粲之《初征》、《登樓》、《槐賦》、《征思》，幹之《玄猿》、《漏卮》、《圓扇》、《橘賦》，雖張、蔡[11]不過也。然於他文，未能稱是。琳、瑀之章、表、書、記，今之雋也。應瑒和而不壯，劉楨壯而不密。孔融體氣高妙，有過人者，然不能持論，理不勝辭[12]，以至乎雜以嘲戲，及其所善，揚、班[13]儔也。

常人貴遠賤近，向聲背實，又患暗於自見，謂己為賢。

夫文本同而末異，蓋奏議宜雅，書論宜理，銘誄尚實，詩賦欲麗。此四科不同，故能之者偏也，唯通才能備其體。

文以氣為主，氣之清濁有體，不可力強而致。譬諸音樂，曲度雖均，節奏同檢[14]，至於引氣不齊，巧拙有素，雖在父兄，不能以移子弟。

蓋文章經國之大業，不朽之盛事。年壽有時而盡，榮樂止乎其身，二者必至之常期，未若文章之無窮。是以古之作者，寄身於翰墨，見意於篇籍，不假良史之辭，不託飛馳之勢，而聲名自傳於後。故西伯幽而演《易》[15]，周旦顯而制《禮》[16]，不以隱約而弗務，不以康樂而加[17]思。

夫然，則古人賤尺璧而重寸陰，懼乎時之過已。而人多不強力，貧賤則懾於飢寒，富貴則流於逸樂，遂營目前之務，而遺千載之功。日月逝於上，體貌衰於下，忽然與萬物遷化，斯志士之大痛也！

融等已逝，唯幹著論[18]，成一家言。

註釋

1 下筆不能自休：下筆沒完沒了。這是嘲笑有些人為文冗長，缺少剪裁。
2 魯國：在今山東西南部。
3 廣陵：今江蘇江都。
4 山陽：今山東鄒縣。
5 北海：今山東壽光。
6 陳留：今河南開封。
7 汝南：今河南汝南。
8 東平：今山東東平。
9 "咸以"二句：意即謂他們都能各顯其才，互不謙讓。
10 齊氣：古代齊國文體舒緩，徐幹為文亦染有這種地方習氣。
11 張、蔡：指東漢張衡、蔡邕。
12 理不勝辭：指文辭華美而道理不充分。
13 揚、班：西漢揚雄、東漢班固。
14 檢：法度。
15 西伯幽而演《易》：相傳周文王姬昌被紂拘於羑里，因推演《易》而成書。紂嘗賜文王弓矢斧鉞，使其專事征伐之事，為西伯。
16 周旦顯而制《禮》：姬誦即位為周成王，年幼而由叔父周公姬旦攝政。傳説周公平定管、蔡、霍三叔之亂後，制禮作樂。但據後人考證，《周易》與《周禮》的成書，大致都要在春秋末期和戰國年間。
17 加：轉移。
18 著論：徐幹有《中論》二十二篇，今存二十篇。

【鑒賞】

《典論》是魏文帝曹丕寫的一篇文學評論。典是法則的意思，典論即指討論各種文體的法則，《論文》是《典論》這部著作中的一篇，也是中國迄今發現的第一篇評論文學及作家的專論。

魏晉時期是"人的自覺"和"文的自覺"的時代。"人的自覺"指人的生命力的張揚和對個體價值的追求。而"文的自覺"則指文學創作的繁榮。文學創作的繁榮，如建安文學的巨大成就，必然地需要總結，並且需要理論指導，《典論・論文》就是在這種背景下產生的。

《典論・論文》探討了一些理論問題：一、論文學的價值和作用。曹丕繼承並發展了儒家學派關於文學作品價值和作用的理論，並把文學的地位和作用提到了空前的高度。首先，他把文章看成是“經國之大業”，即治理國家的偉大事業。其次，他認為文章是“不朽之盛事”，即盛大的事業，也是永垂不朽、留名千古的事業。而且，曹丕把文章同人之生死、榮樂加以比較，說明人生是有限的，而文學功能是無限的。

二、討論了作家與作品的關係，作家的氣質、個性與文章風格的關係。才性、氣質不同，會形成不同的文章風格。

另外，曹丕把文體分為四科八體，認識到各類文體的特點。《典論・論文》文約意豐，開啟了魏晉南北朝文學理論批評覺醒的先河。

陶淵明

陶淵明（365～427），字元亮，一說，名潛，字淵明，潯陽柴桑（今江西九江）人，卒後朋友私謚“靖節”。早年曾任江州祭酒、鎮軍參軍、彭澤令等職，後因厭惡官場污濁，歸隱田園。他有很多描寫農村日常生活的詩歌，展示了農村的美好風光，表現了詩人閒適的生活、恬淡的心情以及他不願與黑暗現實同流合污的高尚情操，但也反映了他逃避現實、樂天安命的消極情緒。另外陶淵明也作了一些表現政治理想和關心政局的詩，詩歌的風格質樸自然、形象鮮明，對後代詩人的創作產生了很大的影響。著有《陶淵明集》。

桃花源記

晉太元中[1]，武陵人捕魚為業[2]。緣溪行，忘路之遠近，忽逢桃花林。夾岸數百步，中無雜樹，芳草鮮美，落英繽紛[3]。漁人甚異之，復前行，欲窮其林。

林盡水源[4]，便得一山。山有小口，彷彿若有光，便捨船，從口入。初極狹，才通人[5]。復行數十步，豁然開朗。土地平曠，屋舍儼然[6]，有良田美池桑竹之屬，阡陌交通，雞犬相聞。其中往來種作，男女衣着，悉如外人。黃髮垂髫[7]，並怡然自樂。見漁人，乃大驚，問所從來。俱答之。便要還家[8]，設酒殺雞作食。村中聞有此人，咸來問訊[9]。自云先世避秦時亂，率妻子邑人來此絕境[10]，不復出焉，遂與外人間隔。問今是何世，乃不知有漢，無論魏晉。此人一一為俱言所聞，皆歎惋。餘人各復延至其家[11]，皆出酒食。停數日辭去，此中人語云：“不足為外人道也。”

既出，得其船，便扶向路[12]，處處誌之[13]。及郡下[14]，詣太守說如此[15]。太守即遣人隨其往，尋向所志，遂迷[16]，不復得路。

南陽劉子驥[17]，高尚士也，聞之，欣然規往[18]。未果，尋病終[19]。後遂無問津者。

註釋

1 太元：東晉孝武帝（司馬曜）年號（376～396）。
2 武陵：郡名，郡治在今湖南常德一帶。
3 落英：落花。繽紛：盛多的樣子。
4 林盡水源：桃花林的盡頭，就是溪流的源頭。
5 才通人：僅能通過一個人。
6 儼然：整齊分明的樣子。
7 黃髮：指代老人。因老年人髮色逐漸轉黃，故以黃髮指老人。垂髫（tiáo）：指代兒童。髫，小兒下垂的頭髮。
8 要（yāo）：邀請。
9 咸：都。
10 邑人：同鄉人。絕境：與外界隔絕之境。
11 延：延請。
12 扶：沿着。向路：指先前進來時的路。
13 誌：標記。
14 郡下：指武陵郡。
15 詣：往見。
16 遂迷：竟然迷路。
17 劉子驥：東晉末隱士，好遊山澤。
18 規：計劃。
19 尋：不久。

【鑒賞】

《桃花源記》作於陶淵明的晚年，是他的五言古詩《桃花源詩》前邊的一篇小記，相當於詩的序言。文中藉武陵漁人之口道出"世外桃源"的環境、歷史和其中恬靜、安逸的生活，桃表現出對美好生活的嚮往和憧憬，他的這種世外桃源的理想對後世影響很大。

這篇小記流暢生動，跌宕起伏，虛實結合，想像豐富，用浪漫主義手法創造出一個美好的新社會。這也是陶淵明的代表作，宋李公煥評為："語造平淡，而寓意深遠，外若枯槁，中實敷腴。"（《箋註陶淵明集》清代方東樹也說："筆勢籠罩，原委昭明，崢嶸壯浪。"

五柳先生傳

先生不知何許人也[1]，亦不詳其姓字。宅邊有五柳樹，因以為號焉。閒靜少言，不慕榮利。好讀書，不求甚解[2]。每有會意，便欣然忘食。性嗜酒，家貧，不能常得。親舊知其如此，或置酒而招之。造飲輒盡[3]，期在必醉[4]，既醉而退，曾不吝情去留[5]。環堵蕭然[6]，不蔽風日。短褐穿結[7]，簞瓢屢空[8]，晏如也[9]。常著文章自娛，頗示己志。忘懷得失，以此自終。

贊曰：黔婁之妻有言[10]，不戚戚於貧賤[11]，不汲汲於富貴[12]。極其言，茲若人之儔乎[13]？酬觴賦詩[14]，以樂其志，無懷氏之民歟？葛天氏之民歟[15]？

註釋

1 何許：甚麼地方。
2 不求甚解：不刻意追求深奧的解釋。實際上是不生硬地穿鑿附會。
3 造：到，往。輒：每每，總是。
4 期：希望。
5 吝情：顧念，捨不得。
6 環堵蕭然：指家徒四壁。環堵，四壁；蕭然，空寂冷落的樣子。
7 短褐（hè）：粗布短衣。穿：破損。結：連綴，縫補的意思。
8 簞（dān）瓢屢空：是說飲食經常不足。簞，圓形竹製盛飯器皿；瓢，飲水的器具。
9 晏如：安然自得的樣子。
10 黔婁：春秋時魯國人，清貧自守，不願出仕。死後，曾子去弔喪，問其妻"何以為謚"，其妻說謚"康"，並說："彼先生者，甘天下之淡味，安天下之卑位，不戚戚於貧賤，不懷忻於富貴，求仁而得仁，求義而得義，其謚為'康'，不亦宜乎？"（見《列女傳》）。
11 戚戚：傷感、憂慮的樣子。
12 汲汲：竭力求取，急於追求的樣子。
13 儔：同類。
14 酬觴：即飲酒。
15 無懷氏、葛天氏：傳說中上古時代的氏族首領。據說在他們的世代，風俗古樸淳厚。

【鑒賞】

《五柳先生傳》是陶淵明託名五柳先生而作的一篇自傳。

文章開頭第一句"先生不知何許人也，亦不詳其姓字"，寫出這位先生不屬於名門望族，人們既不知他的出身和籍貫，也不知他的姓名字號。是一位不被世人接受的隱士。他不追求名利，也用不着拜謁權貴。他有三大志趣：讀書、飲酒、寫文章。

他"好讀書，不求甚解"，說明他的讀書，是一種求知的滿足，是一種精神享受，這與他"不慕榮利"有關，所以每有心得體會，就欣然忘食。他嗜酒，只有在醉鄉中才能求得心靈的平靜和解脫。他寫文章。他寫文章的目的是"自娛"，而不是求官得祿。

文章的結尾仿照史家筆法，加上個贊語。這個贊語的實質就是表明他不慕榮利，即："不戚戚於貧賤，不汲汲於富貴"。全文不足二百字，語言簡練，於平淡之中表現了高遠的志趣。

歸去來兮辭（並序）

余家貧，耕植不足以自給。幼稚盈室，缾[1]無儲粟，生生所資[2]，未見其術。親故多勸余為長吏，脫然有懷，求之靡途[3]。會有四方之事[4]，諸侯以惠愛為德，家叔以余貧苦，遂見用於小邑。於時風波未靜，心憚遠役，彭澤去家百里，公田之利，足以為酒，故便求之。及少日，眷然有歸歟[5]之情。何則？質性自然，非矯厲[6]所得，飢凍雖切，違己交病。嘗從人事，皆口腹自役[7]。於是悵然慷慨，深愧平生之志。猶望一稔，當斂裳宵逝[8]。尋程氏妹喪於武昌，情在駿奔，自免去職。仲秋至冬，在官八十餘日。因事順心，命篇曰《歸去來兮》。乙巳歲[9]十一月也。

歸去來兮，田園將蕪胡不歸？既自以心為形役[10]，奚惆悵而獨悲！悟已往之不諫，知來者之可追。實迷途其未遠，覺今是而昨非。舟遙遙[11]以輕颺，風飄飄而吹衣。問征夫以前路，恨晨光之熹微。

乃瞻衡宇，載欣載奔。僮僕歡迎，稚子候門。三徑[12]就荒，松菊猶存。攜幼入室，有酒盈樽。引壺觴以自酌，眄庭柯以怡顏。倚南窗以寄傲，審容膝之易安。園日涉以成趣，門雖設而常關。策扶老以流憩，時矯首而遐觀[13]。雲無心以出岫，鳥倦飛而知還。景翳翳以將入，撫孤松而盤桓。

歸去來兮，請息交以絕遊！世與我而相遺，復駕言兮焉求？悅親戚之情話，樂琴書以消憂。農人告余以春及，將有事乎西疇。或命巾車，或棹孤舟。既窈窕以尋壑，亦崎嶇而經丘。木欣欣以向榮，泉涓涓而始流。善萬物之得時，感吾生之行休。

已矣乎，寓形宇內復幾時！曷不委心任去留[14]，胡為遑遑欲何之？富貴非吾願，帝鄉不可期。懷良辰以孤往，或植杖而耘耔[15]。登東皐以舒嘯，臨清流而賦詩。聊乘化為歸盡[16]，樂乎天命復奚疑？

註釋

1 缾：同“瓶”，瓦甕。
2 生生：維持生計。資：憑藉。
3 脫然：舒暢超脫的樣子。有懷：產生出仕之念。靡途：沒有門路。
4 四方之事：指地方勢力的爭權奪利。
5 歸歟：歸家的歎息。《論語・公冶長》：“子在陳曰：‘歸歟，歸歟！’”
6 矯：假。厲：勉強。
7 口腹自役：為飽腹而役使自己。
8 稔（rěn）：穀物成熟之期。一稔即一年（古代穀物一年成熟一次）。斂裳：收拾行囊。宵逝：連夜離開。
9 乙巳歲：指晉安帝義熙元年（405）。
10 心：精神。形役：為形體（所需）而役使。
11 遙遙：即“搖搖”。
12 三徑：漢代蔣詡隱居後，在家宅前竹林中開“三徑”，只與隱士求仲、羊仲二人往來。這裏指小路。
13 策：拄。扶老：鳩杖。流憩（qì）：周遊、休息。矯首：指抬頭。
14 去：死。留：生。委心：隨心，任意。
15 植杖：把手杖直插在田邊。耘：除草。耔：在苗根上培土。
16 聊：姑且。乘化：順應大化（自然界）。

【鑒賞】

"歸去來兮"即歸去的意思。"來"、"兮"皆為語氣助詞，"辭"是一種押韻的文體，這是取篇首四字作為篇名。

本文作於晉安帝義熙元年（405），序文敘述了他就職彭澤縣令和棄職的原因。由於他天性自然純樸，從仕不但不能實現他欲有所為的壯志，還得違拗自己的本性，過了幾天，他就有了歸隱的想法。既為了無愧精神上的真我，也為了家人謀求衣食，他最終選擇了躬耕，於是他藉程氏妹喪之機棄官歸田了。

文章開門見山點出主題，既然已經讓心志屈從於形體而去做官，又為甚麼獨自悲愁呢？接着寫棄官歸隱的嚮往和快樂，把作者復返自然的舒暢心情突現了出來。

到家之後，他用了一連串短句子急促地敘述乍回家中欣喜異常的情景。當望見自己的家門時，高高興興地奔過去；家僮和僕人過來迎接，幼子在門口等候着。家園已經荒涼，只有松菊生長如舊。下文的句子，節奏轉為舒緩，他引觴自酌，倚窗寄傲，撫松流連，極目眺望天際的流雲、天空的歸鳥，創造出一個安樂閒適的意境。其中"雲無心"兩句非常著名，既是寫眼前景物，也寄託了自己的心情。他做官正像雲的無心出山，並不是有意追求功名利祿，辭官回來正像倦鳥知還。

下一段作者發出感歎"歸去來兮"，但這種感歎已不同於前文，詩人從人事紛擾的仕途上回來，他仔細思考前半生，越發覺得"今是而昨非"。在表現手法上，採用民歌重章複沓的手法來強調感情。最後一段是陶淵明表白自己志向。現實是令人如此無奈，我不想與世俗同流來獲取富貴，也不指望逃脫人世的苦難而飛臨仙境。只有投身自然，登東皐長嘯，臨清流賦詩，才能找到一片可以寄託心靈的天地。

後人對這篇文章的評價很高。歐陽修曾說："晉無文章，惟陶淵明《歸去來兮》一篇而已。"全辭情調明朗，每個詞組、每個短句都富有表現力，是一篇極為難得的佳作。

自祭文

歲惟丁卯，律中無射[1]。天寒夜長，風氣蕭索。鴻雁於征，草木黃落。陶子將辭逆旅之館，永歸於本宅。故人悽其相悲，同祖行[2]於今夕。羞以嘉蔬，薦以清酌，候顏已冥，聆音愈漠[3]。嗚呼哀哉！

茫茫大塊，悠悠高旻，是生萬物，余得為人。自余為人，逢運之貧，簞瓢屢罄，絺綌[4]冬陳。含歡谷汲，行歌負薪，翳翳柴門，事我宵晨。春秋代謝，有務中園，載耘載耔，乃育乃繁。欣以素牘[5]，和以七弦。冬曝其日，夏濯其泉。勤靡余勞，心有常閒。樂天委分，以至百年。

惟此百年，夫人[6]愛之，懼彼無成，愒日惜時[7]。存為世珍，歿亦見思。嗟我獨邁，曾是異茲。寵非己榮，涅豈吾緇[8]？捽兀窮廬[9]，酣飲賦詩。識運知命，疇能罔眷？余今斯化，可以無恨。壽涉百齡，身慕肥遁[10]。從老得終，奚所復戀！寒暑逾邁，亡既異存。外姻晨來，良友宵奔。葬之中野，以安其魂。

窅窅我行[11]，蕭蕭墓門。奢恥宋臣，儉笑王孫[12]。廓兮已滅，慨焉已遐。不封不樹[13]，日月遂過。匪貴前譽，孰重後歌？人生實難，死如之何？嗚呼哀哉！

註釋

1 丁卯：指宋文帝元嘉四年（427）。律中無射：指夏曆九月。古代將樂律與曆法附會，以十二律應十二月。陶淵明卒於此年十一月。
2 祖行：古人出行時的祭神儀式，此處指出殯前一天的祭奠。
3 “候顏”二句：指晤面和聞聲都已不可能。
4 絺綌（chī xì）：葛布精者稱絺，粗者稱綌。
5 素牘：書籍。
6 夫（fú）人：眾人的意思。
7 愒（kài）日：貪戀時日。
8 涅：黑色染料。緇：黑色。
9 捽兀（zuó wù）：意氣高傲的樣子。
10 肥遁：隱居。
11 窅窅（yǎo）：隱晦、深遠的樣子。
12 “奢恥宋臣”二句：春秋時宋國的司馬桓魋為自己做石槨（棺），三年尚未完成，孔子歎以為奢。漢代楊王孫臨終時，遺囑命其子裸葬，未免又過儉嗇。
13 封：積土成高墳。樹：墓地植樹。

【鑒賞】

“自祭文”即為自己寫的祭文。陶淵明的《自祭文》寫得平淡而平靜，以一種旁觀者冷靜豁達的姿態來寫，顯得自然而從容。

《自祭文》以最簡潔樸素的四言韻文回顧自己的一生：前半生做了幾次小官，後半世耕田勞作，已經嘗盡了生的艱難，嘗盡了酸甜苦辣，死又能怎麼樣呢？

陶淵明不為五斗米折腰，保持了自己的高潔操守。他投身大自然，感覺自然的生生不息，與自然融為一體，以一種平常心、自然態對待人生的苦痛、煩惱、得失、榮辱、沉浮等等一切因緣。因此陶淵明在談到自己死亡時，是以一種幽默、調侃、戲謔的態度。他甚至發揮想像，想到自己死後的場景，親戚為他奔波送葬的情景，心境從容、豁達、樂觀。

孔稚珪

孔稚珪（447～501），字德璋，會稽山陰（今浙江紹興）人。齊時官至太子詹事，散騎常侍。博學多識，喜文詠，愛山水，喜歡寧靜淡泊的隱士生活。他的作品以《北山移文》最為著名，著有《孔詹事集》。

北山移文

鐘山之英[1]，草堂之靈，馳煙驛路[2]，勒移山庭[3]。

以耿介拔俗之標[4]，瀟灑出塵之想，度白雪以方潔[5]，干青雲而直上[6]，吾方知之矣。若其亭亭物表，皎皎霞外，芥千金而不眄[7]，屣萬乘其如脫[8]。聞鳳吹於洛浦[9]，值薪歌於延瀨[10]，因亦有焉。豈期終始參差，蒼黃翻覆[11]，淚翟子之悲[12]，慟朱公之哭[13]。乍迴跡以心染[14]，或先貞而後黷[15]，何其謬哉！嗚呼！尚生不存[16]，仲氏既往[17]。山阿寂寥，千載誰賞！世有周子[18]，雋俗之士，既文既博，亦玄亦史[19]。然而學遁東魯，習隱南郭[20]；偶吹草堂[21]，濫巾北嶽[22]。誘我松桂，欺我雲壑。雖假容於江皐，乃纓情於好爵[23]。

其始至也，將欲排巢父，拉許由[24]，傲百氏[25]，蔑王侯。風情張日[26]，霜氣橫秋[27]。或歎幽人長往，或怨王孫不遊[28]。談空空於釋部[29]，核玄玄於道流[30]。務光何足比[31]，涓子不能儔[32]。

及其鳴騶入谷[33]，鶴書赴隴[34]。形馳魄散，志變神動。爾乃眉軒席次，袂聳筵上，焚芰製而裂荷衣[35]，抗塵容而走俗狀。風雲悽其帶憤，石泉嚥而下愴[36]。望林巒而有失，顧草木而如喪。

至其紐金章，綰墨綬[37]，跨屬城之雄，冠百里之首[38]。張英風於海甸，馳妙譽於浙右[39]。道帙長殯[40]，法筵久埋[41]。敲撲喧囂犯其慮，牒訴倥偬裝其懷[42]。琴歌既斷，酒賦無續。常綢繆於結課，每紛綸於折獄[43]。籠張趙於往圖，架卓魯於前籙[44]。希蹤三輔豪，馳聲九州牧[45]。

使其高霞孤映，明月獨舉，青松落蔭，白雲誰侶？澗戶摧絕無與歸，石徑荒涼徒延佇[46]。至於還飆入幕[47]，寫霧出楹[48]，蕙帳空兮夜鵠怨，山人去兮曉猿驚[49]。昔聞投簪逸海岸，今見解蘭縛塵纓[50]。

於是南嶽獻嘲，北隴騰笑，列壑爭譏，攢峰竦誚[51]。慨遊子之我欺，悲無人以赴弔[52]。故其林慚無盡，澗愧不歇，秋桂遺風，春蘿罷月[53]，騁西山之逸議，馳東皐之素謁[54]。

今又促裝下邑[55]，浪栧上京[56]。雖情投於魏闕，或假步於山扃[57]。豈可使芳杜厚顏，薜荔無恥[58]，碧嶺再辱，丹崖重滓，塵遊躅於蕙路[59]，污淥池以洗耳[60]。宜扃岫幌[61]，掩雲關，斂輕霧，藏鳴湍，截來轅於谷口，杜妄轡於郊端[62]。於是叢條瞋膽[63]，疊穎怒魄[64]。或飛柯以折輪，乍低枝而掃跡[65]。請迴俗士駕，為君謝逋客[66]。

註釋

1 鐘山：即今南京紫金山。因在建康（今南京）城北，又名北山。山南有草堂寺。英：指山神。

2 驛路：古代為傳送文書而開闢的大道。

3 勒：銘、刻。庭：堂階前，這裏指山前。

4 標：儀表，氣度。

5 度（duó）：度量，忖度。方：比。

6 干：凌駕。

7 芥千金：把千金當做小草。芥，小草，這裏有輕視的意思。眄（miàn）：斜視。

8 屣（xǐ）：草鞋。這裏作輕視。

9 聞鳳吹於洛浦：相傳周靈王太子晉，即王子喬，不願繼承王位，常漫遊於伊水和洛水之間，喜歡吹笙，聲如鳳鳴。洛浦，洛水邊。

10 值薪歌於延瀨：意即這種人常和高士往來。值，遇上。延瀨（lài）：延陵水邊。

11 蒼黃翻覆：青色和黃色變化無常。

12 淚：流淚。翟子之悲：墨翟見了白色的絲而哭泣，因為它既可被染成黃色，又可被染成黑色。

13 慟：大哭。朱公之哭：楊朱見岔路而哭，因為岔路既可以往南，又可以往北。

14 乍：剛才。迴跡：躲避形跡，指隱居。

15 黷（dú）：污濁。

16 尚生：即尚子平，東漢末年隱士。

17 仲氏：指仲長統。東漢末著名政論家。性情疏狂，州郡召他做官，總是稱病推辭。

18 周子：舊説指南齊周顒。他曾隱居鐘山草堂，後應詔出山，任海鹽令。期滿入京，曾想再訪鐘山。也有人認為這裏的周子是託名。

19 玄：指玄學。魏晉南北朝盛行的一種以老莊學説和《周易》作為理論基礎的哲學思想。

20 東魯：指魯國（魯在東方）的顏闔（hé）。《莊子・讓王》記載，顏闔為得道之人，魯君派使者去請他做官，他詐開使者而逃。南郭：指南郭子綦（qí）。相傳南郭子綦是一個能做到精神脱離軀體的隱士。

21 偶吹：即像南郭先生一樣濫竽充數。此指周子冒充隱士。

22 濫巾：不是隱士而濫用隱士的服飾。濫，失實；巾，隱士的頭巾。北嶽：即北山。

23 江皐：江邊高地，此泛指隱者的居所。纓：繫，牽掛。

24 排：列入，或排斥、超過。巢父、許由：都是堯時的隱士。

25 傲百氏：傲視諸子百家。

26 風情：風度情致。張（zhàng）：遮蔽。

27 霜氣：嚴肅如霜的神氣。橫：充滿。

28 幽人：隱士。王孫：泛指貴族子弟。

29 空空：佛家語。釋部：佛家經典。

30 玄玄：道家語。道家用“玄之又玄”來形容道的奧妙。道流：道家人物。

31 務光：《列仙傳》記載，商湯得天下後，想把帝位讓給務光，務光堅決不受，負石沉水。

32 涓子：齊人，隱居於宕山。儔（chóu）：匹敵。

33 鳴騶（zōu）：指徵召周顒的使者所乘的車馬。騶：即騶從（zòng），古代達官貴人行時前後侍從的騎卒。

34 鶴書：指徵召的詔書。因為詔書的書體名為鶴頭書。隴：山崗。

35 軒：高揚，飛舉。席次：席側。袂

(mèi)：衣袖。聳：高舉。芰(jì)製、荷衣：用菱葉做的衣裳。比喻隱者的服飾。語出《離騷》："製芰荷以為衣。"
36 愴：悲傷。
37 紐、綰(wǎn)：繫掛，佩帶。金章：銅印。墨綬：掛印用的黑色絲帶。漢制銅章、墨綬，都是縣令一級官吏所佩用。
38 屬城：指郡下面所屬的各縣。百里：縣約方圓百里，此代指縣。
39 英風：美好的聲望。海甸：濱海地區。浙右：指浙江(今錢塘江)北面，即今浙江北部地區。
40 道帙(zhì)：指道家的書籍。帙，書套。殯：同"擯"，棄置。
41 法筵：佛家的講席。
42 敲撲：拷打犯人。牒(dié)：公文。倥傯：繁忙。
43 綢繆：束縛，糾纏。結課：考核官吏的成績。折獄：斷案。
44 張趙：指張敞、趙廣漢。二人都是西漢名臣，都做過京兆尹。往圖：與下文"前籙"，都指過去對政績的記載。架：通"駕"，超越。卓魯：指卓茂、魯恭。二人都是東漢卓有政績的縣令。
45 希蹤：仰慕前代的蹤跡。三輔豪：三輔當中的官吏。三輔，漢代將京城附近分成京兆、左馮翊(yì)、右扶風，以輔衛京城，合稱三輔。九州牧：傳説古代分天下為九州，州的長官稱牧。此指全國各地方行政長官。
46 澗戶：岩穴。延佇(zhù)：長時間的站立。
47 還飆(biāo)：旋風。還，通"旋"。
48 寫霧：流動的霧。寫，通"瀉"。
49 蕙帳：指隱士用蕙草編成的帷帳。
50 投簪(zān)：指拋棄烏紗帽，棄官歸隱。這句用的是漢代疏廣棄官到老家東海隱居的故事。逸：隱遁。蘭：隱士的服飾。塵纓：世俗的冠帶。
51 攢(cuán)峰：聚在一起的山峰。竦(sǒng)：拱手而立，嚴肅的樣子。
52 弔：慰問。
53 蘿：女蘿。
54 騁、馳：傳揚的意思。西山：即首陽山，伯夷、叔齊隱居此山，曾唱過"登彼西山兮，採其薇矣"的歌。東皐：東面的水邊高地。阮籍、陶淵明的文章都曾提到過。素謁(yè)：心地樸實，安於貧賤的言論。
55 促裝：整理行裝。
56 浪栧(yì)：划船。浪，鼓動；栧，槳。
57 魏闕：此指朝廷。或：又。山扃(jiōng)：山門。此指周顒想遊的北山的門。
58 杜：香草名。
59 重滓(zǐ)：再次蒙受污穢。塵：使……染上灰塵。遊躅(zhú)：指隱者的足跡。
60 淥(lù)池：清水池。
61 扃：關閉。岫(xiù)幌：山穴的帷幔。
62 妄轡：肆意亂闖的車馬，此指周顒的車馬。
63 瞋(chēn)膽：使人發怒。瞋，怒。
64 疊潁：重重疊疊的草葉。
65 柯：樹枝。乍：驟然。
66 君：此處是對北山山神的尊稱。逋(bū)客：指周顒。逋，逃亡。

【鑒賞】

《北山移文》是六朝駢文中的佳作。移文類似檄文，是宣告式的文體，用於曉諭或責備。北山，即文中的鐘山(今南京紫金山)。南齊周顒初隱於鐘山，後應詔出任官職，秩滿到京，路經鐘山。孔稚珪對他藉隱逸之名求官的行徑甚為不滿，撰寫此文進行諷刺。

文章開頭四句寫北山的神靈，乘着煙霧，來到山庭，刻下了這篇移文。移文正文可分為三個部分。第一段為第一部分。開頭"以耿介拔俗之標"等五句着重寫隱士的風度和思想。"若其亭亭物表"七句寫他們對富貴的鄙視態度。下文筆鋒一轉，指出有些隱士反覆無常，不能始終如一。這裏用了墨翟和楊朱的兩個典故。墨子看到白色的絲而哭，因為它可染黃也可染黑。楊朱見歧路而哭，因為它可南可北，表示反覆無常令人傷心。又用了尚生和仲氏的典故，慨歎山林中已無真正的隱士。

從“世有周子”一段到“今見解蘭縛寺纓”五段為第二部分，寫周子先隱後仕的經過。作者先用了東魯和南郭的典故來揭露周子“雖假容於江皐，乃纓情於好爵”的假隱士本質。東魯，是指春秋隱士顏闔，魯君請他做官，他逃走了。南郭，是指南郭子綦。“偶吹草堂”，用《韓非子·內儲説》中南郭先生濫竽充數的典故。下面一段寫他山林隱居時的情態。周子高談佛理道法，彷彿只有他一人才是真正的隱士。而當皇帝詔書到來時，他就“形馳魄散，志變神動”，受寵若驚，並馬上燒燬隱士穿的荷葉衣裳，迫不及待地上任了，露出了庸俗的面貌。這裏用了巢父、許由、務光和涓子等真隱士的典故，與周子的行徑形成了鮮明的對比。接下來一段寫他在官場上志得意滿，完全丢棄了隱居時的做法。“籠張趙於往圖”四句還寫了他一心求取名利，往上爬。“使其高霞孤映”一段寫他走後山林的寂靜。

第三部分為最後兩段，寫山林對他的嘲諷並拒絕他再來。“於是南嶽獻嘲”一段寫南嶽、北隴、列壑、攢峰對他的嘲笑，林、澗、桂、蘿感到受到了愚弄。最後一段寫假隱士再次路過這兒時，山川林木等等對他的厭惡和阻擋。這篇文章語言精美，對仗工整，讀來朗朗上口，同時還巧用典故，並以擬人手法讓山林景物全體出動，賦予它們人的感情，生動形象，給人印象至深。

陶弘景

陶弘景(456～536)，字通明，丹陽秣陵(今江蘇南京)人。齊時官至奉朝請，後辭官，隱居於句曲山，設帳授徒，自號"華陽隱居"。梁武帝即位，屢加禮聘，不肯出仕。帝有大事，都向他諮詢，時人稱之為山中宰相。謚號為貞白先生。他是南朝道教的重要代表人物。著有《陶隱居集》。

答謝中書書

山川之美，古來共談。高峰入雲，清流見底。兩岸石壁，五色交輝。青林翠竹，四時俱備。曉霧將歇，猿鳥亂鳴；夕日欲頹[1]，沉鱗競躍[2]。實是慾界之仙都[3]。自康樂以來，未復有能與其奇者[4]。

註釋

1 頹：落下。
2 沉鱗：潛伏在水中的魚。
3 慾界仙都：即人間天堂。慾界，佛教的三界之一，為地獄、餓鬼、畜生、修羅、人間及六慾天之總稱。此界之眾生耽於食、色、眠等諸慾，故名慾界，這裏用以指人間。仙都，仙人居住的地方。
4"自康樂以來"二句：是說自從謝靈運以後就再也找不到能欣賞這奇妙山水的人了。康樂，謝靈運襲封康樂公，生平喜遊歷。

【鑒賞】

《答謝中書書》是陶弘景寄給中書謝徵的一封談山水的信，是寫景佳作。他抒發了對山川景色的賞愛之情。文章一開頭便發出感歎：優美壯麗的山川景色曾使古來多少文人吟詠讚歎呀！接下來的幾句描繪了一幅靜態圖景：雄奇的山峰高聳入雲，明淨的溪流清澈見底。兩岸陡峭的石壁上，各種顏色交相輝映。蒼翠的樹林和翠綠的竹子四季常青。

後面四句是充滿活力的動態圖景的描繪：當拂曉霧氣即將消散時，猿、鳥爭相嘯鳴，當傍晚夕陽快要落山時，沉魚競相跳躍。面對着這大好風光，作者禁不住讚歎：這實在是人間仙境啊！結尾兩句說，自謝靈運以後，就再也沒有能欣賞這奇妙山水的人了。言外之意，表明自己正像謝靈運那樣沉醉於這美妙的山水之中，找到了心靈的歸宿。全文語言整飭，清麗自然。無怪清人稱讚說："得此一書，何謂白雲不堪持贈。"

丘遲

丘遲（463～508），字希範，吳興烏程（今浙江吳興）人。初在齊做官，官至殿中郎。後仕梁，官至司空從事中郎（一作司徒從事中郎）。他除擅長駢文之外，還善於在詩歌中模山範水。明人輯有《丘中郎集》。

與陳伯之書

遲頓首，陳將軍足下：無恙，幸甚，幸甚！將軍勇冠三軍，才為世出，棄燕雀之小志，慕鴻鵠以高翔。昔因機變化，遭遇明主；立功立事，開國稱孤[1]。朱輪華轂，擁旄萬里[2]，何其壯也！如何一旦為奔亡之虜[3]，聞鳴鏑而股戰，對穹廬以屈膝，又何劣邪！

尋君去就之際，非有他故，直以不能內審諸己，外受流言，沉迷猖獗[4]，以至於此。聖朝赦罪責功，棄瑕錄用，推赤心於天下，安反側於萬物；將軍之所知，不假僕一二談也。朱鮪涉血於友于[5]，張繡剚刃於愛子[6]，漢主不以為疑，魏君待之若舊。況將軍無昔人之罪，而勳重於當世。夫迷塗知反，往哲是與；不遠而復，先典攸高[7]。主上屈法申恩，吞舟是漏；將軍松柏不翦，親戚安居，高台未傾，愛妾尚在。悠悠爾心，亦何可言！

今功臣名將，雁行有序。佩紫懷黃，讚帷幄之謀；乘軺建節，奉疆埸之任，並刑馬作誓，傳之子孫。將軍獨靦顏借命，驅馳氈裘之長，寧不哀哉！夫以慕容超之強，身送東市[8]；姚泓之盛，面縛西都[9]。故知霜露所均，不育異類；姬漢舊邦，無取雜種。北虜僭盜中原，多歷年所，惡積禍盈，理至焦爛。況偽孽昏狡，自相夷戮；部落攜離，酋豪猜貳。方當繫頸蠻邸，懸首藁街，而將軍魚游於沸鼎之中，燕巢於飛幕之上，不亦惑乎！

暮春三月，江南草長，雜花生樹，群鶯亂飛。見故國之旗鼓，感平生於疇日，撫弦登陴，豈不愴悢！所以廉公之思趙將[10]，吳子之泣西河[11]，人之情也；將軍獨無情哉？

想早勵良規，自求多福。當今皇帝盛明，天下安樂。白環西獻[12]，楛矢東來[13]。夜郎滇池，解辮請職[14]；朝鮮昌海，蹶角受化[15]。唯北狄[16]野心，掘強沙塞之間，欲延歲月之命耳。中軍臨川殿下，明德茂親，總茲戎重[17]。弔民洛汭，伐罪秦中[18]。若遂不改，方思僕言。聊佈往懷，君其詳之。丘遲頓首。

註釋

1 開國稱孤：邦國開建。孤，王侯自稱。公元 502 年四月蕭衍稱帝後，陳伯之"進號征南將軍，封豐城縣公，邑二千戶"(《梁書・陳伯之傳》)，兼任江州刺史。晉以後封爵，自郡公至縣男，皆冠以"開國"之號。

2 擁旄萬里：拿着朝廷頒發的旄節，號令一方。

3 奔亡之虜：逃亡投敵分子。公元 502 年，疑心很重的陳伯之，受褚緭等人的蠱惑，叛梁降魏(《通鑒・天監元年》及《梁書・陳伯之傳》)。

4 猖獗：失敗。

5 朱鮪涉血於友于：朱鮪（wěi），王莽末年綠林軍將領，曾勸更始帝劉玄殺害光武帝劉秀之兄伯升。後劉秀攻洛陽，鮪堅守抗拒。劉秀令岑彭勸降，鮪曰："大司徒公被害，鮪與其謀，誠知罪深，不敢降耳。"劉秀復令彭往說："夫建大事不忌小怨，今降，官爵可保，況誅罰乎？"遂降。友于：兄弟。

6 張繡剚刃於愛子：《三國志・魏書・武帝紀》載，張繡屯兵宛城，於建安二年（197）投降曹操，不久後悔，反叛曹操，與曹軍大戰，曹操本人為流矢所傷，長子昂、弟子安民遇害。建安四年(199)，張繡又率部投降曹操，封列侯。

7 塗：通"途"。反：同"返"。不遠而復：《周易・復卦》初九："不遠復，無祗悔，元吉。"《正義》："不遠復者，是迷而不遠即能復也。無祗悔元吉者，祗，大也，既能速復，是無大悔，所以大吉。"

8 慕容超：十六國時南燕君主。劉裕北伐時，生擒之，在建康被斬首。東市：原為漢代長安處決犯人之處，後泛指刑場。

9 姚泓：十六國時後秦君主。劉裕伐泓，長驅入關。王鎮惡克長安，生擒姚泓，斬於建康。西都：長安。

10 廉公之思趙將：廉頗，趙之良將。趙悼襄王立，使樂乘代廉頗。廉頗怒，攻樂乘，遂奔魏，不被信用。趙王思復得廉頗，頗亦思復用於趙。然因使者之言以為老，遂不召。廉頗入楚為楚將，無功，曰："我思用趙人。"(見《史記・廉頗藺相如列傳》)

11 吳子之泣西河：戰國魏吳起治西河之外，王錯譖之於魏武侯，武侯使人召之。吳起至於岸門，停下來而望西河，淚流不止，曰："西河之為秦取不久矣，魏從此削矣。"(見《呂氏春秋・長見》，又見於《觀表》篇)

12 白環西獻：《竹書紀年》卷上載，帝舜有虞氏時，"西王母來朝，獻白環、玉玦。"

13 楛矢東來：《國語・魯語下》："仲尼曰：'昔武王克商，通道於九夷、百蠻，使各以其方賄來貢，使無忘職業。於是肅慎氏貢楛矢、砮其長尺胡咫。'"此兩條典故，言梁朝之盛明。

14 夜郎滇池，解辮請職：古夜郎國在今貴州桐梓東。漢武帝元鼎六年（前 111），夜郎王始倚南越，南越已滅，夜郎遂入朝。古滇池國，在今雲南昆明一帶。漢武帝元封二年（前 109）以兵臨滇，滇王舉國降，以為益州郡。《史記・西南夷列傳》稱夜郎、滇等民"皆魋結（椎髻）"，昆明"皆編髮"。解辮請職，謂改易風俗，請求封職。

15 朝鮮昌海，蹶角受化：漢武帝元封三年（前 108），定朝鮮，為樂浪、臨屯、玄菟、真番四郡。昌海，即昌蒲海，一名蒲昌海，又名鹽澤，距玉門、陽關三百餘里，廣闊三百里。此言其附近諸國。蹶角受化，謂以額角叩地，表示歸順。梁武帝蕭衍即位，即封高句驪王高雲為車騎大將軍，百濟王余大為征東大將軍，見《梁書・武帝紀》。

16 北狄：指北魏。古代稱北方民族為狄。

17 "中軍臨川殿下"三句：《梁書·武帝紀》："（天監四年）冬十月丙午北伐，以中軍將軍揚州刺史臨川王（蕭）宏都督北討諸軍事。"

18 洛汭、秦中：洛汭，洛水入黃河處，在河南洛陽、鞏縣一帶；秦中，今陝西中部地區。當時均屬北魏。

【鑒賞】

《與陳伯之書》是丘遲的代表作，是一篇優秀的駢體文。陳伯之，是濟陰睢陵（今江蘇睢寧）人。齊末為江州刺史，曾抗擊過梁武帝蕭衍。後來投降了梁武帝，仍任原職，並被封為豐城縣公。梁武帝天監元年（502），他聽信部下鄧善等人的唆使，起兵反梁，戰敗後率兵投奔北魏，為平南將軍。天監四年（505）冬天，梁武帝命其弟臨川王蕭宏統帥大軍北上伐魏，陳伯之率兵抗拒，宏命隨軍記室丘遲以私人名義寫了這封勸降信。

全文共分五段，以勸降為中心，陳明利害，層層深入。第一段對比了陳伯之過去在梁和今日在魏的不同境遇，以喚起他對過去顯赫地位和榮華富貴的留戀。大意為：你勇冠三軍，才能傑出，心懷壯志，遭遇明主時，能夠順應時勢，棄齊投梁，從而得以建功立業，封爵稱孤，乘坐華麗的車子，統帥一方的軍隊，"何其壯也"。而現在在魏殿，終日惶恐不安，卑躬屈膝，"又何劣邪"。作者這種強烈的感歎，不能不引起陳伯之的三思。

從第二段起，開始對陳伯之正面勸降。首先分析了他離梁投魏的原因，説他是一時糊塗，聽信流言。這樣説實際上是為他開脱罪責。接着又講明了梁朝寬大為懷的政策，並舉例子來寬慰他。朱鮪曾殺了光武帝的哥哥，但光武帝並不疑忌他，張繡殺死了曹操的愛子，而曹操像從前一樣待他。接下來又用先賢和儒家經典為依據來開導他：你迷途知返，古代的聖賢是讚許你的，及時改正錯誤，古代經典中也是稱道的。然後又説，你家祖墳完好，親戚安居無恙，住宅也無損，愛妾也尚在，請你好好想想，還有甚麼可説的呢？在這裏，作者從各方面來消除陳伯之的顧慮。

第三段對比了他與梁朝臣子的不同待遇，分析了北魏即將滅亡的形勢，希望他認清形勢，及早歸降。先説明梁朝文武百官各盡其能，還能將爵位傳給子孫後代，而你投降異族，受其驅馳，難道不感到悲哀嗎，這是作者列舉的又一個鮮明對比。接下來作者説明追隨異族不會有好下場，而北魏也是必定滅亡的。最後用形象的比喻告訴他"你像是游於沸鼎之中的魚，築巢於飛幕之上的燕子"。

第四段描寫故國的秀麗景色，激發其思鄉之情。暮春三月，草長鶯飛，當你手持弓箭，遙望故鄉時，不會感到淒涼嗎？古代的廉頗之所以思為趙將，吳起之所以對着西河哭泣，是因為他們動了思鄉之情，而你對故鄉沒有感情嗎？

第五段進一步説明梁朝的強盛，勸其慎重思考，早做選擇。他説："梁武帝是賢明的，百姓安居樂業，少數民族紛紛臣服，而北魏是不會長久的，你應該立刻悔改。""若遂不改，方思僕言"，是嚴厲的告誡。"聊佈往懷，君其詳之"，並以老朋友的身份表達往日的情誼，並寄寓了厚望。

這封信動之以情，曉之以理，有強烈的感染力和説服力。不久，陳伯之率軍降梁。

吳均

吳均（469～520），字叔庠，南朝吳興故鄣（今浙江安吉西北）人。吳均出身貧寒，小時聰慧好學，官至奉朝請。他撰寫《通史》，未竟而卒。吳均擅長詩歌、散文，文體清拔，號"吳均體"，時人紛紛仿效。著述頗豐，多已佚，今傳《吳朝請集》、《續齊諧記》等。

與宋元思書

風煙俱淨，天山共色，從流飄蕩，任意東西。自富陽至桐廬[1]，一百許里[2]，奇山異水，天下獨絕。水皆縹碧[3]，千丈見底；游魚細石，直視無礙。急湍甚箭[4]，猛浪若奔。夾岸高山，皆生寒樹，負勢競上[5]，互相軒邈[6]，爭高直指，千百成峰。泉水激石，泠泠作響[7]；好鳥相鳴，嚶嚶成韻[8]。蟬則千轉不窮[9]，猿則百叫無絕。鳶飛唳天者望峰息心[10]，經綸世務者窺谷忘反[11]。橫柯上蔽[12]，在晝猶昏；疏條交映，有時見日。

註釋

1 富陽、桐廬：均屬今浙江省。
2 許：約計之辭。
3 縹碧：蒼青色。
4 急湍：急流。甚箭：比箭還要快。
5 負勢：恃勢。勢，指山水的氣勢。
6 互相軒邈：彼此爭較誰高誰遠。軒，高；邈，遠。
7 泠泠：清脆的流水聲。
8 嚶嚶：鳥叫聲。
9 轉：同"囀"，鳴。
10"鳶飛"句：山峰之高峻，甚於人心之想望，縱有戾天之志，望之亦生委頓之意。鳶，像鷹一樣的猛禽；唳，通"戾"，至；這裏"鳶飛唳天者"是指在政治上追求高官厚祿的人。
11"經綸"句：那些忙於做官的人，看見這些山谷，也會留連忘返。經綸，經營之意，經綸世務，指從政做官。
12 柯：樹枝。

【鑒賞】

這是一篇用駢體信札形式寫的寫景小品文，是吳均寫給朋友宋元思的。描繪了富陽至桐廬一百多里富春江上雄奇秀麗的景色。吳均一生仕途很不如意，梁武帝時，因私撰《齊春秋》，武帝惡其實錄，焚其稿，免其職。仕途上的不得志使他心灰意冷，再加上受佛教、道教思想影響，他有了隱居的志向。因此，這篇文章不單是寫景，更是寓情於景，字裏行間流露出作者醉心山水、嚮往美好的大自然之情。

第一層是總敘富春江的秀麗景色。風塵與霧靄都消散盡淨，天空與青山一色。作者乘舟順流東下，一任小船東西漂蕩。從富陽到桐廬這百許里，山奇水異，景色天下獨絕。

第二層具體描繪山之奇、水之異。富春江的江水是青碧色的，千丈深的水清澈見底，連游動着的魚和細小的石子都看得清清楚楚；而有的地段急流奔瀉快如飛箭，波浪洶湧勢如奔馬。江的兩岸是陡峭的山崖，上面遍生着四季常青的耐寒樹木，它們依着地勢向上延伸，互相競爭直指高天，形成了千百座峰巒起伏的群山，這是山之異，以上寫的是視覺感受。

下面則寫聽覺感受：泉水沖擊着石壁，發出泠泠的聲響；美麗的鳥兒相和着鳴叫，嚶嚶地唱出和諧的韻律。鳴蟬不停地鳴叫，猿猴不時地長嘯。置身於這種境界中，那些追求高官厚祿的人會止息他們的爭名逐利之心；那些為世俗事務所擾的人也會流連忘返。在這裏，作者抒發了對世俗官場和追求利祿之徒的蔑視之情，也流露了嚮往美好大自然的情趣。

作者不願再多想官場的黑暗，以四句景色描寫結束全文。船行走在狹澗中時，橫斜着的茂密的大樹枝葉在上面遮蔽着，使得白天也像傍晚那樣昏暗，只有在枝條稀疏的地方，才可以在枝條的空隙中見到陽光。這幾句近景的描繪，給作品蒙上了一層清淡幽雅的色彩。

這篇抒情小品寫得清新優美，繪聲繪色，意境幽遠，讀後使人恍若身臨其境。

酈道元

酈道元（？～527），字善長，範陽涿鹿（今河北涿州）人。仕北魏，歷任東荊刺史、河南尹、御史中尉等職，後因小人讒言被貶為關右大使，時雍州刺史蕭寶夤謀反，道元在赴任途中被蕭寶夤所殺。道元生性好學強記，博覽群書，撰《水經註》四十卷。

三峽

自三峽[1]七百里中，兩岸連山，略無闕處，重岩疊嶂，隱天蔽日。自非亭午夜分，不見曦月。

至於夏水襄陵，沿溯阻絕。或王命急宣，有時朝發白帝，暮到江陵[2]。其間千二百里，雖乘奔御風，不以疾也。

春冬之時，則素湍綠潭，回清倒影。絕巘多生怪柏，懸泉瀑布，飛漱其間，清榮峻茂，良多趣味。

每至晴初霜旦，林寒澗肅，常有高猿長嘯，屬引悽異，空谷傳響，哀轉久絕。故漁者歌曰："巴東[3]三峽巫峽長，猿鳴三聲淚沾裳。"

註釋

1 三峽：瞿塘峽、巫峽、西陵峽的總稱，在長江上游四川東部、湖北西部一帶。據今人考證，酈道元足跡未至南方。此文實自南朝宋盛弘之的《荊州記》。

2 白帝：城名，在今四川奉節縣東。江陵：縣名，今屬湖北。

3 巴東：郡名，東漢末設置，治所在魚復（今四川奉節東）。地控三峽之險，為蜀漢東部門戶。

【鑒賞】

《三峽》選自酈道元《水經註・江水》。《水經》是中國古代一部記載全國水系的地理著作，作者不可考。由於它記敍簡略，酈道元在親自考察後為其補訂作註，名曰《水經註》。

第一段總寫三峽的壯麗景色。三峽長江七百里，兩岸高山綿延不絕，重重疊疊，只有到正午、夜半時分才可見日月。山高水險是三峽的主要景觀，開頭寫了山，下面便寫水了。

第二段寫夏季江汛之勢。夏季汛水上漲淹沒了峽谷中的小山丘，水勢大而上下不通，這是對江水兇險的描述。江水還是湍急的，有時早上從白帝城出發，晚上就可以到江陵。這其間有一千二百多里，即使是乘風疾奔也不過如此吧。

第三段寫春冬之際的三峽之水。與上段夏水險急形成鮮明對照，這時的水是恬靜、幽美的。雪浪飛濺的湍流、水清流緩的綠潭中倒映着藍天、白雲，峽峰頂處生長着古怪的松柏，絕壁高崖上懸掛着飛泉瀑布，這一切都充滿了無限的趣味。

末段作者又把人們帶到深秋時節的三峽，這時秋雨初晴，寒霜既降，山之間林木顯得格外清寂，加之猿聲空谷傳響，令人不禁悲從中來，給全篇帶來一種憂鬱的基調。

全文描寫時帶誇張，兼有詠歎，簡潔生動，文句有駢有散，音調和諧，富有詩味，是一篇膾炙人口的寫景文字。

隋唐名篇

魏徵

魏徵（580～643），字玄成，魏州曲城（今河北鉅鹿）人。先隨太子建成，後輔佐太宗，為諫議大夫。魏徵是一代名鉅，在太宗面前敢於犯顏直諫。魏徵死後，太宗慟哭道："夫以銅為鏡可以正衣冠；以古為鏡，可以知興替；以人為鏡，可以明得失。朕常保此三鏡，以防己過。今魏徵殂逝，遂亡一鏡矣！"魏徵的文章不事雕飾，明白暢達，析理深刻，開後世奏議文風之先河。

諫太宗十思疏

臣聞求木之長者，必固其根本；欲流之遠者，必浚其泉源[1]；思國之安者，必積其德義。源不深而望流之遠，根不固而求木之長，德不厚而思國之安，臣雖下愚，知其不可，而況於明哲乎！人君當神器之重[2]，居域中之大[3]，不念居安思危，戒奢以儉，斯亦伐根以求木茂，塞源而欲流長也。

凡昔元首，承天景命[4]，善始者實繁，克終者蓋寡，豈取之易，守之難乎？蓋在殷憂[5]，必竭誠以待下；即得志，則縱情以傲物。竭誠，則吳、越為一體；傲物，則骨肉為行路[6]。雖董之以嚴刑[7]，震之以威怒，終苟免而不懷仁，貌恭而不必服。怨不在大[8]，可畏惟人，載舟覆舟[9]，所宜深慎。

誠能見可欲，則思知足以自戒[10]；將有作[11]，則思知止以安人[12]；念高危，則思謙沖而自牧[13]；懼滿盈，則思江海下百川[14]；樂盤遊，則思三驅以為度[15]；憂懈怠，則思慎始而敬終；慮壅蔽，則思虛心以納下；懼讒邪，則思正身以黜惡；恩所加，則思無因喜以謬賞；罰所及，則思無以怒而濫刑。總此十思，宏茲九德[16]。簡能而任之[17]，擇善而從之，則智者盡其謀，勇者竭其力，仁者播其惠，信者效其忠。文武並用，垂拱而治[18]。何必勞神苦思，代百司之職役哉[19]？

註釋

1 浚（jùn）：疏浚，疏通水渠。
2 神器：指王位。《老子》："天下神器，不可為也。"王弼註："神，無形無方也；器，合成也，無形以合，故謂之神器也。"
3 域中之大：天地之間的重要位置。《老子》："道大，天大，地大，王亦大。域中有四大，而王居其一焉。"
4 元首：此處指帝王。景：大。
5 殷憂：深深的憂慮。殷，深的意思。
6 行路：過路之人，比喻沒甚麼關係。
7 董：督責。
8 怨不在大：《尚書・康誥》："怨不在大，亦不在小。"孔穎達疏："人之怨不在大事，或由小事而起。雖由小事而起，亦不恒在小事，因小至大。"
9 載舟覆舟：見《荀子》的〈王制〉和〈哀公〉："君者舟也，庶人者水也。水則載舟，水則覆舟。"
10 知足：《老子》："知足不辱。"
11 作：此處指從事一些有損於百姓財物的修建事項。
12 知止：《老子》："知止不殆。"
13 沖：謙和。牧：這裏指修養。《周易・謙卦》初六〈象傳〉："謙謙君子，卑以自牧也。"孔疏："自養其德。"
14 江海下百川：《老子》："江海所以為百谷王者，以其善下也。"下百川，居百川之下。
15 三驅：《周易・比卦》九五："王用三驅，失前禽。"舊説三面驅禽，前開一路，讓鳥獸逃跑，表示人君有德。
16 九德：指古代的九種美德。《尚書・皐陶謨》：皐陶曰："都，亦行有九德……寬而慄、柔而立、願而恭、撫而毅、直而溫、簡而廉、剛而塞、強而義。"
17 簡：選擇。
18 垂拱而治：《古文尚書・武成》："垂則天下治。"意謂任用合理，君王不用親臨政務，天下就能治理好。垂拱，垂衣拱手。
19 百司：百官。

【鑒賞】

魏徵是唐太宗的諫議大夫，本文是他在貞觀十一年（637），寫給唐太宗的一篇奏疏。"疏"是古代的一種文體，主要用於臣子向皇帝陳述個人意見。

唐王朝滅隋後，吸取隋亡的教訓，採取了一些有利於生產發展的措施。到唐太宗貞觀中期，社會生產便基本恢復，逐漸進入了太平盛世。魏徵此時多次上疏唐太宗，勸諫他不要驕傲自大。

文章第一段先用兩個形象的比喻，以"求木之長者，必固其根本；欲流之遠者，必浚其泉源"引出正題："思國之安者，必積其德義。"接着從反面論證"居安思危，戒奢以儉"的重要性。

第二段作者引述歷史教訓，告誡唐太宗奪取天下容易而守住天下難。所以要想鞏固統治，就必須取得民心。古代帝王"善始者實繁，克終者蓋寡"，這是由於他們"縱情傲物"，不能"居安思危，戒奢以儉"，所以魏徵認為唐太宗應深思"載舟覆舟"的道理。

最後作者提出"十思"，即"積其德義"的具體內容。其中"念高危，則思謙沖而自牧”、“懼滿盈，則思江海下百川”、“憂懈怠，則思慎始而敬終”、“慮壅蔽，則思虛心以納下”幾條比較重要。這十條建議“宏茲九德”，主要的意圖是勸諫唐太宗任用賢能，使“智者盡其謀，勇者竭其力，仁者播其惠，信者效其忠”，文武並用，實現國家的大治。

本文是一篇極具説服力的奏疏。作者在行文中常常藉助比喻、史實、句式的長短變化和音韻的抑揚頓挫來增強文章的美感、可讀性。

王勃

王勃（649～676），字子安，絳州龍門（今山西河津）人。曾做過幾任小官，都因故被革職。他與楊炯、盧照鄰、駱賓王"以文章齊名天下"，被稱為"初唐四傑"。他的詩質樸清新，感情真摯，在反對初唐宮體詩和革除浮豔文風的運動中，作出了一定貢獻。

秋日登洪府滕王閣餞別序

豫章故郡，洪都新府[1]。星分翼軫，地接衡廬[2]。襟三江而帶五湖[3]，控蠻荊而引甌越[4]。物華天寶，龍光射牛斗之墟[5]；人傑地靈，徐孺下陳蕃之榻[6]。雄州霧列，俊彩星馳[7]。台隍枕夷夏之交，賓主盡東南之美[8]。都督閻公之雅望，棨戟遙臨[9]；宇文新州之懿範，襜帷暫駐[10]。十旬休假[11]，勝友如雲；千里逢迎，高朋滿座。騰蛟起鳳，孟學士之詞宗；紫電青霜，王將軍之武庫[12]。家君作宰，路出名區[13]；童子[14]何知，躬逢勝餞。

時維九月，序屬三秋[15]。潦水[16]盡而寒潭清，煙光凝而暮山紫。儼驂騑於上路，訪風景於崇阿[17]。臨帝子之長洲，得天人之舊館[18]。層台聳翠，上出重霄；飛閣翔丹，下臨無地[19]。鶴汀鳧渚[20]，窮島嶼之縈迴；桂殿蘭宮，即岡巒之體勢[21]。披繡闥，俯雕甍[22]；山原曠其盈視，川澤紆其駭矚[23]。閭閻撲地，鐘鳴鼎食之家[24]；舸艦迷津，青雀黃龍之軸[25]。雲銷雨霽，彩徹區明[26]。落霞與孤鶩齊飛，秋水共長天一色[27]。漁舟唱晚，響窮彭蠡[28]之濱；雁陣驚寒，聲斷衡陽[29]之浦。

遙襟甫暢，逸興遄飛[30]。爽籟發而清風生，纖歌凝而白雲遏[31]。睢園綠竹，氣凌彭澤之樽[32]；鄴水朱華，光照臨川之筆[33]。四美俱，二難並[34]。窮睇眄於中天[35]，極娛遊於暇日。天高地迴，覺宇宙[36]之無窮；興盡悲來，識盈虛之有數[37]。望長安於日下，目吳會於雲間[38]。地勢極而南溟深，天柱高而北辰遠[39]。關山難越，誰悲失路之人；溝水相逢，盡是他鄉之客[40]。懷帝閽而不見，奉宣室以何年[41]？嗚呼！大運不窮，命途[42]多舛。馮唐易老，李廣難封[43]。屈賈誼於長沙，非無聖主[44]；竄梁鴻於海曲，豈乏明時[45]？所賴君子見機，達人知命[46]。老當益壯，寧移白首之心；窮且益堅，不墜青雲之志[47]。酌貪泉而覺爽，處涸轍以相歡[48]。北海雖賒，扶搖可接；東隅已逝，桑榆非晚[49]。孟嘗高潔，空餘報國之情；阮籍猖狂，豈效窮途之哭[50]？

勃，三尺微命，一介書生[51]。無路請纓，等終軍之弱冠[52]；有懷投筆，愛宗慤之長風[53]。捨簪笏於百齡，奉晨昏於萬里[54]。非謝家之寶樹，接孟氏之芳鄰[55]。他日趨庭，叨陪鯉對[56]；今茲捧袂，喜託龍門[57]。楊意不逢，撫凌雲而自惜[58]；鍾期相遇，奏流水以何慚[59]？嗚呼！勝地不常，盛宴難再。蘭亭已矣，梓澤丘墟[60]。臨別贈言[61]，幸承恩於偉餞；登高作賦，是所望於群公。敢竭鄙懷，恭疏短引[62]。一言均賦，四韻俱成[63]。請灑潘江，各傾陸海云爾[64]。

註釋

1 “豫章”二句：豫章，漢郡名，治所在今南昌市。洪都，指洪州。唐武德五年（622）改豫章郡為洪州。同為一地，豫章為漢代舊稱。洪州都督府乃唐時新設，故有故郡、新府之稱。

2 “星分”二句：翼、軫，星宿名。古代天文學家根據天上星座的位置來劃分地面相應的區域，稱為“分野”。豫章古屬楚地，為翼、軫二星宿的分野。衡廬，指衡山（在今湖南衡山西）和江州的廬山（在今江西北部）。這裏代指兩山所在的衡州和江州地區。

3 襟三江：以三江為衣襟。三江指太湖的支流松江、婁江、東江，因豫章在三江的上游，像衣襟，故稱。帶五湖：以五湖為衣帶。五湖指太湖、鄱陽湖、青草湖、丹陽湖、洞庭湖，因在豫章周圍，如衣帶束身，故稱。

4 蠻荊：指楚地，古稱楚國為“荊蠻”，即今湖南、湖北一帶。甌越：指今浙江省，境內有甌江，古為越國，故稱。

5 “物華”二句：物華天寶，萬物的光澤煥發為天上的寶氣。龍光，指寶劍的光輝。牛、斗二星宿名。墟，所在之處。據《晉書・張華傳》載，晉初，牛、斗二星之間經常有紫氣放射，問精通天象的雷煥，煥稱此是寶劍之精，上通於天，劍當藏於豐城。於是張華補煥為豐城令，命他尋找。煥到任後，掘獄屋，入地四丈餘，得一石匣，內有寶劍二，一名龍泉，一名太阿。後寶劍入水化為雙龍。

6 人傑地靈：人材傑出，乃山川靈氣所鍾。

7 雄州：大州。霧列：形容繁華。霧：喻濃密、繁多。俊彩：指有才華之士。星馳：形容人才多如流星。

8 台隍：亭台、城壍。枕：據。夷：指荊楚少數民族地區。夏：華夏，古代指揚州。交：接壤。盡東南之美：指包括東南一帶所有的人才。盡，窮盡。

9 閻公：當時洪州的都督姓閻。雅望：崇高的聲望。棨（qǐ）戟：有衣套的木戟，此處指大官出行的儀仗。

10 宇文：複姓宇文的新州（治今廣東新興）刺史，名不詳。懿範：美好的榜樣。襜（chān）帷：車子四周的帷幕，借指車駕。

11 十旬休假：適逢十日一旬的假期。唐時官吏逢十休假。

12 騰蛟起鳳：形容才華如蛟龍騰空，鳳凰起舞一樣。孟學士：名不詳。詞宗：文辭的宗匠。紫電青霜：古寶劍名。王將軍：名不詳。武庫：放置武器的倉庫。此處顯示王將軍的威武。

13 家君：家父。宰：縣官。出：過。名區：名勝之地，指洪州。

14 童子：小輩，王勃自稱。

15 時：時序。維：乃，是。三秋：指九月。

16 潦（lǎo）水：積聚的雨水。

17 儼：通“嚴”，整治。驂騑（cān fēi）：指駕車的馬。崇阿：指高大的山陵。
18 帝子：帝王之子，這裏指滕王李元嬰。長洲：指滕王閣前的沙洲。天人：出類拔萃的人，猶言天上人，此指滕王。舊館：指滕王閣。
19 無地：看不見地面，形容位置高渺。
20 鶴汀：鶴所棲止的水邊平地。鳧（fú）渚：野鴨聚集的小洲。
21 即：依着。體勢：形勢。
22 披：開。繡闥（tà）：裝飾華麗的門。雕甍（méng）：雕飾的屋脊。
23 駭矚：使人見了感到害怕。
24 閭閻：里巷的門，這裏借指房屋。撲地：遍地。鐘鳴鼎食：古代貴族鳴鐘列鼎而食，此處喻富豪貴族。
25 舸（gě）艦：指大船。迷津：塞滿渡口。迷，通“彌”。青雀黃龍之軸：裝飾精美的雀舫龍舟。軸，同“舳”，船尾，此代指船。
26 “彩徹”句：彩，光彩，指日光。徹，通“貫”。區，指天空。
27 “落霞”二句：語本庾信《馬射賦》：“落花與芝蓋齊飛，楊柳共青旗一色。”鶩（wù）：指野鴨子。
28 彭蠡：古大澤名，即今鄱陽湖。
29 衡陽：今屬湖南省，傳説大雁飛到衡陽就不再往南飛了，等到來年的春天再北歸。衡山有迴雁峰。
30 遙襟：遠懷。逸興：超逸的興致。遄（chuán）：迅速。
31 爽籟：管子參差不齊的排簫。纖歌：聲音柔細的歌。凝：指歌聲繚繞。
32 睢（suī）園：即漢梁孝王劉武的睢陽（古縣名，治今河南商丘南）菟園。彭澤：指陶淵明，他曾任彭澤令。
33 鄴：古邑都名，在今河北臨漳縣境，是曹魏興起的地方。朱華：荷花。
34 四美：指良辰、美景、賞心、樂事。二難：指賢主、嘉賓難得同時在一起。
35 窮睇眄：指從騰王閣高處瀏覽景物。窮，同“瀉”；睇眄，顧望。
36 宇宙：《淮南子・原道訓》高誘註：“四方上下曰‘宇’，古往今來曰‘宙’，以喻天地。”
37 盈虛：消長，指變化。數：命運。
38 日下：指京都。吳會：地名，即今江蘇蘇州。
39 南溟：南海。天柱：古代神話中崑崙山有銅柱，高入天，稱為天柱。北辰：這裏喻指國君。
40 失路：比喻不得志。溝水相逢：比喻相遇很偶然，聚散不定。
41 帝閽（hūn）：天帝的守門人，此處借指朝廷。宣室：漢未央宮前殿正室。賈誼被貶長沙後，漢文帝召他回長安，曾在這裏接見了他。
42 命途：命運。
43 馮唐：西漢人，文、景帝時不被重用，武帝時求賢良，馮唐被推舉，但他年事已高，不能復為官。李廣：西漢名將，屢立戰功，但終身未能封侯。
44 賈誼：西漢文帝時人，曾受排擠被貶長沙。聖主：指漢文帝。
45 竄：逐走。梁鴻：東漢人，曾作《五噫歌》諷刺朝廷，得罪皇帝，避居齊魯、吳中。海曲：濱海之地。
46 見機：識時務。達人：通達事理的人。
47 老當益壯：《後漢書・馬援傳》：“丈夫為志，窮當益堅，老當益壯。”青雲之志：喻志向高遠。
48 貪泉：泉名，相傳在今廣州北二十里的石門，傳説人要是飲了此泉的水就會變貪，但晉代廉吏吳隱之飲此水後，操守愈堅定。涸轍：乾涸的車轍，比喻窮困的境遇。
49 賒（shē）：遠。扶搖：一種自下而上的巨風。東隅：日出處，比喻早年的時光。桑榆：日落處，比喻未來的日子。
50 孟嘗：字伯周，東漢會稽上虞人。曾任合浦太守，以廉潔著稱，後因病隱居。阮籍：字嗣宗，晉代名士。
51 三尺微命：指地位卑微。一介：一個。
52 請纓：據《漢書・終軍傳》，終軍於武帝時出使南越，自請“願受長纓，必羈南越王而致之闕下”，時年二十餘歲。弱冠：古代男子二十歲行冠禮，一般稱二十歲左右的人為弱冠。
53 投筆：指東漢班超投筆從軍事。宗愨（què）：南朝宋人，少年時曾向叔父表示“願乘長風破萬里浪”，後封洮陽侯。
54 簪笏：古代官員用的冠簪、手板，此處借指官職。百齡：百年，猶指一生。奉晨昏：古代侍奉父母的一種禮節。
55 謝家之寶樹：比喻好子弟。據《晉書・謝安傳》，謝安曾問子姪們：為何人們都希望自己的子弟好？其姪謝玄回答：“譬如芝蘭玉樹，欲使其生於階庭耳。”孟氏之芳鄰：據説孟軻的母親為了教育好兒子，而三遷擇鄰。
56 趨庭：指接受父教。《論語・季氏》記孔鯉曾"趨而過庭"，接受父親孔子的教誨。趨：小步快走，表示恭敬。鯉：孔鯉，孔子之子。對：庭對，指接受教誨。
57 捧袂：舉起雙袖，向長者表示恭敬。龍門：喻聲望高的人的門第。
58 楊意：即楊得意。漢武帝時為狗監，曾向武帝推薦司馬相如。凌雲：司馬相如曾作《大人賦》，武帝讀後大悦，"飄飄有凌雲之氣"。
59 鍾期：即鍾子期，春秋時楚人，善聽琴。伯牙鼓琴時而志在高山，時而志在流水，鍾子期都能理解，後人因以"高山流水"比喻知音。
60 蘭亭：東晉王羲之等曾在蘭亭宴集，舊址在今浙江紹興。梓澤：西晉石崇金谷園的別名，舊址在今河南洛陽市西北。
61 贈言：臨別時用正言相勉勵，此指寫這篇序文。
62 恭疏短引：恭敬地寫這篇小序。
63 一言：指詩一首。均賦：每人作詩一首。四韻：八句四韻詩。王勃有《滕王閣詩》："滕王高閣臨江渚，佩玉鳴鸞罷歌舞。畫棟朝飛南浦雲，珠簾暮捲西山雨。閒雲潭影日悠悠，物換星移幾度秋。閣中帝子今何在？檻外長江空自流。"
64 潘江、陸海：鍾嶸《詩品》："陸（機）才如海，潘（岳）才如江。"此處用來形容眾賓客的文才。云爾：語氣助詞，用於句尾表示全文的結束。

【鑒賞】

滕王閣是江南三大名樓之一，建於唐永徽四年（653），故址在今江西南昌市贛江濱。上元二年（675）九月，王勃往南海省親，途經洪都，恰逢都督閻公在滕王閣大宴賓客，他揮毫著文作為臨別贈言。全文以駢體寫就，融對偶、典故、麗藻於一爐，堪稱古代駢文中的精品，是傳頌千古的名篇。

文章由四個段落構成，每段都緊扣文題。第一段敘述洪州的地勢、物產以及都督閻公的主客之誼，緊扣題中"洪府"二字。第二段轉寫九月登閣所見遠近樓閣山川之勝景。其中"落霞與孤鶩齊飛，秋水共長天一色"是膾炙人口的名句。而對江南秋景的描繪，在歷代文人作品中也堪稱一絕。第三段直寫都督閻公的滕王閣宴會，並由宴會上的逸興遄飛，引發作者對人生際遇的感懷。"老當益壯，寧移白首之心；窮且益堅，不墜青雲之志"，表現了作者積極樂觀、不畏險途的精神。第四段自敘不得志的經歷，並説明能逢此會是人生幸事，但心中也充滿了"勝地不常，盛宴難再"的遺憾。

唐初駢文，直承齊梁餘緒，形式華美，內容虛泛。王勃此文雖屬駢體，卻無是病。文因餞別而起，但對盛宴卻沒有詳細地描述，作者把文章的重點放在登滕王閣所見的景致和因景而生的情感上，從而擺脱了贈別類文章應酬頌美的窠臼，顯示出其獨具匠心的一面。在景物描繪中，他注重色彩的搭配，如"潦水盡而寒潭清，煙光凝而暮山紫"、"睢園綠竹，氣凌彭澤之樽；鄴水朱華，光照臨川之筆"，色彩鮮明，和諧入目。而在情感表達中，他則注重將典故與自己的經歷相結合，自如靈活地驅遣典故。如以"馮唐易老，李廣難封”表白自己空有壯志卻報國無門的心情，以“有懷投筆，愛宗慤之長風”顯示少年有志，待長風破浪，請纓報國的渴望。

全文內容豐富，情感真摯，具有極強的藝術感染力。滕王閣因王勃此序成為聞名天下的名樓。雖其舊址已不復存在，但此文卻流傳至今。

駱賓王

駱賓王（638～？），字觀光，婺（wù）州義烏（今浙江義烏附近）人。少時已才思敏捷，七歲時隨口詠成著名的《詠鵝》詩。唐高宗儀鳳三年（678）任長安主簿、侍御史。後因上疏諷諫，得罪武則天，被關進牢獄。一年後，出獄，貶為臨海丞。及至武則天廢中宗後，李敬業與唐之奇等人於揚州起兵，聲討武后。駱賓王參加了兵變，為李敬業幕僚，並寫了這篇著名的《代李敬業傳檄天下文》。兵敗後不知所終。駱賓王是初唐「四傑」之一，擅七言歌行，五言也有佳作。

代李敬業傳檄天下文

偽臨朝武氏者[1]，人非溫順，地實寒微[2]。昔充太宗下陳，嘗以更衣入侍[3]。洎乎晚節，穢亂春宮[4]。密隱先帝之私，陰圖後庭之嬖。入門見嫉，蛾眉不肯讓人[5]；掩袖工讒，狐媚偏能惑主[6]。踐元后於翬翟[7]，陷吾君於聚麀[8]。加以虺蜴為心[9]，豺狼成性。近狎邪僻，殘害忠良[10]。殺姊屠兄[11]，弒君鴆母[12]。神人之所共疾，天地之所不容。猶復包藏禍心，窺竊神器[13]。君之愛子，幽之於別宮[14]；賊之宗盟[15]，委之以重任。嗚呼！霍子孟之不作[16]，朱虛侯之已亡[17]。燕啄皇孫，知漢祚之將盡[18]；龍漦帝后，識夏庭之遽衰[19]。

敬業皇唐舊臣，公侯塚子。奉先君之遺訓[20]，荷本朝之厚恩。宋微子之興悲[21]，良有以也；桓君山之流涕[22]，豈徒然哉！是用氣憤風雲，志安社稷。因天下之失望，順宇內之推心[23]。爰舉義旗，誓清妖孽。南連百越[24]，北盡三河[25]，鐵騎成群，玉軸相接[26]。海陵紅粟，倉儲之積靡窮[27]；江浦黃旗，匡復之功何遠[28]。班聲動而北風起[29]，劍氣沖而南斗平[30]。喑嗚則山嶽崩頹，叱咤則風雲變色。以此制敵，何敵不摧！以此攻城，何城不克。

公等或家傳漢爵，或地協周親[31]，或膺重寄於爪牙，或受顧命於宣室[32]。言猶在耳，忠豈忘心？一抔之土未乾，六尺之孤安在[33]？倘能轉禍為福，送往事居[34]，共立勤王之勳[35]，無廢大君之命，凡諸爵賞，同指山河[36]。若其眷戀窮城，徘徊歧路，坐昧先幾之兆[37]，必貽後至之誅[38]。請看今日之域中，竟是誰家之天下！移檄州郡，咸使知聞。

註釋

1 偽：表示不合法，不予承認。臨朝：親臨朝政，掌管政權。
2 地實寒微：意謂出身寒微。地，指家族的地位。
3 "昔充"二句：指武則天曾為太宗才人事。下陳，此指才人；以更衣入侍，暗用衛子夫因漢武帝更衣時入侍得倖的故事。
4 "洎乎晚節"二句：意謂武則天本是太宗的才人，但卻和身為太子的高宗發生了曖昧關係。晚節，晚年的操守，此指後來的行為；春宮：即東宮，太子所居住的地方。
5 "入門見嫉"二句：是說武則天以美色為高宗所寵愛，所有被選入宮的妃嬪，都遭受到她的嫉妒。
6 掩袖工讒：指善於在君主面前進讒以迷惑君主。此處指武則天用陰謀陷害王皇后一事。
7 踐：履。元后：正宮皇后。踐元后：登上了元后之位。翬（huī）：五色皆備的雉雞。翟（dí）：長尾山雉。翬翟：皇后所穿的禮服。
8 陷吾君於聚麀：指武則天本是太宗妃妾，後來又成為高宗的皇后，誘惑高宗，使高宗陷入禽獸之行。吾君，指高宗；聚麀（yōu），兩頭牡鹿共有一頭牝鹿。
9 虺(huǐ)：一種有毒的蛇。蜴(yì)：即蜥蜴。
10 近狎：親近。邪僻：指許敬宗、李義府等人。忠良：指長孫無忌、上官儀、褚遂良等人。
11 殺姊屠兄：武則天之兄武元慶、元爽被她流配到邊遠地區而死。她的姪兒惟良、懷運以及姊姊的女兒賀蘭氏都被武則天所殺害。這裏說殺姊屠兄，是泛指殺害親人。
12 弒君鴆母：君，指高宗。高宗死於弘道元年（683）。武則天之母楊氏死於咸亨元年（670）。歷史上沒有武則天謀害高宗和毒殺母親的記載，這裏所說的可能是一些傳聞，或故意地給她加大罪狀。鴆（zhèn），鳥名。羽毛有毒，置於酒中，飲之立死。
13 神器：指帝位、政權。
14 "君之愛子"二句：高宗死後，中宗李顯繼立，被武則天廢為廬陵王，改立睿宗李旦為皇帝。愛子，指李旦，幽，囚禁。
15 賊之宗盟：指武則天的親信及同黨。
16 "霍子孟"句：霍光字子孟，漢昭帝時，以大司馬大將軍輔政。昭帝死後，迎昌邑王劉賀即位，因賀荒淫無道，霍光把他廢掉，改立劉詢，是為宣帝，重新安定了漢朝的基業。作，興起。這句意為感慨在朝廷之中假如有像霍光那樣的大臣，就能夠扭轉唐朝衰亡的國運。
17 朱虛侯：即劉章。高祖死後，呂后專政，大權掌握在呂姓的手裏。呂后死後，呂祿、呂產想叛亂，推翻漢朝。劉章和丞相陳平、太尉周勃秘密合謀，盡誅諸呂，迎立文帝即位。這句是感歎同姓的宗室沒有像朱虛侯這樣的人。
18 "燕啄皇孫"二句：漢成帝時，民間童謠有"燕飛來，啄皇孫"的話。後來趙飛燕進宮，為成帝的皇后。她性情狠毒，因為自己沒有兒子，非常嫉恨別人的兒子，就暗中運用殘忍的手段，殺死了許多皇子，"燕啄皇孫"就成為一種讖語。自從武則天立為皇后，先後廢太子李忠、李弘、李賢。廢掉的太子，都被殺死。所以這裏把她比做趙飛燕。
19 "龍漦（lí）帝后"二句：古代神話傳說：夏朝的末期，有二龍降臨夏庭，自稱為褒之二君。夏帝問卜於神。根據神的指示，用一木盒把龍所流下的漦（吐沫）封存起來。夏亡，此木盒經商傳於周，沒人敢打開。到了周厲王的末期，將木盒開啟，龍漦流溢出來，化為玄黿，進入後宮，後宮有一未成年的小宮女，感而懷孕，生一女，即褒姒。褒姒後來立為幽王王后。幽王因寵愛褒姒，廢太子，招致犬戎之禍，西周終於滅亡。

20 先君：指李敬業的祖父李勣、父親李震。

21 宋微子之興悲：微子名啟，紂王的庶兄。入周後，被封於宋，故稱宋微子。殷亡後微子朝周，路過殷都的廢墟，內心悲傷。敬業的祖父徐勣被賜姓為李，算是唐朝的宗室，故自比宋微子。

22 桓君山之流涕：桓譚字君山，東漢光武帝時官議郎、給事中，因反讖諱，遭貶，抑鬱而死。李敬業以桓君山自比，是説失去世爵，謫居外地。《新唐書・李敬業傳》載："嗣聖元年，（李敬業）坐贓，貶柳州司馬。"

23 推心：以誠心待人。

24 百越：泛指今南方沿海地區。越，南方少數民族的總稱。

25 三河：指河東、河內、河南，是古代帝王建都的中原之地。

26 玉軸：指船。軸，通"舳"，船後把舵處。這裏用作船的代稱。

27 "海陵紅粟"二句：意思是起義軍糧草充足，用之不竭。海陵，今江蘇泰州，唐屬揚州。漢吳王濞置倉儲粟於其地。江淮為產米之區，隋、唐以來，人丁殷盛，倉儲充實。

28 "江浦黃旗"二句：意思是説以東南為根據地，很快就會平定北方，匡復唐朝的天下。

29 班聲：即馬聲。

30 南斗：牛斗，是吳地星空的分野。

31 公等：泛指各地的文武官員。家傳漢爵：有世代傳襲的爵位。

32 "或膺重寄於爪牙"二句：上句指節制一方的將領，下句指在朝輔政的大臣。宣室，漢未央宮正殿室名。此處是借用。

33 "一抔之土未乾"二句：一抔之土，指皇陵。這兩句承接上文，意思是説，高宗剛剛安葬，而他的太子已經失去帝位。中宗李顯被武則天廢為廬陵王，軟禁在房州。高宗葬於乾陵，下距駱賓王作此文，僅一個多月，故云"一抔之土未乾"。

34 往：死者，指高宗。居：生者，指中宗。

35 勤王：古時凡君主有難，臣子起兵救援，稱為勤王。

36 "凡諸爵賞"二句：意謂有功的一定受爵，同指山河為信。

37 坐昧先幾之兆：看不清事先的預兆。

38 後至之誅：出自《周禮・大司馬》。這句意思是説，不及時執行命令的一定要按軍法從事。

【鑒賞】

駱賓王一生俠骨錚錚，"專喜歡管閒事，打抱不平，殺人報仇，革命，幫癡心女子打負心漢"（聞一多《宮體詩的自贖》）。公元680年，他任臨海縣丞，因才高位卑遭人奚落而憤憤罷官離去。683年，武后臨朝稱制，積極籌備武周王朝，李唐舊臣李敬業在揚州起兵，發動武裝暴動，駱賓王參與組織策劃，並寫下這篇聲討武后的檄文。

文章由三個部分構成。第一部分歷數武后的種種罪行，從她的出身、資歷到品行都有詳細描述，主要突出其兇狠殘暴、陰險毒辣、野心勃勃的一面，以暗示李唐王朝的江山社稷已到了生死存亡的關鍵時刻，從而為下文李敬業興兵討伐武后的正義之舉埋下伏筆。

第二部分寫敬業乃宗室後裔，社稷功臣，肩負匡正朝政的重任，由他起兵伐武理所當然，且義軍地廣兵眾，糧草豐足，士氣高漲，佔有天時、地利、人和的優勢，他們必定戰無不勝，攻無不克。

第三部分有針對性地指出在朝諸臣均曾蒙李唐王朝恩寵，此時理應舉起討逆大旗，完成輔孤重任。而且作者還輔之以賞賜和刑罰，敦促朝中大臣參與他們的行動。末句“請看今日之域中，竟是誰家之天下”，氣勢磅礴，充滿堅定的信念，成為後世常用的名言警語。

全文“事昭而理辨，氣盛而辭斷”(《文心雕龍・檄移》)，具有強大的號召力，足以折服人心。且通體駢四儷六，句式整齊，詞采華美，麗藻彬彬。連武后看罷，也讚賞駱賓王的才華，而怪宰相“何得失如此人”(《酉陽雜俎》卷一)。

王維

王維（701～761），字摩詰，祖籍太原祁州（今山西祁縣）人。開元九年（721）進士及第。張九齡為相時，提拔王維為右拾遺。其前期詩反映出盛唐時代的積極進取精神，而後期所作多為田園詩、山水詩，表現了大自然的幽靜，曲折地反映出他對官場生活的厭倦，着墨不多而意境高遠，藝術成就較高。北宋蘇軾說："味摩詰之詩，詩中有畫；觀摩詰之畫，畫中有詩。"（《東坡志林》）道出了王維詩、畫的獨特之處。除詩、畫外，王維在音樂、書法等方面造詣也很深。

山中與裴迪秀才書

近臘月下[1]，景氣和暢，故山殊可過[2]。足下方溫經，猥不敢相煩[3]。輒便往山中[4]，憩感配寺[5]，與山僧飯訖而去。

北涉玄灞[6]，清月映郭。夜登華子岡[7]，輞水淪漣[8]，與月上下。寒山遠火，明滅林外。深巷寒犬，吠聲如豹。村墟夜舂，復與疏鐘相間。此時獨坐，僮僕靜默，多思曩昔，攜手賦詩，步仄逕，臨清流也。

當待春中，草木蔓發，春山可望，輕鰷出水[9]，白鷗矯翼[10]，露濕青皋[11]，麥隴朝雊[12]，斯之不遠，倘能從我遊乎？非子天機清妙者，豈能以此不急之務相邀？然是中有深趣矣！無忽。因馱黃蘗人往[13]，不一[14]。山中人王維白。

註釋

1 近臘月下：迫近臘月。古人於年終舉行臘祭，所以稱十二月為臘月。下：時下，猶言眼下。

2 故山：指過去所居之山，即藍田嶢山。

3 猥：發聲之詞，無實際意義。

4 輒便往山中：即便住在山中。輒，和"便"同義。

5 憩（qì）：休息。感配寺：也稱感化寺。

6 玄灞：灞，水名，在長安附近。玄，指水的顏色深青。

7 華子岡：在輞川別業的附近。

8 輞水：即輞川。

9 鰷：白鰷魚。
10 矯翼：振翅飛翔。矯，舉起。
11 皐：水邊之地。
12 麥隴朝雊（gòu）：清晨麥隴上聽到野雞的鳴叫聲。
13 馱黃蘗（bò）人：指入城賣黃蘗的藥農。這句是說，乘藥農入城之便，託其寄書。
14 不一：意思是說，在信裏不能把要說的話一一說盡。

【鑒賞】

本文是一篇書信體的山水小品，寫得饒有風致，是王維作品詩、畫、文相融合的典範。文中所說的"山"指王維居住的藍田縣境內的嶢山。那裏景致優美，王維曾多次與朋友裴迪在山中遊覽。

信的第一段講王維在近臘月氣候還比較寒冷的時候，感到"景氣和暢"，他覺得舊日所居之山已可遊覽。但因裴迪此刻正在溫書，不便相邀，於是只好自己先到山中，在感配寺和山僧吃罷飯後離去。

第二段具體描繪作者在山中的見聞。冬夜清冷的月光映照着城郭，寒山的遠火在林外明滅可見；深巷中傳來聲聲犬吠；村莊裏夜間舂米聲與疏落的鐘聲相映。此刻作者獨坐，童僕靜默無聲，回憶起從前與裴迪攜手賦詩，踏着林間曲折的小徑，緣清流遊覽的日子。

第三段，作者以歡快輕盈的筆調描繪明年春季山中生機盎然的景象，春草、春山、春水中無不蘊含着他對大自然的熱愛。如此美景，下文便順理成章地寫到邀裴迪共同遊賞。而作者又強調，只有"天機清妙者"才能得到其中的"深趣"，這就將在山中遊賞的"不急之務"提高到遠離世俗的思想境界，同時也表明了他對來年與裴迪一同春遊的渴望。

同王維的山水詩一樣，本文充滿對大自然的熱愛。作者善於在尋常的景物中發現美，同時也善於把他當時那種欣喜的心情融入景物描繪中，這樣作品便處處蕩漾着詩情畫意，時時洋溢着濃郁激情。此文語言清新秀麗，明瞭暢快，讀來琅琅上口。

李白

李白（701～762），字太白。一說生在唐安西都護府碎葉城（今巴爾喀什湖南、吉爾吉斯斯坦共和國境內）。五歲時隨父遷居綿州彰明縣（今四川江油）青蓮鄉，因號青蓮居士。他在蜀中度過童年和青少年時代。二十五歲時，“仗劍去國，辭親遠遊”（《上安州裴長史書》），到長江、黃河中下游各地漫遊，希望能實現自己的政治抱負。天寶二年（743），四十二歲的李白被唐玄宗召入長安，供奉翰林。但因權貴進讒言，次年就被排擠出京。安史之亂的第二年，李白懷着除亂安民的志願，在鎮守江南的永王幕中任職。後來，永王被坐以謀反罪，兵敗被殺。李白也被流放夜郎，幸遇大赦，中途返回，三年後病逝於安徽當塗。

李白的詩歌廣泛反映盛唐的時代風貌，抒發他“濟蒼生”、“安黎元”的美好願望。李白繼承了屈原以來中國詩歌的想像和浪漫傳統，並發展使其達到巔峰。他飄逸豪邁的風格和一瀉千里的筆法對後世有深遠的影響，是中國古典詩歌領域的偉大詩人。

與韓荊州書

白聞天下談士相聚而言曰：“生不用封萬戶侯，但願一識韓荊州[1]。”何令人之景慕一至於此耶[2]！豈不以周公之風，躬吐握之事[3]，使海內豪俊，奔走而歸之。一登龍門[4]，則聲譽十倍。所以龍蟠鳳逸之士[5]，皆欲收名定價於君侯。願君侯不以富貴而驕之，寒賤而忽之，則三千賓中有毛遂[6]，使白得穎脫而出[7]，即其人焉。

白，隴西布衣，流落楚漢[8]。十五好劍術，遍干諸侯[9]。三十成文章，歷抵卿相。雖長不滿七尺，而心雄萬夫。王公大人許與氣義[10]。此疇曩心跡[11]，安敢不盡於君侯哉！

君侯制作侔神明[12]，德行動天地，筆參造化，學究天人[13]。幸願開張心顏，不以長揖見拒。必若接之以高宴，縱之以清談[14]，請日試萬言，倚馬可待[15]。今天下以君侯為文章之司命[16]，人物之權衡，一經品題[17]，便作佳士。而今君侯何惜階前盈尺之地，不使白揚眉吐氣，激昂青雲耶[18]？

昔王子師為豫州[19]，未下車，即辟荀慈明[20]；既下車，又辟孔文舉[21]；山濤作冀州，甄拔三十餘人，或為侍中、尚書[22]，先代所美。而君侯亦一薦嚴協律，入為秘書郎[23]；中間崔宗之、房習祖、黎昕、許瑩之徒，或以才名見知，或以清白見賞[24]。白每觀其銜恩撫躬[25]，忠義奮發，以此感激，知君侯推赤心於諸賢之腹中，所以不歸他人，而願委身國士[26]。倘急難有用，敢效微軀。

且人非堯舜，誰能盡善？白謨猷籌畫，安能自矜[27]？至於制作，積成卷軸[28]，則欲塵穢視聽[29]，恐雕蟲小技[30]，不合大人。若賜觀芻蕘[31]，請給紙筆，兼之書人，然後退掃閒軒[32]，繕寫呈上。庶青萍、結綠，長價於薛、卞之門[33]。幸推下流，大開獎飾[34]。唯君侯圖之！

註釋

1 萬戶侯：漢代制度，大者萬戶，小者五六百戶。韓荊州：指韓朝宗。唐玄宗開元年間曾任荊州刺史，喜歡提拔後進。

2 一：乃、竟。

3 吐握：吐哺握髮，周公進賢用士，一沐三握髮，一飯三吐哺，恐失天下賢人。

4 登龍門：東漢李膺名聲很大，有人被他接待，叫做“登龍門”。後來常用以比喻士人忽然得到榮顯，或由於拜見名人而身價倍增。

5 龍蟠鳳逸：此處比喻有才華的人待時而動，就像龍那樣沖天而起，像鳳那樣振翅飛翔。

6 毛遂：戰國時趙國平原君趙勝的門客，三年默默無聞。孝成王九年（前 257），秦國圍趙的邯鄲，趙派平原君求救於楚，毛遂自薦前往，在與楚懷王的談判中，由於他直陳利害，使得談判成功。

7 穎脱而出：意思是錐子放在口袋裏，就會露出它的尖端來，比喻有才能的人一有機會就能得到人們的賞識。

8 隴西：郡名，在甘肅隴西縣南。隴西成紀（今甘肅天水）是李白的祖籍。楚漢：春秋戰國時，楚國的中心地域位於漢水流域，即今湖北省，所以稱為楚漢。當時李白安家於安陸（屬湖北），來往於襄陽、江夏一帶，正是韓朝宗所領荊州地域。

9 干：求，此處是求見的意思。諸侯：這裏指鎮守地方的長官。

10 許與：讚許。氣義：氣概和道義。

11 疇（chóu）曩（nǎng）：往昔。心跡：存心與行事。

12 制作：本指制禮作樂。此處指建立的功業。下文“制作”指文章、著述。侔（móu）：相等。

13 參：參贊。造化：創造，化育。究：窮究，通曉。

14 清談：本指魏晉時士大夫以宣揚老莊學説為主的玄談，此指高雅的言談。

15 倚馬可待：比喻文思敏捷。東晉桓溫北征，命袁虎寫告示。袁虎依在馬前，揮筆寫了七張紙，寫得又快又好。

16 司命：星名，又叫文曲星。舊時迷信説它是主管文運的。此指評定文章的最高權威。

17 權衡：本指稱砣與稱桿。此引申為衡量、評定之意。品題：評論人物，定其高下。

18 激昂青雲：奮發得志。青雲，原指天空，這裏指遠大的志向。

19 王子師：名允，東漢末年太原祁縣（今山西祁縣）人。豫州：在今河南汝南縣西。
20 未下車：此指未到任，下句“既下車”指已上任。辟：聘用的意思。荀慈明：東漢人，名爽，官至司空。
21 孔文舉：名融，東漢末年人。漢文帝時為北海（今山東昌樂）相，立學校，後為太中大夫，被曹操所殺。
22 山濤：字巨源，西晉河內懷（今河南武陟）人。甄拔：考察提拔。侍中：官名，漢時僅在皇帝左右侍應雜事，後權力日益增大，到南北朝以後，實際就是宰相，唐代改稱為左相。
23 秘書郎：官名，掌管圖書經籍。
24 清白：廉潔清高。
25 銜恩：即不忘提拔之恩。撫躬：追憶自己的身世。
26 國士：一國之中最優秀的人才。這裏是對韓朝宗的尊稱。
27 謨（mó）猷（yóu）籌畫：指政治上出謀劃策。謨，計謀；猷，謀劃。自矜：自詡，自誇。
28 卷軸：古代文章書畫，多裱為長卷，上軸可以舒展，所以叫卷軸。
29 塵穢視聽：意為污染他人的耳目。塵穢，髒物，這裏作動詞。
30 雕蟲小技：比喻有微不足道的技能。蟲，指蟲書，秦代八種字體之一，筆畫好像蟲形。
31 芻蕘（chú ráo）：本指割草打柴的人，後多指山野之人。此為李白自謙之詞。
32 閒軒：空閒的房子。
33 庶：庶幾，或許。青萍：寶劍名。結綠：美玉名。這裏作者用來比喻自己的文章。薛、卞：薛燭、卞和。薛善於鑒別劍，卞善於鑒別玉。此話用來恭維韓朝宗善於識別文章的好壞。
34 獎飾：相當於過獎、過譽。

【鑒賞】

李白素以詩歌著稱，其散文亦有不少佳篇名作。本文約作於唐玄宗開元二十一年（733）左右，當時李白在今湖南、湖北一帶漫遊，尋求仕進的機會，而韓荊州（即韓朝宗）恰為荊襄地區的高級行政長官。李白聽説他禮賢下士，樂於獎掖後進，便寫了這封自薦信，希望能得到他的援引。

全文共分五個自然段。首段用西周周公“躬吐握”和東漢李膺使後進“登龍門”兩個典故，説明“海內豪俊”因韓朝宗能禮賢下士都紛紛歸附於他。而韓朝宗若能不以己之富貴驕人，不以人之貧賤輕視忽略之，則李白就能如毛遂般自三千賓客中脱穎而出。

次段李白進行自我介紹，向韓朝宗自述經歷並展示其才能。此處敘述較概括，詳細情況李白的另一篇文章《上安州裴長史書》有記載。

第三段先是頌揚韓朝宗，説他“制作侔神明，德行動天地，筆參造化，學究天人”。接着請韓朝宗寬容他的長揖不拜，並賞識他過人的才能，使他得以像袁虎那樣揚眉吐氣、平步青雲。

第四段宕開一筆，由古代賢臣王允、山濤舉賢薦能敍及韓朝宗曾推薦嚴某、崔宗之、房習祖等人為官，而他們均知恩圖報，忠義奮發。李白因此知道韓朝宗能與賢士推心置腹，便想歸附於他，以效微薄之力。

第五段説李白願意將自己的文章獻給韓朝宗，希望他能夠賞識。本段語氣比較謙遜，且不忘用“青萍、結綠”的典故抬高韓朝宗的身價。

此文充分表現了李白自負、桀傲不遜的性格。他懇請韓朝宗舉薦他，卻長揖不拜，保持大丈夫的偉岸，以有理有據地達到被援引的目的。這與他在《夢遊天姥吟留別》中“安能摧眉折腰事權貴”的精神是一致的。文中語言奔放流暢，體現出浪漫主義詩人的氣質。

春夜宴諸從弟桃李園序

夫天地者，萬物之逆旅[1]；光陰者，百代之過客。而浮生若夢，為歡幾何？古人秉燭夜遊，良有以也。況陽春召我以煙景，大塊[2]假我以文章。會桃李之芳園，序天倫之樂事。群季俊秀，皆為惠連[3]；吾人詠歌，獨慚康樂[4]。幽賞未已，高談轉清。開瓊筵以坐花，飛羽觴而醉月。不有佳作，何伸雅懷？如詩不成，罰依金谷酒數[5]。

註釋

1 逆旅：客店。
2 大塊：大自然。
3 惠連：南朝宋文學家謝惠連，和他的族兄謝靈運並稱“大小謝”。
4 康樂：南朝宋文學家謝靈運，謝玄孫，襲封康樂公。
5 金谷酒數：晉石崇擺宴在洛陽金谷澗中，賦詩不成者罰酒三斗。

【鑒賞】

這篇短小的散文以詩語綴結而成，充滿了詩情畫意。明代大畫家仇英曾以之為圖，流傳至今。

“夫天地者，萬物之逆旅；光陰者，百代之過客。而浮生若夢，為歡幾何？古人秉燭夜遊，良有以也。”文章開頭發出議論，表達了李白及時行樂的思想。“秉燭夜遊”源自《古詩十九首》：“生年不滿百，常懷千歲憂。晝短苦夜長，何不秉燭遊。”

“陽春召我以煙景，大塊假我以文章”是千古傳頌的名句。以“陽”和“煙景”體現了春景的特點；又借“大塊”把“文章”獻給我，表達了主客間的親密關係。

“會桃李之芳園”以下數句，是全文的主體部分，敘寫兄弟幾人為“序天倫之樂事”而聚於桃李園的情事。這裏用美景襯托樂事，把兄弟們痛飲狂歡的場面表現得淋漓盡致，將他們享受天倫之樂的高興心情推向了高潮。

結尾“如詩不成，罰依金谷酒數”一句，則用石崇《金谷詩序》的典故。但作者一反石崇“感性命之不永，懼凋落之無期”的悲涼情調，而充滿了樂觀情緒。

本文看似一篇敍事散文，實則更像一首散文詩，語言優美，情味雋永，文句駢散結合。

元結

元結（719～772），字次山，河南魯山（今河南魯山）人。少時豪放不羈，十七歲起一心向學。天寶十二年（753）舉進士。安史亂中，任山南東道節度參謀，組織義軍，頗有戰功。後歷任道州、容州刺史，政績顯著，官至容管經略使。

元結擅詩文，為中唐古文運動和新樂府運動的先導者。其詩多針砭時事、反映民間疾苦，情感真摯。他反對形式主義詩風，不尚詞采華茂，不事雕琢，詩文質樸簡淡，但走向極端，以至平生不做近體詩，其古詩單調、缺乏文采。

右溪記

道州城西百餘步，有小溪。南流數十步合營溪[1]。水抵兩岸，悉皆怪石，攲嵌盤屈，不可名狀。清流觸石，洄懸激注。佳木異竹，垂陰相蔭。此溪若在山野，則宜逸民退士之所遊處[2]；在人間，則可為都邑之勝境，靜者之林亭。而置州以來[3]，無人賞愛。徘徊溪上，為之悵然！乃疏鑿蕪穢，俾為亭宇；植松與桂，兼之香草，以裨形勝[4]。為溪在州右，遂命之曰"右溪"。刻銘石上，彰示來者。

註釋

1 營溪：水名。源出今湖南省寧遠縣南，流經道縣，北至零陵縣，西入湘水。

2 退士：即隱士。

3 置州以來：道州州治，隋時本為零陵郡的永陽縣，唐高祖武德四年（621）始置營州，後改為道州。

4 以裨形勝：用亭宇和樹木點綴這個天然風景區。裨，補益。

【鑒賞】

本文作於元結道州刺史任上。文中詳細記載了右溪的地理位置、景物特徵、修整營建及取名諸事。文章很短，只有百數十字，而寫景文字就佔了大半。

作者善於抓住景物的特徵合理佈局，動靜結合。作者寫石，突出其“欹嵌盤屈，不可名狀”，以其怪異的形狀造成動態感；寫水，突出其與石相觸，“洄懸激注”之態；寫竹木，則側重“垂陰相蔭”形成的互相掩映之態。本是靜態的景物，一經作者渲染，充滿了生機與活力，這就挖掘出此處景致的動人之處。作者認為如在山野，此溪會是逸民退士的遊賞處，若在都邑，它則適於清心寡慾者遊玩。但他沒想到在道州，此溪竟長期“無人賞愛”。於是他“刻銘石上，彰示來者”。

此記情景相生，在摹寫景物的同時，融入了作者的沉思和寂寥之情，使自然的山水草木蒙上一層淡淡的孤獨之感。清代古文家吳汝綸說：“次山放恣山水，實開子厚先聲，文字幽眇芳潔，亦能自成境趣。”本文即體現了元結散文的這一特徵。

陸贄

陸贄（754～805），字敬輿，蘇州嘉興（今浙江嘉興）人。十八歲中進士，德宗時，為翰林學士，參預機要。後官至中書侍郎、同平章事。他性情剛直，指責朝政，多切中時弊。所作奏議，文筆流暢，論述深切。雖用駢體，而不見斧鑿之跡，具有強烈的説服力和感染力，著有《陸宣公翰苑集》。

奉天請罷瓊林大盈二庫狀

右[1]。臣聞作法於涼，其弊猶貪；作法於貪，弊將安救[2]？示人以義，其患猶私；示人以私，患必難弭。故聖人之立教也，賤貨而尊讓，遠利而尚廉。天子不問有無，諸侯不言多少[3]。百乘之室，不畜聚斂之臣[4]。夫豈皆能忘其欲賄之心哉？誠懼賄之生人心而開禍端，傷風教而亂邦家耳。是以務鳩斂[5]而厚其帑櫝之積者，匹夫之富也；務散發而收其兆庶之心者，天子之富也。天子所作，與天同方。生之長之，而不恃其為[6]；成之收之，而不私其有。付物以道，混然忘情。取之不為貪，散之不為費。以言乎體則博大，以言乎術則精微。亦何必撓廢公方[7]，崇聚私貨，降至尊而代有司之守，辱萬乘以效匹夫之藏，虧法失人，誘奸聚怨？以斯制事，豈不過哉？

今之瓊林、大盈，自古悉無其制。傳諸耆舊之説，皆云創自開元[8]。貴臣貪權，飾巧求媚，乃言郡邑貢賦，所用盍各區分：税賦當委之有司，以給經用；貢獻宜歸乎天子，以奉私求。玄宗悦之，新是二庫。蕩心侈慾，萌柢於茲。迨乎失邦，終以餌寇。《記》[9]曰：“貨悖而入，必悖而出[10]。”豈非其明效歟？

陛下嗣位之初，務遵理道。惇行約儉，斥遠貪饕[11]。雖內庫舊藏，未歸太府[12]；而諸方曲獻[13]，不入禁闈。清風肅然，海內丕變。議者咸謂漢文卻馬[14]、晉武焚裘[15]之事，復見於當今矣。近以寇逆亂常，鑾輿外幸[16]，既屬憂危之運，宜增儆勵之誠。臣昨奉使軍營，出由行殿，忽睹右廊之下，牓列二庫之名。矍然若驚，不識所以。何則？天衢尚梗，師旅方殷[17]。瘡痛呻吟之聲，噢咻[18]未息；忠勤戰守之效，賞賚未行。而諸道貢珍，遽私別庫。萬目所視，孰能忍懷？竊揣軍情，或生觖望[19]。試詢候館[20]之吏，兼採道路之言，果如所虞，積憾已甚。或忿形謗讟[21]，或醜肆謳謠。頗含思亂之情，亦有悔忠之意。是知甿俗昏鄙，識昧高卑，不可以尊極臨，而可以誠義感。頃者，六師初降[22]，百物無儲，外扞兇徒，內防危堞，晝夜不息，迨將五旬，凍餒交侵，死傷相枕，畢命同力，竟夷[23]大艱。良以陛下不厚其身，不私其慾，絕甘以同卒伍，輟食以啗功勞[24]。無猛制而人不攜[25]，懷所感也；無厚賞而人不怨，悉所無也。今者，攻圍已解，衣食已豐，而謠讟方興，軍情稍阻。豈不以勇夫恆性，嗜貨矜功[26]，其患難既與之同憂，而好樂不與之同利，苟異恬默，能無怨讟[27]？此理之常，固不足怪。《記》曰："財散則民聚，財聚則民散[28]。"豈其殷鑒歟？眾怒難任，蓄怨終洩。豈徒人散而已，亦將慮有締奸鼓亂干紀而強取者焉。

夫國家作事，以公共為心者，人必樂而從之；以私奉為心者，人必咈[29]而叛之。故燕昭築金台[30]，天下稱其賢；殷紂作玉杯[31]，百代傳其惡。蓋為人與為己殊也。周文之囿百里，時患其尚小；齊宣之囿四十里，時病其太大[32]。蓋同利與專利異也。為人上者，當辨察茲理，洗濯其心，奉三無私[33]，以壹有眾[34]；人或不率[35]，於是用刑。然則宣其利而禁其私，天子所恃以理天下之具也。捨此不務，而壅利行私，欲人無貪，不可得已。今茲二庫，珍幣所歸。不領度支[36]，是行私也；不給經費，非宣利也。物情[37]離怨，不亦宜乎？

智者因危而建安，明者矯失而成德。以陛下天姿英聖，儻加之見善必遷[38]，是將化蓄怨為銜恩，反過差為至當。促殄遺孽，永垂鴻名，易如轉規，指顧可致。然事有未可知者，但在陛下行與否耳。能則安，否則危；能則成德，否則失道；此乃必定之理也。願陛下慎之惜之。陛下誠能近想重圍之殷憂，追戒平居之專慾[39]。器用取給，不在過豐；衣食所安，必以分下[40]。凡在二庫貨賄，盡令出賜有功。坦然佈懷，與眾同慾。是後納貢，必歸有司；每獲珍華，先給軍賞。瑰異纖麗，一無上供[41]。推赤心於其腹中[42]，降殊恩於其望外。將卒慕陛下必信之賞，人思建功；兆庶悅陛下改過之誠，孰不歸德[43]？如此，則亂必靖，賊必平。徐駕六龍[44]，旋復都邑。興行墜典，整緝棼[45]綱。乘輿有舊儀，郡國有恆賦，天子之貴，豈當憂貧？是乃散其小儲，而成其大儲也；損其小寶，而固其大寶[46]也。舉一事而眾美具，行之又何疑焉？吝少失多，廉賈不處；溺近迷遠，中人所非。況乎大聖應機，固當不俟終日[47]。不勝管窺願效之至，謹陳冒以聞。謹奏。

註釋

1 右：指正文前的提要。唐代進狀的格式，將要論列的人或事扼要地寫在正文之前，“右”字以下才是自己議論的正文。前人文集中多將“右”字前面的提要刪去，有的連同“右”字一併刪去。
2 作法於涼：意謂賦稅從輕。涼，薄。
3 “天子”二句：語出《荀子・大略》：“天子不言多少，諸侯不言利害。”
4 “百乘”二句：語出《禮記・大學》。
5 鳩斂：聚集。
6 “生之”二句：出自《老子》五十一章：“故道生之，德畜之，長之育之，亭之毒之，養之覆之。生而不有，為而不恃，長而不宰，是謂玄德。”
7 撓廢公方：擾亂、敗壞國家的法令。
8 開元：唐玄宗年號（713～741）。
9《記》：指《禮記》。
10 “貨悖”二句：語出《禮記・大學》。
11 貪饕（tāo）：指貪官污吏。
12 太府：唐有太府寺，掌管財貨廩藏。
13 曲獻：私獻，指租賦以外的貢獻。
14 漢文卻馬：據《漢書・賈捐之傳》，有人獻千里馬給漢文帝，文帝謝絕，並給獻馬者路費。
15 晉武焚裘：《晉書・武帝紀》記載，太醫司馬程據獻雉頭裘，晉武帝以此乃異服，為典禮所禁，遂焚之於殿前。
16 寇逆：叛亂者，這裏指朱泚。德宗建中三年（782）淮西李希烈叛唐。建中四年八月，李希烈率軍圍攻襄城（今河南襄城縣），十月，調涇原（今甘肅涇原縣）兵進討，路經長安，朝廷以粗糲餉軍，激起涇原兵嘩變，擁前盧龍節度使朱泚為帝，攻入長安，德宗出逃。鑾輿外幸：天子出逃的委婉説法。
17 “天衢”二句：意謂戰事頻繁，回京的道路還沒開通。
18 噢咻（yō xiū）：安慰痛者發出的聲音。
19 觖（jué）望：怨恨。
20 候館：指驛館。
21 讟（dú）：怨言。
22 初降：剛剛降臨奉天，實指帶衛隊逃跑。
23 夷：平。
24 啗（dàn）功勞：給有功勞的人吃。
25 攜：叛離。
26 嗜貨矜功：貪財誇功。
27 “苟異”二句：意為假若不是恬淡靜默的人，能沒有抱怨嗎？
28 “財散則民聚”二句：出自《禮記・大學》。
29 咈（fú）：違背。
30 燕昭築金台：據《史記・燕昭公世家》，燕昭王為報齊仇，在易水東南築台，置千金於台上，以招延天下賢士，終報齊仇。
31 殷紂作玉杯：《韓非子・喻老》：“昔者紂為象箸而箕子怖，以為象箸必不加於土鉶（盛羹的瓦器），必將犀玉之杯。”含有逐漸貪圖個人奢侈享受之意。
32 “周文”四句：《孟子・梁惠王下》：“文王之囿方七十里，與民同之，民猶以為小；齊宣王之囿方四十里，殺其麋鹿者如殺人之罪，故民以為大。”揚雄《羽獵賦》：“文王囿百里，民以為尚小；齊宣王囿四十里，民以為大，裕民之與奪民也。”
33 三無私：指像天、地、日月那樣無私。《禮記・孔子閒居》：“奉三無私以勞天下。天無私覆，地無私載，日月無私照。”
34 壹有眾：統一眾心。
35 率：遵循。
36 度支：掌管全國財政收支的官員。
37 物情：眾情。
38 見善必遷：《周易・益卦》象傳：“君子以見善則遷，有過則改。”
39 專慾：專恣貪慾。
40 “衣食”二句：《左傳・莊公十年》：“衣食所安，弗敢專也，必以分人。”

41 一無上供：不完全供奉給皇帝。
42 "推赤心"句：《後漢書・光武帝紀》："(光武帝）推赤心置人腹中，安得不投死乎？"
43 歸德：擁戴。
44 六龍：古時天子坐的車套六匹馬。馬八尺稱龍，故作為天子車駕的代稱。漢劉歆《遂初賦》："總六龍於駟房兮，奉華蓋於帝側。"《周易・乾卦》彖傳："時乘六龍以御天。"
45 棼（fén）：亂。
46 大寶：指帝位。《周易・繫辭下》："聖人之大寶曰位。"
47 "況乎"二句：《周易・繫辭下》："君子見幾而作，不俟終日。"幾，預兆。

【鑒賞】

狀是一種應用文體，屬奏疏類，用於陳列事狀，分析利弊，供皇帝選擇採納。此狀上於唐德宗興元元年（784)。瓊林、大盈本是國庫，後成為專供皇帝任意揮霍，賞賜親近的私藏，內儲均為佞臣於國家正稅之外搜刮百姓所得，群眾對此極為不滿。此二庫建中四年（783年）被涇原兵搶劫。其時，德宗因朱泚叛亂逃奔奉天，喘息初定，卻首先想到要恢復此二庫，陸贄以為不當，遂上疏諫諍。蘇軾《乞校正陸贄奏議進御札子》評其曰："聚古今之精英，實治亂之龜鑒。"

作者寫作此狀的意圖是請罷二庫，但他沒有直截了當地提出來。而是從賤貨尊讓，遠利尚廉的聖人立教發端，由遠及近，由虛到實地指出天子治國應"務散發而收其兆庶之心"的基本道理。接下來，他反證這個觀點。從以古語提醒，到列舉四弊端，最後到直斥"崇聚私貨"行為，層層遞近，步步緊逼，聲色俱厲，言語隱有所指。在此基礎上，作者抓住機會，從歷史、現實、理論三個角度對"遽私別庫"作充分的批駁，從而提出"凡在二庫貨賄，盡令出賜有功。坦然佈懷，與眾同慾"的建議，希望它有"散其小儲，而成其大儲"的效果。

這篇狀，高屋建瓴，破立結合地論述了建瓊林，大盈二庫的弊端，勸諫德宗罷此二庫。文章多方對比，駢散結合，氣勢流暢，議論説理絲絲入扣，是理真情摯的佳作。

閻伯理

閻伯理，一本為閻伯理。史書無考，《全唐詩》亦沒有其作品，《黃鶴樓記》作於公元 765 年。

黃鶴樓記

州城西南隅，有黃鶴樓者，《圖經》云：“費禕[1]登仙，嘗駕黃鶴返憩於此，遂以名樓。”事列《神仙》之傳[2]，跡存《述異》之志[3]。觀其聳構巍峨，高標巃嵸，上倚河漢，下臨江流；重簷翼館，四闥霞敞；坐窺井邑，俯拍雲煙，亦荊吳[4]形勝之最也。何必瀨鄉九柱[5]、東陽八詠[6]，乃可賞觀時物、會集靈仙者哉。

刺史兼侍御史、淮西租庸使、荊岳沔等州都團練使，河南穆公名寧，下車而亂繩皆理，發號而庶政其凝。或逶迤退公，或登車送遠，遊必於是，宴必於是。極長川之浩浩，見眾山之纍纍。王氏載懷，思仲宣[7]之能賦；仙蹤可揖，嘉叔偉[8]之芳塵。乃喟然曰：“黃鶴來時，歌城郭之並是；浮雲一去，惜人世之俱非[9]。”有命抽毫，紀茲貞石。時皇唐永泰元年，歲次大荒落，月孟夏，日庚寅也[10]。

註釋

1 費禕（？～253）：字文偉，三國江夏鄳縣（今河南信陽東北）人，曾任蜀漢大將軍、錄尚書事。

2《神仙》之傳：即《神仙傳》，晉代葛洪撰著，廣泛搜集了當世流傳的神仙故事。

3《述異》之志：即《述異記》，題南朝梁任昉作，主要記錄古代筆記、小説中的志怪故事。

4 荊吳：春秋戰國時楚國和吳國的領地，此處泛指長江以南地區。

5 瀨鄉九柱：指位於瀨鄉的老子祠，故址在今河南鹿邑。九柱，屋柱，此處代指屋宇。

6 東陽八詠：指南齊文學家沈約任東陽太守修建的八詠樓。其樓原名元暢樓，因沈約有《登台望秋月》等八詠詩，故稱。

7 仲宣：即東漢文學家王粲，他工詩善賦，所作《登樓賦》名傳後世。

8 叔偉：即荀叔偉，他曾在黃鶴樓上見到仙人駕鶴而至。事詳見《述異記》。

9“乃喟然曰”五句：據晉陶潛《搜神後記》載，漢人丁令威學道成仙，化鶴歸來，落在城門華表柱上。有少年欲射之，鶴乃飛鳴作人言：“有鳥有鳥丁令威，去家千年今始歸，城郭如故人民非，何不學仙塚纍纍。”

10 永泰元年：即公元 765 年。永泰是唐代宗的年號。大荒落：《爾雅》紀年法，太歲運行到地支“巳”的方位。孟夏：四月。庚寅：二十七日。

【鑒賞】

江南有三大名樓，分別是湖北武昌的黃鶴樓，江西南昌的滕王閣和湖南岳陽的岳陽樓。當年滕王閣因王勃的《滕王閣序》聲名益顯，岳陽樓因范仲淹的《岳陽樓記》聞名於世，而黃鶴樓卻因崔顥的《黃鶴樓》詩得以揚名。本文載於北宋時編的《文苑英華》，是現存的有關黃鶴樓最早的碑記。

文章開頭點出黃鶴樓的位置，並據《圖經》、《神仙傳》、《述異記》三部典籍的記載，闡明黃鶴樓名稱的由來。"觀其聳構巍峨"以下數句，描繪黃鶴樓的外部結構，上下遠近結合，內外虛實變化。相對"荊吳"以外的東陽八詠樓和瀨鄉老子祠而言，它具有"賞觀時物"，"會集靈仙"等重要作用。

第二自然段記述刺史穆名寧令自己屬文，作此碑記之事。先述穆名寧的官職、籍貫等。次稱頌其政績，最後從穆名寧的角度眺望河山，追憶當年王粲登當陽樓觸景生情而作《登樓賦》的情事，以引起他囑託閻伯理寫《黃鶴樓記》刻於碑石的行為。前後邏輯嚴密，順理成章。

這篇《黃鶴樓記》不足三百字，卻內容豐富，文采煥然。作者用精練的語言，高度概括了有關黃鶴樓的一切情況，有典故，有景物，有議論，有感慨，層次分明，真實詳贍，給後代留下了珍貴的文獻資料。

韓愈

韓愈（768～824），字退之，河內河陽（今河南孟縣）人。德宗貞元八年（792）進士，曾任監察御史、刑部侍郎等官。韓愈是唐代古文運動的倡導者，提倡散體，務去陳言。其文各體兼擅，遒勁有力，在中國古代散文發展中起重要作用。

原道

博愛之謂仁[1]，行而宜之之謂義[2]，由是而之焉之謂道，足乎己無待於外之謂德[3]。仁與義為定名，道與德為虛位[4]。故道有君子小人[5]，而德有凶有吉[6]。老子之小仁義[7]，非毀之也，其見者小也。坐井而觀天，曰"天小"者，非天小也[8]，彼以煦煦為仁，孑孑為義，其小之也則宜[9]。其所謂道，道其所道，非吾所謂道也；其所謂德，德其所德，非吾所謂德也[10]。凡吾所謂道德云者，合仁與義言之也，天下之公言也；老子之所謂道德云者，去仁與義言之也，一人之私言也。

周道衰，孔子沒，火於秦[11]，黃老於漢[12]，佛於晉、魏、梁、隋之間[13]，其言道德仁義者，不入於楊，則入於墨[14]；不入於老，則入於佛[15]。入於彼，必出於此。入者主之，出者奴之，入者附之，出者污之。噫！後之人其欲聞仁義道德之說，孰從而聽之？老者曰："孔子，吾師之弟子也[16]。"佛者曰："孔子，吾師之弟子也[17]。"為孔子者[18]，習聞其說，樂其誕而自小也[19]，亦曰："吾師亦嘗師之云爾。"不惟舉之於其口，而又筆之於其書[20]。噫！後之人雖欲聞仁義道德之說，其孰從而求之？甚矣，人之好怪也！不求其端，不訊其末[21]，惟怪之欲聞。古之為民者四，今之為民者六[22]；古之教者處其一，今之教者處其三[23]。農之家一，而食粟之家六；工之家一，而用器之家六；賈之家一，而資焉之家六。奈之何民不窮且盜也！

古之時，人之害多矣。有聖人者立，然後教之以相生養之道：為之君，為之師，驅其蟲蛇禽獸而處之中土；寒然後為之衣，飢然後為之食；木處而顛，土處而病也，然後為之宮室；為之工以贍其器用，為之賈以通其有無，為之醫藥以濟其夭死，為之葬埋祭祀以長其恩愛，為之禮以次其先後，為之樂以宣其湮鬱[24]，為之政以率其怠倦，為之刑以鋤其強梗。相欺也，為之符璽斗斛權衡以信之；相奪也，為之城郭甲兵以守之。害至而為之備，患生而為之防。今其言曰："聖人不死，大盜不止，剖斗折衡，而民不爭[25]。"嗚呼！其亦不思而已矣！如古之無聖人，人之類滅久矣。何也？無羽毛鱗介以居寒熱也，無爪牙以爭食也。是故君者，出令者也；臣者，行君之令而致之民者也；民者，出粟米麻絲，作器皿，通貨財，以事其上者也。君不出令，則失其所以為君；臣不行君之令而致之民[26]，民不出粟米麻絲，作器皿，通貨財，以事其上，則誅[27]。今其法曰[28]："必棄而君臣[29]，去而父子，禁而相生養之道，以求其所謂清淨寂滅者[30]。"嗚呼！其亦幸而出於三代之後，不見黜於禹、湯、文、武、周公、孔子也；其亦不幸而不出於三代之前，不見正於禹、湯、文、武、周公、孔子也。

帝之與王，其號名殊，其所以為聖一也[31]。夏葛而冬裘，渴飲而飢食，其事殊[32]，其所以為智一也。今其言曰："曷不為太古之無事[33]？"是亦責冬之裘者曰："曷不為葛之之易也！"責飢之食者曰："曷不為飲之之易也！"傳曰[34]："古之欲明明德於天下者，先治其國；欲治其國者，先齊其家；欲齊其家者，先修其身；欲修其身者，先正其心；欲正其心者，先誠其意[35]。"然則古之所謂正心而誠意者，將以有為也。今也欲治其心，而外天下國家，滅其天常[36]，子焉而不父其父，臣焉而不君其君，民焉而不事其事。孔子之作《春秋》也，諸侯用夷禮則夷之，進於中國則中國之[37]。經曰："夷狄之有君，不如諸夏之亡[38]。"詩曰："戎狄是膺，荊舒是懲[39]。"今也舉夷狄之法，而加之先王之教之上，幾何其不胥而為夷也[40]。

夫所謂先王之教者，何也？博愛之謂仁，行而宜之之謂義，由是而之焉之謂道，足乎己無待於外之謂德。其文：《詩》、《書》、《易》、《春秋》；其法：禮、樂、刑、政；其民：士、農、工、賈；其位：君臣、父子、師友、賓主、昆弟、夫婦；其服：麻、絲；其居：宮、室；其食：粟米、果蔬、魚肉。其為道易明，而其為教易行也。是故以之為己，則順而祥；以之為人，則愛而公；以之為心，則和而平；以之為天下國家，無所處而不當。是故生則得其情，死則盡其常，郊焉而天神假，廟焉而人鬼饗[41]。曰："斯道也，何道也？"曰"斯吾所謂道也，非向所謂老與佛之道也。堯以是傳之舜，舜以是傳之禹，禹以是傳之湯，湯以是傳之文、武、周公，文、武、周公傳之孔子，孔子傳之孟軻，軻之死，不得其傳焉。荀與揚也，擇焉而不精，語焉而不詳[42]。由周公而上[43]，上而為君，故其事行；由周公而下[44]，下而為臣，故其說長[45]。"

然則如之何而可也？曰："不塞不流，不止不行[46]。人其人[47]，火其書，廬其居[48]，明先王之道以道之[49]，鰥寡孤獨廢疾者有養也[50]。其亦庶乎其可也！"

註釋

1 博愛之謂仁：《論語・顏淵》："樊遲問仁。子曰：'愛人。'"《孟子・離婁下》："仁者愛人。"儒家講仁政，在於修身、齊家、治國、平天下的社會作用。仁為博愛，源於此。

2 宜：指合乎人情事理。《禮記・中庸》："義者，宜也。"

3 "由是而之焉"二句：是，即仁義。之，往，引申為進修。足乎己，有了足夠的自我修養。韓愈解釋道德是以仁義為出發點的，即下文所云："凡吾所謂道德云者，合仁與義言之也。"

4 "仁與義"二句：儒家講仁義，有其具體的內容，故曰定名。而道德則可作各種的解釋，故曰虛位。

5 道有君子小人：《易經・泰卦》彖傳："君子道長，小人道消也。"

6 德有凶有吉：《左傳》文公十八年："孝敬忠信為吉德，盜賊藏奸為凶德。"

7 老子之小仁義：《老子》："大道廢，有仁義。""失道而後德，失德而後仁，失仁而後義，失義而後禮。"

8 "坐井而觀天"三句：《太平御覽》卷六引《尸子》："自井中視星，所見不過數星；自丘上以望，則見始出也。非明益也，勢使然也。"這裏化用其意。

9 "彼以煦煦為仁"三句：老子也說仁義，但卻降低了仁義的標準。煦煦，言辭溫婉，顏色和悅的樣子；孑孑，瑣屑細小的樣子。

10 "其所謂道"六句：老子所謂的道德和我所說的道德不一樣。《老子》所講的道德大意是清靜無為、委運任化。

11 火於秦：《史記・秦始皇本紀》記載：秦始皇三十四年（前 213），李斯奏請："史官非秦記皆燒之，非博士官所職，天下敢有藏《詩》、《書》、百家語者，悉詣守、尉雜燒之。……制曰：可。"

12 黃老於漢：黃老，指黃帝、老子學說。此指漢初奉行黃帝、老子的無為而治的思想。

13 佛於晉、魏、梁、隋之間：佛教自東漢明帝時傳入中國；曹魏時，已有人剃髮為僧；晉武帝時，翻譯佛經甚多；梁武帝崇奉佛法，佛教大為盛行；隋文帝開皇元年（581），普詔天下，聽任人民出家，並計口出錢，營造佛像。

14 "不入於楊"二句：指周末學術界的情況。《孟子・滕文公下》："楊朱、墨翟之言盈天下，天下之言不歸楊則歸墨。"楊、墨學說在戰國時頗為流行。

15 "不入於老"二句：指兩漢以來佛老學說的盛行。漢代尚黃老，魏晉以後，佛教盛行；而清談之士，則以老、莊為宗，形成玄學一派。

16 "老者曰"三句：《莊子・天運》："孔子行年五十有一而不聞道，乃南之沛見老聃（即老子）。"葛洪《神仙傳》亦載孔子師事老子事。老者，奉行老子學說的人。

17 "佛者曰"三句：唐僧法琳《破邪論》引《清淨法行經》云："佛遣三弟子震旦（即支那）教化：儒童菩薩，彼稱孔子；光淨菩薩，彼稱顏回；摩訶迦葉，彼稱老子。"《清淨法行經》係僧教徒所撰偽經。

18 為孔子者：信奉孔子學說的人。

19 誕：荒唐欺詐。自小：自卑。

20 "吾師亦嘗師之云爾"三句：孔門之人也說孔子曾向老子問禮，並用老子之言教曾參。見《禮記・曾子問》孔子適周，問禮於老子。事見《史記・老莊申韓列傳》及《孔子家語・觀周篇》。韓愈自己也曾說過："聖人無常師，孔子師郯子、萇弘、師襄、老聃。"(《師説》)舉，稱述；筆，書寫。

21"不求其端"二句：不考察其原委。下文論述禮樂刑政的由來，駁斥老子還淳返樸的主張和佛教清淨寂滅的教義，即求端訊末。

22"古之為民者四"二句：《春秋穀梁傳》成公元年："古者有四民：有士民，有商民，有農民，有工民。"今加上僧、道，故稱之為六。

23"古之教者"二句：古代只有先王之教即儒教一種，而現在儒、釋、道三教並存。

24 湮鬱：情志淤塞。

25"聖人不死"四句：語見《莊子・胠篋》。

26 臣不行君之令而致之民：其下當有"則失其所以為臣"句。

27 誅：責罰。

28 其法：指佛法。

29 而：同"爾"，汝。

30 清淨寂滅：指佛教教義。《俱捨論》卷十六："諸身語意三種妙行，名身語意三種清淨，暫永遠離一切惡行煩惱垢，故名為清淨。"寂滅，即梵語涅槃，意謂本體寂靜，離一切諸相。《無量壽經》："超出世間，深樂寂滅。"

31"帝之與王"三句：意謂堯、舜、湯、文、武稱王，時代不同，名號各異，而有功德於人民則相同。他們所以有功德，在於能因時制宜，作者以此駁斥道家"太古無事"之説。

32 其事殊：他本作"其事雖殊"。

33"今其言曰"二句：指《老子》主張的無為而治。

34 傳：此指《禮記》。

35"古之欲明明德"十句：出自《禮記・大學》。

36 天常：即天倫。

37"孔子之作《春秋》也"三句：《春秋》所記載的史實含有寓意，以中國為本位，嚴華夷之辨：凡中國諸侯用夷禮的，孔子就把它看成夷，而夷人能知慕中國風俗禮節的，則把它看成中國。《春秋公羊傳》多闡釋此意。夷，舊時中原諸夏對邊遠少數民族的通稱；中國，上古指中原地區的諸侯國，稱諸夏。

38"經曰"三句：語見《論語・八佾》。邢昺《疏》："言夷狄雖有君長而無禮義，中國雖偶無君，若周、召共和之年，而禮義不廢。"《論語》為七經(《詩》《書》《禮》《樂》《易》《春秋》《論語》)之一，故稱"經曰"。

39"戎狄是膺"二句：見《詩經・魯頌・閟宮》。膺，抗擊。

40"幾何"句：意謂這樣豈不是大家都要去做夷人嗎？

41"郊焉而天神假"二句：祭天曰郊。假，讀作 gé，通"格"，降臨的意思。廟：此指祭祖廟。人鬼：即祖宗。

42 荀：荀卿。揚：揚雄。

43 由周公而上：指堯、舜、禹、湯、文、武。

44 由周公而下：指孔、孟。

45 長：此指流傳。

46"不塞不流"二句：意謂如果不阻止佛老之道，那麼儒家的聖人之道不得流行。

47 人其人：意謂勒令宗教徒還俗，從事生產，盡人民所應盡的完糧、納税、服役的義務。

48 廬其居：把寺觀廟宇改為民用的房屋廬舍。

49 道之：引導他們。道，同"導"；之，此指百姓，人民。

50"鰥(guān)寡孤獨廢疾"句：《孟子・梁惠王下》："老而無妻曰鰥，老而無夫曰寡，老而無子曰獨，幼而無父曰孤。此四者，天下之窮民而無告者，文王發政施仁，必先斯四者。"

【鑒賞】

《原道》是韓愈闡發社會政治倫理道德的論説文之一。主旨是排斥佛老思想，恢復儒家仁義道德的正統觀念。

文章首先從仁、義、道、德入手，指出老子的"道德"與韓愈倡導的儒家仁義道德在原則上的不同。接着轉入對古代思想史的考察：周朝衰微，孔子逝世，秦焚書坑儒，漢盛行黃老，佛教則風靡魏、晉、梁、隋之間。數代以來，儒學不興。後人欲聽仁義道德之說，已無所得處。

針對這種情況，韓愈主張興儒學斥佛老。他認為佛老學說，給人們帶來沉重的經濟負擔，造成社會的不穩定；而儒家君君臣臣的規範則具有合理性，有利於維護社會結構的穩定。韓愈總結出提高個人修養和個人對社會的責任感是社會穩定、天下太平的重要手段。所謂"古之欲明明德於天下者，先治其國；欲治其國者，先齊其家；欲齊其家者，先修其身；欲修其身者，先正其心；欲正其心者，先誠其意"，說的就是這個意思。

最後，韓愈肯定仁義道德的社會價值是："以之為己，則順而祥；以之為人，則愛而公；以之為心，則和而平；以之為天下國家，無所處而不當。"並提出對待佛老的方式是："人其人，火其書，廬其居。"

本文論述過程一氣呵成，痛快淋漓。對佛老的批判，深入尖銳，有理有據。恰如柳宗元所評"猖狂恣睢"（《柳河東集》卷三十四）。

原毀

古之君子[1]，其責己也重以周，其待人也輕以約[2]。重以周，故不怠；輕以約，故人樂為善。聞古之人有舜者，其為人也，仁義人也[3]；求其所以為舜者[4]，責於己曰："彼，人也；予，人也。彼能是，而我乃不能是[5]！"早夜以思，去其不如舜者，就其如舜者。聞古之人有周公者，其為人也，多才與藝人也[6]；求其所以為周公者，責於己曰："彼，人也；予，人也。彼能是，而我乃不能是！"早夜以思，去其不如周公者，就其如周公者。舜，大聖人也，後世無及焉；周公，大聖人也，後世無及焉。是人也，乃曰："不如舜，不如周公，吾之病也。"是不亦責於身者重以周乎！其於人也，曰："彼人也，能有是，是足為良人矣；能善是，是足為藝人矣。"取其一不責其二，即其新不究其舊[7]，恐恐然惟懼其人之不得為善之利[8]。一善，易修也，一藝，易能也，其於人也，乃曰："能有是，是亦足矣。"曰："能善是，是亦足矣。"不亦待於人者輕以約乎！

今之君子則不然，其責人也詳，其待己也廉[9]。詳，故人難於為善；廉，故自取也少[10]。己未有善，曰："我善是，是亦足矣。"己未有能，曰："我能是，是亦足矣。"外以欺於人，內以欺於心，未少有得而止矣，不亦待其身者已廉乎[11]！其於人也，曰："彼雖能是，其人不足稱也；彼雖善是，其用不足稱也[12]。"舉其一不計其十[13]，究其舊不圖其新[14]，恐恐然惟懼其人之有聞也[15]。是不亦責於人者已詳乎！夫是之謂不以眾人待其身[16]，而以聖人望於人，吾未見其尊己也。

雖然，為是者，有本有原，怠與忌之謂也，怠者不能修[17]，而忌者畏人修。吾常試之矣。嘗試語於眾曰："某良士[18]。某良士。"其應者[19]，必其人之與也[20]；不然，則其所疏遠不與同其利者也[21]；不然，則其畏也。不若是，強者必怒於言[22]，懦者必怒於色矣[23]。又嘗語於眾曰："某非良士。某非良士。"其不應者，必其人之與也；不然，則其所疏遠不與同其利者也；不然，則其畏也。不若是，強者必説於言[24]，懦者必説於色矣。是故事修而謗興，德高而毀來。

嗚呼！士之處此世，而望名譽之光、道德之行[25]，難已！將有作於上者[26]，得吾説而存之[27]，其國家可幾而理歟[28]！

註釋

1 君子：道德品質高尚的人。
2"其責己也"二句：《論語・衛靈公》："子曰：'君子躬自厚而薄責於人。'" 重以周，嚴格而詳盡。
3 仁義人也：《孟子・離婁下》："舜明於庶物，察於人倫，由仁義行，非行仁義也。"
4 求其所以為舜者：探求舜之所以成為舜的道理。
5"彼，人也"六句：《孟子・離婁下》："孟子曰：'……舜，人也，我，亦人也；舜為法於天下，可傳於後世，我由未免為鄉人也。'" 又《孟子・滕文公上》："顏淵曰：'舜何人也，予何人也，有為者亦若是。'"
6 多才與藝人也：這裏借用《尚書・金縢》紀周公之言："予仁若考，能多材多藝，能事鬼神。"
7"即其新"句：只考慮現在好的表現，而不追究其過去。
8 恐恐然：惶恐不安的樣子。不得為善之利：得不到做好事應得的表揚。
9 廉：這裏指要求不高。
10 自取也少：自己得益就少。
11 已廉：太少。
12 用：才能。
13 舉其一不計其十：偏舉別人的一個缺點，而不管他有其他諸多優點。
14 圖：考慮。
15 聞（wèn）：聲望，名譽。
16 不以眾人待其身：不以一般人的標準來要求自己。
17 修：品德修養。
18 良士：賢人。
19 應：響應。
20 與：黨與。
21 不與同其利者：同他沒有利害關係的人。
22 怒於言：在言語中表示出憤怒。
23 怒於色：流露出憤怒的表情。
24 説：同"悦"，高興。
25 行：貫徹。
26 將有作於上者：佔據高位而將要有所作為的人。
27 存之：記在心中。
28 幾：庶幾，希冀之詞。

【鑒賞】

中唐時代，知識分子群中滋生出一種嫉賢妒能的惡習，他們對別人求全責備，對自己處處寬容。韓愈針對這種情況，寫了《原毀》一文，力圖糾正這種不良風氣。

文章第一段先說："古之君子，其責己也重以周，其待人也輕以約。"然後圍繞古之君子責己與待人的態度展開論述。首論責己，以古代聖賢舜和周公為例，說明古代君子去掉自己身上聖人的缺點是責己重以周的表現。次論待人，說明古代君子對待別人"取其一不責其二，即其新不究其舊，恐恐然惟懼其人之不得為善之利"。這正是他們待人輕以約的表現。

第二段作者筆鋒一轉，談到"今之君子則不然，其責人也詳，其待己也廉"。接着論述今之君子對待自己"外以欺於人，內以欺於心，未少有得而止矣"，而對待他人"舉其一不計其十，究其舊不圖其新，恐恐然惟懼其人之有聞也"。所以今之君子對自己比對普通人要求低，而對他人卻拿聖人做標準。

第三段探究出現這種現象的根源，指出"怠者不能修，而忌者畏人修"，所以今之君子待己廉而責人詳。作者為了加強這一論斷的說服力，又藉兩次"嘗試語於眾"揭露社會上嫉賢妒能的陋習，並指出這種不良風氣的惡果便是"事修而謗興，德高而毀來"。

最後一段交待本文的寫作目的是呼籲當權者重視這件事，並採取有效措施糾正讒謗的不正之風。

文章結構嚴謹，論證邏輯性強，說理深入透徹。

馬說

世有伯樂，然後有千里馬。千里馬常有，而伯樂不常有。故雖有名馬，只辱於奴隸人之手[1]，駢死於槽櫪之間[2]，不以千里稱也[3]。

馬之千里者，一食或盡粟一石[4]，食馬者不知其能千里而食也[5]。是馬也，雖有千里之能，食不飽，力不足，才美不外見[6]，且欲與常馬等不可得[7]，安求其能千里也！

策之不以其道[8]，食之不能盡其材，鳴之而不能通其意，執策而臨之[9]曰："天下無馬[10]。"嗚呼！其真無馬邪？其真不知馬邪？

註釋

1 只辱於奴隸人之手：意思是只能在役夫手下受鞭打淩辱。奴隸人，這裏指牧馬駕車的役夫。
2 駢（pián）：並列，這裏是指與其他馬一起。槽櫪（lì）：馬槽。
3 不以千里稱：不被認作千里馬。
4 一食：每吃一頓。或：也許。
5 食（sì）馬者：養馬的人。食，同"飼"，餵養。
6 才美：出色的才能。見：同"現"，表現出來。
7 且：或，也許。
8 策：馬鞭。用作驅趕。其道：指適應千里馬的方法。
9 執策而臨之：拿着馬鞭面對千里馬。
10 馬：特指千里馬。

【鑒賞】

本文是一篇寓意深刻的諷刺小品。前人評其曰："起如風雨驟至，結如煙波浩渺。寥寥短章，變態無常。而庸耳俗目，一齊寫盡。"（清蔡鑄《蔡氏古文評註補正全集》）文章立意構思新穎獨特，設喻巧妙恰當。

第一段論述伯樂之於千里馬的重要性。接下來論述千里馬不易被發現的原因。最後，作者總結到飼馬者"策之不以其道，食之不能盡其材，鳴之而不能通其意"，這樣即使他面對着千里馬，也說天下沒有千里馬。那麼究竟是天下真沒有千里馬，還是人們並不瞭解千里馬呢？文中千里馬實喻傑出的人才，伯樂則喻善於發現人才的當權者。

本文雖以千里馬與伯樂為喻，感情色彩卻十分強烈。這與韓愈本人在仕途上的坎坷經歷息息相關，是內心鬱積的憤懣的外洩。

師說

古之學者必有師。師者，所以傳道、受業、解惑也[1]。人非生而知之者，孰能無惑[2]？惑而不從師，其為惑也，終不解矣。

生乎吾前，其聞道也，固先乎吾[3]，吾從而師之；生乎吾後，其聞道也，亦先乎吾，吾從而師之。吾師道也，夫庸知其年之先後生於吾乎[4]？是故無貴無賤，無長無少，道之所存，師之所存也。

嗟乎！師道之不傳也久矣！欲人之無惑也難矣！古之聖人，其出人也遠矣[5]，猶且從師而問焉；今之眾人，其下聖人也亦遠矣[6]，而恥學於師。是故聖益聖，愚益愚。聖人之所以為聖，愚人之所以為愚，其皆出於此乎[7]！

愛其子，擇師而教之；於其身也，則恥師焉，惑矣。彼童子之師，授之書而習其句讀者也[8]，非吾所謂傳其道解其惑者也。句讀之不知，惑之不解，或師焉，或不焉[9]，小學而大遺[10]，吾未見其明也。

巫醫樂師百工之人[11]，不恥相師。士大夫之族[12]，曰師曰弟子云者，則群聚而笑之。問之，則曰："彼與彼年相若也[13]，道相似也，位卑則足羞，官盛則近諛[14]。"嗚呼！師道之不復，可知矣！巫醫樂師百工之人，君子不齒[15]，今其智乃反不能及，其可怪也歟？

聖人無常師[16]。孔子師郯子、萇弘、師襄、老聃[17]。郯子之徒，其賢不及孔子。孔子曰："三人行，則必有我師[18]。"是故弟子不必不如師，師不必賢於弟子，聞道有先後，術業有專攻，如是而已。

李氏子蟠[19]，年十七，好古文，六藝經傳[20]皆通習之，不拘於時[21]，學於余。余嘉其能行古道，作《師說》以貽之。

註釋

1 道：即儒家之道。受：同"授"。業：儒家的經典。惑：指道和業兩方面的疑難問題。
2 孰：誰。
3 聞道：懂得道。《論語・里仁》："子曰：'朝聞道，夕死可矣。'"
4 庸知：豈知。
5 出人：超出於一般人。
6 下聖人：低於聖人。
7 此：指"從師而問"和"恥學於師"的兩種態度。
8 句讀（dòu）：凡書文語意盡處，謂之句；語意未盡，而誦時須略作停頓處，謂之讀。讀，通"逗"。
9 不：同"否"。
10 小學而大遺：學了小的而丟棄了大的。
11 百工之人：泛指各種手工業者。
12 士大夫之族：指當時社會上層人士。
13 相若：相近。
14 "位卑"二句：意思是以位卑於己的人為師，則有失身份，感到恥辱；以大官為師，則又有諂諛的嫌疑。
15 不齒：不屑與之同列。
16 常師：固定的老師。
17 郯（tán）子：春秋時郯國的國君，傳為古帝少皞氏之後。郯子朝魯，談及少皞氏時代以鳥名官的文獻，孔子從而學之。事見《左傳》昭公十七年。萇弘：周敬王時大夫。孔子至周，訪樂於萇弘。見《孔子家語・觀周》。師襄：魯國樂官，孔子曾從他學琴。
18 "三人行"二句：《論語・述而》："子曰：'三人行，必有我師焉，擇其善者而從之，其不善者而改之。'"
19 李蟠（pán）：韓愈的弟子。
20 六藝經傳：六經的經文和傳文。六藝，即以六經為教材，所傳習的禮、樂、射、御、書、數六種技能。
21 不拘於時：指沒有受到時代恥於從師風氣的影響。

【鑒賞】

柳宗元《答韋中立論師道書》中說："今之世，不聞有師；有輒嘩笑之，以為狂人。獨韓愈奮不顧流俗，犯笑侮，收召後學，作《師說》，因抗顏而為師。"韓愈敢於觸犯流俗，寫了這篇《師說》，在當時確實是冒天下之大不韙的事情，而這篇文章對社會上恥為人師現象的批判，有極重要的現實意義。

文章首先正面論述從師的必要性。作者首先指出“古之學者必有師”，老師的作用是“傳道、授業、解惑”。既如此，“人非生而知之者”，就需要有老師來解決疑難問題。然而就老師而言，並無長幼貴賤之分，“道之所存，師之所存”。

接下來論述當時師道不存的情況。先以“古之聖人”與“今之眾人”對比，指出賢愚的差異在於是否從師。接着舉例說士大夫自己恥師，卻為其子延師，而老師之所傳又為句讀，並不是傳道、授業、解惑。所以造成“小學而大遺”的情況。最後，作者以“巫醫樂師百工之人，不恥相師”反襯士大夫之族不肯恢復師道，並以孔子師郯子、萇弘、師襄、老聃為例，進一步論述“道之所存，師之所存”。

文章最後，交代寫作此文的緣由，讚賞李蟠能衝破流俗學習前人的精神。

全文論述過程平易流暢。恰如劉熙載《藝概・文概》中所言：“說理論事，涉於遷就，便是本領不濟，看昌黎文老實說出緊要處，自使用巧騁奇者望之辟易。”可見，此文貌似平常，卻有十分強大的說服力，內中蘊含着一種磅礴的氣勢。

進學解

國子先生晨入太學[1]，招諸生立館下[2]，誨之曰：“業精於勤荒於嬉，行成於思毀於隨[3]。方今聖賢相逢，治具畢張[4]。拔去凶邪[5]，登崇畯良[6]。佔小善者率以錄[7]，名一藝者無不庸[8]。爬羅剔抉[9]，刮垢磨光[10]。蓋有幸而獲選，孰云多而不揚？諸生業患不能精，無患有司之不明[11]；行患不能成，無患有司之不公。”

言未既，有笑於列者曰：“先生欺余哉！弟子事先生，於茲有年矣。先生口不絕吟於六藝之文，手不停披於百家之編；記事者必提其要，纂言者必鈎其玄[12]；貪多務得，細大不捐[13]；焚膏油以繼晷，恒兀兀以窮年[14]。先生之於業，可謂勤矣。抵排異端，攘斥佛老[15]；補苴罅漏，張皇幽眇[16]；尋墜緒之茫茫，獨旁搜而遠紹[17]；障百川而東之，回狂瀾於既倒[18]。先生之於儒，可謂有勞矣。沉浸醲郁，含英咀華[19]。作為文章，其書滿家。上規姚姒，渾渾無涯[20]，周誥殷盤，佶屈聱牙[21]，《春秋》謹嚴，《左氏》浮誇[22]，《易》奇而法，《詩》正而葩[23]，下逮《莊》、《騷》，太史所錄，子雲、相如，同工異曲。先生之於文，可謂閎其中而肆其外矣[24]。少始知學，勇於敢為；長通於方，左右具宜[25]。先生之於為人，可謂成矣。然而公不見信於人，私不見助於友。跋前躓後，動輒得咎[26]。暫為御史，遂竄南夷。三年博士，冗不見治[27]。命與仇謀，取敗幾時。冬暖而兒號寒，年豐而妻啼飢。頭童齒豁，竟死何裨[28]？不知慮此，而反教人為？”

先生曰：“吁！子來前！夫大木為宋[29]，細木為桷，欂櫨侏儒，椳闑扂楔，各得其宜，施以成室者，匠氏之工也。玉札丹砂，赤箭青芝，牛溲馬勃，敗鼓之皮[30]，俱收並蓄，待用無遺者，醫師之良也。登明選公，雜進巧拙，紆餘為妍，卓犖為傑，校短量長，惟器是適者，宰相之方也[31]。昔者孟軻好辯，孔道以明，轍環天下，卒老於行；荀卿守正，大論是弘，逃讒於楚，廢死蘭陵[32]。是二儒者，吐辭為經，舉足為法，絕類離倫，優入聖域[33]，其遇於世何如也？今先生學雖勤，而不繇其統；言雖多，而不要其中；文雖奇，而不濟於用；行雖修，而不顯於眾。猶且月費俸錢，歲靡廩粟[34]。子不知耕，婦不知織。乘馬從徒，安坐而食。踵常途之促促[35]，窺陳編以盜竊。然而聖主不加誅，宰臣不見斥，茲非其幸歟！動而得謗，名亦隨之，投閒置散，乃分之宜[36]。若夫商財賄之有亡，計班資之崇庳[37]，忘己量之所稱，指前人之瑕疵，是所謂詰匠氏之不以杙為楹[38]，而訾醫師以昌陽引年[39]，欲進其豨苓也[40]。”

註釋

1 國子：國子學。國子監是唐代設在京都的最高學府，下轄國子學、太學、四門學、律學、書學、算學和廣文館，各置博士教官。韓愈當時任國子學博士。

2 館：學舍。

3 業：學業。隨：因循隨俗。

4 治具：指法律政策。

5 拔去：除掉。

6 登崇：推重。畯良：德才兼備的人。

7 佔小善者：只有一點優點的人。率以錄：都已錄用。

8 庸：通“用”，任用。

9 爬羅：爬梳，搜羅。剔抉（jué）：剔除不好的，挑選好的。

10 刮垢磨光：刮去污垢，磨出光澤，指造就人才。

11 有司：主管官吏。

12 記事者：指史書類記事性著作。要：要點。纂言者：輯錄古人言論的理論性的著作。鉤：探索。玄：深奧的義理。

13 捐：棄。

14 晷（guǐ）：日影。兀兀（wù）：勞苦。窮年：一年到頭。

15 抵排：排斥。異端：此指儒家以外的其他學説。攘斥：排斥。佛老：佛教和道教。

16 補苴（jū）：彌補。罅（xià）漏：裂縫，缺漏。幽眇：深奧隱微。

17 墜緒：中斷了的儒家道統。紹：繼承。

18 障：堵。東之：使百川向東流。

19 醲郁：這裏指內容醇厚的作品。咀（jǔ）：細嚼。

20 規：取法。姚姒（sì）：虞舜姓姚，夏禹姓姒。此指《尚書》中的《虞書》、《夏書》。渾渾：深厚博大的樣子。涯：極限。

21 周誥：指《尚書》中的〈大誥〉、〈康誥〉、〈酒誥〉、〈召誥〉、〈洛誥〉等篇。殷盤：指《尚書》中的〈盤庚〉篇，這裏借指商書。佶（jié）屈聱（áo）牙：文句艱澀生硬，讀起來不順口。佶，曲折；聱牙，拗口。

22《春秋》謹嚴：《春秋》語言十分簡潔，用詞很講究，常常寓褒貶於一字之中，故稱謹嚴。《左氏》浮誇：《左氏》即《左傳》，因《左傳》比《春秋》記事詳盡，所以韓愈認為其文辭鋪張，不如《春秋》言簡意賅，故言"浮誇"。

23《易》奇而法：《周易》作於西周末年，有着完整的思想體系，故稱奇妙而有法則。《詩》：《詩經》。正：雅正，即孔子所説的"思無邪"。葩（pā）：花，形容辭藻華麗。

24 閎（hóng）：宏大。中：指文章的內容。肆：恣肆。外：指文章的形式。

25 方：義方，舊指行事應該遵守的規矩法度。具：都。宜：適宜。

26 跋前躓後：跋，踐踏。躓，跌倒。語出《詩經・豳風・狼跋》："狼跋其胡（頷下的懸肉），載躓其尾。"意謂狼前進就踩着頷下的懸肉，後退就被尾巴絆住，形容處境艱難。

27 冗不見（xiàn）治：指擔任的閒散官職，不能表現出政治才能。

28 頭童齒豁：頭髮禿了，牙齒脱落。裨：補益。

29 宗（máng）：屋樑。

30 桷（jué）：屋椽。欂櫨（bó lú）：斗栱，即柱頂上承托樑的方木。侏儒：樑上的短柱。椳（wěi）：承門樞的門臼。闑（niè）：門中央所立的短木，用以阻住門扇。扂（diàn）：門栓。楔（xiè）：古代門兩旁所豎的長木柱。赤箭：天麻。青芝：即龍芝，是延年益壽的補藥。牛溲：車前草。馬勃：馬屁菌，可治惡瘡。敗鼓之皮：年久敗壞的鼓皮，可治蠱毒。

31 紆餘：婉轉。妍：美好。卓犖（luò）：超群出眾。方：治國之術。

32"荀卿"四句：《史記・荀卿列傳》："齊襄王時，而荀卿最為老師，齊尚修列大夫之缺，而荀卿三為祭酒焉。齊人或讒荀卿，荀卿乃適楚，而春申君以為蘭陵令。春申君死而荀卿廢，因家蘭陵。"守正，遵循正道。

33 絕類離倫：指超出一般人。優入聖域：進入聖人的境地，綽綽有餘。

34 靡：耗費。廩（lǐn）：米倉。

35 促促：拘謹的樣子。

36 投閒置散，乃分（fèn）之宜：安置在閒散的職位上，是理所當然的。

37 班資：班次，指官位的品次。崇庳（bèi）：高低。

38 杙（yì）：小木橛。楹：柱。

39 訾（zǐ）：詆譭。昌陽：即昌蒲，舊説久服可以長壽。

40 豨（xī）苓：菌類植物，利尿藥，作用與昌陽相反。

【鑒賞】

本文作於韓愈在長安任國子學博士期間。全文以問答方式綴結而成，同東方朔的《答客難》、揚雄的《解嘲》一脈相承，但又自出新意，藉勸勉學生刻苦學習抒發個人懷才不遇的憤懣。

第一段是國子先生勉勵諸生的話。大意是學業精於勤奮，荒於嬉戲；為人行事成於不斷思考，毀於隨隨便便。現在正是聖主賢臣勵精圖治，選拔人才的時候，諸生應努力修習"業"和"行"，以備入選，而不必擔心有司的不明和不公。

第二段是諸生對國子先生以上教誨提出的質疑。他們説：先生您為學勤奮，多年來精研六經和諸子百家之書，敍事文記其要略，論説文究其深義；您力排佛老，有功於儒道；您吸取諸家文章長處，寫作古文得心應手；您勇於敢為，處事有成。但是您卻"公不見信於人，私不見助於友"，常常處在"跋前躓後，動輒得咎"的窘困狀態中。

接下來便藉諸生之口，描繪了韓愈一生坎坷曲折的經歷，敍説他的悲憤之情和不平之鳴：韓愈經四次進士試才及第，又三次在吏部調試未得官，他投靠方鎮過着幕僚的生活，直到三十五歲才得一四門博士的小官，不久任到監察御史，但同年冬即被貶為陽山縣令。三年後雖調回長安任博士，卻久困於讒言譏謗，始終不能施展懷抱。到寫作《進學解》時，他已"頭童齒豁"，沒有多少精力了。

第三段是國子先生回答諸生的話。大意是表達自己雖被閒置，但並不抱怨甚麼，而且以在寫作和教授古文上的成就而自豪。

《進學解》創造了許多今天常用的成語，如"貪多務得"、"細大不捐"、"含英咀華"、"佶屈聱牙"、"動輒得咎"等等，這是韓愈在古文運動中在語言方面作出的重要貢獻。

獲麟解

麟之為靈，昭昭也[1]。詠於《詩》[2]，書於《春秋》[3]，雜出於傳記百家之書，雖婦人小子，皆知其為祥也。

然麟之為物，不畜於家，不恆有於天下。其為形也不類，非若馬、牛、犬、豕、豺、狼、麋、鹿然[4]。然則雖有麟，不可知其為麟也。角者，吾知其為牛；鬣者，吾知其為馬[5]；犬、豕、豺、狼、麋、鹿，吾知其為犬、豕、豺、狼、麋、鹿。惟麟也不可知。不可知，則其謂之不祥也亦宜。雖然，麟之出，必有聖人在乎位，麟為聖人出也。聖人者，必知麟。麟之果不為不祥也[6]。

又曰：麟之所以為麟者，以德不以形。若麟之出不待聖人，則謂之不祥也亦宜。

註釋

1 麟：古之"四靈"之一。狀如鹿，牛尾，狼額，馬蹄，五彩腹。性情柔和。昭昭：明白。

2 詠於《詩》:《詩經》中有《周南・麟之趾》。

3 書於《春秋》：魯哀公十四年（前 482）有"西狩獲麟"的記載。

4 麋（mí）：即駝鹿，又叫犴（hān）。

5 鬣（liè）：馬頸上的長毛。

6 果：確實。

【鑒賞】

古人認為“麟”是一種靈異的動物，傳説中也有一些關於麟的記載。韓愈讀古書，受到啟發而著本篇。

文章開頭，肯定麟是有靈的，並從《詩》、《春秋》等書中取證，得到“婦人小子，皆知其為祥”的論斷。下邊反説麟“不畜於家，不恒有於天下。其為形也不類”，牠是不為人知的，既然不為人知，那麼牠就是不祥的。然後，作者正面談聖人在位時，麟才會出現，聖人是知道麟的，所以麟又不可能不祥。最後補充説麟“以德不以形”，那麼麟出現時，沒有聖人在，説牠是不祥也是合適的。

本文含有深刻寓意。麟實際上是指傑出的人才。他們非但得不到賞識和器重，而且還常常遭到歧視和打擊，被認為是“不祥”之物。作者對這種可悲的人才觀，忿忿不已，這是他另一種意義上的不平之鳴，是那個時代，所有失意知識分子共同的心聲。

全文短小精悍，含蓄委婉，體現了作者長於論辯，以語言取勝的特點。

送孟東野序

大凡物不得其平則鳴[1]。草木之無聲，風撓之鳴；水之無聲，風盪之鳴。其躍也，或激之；其趨也，或梗之；其沸也，或炙之。金石之無聲，或擊之鳴。人之於言也亦然，有不得已者而後言，其歌也有思，其哭也有懷[2]。凡出乎口而為聲者，其皆有弗平者乎！

樂也者，鬱於中而洩於外者也，擇其善鳴者而假之鳴。金、石、絲、竹、匏、土、革、木八者，物之善鳴者也[3]。維天之於時也亦然，擇其善鳴者而假之鳴。是故以鳥鳴春，以雷鳴夏，以蟲鳴秋，以風鳴冬。四時之相推敚[4]，其必有不得其平者乎？

其於人也亦然，人聲之精者為言，文辭之於言，又其精也，尤擇其善鳴者而假之鳴。其在唐、虞、咎陶、禹，其善鳴者也，而假以鳴。夔弗能以文辭鳴，又自假於《韶》以鳴。夏之時，五子以其歌鳴[5]。伊尹鳴殷，周公鳴周。凡載於《詩》、《書》、六藝，皆鳴之善者也。周之衰，孔子之徒鳴之，其聲大而遠。傳曰：“天將以夫子為木鐸[6]。”其弗信矣乎？其末也，莊周以其荒唐之辭鳴[7]。楚，大國也，其亡也，以屈原鳴。臧孫辰、孟軻、荀卿，以道鳴者也[8]。楊朱、墨翟、管夷吾、晏嬰、老聃、申不害、韓非、慎到、田駢、鄒衍、尸佼、孫武、張儀、蘇秦之屬，皆以其術鳴[9]。秦之興，李斯鳴之。漢之時，司馬遷、相如、揚雄，最其善鳴者也。其下魏晉氏，鳴者不及於古，然亦未嘗絕也。就其善者，其聲清以浮，其節數以急，其辭淫以哀，其志弛以肆[10]，其為言也，亂雜而無章。將天醜其德莫之顧邪？何為乎不鳴其善鳴者也？

唐之有天下，陳子昂、蘇源明、元結、李白、杜甫、李觀，皆以其所能鳴[11]。其存而在下者，孟郊東野，始以其詩鳴。其高出魏晉，不懈而及於古[12]，其他浸淫乎漢氏矣[13]。從吾遊者，李翱、張籍其尤也[14]。三子者之鳴信善矣。抑不知天將和其聲而使鳴國家之盛邪？抑將窮餓其身、思愁其心腸而使自鳴其不幸邪？三子者之命則懸乎天矣，其在上也奚以喜，其在下也奚以悲。東野之役於江南也[15]，有若不釋然者，故吾道其命於天者以解之。

註釋

1 鳴：此處泛指抒發。"不平則鳴"是本文的中心論點。

2 思、懷：都指情感。哭：悲歌。

3 金、石、絲、竹、匏（páo）、土、革、木：八種物質都可製作樂器，古人稱為八音，常以此代稱古代樂器。

4 推敚（duó）：推移變化。敚，同"奪"。

5 五子：指夏代帝啟的五個兒子，即太康的五個弟弟。太康整日遊樂，不理民事，因而失國，他的五個弟弟怨恨他，便作《五子之歌》，陳述大禹的警戒。

6 天將以夫子為木鐸（duó）：語出《論語・八佾（yì）》。夫子：對孔子的尊稱。木鐸：以木為舌的金屬鈴子，古代帝王頒佈新的政令時，常搖木鐸召集百姓。這裏指代言人。

7 荒唐：廣大無邊的樣子。

8 臧（zāng）孫辰：春秋時魯國大夫，曾廢關卡以利經商。

9 楊朱：戰國初期衛國人，哲學家，其言論散見於《孟子》、《列子》等書。申不害：戰國時韓昭侯的宰相，法家，著有《申子》。慎到：戰國時趙人，法家，著有《慎子》。田駢：戰國時齊人，齊宣王時為上大夫，道家，著有《田子》。鄒衍：戰國時齊人，陰陽家，著有《終始》、《大聖》，燕昭王曾師事之。尸佼（jiǎo）：魯人，雜家，曾作商鞅門客，著有《尸子》。孫武：春秋時齊人，軍事家，著有《孫子》。術：此指手段、策略、思想、主張等。

10 數（shuò）：屢次。淫：靡麗。弛：鬆弛。

11 陳子昂：字伯玉，梓州射洪縣（今四川射洪縣）人，初唐著名詩人。蘇源明：字弱夫，京兆武功（今陝西武功）人，唐代文學家。元結：字次山，河南（今河南洛陽）人，唐代詩人。李觀：字元賓，趙州贊皇（今河北贊皇縣）人，唐代文學家。

12 不懈：無懈可擊。及：趕得上。

13 浸淫：漸漸滲入。這裏指逐步趕上。

14 李翱：字習之，隴西成紀（今甘肅天水）人，唐代散文家，曾從韓愈學古文，是唐代古文運動的積極參加者，有《李文公集》。張籍：字文昌，原籍吳郡，曾任國子司業等職，有《張司業集》。尤：特出。

15 役於江南：指孟郊就任溧陽縣尉，溧陽在唐代屬江南道，故曰江南。

【鑒賞】

韓愈的贈序文是一種形象化的議論文，往往借題立議，因事發揮，以宣傳自己的文學主張。本文雖是為送別友人孟郊赴溧陽就職所作的祝願之詞，但整篇序卻從“不平則鳴”立意，十分新穎。

全文約六百多個字。首段提出論點“大凡物不得其平則鳴”，接着由自然現象敍及人事關係，指出自然界的各種聲響和一切文辭都是不平則鳴的產物，最後落筆到孟郊身上，讚揚他能“以其詩鳴”。

本文最重要的貢獻是提出了“不平則鳴”説。這直承西漢司馬遷的“發憤著書”説（《報任安書》），同時開啟了宋代歐陽修的“窮而後工”説（《梅聖俞詩集序》）。

《柳子厚墓誌銘》一文中韓愈認為柳宗元“斥不久，窮不及，雖有出於人，其文學辭章，必不能自力以致必傳於後如今無疑也”。《荊潭唱和詩序》中，他更是直截了當地提出：“和平之音淡薄，而愁思之聲要妙；歡愉之辭難工，而窮苦之言易好。”可見，“不平則鳴”説一方面強調“窮”是作品產生的推動力，另一方面又要求“鳴國家之盛”，而非一己之私慾。

本文的語言很有特色，全篇用了三十八個“鳴”字，但排列得錯落有致，讓人不覺繁複，這充分體現了韓愈極高的語言駕馭能力。此外，其“博喻”手法，也值得稱道，如“草木之無聲，風撓之鳴；水之無聲，風盪之鳴。其躍也，或激之；其趨也，或梗之；其沸也，或炙之。金石之無聲，或擊之鳴”，重複連貫使用比喻，從各方面對事物做反覆描繪，使其更加形象生動。

藍田縣丞廳壁記

丞之職所以貳令，於一邑無所不當問。其下主簿、尉，主簿、尉乃有分職[1]。丞位高而逼，例以嫌不可否事[2]。文書行，吏抱成案詣丞[3]，捲其前，鉗以左手，右手摘紙尾[4]，雁鶩行以進[5]，平立，睨丞曰[6]“當署”。丞涉筆佔位署惟謹[7]，目吏，問“可不可”，吏曰“得[8]”，則退[9]，不敢略省[10]，漫不知何事。官雖尊，力勢反出主簿、尉下。諺數慢，必曰“丞”，至以相訾謷[11]。丞之設，豈端使然哉[12]！

博陵崔斯立[13]，種學績文[14]，以蓄其有，泓涵演迤[15]，日大以肆。貞元初，挾其能，戰藝於京師，再進再屈於人[16]。元和初，以前大理評事言得失黜官，再轉而為丞茲邑[17]。始至，喟曰[18]：“官無卑，顧材不足塞職[19]。”既噤不得施用[20]，又喟曰：“丞哉！丞哉！余不負丞，而丞負余[21]。”則盡枿去牙角，一躡故跡，破崖岸而為之[22]。

丞廳故有記，壞漏污不可讀，斯立易桷與瓦[23]，墁治壁[24]，悉書前任人名氏。庭有老槐四行，南牆巨竹千梃，儼立若相持，水㶁循除鳴[25]，斯立痛掃溉[26]，對樹二松，日哦其間。有問者，輒對曰：“余方有公事，子姑去。”考功郎中、知制誥韓愈記。

註釋

1 丞之職：令是一縣的行政長官，丞為副職，縣署內設錄事、司功、司倉、司戶、司兵、司法、司士七司，主簿領錄事司，負諸司總責。尉分理諸司，各有專職。貳：副。

2 “丞位高而逼”二句：意謂縣丞官位高於主簿、尉，逼近縣令，但並無實權，歷來擔任縣丞的人，都因避嫌而對公事不加可否。嫌：指與縣令爭權的嫌疑。

3 “文書行”二句：文書行，公文發出之前。成案，即文書。公文由該管各司擬稿，經縣令最後判行，成為定案，故曰成案。

4 “捲其前”三句：公文的內容，寫在紙前，紙尾是署名的地方，吏不想讓丞知道公文的內容，所以把它捲起來，但卻要丞署名，所以摘出紙尾。鉗：夾。

5 雁鶩（wù）行：即斜行，是一種輕蔑的表現。

6 睨（nì）：斜視。

7 “丞涉筆佔位”句：丞很謹慎地拿筆把自己的名字寫在適當的位置。

8 得：口語，可以的意思。

9 則退：吏即抱文書退出。

10 不敢略省：丞不敢稍微瞭解一下公文的內容。

11 “諺數慢”三句：意謂社會上說散慢的官員，總是舉丞為例，甚至以丞作為罵人的話。訾（zǐ）謷，詆譭。

12 “丞之設”二句：大意為國家設立縣丞一職，難道本意就是使之如此嗎？端，本。

13 博陵崔斯立：名立之，博陵（今河北蠡縣南）人。

14 種學績文：勤學能文。此以耕織為喻。績，緝麻。

15 泓涵演迤（yí）：形容崔斯立的學術修養深厚廣大。泓涵，包蘊宏深；演迤，境界廣闊。

16 “貞元初”四句：崔斯立於貞元四年（788）中進士，六年（790），中博學宏詞科。士人應試，以文藝與同試者相較量，稱“戰藝”。再進，兩次應試得中。

17 “以前大理評事”二句：意謂崔原官職為大理寺評事，因上疏論朝政得失而遭貶，經過兩次遷謫，轉任藍田縣丞。

18 喟：歎息。

19 “官無卑”二句：意思是官不論大小，都有事可做，只是看自己能不能稱職。

20 既噤不得施用：已經沉默而無所作為。噤，閉口不言。

21 “余不負丞”二句：崔不因縣丞官卑而抱有消極的想法，故云“余不負丞”；但縣丞的職位，確是無事可做，故云“而丞負余”。

22 “則盡枿（niè）去牙角”三句：指崔斯立知道自己的理想根本無法實現後，便安心做個閒散官員。枿，絕；牙角、崖岸，比喻人剛直不阿，敢說敢做，有鋭氣和稜角。

23 桷（jué）：屋椽。

24 墁（màn）治壁：把牆壁刷好。墁，塗壁的工具。

25 㶁（guō）：水聲。除：庭階。

26 痛掃溉：把廳屋徹底打掃乾淨。

【鑒賞】

廳壁記，書寫在舊時官府廳堂的牆壁上，專門記錄歷任官員的姓名和履歷，有固定的格式。唐封演《封氏聞見記》卷五載："朝廷百司諸廳，皆有壁記，敍官秩創置及遷授始末。原其作意，蓋欲著前政履歷而發將來健羨焉。故為記之體，其説事詳雅，不為苟飾。"本文雖用廳壁記的文體寫就，作者卻打破了舊有格式，將其發揮成一篇諷刺小品。

文章第一段別開生面地描繪了一個縣丞簽署文書的場面。指明縣丞官位雖高，但卻沒有實權，形同虛設。第二段具體寫藍田縣丞崔斯立的情況。説他本來學識深厚廣博，只因言語有失，被貶為藍田縣丞，結果英雄無用武之地。日子久了，稜角、鋭氣漸平，最後只以種樹吟詩度日，沒有了繼續進取的精神。

本文有兩處細節描寫，是全篇的點睛之筆。第一處寫縣吏抱着文書請縣丞簽字，他的動作是"捲其前，鉗以左手，右手摘紙尾，雁鶩行以進，平立，睨丞曰'當署'"。而縣丞則連文書的內容也不敢要求看，便在縣吏的命令下簽了字。兩相對比，縣吏仗勢欺人的醜惡嘴臉和縣丞懦弱無能的可憐相一目瞭然。

第二處寫崔斯立在庭院中的松樹間吟詠，別人問事，他便説："余方有公事，子姑去。"這種玩世不恭的態度，充分體現了崔斯立這樣的知識分子失意後，心灰意冷的寥落心境。作者抓住這兩個具有典型意義的場面，寥寥數筆勾勒出了官場渾濁不清的內幕，而正是這不合理的吏制，使廣大知識分子懷才不遇，無法報效國家。

本文精巧別致，藝術性極高。清人林雲銘評其曰："真古今有數奇文。"(《韓文起》)

送李願歸盤谷序

太行之陽有盤谷。盤谷之間，泉甘而土肥，草木叢茂，居民鮮少。或曰："謂其環兩山之間，故曰盤[1]。"或曰："是谷也，宅幽而勢阻[2]，隱者之所盤旋[3]。"友人李願居之。

願之言曰："人之稱大丈夫者，我知之矣！利澤施於人[4]，名聲昭於時。坐於廟朝，進退百官，而佐天子出令[5]。其在外，則樹旗旄[6]，羅弓矢，武夫前呵，從者塞途，供給之人，各執其物，夾道而疾馳。喜有賞，怒有刑。才畯滿前[7]，道古今而譽盛德，入耳而不煩。曲眉豐頰[8]，清聲而便體[9]，秀外而惠中[10]，飄輕裾[11]，翳長袖[12]，粉白黛綠者[13]，列屋而閒居[14]，妒寵而負恃[15]，爭妍而取憐[16]。大丈夫之遇知於天子，用力於當世者之所為也。吾非惡此而逃之，是有命焉，不可幸而致也。窮居而野處，升高而望遠，坐茂樹以終日，濯清泉以自潔。採於山，美可茹[17]；釣於水，鮮可食。起居無時，惟適之安[18]。與其有譽於前，孰若無毀於其後；與其有樂於身，孰若無憂於其心。車服不維，刀鋸不加[19]，理亂不知，黜陟不聞[20]。大丈夫不遇於時者之所為也，我則行之。伺候於公卿之門，奔走於形勢之途[21]，足將進而趑趄[22]，口將言而囁嚅[23]，處污穢而不羞，觸刑辟而誅戮[24]，僥倖於萬一，老死而後止者，其於為人賢不肖何如也[25]？”

昌黎韓愈聞其言而壯之。與之酒而為之歌曰：“盤之中，維子之宮，盤之土，可以稼[26]；盤之泉，可濯可沿[27]；盤之阻，誰爭子所[28]？窈而深[29]，廓其有容[30]，繚而曲，如往而復。嗟盤之樂兮，樂且無央；虎豹遠跡兮，蛟龍遁藏；鬼神守護兮，呵禁不祥[31]。飲且食兮壽而康，無不足兮奚所望[32]？膏吾車兮秣吾馬[33]，從子於盤兮，終吾生以徜徉！”

註釋

1 盤谷：地形屈曲，環繞於兩山之間，故名盤谷。
2 宅幽而勢阻：位置深幽而地勢阻塞。
3 盤旋：逗留往來。
4 利澤：利益。
5 進退：即任免、升降。佐：輔助。出令：發號施令。
6 樹旗旄（máo）：唐時，節度使建雙旌雙節。
7 才畯：才能出眾的人，這裏指幕客。
8 豐頰（jiá）：豐滿的面頰。
9 便（pián）體：輕盈的體態。
10 秀外而惠中：外貌秀麗而資質聰慧。惠，通“慧”。
11 裾（jū）：衣襟。
12 翳（yì）：掩映。
13 粉白黛綠：《說文》：“黛，畫眉黑也。”《戰國策・楚策三》：“張子（儀）曰：‘彼鄭周之女，粉白黛黑，立於衢閭，非知而見之者，以為神。’”
14 列屋而閒居：官僚佔有大量姬妾，供其玩弄，故云。列屋，眾屋按排羅列。
15 妒寵：妒忌別的姬妾得到寵愛。負恃：自負依恃其美貌。
16 爭妍（yán）：賽美。取憐：求得憐愛。
17 茹（rú）：《廣雅・釋詁》：“茹，食也。”
18 “起居無時”二句：指作息時間不固定，只求舒適安逸。
19 “車服不維”二句：意為刑賞不相及。
20 “理亂不知”二句：意為朝政不相關。理亂，治與亂。黜（chù）陟（zhì），進退人才。
21 形勢：權勢。
22 趑（zī）趄（jū）：停滯不前的樣子。
23 囁（niè）嚅（rú）：欲言又止的樣子。
24 刑辟：刑法。
25 “其於為人”句：意謂這種人比起隱居之士，究竟怎麼樣呢？
26 稼：播種五穀，這裏指種穀之處。
27 可沿：意謂可以沿泉流而尋幽探勝。
28 誰爭子所：有誰來和你爭奪你的住處？
29 窈（yǎo）：幽深的樣子。

30 廓（kuò）其有容：指盤谷深幽廣闊，無所不有。
31 呵禁：呵斥、禁止。
32 奚所望：期望甚麼。
33 膏車：用油脂塗車軸，使之潤滑。秣馬：用糧將馬餵飽。二者都是遠行前的準備工作。

【鑒賞】

贈序是南朝文人中興起的新的散文形式，它源於"君子贈人以言"的古訓，往往用來敍友誼，道離情。韓愈的贈序最有特色。張裕釗認為："唐人始以贈序名篇，作者不免貢諛，體跡近六朝。至退之乃得古人贈人以言之意，體簡詞足，掃盡枝葉，所以空前絕後。"（轉引自《韓昌黎文集校註》卷四）本文即體現了韓愈"不平則鳴"的觀點，充滿了強烈的憤世嫉俗的批判精神。

全文有三個自然段。第一段寫盤谷優雅的自然環境以及盤谷之名的由來，並點明友人李願住在這裏。第二段寫李願歸盤谷的原因，這是全文的中心。集中描摹所謂"大丈夫"和官場的醜陋面貌。對庸俗大官的志得意滿、富貴利達者的窮奢極慾、追名逐利者的卑污醜態的摹寫更是窮形盡相，活靈活現。第三段綴以詩歌，用楚辭體表達韓愈混跡官場，渴望隱居的心願。

這篇序文儷句極多，如"利澤施於人，名聲昭於時"、"採於山，美可茹；釣於水，鮮可食"、"伺候於公卿之門，奔走於形勢之途，足將進而趑趄，口將言而囁嚅"等等。劉大櫆云："兼取偶儷之體，卻非偶儷之文，此哲匠之妙用也。"（馬其昶《韓昌黎文集校註》引）這恰道出了此文語言的特點。

蘇軾對此文極為稱賞，他在《跋退之送李願序》（《東坡題跋》卷一）中說："唐無文章，唯韓退之《送李願歸盤谷序》一篇而已。平生願效此作一篇，每執筆輒罷，因自笑曰：'不若且放，教退之獨步。'"足見此序深遠的影響力。

送董邵南序

燕趙古稱多感慨悲歌之士[1]。董生舉進士，連不得志於有司[2]，懷抱利器[3]，鬱鬱適茲土[4]。吾知其必有合也[5]。董生勉乎哉！

夫以子之不遇時，苟慕義強仁者，皆愛惜焉[6]，矧燕趙之士出乎其性者哉[7]！然吾嘗聞風俗與化移易，吾惡知其今不異於古所云耶[8]？聊以吾子之行卜之也[9]。董生勉乎哉！

吾因子有所感矣。為我弔望諸君之墓[10]，而觀於其市，復有昔時屠狗者乎[11]？為我謝曰[12]："明天子在上，可以出而仕矣[13]。"

註釋

1 感慨悲歌之士：指舊時的豪俠之士。
2 舉進士：指為鄉里所貢舉，至長安應進士科考試。
3 懷抱利器：語出《三國志・魏書・曹植傳》："植常自憤怨，抱利器而無所施。"利器，比喻卓越的才能。
4 茲土：即古燕趙之地，今河北。
5 有合：有所遇合。
6 慕義強仁者：指勉力行仁義的人。愛惜：此指同情。
7 矧（shěn）：何況。出於其性：仁義出於本性，勉強。
8 惡（wū）知：哪裏知道。
9 卜之：判斷它。之，代指古今風俗是否相同的懷疑。
10 望諸君之墓：即樂毅之墓。樂毅，戰國時趙人，輔佐燕昭王破強齊。晚年不得志於燕，歸趙，趙封於觀津，號曰望諸君。其墓在邯鄲西南十八里。
11 屠狗者：戰國末期燕國的狗屠為燕太子丹所收養。荊軻初入燕時，愛燕之狗屠及善擊筑者高漸離，日日醉歌於燕市。這裏指流落不遇、隱居在市廛的豪俠之士。
12 謝：殷勤致意。
13 "明天子在上"二句：意為應該效力朝廷，建立功業，不要為藩鎮勢力所利用。明天子，指憲宗。

【鑒賞】

董邵南是韓愈的朋友，舉進士不第，無奈，便準備遊歷河北。河北當時是藩鎮割據的地方，投奔那裏，就意味着從賊分裂國家。對此，向來主張統一的韓愈是極不贊成的。雖如此，他內心中卻也十分同情董邵南的不幸遭遇，所以當分別之際，他作此序安慰董邵南。

韓愈通過歌頌古燕趙慷慨悲歌之士的仁義舉動，一方面諷刺了河北藩鎮的割據，另一方面也勸阻董生的河北之行。當然作者也沒有忘記勸告董生利用自己的才智為朝廷在藩鎮招募人才。這都表現了韓愈企圖恢復唐朝大一統局面的願望。

祭十二郎文

年月日[1]，季父愈聞汝喪之七日，乃能銜哀致誠，使建中[2]遠具時羞之奠，告汝十二郎之靈：嗚呼！吾少孤，及長，不省所怙，惟兄嫂是依。中年，兄歿南方[3]，吾與汝俱幼，從嫂歸葬河陽[4]，既又與汝就食江南[5]；零丁孤苦，未嘗一日相離也。吾上有三兄[6]，皆不幸早世。承先人後者，在孫惟汝，在子惟吾，兩世一身，形單影隻，嫂嘗撫汝指吾而言曰："韓氏兩世，惟此而已！"汝時尤小，當不復記憶；吾時雖能記憶，亦未知其言之悲也。

吾年十九，始來京城[7]，其後四年而歸視汝。又四年，吾往河陽省墳墓，遇汝從嫂喪來葬[8]。又二年，吾佐董丞相於汴州[9]，汝來省吾；止一歲，請歸取其孥。明年丞相薨，吾去汴州[10]，汝不果來。是年，吾又佐戎徐州[11]，使取汝者始行，吾又罷去[12]，汝又不果來。吾念汝從於東，東亦客也，不可以久；圖久遠者，莫如西歸，將成家而致汝。嗚呼！孰謂汝遽去吾而歿乎！吾與汝俱少年，以為雖暫相別，終當久相與處，故捨汝而旅食京師，以求斗斛之祿；誠知其如此，雖萬乘之公相，吾不以一日輟汝而就也。

去年，孟東野往[13]，吾書與汝曰："吾年未四十，而視茫茫，而髮蒼蒼，而齒牙動搖。念諸父與諸兄，皆康強而早世，如吾之衰者，其能久存乎？吾不可去，汝不肯來，恐旦暮死，而汝抱無涯之戚也。"孰謂少者歿而長者存，強者夭而病者全乎？嗚呼！其信然耶？其夢耶？其傳之非其真耶？信也，吾兄之盛德而夭其嗣乎？汝之純明而不克蒙其澤乎？少者強者而夭歿，長者衰者而存全乎？未可以為信也。夢也，傳之非其真也？東野之書[14]，耿蘭之報[15]，何為而在吾側也？嗚呼！其信然矣！吾兄之盛德而夭其嗣矣！汝之純明宜業其家者，不克蒙其澤矣！所謂天者誠難測，而神者誠難明矣！所謂理者不可推，而壽者不可知矣！雖然，吾自今年來，蒼蒼者或化而為白矣，動搖者或脱而落矣。毛血日益衰，志氣日益微，幾何不從汝而死也！死而有知，其幾何離？其無知，悲不幾時，而不悲者無窮期矣。汝之子始十歲[16]，吾之子始五歲[17]，少而強者不可保，如此孩提者又可冀其成立耶？嗚呼哀哉！嗚呼哀哉！

汝去年書云："比得軟腳病，往往而劇。"吾曰："是疾也，江南之人，常常有之。"未始以為憂也。嗚呼！其意以此而殞其生乎？抑別有疾而至斯極乎？汝之書，六月十七日也。東野云：汝歿以六月二日。耿蘭之報無月日。蓋東野之使者，不知問家人以月日，如[18]耿蘭之報，不知當言月日。東野與吾書，乃問使者，使者妄稱以應之耳。其然乎？其不然乎？

今吾使建中祭汝，弔汝之孤與汝之乳母。彼有食可守以待終喪，則待終喪而取以來；如不能守以終喪，則遂取以來。其餘奴婢，並令守汝喪。吾力能改葬，終葬汝於先人之兆[19]，然後惟其所願。

嗚呼！汝病吾不知時，汝歿吾不知日；生不能相養以共居，歿不能撫汝以盡哀，斂不得憑其棺，窆不得臨其穴。吾行負神明，而使汝夭。不孝不慈，而不得與汝相養以生，相守以死；一在天之涯，一在地之角，生而影不與吾形相依，死而魂不與吾夢相接，吾實為之，其又何尤！彼蒼者天，曷其有極！自今已往，吾其無意於人世矣！當求數頃之田於伊、潁[20]之上，以待餘年，教吾子與汝子幸其成，長吾女與汝女待其嫁，如此而已！嗚呼！言有窮而情不可終，汝其知也耶？其不知也耶？嗚呼哀哉！尚饗。

註釋

1 年月日：指寫此祭文的時間。

2 建中：是韓愈的家僕。

3 中年，兄歿南方：韓愈之兄韓會於大曆十二年（777）五月，由起居舍人貶為韶州（治所在今廣東韶關）刺史，不久病死，時年四十二歲。

4 河陽：今河南孟縣西，韓氏先塋所在地。

5 江南：指宣州（今安徽宣城）。韓氏有別業在宣州。建中二年，因中原兵亂，韓愈全家避居於此。

6 吾上有三兄：從現存材料看，韓愈只有長兄韓會、次兄韓介，三兄名不詳，或死時尚小，未及命名。

7 始來京城：貞元二年（786）韓愈十九歲，離宣州到長安參加進士考試。

8 遇汝從嫂喪來葬：韓愈長嫂鄭氏於貞元九年死於宣州。貞元十一年，韓愈往河陽祭掃祖墳，正遇十二郎送其母靈柩歸葬。

9 佐董丞相於汴州：貞元十二年七月，董晉任韓愈為觀察推官。汴州，今河南開封。

10 吾去汴州：《新唐書・韓愈傳》："晉卒，愈從喪出，不四日，汴軍亂，乃去。"

11 吾又佐戎徐州：《新唐書・韓愈傳》："依武寧節度使張建封，建封闢府推官。"

12 吾又罷去：韓愈於貞元十六年五月十四日所作《題李生壁》云："余黜於徐州，將西居於洛陽。"韓愈在徐州任節度推官不足一年，即去。

13 去年，孟東野往：孟郊，字東野，與韓愈交誼極厚。去年，貞元十八年。孟郊於貞元十七年春在長安選官，出任溧陽（今屬江蘇）縣尉。時韓愈在京謁選無成，三月東歸。溧陽離宣州不遠，故韓愈託其帶信給十二郎。

14 東野之書：十二郎死後，孟郊在溧陽得知，以信告韓愈。

15 耿蘭：是韓家在宣州的家人，他給韓愈報十二郎之喪。

16 汝之子始十歲：十二郎有二子，長子韓湘，次子韓滂。韓愈於元和十四年(819)正月貶潮州刺史，湘與滂俱從行。同年冬韓愈改袁州刺史，湘、滂隨至袁州，滂數月後病死，時年十九歲（見《韓滂墓誌銘》），為貞元十八年生，故"始十歲"者為湘。

17 吾之子始五歲：指韓愈長子韓昶，於貞元十五年生於徐州之符離。

18 如：通"而"。

19 先人之兆：指河陽韓氏先人塋。

20 伊、潁：伊河和潁河，均在今河南省境內。

【鑒賞】

韓愈自幼喪父，由大哥韓會和嫂嫂鄭氏撫養成人。十二郎本是韓愈二哥韓介的次子，出嗣韓會為子，與韓愈年齡相仿。叔姪倆從幼年起，便蒙受了韓氏家族的種種不幸。他們一起隨被貶謫的韓會流寓到荒蠻的韶州。韓會去世後，他們又一起扶柩歸葬河陽。接着為避中原戰亂，二人從河陽流落到江南的宣州。因而，韓愈與十二郎雖名為叔姪，實則情同手足。但自韓愈十九歲進京考試以來，叔姪二人為了各自的前程，在近二十年的歲月裏，長年分離，各奔東西。唐德宗貞元十九年（803）秋冬季節，在長安任監察御史的韓愈驚悉十二郎病逝異鄉的噩耗，他痛不欲生，悔恨不已。七日後，寫下了這篇被後世譽為"祭文中千年絕調"的《祭十二郎文》。

文章首先追述了韓愈與十二郎自幼及長多年來相依為命的悲慘身世。"承先人後者，在孫惟汝，在子惟吾，兩世一身，形單影隻"。接下來"吾年十九"一段敍説作者為了生計東奔西走，叔姪二人幾度相約，卻終不得見的遺憾。由此傷歎十二郎的早逝，自己日漸憔悴衰老的可悲境況。其中充滿了悔恨與自責，流露出他內心隱藏的宦海浮沉，人生似夢的哀傷。最後寫十二郎死訊傳報的過程，及善後處理，抒發了作者"汝病吾不知時，汝歿吾不知日；生不能相養以共居，歿不能撫汝以盡哀，斂不得憑其棺，窆不得臨其穴"的愧疚心情。

方苞評韓愈文曰："退之文，每至親懿故舊，存亡離合，悲思慕戀，惻然自肺腑流出，使讀者氣厚。"（轉引自《韓昌黎文集校註》）《祭十二郎文》打破了祭文常用的凝重典麗的韻文形式，以自由活潑的散文體表達無盡的哀思，是韓愈在古文運動中作品的傑出代表。它行文樸實自然，情真意摯；語言迴環複沓，搖曳多姿，產生了巨大的藝術感染力。誠如論者所言："錯雜寫來，只覺得一片哀音纏繞筆下。"（莊適等《韓愈文》）

柳子厚墓誌銘

子厚諱宗元[1]。七世祖慶，為拓跋魏侍中，封濟陰公[2]。曾伯祖奭[3]，為唐宰相，與褚遂良、韓瑗俱得罪武后，死高宗朝。皇考諱鎮，以事母，棄太常博士[4]，求為縣令江南。其後以不能媚權貴，失御史；權貴人死[5]，乃復拜侍御史，號為剛直。所與遊皆當世名人。

子厚少精敏，無不通達。逮其父時，雖少年已自成人，能取進士第，嶄然見頭角[6]，眾謂柳氏有子矣。其後以博學宏詞授集賢殿正字[7]，藍田尉。俊傑廉悍[8]，議論證據今古，出入經史百子[9]，踔厲風發[10]，率常屈其座人。名聲大振，一時皆慕與之交；諸公要人爭欲令出我門下[11]，交口薦譽之。貞元十九年，拜監察御史[12]。王叔文、韋執宜用事，拜尚書禮部員外郎[13]，且將大用。遇叔文等敗，例出為刺史[14]。未至，又例貶永州司馬[15]。居閒益自刻苦，務記覽，為詞章，泛濫停蓄，為深博無涯涘[16]，而自肆於山水間。

元和中，嘗例召至京師，又偕出為刺史，而子厚得柳州[17]。既至，歎曰："是豈不足為政邪！"因其土俗，為設教禁[18]，州人順賴。其俗以男女質錢[19]，約不時贖，子本相侔[20]，則沒為奴婢。子厚與設方計，悉令贖歸。其尤貧，力不能者，令書其佣[21]，足相當，則使歸其質。觀察使下其法於他州[22]，比一歲，免而歸者且千人[23]。衡湘以南為進士者[24]，皆以子厚為師。其經承子厚口講指畫為文詞者，悉有法度可觀。

其召至京師而復為刺史也，中山劉夢得禹錫亦在遣中，當詣播州[25]。子厚泣曰："播州非人所居，而夢得親在堂。吾不忍夢得之窮[26]，無辭以白其大人。且萬無母子俱往理！"請於朝，將拜疏[27]，願以柳易播，雖重得罪，死不恨。遇有以夢得事白上者，夢得於是改刺連州[28]。嗚呼！士窮乃見節義。今夫平居里巷相慕悦，酒食遊戲相征逐，詡詡強笑語以相取下[29]，握手出肺肝相示，指天日涕泣，誓生死不相背負，真若可信，一旦臨小利害，僅如毛髮比，反眼若不相識，落陷阱，不一引手救，反擠之，又下石焉者，皆是也。此宜禽獸夷狄所不忍為，而其人自視以為得計，聞子厚之風，亦可以少愧矣[30]！

子厚前時少年，勇於為人，不自貴重顧藉[31]，謂功業可立就，故坐廢退[32]。既退，又無相知有氣力得位者推挽[33]，故卒死於窮裔[34]。材不為世用，道不行於時也。使子厚在台省時[35]，自持其身，已能如司馬、刺史時，亦自不斥；斥時，有人力能舉之，且必復用不窮。然子厚斥不久，窮不極，雖有出於人，其文學辭章，必不能自力以致必傳於後如今無疑也。雖使子厚得所願，為將相於一時，以彼易此，孰得孰失，必有能辨之者。

子厚以元和十四年十一月八日卒[36]，年四十七。以十五年七月十日歸葬萬年先人墓側[37]。子厚有子男二人，長曰周六，始四歲，季曰周七，子厚卒乃生；女子二人，皆幼。其得歸葬也，費皆出觀察使河東裴君行立[38]。行立有節概，重然諾[39]，與子厚結交；子厚亦為之盡，竟賴其力。葬子厚於萬年之墓者，舅弟盧遵[40]。遵，涿人，性謹慎，學問不厭。自子厚之斥，遵從而家焉，逮其死不去。既往葬子厚，又將經紀其家[41]，庶幾有始終者。銘曰：

是惟子厚之室，既固既安，以利其嗣人[42]。

註釋

1 諱：避諱。古人尊敬死者，不直呼其名，而在其名前加一"諱"字。
2"七世祖慶"三句：史載，柳慶曾任北魏侍中，到北周時，他的兒子柳旦為北周中書侍郎，封為濟陰公。此處誤記柳慶封為濟陰公。拓跋魏：即北魏，南北朝時北方鮮卑族拓跋氏建立的政權。
3 曾伯祖奭(shì)：柳奭在唐初當過中書令，後因得罪武則天被貶官，又遭奸臣許敬宗陷害，被殺。柳奭是柳宗元的高伯祖，作者誤記為曾伯祖。
4 皇考：古人稱故去的父親叫考。皇，大。太常博士：唐太常寺設置，由學問高深的人擔任。
5 權貴：指宰相竇參。
6 能取進士第：唐德宗貞元九年（793），柳宗元中進士，年僅21歲。嶄然：突出的樣子。
7 博學宏詞：唐代的考試科目之一，選拔博學能文的人。柳宗元在24歲時考中。集賢殿正字：官名。掌管刊刻經籍，搜求佚書，校正文字等職務。
8 俊傑廉悍：才能出眾，方正剛強。
9 經史百子：儒家經典著作、史書和先秦諸子著作。
10 踔(zhuó)厲風發：精神奮發，議論縱橫。
11 出我門下：指諸公要人爭着要柳宗元出於自己門下，由自己舉薦。我，指諸公要人。
12 監察御史：官名。掌管監察百官，巡視郡縣，覆審刑獄，整肅朝儀等職務。
13 禮部員外郎：官名。掌管辨別和擬定禮制、學校貢舉等職務。
14 王叔文等敗：順宗時，王叔文力圖革新。憲宗即位後，卻貶黜他。柳宗元因此受到牽連被貶官。例出：一道被遣出。即永貞元年（805）柳宗元被貶為邵州（今湖南邵陽市）刺史一事。
15 例貶永州司馬：指柳宗元還在赴邵州的路上，便再次被貶為永州（今湖南永州市）司馬。
16 務：勉力從事。涯涘(sì)：水邊。
17 柳州：今廣西柳州市。
18 因：順着。教禁：教化和禁令。
19 質：抵押。
20 子：利息。本：本錢。侔(móu)：相當。
21 傭：勞動所得的報酬。
22 觀察史：考察州縣官吏政績的官員。
23 比：將近。且：大約。
24 衡湘：指衡山和湘水。
25 播州：今貴州遵義縣。
26 窮：窘困。
27 拜疏：向皇帝上奏章。
28 連州：今廣東連縣。
29 詡詡(xǔ)：能説會道，善於取悦別人。
30 少：稍微。
31 顧藉：愛惜。本句意為柳宗元參加王叔文集團是不尊重不愛惜自己。
32 坐廢退：因獲罪被貶黜。
33 推挽：推舉提拔。
34 窮裔：邊遠地區。
35 台省：御史台和尚書省。指柳宗元曾任監察御史和禮部員外郎。
36 元和十四年：公元819年。元和，唐憲宗年號。
37 萬年：古縣名，故址在今陝西西安市中。柳宗元先人之墓在萬年縣的棲鳳原。
38 河東：郡名。今山西永濟市。
39 重然諾：重信用。
40 舅弟：表弟。柳宗元的母親姓盧，涿郡（今河北涿縣）人。
41 經紀：安排料理。
42 嗣人：指後代子孫。

【鑒賞】

柳宗元是唐代著名的散文家，曾同韓愈共同倡導"古文運動"，二人友誼深厚。柳宗元死於元和十四年（819），當時韓愈任袁州刺史。他先作了《祭柳子厚文》，不久又寫了《柳子厚墓誌銘》。二文均從朋友與文學的角度紀念柳宗元，表達哀思。

文章共分七層。按墓誌銘的格式，第一段寫柳宗元的家世，重點強調了柳父的孝行，稱讚他"以事母，棄太常博士，求為縣令江南"。

第二段寫柳宗元少年得志及遭貶謫的經歷，主要選取他中進士第後名聲大振、貞元十九年任監察御史的輝煌歷程和順宗時貶官為永州司馬的不幸遭遇兩個方面。

第三段寫柳宗元在永州刻苦寫作山水辭章和到柳州後的政績。柳宗元的山水散文歷來為世人稱道，其大部分都作於永州，韓愈在這裏肯定了柳宗元永州之行的意義。

第四段着重寫柳宗元的高風亮節。作者只講述了一件事：柳宗元與劉禹錫同時遭貶，二人的貶謫地一個在柳州，一個在播州，而播州比柳州更為偏遠荒涼，禹錫有老母，柳宗元不忍其晚年受苦，便冒着死罪上疏朝廷，請求與禹錫交換地方。後來又有人替劉禹錫説情，於是他得以至連州。"士窮乃見節義"，柳宗元在獲罪遭貶的情況下，還為劉禹錫着想，並冒死上請，足見他的品格之高尚。

第五段總評柳宗元坎坷的一生。認為他"勇於為人，不自貴重顧藉，謂功業可立就，故坐廢退。既退，又無相知有氣力得位者推挽，故卒死於窮裔"，但肯定了其文學辭章對後世有深遠的影響。

第六段寫柳宗元的家人和歸葬情況。

第七段是一句銘文。

墓誌銘是韓愈最擅長的文體，在韓集中，數量較大，質量也較高。這篇《柳子厚墓誌銘》洋溢着韓愈對朋友由衷的敬意和深切的思念，情真意切，神采飛揚。全文流暢自然若行雲流水，渾不似一般碑誌文板滯凝塞，體現了韓文多變的特點。

柳宗元

柳宗元（773～819），字子厚，河東（今山西永濟）人。唐德宗貞元九年（793）進士，曾參加王叔文集團的革新活動，失敗後被貶為永州司馬，後遷柳州刺史，史稱柳柳州或柳河東。柳宗元與韓愈共同倡導了唐代古文（散文）運動，在文學上並稱韓柳。他在貶謫居所寫了大量山水散文和詩歌，"其堙厄感鬱，一寓諸文"，他的作品幽峭明淨，自成一家，為中國文學史留下了豐富的遺產。

封建論

天地果無初乎？吾不得而知之也。生人果有初乎[1]？吾不得而知之也。然則孰為近？曰：有初為近。孰明之？由封建而明之也。彼封建者，更古聖王堯、舜、禹、湯、文、武而莫能去之[2]。蓋非不欲去之也，勢不可也。勢之來，其生人之初乎？不初，無以有封建。封建，非聖人意也。

彼其初與萬物皆生，草木榛榛[3]，鹿豕狉狉[4]，人不能搏噬，而且無毛羽，莫克自奉自衛。荀卿有言，必將假物以為用者也[5]。夫假物者必爭，爭而不已，必就其能斷曲直者而聽命焉。其智而明者，所伏必眾。告之以直而不改，必痛之而後畏，由是君長刑政生焉。故近者聚而為群。群之分其爭必大，大而後有兵。有德又有大者，眾群之長又就而聽命焉，以安其屬，於是有諸侯之列。則其爭又有大者焉。德又大者，諸侯之列又就而聽命焉，以安其封[6]，於是有方伯連帥之類[7]。則其爭又有大者焉。德又大者，方伯連帥之類又就而聽命焉，以安其人，然後天下會於一。是故有里胥而後有縣大夫[8]，有縣大夫而後有諸侯，有諸侯而後有方伯連帥，有方伯連帥而後有天子。自天子至於里胥，其德在人者，死必求其嗣而奉之。故封建非聖人意也，勢也。

夫堯、舜、禹、湯之事遠矣，及有周而甚詳。周有天下，裂土田而瓜分之，設五等[9]，邦群後[10]，佈履星羅[11]，四周於天下，輪運而輻集[12]。合為朝覲會同[13]，離為守臣扞城[14]。然而降於夷王，害禮傷尊，下堂而迎覲者[15]。歷於宣王，挾中興復古之德，雄南征北伐之威，卒不能定魯侯之嗣[16]。陵夷迄於幽厲，王室東徙，而自列為諸侯矣[17]。厥後問鼎之輕重者有之[18]，射王中肩者有之[19]，伐凡伯、誅萇弘者有之[20]。天下乖戾[21]，無君君之心。余以為周之喪久矣，徒建空名於公侯之上耳！得非諸侯之盛強、末大不掉之咎歟？遂判為十二[22]，合為七國[23]，威分於陪臣之邦[24]，國殄於後封之秦[25]。則周之敗端，其在乎此矣。秦有天下，裂都會而為之郡邑[26]，廢侯衛而為之守宰[27]。據天下之雄圖[28]，都六合之上游[29]，攝制四海[30]，運於掌握之內。此其所以為得也。不數載而天下大壞，其有由矣：亟役萬人[31]，暴其威刑，竭其貨賄，負鋤梃謫戍之徒[32]，圜視而合從[33]，大呼而成群。時則有叛人而無叛吏，人怨於下，而吏畏於上，天下相合，殺守劫令而並起。咎在人怨，非郡邑之制失也。漢有天下，矯秦之枉，徇周之制[34]，剖海內而立宗子[35]，封功臣。數年之間，奔命扶傷之不暇[36]。困平城[37]，病流矢[38]，陵遲不救者三代[39]。後乃謀臣獻畫，而離削自守矣[40]。然而封建之始，郡邑居半，時則有叛國而無叛郡[41]。秦制之得，亦以明矣。繼漢而帝者，雖百代可知也。唐興，制州邑，立守宰，此其所以為宜也。然猶桀猾時起[42]，虐害方域者，失不在於州，而在於兵，時則有叛將而無叛州，州縣之設，固不可革也。

或者曰：“封建者，必私其土，子其人，適其俗，修其理[43]，施化易也。守宰者，苟其心，思遷其秩而已[44]，何能理乎？”余又非之。周之事蹟，斷可見矣：列侯驕盈，黷貨事戎[45]。大凡亂國多，理國寡。侯伯不得變其政，天子不得變其君。私土子人者，百不有一。失在於制，不在於政，周事然也。秦之事蹟，亦斷可見矣：有理人之制，而不委郡邑，是矣；有理人之臣，而不使守宰，是矣。郡邑不得正其制，守宰不得行其理，酷刑苦役，而萬人側目[46]。失在於政，不在於制，秦事然也。漢興，天子之政行於郡，不行於國，制其守宰，不制其侯王。侯王雖亂，不可變也；國人雖病，不可除也。及夫大逆不道，然後掩捕而遷之，勒兵而夷之耳[47]。大逆未彰，奸利浚財，怙勢作威，大刻於民者[48]，無如之何。及夫郡邑，可謂理且安矣[49]。何以言之？且漢知孟舒於田叔[50]，得魏尚於馮唐[51]，聞黃霸之明審[52]，睹汲黯之簡靖[53]，拜之可也，復其位可也，卧而委之以輯一方可也[54]。有罪得以黜，有能得以賞。朝拜而不道，夕斥之矣；夕受而不法，朝斥之矣。設使漢室盡城邑而侯王之，縱令其亂人，戚之而已[55]。孟舒、魏尚之術莫得而施，黃霸、汲黯之化莫得而行。明譴而導之，拜受而退已違矣；下令而削之，締交合從之謀，周於同列，則相顧裂眥，勃然而起[56]。幸而不起，則削其半。削其半，民猶瘁矣。曷若舉而移之以全其人乎？漢事然也。今國家盡制郡邑，連置守宰，其不可變也固矣。善制兵，謹擇守，則理平矣。

或者又曰："夏、商、周、漢封建而延，秦郡邑而促。"尤非所謂知理者也。魏之承漢也，封爵猶建；晉之承魏也，因循不革。而二姓陵替，不聞延祚[57]。今矯而變之，垂二百祀[58]，大業彌固，何繫於諸侯哉？

或者又以為："殷、周聖王也，而不革其制，固不當復議也。"是大不然。夫殷、周之不革者，是不得已也。蓋以諸侯歸殷者三千焉，資以黜夏[59]，湯不得而廢；歸周者八百焉，資以勝殷，武王不得而易。徇之以為安，仍之以為俗，湯、武之所不得已也。夫不得已，非公之大者也，私其力於己也，私其衛於子孫也。秦之所以革之者，其為制，公之大者也；其情私也，私其一己之威也，私其盡臣畜於我也。然而公天下之端自秦始。

夫天下之道，理安，斯得人者也。使賢者居上，不肖者居下，而後可以理安。今夫封建者，繼世而理[60]。繼世而理者，上果賢乎？下果不肖乎？則生人之理亂未可知也。將欲利其社稷，以一其人之視聽，則又有世大夫，世食祿邑，以盡其封略。聖賢生於其時，亦無以立於天下，封建者為之也[61]。豈聖人之制使至於是乎？吾固曰：非聖人之意也，勢也。

註釋

1 生人：指人類。初：開端。
2 更（gēng）：經歷。
3 榛榛（zhēn）：草木荒蕪雜亂的樣子。
4 狉狉（pī）：獸類成群活動的情景。
5 "荀卿有言"二句：《荀子・勸學》云："君子生非異也，善假於物也。"此處化用之。假物為用，謂憑藉外物自奉、自衛得以生存。
6 封：疆域。這裏指疆界內的人民。
7 方伯連帥：《禮記・王制》載，王國千里之外設方伯。十國以為連，連有帥；二百一十國以為州，州有方伯。
8 里胥：里長。
9 五等：指公、侯、伯、子、男五等爵位。
10 邦群後：分封諸侯。後，君長，這裏指諸侯。
11 佈履星羅：謂諸侯國遍及天下，有如繁星羅列。
12 輪運而輻集：謂周朝實行封建制初期，令行天下，有如車輪運轉；諸侯尊奉王室，有如眾輻輳集於轂（車輪中心的圓木）一樣。

13 合：會合。朝覲（jìn）會同：周代諸侯朝見天子，春見曰朝，秋見曰覲，不定期見曰會，許多人一起朝見曰同。

14 離：分散。守：指諸侯。《禮記・玉藻》："諸侯之於天子曰：'某土之守臣某。'"扞（hàn）城：保衛。

15 "然而降於夷王"三句：夷王，名燮，即位後，下堂而見諸侯。

16 "歷於宣王"四句：宣王，名靜，厲王的太子。公元前827年即位後，任用賢能，逐漸恢復成王、康王時代的鼎盛。他先後出兵攻伐西北方的西戎和北方的玁狁（秦、漢時的匈奴）；又征服南方的荊蠻，東南方的淮夷、徐戎，聲威大振，號稱中興。公元前817年，魯武公（敖）帶領二子括和戲前來朝見，宣王立戲為魯君的繼承人。武公死後，魯人殺戲而立括。次年，宣王伐魯，另立戲弟稱為魯君，諸侯從此對宣王有反感。

17 "陵夷迄於幽厲"三句：陵夷，衰微。厲王，名胡，公元前877年至公元前842年在位。幽王，名宮涅，公元前781年即位，公元前771年被犬戎殺死在驪山下。幽王死後，太子宜臼即位，史稱平王。為避犬戎的威脅，在公元前770年從鎬京遷都洛邑。從此周朝王室日漸衰微。

18 問鼎之輕重：周定王元年（前606），楚莊王伐陸渾之戎（當時居於今河南嵩山一帶的部族），至洛邑，在周疆界舉行軍事演習，炫耀兵威。定王派大夫王孫滿去勞軍，莊王便向王孫滿詢問王室所藏的傳國重寶鼎的輕重大小。問鼎含有藐視王室，欲取而代之之意。

19 射王中肩：公元前707年周桓王率領諸侯伐鄭，鄭莊公出兵反擊，王師大敗。鄭大夫祝聃射王，中肩。

20 伐凡伯：凡伯，周卿士。周桓王四年（前716），他奉王命聘問魯國，歸途中經楚丘（今山東曹縣東南），被戎人綁掠。誅萇弘：萇弘，周大夫。周敬王二十三年（前497），晉國發生戰爭，大夫范吉射和趙鞅互相攻伐，萇弘支持了范氏。後范氏失敗，趙鞅責問周，周不得已殺萇弘謝罪。

21 乖戾：背離，反常。

22 判：分。十二：指春秋時的魯、齊、晉、秦、楚、宋、衛、陳、蔡、曹、鄭、燕等十二國。

23 合為七國：指戰國後期，天下合成魏、韓、趙、楚、燕、齊、秦七國。

24 陪臣之邦：諸侯的大夫對於天子稱陪臣，此處具體指魏、趙、韓、齊諸國。周威烈王二十三年（前403），晉國大夫魏斯、趙籍、韓虔瓜分晉地，建立魏、趙、韓三國。周安王十六年（前386），齊國大夫田和篡奪君位，自立為齊侯。

25 國殄（tiǎn）於後封之秦：秦在西周時，本為附庸之國。平王東遷，秦襄公帶兵護送有功，才被封為諸侯，故曰"後封"。秦莊襄王元年（前249），命相國呂不韋誅滅東周君，周遂亡。殄，滅絕。

26 裂都會而為之郡邑：即廢除周代的封建制而設立郡縣。秦始皇二十六年（前221），分天下為三十六郡。

27 廢侯衛而為之守宰：謂廢除諸侯而設置郡守、縣宰。周代依遠近劃分王畿以外的土地為九服，侯、衛是其中的兩服，這裏以之代指諸侯。

28 雄圖：謂形勝之地。

29 都六合之上游：秦建都咸陽（今陝西咸陽市東），地處西北，向東控制天下，居高臨下，有如在河流的上游。六合，代指天下。

30 攝制：控制。

31 亟（qì）役萬人：一再役使萬民。指始皇役使人民開邊、造阿房宮、築長城、修陵墓等事。

32 梃（tǐng）：木棍。

33 圜視：即環視。合從：同"合縱"，本指戰國時六國聯合以抗秦，此處泛指結成一體。

34 徇：從。

35 宗子：嫡長子。這裏泛指同宗子弟。

36 奔命扶傷之不暇：指諸侯一再反叛，朝廷發兵鎮壓，戰亂時起，國人忙於奉命奔走，救死扶傷。

37 困平城：漢高祖六年（前201），韓王信叛降匈奴。次年，高祖往伐，信和匈奴聯兵抗拒。高祖在平城被匈奴圍困七日。

38 病流矢：漢高祖十一年（前196），淮南王英布反，高祖親往鎮壓，為流矢所中。歸途中因矢傷而發病，次年四月，亡。

39 陵遲：衰微。三代：指漢惠帝、文帝、景帝三代。

40 "後乃謀臣獻畫"二句：指漢文帝時太中大夫賈誼獻諸侯子孫可以分別繼承祖宗封地之策，景帝時御史大夫晁錯請削諸侯國封地，武帝時謁者中郎主父偃建議令諸侯可以推恩把土地分封子弟以削弱諸侯。畫，策劃。離，藩籬。離削自守，使諸侯勢力分散削弱，只能自守。

41 時則有叛國而無叛郡：指漢高帝時韓信、彭越、英布、盧綰等的反叛，景帝時吳、楚等七國的反叛，都是諸侯國的反叛而不是郡邑的反叛。

42 桀猾：指安史亂後的各藩鎮。

43 修其理：修明國家的政治。

44 秩：官職的品級。

45 黷貨：貪污財貨。事戎：用兵好戰。

46 側目：怒目。

47 掩捕：乘人不備而逮捕。遷：放逐。勒兵：出兵。夷：平定。

48 奸利浚財：非法取利，搜刮財貨。怙(hù)勢作威：倚恃權勢，作威作福。刻：傷害。

49 理且安：治理得好且安定。

50 且漢知孟舒於田叔：漢高祖時，孟舒任雲中郡太守，因郡地受匈奴劫掠慘重，被免官。文帝即位，召見漢中郡太守田叔問曰："公知天下長者乎？"田叔答曰："故雲中守孟舒，長者也。"文帝便重召孟舒任雲中太守。

51 得魏尚於馮唐：漢文帝時，雲中郡太守魏尚愛護士兵，守土有功。一次上報戰績時，多報了六顆首級，被削爵罰勞役。後經中郎署長馮唐代為辯白，終得恢復原職。

52 聞黃霸之明審：黃霸，淮陽陽夏（今河南太康）人。精明善良，施政頗得人心。宣帝即位，聽說他執法公平，召為廷尉正。後任潁川郡太守，外寬內明，深受吏民愛戴，治績為當時天下第一。晚年官至丞相，封建成侯。

53 睹汲黯之簡靖：汲黯，濮陽（今河南濮陽）人。奉黃老學說，武帝時任東海郡太守，清靜無為，不苛察細小，常躺在住處，不出門，一年多，東海大治。後因事免官。有一次，武帝又召他任淮陽郡太守，他因病辭謝。武帝對他說："顧淮陽吏民不相得，吾徒得君之重，臥而治之。"黯到淮陽，和在東海郡時一樣施治，淮陽政清。簡靖，簡約、清靜。

54 委：以郡事託付。輯：安撫。

55 "設使漢室盡城邑而侯王之"三句：假使漢朝遍天下全部實行封建制，即使侯王們虐害人民，朝廷也只能發愁而已。縱令，即使。

56 "下令而削之"五句：漢景帝三年（前154），用晁錯計削諸侯，吳、楚等七國舉兵反叛。裂眥(zì)，發怒的樣子。

57 "而二姓陵替"二句：魏、晉兩代，國運不長。二姓，指曹氏、司馬氏。陵替，衰落。祚，國運。曹魏傳五帝四十六年而亡，司馬氏傳四帝五十二年而西晉亡，南渡後又傳十一帝一百零三年而東晉亡。

58 垂二百祀：將近二百年。祀，年。

59 資以黜夏：藉以亡夏。

60 繼世而理：世世代代承襲以治理所封國土。

61 "將欲利其社稷"七句：封建侯王為了利其封國，統一視聽，世襲大夫則要世世享受食邑，以至除國君直轄一部分地方外，其餘的全部成了大夫的封邑。這樣一來，即使聖賢生於其時，亦無以立足於天下，這就是封建者造成的。封略，疆界。

【鑒賞】

《封建論》是反映柳宗元社會觀的最重要的代表作，作於其貶謫永州期間。文中"封建"是指"封國土，建諸侯"的分封制度。中唐時期，朝政腐敗不堪，藩鎮割據的局面相當嚴重，但有人提倡恢復分封制。這無疑助長了藩鎮的囂張氣焰，使國家更加混亂不堪，在這種情況下，柳宗元寫本文抨擊妄圖復辟分封制的觀點。

文章首先是一大段正論，探討了分封制，討論郡縣制代替分封制的必然性。以周朝滅亡這一實證指出分封制發展到後來暴露出的種種弊端。然後，作者提出秦統一中國後，取消分封制，實行郡縣制是歷史的進步。漢代因復辟分封制而滅亡，就更證明郡縣制優越於分封制。唐代建國以來，設置州縣，任命州縣長官，這符合歷史發展的規律，所以州縣制不能廢止。

接下來的部分是駁論。作者首先亮明自己的觀點“余又非之”。接着從周朝滅亡“失在於制，不在於政”的情況入手，探討分封制的弊端和郡縣制的優點。而且作者還用一大段文字，評價漢代政治得失，證明復辟分封制的惡果。然後，作者回到唐朝現狀，説明朝廷的改革不在於復辟分封制，而在於掌握兵權和慎重選擇州縣長官。

最後，作者又駁斥兩種觀點，肯定自己的結論為“非聖人之意也，勢也”，即制度不是聖人的本意，而是由形勢發展決定的。

種樹郭橐駝傳

郭橐駝，不知始何名。病僂，隆然伏行，有類橐駝者，故鄉人號之“駝”。駝聞之曰：“甚善，名我固當。”因捨其名，亦自謂“橐駝”云。

其鄉曰豐樂鄉，在長安西。駝業種樹，凡長安豪富人為觀遊[1]及賣果者，皆爭迎取養。視駝所種樹，或移徙，無不活；且碩茂早實以蕃。他植者雖窺伺效慕，莫能如也。

有問之，對曰：“橐駝非能使木壽且孳[2]也，能順木之天以致其性焉爾。凡植木之性，其本欲舒[3]，其培欲平[4]，其土欲故[5]，其築欲密[6]。既然已，勿動、勿慮，去不復顧。其蒔也，若子[7]；其置也，若棄；則其天者全，而其性得矣。故吾不害其長而已，非有能碩茂之也；不抑耗其實而已，非有能早而蕃之也。”

“他植者則不然。根拳而土易。其培之也，若不過焉則不及。苟有能反是者，則又愛之太恩[8]，憂之太勤，旦視而暮撫，已去而復顧。甚者，爪其膚以驗其生枯，搖其本以觀其疏密，而木之性日以離矣。雖曰愛之，其實害之；雖曰憂之，其實仇之。故不我若也。吾又何能為哉！”

問者曰：“以子之道，移之官理[9]，可乎？”駝曰：“我知種樹而已，理非吾業也。然吾居鄉，見長人[10]者好煩其令，若甚憐焉，而卒以禍。旦暮吏來而呼曰：‘官命促爾耕，勗爾植，督爾獲，蚤繅而緒[11]，蚤織而縷[12]，字[13]而幼孩，遂[14]而雞豚。’鳴鼓而聚之，擊木而召之[15]，吾小人輟飧饔以勞吏者[16]且不得暇，又何以蕃吾生而安吾性耶？故病且怠。若是，則與吾業者，其亦有類乎？"

問者嘻曰："不亦善夫！吾問養樹，得養人術。"傳其事，以為官戒也。

註釋

1 觀遊：觀賞遊覽。
2 壽：活得久。孳：長得快。
3 本：樹根。
4 培：培土。
5 故：指舊土。
6 築：搗土。密：密實。
7 其蒔也，若子：移栽時像照顧子女一樣精心。
8 愛之太恩：愛得過分。
9 移之官理：移到為官治民上。理，本"治"，唐人避唐高宗李治諱改。
10 長（zhǎng）人：即人民的官長。
11 蚤：同"早"。繅（sāo）：同"繅"，煮繭抽絲。緒：絲頭。而：通"爾"，下三句同。
12 織而縷：謂用線織布。
13 字：養育。
14 遂：成長。
15 "鳴鼓"二句：擊鼓聚集百姓，敲木梆召集眾人。
16 輟飧饔（sūn yōng）：中止晚餐和早餐。也就是說自己顧不上吃飯。勞：慰勞。

【鑒賞】

本文是一篇人物傳記，藉郭橐駝種樹的經驗，闡發為官治民要順其自然的道理。

文章一、二段介紹郭橐駝其人其事。寫他因"病僂，隆然伏行"得"橐駝"之名，善種樹，所種之樹"碩茂早實以蕃"。

三、四段郭橐駝自述種樹的經驗，關鍵在於"順木之天以至其性"。他以自己種樹的方法和"他植者"的方法對比，指出自己瞭解"植木之性"，知道"其本欲舒，其培欲平，其土欲故，其築欲密"，所以能全其天而得其性。而"他植者"則不然，他們"愛之太恩，憂之太勤"，結果過猶不及，木之性反而日漸遠離了。因而，種樹的要領在於順着樹木自然生長的規律進行管理，在保護其生機活力的前提下進行栽種。

五、六段先將種樹的道理引到為官治民上，指出官吏"好煩其令"，就像種樹"若甚憐焉，而卒以禍"。接着鋪陳官吏呼喝百姓的情形。一連用了七個短句，將俗吏蠻橫驅使百姓，擾得雞犬不寧的場景刻畫得淋漓盡致。最後作者以"養樹"點出"養人術"，告誡統治者要使天下長治久安，便要與民休養生息，給百姓適當喘息的機會。

本文從老莊哲學無為而治，順其自然的思想出發，說明為吏治民應適當放鬆統治，令百姓能休養生息。

段太尉逸事狀

太尉始為涇州刺史時[1]，汾陽王以副元帥居蒲[2]，王子晞為尚書[3]，領行營節度使，寓軍邠州[4]，縱士卒無賴[5]。邠人偷嗜暴惡者[6]，率以貨竄名軍伍中，則肆志[7]，吏不得問。日群行丐取於市，不嗛[8]，輒奮擊折人手足，椎釜鬲甕盎盈道上[9]，袒臂徐去[10]，至撞殺孕婦人。邠寧節度使白孝德以王故[11]，戚不敢言。

太尉自州以狀白府[12]，願計事。至則曰："天子以生人付公理[13]，公見人被暴害，因恬然；且大亂，若何？"孝德曰："願奉教。"太尉曰："某為涇州，甚適，少事，今不忍人無寇暴死，以亂天子邊事。公誠以都虞侯命某者[14]，能為公已亂，使公之人不得害。"孝德曰："幸甚！"如太尉請。

既署一月，晞軍士十七人入市取酒，又以刃刺酒翁，壞釀器，酒流溝中。太尉列卒取十七人，皆斷頭注槊上[15]，植市門外[16]。晞一營大譟，盡甲。孝德震恐，召太尉曰："將奈何？"太尉曰："無傷也，請辭於軍。"孝德使數十人從太尉，太尉盡辭去，解佩刀，選老躄者一人持馬[17]，至晞門下。甲者出，太尉笑且入，曰："殺一老卒，何甲也？吾戴吾頭來矣！"甲者愕。因諭曰："尚書固負若屬耶[18]？副元帥固負若屬耶？奈何欲以亂敗郭氏？為白尚書，出聽我言。"

晞出見太尉，太尉曰："副元帥勳塞天地，當務始終。今尚書恣卒為暴，暴且亂，亂天子邊，欲誰歸罪？罪且及副元帥。今邠人惡子弟以貨竄名軍籍中，殺害人，如是不止，幾日不大亂？大亂由尚書出，人皆曰尚書倚副元帥不戢士[19]。然則郭氏功名其與存者幾何[20]？"言未畢，晞再拜曰："公幸教晞以道，恩甚大，願奉軍以從。"顧叱左右曰："皆解甲，散還火伍中[21]。敢嘩者死。"太尉曰："吾未晡食[22]，請假設草具[23]。"既食，曰："吾疾作，願留宿門下。"命持馬者去，旦日來。遂臥軍中。晞不解衣，戒候卒擊柝衛太尉。旦，俱至孝德所，謝不能，請改過。邠州由是無禍。

先是，太尉在涇州為營田官[24]。涇大將焦令諶取人田，自佔數十頃，給與農，曰："且熟，歸我半。"是歲大旱，野無草。農以告諶，諶曰："我知入數而已，不知旱也。"督責益急。且飢死[25]，無以償，即告太尉。

太尉判狀，辭甚巽[26]，使人求諭諶。諶盛怒，召農者曰："我畏段某耶？何敢言我！”取判鋪背上，以大杖擊二十，垂死，輿來庭中。太尉大泣曰：“乃我困汝！”即自取水洗去血，裂裳衣瘡[27]，手注善藥[28]，旦夕自哺農者，然後食。取騎馬賣，市穀代償，使勿知。

淮西寓軍帥尹少榮[29]，剛直士也。入見諶，大罵曰：“汝誠人耶？涇州野如赭，人且飢死，而必得穀，又用大杖擊無罪者。段公，仁信大人也，而汝不知敬。今段公唯一馬，賤賣市穀入汝，汝又取不恥。凡為人傲天災、犯大人、擊無罪者，又取仁者穀，使主人出無馬，汝將何以視天地[30]？尚不愧奴隸耶？”諶雖暴抗[31]，然聞言則大愧，流汗，不能食，曰：“吾終不可以見段公！”一夕自恨死。

及太尉自涇州以司農徵[32]，戒其族：“過岐，朱泚幸致貨幣[33]，慎勿納。”及過，泚固致大綾三百匹。太尉婿韋晤堅拒，不得命。至都，太尉怒曰：“果不用吾言！”晤謝曰：“處賤，無以拒也[34]。”太尉曰：“然終不以在吾第。”以如司農治事堂[35]，棲之梁木上。泚反，太尉終[36]。吏以告泚，泚取視，其故封識具存[37]。

太尉逸事如右。

元和九年月日[38]，永州司馬員外置同正員柳宗元謹上史館。今之稱太尉大節者，出入以為武人，一時奮不慮死，以取名天下。不知太尉之所立如是。宗元嘗出入岐周邠斄間[39]，過真定[40]，北上馬嶺[41]，歷亭障堡戍[42]，竊好問老校退卒，能言其事：太尉為人姁姁[43]，常低首拱手行步，言氣卑弱，未嘗以色待物[44]。人視之，儒者也。遇不可，必達其志，決非偶然者。會州刺史崔公來[45]，言信行直，備得太尉遺事，覆校無疑。或恐尚逸墜，未集太史氏[46]，敢以狀私於執事[47]。謹狀。

註釋

1 太尉始為涇州刺史時：唐代宗大曆十二年（777），段秀實因邠寧節度使白孝德推薦，任涇州刺史。涇州，今甘肅省涇川縣北。

2 汾陽王：即郭子儀。他因平安史之亂有功，代宗寶應元年（762），進封汾陽郡王。代宗大曆十二年二月，子儀兼關內、河東副元帥，河中節度、觀察使，出鎮河中。蒲：今山西省永濟縣。

3 王子晞為尚書：郭晞，子儀第三子。積功，拜殿中監，加御史中丞。大曆中，加檢校工部尚書。

4 寓：寄居。邠（bīn）州：今陝西彬縣。

5 無賴：橫行霸道。

6 暴惡：暴戾兇惡。

7“率以貨竄名軍伍中”二句：大意為大都通過賄賂在軍隊裏列上自己的名字，以便胡作非為。

8 不嗛(qiè)：不滿意。嗛，通“慊”，滿意。

9 鬲（lì）：古代烹飪器，形似鼎而足中空。

甕：盛酒陶器。盎(àng)：盆，大腹斂口。
10 袒臂徐去：裸着臂膀揚長而去。
11 白孝德：安西（今新疆維吾爾自治區庫車縣）人，李光弼部將，積功至北庭行營節度使，後改任邠寧節度使。
12 狀：古代文體，用於陳述事實。白：陳述。府：指節度使府。
13 天子以生人付公理：天子把百姓交給您治理。
14 都虞侯：軍隊中的執法官。唐晚期，地方多設此官，以約束軍隊。
15 注：附着。槊(shuò)：長矛。
16 植：豎立。
17 老躄(bì)：年老而腿跛。
18 若屬：你們。
19 戢士：管束士兵。戢(jǐ)，止、斂。
20 其與存者幾何：意謂所存無幾。
21 火伍：隊列。火、伍，都是古代軍事編制的名稱。
22 晡(bū)食：晚餐。晡，申時，即下午三點到五點的時間。
23 請假設草具：意謂請代為備辦些粗劣食物。
24 營田官：指掌管軍隊屯墾的營田副使。
25 且飢死：指農者將因飢餓而死。
26 巽(xùn)：通"遜"，柔順。
27 衣瘡：包紮傷口。衣，讀去聲。
28 手注善藥：親手塗敷好藥。
29 淮西寓軍：暫時駐紮在涇州的淮西軍。
30 視天地：仰視天，俯視地，指存活在人世間。
31 暴抗：強橫，傲慢無禮。
32 司農：指司農卿。
33 "過岐"二句：朱泚(cǐ)，昌平（今北京昌平）人，原任盧龍節度使，代宗大曆九年(774)入朝。當時泚正在鎮守岐，秀實估計經岐時他可能致送財物，以相籠絡。岐，今陝西岐山。幸，可能。
34 處賤，無以拒：地位低，不能拒絕。
35 如：送到。治事堂：處理公務的地方。
36 "泚反"二句：德宗建中四年(783)十月，涇原節度使姚令言所屬軍隊在京師嘩變，德宗出奔奉天（今陝西乾縣）。泚被擁立，召秀實議事。秀實突起奪取象笏奮擊朱泚，中額，濺血灑地，泚狼狽走脱，秀實被殺。
37 封識：封裹，題誌。識，通"誌"。
38 元和九年：即公元814年。
39 岐周邠斄：泛指今陝西省西部岐山、彬縣、武功一帶。
40 真定：疑當作"真寧"，今甘肅省正寧縣。
41 馬嶺：山名，今甘肅省慶陽縣西北。
42 亭障堡戍：古代在邊地，多築亭、設障、建堡壘、置戍所，以駐紮軍隊鞏固邊防。
43 姁姁(xǔ)：和善的樣子。
44 以色待物：謂以嚴辭厲色待人。
45 崔公：指崔能。他在元和九年自御史中丞調任永州刺史。
46 "或恐尚逸墜"二句：意謂文中所敍諸事，恐怕只是遺漏的逸事，未被史官採錄。太史氏，指史官。
47 私：私下送達。執事：舊時書信中對對方的敬稱。此指韓愈。

【鑒賞】

本文作於唐憲宗元和九年(814)，其時柳宗元貶居永州，韓愈則在史館任職。《段太尉逸事狀》是柳宗元提供給韓愈修史的參考資料。寫作緣由在《與史官韓愈致段秀實太尉逸事書》中說得很詳細："太尉大節，古固無有。然人以為偶一奮，遂名無窮，今大不然。太尉自有難在軍中，其處心未嘗虧側，其蒞事無一不可紀。會在下名未達，以故不聞，非直以一時取笏為諒也。"

全文選取了段秀實生平三件逸事，塑造出一個不畏強暴、體恤民情、清廉正直的官吏形象。第一件事是勇平郭晞。郭晞縱容士卒殘害百姓，動輒就搶人財物，折斷人手足，甚至發展到了撞殺孕婦的程度。段秀實得知後，自薦為都虞侯去平亂。他待士卒再度橫行街頭時，果斷抓人，斬首示眾。郭晞士卒不肯善罷甘休，他們披掛列陣，劍拔弩張，欲與段秀實相戰。段秀實見狀，不帶佩刀，不帶衛士，詣郭營慷慨陳詞，明辯利害關係。郭晞被折服。

第二件事是仁愧焦令諶，寫太尉如何幫助一個無力交租，而慘遭毒打的農民的事情。其中太尉"自取水洗去血，裂裳衣瘡，手注善藥，旦夕自哺農者，然後食"一段，寫得十分詳盡，從側面體現了段太尉的仁愛之心。

第三件事是節顯治事堂。敍述段秀實自察朱泚用心不良，拒不收他的禮物，而將其棲之房樑的事情。寥寥數語說明他正直廉潔，臨財不苟的高尚行為。

本文選材適當，詳略得當，用三件逸事概括了段秀實剛柔相濟、嫉惡如仇、寬厚愛民、正直清明的品格。

捕蛇者說

永州之野產異蛇，黑質而白章[1]，觸草木，盡死，以齧人[2]，無禦之者。然得而腊之以為餌[3]，可以已大風、攣踠、瘻、癘[4]，去死肌[5]，殺三蟲[6]。其始太醫以王命聚之[7]，歲賦其二[8]。募有能捕之者，當其租入。永之人爭奔走焉。

有蔣氏者，專其利三世矣。問之，則曰："吾祖死於是，吾父死於是，今吾嗣為之十二年，幾死者數矣。"言之，貌若甚戚者[9]。余悲之，且曰："若毒之乎？余將告於蒞事者[10]，更若役，復若賦，則何如？"

蔣氏大戚，汪然出涕，曰[11]："君將哀而生之乎？則吾斯役之不幸，未若復吾賦不幸之甚也。向吾不為斯役[12]，則久已病矣。自吾氏三世居是鄉，積於今六十歲矣，而鄉鄰之生日蹙。殫其地之出，竭其廬之入，號呼而轉徙，飢渴而頓踣[13]，觸風雨，犯寒暑，呼噓毒癘[14]，往往而死者相藉也[15]。曩與吾祖居者，今其室十無一焉；與吾父居者，今其室十無二三焉；與吾居十二年者，今其室十無四五焉。非死而徙爾[16]。而吾以捕蛇獨存。悍吏之來吾鄉，叫囂乎東西，隳突乎南北[17]，嘩然而駭者，雖雞狗不得寧焉。吾恂恂而起[18]，視其缶，而吾蛇尚存，則弛然而臥[19]。謹食之，時而獻焉。退而甘食其土之有，以盡吾齒[20]。蓋一歲之犯死者二焉，其餘則熙熙而樂[21]，豈若吾鄉鄰之旦旦有是哉！今雖死乎此，比吾鄉鄰之死則已後矣。又安敢毒耶？”

余聞而愈悲。孔子曰：“苛政猛於虎也[22]。”吾嘗疑乎是。今以蔣氏觀之，猶信。嗚呼！孰知賦斂之毒有甚是蛇者乎！故為之說，以俟夫觀人風者得焉[23]。

註釋

1 黑質而白章：謂黑色質地上有白色的花紋。
2 齧（niè）：咬。
3 腊（xī）之以為餌：把蛇製成肉乾，作藥餌用。腊，乾肉，這裏用作動詞，意為製成肉乾。
4 可以已大風、攣踠（luán wǎn）、瘺（lòu）、癘（lì）：可以治癒大風等疑難雜症。已，治癒；大風，嚴重風濕病。攣踠，手腳拳曲不能伸。瘺，頸腫。癘，麻瘋病。
5 死肌：肉腐爛部分。
6 三蟲：迷信說法，人體內有使人生病夭死的三屍蟲。
7 太醫：指太醫署，唐屬太常寺，掌管醫療之法。
8 歲賦其二：每年徵收蛇二次。
9 戚（qī）：憂愁。
10 若：你。毒：痛恨。蒞事者：當職的官吏。
11 汪然：流淚的樣子。
12 向：先前。
13 頓踣（bó）：困頓僵仆。
14 呼噓毒癘：呼吸毒氣。
15 相藉：互相枕藉，形容死者堆疊。
16 非死而徙：意謂不是死亡就是遷徙他鄉。
17 隳（huī）突：破壞奔突。
18 恂恂（xún）：誠懇謹慎的樣子。
19 弛然：安適放鬆的樣子。
20 盡吾齒：終我天年。齒，年齡。
21 熙熙：和樂的樣子。
22 苛政猛於虎也：《禮記・檀弓下》：“孔子過泰山側，有婦人哭於墓者而哀。夫子式而聽之。使子路問之，曰：‘子之哭也，壹似重有憂者？’而曰：‘然。昔者吾舅死於虎，吾夫又死焉，今吾子又死焉。’夫子曰：‘何為不去也？’曰：‘無苛政。’夫子曰：‘小子識之，苛政猛於虎也。’”
23 觀人風者：本指採集民間歌謠的官吏。這裏指觀察使一類的官員。

【鑒賞】

本文是柳宗元散文中廣為傳誦的名篇之一。唐永貞元年（805），柳宗元因參與王叔文集團“永貞革新”失敗，被貶為永州司馬。在永州任職的十年間，他廣泛接觸下層人民，瞭解他們的苦難生活。《捕蛇者說》便寫於此間，主要抨擊統治者的橫徵暴斂。

全文共分四段。第一段寫永州之蛇的特點。牠毒性巨大，但入藥可以治“大風、攣踠、瘺、癘”等疑難病症，藥用療效十分顯著。於是太醫署藉皇帝的命令每年兩次徵集這種異蛇，可以抵消租稅。

第二、三段敍述了捕蛇世家蔣氏的不幸遭遇。蔣氏講述他的祖父、父親都死於捕蛇，而他自己捕蛇十二年，也數次險些喪命。雖如此，他卻寧可捕蛇，也不願改繳租稅。因為他目睹鄉人因繳賦稅而傾家蕩產，被迫逃亡，客死他鄉；也目睹暴吏催逼租稅狂呼亂叫，擾得雞犬都不得安寧。而捕蛇雖然危險，但一年只有兩次，只要按時上交，即可安享歲月。比起鄉鄰日日被迫，天天有危險，即使死了，也要坦然得多。作者藉捕蛇人之口道出中唐苛捐雜稅給百姓造成的災難。

第四段議論，作者引孔子之語，又以蔣氏為例，證明"賦斂之毒有甚是蛇者"！

本文的寫作廣泛運用了對比手法。如以捕蛇者的生活和鄉鄰的生活對比，突出鄉鄰為賦稅逼迫，無法生存的狀況。又如以蛇毒和賦稅之毒對比，反襯賦稅之毒的厲害。章士釗先生對此文極為推賞，他認為"此文無選本不錄，讀者最廣，人談柳文，必首及是篇"(《柳文指要》)。足見它深遠的影響力。

梓人傳

裴封叔之第，在光德里[1]。有梓人款其門，願傭隙宇而處焉[2]。所職尋引、規矩、繩墨[3]，家不居礱斫之器[4]。問其能，曰："吾善度材，視棟宇之制[5]，高深、圓方、短長之宜，吾指使而群工役焉。捨我，眾莫能就一宇。故食於官府，吾受祿三倍；作於私家，吾收其直大半焉[6]。"他日，入其室，其牀闕足而不能理，曰："將求他工。"余甚笑之，謂其無能而貪祿嗜貨者。

其後，京兆尹將飾官署[7]，余往過焉。委群材[8]，會眾工。或執斧斤，或執刀鋸，皆環立向之。梓人左持引，右執杖，而中處焉。量棟宇之任[9]，視木之能[10]，舉揮其杖曰："斧彼！"執斧者奔而右。顧而指曰："鋸彼！"執鋸者趨而左。俄而斤者斫，刀者削，皆視其色，俟其言，莫敢自斷者。其不勝任者，怒而退之，亦莫敢慍焉[11]。畫宮於堵，盈尺而曲盡其制[12]，計其毫釐而構大廈，無進退焉[13]。既成，書於上棟曰"某年某月某日某建"，則其姓字也。凡執用之工不在列。余圜視大駭[14]，然後知其術之工大矣。

繼而歎曰：彼將捨其手藝，專其心智，而能知體要者歟[15]？吾聞勞心者役人，勞力者役於人[16]，彼其勞心者歟？能者用而智者謀，彼其智者歟？是足為天子相天下法矣，物莫近乎此也。彼為天下者本於人。其執役者，為徒隸，為鄉師、里胥[17]；其上為下士，又其上為中士、為上士；又其上為大夫、為卿、為公。離而為六職，判而為百役[18]。外薄四海，有方伯、連率。郡有守，邑有宰，皆有佐政[19]。其下有胥吏，又其下皆有嗇夫、版尹，以就役焉[20]，猶眾工之各有執技以食力也。彼佐天子相天下者，舉而加焉，指而使焉，條其綱紀而盈縮焉[21]，齊其法制而整頓焉，猶梓人之有規矩、繩墨以定制也。擇天下之士，使稱其職；居天下之人[22]，使安其業。視都知野，視野知國，視國知天下，其遠邇細大，可手據其圖而究焉[23]，猶梓人畫宮於堵而績於成也。能者進而由之，使無所德；不能者退而休之，亦莫敢慍。不炫能，不矜名，不親小勞，不侵眾官，日與天下之英才討論其大經[24]，猶梓人之善運眾工而不伐藝也[25]。夫然後相道得而萬國理矣。相道既得，萬國既理，天下舉首而望曰："吾相之功也。"後之人循跡而慕曰："彼相之才也。"士或談殷周之理者，曰伊、傅、周、召，其百執事之勤勞[26]而不得紀焉。猶梓人自名其功而執用者不列也。大哉，相乎！通是道者，所謂相而已矣。

其不知體要者反此。以恪勤為公，以簿書為尊[27]，炫能矜名，親小勞，侵眾官，竊取六職百役之事，聽聽於府庭[28]，而遺其大者、遠者焉，所謂不通是道者也。猶梓人而不知繩墨之曲直、規矩之方圓、尋引之短長，姑奪眾工之斧斤刀鋸以佐其藝，又不能備其工，以至敗績、用而無所成也[29]。不亦謬歟？

或曰："彼主為室者，儻或發其私智，牽制梓人之慮，奪其世守而道謀是用[30]，雖不能成功，豈其罪邪？亦在任之而已。"余曰：不然。夫繩墨誠陳，規矩誠設，高者不可抑而下也，狹者不可張而廣也。由我則固，不由我則圮[31]。彼將樂去固而就圮也，則卷其術，默其智，悠爾而去，不屈吾道，是誠良梓人耳。其或嗜其貨利[32]，忍而不能捨也，喪其制量[33]，屈而不能守也，棟撓屋壞[34]，則曰："非我罪也。"可乎哉？可乎哉？

余謂梓人之道類於相，故書而藏之。梓人，蓋古之審曲面勢者[35]，今謂之"都料匠"云。余所遇者，楊氏，潛其名。

註釋

1 裴封叔：柳宗元的妹夫。第：住宅。光德里：長安里弄名。

2 款：通"叩"。傭：租賃。隙宇：空閒的房子。

3 職：掌管，此處指隨身攜帶。尋引：八尺為尋，十丈為引。這裏代指測量長度的工具。規矩：古代木工工具。量圓形的叫規，量直角的叫矩。繩墨：木工畫線的工具。

4 礱(lóng)：磨礪。斫(zhuó)：砍，削。
5 棟宇：原指屋柱和屋簷，這裏指房屋。制：規模。
6 直：通“值”，工錢。
7 京兆尹：管理京城長安的官員，相當於郡太守一級。
8 委(wěi)：堆積。
9 棟宇之任：建築房屋所需。
10 視木之能：根據木材的大小，安排在合適的地方使用。
11 慍：怨怒。
12 宮：房屋的設計圖。堵：牆壁。曲：委曲細緻。制：規格。
13 進退：出入或差錯。
14 圜視：即環視。圜，同“環”。
15 體要：大體綱要。指事物的關鍵所在。
16 “吾聞”二句：化用《孟子·滕文公上》中的句子。其原文是：“或勞心，或勞力。勞心者治人，勞力者治於人。”
17 徒隸：服勞役的人。鄉師：一鄉之長。里胥：一里之長。唐制百戶為一里，五里為一鄉。鄉師里胥都是管理鄉里事務的小官。
18 下士：西周時統治者中最低級的官吏。公、卿、大夫，為高級官吏。離：大致區分。六職：指王公、士大夫、百工、商旅、農夫、婦幼六種職別。判：詳細劃分。百役：各種當差的人。
19 薄：通“迫”，靠近。四海：指邊境。方伯、連率：此指地方高級官員。
20 嗇(sè)夫：輔助縣令管理賦稅、訴訟等事務的鄉官。版尹：主管戶籍的官吏。
21 條其綱紀：整理綱紀。盈縮：變通。
22 居：安置。
23 邇(ěr)：近。據：按。究：考察。
24 侵：越權。大經：治理國家的大政方針。
25 運：指揮。伐：誇耀。
26 伊：伊尹，商朝的開國大功臣。傅：傅説(yuè)，商王武丁的大臣。周：周公，周武王弟，佐武王滅商後，又與召公一起輔佐成王，在建立典章制度等方面起了重大作用。召(shào)：召公，古燕國始祖，佐武王滅商，又與周公一起輔佐成王治政。百執事：辦理各類具體事務的官員。
27 恪(kè)勤：謹慎勤懇，這裏指忙碌於小事。簿書：官府文書，此處意謂陷入具體事務。
28 聽聽(yín)：這裏指爭辯的樣子。
29 用而：因而。
30 道謀是用：信任過路人的議論。
31 圮(pǐ)：倒塌。
32 嗜：貪圖。貨利：錢財。
33 制量：指規矩、法度。
34 撓(náo)：彎曲、折斷。
35 審曲面勢：出自《考工記》，意思是審察各種材料的曲直和向背情況，以根據建築需要來選擇。

【鑒賞】

《梓人傳》是一篇人物傳記，作於柳宗元在長安為官期間。文章針對當時朝廷政出多門，吏治混亂狀況，勸諫統治者執政須明白為相之道，以統攬全局，任用賢能。

文章由梓人的才能入手，寫他擅於指揮工匠建造房屋，且極為自負：“捨我，眾莫能就一宇。”而作者到他的居室，卻發現其中沒有一件木匠工具，連他自己的牀斷了腿，還得請別人修。於是作者懷疑他是“無能而貪祿嗜貨者”。但等到了施工現場，作者見到的卻是另一番景象，梓人“左持引，右執杖，而中處焉”，顯然是施工全局的中心，他靈活自如地指揮工匠們幹活，賞罰分明，眾工匠都服從他的調遣。作者看到梓人的業績，對他的態度由嘲笑變為敬佩。

“繼而歎曰”以下為議論部分。作者首先總結上文，指出梓人的成功之處在於“能知體要”。接着由“物莫近乎此”推出為相之道也在於“能知體要”，並將梓人之道與為相之道一一對應。説明宰相應指揮各級官員，按綱紀法令管理國家；要任用賢能，避免事必躬親；要統領全局，運籌帷幄，使百官各司其職，百姓各就其業，防止越俎代庖的事情發生。正面論述之後，作者又以反例加以佐證。末段再作進一步拓展，使立意更加明確，題旨更趨深化。

本文雖為人物傳記，但真正的落腳點卻在為相之道。清人儲欣曰：“分明一篇大臣論，借梓人以發其端，由賓入主，非觸類而長之之謂也。”（《唐宋八大家類選》評語）評述極恰當。

三戒（並序）

吾恆惡世之人，不知推己之本，而乘物以逞[1]，或依勢以干非其類，出技以怒強，竊時以肆暴，然卒迨於禍。有客談麋、驢、鼠三物，似其事，作《三戒》。

臨江之麋

臨江之人畋[2]，得麋麑[3]，畜之。入門，群犬垂涎揚尾皆來。其人怒，怛之[4]。自是日抱就犬，習示之，使勿動，稍使與之戲。積久，犬皆如人意。麋麑稍大，忘己之麋也，以為犬良我友[5]，抵觸偃仆[6]，益狎。犬畏主人，與之俯仰甚善，然時啖其舌[7]。

三年，麋出門，見外犬在道甚眾，走欲與為戲。外犬見而喜且怒，共殺食之，狼藉道上[8]。麋至死不悟。

黔之驢

黔無驢[9]，有好事者船載以入[10]。至則無可用，放之山下。虎見之，龐然大物也[11]，以為神。蔽林間窺之。稍出，近之，憖憖然莫相知[12]。

他日，驢一鳴，虎大駭遠遁，以為且噬己也，甚恐。然往來視之，覺無異能者。益習其聲，又近，出前後，終不敢搏。稍近，益狎，蕩倚衝冒[13]。驢不勝怒，蹄之。虎因喜，計之曰：“技止此耳！”因跳踉大㘎[14]，斷其喉，盡其肉，乃去。

噫！形之龐也類有德，聲之宏也類有能，向不出其技，虎雖猛，疑畏，卒不敢取。今若是焉，悲夫！

永某氏之鼠

永有某氏者[15]，畏日[16]，拘忌異甚。以為己生歲直子[17]，鼠，子神也，因愛鼠，不畜貓犬，禁僮勿擊鼠，倉廩庖廚，悉以恣鼠，不問。

由是鼠相告，皆來某氏，飽食而無禍。某氏室無完器，椸無完衣[18]，飲食大率鼠之餘也。晝纍纍與人兼行[19]，夜則竊齧鬥暴，其聲萬狀，不可以寢，終不厭。

數歲，某氏徙居他州。後人來居，鼠為態如故。其人曰："是陰類惡物也，盜暴尤甚，且何以至是乎哉？"假五六貓，闔門，撤瓦，灌穴，購僮羅捕之[20]，殺鼠如丘，棄之隱處，臭數月乃已。

嗚呼！彼以其飽食無禍為可恆也哉！

註釋

1 "不知推己之本"二句：指大多數人不知道審查自己實際所具有的能力，總是仗着有所憑藉而逞意肆志。推，推究。乘物，指有所憑藉，即下文的"依勢"、"竊時"。
2 臨江：今江西省清江縣。畋(tián)：打獵。
3 麋麑(mí ní)：幼麋。
4 怛(dá)：恐嚇。
5 良：真。
6 抵觸偃仆：犬麋嬉戲狎暱的樣子。
7 啖(dàn)其舌：犬對麋垂涎而又強忍的情態。
8 狼藉：零亂不堪的樣子。
9 黔：今四川彭水。
10 船：一本作"舡"。
11 龐然：高大的樣子。
12 慭慭(yìn)然：謹慎小心的樣子。
13 盪倚衝冒：虎對驢戲侮狎弄的狀態。
14 跳踉(liáng)：跳躍。大㘚(hǎn)：大聲怒吼。
15 永：今湖南零陵。
16 畏日：害怕觸犯年、月、日的干支忌諱。
17 生歲直子：生年正當子年。直，通"值"，正當。
18 椸(yí)：衣架。
19 纍纍：連貫成串。兼行：並行。
20 購僮羅捕之：用錢物獎勵僕人捕鼠。購，懸賞。

【鑒賞】

《論語》云："君子有三戒。"柳宗元因恨世人"不知推己之本，而乘物以逞，或依勢以干非其類，出技以怒強，竊時以肆暴，然卒迨於禍"，故藉麋、驢、鼠三種動物寫成寓言，勸戒世人。本篇由三個小故事構成，每個小故事獨立成篇，共同說明這一主旨。

寓言是寓教訓與道理於一爐的小故事，其目的是起勸戒作用。寓言的成功與否取決於故事的生動性。本篇三個故事意趣盎然，引人入勝。作者運用擬人化手法，將麋、驢、鼠的心理刻畫得惟妙惟肖，又將牠們的行動描繪得活靈活現，讓人讀之津津有味，思之泠然猛醒，起到了振聾發聵的作用。

始得西山宴遊記

自余為僇人[1]，居是州，恒惴慄[2]。其隙也[3]，則施施而行[4]，漫漫而遊[5]，日與其徒上高山，入深林，窮迴溪[6]，幽泉怪石，無遠不到；到則披草而坐，傾壺而醉；醉則更相枕以臥，臥而夢，意有所極，夢亦同趣[7]；覺而起，起而歸。以為凡是州之山有異態者，皆我有也，而未始知西山之怪特。

今年九月二十八日，因坐法華西亭[8]，望西山，始指異之[9]。遂命僕過湘江，緣染溪[10]，斫榛莽[11]，焚茅茷[12]，窮山之高而止。攀援而登，箕踞而遨[13]，則凡數州之土壤，皆在衽蓆之下[14]。其高下之勢[15]，岈然洼然[16]，若垤[17]若穴。尺寸千里[18]，攢蹙累積[19]，莫得遁隱。縈青繚白，外與天際[20]，四望如一，然後知是山之特立，不與培塿為類[21]。悠悠乎與灝氣俱，而莫得其涯；洋洋乎與造物者遊，而不知其所窮[22]。引觴滿酌，頹然就醉，不知日之入。蒼然暮色，自遠而至；至無所見，而猶不欲歸。心凝形釋，與萬化冥合[23]，然後知吾向之未始遊，遊於是乎始。

故為之文以志。是歲，元和四年也。

註釋

1 僇（lù）人：即罪人，此指遭貶謫之人。僇，同"戮"。
2 惴（zhuì）慄：憂懼的樣子。
3 隙：空閒。
4 施施（yí）：慢慢行走的樣子。
5 漫漫：舒散無拘束的樣子。
6 迴溪：迂迴曲折的山溪。
7 "意有所極"二句：意有所至，夢也同往。
8 "今年"二句：法華，寺名，在永州城內東山上。作者元和四年在法華寺西建亭，稱西亭，並著《永州法華寺新作西亭記》。
9 指異：指點稱異。
10 染溪：瀟水支流，又名冉溪，在永州西南。
11 榛：叢木。莽：雜草。
12 茅茷(fá)：茅草之類。茷，草茂盛的樣子。
13 箕踞：席地而坐，兩腳伸直岔開，成簸箕形。
14 衽（rèn）蓆：蓆子。
15 高下之勢：指山的高低形勢。
16 岈（yá）然：山谷空闊的樣子。洼然：溪谷低下的樣子。
17 垤（dié）：蟻穴外的積土。
18 尺寸千里：謂登高遠眺，尺寸之間，環顧千里。
19 攢蹙：聚集緊接。
20 際：接。
21 培塿（pǒu lóu）：小土堆。
22 "悠悠乎與灝氣俱"四句：描繪作者登臨西山時神閒氣散，物我兩忘的感受，和下文"心凝形釋，與萬化冥合"意通。造物者，即天地、自然。
23 與萬化冥合：指物我合一的境界。萬化，萬物；冥合，渾然一體。

【鑒賞】

柳宗元貶謫永州長達十年。起初，他還對朝廷抱有幻想，但經過三年的政治觀望和思想徘徊後，他發現仕途上已沒有甚麼轉機，於是便開始寄情山水。元和四年，柳宗元寫下了《永州八記》的前四記，以排遣他滿懷的憂懼之情。《始得西山宴遊記》是第一篇，文中自敘他恣情山水之間的感受。

文章第一段，柳宗元自敘其貶謫生活，並引出西山的怪異奇特。他説，自從到了永州後，空閒時間常常上高山，入深林，窮迴溪。他覺得永州奇山異水都去過了，卻不知西山自有其怪異之處。

接下來的一段，作者便緊承上文，寫遊宴西山的過程。開頭正式交代時間，然後敍寫西山的特立之貌。整個畫面由岈然窪然的高下之勢、尺寸千里的登眺所見、縈青繚白的山水遠景構成，顯示出西山挺拔傲岸的氣勢。

景物如此，人又如何？下面着筆描繪作者一行人的遊宴，寫他們頹然醉倒，不知日暮，直至天完全黑下來，還不想回的戀戀不捨之情。“心凝形釋，與萬化冥合”，點明西山風景滌蕩人的靈魂，使之心胸開拓，與宇宙合一。至此，本文達到了山水風景與抒情言志完美結合的境界，實現了山水的人格化。

鈷鉧潭西小丘記

得西山後八日，尋山口西北道二百步，又得鈷鉧潭。潭西二十五步，當湍而浚者為魚梁[1]。梁之上有丘焉，生竹樹。其石之突怒偃蹇，負土而出，爭為奇狀者[2]，殆不可數。其嶔然相累而下者[3]，若牛馬之飲於溪；其衝然角列而上者[4]，若熊羆之登於山。

丘之小不能一畝，可以籠而有之。問其主，曰：“唐氏之棄地，貨而不售[5]。”問其價，曰：“止四百。”余憐而售之。李深源、元克己時同遊[6]，皆大喜，出自意外。即更取器用[7]，鏟刈穢草[8]，伐去惡木[9]，烈火而焚之[10]。嘉木立，美竹露，奇石顯。由其中以望，則山之高，雲之浮，溪之流，鳥獸之遨遊，舉熙熙然回巧獻技，以效茲丘之下[11]。枕席而卧[12]，則清泠之狀與目謀[13]，瀯瀯之聲與耳謀[14]，悠然而虛者與神謀，淵然而靜者與心謀。不匝旬而得異地者二[15]，雖古好事之士，或未能至焉。

噫！以茲丘之勝，致之灃、鎬、鄠、杜[16]，則貴遊之士爭買者，日增千金而愈不可得。今棄是州也，農夫漁父過而陋之。賈四百，連歲不能售。而我與深源、克己獨喜得之，是其果有遭乎！書於石，所以賀茲丘之遭也。

註釋

1 "當湍"句：謂在水流湍急而深邃的地方有一座魚梁。魚梁，障水的石堰，中空，魚可往來其間。
2 突怒偃蹇（jiǎn）：山石奇崛的樣子。
3 嶔（qīn）然：山勢高聳的樣子。相累：層層疊疊。
4 衝然：突出的樣子。角列：如獸角斜列。
5 貨而不售：定了價格待賣但未能脫售。售，賣出。
6 李深源、元克己：作者友人。此時同貶居永州。
7 器用：用具。
8 穢草：雜草。
9 惡木：雜樹。
10 烈火：燃起猛火。
11 "舉熙熙然回巧獻技"二句：都歡樂地運其巧慧，獻出長技，以自效於小丘之下。效，呈獻。
12 枕席而卧：枕石席地而卧。
13 清泠（líng）：指天空清澈明淨。謀：合。
14 瀯瀯（yíng）：泉水聲。
15 不匝旬而得異地者二：不滿十天得到兩處奇境。異地，指鈷鉧潭和小丘。
16 灃：借作"豐"，古地名，今陝西戶縣東，周文王都城。鎬：古地名，今陝西西安西南，周武王都城。鄠（hù）：漢縣名，今陝西戶縣，漢上林苑所在地。杜：舊縣名，今西安市東南，亦稱杜陵。以上四地都是唐代帝都近郊豪貴們的居住地。

【鑒賞】

本文是《永州八記》的第三篇。小丘是柳宗元繼西山、鈷鉧潭後發現的又一處秀美景致。

文章開頭交代發現西山後八天，在山口西北道二百步處，得到鈷鉧潭，而潭西二十五步處，便有一長滿竹樹的小丘。小丘上佈滿奇石，大都形態各異。它們或像牛馬低頭飲山溪水，或像熊羆向山上攀登，生趣盎然，活力充沛，以至清人王夫之説："煙雲泉石，寓意則靈。"（《姜齋詩話》卷下）可見，此間石頭的情感恰源自作者巧妙的融情於景。

第二段介紹作者修葺小丘的過程。先寫他用四百金的低價買下小丘。"余憐而售之"一句，寓言深刻，包含了作者對小丘不幸遭遇的同情，暗寓個人命運的慨歎。接着寫作者與朋友對其進行改造。他們鏟去穢草，伐去惡木，使掩藏在其間的嘉木、美竹、奇石顯露出來。這樣從小丘向四周望去"山之高，雲之浮，溪之流，鳥獸之遨遊，舉熙熙然回巧獻技，以效茲丘之下"。作者在這裏枕席而卧，便進入心靈與自然冥合的境界。

但是，作者的快樂背後隱藏的是深深的失意，這種失意是藉小丘的不幸遭遇表達出來的。最後一段，作者設想如果將小丘放在豪門貴族集中居住的地方，那麼它一定會身價百倍。而在永州這個荒涼的地方，連農夫漁父都認為它粗陋，僅賣四百金，還連年無人問津。小丘的遭遇竟如此，那麼作者的遭遇不也同小丘相似嗎？所以本文"寓意至遠，令人殊難為懷"。（清儲欣《唐宋八大家類選》卷十）

至小丘西小石潭記

從小丘西行百二十步，隔篁竹[1]聞水聲，如鳴珮環[2]，心樂之。伐竹取道，下見小潭，水尤清洌。全石以為底，近岸，捲石底以出[3]，為坻[4]，為嶼，為嵁[5]，為岩。青樹翠蔓，蒙絡搖綴，參差披拂。

潭中魚可百許頭[6]，皆若空游無所依。日光下澈，影佈石上，佁然不動；俶爾遠逝[7]，往來翕忽[8]，似與遊者相樂。

潭西南而望，斗折蛇行[9]，明滅可見。其岸勢犬牙差互[10]，不可知其源。坐潭上，四面竹樹環合，寂寥無人，悽神寒骨，悄愴幽邃。以其境過清，不可久居，乃記之而去。

同遊者：吳武陵、龔古、余弟宗玄[11]。隸而從者，崔氏二小生[12]：曰恕己，曰奉壹。

註釋

1 篁（huáng）竹：竹林。
2 環：古人繫在腰帶上的玉飾，又稱佩玉，行動時琤瑽作響。
3 捲石底以出：石底上捲露出水面。
4 坻（chí）：水中高地。
5 嵁：不平的山岩。
6 可：大約。
7 佁（ǎi）然：呆呆的樣子。俶（chù）爾：忽然。
8 翕（xì）忽：迅速敏捷的樣子。
9 斗折蛇行：溪流曲折如北斗星，蜿蜒如游蛇。
10 犬牙差互：岸勢如犬牙互相交錯。
11 吳武陵：信州人，元和初進士，因獲罪貶永州。宗玄：作者從弟。
12 隸而從：謂依附而相隨。小生：即少年。

【鑒賞】

本篇是柳宗元山水遊記代表作《永州八記》的第四篇。文章寫作者從小丘向西行約百二十步，隔着篁竹，聽到潺潺的水聲，如叮噹作響的佩環。他心中高興，但隔着篁竹無法到達小潭，所以只好伐去幾桿竹子，造出一條通路。當然小潭也沒有讓柳宗元失望。只見潭水清洌，潭底佈滿石子，在靠近四周石岸的地方，又從潭底捲出各種形態的石頭，石頭上青翠的樹枝藤蔓，參差錯落，搖曳飄拂。簡直是一幅柔美靜謐的山水風景畫。

接下來，作者將目光轉向潭中的游魚，寫牠們在日光下悠然自得，佁然不動，俶爾遠逝的樣子。最後，作者將筆落在小石潭周圍環境的悽神寒骨上，藉環境的寂寥無人、悄愴幽邃表達作者內心淒涼寂寞的感受。

全文迂迴曲折，引人入勝。作者未見小石潭，便先聞其聲；因聞其聲，心中快樂，便伐竹取道，尋覓小石潭；既見小石潭，便飽賞其勝景，然終因“其境過清，不可久居，乃記之而去”。前半部分的描寫充滿了欣喜之情，後半部分則轉入淒清與寥落。極寫出作者心情之變化，使文章呈現出曲折之態。此外，本文精於煉字，“清”與“樂”都是神來之筆，既表現了作者內心的寂寞，又暗示了其快樂的短暫。

小石城山記

自西山道口徑北[1]，逾黃茅嶺而下，有二道。其一西出，尋之無所得；其一少北而東，不過四十丈，土斷而川分，有積石橫當其垠[2]。其上為睥睨梁欐之形[3]；其旁出堡塢[4]，有若門焉，窺之正黑，投以小石，洞然有水聲，其響之激越，良久乃已。環之可上，望甚遠。無土壤而生嘉樹美箭[5]，益奇而堅，其疏數偃仰[6]，類智者所施設也。

噫！吾疑造物者之有無久矣[7]。及是愈以為誠有。又怪其不為之於中州[8]，而列是夷狄[9]，更千百年不得一售其伎[10]。是固勞而無用，神者儻不宜如是，則其果無乎？或曰：“以慰夫賢而辱於此者。”或曰：“其氣之靈[11]，不為偉人而獨為是物，故楚之南少人而多石[12]。”是二者余未信之。

註釋

1 西山：永州西面瀟水邊。
2 少：稍微。垠：邊界。
3 睥睨：即“雉堞”，城上矮牆，牆上有小孔可望城下。梁欐（lì）：屋梁，這裏代指房屋。
4 堡塢：村外，土築的小城堡，用來防衛。
5 箭：一種竹子。其質地堅，韌可作箭桿。
6 數（cù）：密。
7 造物者：創造萬物的神靈。
8 中州：中原，黃河中下游一帶文化發達的地區。
9 夷狄：泛指少數民族，本文指距中州遙遠的永州一帶。
10 更：經歷。伎：通“技”，指小石城山的奇景。
11 氣：古人認為天地之間有一種靈秀之氣，它附在人身上，便造就偉大的人物；它附在物上，便造就奇特美妙的東西。
12 楚之南：古代楚國的南部，今湖南一帶。

【鑒賞】

本文是《永州八記》的第八篇。寫於唐元和七年 (812)。文章分為兩大部分，前半部分寫小石城山的景物，後半部分抒發作者貶謫永州以來遊歷山水時觸景生情的感懷。

寫景部分先指明小石城山的地理位置，接着描繪小石城山的景致，主要突出一"奇"字。小石城山四圍像城，有一如門的洞穴，且深邃有水，"環之可上，望甚遠"，山石上沒有土壤，卻生長着秀美的竹樹，它們高高低低，疏密有序地排列着，像有人精心設計佈置過一樣。

抒懷部分由驚歎小石城山天然神秀，鬼斧神工到懷疑造物者的有無，最後肯定其"誠有"。思索由此展開，敍說如此好的景致"不為之於中州"，反被長期遺棄在這荒涼的地方，不為人知，不能發揮其效用。並再次發問"其果無乎？"且自設答案說：可能是造物主將奇石安排在這裏撫慰被貶謫到此的賢人；也可能是造物主靈秀獨鍾於石，所以楚地一帶少偉大人物而多奇形怪石。這裏反襯出柳宗元在蠻荒僻野之地的孤單寂寞，以及他與自然奇石為伍，孤芳自賞的痛楚憤懣。

《小石城山記》不似前幾篇遊記將作者的鬱悶融鑄在字裏行間，而是以獨立的部分敍述由自然景觀引起的思索，藉以表達作者長期貶謫，淪落天涯的鬱憤之情。在藝術上，本文運用了白描手法，清晰流暢地勾勒出小石城山奇特的外貌。同時寫景、抒情、議論三者的無間結合，也構成了這篇文章獨特的藝術風貌。

白居易

白居易（772～846），字樂天，下邽（今陝西渭南）人，祖籍太原。他出生於新鄭（今屬河南省），少年時期避亂江南。貞元十四年（798）中進士，曾任翰林學士、左拾遺等職。晚年好佛，居於洛陽香山，自號“香山居士”。

白居易是新樂府運動的倡導者。他抱有“達則兼濟天下”的積極進取思想。同時他認為作詩應表達思想感情，務求有補於世。他把自己的詩分為“諷喻”、“閒適”、“感傷”、“雜律”四類。“諷喻”詩，如《秦中吟》、《新樂府》等，較深刻地反映出社會矛盾、政治黑暗和民生疾苦，是他的作品中較重要的部分；“感傷”詩，如《長恨歌》和《琵琶行》，善於刻畫人物，形象鮮明生動，佈局完整，語言優美。他與元稹、劉禹錫均以風格平易自然著稱。世稱“元白”與“劉白”。現存詩三千餘首。

廬山草堂記

匡廬[1]奇秀，甲天下山。山北峰曰香爐，峰北寺曰遺愛寺。介[2]峰寺間，其境勝絕，又甲廬山。元和十一年秋，太原人白樂天見而愛之，若遠行客過故鄉，戀戀不能去。因面峰腋寺[3]，作為草堂。

明年春，草堂成。三間兩柱，二室四牖，廣袤豐殺[4]，一稱心力[5]。洞[6]北戶，來陰風[7]，防徂暑[8]也；敞南甍，納陽日，虞祁寒[9]也。木斫而已，不加丹；牆圬而已，不加白。磩[10]階用石，冪[11]窗用紙，竹簾紵幃，率稱是焉。堂中設木榻四，素屏二，漆琴一張，儒、道、佛書各三兩卷。

樂天既來為主，仰觀山，俯聽泉，旁睨竹樹雲石，自辰及酉，應接不暇。俄而物誘氣隨，外適內和。一宿體寧，再宿心恬，三宿後頹然嗒然[12]，不知其然而然。

自問其故，答曰：是居也，前有平地，輪廣[13]十丈；中有平台，半平地；台南有方池，倍平台。環池多山竹野卉，池中生白蓮、白魚。又南抵石澗，夾澗有古松老杉，大僅十人圍，高不知幾百尺。修柯戛[14]雲，低枝拂潭，如幢[15]豎，如蓋張，如龍蛇走。松下多灌叢，蘿蔦葉蔓，駢織承翳，日月光不到地，盛夏風氣如八、九月時。下鋪白石，為出入道。堂北五步，據層崖積石，嵌空垤塊，雜木異草，蓋覆其上。綠陰蒙蒙，朱實離離，不識其名，四時一色。又有飛泉植茗，就以烹燀，好事者見，可以永日。堂東有瀑布，水懸三尺，瀉階隅，落石渠，昏曉如練色，夜中如環珮琴筑聲。堂西倚北崖右趾，以剖竹架空，引崖上泉，脈分線懸，自簷至砌，纍纍如貫珠，霏微如雨露，滴瀝飄灑，隨風遠去。其四旁耳目、杖屨[16]可及者，春有錦繡谷花，夏有石門澗雲，秋有虎溪月，冬有爐峰雪。陰晴顯晦，昏旦含吐，千變萬狀，不可殫紀覶縷[17]而言，故云甲廬山者。噫！凡人豐一屋，華一簣，而起居其間，尚不免有驕矜之態；今我為是物主，物至致知[18]，各以類至，又安得不外適內和、體寧心恬哉？昔永、遠、宗、雷輩十八人[19]，同入此山，老死不返；去我千載，我知其心以是哉！

矧余自思：從幼迨老，若白屋[20]，若朱門，凡所止，雖一日、二日，輒覆簣土為台，聚拳石為山，環斗水為池，其喜山水病癖如此。一旦蹇剝[21]，來佐江郡，郡守以優容撫我，廬山以靈勝待我，是天與我時，地與我所，卒獲所好，又何以求焉？尚以冗員[22]所羈，余累未盡，或往或來，未遑寧處。待余異日，弟妹婚嫁畢，司馬歲秩[23]滿，出處行止，得以自遂，則必左手引妻子，右手抱琴書，終老於斯，以成就我平生之志。清泉白石，實聞此言！

時三月二十七日，始居新堂。四月九日，與河南元集虛、範陽張允中、南陽張深之、東西二林寺[24]長老湊公、朗、滿、晦、堅等凡二十有二人，具齋施茶果以落[25]之，因為《草堂記》。

註釋

1 匡廬：即江西廬山，又名匡山，合稱為“匡廬”。
2 介：處於兩者之間。
3 面峰腋寺：對山傍寺。腋：引申為“傍”。
4 廣袤（mào）：土地的長和寬。東西長曰廣，南北長曰袤。此指面積大小。豐殺（shài）：增減。此指大小。
5 一稱（chèn）心力：全與自己的願望和財力相符合。
6 洞：打開。
7 陰風：北風。
8 徂（cú）暑：盛暑。《詩經・小雅・四月》：“四月維夏，六月徂暑。”
9 祁寒：嚴寒。

10 礠(qì)：通"砌"，台階。此處意為修台階。
11 冪(mì)：覆蓋。
12 嗒(tà)然：身心俱遣、物我兩忘的樣子。
13 輪廣：縱橫。南北為輪，東西為廣。
14 戛(jiá)：輕輕撞擊。
15 幢(chuáng)：古代作儀仗用的飾有羽毛的旗幟。
16 杖屨(jù)：扶杖的樣子。
17 覼縷(luó lǚ)：指語言委曲詳盡而有條理。此處意為"概括"。
18 物至致知：指各種景物紛至沓來，使人有所感悟而增長智慧。《禮記·大學》："致知在格物。"
19 永、遠、宗、雷輩十八人：指東晉高僧慧永、慧遠兄弟和著名隱士宗炳、雷次宗等人。據《蓮社高賢傳》載，他們曾在廬山東林寺結社唸佛，因寺內有白蓮池，世稱"蓮社十八賢"。
20 白屋：指窮人家的屋子。
21 蹇(jiǎn)剝：均為《易經》中的卦名。這裏指受到挫折。
22 冗員：多餘的官員。
23 歲秩：規定的任期。
24 東西二林寺：指東林寺、西林寺。
25 落：此指慶賀落成。

【鑒賞】

唐憲宗元和十年(815)白居易因"越職言事"被貶為江州司馬。次年秋，他遊覽廬山，特別喜歡香爐峰下遺愛寺旁的一處景致，便在那裏修築一間草堂，元和十二年(817)，草堂落成，他著此文以記之。

文章第一段交代了修建草堂的原因及草堂的具體位置。作者通過廬山風景"甲天下山"，草堂勝境"甲廬山"，表明草堂周圍景致絕佳，以致讓他"戀戀不能去"。

第二段描述草堂結構及其內部陳設，突出作者古樸典雅、淡泊適意的情趣。

三、四段詳敘入住草堂後的生活和心情。作者仰觀廬山諸峰，俯聽山泉聲聲，還有竹樹雲石點綴周圍，從早到晚，美景應接不暇。這樣的生活讓他感到身體舒適，精神愉快。為了烘托草堂主人的樂趣，作者具體描述了草堂周圍四季的不同景色以及早晚陰晴變化，襯托出氣象萬千的景致。作者愛好山水的心情和歸隱的志向，也在對草堂勝境的描繪中時隱時現。末了，他勾勒出一幅安居樂業的圖畫："則必左手引妻子，右手抱琴書，終老於斯，以成就我平生之志。"

結尾依"記"體散文常格，實錄移居、慶賀、著文等事。

這篇"記"文，寫景生動，結構安排錯落有致，且語言簡潔、清麗、雋永。

杜牧

杜牧（803～852），字牧之，京兆萬年（今陝西西安）人。祖父杜佑是唐德宗、憲宗時的宰相，他本人也官至中書舍人。杜牧生活的晚唐時代，藩鎮割據，宦官專權，朝廷中朋黨傾軋，爭權奪利，各種社會矛盾十分尖銳。他主張削藩鎮，抗吐蕃、回紇的侵擾，加強國防，實現全國統一，但這一理想並不能實現。所以，他的思想轉向消極。他的詩既有取材現實生活、具有較強政治思想意義的，也有抒寫宦途失意、寄情聲色的。他的七絕清麗爽朗，情韻悠遠，風格獨特。他與李商隱並稱"小李杜"，是晚唐詩人中的雙璧。

阿房宮賦

六王畢，四海一[1]；蜀山兀，阿房出[2]。覆壓三百餘里，隔離天日[3]。驪山北構而西折，直走咸陽[4]。二川溶溶[5]，流入宮牆。五步一樓，十步一閣。廊腰縵迴，簷牙高啄[6]。各抱地勢，勾心鬥角[7]。盤盤焉，囷囷焉[8]，蜂房水渦，矗不知乎幾千萬落[9]。長橋臥波，未雲何龍[10]？復道行空，不霽何虹？高低冥迷，不知西東。歌台暖響，春光融融[11]。舞殿冷袖，風雨淒淒。一日之內，一宮之間，而氣候不齊。

妃嬪媵嬙，王子皇孫，辭樓下殿，輦來於秦。朝歌夜弦，為秦宮人[12]。明星熒熒，開妝鏡也；綠雲擾擾，梳曉鬟也；渭流漲膩，棄脂水也；煙斜霧橫，焚椒蘭也；雷霆乍驚，宮車過也；轆轆遠聽，杳不知其所之也。一肌一容，盡態極妍，縵立遠視[13]，而望倖焉[14]。有不得見者，三十六年[15]。燕趙之收藏，韓魏之經營，齊楚之精英，幾世幾年，摽掠其人，倚疊如山[16]。一旦不能有[17]，輸來其間。鼎鐺玉石，金塊珠礫，棄擲邐迤[18]，秦人視之，亦不甚惜。

嗟乎！一人之心，千萬人之心也。秦愛紛奢，人亦念其家。奈何取之盡錙銖[19]，用之如泥沙？使負棟之柱，多於南畝之農夫；架樑之椽，多於機上之工女；釘頭燐燐，多於在庾之粟粒[20]；瓦縫參差，多於周身之帛縷；直欄橫檻，多於九土之城郭[21]；管弦嘔啞[22]，多於市人之言語。使天下之人，不敢言而敢怒。獨夫之心[23]，日益驕固。戍卒叫，函谷舉[24]。楚人一炬，可憐焦土[25]！

嗚呼！滅六國者，六國也，非秦也。族秦者[26]，秦也，非天下也。嗟乎！使六國各愛其人，則足以拒秦。使秦復愛六國之人，則遞三世可至萬世而為君[27]，誰得而族滅也？秦人不暇自哀，而使後人哀之；後人哀之而不鑒之，亦使後人而復哀後人也。

註釋

1 "六王畢" 二句：意思是齊、楚、燕、趙、韓、魏六國相繼滅亡後，秦統一了中國。

2 "蜀山兀" 二句：意思是砍盡蜀山的木材，建造阿房宮。蜀山，泛指蜀地之山。兀，高而上平。

3 "覆壓" 二句：在三百餘里的地面上，綿延着巨大的建築群，其高牆峻宇，遮天蔽日。

4 驪山：在今陝西臨潼東南。咸陽：今陝西省咸陽市東。

5 二川：渭水和樊川。溶溶：水勢盛大的樣子。

6 "廊腰縵迴" 二句：形容走廊曲折，如縵帶迴環；屋簷尖聳，像禽鳥仰首啄物。走廊環繞在房屋之間，起連接房屋的作用，故曰"廊腰"。屋簷突出在外，故曰"簷牙"。

7 "各抱地勢" 二句：意謂阿房宮周圍的樓閣彼此環抱，和中心區相連，屋角對湊，狀如相斗，結合成一個整體。

8 盤盤、囷囷（qūn）：迴旋曲折的樣子。

9 矗（chù）：高高聳立的樣子。落：簷前滴水裝置。

10 "長橋" 二句：阿房宮有卧波長橋，似龍舞晴空。

11 "歌台暖響" 二句：謂管弦急奏，台上呈現一種熱鬧的氣氛，有如春光融融。

12 "妃嬪媵嬙" 六句：謂六國滅亡，王族被擄到秦國；而其妃嬪媵嬙，則以色藝入選阿房宮，成為秦國的宮人。媵：古代貴族女子出嫁，有姪娣相隨，稱為媵。

13 縵立：舒暢地站着。

14 望倖：盼望皇帝駕臨。

15 "有不得見者" 二句：秦始皇在位三十六年。此意謂有的宮女終身未能見到皇帝。

16 "幾世幾年" 三句：謂六國的財寶，都是一代代從人民手中掠奪而積累起來的。

17 一旦不能有：謂一旦國破家亡，就不能再擁有這些財寶。

18 邐迤：綿延不絕的樣子。

19 取之盡錙銖：連錙銖都搜刮乾淨。錙銖，代表極微小的數量。

20 庾（yǔ）：露天的穀倉。

21 九土：九州。

22 嘔啞：嘈雜的樂聲。

23 獨夫：貪暴失眾的君主。這裏指秦始皇。

24 "戍卒叫" 二句：上句指陳涉發動農民起義反秦，下句指劉邦攻破函谷關。

25 "楚人一炬" 二句：指項羽入關後燒阿房宮之事。《史記・項羽本紀》："項羽引兵西屠咸陽，殺秦降王子嬰，燒秦宮室，火三月不滅。"

26 族秦：滅掉秦的宗族，即亡秦。

27 "使秦復愛六國之人" 二句：意謂倘若統治者能愛護人民，則江山社稷可由二世傳到三世以至萬世。

【鑒賞】

唐王朝滅亡前夕，政治腐敗，藩鎮割據嚴重，而回鶻、南詔、吐蕃等不斷入侵。針對這種情況，杜牧主張對內平叛藩鎮，加強統一，對外抵禦侵略，維護邊境。他希望當時的統治者能勵精圖治，重振國威。但是穆宗沉溺聲色送命；敬宗遊戲狎暱，無節制地修建豪華宮殿。面對這些，杜牧極度憤慨，故作《阿房宮賦》。此文一出，即引起人們的重視，被當作奇書以獻當權者。

"六王畢，四海一；蜀山兀，阿房出。"開篇氣勢雄健，為後文之結論埋下伏筆。繼而力狀阿房宮的宏偉壯麗。其間基本全用四字句，簡練明快，形象傳神。段末，將筆觸伸向歌台舞殿。

下文轉而描繪始皇的逸樂生活。作者以明星、綠雲、渭漲、煙斜比喻妝鏡、曉鬟、棄脂、焚椒，從側面烘托出了美人之眾，生活之奢華。然而這一切極具誇張的描寫，卻均是為下文有力的批判提供事實依據。

"嗟呼！一人之心，千萬人之心也。秦愛紛奢，人亦念其家。奈何取之盡錙銖，用之如泥沙？"對秦統治者不顧民生恣意妄為進行批判。以下數句，用"使"字領起，作者從秦朝不勝枚舉的罪行中，擷取了幾樣有代表性的展示給讀者。正是這一系列的惡行，引發了秦末起義，壯觀的阿房宮也化為灰燼。作者無限感慨地揭示出六國與秦滅亡的根本原因。

《阿房宮賦》融議論、寫景、抒情於一體，是唐代賦作中極有特色的一篇。元人祝堯《古賦辨體》中評曰："杜牧之《阿房宮賦》，古今膾炙。"

李商隱

李商隱（813～858），字義山，號玉谿生，懷州司內（今河南沁陽）人。唐文宗開成二年（837）中進士。他生活的時代朝廷日趨腐敗，皇帝昏庸，宦官專權，藩鎮跋扈。他自己在朋黨傾軋中，始終被排斥，深受壓抑。他的朋友崔珏（jué）在《哭李商隱》詩中説："虛負凌雲萬丈才，一生襟抱未嘗開。"

李商隱是晚唐詩壇上獨具特色的一位詩人。他的詩有不少反映政治黑暗和農民苦難的內容。特別是在詠史詩中，他諷刺皇帝奢侈荒淫，迷信鬼神，不重視人才。他的無題詩，多隱喻政治和愛情生活，雖理解起來多有歧義，但並不影響其獨特的藝術美感。總的來説其詩的特點是想像豐富，色彩穠麗，常用含蓄手法，細緻而又曲折地表達出深厚的情意。清人葉燮説他的七言絕句"寄託深而措詞婉，可空百代，無其匹也"，從中可見李商隱的探索與創新精神。

祭小姪女寄寄文

正月二十五日，伯伯以果子、弄物，招送寄寄體魂歸大塋之旁。哀哉！爾生四年，方復本族。既復數月，奄然歸無。於鞠育而未深，結悲傷而何極！來也何故？去也何緣？念當稚戲之辰，孰測死生之位？時吾赴調[1]京下，移家關中，事故紛綸，光陰遷貿，寄瘞爾骨，五年於茲。白草枯荄，荒途古陌，朝飢誰飽？夜渴誰憐？爾之棲棲[2]，吾有罪矣。今吾仲姊，反葬有期，遂遷爾靈，來復先域。平原卜穴，刊石書銘。明知過禮之文，何忍深情所屬！自爾沒後，姪輩數人，竹馬玉環，繡襜文褓。堂前階下，日裏風中，弄藥爭花，紛吾左右。獨爾精誠，不知所之。況吾別娶已來，胤緒未立，猶子[3]之誼，倍切他人，念往撫存，五情空熱！

嗚呼！滎水之上，檀山之側，汝乃曾乃祖，松檟[4]森行，伯姑仲姑，塚墳相接。汝來往於此，勿怖勿驚。華彩衣裳，甘香飲食，汝來受此，無少無多。汝伯祭汝，汝父哭汝，哀哀寄寄，汝知之耶？

註釋

1 赴調：趕赴京城參加外官內任的調選。
2 棲棲：亦作"悽悽"，不安的樣子。
3 猶子：《禮記・檀弓》："兄弟之子，猶子也。"
4 檟（jiǎ）：即楸（qiū），一種樹木。常種在墳墓前。

【鑒賞】

李商隱是一位極具感傷氣質的詩人。他的詩文以"深情綿邈"著稱，《舊唐書・文苑傳》説他"尤善為誄奠之辭"，本文是一篇出色的祭文，祭奠其姪女寄寄，表達了他無盡的愛憐和思念。寄寄四歲夭折，初葬於濟源。會昌四年 (844) 正月，遷葬至商隱的祖墳所在地滎陽。是時，商隱著此文。

文章開始，便用深情的筆調緩緩地敍述遷葬事宜。"伯伯以果子、弄物招送寄寄體魂歸大塋之旁"一句，真情流溢，充滿了長輩對孩子的關愛與呵護。接下來作者追述寄寄夭折和死後五年的情事。寄寄死於開成五年（840）春，當時李商隱調補官職，移家長安，無暇將她歸葬祖墳，只好暫葬在濟源，誰想一晃就是五年。想到這五年裏，寄寄孤魂無依，獨處一地，商隱感到深深的自責與內疚。而"事故紛綸，光陰遷貿"八字又飽含了他個人在這五年裏所經歷的無法傾吐的遭際。

文章第二段轉寫寄寄死後作者觸景傷情的哀怨情緒。雖然"姪輩數人"，常繞商隱左右，但這卻更加深了他對寄寄精誠不知所之的強烈思念和無限感傷。況且他續娶以來，一直還沒有子嗣，寄寄便成了他最大的安慰。想到這些，商隱只能長歎"念往撫存，五情空熱！"祭文結尾，是對寄寄亡魂的撫慰。作者用慈愛的口吻，安慰寄寄，告訴她今後不會再孤苦無依，也不必擔心害怕。全文情深意長，綿邈深婉，字裏行間流露出作者的真摯愛憐之意。

本文以駢體綴結文字，卻捨棄用典隸事，純以清新流暢之語出之，是駢儷之文中不可多得的平易暢達之作。

孫樵

孫樵，生卒年不詳，字可之，自己言"家本關東"。他一生藏書頗多，喜歡探討學問，在當時以文學為人們所稱道。唐宣宗大中九年（855），登進士第，官中書舍人。唐僖宗廣明元年（880），黃巢農民起義軍攻進長安，僖宗出奔，他被召隨行。僖宗中和四年（884），他將自己的作品自編為文集《經緯集》十卷，流傳至今。

書褒城驛壁

褒城[1]驛號天下第一。及得寓目[2]，視其沼，則淺混而茅；視其舟，則離敗而膠；庭除甚蕪，堂廡甚殘，烏睹其所謂宏麗者？

訊於驛吏，則曰："忠穆公嘗牧梁州，以褒城控二節度治所。龍節虎旗[3]，馳驛奔軺[4]，以去以來，轂交蹄劘[5]，由是崇侈[6]其驛，以示雄大。蓋當時視他驛為壯。且一歲賓至者，不下數百輩，苟夕得其庇[7]，飢得其飽，皆暮至朝去，寧有顧惜[8]心耶？至如棹舟，則必折篙破舷碎鷁[9]而後止；漁釣，則必枯泉汩泥[10]盡魚而後止；至有飼馬於軒，宿隼於堂。凡所以污敗室廬，糜毀器用，官小者其下雖氣猛可制，官大者其下益暴橫難禁。由是日益破碎，不與曩類。某曹八九輩[11]，雖以供饋[12]之隙，一二力治之，其能補數十百人殘暴乎！"

語未既，有老甿笑於旁，且曰："舉今州縣皆驛也。吾聞開元[13]中，天下富蓄[14]，號為理平[15]，踵千里者不裹糧，長子孫者不知兵[16]。今者，天下無金革[17]之聲，而戶口日益破，疆埸無侵削之虞[18]，而墾田日益寡，生民日益困，財力日益竭。其故何哉？凡與天子共治天下者，刺史、縣令而已。以其耳目接於民，而政令速於行也。今朝廷命官，既已輕任刺史、縣令，而又促數[19]於更易。且刺史、縣令，遠者三歲一更，近者一二歲再更。故州縣之政，苟有不利於民，可以出意革去其甚者，在刺史，曰：'我明日即去，何用如此？'在縣令，亦曰：'明日我即去，何用如此？'當愁醉醲，當飢飽鮮，囊帛櫝金，笑與秩[20]終。"

嗚呼！州縣者，真驛耶！矧更代之隙，黠吏因緣，恣為奸欺，以賣[21]州縣者乎？如此而慾望生民不困，財力不竭，戶口不破，墾田不寡，難哉！予既揖退老甿，條其言[22]，書於褒城驛屋壁。

註釋

1 褒城：唐代屬山南西道興元府管轄，今在陝西勉縣。
2 寓目：觀看。
3 龍節虎旗：唐節度使奉命出鎮，賜雙旗雙節，符節和旗上均畫有龍虎圖案。
4 驛：傳遞官方文書的車馬。軺（yáo）：輕便小車。
5 轂（gǔ）交蹄劘（mó）：車輛交錯，馬蹄相磨擦。指車馬往來不絕。轂，車輪當中貫軸之處；劘，磨擦。
6 崇侈：高大宏闊，超過一般規模。
7 夕得其庇：夜間得到住宿的地方。
8 顧惜：憐惜。
9 鷁：水鳥，這裏指船頭飾畫。
10 汩（gǔ）泥：攪亂水底泥漿。
11 某曹：我等，驛館人員自稱。輩：個。
12 供饋：供應來往旅客的飲食。
13 開元：唐玄宗年號（713～741）。
14 富蓄：財物富足，人口眾多。
15 理平：太平。
16 長（zhǎng）子孫者：指年紀大的人。長：養。兵：打仗。
17 金革：即刀槍甲衣鉦鼓之類，這裏代指戰爭。
18 疆埸（yì）：邊疆。侵削：侵略削奪。
19 促數：經常。
20 秩：指任期。
21 賣：販賣。
22 條其言：把他的話條理化。

【鑒賞】

孫樵屬文以奇崛見稱，頗有韓愈之風範。本文繼承了韓愈“不平則鳴”的觀點，發犀利之語，建諷刺之功。

文章入題便說褒城驛號稱天下第一，然作者目之所及卻殘破不堪。原因何在？驛吏解釋說，過往旅客“暮至朝去”，沒有人顧惜公物，於是室廬污敗，器用毀壞，褒城驛便日漸殘破。

作者又通過老甿之口，借題發揮，揭露朝廷州縣吏制的弊端。指出朝廷頻繁更換官吏，以至刺史、縣令把州縣當作驛站，只在短暫的任期內中飽私囊，從不考慮為民興利除弊。結果“墾田日益寡，生民日益困，財力日益竭”。這就從褒城驛的興廢，推及天下的盛衰，從一粒沙中看到了整個大千世界。

最後，作者得出結論曰：“州縣者，真驛耶！”而且黠吏趁新舊官員交替之際，恣意妄為，奸偽欺詐。如此，百姓不困頓、財力不枯竭、人口不減少、墾田不荒蕪都難。所以作者將老甿之語“條其言，書於褒城驛屋壁”。

本文條理清晰，章法嚴密，論證過程步步為營。不僅極盡變化之奇，而且褒貶態度鮮明。特別是運用了對比論證的方法，如以褒城驛"天下第一"的名聲與作者親眼所見的破敗情況相對比，耐人尋味，也使揭露批判的力度更強，諷刺程度更深。

皮日休

皮日休（834～883），字逸少，後改襲美，自號鹿門子、醉吟先生，襄陽（今湖北襄樊）人。唐懿宗咸通八年（867）進士，任著作郎、太常博士等職。廣明元年（880）參加黃巢起義軍，署為翰林學士。他工詩能文，詩學白居易，文以韓愈為宗，作了大量諷刺小品，抨擊政治道德的腐朽與虛偽，筆鋒很銳利。有《皮子文藪》十卷。

讀《司馬法》

古之取天下也以民心，今之取天下以民命。

唐、虞尚仁，天下之民從而帝之[1]，不曰取天下以民心者乎？漢、魏尚權[2]，驅赤子於利刃之下[3]，爭寸土於百戰之內。由士為諸侯，由諸侯為天子，非兵不能威，非戰不能服，不曰取天下以民命者乎？

由是編之為術[4]。術愈精而殺人愈多，法益切而害物益甚。嗚呼！其亦不仁矣！

蚩蚩之類，不敢惜死者，上懼乎刑，次貪乎賞[5]。民之於君，猶子也[6]，何異乎父欲殺其子，先紿以威，後啖以利哉？

孟子曰：“‘我善為陣，我善為戰’，大罪也！”使後之士於民有是者[7]，雖不得土，吾以為猶土焉[8]。

註釋

1 帝之：意動用法，奉之為帝。
2 權：權力，權術。
3 赤子：這裏比喻人民。
4 由是編之為術：謂把用兵和作戰的經驗編成兵法。
5 “蚩蚩之類”四句：謂士兵們之所以冒死打仗，首先是畏刑，其次是貪賞。蚩蚩，忠厚老實的樣子。
6 猶：好像。
7 有是者：有這樣的仁善之心，指上面孟子所說的話。
8 “雖不得土”二句：即使他沒有得天下，我認為也和得天下一樣。

【鑒賞】

《司馬法》全名《司馬穰苴兵法》，是中國古代一部論述戰術思想的軍事著作。司馬穰苴，本名田穰苴，官至司馬，是春秋時齊國大夫。皮日休此文從儒家民本思想出發，藉用兵之法討論民心與統治術的問題。

全文以對比論證立論。開篇即提出中心論點："古之取天下也以民心，今之取天下也以民命"。古今對比，指出"民心"與"民命"不同。"唐、虞尚仁"，所以天下人民以之為帝；"漢、魏尚權"，所以由士人成為諸侯，由諸侯成為天子均得通過武力征伐來實現。兩相對照，表明兵法越精殺人越多，離仁政也就越遠。繼而引申論點指出士兵"上懼乎刑，次貪乎賞"，於是被將帥驅趕到戰場上赴死。最後得出結論，取天下以民心的，"雖不得土，吾以為猶土焉"。

本文圍繞中心論點，首尾呼應，破立並舉，展開全面論述。特別是對比論證法的運用，增強了文章的説服力，揭露了漢魏以下的統治者以犧牲民命為代價奪取政權的本質。這在戰亂頻繁的晚唐，有極大的進步意義。但作者一味維護仁政，反對戰爭，泯滅了正義戰爭與非正義戰爭的差別，具有時代和思想的局限性。

文中語句整飭，多用對偶，讀之鏗鏘有力。如"驅赤子於利刃之下，爭寸土於百戰之內"，"非兵不能威，非戰不能服"，"術愈精而殺人愈多，法益切而害物益甚"等等，均含蘊豐富，氣勢流暢。

陸龜蒙

陸龜蒙，生卒年不詳，字魯望，長洲（今江蘇吳縣）人。舉進士不中，長期隱居甫里，自號江湖散人、甫里先生。詩文與皮日休齊名，並稱“皮陸”。

野廟碑

碑者，悲也。古者懸而窆，用木。後人書之，以表其功德，因留之不忍去，碑之名由是而得[1]。自秦、漢以降，生而有功德政事者，亦碑之，而又易之以石，失其稱[2]矣。余之碑野廟也，非有政事功德可紀，直悲夫甿竭其力，以奉無名之土木而已矣[3]。

甌、越間好事鬼，山椒水濱多淫祀[4]。其廟貌[5]有雄而毅、黝而碩者，則曰將軍。有溫而願、晰而少者[6]，則曰某郎。有媼而尊嚴者，則曰姥。有婦而容豔者，則曰姑。其居處則敞之以庭堂，峻之以陛級[7]，左右老木，攢植森拱，蘿蔦翳於上，鴟鴞室其間[8]。車馬徒隸[9]，叢雜怪狀。甿作之，甿怖之，走畏恐後，大者椎牛，次者擊豕[10]，小不下犬雞，魚菽之薦，牲酒之奠，缺於家可也，缺於神不可也。一日懈怠，禍亦隨作，耋孺畜牧慄慄然。疾病死喪，甿不曰適丁[11]其時耶！而自惑其生，悉歸之於神。

雖然，若以古言之，則戾；以今言之，則庶乎神之不足過也。何者？豈不以生能禦大災，捍大患！其死也，則血食於生人[12]。無名之土木，不當與禦災捍患者為比，是戾於古也明矣！今之雄毅而碩者有之，溫願而少者有之，升階級、坐堂筵、耳弦匏[13]、口粱肉、載車馬、擁徒隸者，皆是也。解民之懸，清民之暍[14]，未嘗貯於胸中。民之當奉者，一日懈怠，則發悍吏，肆淫刑，驅之以就事，較神之禍福，孰為輕重哉？平居無事，指為賢良，一旦有天下之憂，當報國之日，則恇撓脆怯[15]，顛躓竄踣[16]，乞為囚虜之不暇。此乃纓弁[17]言語之土木耳，又何責其真土木耶？故曰：以今言之，則庶乎神之不足過也。既而為詩，以亂[18]其末：土木其形，竊吾民之酒牲，固無以名；土木其智，竊吾君之祿位，如何可儀[19]！祿位頎頎[20]，酒牲甚微，神之饗也，孰云其非？視吾之碑，知斯文之孔[21]悲。

註釋

1 古者懸而窆……由是而得：據《釋名・釋典藝》載："碑，被也。此本葬時所設也，施轆轤，以繩被其上，引以下棺也。臣子追述君父之功美，以書其上。後人因焉，故建於道陌之頭，顯見之處，名其文就，謂之碑也。"
2 失其稱：失去其名稱的本意。吳訥《文章辨體序説》云："秦漢以來，始謂刻石曰碑，其蓋始於李斯嶧山之刻耳。"
3 直：只，僅。甿：農民。土木：指泥塑木雕的偶像。
4 甌（ōu）越：指今浙江東南溫州一帶地區。山椒：山頂。
5 廟貌：指廟裏所供的神像。
6 溫而願：溫和而仁厚。晰而少：白淨而年輕。
7 陛級：原指宮殿的台階，此指野廟的台階。
8 蘿蔦（niǎo）：女蘿和蔦蘿，均為蔓生植物。梟鴞（xiāo xiāo）：兩種猛禽。室：築巢。
9 車馬徒隸：指神廟兩廊陳列的供神使用的車馬和鬼卒。
10 椎牛：宰牛。擊豕：殺豬。
11 丁：遇到。
12 血食於生人：從活人那裏得到祭祀。
13 耳弦匏（páo）：聽琴瑟、笙竽奏的音樂。
14 懸：倒懸。暍（yē）：中暑。解懸、清暍，比喻解除人民痛苦。
15 佪（huí）撓脆怯：慌亂怯懦，脆弱畏縮。
16 竄踣（bó）：逃跑。
17 纓弁：代指古代官吏的服裝。
18 亂：樂曲的卒章。
19 儀：這裏意為"取法"。
20 頎頎（qí）：高高的樣子。
21 孔：很。

【鑒賞】

碑文是一種歌功頌德的文字，它源自古代墓葬以繩引棺下壙時，"臣子追述君父之功美，以書其上。後人因焉，故建於道陌之頭，顯見之處，名其文就，謂之碑也"。（劉熙《釋名・釋典藝》）陸龜蒙此文雖為"野廟"所作，實以"悲甿之愚"為核心，立意新穎，構思巧妙。

文章開頭交代了寫作此碑的緣由，接着便敍及甌、越間的淫祀。先寫所祀之神隨意而定，沒有來由，且將軍、郎、姥、姑等眾神混雜。次寫祭祀儀式特別隆重，再寫祭祀之風極盛，"缺於家可也，缺於神不可也"。人們如此不惜代價地修建廟宇，盲目祭奠，究其本質，不過是人們自欺欺人的愚昧心理。

下面一段作者筆鋒一轉，由對"淫祀"的揭露進入對貪官的批判。今之官者"雄毅而碩者有之，溫願而少者有之，升階級、坐堂筵、耳弦匏、口粱肉、載車馬、擁徒隸者，皆是也"，但"解民之懸，清民之暍"卻"未嘗貯於胸中"。平安無事時，他們是賢良之臣，一旦國家有了危難，他們便脆弱畏縮，慌忙逃竄，甚至在敵人面前還裝出一副可憐相，醜態百出。人民供奉這樣一群作威作福、色厲內荏的官吏，還不如供奉土木所塑之神。所以作者以詩收束全文，進一步指出“土木其形，竊吾民之酒牲；土木其智，竊吾君之祿位”。

本文筆鋒犀利，戟刺有力，是晚唐文壇不可多得的力作。魯迅先生評陸龜蒙的小品文為“一塌糊塗的泥塘裏的光彩和鋒芒”(《南腔北調集・小品文的危機》)。

羅隱

羅隱（833～909），原名橫，字昭諫，餘杭（今浙江餘杭）人。年輕時好譏諷公卿，因此曾觸犯忌諱。他曾十次考進士，皆不第，於是改名為隱。後避亂歸鄉，任錢塘令。唐朝滅亡後，他投靠吳越王錢鏐，官至諫議大夫。他的詩歌和小品文多貶斥世俗與時弊，在晚唐獨樹一幟。有《羅昭諫集》等。

英雄之言

物之所以有韜晦者，防乎盜也[1]。故人亦然。

夫盜亦人也，冠履焉，衣服焉；其所以異者，退遜之心、貞廉之節[2]，不恆其性耳[3]。

視玉帛而取之者，則曰“牽於寒餓”；視家國而取之者，則曰“救彼塗炭[4]”。牽於寒餓者，無得而言矣；救彼塗炭者，則宜以百姓心為心。而西劉則曰：“居宜如是[5]！”楚籍則曰：“可取而代[6]！”意彼未必無退遜之心，貞廉之節，蓋以視其靡曼、驕崇，然後生其謀耳。

為英雄者猶若是，況常人乎？是以峻宇、逸遊[7]，不為人所窺者，鮮矣。

註釋

1 “物之所以有韜晦者”二句：意思是動物在生理上有隱蔽自己的特點（如保護色等），其原因是要防禦敵人。

2 貞廉之節：端正而清廉的節操。

3 不恆其性：不能始終保持這種品性。恆性，指前面的“退遜之心、貞廉之節”。

4 救彼塗炭：謂救人民於水深火熱之中。塗炭，污泥和墨炭，比喻困苦不堪的境地。

5 “西劉則曰”二句：《史記・高祖本紀》記載：“高祖常徭咸陽，縱觀，觀秦皇帝，喟然太息曰：‘嗟乎！大丈夫當如此也！’”秦末，楚、漢相爭，楚在東，漢在西，故稱劉邦為西劉。

6 “楚籍則曰”二句：《史紀・項羽本紀》：“秦始皇帝遊會稽，渡浙江，（項）梁與（項）籍俱觀，籍曰：‘彼可取而代也！’”項羽名籍，人稱西楚霸王，故稱楚籍。

7 峻宇：指高大宏麗的屋宇。

【鑒賞】

本文選自羅隱抒寫雜感的小品文集《讒書》。魯迅先生曾說："羅隱的《讒書》，幾乎全部是抗爭和憤激之談。"(《南腔北調集・小品文的危機》)《英雄之言》一文發展了《莊子・胠篋》中"竊鈎者誅，竊國者為諸侯"的觀點，進一步指出"視玉帛而取之者，則曰'牽於寒餓'；視家國而取之者，則曰'救彼塗炭'。"

文章由物之"韜晦"揭示防範外敵、保全自身是本能這一普遍規律，並藉"故人亦然"一語切入本題。指出盜賊亦人，只是他們不能始終保持謙遜、公正、廉潔的本性。

當年漢王劉邦豔羨秦帝的豪華生活，曾說過"嗟乎！大丈夫當如此也"的話。而楚王項羽和季父項梁見到秦始皇出遊會稽時的情景也曾說："彼可取而代也！"他們未必沒有退讓謙遜的心性，也未必沒有清正廉明的節操，只是看到奢侈華美的宮殿、驕貴尊崇的地位，便將"救彼塗炭"變成了欺世盜名。因而，所謂的"英雄"不過是些渴望竊取高位，奪得重權的人。他們口口聲聲說救民於水火，救國於傾危，實際追求的卻是帝王靡曼、驕崇的生活。

文章結尾處，作者由"英雄"推及"常人"，點明高大的屋宇，舒適逸樂的生活是人們所嚮往的，"英雄之言"不過是他們用來掩飾內心不潔的託辭。

羅隱的小品文鋒芒銳利，有的放矢。《英雄之言》以辛辣的筆調抨擊了世人借英雄之言掩飾自己權慾熏心的虛偽行為，對後世有借鑒意義。

宋金元名篇

王禹偁

王禹偁（54～1001），字元之，鉅野（今山東鉅野）人。出身於貧苦的農民家庭。宋太宗太平興國八年（983）進士。歷任左司諫、知制誥、翰林學士等官職。為人忠直耿介，敢於直諫。由此三次遭貶，遂作《三黜賦》來表明自己的志向。他反對南唐五代浮靡奢侈的文風，主張在文章方面學習韓愈、柳宗元的古文，在詩歌方面學習杜甫、白居易的現實主義詩歌。他的詩文風格簡古淡雅。有《小畜集》、《小畜外集》傳世。

唐河店嫗傳

唐河店，南距常山郡七里[1]，因河為名。平時虜至店飲食遊息，不以為怪。兵興已來[2]，始防捍之，然亦未甚懼。端拱中[3]，有嫗獨止店上。會一虜至，繫馬於門，持弓矢坐定，呵嫗汲水。嫗持綆缶趨井[4]，懸而復止。因胡語呼虜為王，且告虜曰：「綆短，不能及也。嫗老力憊，王可自取之。」虜因繫綆弓杪，俯而汲焉。嫗自後推虜墮井，跨馬詣郡，馬之介甲具焉[5]，鞍之後復懸一彘首[6]。常山民吏觀而壯之。

噫！國之備塞[7]，多用邊兵，蓋有以也[8]，以其習戰鬥而不畏懦矣。一嫗尚爾，其人可知也。近世邊郡騎兵之勇者：在上谷曰靜塞[9]，在雄州曰驍捷[10]，在常山曰廳子，是皆習干戈戰鬥而不畏懦者也。聞虜之至，或父母轡馬[11]，妻子取弓矢，至有不俟甲冑而進者。頃年，胡馬南下不過上谷者久之，以靜塞騎兵之勇也。會邊將取靜塞馬，分隸帳下以自衛[12]，故上谷不守。今驍捷、廳子之號尚存，而兵不甚眾，雖加召募，邊人不應。何也？蓋選歸上都[13]，離失鄉土故也。又月給微薄，或不能充，所賜介冑鞍馬，皆脆弱羸瘠，不足禦胡。其堅利壯健者，悉為上軍所取[14]。及其赴敵，則此輩身先，宜其不樂為也。誠能定其軍，使有鄉土之戀；厚其給，使得衣食之足；復賜以堅甲健馬，則何敵不破！如是得邊兵一萬，可敵客軍五萬矣。謀人之國者，不於此而留心，吾未見其忠也。

故因一嫗之勇，總錄邊事，貽於有位者云。

註釋

1 常山郡：治所在今河北定縣南。境內有井陘等關，為北宋戰略要地。
2 兵興已來：指宋太宗太平興國四年（979）、雍熙三年（986）兩次出兵抗遼以後。已，通"以"。
3 端拱：宋太宗趙光義年號（988～989）。
4 綆（gěng）：汲水用的繩索。缶：貯水的瓦罐子。
5 介甲：指戰馬身上披掛的鎧甲。
6 彘首：豬頭。文中指敵人的擄獲物。
7 備塞：防守邊關。
8 有以：有原因。
9 上谷：古代郡名，即易州，治所在今河北易縣。北宋初年宋軍和遼軍在此多次交戰。靜塞和下文的驍捷、廳子皆為地方武裝部隊的名稱。
10 雄州：治所在今河北涿縣。境內有瓦橋關，為北宋的邊防重鎮。宋太宗雍熙三年（986）曾在此地抗擊遼軍。
11 父母轡馬：父母為兒子牽馬。
12 "會邊將"二句：據李燾《續資治通鑒長編》卷二十九載，端拱元年（988）"先是易州靜塞騎兵尤驍果，（李）繼隆取以隸麾下，留其妻子城中。（袁）繼忠言於繼隆曰：'此精卒，止可令守城。萬一寇至，城中誰與捍敵？'繼隆不從。既而遼師果至，易州遂陷，卒之妻子皆為敵所掠。"
13 選歸上都：選為禁軍，駐防京師。《宋史・兵志一》載："太祖鑒前代之失，萃精鋭於京師。雖曰增損舊制，而規橅（模）宏遠矣。建隆元年（960），詔殿前侍衛二司，各閱所掌兵，揀其驍勇，升為上軍；老弱怯懦，置剩員以處之。詔諸州長吏，選所部兵送都下，以補禁旅之闕。"此後禁軍多由地方兵升充。
14 上軍：禁衛軍，其作用為守京師、備徵戍。

【鑒賞】

宋太宗端拱元年，遼軍大舉南進佔領了唐河以北諸州。由於北宋防禦鬆懈，唐河一帶成為遼軍經常出沒騷擾的地帶。作者於端拱二年上書陳述備邊之策，並寫作此文。

作者敍述了一老婦人以智取勝，抗擊遼兵的故事。老婦人獨留唐河店，正遇一遼兵經過，呼喝她從井裏打水。老婦人以年老力衰而且井繩不夠長為由騙遼兵自己打水，然後借機把遼兵推入井中並快馬報告郡守，時人都認為這是壯烈之舉。在此基礎上作者發出議論，指明邊地人民是"習戰鬥而不畏懦"的，並針對北宋邊防空虛的情況，提出"定其軍"，"厚其給"，"復賜以堅甲健馬"的建議。

在創作上，本文體現了王禹偁的文學主張，即反對北宋初期承襲唐末、五代的浮豔文風，提倡以清新淡雅、平易簡麗之作託諷寄懷。

寫法主要特點為敍事和議論相結合。敍述部分語言簡潔明瞭，開頭只用三句話就點明了故事發生的背景，對女主人公也只以寥寥數筆就將她刻畫得栩栩如生、呼之欲出。如以“趨”、“呼虜為王”以及“綆短力憊”將老婦人機智的一面表露無遺，用“繫”、“持”、“坐”、“呵”四個動詞形象地刻畫出遼兵的驕橫之態。論理部分層次明晰，先提出論點，然後以事實為依據具體分析，同時採用對比手法顯出形勢之急迫，建議之重要，然後收束全文。充分體現了王禹偁古樸簡淡的文風。

范仲淹

范仲淹（989～1052），字希文，吳縣（今江蘇蘇州）人。宋真宗大中祥符八年（1015）進士。後任陝西經略安撫招討副使，兼知延州，守邊多年。慶曆三年（1043）任參知政事，力主革新，並針對時弊提出意見，後為夏竦等人造謠中傷，被罷職，改調為陝西四路宣撫使。赴潁州途中病故，謚號文正。他工詩文，作品以散文《岳陽樓記》和詞《漁家傲》最為膾炙人口。其詞現僅存五首，均氣象雄奇，詞境宏闊，其詩也語淺情深，意蘊豐富。著有《范文正公集》。

岳陽樓記

慶曆四年[1]春，滕子京謫守巴陵郡[2]。越明年[3]，政通人和，百廢具興。乃重修岳陽樓，增其舊制，刻唐賢、今人詩賦[4]於其上。屬[5]予作文以記之。

予觀夫巴陵勝狀，在洞庭一湖：銜遠山，吞長江，浩浩湯湯[6]，橫無際涯；朝暉夕陰，氣象萬千。此則岳陽樓之大觀也，前人之述備矣。然則北通巫峽，南極瀟湘。遷客騷人[7]，多會於此。覽物之情，得無異乎？

若夫霪雨霏霏[8]，連月不開；陰風怒號，濁浪排空；日星隱耀，山嶽潛形；商旅不行，檣傾楫摧；薄暮冥冥，虎嘯猿啼。登斯樓也，則有去國[9]懷鄉，憂讒畏譏，滿目蕭然，感極而悲者矣。

至若春和景明，波瀾不驚，上下天光，一碧萬頃；沙鷗翔集，錦鱗[10]游泳；岸芷汀蘭，鬱鬱青青。而或長煙一空，皓月千里，浮光躍金，靜影沉璧；漁歌互答，此樂何極！登斯樓也，則有心曠神怡，寵辱皆忘，把酒臨風[11]，其喜洋洋者矣。

嗟夫！予嘗求古仁人之心，或異二者之為。何哉？不以物喜，不以己悲。居廟堂[12]之高，則憂其民；處江湖之遠[13]，則憂其君。是進亦憂，退亦憂。然則何時而樂耶？其必曰“先天下之憂而憂，後天下之樂而樂”乎！噫！微[14]斯人，吾誰與歸[15]？時六年[16]九月十五日。

註釋

1 慶曆四年：公元 1044 年。慶曆，宋仁宗年號。
2 滕子京謫守巴陵郡：滕子京，名宗諒，河南（今河南洛陽一帶）人。與范仲淹同於大中祥符八年（1015）中進士，曾助范仲淹主持築捍海堤堰。慶曆二年，他以天章閣待制任環慶路都部署，兼知慶州，在防禦西夏方面曾有貢獻。次年因人誣告下獄，在范仲淹、歐陽修等竭力辯白之下，得貶知鳳翔府，後又貶知虢州。慶曆四年，王拱辰提出滕子京"盜用公使錢，止削一官，所坐太輕"；因此又降官至岳州巴陵郡（今湖南岳陽一帶）。
3 越明年：到第二年。越，及，到。
4 唐賢、今人詩賦：如李白的《秋登巴陵望洞庭》、杜甫的《登岳陽樓》、孟浩然的《望洞庭湖贈張丞相》、夏侯嘉正的《洞庭賦》等，都極寫洞庭湖的美景。其中尤以杜甫的"吳楚東南坼，乾坤日夜浮"及孟浩然的"氣蒸雲夢澤，波撼岳陽城"兩聯最為有名。
5 屬：同"囑"。
6 湯湯（shāng）：水勢盛大的樣子。
7 遷客：貶官的人。騷人：詩人。
8 霪雨：連綿的雨。霏霏：雨飄落貌。
9 去國：離開國都。
10 錦鱗：此處指魚。
11 把酒臨風：端起酒杯，對風喝酒。
12 廟堂：這裏指朝廷。
13 處江湖之遠：指不在朝廷做官或在外任閒職。
14 微：假如沒有。
15 吾誰與歸：我同誰一起呢？歸，歸依。
16 六年：指慶曆六年。

【鑒賞】

滕子京因支持"慶曆新政"而被貶知岳州，同為貶官的范仲淹作此文以共勉。

這是一篇以遊記形式表現人格操守和理想追求的散文，作者藉為岳陽樓作記，表達自己"先天下之憂而憂，後天下之樂而樂"的志向。

開頭以簡短幾句説明作記緣由，然後轉入下文寫景。因"巴陵勝狀"、"岳陽樓之大觀"唐宋文人在詩賦中已描繪得很完備了，所以作者由洞庭湖"浩浩湯湯"的雄闊氣勢想到"遷客騷人"面對此景擁有的不同感受。如果是霪雨綿綿、薄暮冥冥則會"感極而悲"；如若陽春三月、春和景明則會"喜洋洋"而寵辱皆忘。他們都會隨外界條件的變化而觸景生情，是常人心境。而"古仁人之心"不同於這兩種心態。其原因就在於古仁人"不以物喜，不以己悲"，超脱個人得失，憂慮民生疾苦。於是提出了"先天下之憂而憂，後天下之樂而樂"的人生理想，這即是文章主旨。

在結構佈局上，作者將記事、寫景、抒情和議論銜接得緊湊而層次明晰。全文從記事入手，以"謫"字貫穿全篇，由事及景，由景入情，由情明理，把自然景色和人生態度相結合，以洞庭湖不同風光為背景，用"遷客騷人"與"古仁人"不同人生態度對比，使筆下的每一種風光都寄寓了不同的人生態度，由常人的人生境界昇華至古仁人之心的更高境界，主旨更為鮮明。

《古文觀止》編者評此文作法云“岳陽樓大觀，已被前人寫盡，先生更不贅述，止將登樓者觀物之情，寫出悲喜二意，只是翻出後文憂樂一段正記”，這是對此文的絕佳概括。

歐陽修

歐陽修（1007～1072），字永叔，自號醉翁，晚年號六一居士，廬陵（今江西吉安）人。曾任參知政事等，他早年正直敢言，主張政治革新，晚年則趨於保守，反對王安石變法。歐陽修是中國文學史上很有影響的作家，他主張創作有內容的古文，大力反對浮靡的時文，因而散文創作取得很大成就。他的詞也很有特色，大多平易疏朗，且多抒寫個人的閒情逸致，題材內容的範圍比較狹窄。今有《六一詞》傳世。

伶官傳序

嗚呼！盛衰之理，雖曰天命，豈非人事哉！原莊宗之所以得天下[1]，與其所以失之者，可以知之矣。

世言晉王之將終也[2]，以三矢賜莊宗而告之曰："梁，吾仇也[3]；燕王，吾所立[4]，契丹[5]，與吾約為兄弟，而皆背晉以歸梁。此三者，吾遺恨也。與爾三矢，爾其無忘乃父之志！"莊宗受而藏之於廟。其後用兵，則遣從事以一少牢告廟[6]，請其矢，盛以錦囊，負而前驅，及凱旋而納之。

方其繫燕父子以組[7]，函梁君臣之首[8]，入於太廟，還矢先王，而告以成功，其意氣之盛，可謂壯哉！及仇讎已滅[9]，天下已定，一夫夜呼，亂者四應[10]，倉皇東出[11]，未見賊而士卒離散，君臣相顧，不知所歸。至於誓天斷髮，泣下沾襟[12]，何其衰也！豈得之難而失之易歟？抑本其成敗之跡[13]，而皆自於人歟？

《書》曰："滿招損，謙受益[14]。"憂勞可以興國，逸豫可以忘身，自然之理也[15]。故方其盛也，舉天下之豪傑，莫能與之爭；及其衰也，數十伶人困之，而身死國滅[16]，為天下笑。夫禍患常積於忽微[17]，而智勇多困於所溺[18]，豈獨伶人也哉！作《伶官傳》。

註釋

1 原：推究。莊宗：指五代時後唐莊宗李存勗（xù），晉王李克用之子。他於後梁龍德三年（923）稱帝，建都洛陽，國號唐。同年滅後梁統一北中國。

2 晉王：即莊宗的父親李克用，沙陀族，因幫助唐朝鎮壓黃巢起義有功，封晉王。

3 梁：指後梁太祖朱溫，原是黃巢起義軍的將領，叛變降唐，唐僖宗賜名全忠，封為梁王。晉王與梁王因不斷擴充勢力彼此結下世仇。天祐四年（907）朱溫篡奪了唐朝的政權，改名"晃"，建都汴（今河南開封），國號梁。

4 燕王：指劉守光的父親劉仁恭。李克用曾向唐朝保舉劉仁恭為盧龍節度使拜檢校司空，但後來劉仁恭不聽李克用調遣，雙方發生武裝衝突，劉仁恭打敗李克用，依附於後梁。其後劉仁恭的兒子劉守光兵力漸強，被朱溫封為燕王，公元 911 年，他自稱大燕皇帝。

5 契丹：古代少數民族。此指契丹族首領耶律阿保機，即遼王朝的建立者遼太祖。公元 907 年，李克用與他約為兄弟，希望共同舉兵攻梁。但耶律阿保機背約，遣使與朱溫通好，以期共同舉兵滅晉。

6 從事：官名。原指三公及州郡長官的僚屬，文中指一般屬官。少牢：祭祀用的豬、羊二牲。

7 方其繫燕王父子以組：繫，捆綁。組，絲編的繩索。劉守光稱帝的第二年（912），李存勗派兵攻打燕，生擒劉守光父子，並用繩索捆綁到晉王的太廟以祭靈。

8 函梁君臣之首：函，木匣子，此作動詞，用木匣封裝。後梁龍德三年（923）十月，李存勗領兵攻梁，梁末帝朱友貞（朱溫的兒子）命令其部將皇甫麟把他殺了，隨後皇甫麟也刎頸自殺。李存勗攻入汴京，將君臣二人的頭裝入木盒，收藏在太廟裏。

9 仇讎（chóu）：仇敵。

10 一夫夜呼，亂者四應：一夫，指軍士皇甫暉。後唐同光四年（926），李存勗妻劉皇后聽信宦官誣告，殺死大臣郭崇韜，一時人心浮動。軍士皇甫暉作亂，攻入鄴都（今河南安陽市）。

11 倉皇東出：皇甫暉作亂後，李存勗無力討伐，不久李嗣源等也相繼叛亂，李存勗只好從洛陽倉皇出逃到汴州（今河南開封一帶）。

12 誓天斷髮，泣下沾襟：李存勗到達汴州時，李嗣源已進入汴京（今開封市）。李存勗眼見諸軍離散，十分沮喪，"置酒野次，悲啼不樂"。於是諸將拔刀斷髮，發誓以死效忠後唐，上下無不悲號。

13 抑：或是。本：這裏為考察意。

14 滿招損，謙得益：見《尚書・大禹謨》。

15 逸豫：安逸享樂。忘：通"亡"。

16 數十伶人困之，而身死國滅：李存勗滅梁後，縱情聲色，寵信樂工、宦官。公元 926 年，伶人郭從謙（藝名郭門高）指揮一部分禁衛軍作亂，李存勗中流矢而死。李存勗死後，李嗣源稱帝，雖然國號未改，但李嗣源只是李克用的養子，所以說"身死國滅"。

17 忽微：形容極其細小。

18 所溺：所溺愛而不能自拔的人或事物。

【鑒賞】

本文是《新五代史・伶官傳》的序。《伶官傳》記載後唐莊宗李存勗寵信伶官景進、史彥瓊、郭門高等敗國亂政的史實。這篇序則對這一史實進行論述，然後總結經驗教訓，說明一個王朝的興廢不在天命，而在人事。

從結構佈局看全文剪裁構思頗具匠心，圍繞中心論點來取捨材料，敘事繁簡得當，論證嚴密，對比鮮明，抑揚有致，具有很強說服力。如莊宗既有發奮圖強的一面，也有志得意滿，沉溺聲色，寵倖伶人的一面。歐陽修在第二段詳寫其興國，藉以說明"憂勞可以興國"的道理，在第三段夾敘夾議帶出正反兩方面的史實，史與論結合緊密，不流於空泛議論。

文章另一大特點就是"發議論必以'嗚呼'"，並且貫之於《新五代史》中。這是由於五代之事可歎可悲，而作者又以古鑒今，面對北宋現實寓有無窮感慨，於是運用了一系列虛詞尤其是感歎詞，為文章增添了迂曲舒緩的語氣。就體裁而言，文章雖為史論，然而極富形象性和抒情性。如寫李克用臨終遺矢的神情動作，使人如見怒目之狀，如聞切齒之聲，文學色彩十分濃厚。

朋黨論

臣聞朋黨之説，自古有之，惟幸人君辨其君子、小人而已。

大凡君子與君子以同道為朋，小人與小人以同利為朋，此自然之理也。然臣謂小人無朋，惟君子則有之，其故何哉？小人所好者，利祿也；所貪者，貨財也。當其同利之時，暫相黨引以為朋者，偽也；及其見利而爭先，或利盡而交疏，則反相賊害，雖其兄弟親戚，不能相保。故臣謂小人無朋，其暫為朋者，偽也。君子則不然，所守者道義，所行者忠信，所惜者名節。以之修身，則同道而相益；以之事國，則同心而共濟，始終如一。此君子之朋也。故為人君者，但當退小人之偽朋，用君子之真朋，則天下治矣！

堯之時，小人共工、驩兜等四人為一朋，君子八元、八愷十六人為一朋。舜佐堯退四兇小人之朋，而進元、愷君子之朋，堯之天下大治[1]。及舜自為天子，而皋、夔、稷、契[2]等二十二人並立於朝，更相稱美，更相推讓，凡二十二人為一朋，而舜皆用之，天下亦大治。《書》曰："紂有臣億萬，惟億萬心；周有臣三千，惟一心[3]。"紂之時，億萬人各異心，可謂不為朋矣，然紂以亡國。周武王之臣，三千人為一大朋，而周用以興。後漢獻帝[4]時，盡取天下名士囚禁之，目為黨人[5]，及黃巾[6]賊起，漢室大亂，後方悔悟，盡解黨人而釋之，然已無救矣。唐之晚年[7]，漸起朋黨之論[8]，及昭宗時[9]，盡殺朝之名士，或投之黃河[10]，曰："此輩清流，可投濁流。"而唐遂亡矣。

夫前世之主，能使人人異心不為朋，莫如紂；能禁絕善人為朋，莫如漢獻帝；能誅戮清流之朋，莫如唐昭宗之世。然皆亂亡其國。更相稱美推讓而不自疑，莫如舜之二十二臣，舜亦不疑而皆用之；然而後世不誚舜為二十二朋黨所欺，而稱舜為聰明之聖者，以能辨君子與小人也。周武之世，舉其國之臣三千人共為一朋，自古為朋之多且大，莫如周；然周用此以興者，善人雖多而不厭也。

夫興亡治亂之跡，為人君者可以鑒矣。

註釋

1 “堯之時”六句：《史記・五帝本紀》載，昔高陽氏有才子八人，世得其利，謂之“八愷”。高辛氏有才子八人，世謂之“八元”。此十六族者，世濟其美，不隕其名。至於堯，堯未能舉。舜舉八愷，使主後土，收揆百事，莫不時序。舉八元，使佈教於四方，父義，母慈，兄友，弟恭，子孝，內外成。昔帝鴻氏有不才子，掩義隱賊，好行兇慝，天下謂之渾沌（即驩兜）。少皞氏有不才子，毀信惡忠，崇飾惡言，天下謂之窮奇（即共工）。顓頊氏有不才子，不可教訓，不知話言，天下謂之檮杌（即鯀）。此三族世憂之。至於堯，堯未能去。縉雲氏有不才子，貪於飲食，冒於貨賄，天下謂之饕餮（即三苗）。天下惡之，比之三兇。舜賓於四門，乃流四兇族，遷於四裔，以禦螭魅。於是四門辟，言毋兇人也。

2 皐、夔、稷、契（xiè）：都是舜時賢臣。其中皐陶（yáo）掌管刑獄，夔掌音樂，稷為農官，為周朝始祖，契掌管教育為商朝始祖。

3 “紂有臣”四句：出自《尚書・泰誓》篇，為周武王會師孟津（今屬河南）大舉伐紂時所作。原文為：“受(即紂）有臣億萬，惟億萬心；予有臣三千，惟一心。”

4 後漢獻帝：劉協，東漢最後一位君主。後面所引黨人事件發生在桓帝、靈帝時期，本文誤作獻帝時事。

5 黨人：指東漢桓、靈二朝發生的黨錮之禍。漢桓帝朝，李膺、陳蕃等官員聯合太學生領袖郭泰、范滂等反對宦官專權，被誣為“誹訕朝廷”，下獄治罪。漢靈帝朝，捕殺李膺、范滂等百餘人，株連近千人，史稱“黨錮之禍”。

6 黃巾：東漢末年張角等領導的農民起義，以黃巾裹頭為標誌，故稱“黃巾起義”。

7 唐之晚年：指唐穆宗至唐宣宗時期。

8 漸起朋黨之論：唐穆宗時牛僧孺與李德裕互相傾軋，史稱“牛李黨爭”。這一黨爭延續到文宗、武宗、宣宗幾朝，歷時近四十年之久。

9 及昭宗時：此處當為作者誤記，後引之事發生於唐昭宣帝（即唐哀帝）天祐三年(906)，而非唐昭宗時。

10 “盡殺朝之名士”二句：唐昭宣帝天祐三年（906），李振唆使朱全忠殺死朝臣裴樞等七人，並對朱全忠說：“此輩自謂清流，宜投於黃河，永為濁流！”文中“昭宗時”，係作者誤記。

【鑒賞】

本文是歐陽修政論文的代表作之一。針對景祐初年以來爭論不息的朋黨之論而作。

文章一開頭就提出中心議題：希望人君辨別君子、小人。第二段從理論上闡述君子之朋與小人之朋的差別，認為二者根本區別在“以同道”或“以同利”為朋。作者又從“自古有之”的朋黨之史實正反對比，論證君子之朋與小人之朋在治理國家中所起的不同作用，再次重申希望人君考察“興亡治亂之跡”以明君子與小人之分。

全文在結構上圍繞中心論點層層析理，步步推進，以史論理，論證嚴密。文章風格確如金聖歎評語所説“最明暢之文，卻甚幽細；最條直之文，卻甚鬱勃；最平易之文，卻甚跳躍鼓舞”盡顯古文大家的風範。

送楊寘序[1]

予嘗有幽憂之疾[2]，退而閒居，不能治也。既而學琴於友人孫道滋，受宮聲數引[3]，久而樂之，不知其疾之在體也。

夫琴之為技，小矣。及其至也，大者為宮，細者為羽[4]。操弦驟作，忽然變之，急者悽然以促，緩者舒然以和[5]。如崩崖裂石，高山出泉，而風雨夜至也；如怨夫寡婦之歎息，雌雄雍雍之相鳴也[6]。其憂深思遠，則舜與文王、孔子之遺音也[7]；悲愁感憤，則伯奇孤子、屈原忠臣之所歎也[8]。喜怒哀樂，動人必深，而純古淡泊，與夫堯、舜、三代之言語、孔子之文章、《易》之憂患[9]、《詩》之怨刺無以異。其能聽之以耳，應之以手，取其和者，道其湮鬱[10]，寫其幽思[11]，則感人之際，亦有至者焉。

予友楊君，好學有文，累以進士舉，不得志。及從蔭調[12]，為尉於劍浦[13]，區區在東南數千里外，是其心固有不平者。且少又多疾，而南方少醫藥，風俗飲食異宜。以多疾之體，有不平之心，居異宜之俗，其能鬱鬱以久乎？然欲平其心以養其疾，於琴亦將有得焉。故予作“琴説”以贈其行。且邀道滋酌酒，進琴以為別。

註釋

1 楊寘：字審賢，歐陽修好友，少時有文才，屢試不第，以蔭補官。
2 幽憂之疾：過度憂勞而成的疾病。《莊子・讓王》：“我適有幽憂之病，方且治之，未暇治天下也。”成玄英疏：“幽，深也；憂，勞也。”
3 受宮聲數引：學習數支琴曲。宮，這裏指宮調式，中國古代五聲（宮、商、角、徵、羽）中以宮聲為主的調式。引，樂曲體裁之一。
4 大者為宮，細者為羽：五音中，宮聲低而宏大，羽聲高而尖細。
5 悽然：形容悲傷。舒然：舒暢的樣子。
6 雍雍：語出《詩經》：“雍雍鳴雁。”指鳥和鳴聲。
7 舜與文王、孔子之遺音：傳説舜、周文王、孔子都善於用琴聲來表達思想感情，舜曾彈五弦琴，歌唱《南風歌》；周文王作琴曲《文王操》；孔子則以音樂作為教化的手段。
8 伯奇：周宣王大臣尹吉甫的兒子。他本孝順後母，吉甫卻聽其後妻的話，將伯奇逐出家門，伯奇含冤，投河自盡。
9《易》之憂患：《周易》體現的憂患意識。《史記・殷本紀》：“紂囚西伯（周文王）羑（yǒu）里。”而孔子在五十歲後，曾周遊宋、衛、陳、蔡、齊、楚等國，自稱“如有用我者，吾其為東周乎？”但終不見用。舊傳伏羲畫卦，文王作辭，孔子作傳。故“《易》之憂患”，就是表現文王被囚和孔子周遊不遇的抑鬱不平之志。

10 道其湮鬱：發洩他心裏的憂鬱。湮鬱，阻塞不暢。

11 寫：通"瀉。此處為散發義。

12 蔭調：憑先代官爵不經科舉考試而受官。

13 尉：縣尉，官名，始置於秦，兩宋沿置，輔佐縣令，掌一縣的軍事。劍浦：縣名，今福建南平縣。

【鑒賞】

本文作於宋仁宗慶曆七年。歐陽修被貶到滁州任知州，好友楊寘將南行"為尉於劍浦"，歐陽修作此文送他。與以往作家的贈序文不同，歐陽修在文章中並沒有用大量篇幅去稱讚對方的所作所為，而是以"琴"為主線，從自己養病學琴説起，中間一部分大談自己學琴體會，末尾部分以酌酒進琴為別，既誠心撫慰好友，又含蓄地宣洩自己被貶後的特殊心境。本文名為贈序，實則詠懷，作者藉琴以抒鬱悶，撫慰友人。

文章對琴音的刻畫精細入微，如"急者悽然以促，緩者舒然以和。如崩崖裂石，高山出泉，而風雨夜至也；如怨夫寡婦之歎息，雌雄雍雍之相鳴也"。如此描繪可與白居易《琵琶行》相媲美。作者以琴聲象徵文王、孔子躬行仁義和屈原含冤負屈的悲憤，使琴聲帶上了濃郁的感傷色彩。

以琴構思全文，以"琴説"送友，"取其和者，道其湮鬱，寫其幽思"。過珙曾言："楊子心懷鬱鬱，而歐公藉琴以解之，故通篇是説琴，而送友意已在其中。文致曲折，古秀雅淡，言有盡而情味無窮。"此言正中肯綮。文章在送別對象及序文的寫法上與韓愈的《送孟東野序》相近，從中可見出韓文影響，但他學韓又不似韓，自有其婉曲平易之風。

王彥章畫像記

太師王公，諱彥章，字子明。鄆州壽張人也。事梁，為宣義軍節度使，以身死國，葬於鄭州之管城。晉天福二年，始贈[1]太師。

公在梁以智勇聞。梁、晉[2]之爭數百戰，其為勇將多矣；而晉人獨畏彥章。自乾化後，常與晉戰，屢困莊宗於河上。及梁末年，小人趙岩等用事，梁之大臣老將，多以讒不見信，皆怒而有怠心；而梁亦盡失河北，事勢已去，諸將多懷顧望。獨公奮然自必[3]，不少屈懈，志雖不就，卒死以忠。公既死而梁亦亡矣。悲夫！

五代終始才五十年，而更十有三君，五易國而八姓[4]。士之不幸而出乎其時，能不污其身，得全其節者，鮮矣！公本武人，不知書，其語質[5]，平生嘗謂人曰："豹死留皮，人死留名。" 蓋其義勇忠信出於天性而然。予於《五代書》，竊有善善惡惡之志[6]。至於公傳，未嘗不感憤歎息。惜乎舊史殘略，不能備公之事。

康定元年，予以節度判官來此。求於滑人，得公之孫睿所錄家傳，頗多於舊史，其記德勝之戰尤詳。又言：敬翔怒末帝不肯用公，欲自經於帝前；公因用笏畫山川，為御史彈而見廢。又言：公五子，其二同公死節。此皆舊史無之。又云：公在滑，以讒自歸於京師，而史雲"召之"。是時，梁兵盡屬段凝，京師羸兵不滿數千；公得保鑾[7]五百人之鄆州，以力寡，敗於中都。而史雲將五千以往者，亦皆非也。公之攻德勝也，初受命於帝前，期以三日破敵；梁之將相聞者皆竊笑。及破南城，果三日。是時，莊宗在魏，聞公復用，料公必速攻，自魏馳馬來救，已不及矣。莊宗之善料，公之善出奇，何其神哉！

今國家罷兵四十年，一旦元昊反[8]，敗軍殺將，連四五年，而攻守之計，至今未決。予嘗獨持用奇取勝之議，而歎邊將屢失其機。時人聞予說者，或笑以為狂，或忽若不聞；雖予亦惑，不能自信。及讀公家傳，至於德勝之捷，乃知古之名將，必出於奇，然後能勝。然非審於為計者不能出奇；奇在速，速在果，此天下偉男子之所為，非拘牽常算之士[9]可到也。每讀其傳，未嘗不想見其人。

後二年，予復來通判州事。歲之正月，過俗所謂鐵槍寺者，又得公畫像而拜焉。歲久磨滅，隱隱可見。亟命工完理之[10]，而不敢有加焉，懼失其真也。公尤善用槍，當時號"王鐵槍"。公死已百年，至今俗猶以名其寺，童兒牧豎皆知王鐵槍之為良將也。一槍之勇，同時豈無？而公獨不朽者，豈其忠義之節使然歟？畫已百餘年矣，完之復可百年。然公之不泯者，不繫乎畫之存不存也。而予尤區區[11]如此者，蓋其希慕之至焉耳。讀其書，尚想乎其人；況得拜其像，識其面目，不忍見其壞也。畫既完，因書予所得者於後，而歸[12]其人，使藏之。

註釋

1 贈：死後追封叫"贈"。

2 晉：此處的"晉"字指晉王李克用、李存勗父子，乃唐朝廷所賜封號。後文"晉人獨畏彥章"之"晉"亦同，晉人指晉王的部隊。前文"晉天福二年"之"晉"指五代"後晉"，由石敬瑭開創。

3 奮然自必：奮起與晉爭鬥，毫不動搖。

4 "五代" 數句：五代為後梁、後唐、後漢、後晉、後周，共五十三年，換十三個皇帝。其中，後梁、後漢、後晉三代皇室各一姓；後唐皇室實際上歷三姓；後周皇室，先為郭姓後為柴姓。加起來，五代主國者共八姓。
5 語質：説話樸素質直。
6《五代書》：指歐陽修所著《五代史記》，稱《新五代史》。善善惡惡：表彰好人，批揭壞人。
7 保鑾：指皇帝的禁衛軍。
8 元昊反：指西夏主趙元昊叛宋稱帝。
9 拘牽常算之士：指被常規所牽制束縛，辦事猶豫不決的人。
10 完理：修復整理。
11 區區：誠懇的樣子。
12 歸（kuì）：同“饋”，贈送。

【鑒賞】

蘇軾評價歐陽修為文“記事似司馬遷”，這是因其筆端常帶感情，發而為文，臧否抑揚，感慨浩歎，如作《五代史》，力求“善善惡惡”。本文抒寫對五代梁將王彥章的推崇景仰，以史論今，慨歎宋軍將領屢失戰機，不採納自己“用奇取勝之議”，大有抱負不得實現的鬱悶不平之感，這是借盛讚先賢以“澆自己心頭塊壘”。

題目雖名為“畫像記”，為文卻不沿襲前人由畫及人的寫法，而是獨闢蹊徑，先簡筆介紹其生平，再詳盡刻畫主人公為人忠貞不懈、智勇過人，最後才點明畫像，歸結全篇。

作者語言駕馭能力高超。如寫王彥章先寫其“本武人，不知書，其語質”，後只用其常用的一俗語就證明這一點，且顯出其天性質直自然，義勇忠信。就全篇言，大量感歎句的運用，如“悲夫”、“鮮矣”、“何其神哉”，語言精練自然，將精闢的論述與深沉的感歎、委婉的語氣有機融合。

在寫法上歐陽修善於在塑造人物形象時採用對比襯托的手法，如以梁將亡時眾大臣老將“怒而有怠心”對比公獨“奮然自必”；以“莊宗之善料”不及“公之善出奇”襯托出王彥章忠義、智勇。

世人評價歐陽修文風常說“歐如瀾”，本文即可為代表，全文敘事、議論、抒情層層推進，渾融完整，層次分明，轉接自然，如行雲流水。

醉翁亭記

環滁皆山也。其西南諸峰，林壑尤美。望之蔚然而深秀者[1]，琅琊也[2]。山行六七里，漸聞水聲潺潺，而瀉出於兩峰之間者，釀泉也[3]。峰迴路轉，有亭翼然臨於泉上者[4]，醉翁亭也。作亭者誰？山之僧智仙也[5]。名之者誰？太守自謂也[6]。太守與客來飲於此，飲少輒醉，而年又最高，故自號曰醉翁也。醉翁之意不在酒，在乎山水之間也。山水之樂，得之心而寓之酒也。

若夫日出而林霏開[7]，雲歸而岩穴暝[8]，晦明變化者，山間之朝暮也。野芳發而幽香，佳木秀而繁陰[9]，風霜高潔[10]，水落而石出者，山間之四時也。朝而往，暮而歸，四時之景不同，而樂亦無窮也。

至於負者歌於途，行者休於樹，前者呼，後者應，傴僂提攜[11]，往來而不絕者，滁人遊也。臨溪而漁，溪深而魚肥；釀泉為酒，泉香而酒洌[12]；山餚野蔌[13]，雜然而前陳者，太守宴也。宴酣之樂，非絲非竹[14]；射者中[15]，弈者勝，觥籌交錯[16]，起坐而喧嘩者，眾賓歡也。蒼顏白髮，頹然乎其間者，太守醉也。

已而夕陽在山，人影散亂，太守歸而賓客從也。樹林陰翳[17]，鳴聲上下，遊人去而禽鳥樂也。然而禽鳥知山林之樂，而不知人之樂；人知從太守遊而樂，而不知太守之樂其樂也[18]。醉能同其樂，醒能述以文者，太守也。太守謂誰，廬陵歐陽修也[19]。

註釋

1 蔚然：草木茂盛的樣子。
2 琅琊（yá）：即瑯琊，山名，在今安徽省滁縣西南十里。
3 釀泉：因其水清可以釀酒，故而得名。
4 翼然：比喻亭的形狀如鳥展翅。
5 智仙：瑯琊寺（一名開化寺）的僧人。
6 太守：漢時太守為一郡行政最高長官。宋時一州的長官稱知軍州事，泛稱太守。
7 林霏開：樹林間的霧氣消散了。
8 雲歸：雲霧聚攏於山中。古人以為雲是出自山中的，如陶淵明《歸去來辭》："雲無心以出岫。"
9 佳木：猶言嘉樹。秀：茂盛的樣子。繁陰：濃密的樹蔭。陰，通"蔭"。
10 風霜高潔：天高氣爽，霜色晶瑩。
11 傴僂（yǔ lǚ）：彎腰曲背的樣子，指老年人。提攜：指由大人牽着手走的小孩子。
12 洌（liè）：水清。
13 山餚（yáo）：野味。蔌（sù）：菜蔬。
14 絲：弦樂器，琴、瑟之類。竹：管樂器，簫、管之類。
15 射者中：古代飲宴時一種投壺遊戲，以矢投壺中，投中者勝，酌酒給負者飲。
16 觥（gōng）籌交錯：酒杯和酒籌相錯雜，形容賓主喝酒盡歡的樣子。觥，酒器，古代酒器用兕角製，稱兕觥；籌，指記飲酒數目的籌碼。
17 陰翳（yì）：樹木遮蔽成蔭。
18 樂其樂：自樂其樂。第一個樂字，動詞。
19 廬陵：今江西省吉安市。史載歐陽修為永豐人，其先世"為廬陵大族"。

【鑒賞】

宋仁宗慶曆五年歐陽修被貶為滁州太守，次年寫了這篇優美的抒情散文。作者用他“與民同樂”的理想之筆寫到了醉翁亭周遭環境及由來，進而由景及人寫出往來亭中之人。

山間朝暮四時景物變化無窮，而遊人樂趣也沒有窮盡，作者從“滁人遊”、“太守宴”、“眾賓歡”、“太守醉”四個層面描繪了不同的遊宴之樂。這篇遊記極寫醉翁亭四時景色之美和山水之樂，表明作者政治失意後放情山水以自娛的情懷。在藝術手法上作者以詩化的語言描繪了山水之美、遊人之樂，使全文充滿和諧輕快的氣氛，由一“樂”字將山水風光、遊人活動和個人感情的抒發貫穿為一個有機整體，使全文條理清晰。正如茅坤所評：“昔人讀此文，謂如遊幽泉邃石，入一層才見一層，如累疊階級，遂級上去，節脈相生妙矣。”

從句法看全文雖採用同類句法，即前半句敍述或描寫，後半句説明，但各句都有變化，不顯雷同。文章句句是記山水，卻句句是記亭，記太守，這有助於層次劃分，也利於表現怡然之樂。散中帶駢、駢散相間的句式也為文章增添了優美多變的色調。

文章以清新明朗的格調實踐了作者的文學主張，體現了歐陽修達觀思想，誠如過珙所言“全文尤妙在‘醉翁之意不在酒’，及‘太守之樂其樂’，兩段有無限樂民之樂意”，確為文章之創調。

《蘇氏文集》序

予友蘇子美之亡後四年，始得其平生文章遺稿於太子太傅杜公[1]之家，而集錄之，以為十卷。子美，杜氏婿也。遂以其集歸之，而告於公曰：

“斯文，金玉也，棄擲埋沒糞土，不能銷蝕。其見遺於一時，必有收而寶之於後世者。雖其埋沒而未出，其精氣光怪已能常自發見，而物亦不能掩也。故方其擯斥摧挫、流離窮厄之時，文章已自行於天下。雖其怨家仇人，及嘗能出力而擠之死者，至其文章，則不能少毀而掩蔽之也。凡人之情，忽近而貴遠。子美屈於今世猶若此，其伸於後世宜如何也。公其可無恨。”

予嘗考前世文章政理之盛衰，而怪唐太宗致治幾乎三王之盛，而文章不能革五代之餘習。後百有餘年，韓、李之徒出，然後元和[2]之文始復於古。唐衰兵亂，又百餘年而聖宋興，天下一定，晏然無事，又幾百年，而古文始盛於今。自古治時少而亂時多，幸時治矣，文章或不能純粹，或遲久而不相及。何其難之若是歟？豈非難得其人歟？苟一有其人，又幸而及出於治世，世其可不為之貴重而愛惜之歟？嗟吾子美，以一酒食之過，至廢為民，而流落以死，此其可以歎息流涕，而為當世仁人君子之職位宜與國家樂育賢材者惜也。

子美之齒[3]少於予，而予學古文反在其後。天聖[4]之間，予舉進士於有司，見時學者務以言語聲偶相擿裂[5]，號為時文，以相誇尚，而子美獨與其兄才翁及穆參軍[6]伯長作為古歌詩雜文。時人頗共非笑之，而子美不顧也。其後，天子患時文之弊，下詔書諷勉學者以近古，由是其風漸息，而學者稍趨於古焉。獨子美為於舉世不為之時，其始終自守，不牽世俗趨捨，可謂特立之士也。

子美官至大理評事、集賢校理[7]而廢，後為湖州長史[8]以卒，享年四十有一。其狀貌奇偉，望之昂然，而即之溫溫，久而愈可愛慕。其材雖高，而人亦不甚嫉忌，其擊而去之者，意不在子美也。賴天子聰明仁聖，凡當時所指名而排斥，二三大臣而下，欲以子美為根而累之者，皆蒙保全，今並列於榮寵。雖與子美同時飲酒得罪之人多一時之豪俊，亦被收採，進顯於朝廷。而子美獨不幸死矣，豈非其命也。悲夫！

廬陵歐陽修序。

註釋

1 太子太傅：輔佐皇太子的官名，宋代作為一種加官，為從一品，只授給宰相本官未至僕射者和致仕的樞密使。杜公：杜衍（978～1057），字世昌，曾官樞密使並拜相，封祁國公。

2 元和：唐憲宗年號（806～820）。

3 齒：年齡。

4 天聖：宋仁宗年號（1023～1031）。歐陽修在天聖八年中進士。

5 擿（zhāi）裂：割裂。擿，同“摘”。

6 才翁：蘇舜元的字。穆參軍：穆修（979～1032），字伯長，大中祥符間進士，官終蔡州文學參軍。

7 大理評事：治獄事的官署大理寺屬下官員。集賢校理：掌收集、校勘典籍的官署集賢院屬下官員。

8 長史：官名，主要為散官，無職掌。

【鑒賞】

蘇舜欽是北宋詩文革新運動的重要作家，政治上傾向於改革弊政，抗擊外來侵略；文學上寫了大量清新古樸的散文，盡力扭轉唐末五代以來瀰漫文壇的浮靡之風。歐陽修是蘇舜欽志同道合的朋友，在蘇去世後的四年，即皇祐三年，作者整理、編輯亡友遺稿並寫作此文。

文章從蘇子美文章入手，敘述了蘇舜欽在宋代詩文革新中的先驅作用，對蘇氏文學成就做了較高評價，並對古文運動的發展作了回顧，時人喜歡華麗文章，而蘇子美等人勇敢肩負起古文革新的使命，其特立獨行令人讚歎。

行文中採用敘事、議論、抒情相結合的手法既褒獎了蘇氏的文品與人品，又對當時摧殘人才的統治者進行諷喻，並運用對比手法將蘇子美人品與文品之高尚與遭遇之坎坷比照，感情色彩濃郁而富於感染力。

文章最後寫道："雖與子美同時飲酒得罪之人多一時豪俊，亦被收採，進顯於朝廷。而子美獨不幸死矣，豈其非命也。悲夫！"這使全文悲涼哀婉的基調再次彈響而又戛然而止，給讀者以無窮深思。

秋聲賦

歐陽子方夜讀書，聞有聲自西南來者，悚然而聽之[1]，曰："異哉！"初淅瀝以蕭颯[2]，忽奔騰而砰湃[3]，如波濤夜驚，風雨驟至。其觸於物也，鏦鏦錚錚[4]，金鐵皆鳴。又如赴敵之兵，銜枚疾走[5]，不聞號令，但聞人馬之行聲。予謂童子："此何聲也？汝出視之。"童子曰："星月皎潔，明河在天[6]，四無人聲，聲在樹間。"

予曰："噫嘻，悲哉！此秋聲也，胡為乎來哉？蓋夫秋之為狀也：其色慘淡，煙霏雲斂[7]；其容清明，天高日晶；其氣慄冽[8]，砭人肌骨[9]；其意蕭條，山川寂寥。故其為聲也，淒淒切切，呼號憤發。豐草綠縟而爭茂[10]，佳木蔥蘢而可悅[11]。草拂之而色變，木遭之而葉脫。其所以摧敗零落者，乃其一氣之餘烈[12]。夫秋，刑官也[13]，於時為陰[14]。又兵象也[15]，於行用金[16]。是謂天地之義氣，常以肅殺而為心[17]。天之於物，春生秋實。故其在樂也，商聲主西方之音[18]；夷則為七月之律[19]。商，傷也，物既老而悲傷。夷，戮也，物過盛而當殺。嗟乎！草木無情，有時飄零。人為動物，惟物之靈[20]。百憂感其心，萬事勞其形。有動於中，必搖其精[21]。而況思其力之所不及，憂其智之所不能。宜其渥然丹者為槁木[22]，黟然黑者為星星[23]。奈何以非金石之質，欲與草木而爭榮？念誰為之戕賊，亦何恨乎秋聲！”

童子莫對，垂頭而睡。但聞四壁蟲聲唧唧，如助予之歎息。

註釋

1 悚（sǒng）然：驚懼的樣子。
2 淅瀝以蕭颯：雨聲混合着風聲。以，而。
3 砰湃：波濤洶湧的樣子。
4 鏦鏦錚錚：金屬互相撞擊的聲音。
5 銜枚：古代行軍時常令軍士口中銜枚（形狀像筷子），防止喧嘩，藉以保密。
6 明河：天河。
7 煙霏雲斂：煙氣飄散，雲霧消失。霏，飛散；斂，斂藏。
8 慄冽：猶慄烈，寒冷的樣子。
9 砭（biān）：原指用以治病的石針。這裏是針刺的意思。
10 縟：繁茂。
11 葱蘢：草樹繁盛的樣子。
12 一氣：指秋氣。餘烈：餘威。
13 夫秋，刑官也：周朝以天地四時之名命官，謂之六卿，司寇為秋官，掌管刑法、獄訟。
14 於時為陰：以陰陽配合四時，春夏屬陽，秋冬屬陰。《漢書・律曆志上》：“春為陽中，萬物以生；秋為陰中，萬物以成。”又《春秋繁露・陰陽義》：“陰者，天之刑也。”
15 又兵象也：古代征伐，多在秋天。
16 於行用金：以五行（金、木、水、火、土）分配四時，秋天屬金。《漢書・五行志上》：“金，西方，萬物既成，殺氣之始也。”
17 “是謂天地之義氣”二句：《禮記・鄉飲酒義》：“天地嚴凝之氣，始於西南，而盛於西北，此天地之尊嚴氣也，此天地之義氣也。”
18 商聲主西方之音：古代音律說以五聲（宮、商、角、徵、羽）分配四時，秋天為商聲。《禮記・月令》載，孟秋、仲秋、季秋之月，“其音商”。西方，是秋天的方位。
19 夷則為七月之律：以十二律（黃鐘、大呂、太簇、夾鐘、姑洗、中呂、蕤賓、林鐘、夷則、南呂、無射、應鐘）分配十二月，七月為夷則。
20 “人為動物”二句：意謂人是萬物的靈長，不同於無情的草木。《尚書・周書・泰誓上》：“惟人萬物之靈。”
21 “百憂感其心”四句：《莊子・在宥》：“必靜必清，無勞女形，無搖女精，乃可以長生。”此用其意從反面說。精，精神。
22 渥然丹者為槁木：紅潤的容顏變為枯槁。
23 黟（yī）然黑者為星星：意思是黑髮變成白髮。黟，黑貌；星星，喻白色。

【鑒賞】

本文作於宋仁宗嘉祐四年，作者時年五十三歲，在京任翰林學士給事中，充御試進士詳定官，處於官運較好時期。然而此前作者曾三次被貶，如今面對朝廷內部的勾心鬥角、互相傾軋，回首往事，黯然神傷。所以作者此賦以秋聲發端，描繪了暮秋山川寂寥、草木零落的蕭條景象，藉此抒發了人生易老的悲秋情懷，凝聚了宦海沉浮、人事憂勞、形神漸衰的飄零之感，其中既有理想不得實現，宏圖難展的感慨，又流露出無為無擾的老莊思想。

全文借用傳統賦主客問答的形式，以主人公歐陽子與童子的對話展開，由秋聲引發無窮慨歎。秋的色、容、氣、意種種情狀讓人備感肅殺寂寥，通過自然萬物的轉變，顯出秋實為萬物主刑者，進而以有情人類與無情草木對比，感歎人為憂思所苦更易衰老頹敗，發出“奈何以非金石之質，欲與草木而爭榮”的慨歎，言外之意即人應清心寡慾，善於養生。這可以說是“慶曆新政”失敗後作者長期苦悶情緒的反映。

該賦以多重比喻把無形秋聲寫得有形有色、有情有意，如開頭一段連用三個比喻把秋聲由遠及近以至撞擊的聲響渲染得淋漓盡致，以聲之悽悽切切摧敗萬物的氣勢襯托出了秋的蕭瑟。而鋪排句式的運用進一步渲染了秋聲及秋的凌厲。文章由聲及物，由情入理，步步逼近，感慨萬端，而又議論橫生，由自然之秋上升到人生之秋，滿腔悵恨中以“四壁蟲聲唧唧”作結。以秋蟲哀鳴點染秋聲，悲秋之慨含而不露，而與童子的對答更以童子的稚氣襯托出主人公的悲慨，深化了主題。

作者既保留了古賦鋪排、問答的特點，又打破了駢賦、律賦多用僻字、對偶及講究聲律帶來的束縛，一變為奇偶相間、散韻結合、語言明白曉暢的新型賦體，呈現出散文化的傾向，使賦獲得了新的生命。該文實為體現其理論主張的典範之作。

祭石曼卿文

維治平四年[1]七月日，具官歐陽修[2]，謹遣尚書都省令史李敭[3]至於太清[4]，以清酌庶羞之奠[5]，致祭於亡友曼卿之墓下，而弔之以文，曰：

嗚呼曼卿！生而為英，死而為靈。其同乎萬物生死而復歸於無物者，暫聚之形[6]；不與萬物共盡而卓然其不朽者，後世之名。此自古聖賢莫不皆然，而著在簡冊者昭如日星[7]。

嗚呼曼卿！吾不見子久矣，猶能彷彿子之平生。其軒昂磊落[8]，突兀崢嶸[9]，而埋藏於地下者，意其不化為朽壤而為金玉之精。不然，生長松之千尺，產靈芝而九莖[10]。奈何荒煙野蔓，荊棘縱橫，風悽露下，走燐飛螢[11]；但見牧童樵叟，歌吟而上下，與夫驚禽駭獸，悲鳴躑躅而咿嚶[12]。今固如此，更千秋而萬歲兮，安知其不穴藏狐貉與鼯鼪[13]？此自古聖賢亦皆然兮，獨不見夫纍纍乎曠野與荒城[14]？

嗚呼曼卿！盛衰之理[15]，吾固知其如此，而感念疇昔[16]，悲涼悽愴，不覺臨風而隕涕者，有愧乎太上之忘情[17]。尚饗！

註釋

1 維：發語詞，無實義。治平四年：公元1067年。
2 具官：唐宋以來，在公文函牘等底稿上，常把官爵品位簡寫為“具官”。
3 李敭（yì）：事蹟不詳。
4 太清：地名，石曼卿的故鄉，石曼卿葬於此。在今河南商丘東南永城。
5 清酌：清酒。庶羞：各色食品。饈美叫羞，品多叫庶。奠：祭品。
6 暫聚之形：古人認為天地萬物都是由“氣”積聚而成，有聚便有散，人體也是這樣有生就有死。形，指身體。
7 簡冊：指史書。
8 軒昂：儀表英俊非凡。磊落：心地光明正大。
9 突兀崢嶸：形容石曼卿的精神氣質傑出優秀。
10 九莖：呈紅黃色，是靈芝中最好的一種。
11 走燐：閃動的燐火，人們迷信地稱為“鬼火”。
12 咿嚶（yí yíng）：象聲詞，此為禽獸悲鳴的聲音。
13 貉（hé）：一種貌像狐狸的野獸，也叫貍。鼯（wú）：飛鼠。鼪（shēng）：就是黃鼠狼。
14 纍纍：重疊不斷的樣子。荒城：此指野外荒涼的墳墓。
15 盛衰：這裏指人的生存和死亡。
16 疇昔：從前，過去。
17 太上之忘情：聖人擺脱感情的束縛。《世説新語・傷逝》載，晉朝人王戎死了兒子，山簡去慰問，見他悲痛欲絕，就勸他節哀。王戎於是回答説：“聖人忘情，最下不及情，情之所鍾，正在吾輩。”太上，指聖人。

【鑒賞】

本文作於宋英宗治平四年（1067），歐陽修被貶知亳州，此時距石曼卿去世已二十多年。歐陽修與石曼卿兩人交往雖短，友誼卻很深，因而他常以詩文悼念亡友。此時已過花甲之年的作者被貶異地，政治上的失意使“感念疇昔”的孤獨寂寞之感時時襲上心頭，只好藉懷念舊友以抒抑鬱。

全文共分四段，第一段介紹寫作時間和緣由，然後在二、三、四段對亡友功業大加讚揚，洋溢着深沉的悼惜之情。

作者以儒家的“聲名不朽”作為立論基礎，認為石曼卿之離世可謂“著在簡冊者昭如日星”，“生而為英，死而為靈”。文雖如此昂揚仍流露出悲愴淒涼的情調，可見寫作此文既是奠念亡友，也是傾訴自己貶謫的孤寂悲傷，二者融為一體。

文中亦處處體現出作者思想上的轉變，如第三段中想到石氏墓地“風悽露下，走燐飛螢”，進而認為“自古聖賢亦皆然，獨不見夫纍纍乎曠野與荒城”，與上文“意其不化為朽壤而為金玉之精”形成對比，表明作者對“聲名不朽”的觀念已懷疑，其佛道消極退隱思想開始佔據主導地位。

全文語言深摯動人，運用對比、描寫、懸想等手法，使情感得以很好地表達，又增強了全文的藝術性，如“吾不見子久矣，猶能彷彿子之平生”，通過懸想將石曼卿在世時的神情氣質細緻勾勒出來。

瀧岡阡表

嗚呼！惟我皇考崇公[1]卜吉於瀧岡之六十年[2]，其子修始克表於其阡[3]。非敢緩也，蓋有待也。

修不幸，生四歲而孤。太夫人守節自誓[4]，居窮，自力於衣食，以長以教，俾至於成人[5]。太夫人告之曰：“汝父為吏，廉而好施與，喜賓客。其俸祿雖薄，常不使有餘，曰：‘毋以是為我累。’故其亡也，無一瓦之覆、一壠之植，以庇而為生。吾何恃而能自守邪？吾於汝父，知其一二，以有待於汝也。自吾為汝家婦，不及事吾姑[6]，然知汝父之能養也。汝孤而幼，吾不能知汝之必有立，然知汝父之必將有後也。吾之始歸也[7]，汝父免於母喪方逾年。歲時祭祀，則必涕泣曰：‘祭而豐，不如養之薄也。’間御酒食，則又涕泣曰：‘昔常不足，而今有餘，其何及也！’吾始一二見之，以為新免於喪適然耳[8]。既而其後常然，至其終身未嘗不然。吾雖不及事姑，而以此知汝父之能養也。汝父為吏，嘗夜燭治官書，屢廢而歎。吾問之，則曰：‘此死獄也，我求其生不得爾！’吾曰：‘生可求乎？’曰：‘求其生而不得，則死者與我皆無恨也；矧求而有得邪[9]！以其有得，則知不求而死者有恨也！夫常求其生，猶失之死；而世常求其死也。’回顧乳者，抱汝而立於旁，因指而歎曰：‘術者謂我歲行在戌將死[10]。使其言然，吾不及見兒之立也，後當以我語告之。’其平居教他子弟，常用此語，吾耳熟焉，故能詳也。其施於外事，吾不能知；其居於家，無所矜飾[11]，而所為如此。是真發於中者邪[12]！嗚呼！其心厚於仁者耶！此吾知汝父之必將有後也。汝其勉之！夫養不必豐，要於孝[13]；利雖不得博於物[14]，要其心之厚於仁。吾不能教汝，此汝父之志也。”修泣而志之，不敢忘。

先公少孤力學。咸平三年進士及第[15]。為道州判官[16]，泗、綿二州推官[17]，又為泰州判官[18]。享年五十有九，葬沙溪之瀧岡[19]。太夫人姓鄭氏，考諱德儀，世為江南名族。太夫人恭儉仁愛而有禮，初封福昌縣太君[20]，進封樂安、安康、彭城三郡太君[21]。自其家少微時，治其家以儉約，其後常不使過之，曰：“吾兒不能苟合於世，儉薄所以居患難也。”其後修貶夷陵[22]，太夫人言笑自若，曰：“汝家故貧賤也，吾處之有素矣。汝能安之，吾亦安矣。”

自先公之亡二十年，修始得祿而養。又十有二年，列官於朝，始得贈封其親[23]。又十年，修為龍圖閣直學士、尚書吏部郎中[24]，留守南京[25]。太夫人以疾終於官舍，享年七十有二。又八年，修以非才，入副樞密，遂參政事[26]。又七年而罷。自登二府，天子推恩，褒其三世。蓋自嘉祐以來，逢國大慶，必加寵錫[27]。皇曾祖府君[28]累贈金紫光祿大夫、太師、中書令[29]，曾祖妣累封楚國太夫人。皇祖府君累贈金紫光祿大夫、太師、中書令兼尚書令，祖妣累封吳國太夫人。皇考崇公累贈金紫光祿大夫、太師、中書令[30]兼尚書令，皇妣累封越國太夫人。今上初郊[31]，皇考賜爵為崇國公，太夫人進號魏國。

於是，小子修泣而言曰："嗚呼！為善無不報，而遲速有時，此理之常也。惟我祖考，積善成德，宜享其隆。雖不克有於其躬，而賜爵受封，顯榮褒大，實有三朝之錫命[32]。是足以表見於後世，而庇賴其子孫矣。"乃列其世譜，具刻於碑。既又載我皇考崇公之遺訓，太夫人之所以教而有待於修者，並揭於阡。俾知夫小子修之德薄能鮮，遭時竊位，而幸全大節，不辱其先者，其來有自。

熙寧三年[33]歲次庚戌四月辛酉朔[34]十有五日乙亥[35]，男推誠保德崇仁翊戴功臣、觀文殿學士、特進、行兵部尚書、知青州軍州事、兼管內勸農使、充京東東路安撫使、上柱國、樂安郡開國公[36]，食邑四千三百戶[37]，食實封一千二百戶修表。

註釋

1 皇考：古時對亡父的敬稱。崇公：即崇國公，歐陽修父親歐陽觀的封號。
2 卜吉：占卜吉地。
3 克：能。表：名詞用作動詞，修墓表。
4 太夫人：即國太夫人，歐陽修母親的封號。
5 俾：使。
6 姑：婆母，此指歐陽修的祖母。
7 始歸：才嫁過來的時候。古時女子出嫁叫"歸"。
8 適：才。
9 矧（shěn）：何況。
10 術者：指巫祝、占卜者。歲行在戌：指歲星（木星）經行正在戌年。
11 矜飾：誇飾，文飾。
12 中：內心。
13 要：要旨，關鍵。
14 博於物：普及於人。
15 咸平：宋真宗趙桓的年號(998 ～ 1003)。
16 道州：州治在今湖南道縣。判官：官名。
17 泗、綿二州：泗州治所在今安徽泗縣，綿州治所在今四川綿陽。推官：宋代州、府長官的屬官，掌管司法。
18 泰州：治所在今江蘇泰縣。
19 沙溪：地名，今江西永豐縣南。
20 福昌縣：今河南宜陽。
21 樂安：郡名，郡治在今山東博興。安康：郡名，今屬陝西。彭城：郡名，郡治在今江蘇徐州。
22 夷陵：即今湖北宜昌。
23 贈封：皇帝對官員本身及其妻室、父母和祖先所賜的官爵。對女性"敍封"簡稱為"封"，對男性"贈官"簡稱為"贈"。下文説到歐陽修祖宗三代的官爵都屬於贈封。
24 龍圖閣直學士：侍從皇帝的內官。龍圖閣，保管皇帝御書、典籍等物的閣名，設有學士等官。直學士，其品位僅次於學士。尚書吏部郎中：官名。宋代尚書省吏部設郎中四人掌握官吏的任免、贈封等事。

25 留守南京：宋代，西京、南京、北京各置留守一人，以知府兼任。南京為應天府，治所在今河南商丘市。

26 副樞密：即樞密副使，又稱同知樞密院事，是全國最高軍事機關的副長官。參政事：宋初以資歷較淺的官加參知政事銜，即副宰相，與宰相同議政事。

27 錫：通"賜"。

28 府君：舊時子孫對其祖先的敬稱。

29 金紫光祿大夫、太師、中書令：都是褒贈之官。

30 中書令：宋代大夫實職，為贈官，班次在太師之上。

31 郊：郊祀，皇帝祭天大典，官僚都有晉級封贈。宋神宗初次郊祀的時間是熙寧元年（1068）十一月丁亥。

32 三朝：指宋仁宗、英宗、神宗三朝。錫命：指皇帝封贈的詔書。

33 熙寧三年：宋神宗熙寧三年（1070）是庚戌年。

34 辛酉朔：即四月初一的干支。朔，每月第一天。

35 乙亥：四月十五日。

36 推誠、保德、崇仁、翊（yì）戴：這些都是宋代賜給皇子、皇帝及臣僚的官銜和封爵。特進：宋代文散官的第二階，正二品。行：兼。宋制，以高職兼較低職稱為"行某官"。上柱國：宋代勳官十二級中最高一級。開國公：宋代封爵十二等的第六等。

37 食邑：享用封地的租稅。下句的"食實封"，是實際封給的食邑。宋制，食邑從一萬戶至二百戶，食實封從一千戶至一百戶，有時可以特加。又宋代封爵的食邑和實封只是名義上的褒獎，實際上並非像古代那樣實受租稅。

【鑒賞】

本文是歐陽修悼念父親的文章。

歐陽修四歲喪父，對父親所知不多，寫其父的品德和遺訓只能通過母親的回憶。這種代言抒事的寫法，一方面可以將父親為官清廉、為政仁厚的高尚人格表現出來，另一方面也可以把母親辛勤撫育、諄諄教誨以及持家儉約人格展示出來，父母品質互相映襯，父因母顯，母受父成。這是該文一大特色。

全文以"有待於汝也"為敘事主線，寫作者幼年失怙，家境貧寒而母親仍勤苦持家教誨子女，其中包含了父親行事人品及遺訓，也雜以自己宦海沉浮，家世恩榮等。藉此作者對底層人民的同情、有志於改革弊政的思想和剛正不阿品德的形成，都與其生活經歷和家庭教育有密切關係。

在寫法上該文敘述和議論相結合，前半部分篇幅以敘事為主，開頭先敘家世，而後轉入自敘其事，後半部分以議論為主，末以"其來有自"作結，首尾貫通，前後呼應，章法曲折變化而又中心突出，凝練精緊。

文章更藉平實質樸的語言，句句珠璣發自肺腑，以太夫人"告之曰"發端敘寫父親之孝，其中寫父親"涕泣"、"歎"雖為淺語，但更覺入情。而太夫人之儉素只以“處之有素……安矣”便纖毫畢現。這樣仁人孝子之心率意寫出，不事藻飾，而語語入情，只覺動人悲感，增人涕淚，實為描情真切、褒崇先祀之佳作。

蘇舜欽

蘇舜欽（1008～1048），字子美，原籍梓州銅山（今四川中江南），後遷居開封。由於范仲淹的舉薦，被任命為大理評事、集賢校理監進奏院等官。因論議觸犯了權貴，被誣陷貶謫，居蘇州多年。後又出任湖州長史，卒於任上。

他反對當時浮靡奢侈的文風，寫作古歌詩雜文尚在歐陽修之先，對宋朝文學革新有影響。他工於詩，與梅堯臣齊名，時稱"蘇梅"，且他的詩歌意境高遠，獨出機杼，與梅堯臣的淡雅之風有很大不同。劉克莊《後村詩話・前集》稱："蘇子美歌行，雄放於聖俞，軒昂不羈，如其為人。"今有《蘇學士集》存於世。

滄浪亭記

予以罪廢，無所歸。扁舟南遊，旅於吳中，始僦舍以處。時盛夏蒸燠，土居皆褊狹，不能出氣，思得高爽虛辟之地，以舒所懷，不可得也。

一日過郡學[1]，東顧草樹鬱然，崇阜廣水，不類乎城中。並水[2]得微徑於雜花修竹之間。東趨數百步，有棄地，縱廣合五六十尋，三向皆水也。槓[3]之南，其地益闊，旁無民居，左右皆林木相虧蔽。訪諸舊老，云錢氏有國[4]，近戚孫承右[5]之池館也。坳隆勝勢，遺意尚存。予愛而徘徊，遂以錢四萬得之，構亭北碕，號"滄浪"焉。前竹後水，水之陽又竹，無窮極。澄川翠幹，光影會合於軒戶之間，尤與風月為相宜。予時榜[6]小舟，幅巾[7]以往，至則灑然忘其歸。觴而浩歌，踞而仰嘯，野老不至，魚鳥共樂。形骸既適則神不煩，觀聽無邪則道以明；返思向之汩汩榮辱之場，日與錙銖利害相磨戛，隔此真趣，不亦鄙哉！

噫！人固動物[8]耳。情橫於內而性伏，必外寓於物而後遣[9]。寓久則溺，以為當然；非勝是而易之，則悲而不開[10]。唯仕宦溺人為至深。古之才哲君子，有一失而至於死者多矣，是未知所以自勝之道[11]。予既廢而獲斯境，安於衝曠[12]，不與眾驅，因之復能見乎內外失得之原，沃然有得，笑閔萬古[13]。尚未能忘其所寓目，用是以為勝焉[14]！

註釋

1 郡學：指蘇州的官立學校。
2 並（bàng）水：沿水而行。《漢書・武帝紀》"遂北至琅邪並海"顏師古註："'並'，讀曰'傍'。傍，依也。"
3 槓（gāng）：獨木橋。段玉裁《説文解字註》："凡獨木者曰槓，駢木者曰橋。"
4 錢氏有國：指五代十國時錢鏐建立的吳越國。
5 近戚孫承右：即孫承祐，曾任吳越中吳軍（今蘇州）節度使。其姊為吳越王錢俶妃，故稱孫為近戚。
6 榜（bàng）：船槳，借指船，這裏名詞活用作動詞，意為駕船。
7 幅巾：古時男子多以一幅絹束頭髮，稱為幅巾，在這裏表示閒適者的裝束。
8 動物：受外物所感而動。
9 "情橫"兩句：意思是感情充塞在內心而天性抑伏，必定要寓寄於外物然後才能得到排遣。
10 "寓久"四句：意為感情寄寓於某事物身上一長久，就會認為理所當然，如果找不到合適的勝過它的事物去替換，就會悲哀而無法排解。
11 自勝之道：戰勝自我的辦法。
12 衝曠：內心曠達開朗。
13 "因之"三句：意即對於內外失得的本源，內心深有所得，因而對深陷官場而不能自拔者感到好笑。內，指情性；外，指情所寓之物；失，指前文所言"寓久則溺"的情況；得，指能"勝是而易之"。
14 用是以為勝焉：意即把滄浪亭作為戰勝仕宦之物，使自己從所溺之中解脱出來。

【鑒賞】

蘇舜欽為人耿介，"位雖卑，數上疏論朝廷大事，敢道人之所難言"，因此為保守派官僚王拱辰等誣陷"監主自盜"，被廢除集賢校理名。其後他"居蘇州，買水石，作滄浪亭，日益讀書，大涵肆於六經，而時發其憤懣於歌詩"。本文為記亭而作，雖名為詠亭，實則藉記亭抒寫懷抱。他化用《孺子歌》之意於亭名，寄寓了脱離污濁官場漩渦的情志，於山水草木、野花不至、魚鳥共樂的自然美景中滌蕩心靈的憤懣與抑鬱，尋求靈魂的自適。

文章構思精巧，以兩條線索交叉互補貫穿全文。明線為作者罷官後無所歸，南遊蘇州尋找並購買清幽僻靜之地建亭、命名以及自娛過程。暗線即為作者感情發展脈絡，由開始的無所適從，心情鬱結，想要藉山水以抒情志到"觴而浩歌，踞而仰嘯"的自適，對官場仕進之路有了逐步清醒的認識。而明線與暗線相輔相成，寫亭為抒情服務，對自然美景的尋覓、賞娛過程也就是靈魂的滌蕩過程。結尾以"以為勝焉"，生發議論，從對景色的沉迷進入冷靜的反思與自責。

蘇洵

蘇洵（1009～1066），字明允，眉州眉山（今四川眉山）人，與其子軾、轍同為北宋著名文學家，世稱"三蘇"。他二十七歲開始發憤為學，舉進士、考茂才異等科，皆不中，於是盡毀平生所作文章，閉門苦學。宋仁宗嘉祐時與其二子同到京師，為歐陽修、韓琦等所稱重，向朝廷推薦，除校書郎，參與編撰《太常因革禮》，書成而卒，是一位晚學有成的文學家。其文簡勁質樸。著有《嘉祐集》。

六國論

六國破滅，非兵不利，戰不善，弊在賂秦。賂秦而力虧，破滅之道也。或曰："六國互喪，率賂秦耶？"曰："不賂者以賂者喪，蓋失強援，不能獨完。故曰弊在賂秦也。"

秦以攻取之外，小則獲邑，大則得城。較秦之所得，與戰勝而得者，其實百倍；諸侯之所亡，與戰敗而亡者，其實亦百倍。則秦之所大欲，諸侯之所大患，固不在戰矣。

思厥先祖父，暴霜露，斬荊棘，以有尺寸之地。子孫視之不甚惜，舉以予人，如棄草芥。今日割五城，明日割十城，然後得一夕安寢，起視四境，而秦兵又至矣。然則諸侯之地有限，暴秦之慾無厭，奉之彌繁，侵之愈急，故不戰而強弱勝負已判矣。至於顛覆，理固宜然。古人云："以地事秦，猶抱薪救火，薪不盡，火不滅[1]。"此言得之。

齊人未嘗賂秦，終繼五國遷滅[2]，何哉？與嬴而不助五國也。五國既喪，齊亦不免矣。燕、趙之君，始有遠略，能守其土，義不賂秦。是故燕雖小國而後亡，斯用兵之效也。至丹以荊卿為計，始速禍焉。趙嘗五戰於秦，二敗而三勝[3]。後秦擊趙者再，李牧連卻之[4]；洎牧以讒誅，邯鄲為郡[5]，惜其用武而不終也。且燕、趙處秦革滅殆盡之際[6]，可謂智力孤危，戰敗而亡，誠不得已。向使三國[7]各愛其地，齊人勿附於秦，刺客不行，良將猶在，則勝負之數，存亡不理，當與秦相較，或未易量。

嗚呼！以賂秦之地封天下之謀臣，以事秦之心禮天下之奇才，並力西向，則吾恐秦人食之不得下咽也。悲夫！有如此之勢，而為秦人積威之所劫，日削月割，以趨於亡。為國者無使為積威之所劫哉！

夫六國與秦皆諸侯，其勢弱於秦，而猶有可以不賂而勝之之勢。苟以天下之大，下而從六國破亡之故事，是又在六國下矣。

註釋

1 "古人云"五句：《史記·魏世家》載："蘇代謂魏王曰：'且夫以地事秦，譬猶抱薪救火，薪不盡，火不滅。'"

2 遷滅：滅亡。古代某國被滅，其傳國重器將被遷走，故説遷滅。

3 "趙嘗五戰於秦"二句：此語意源於《戰國策·燕策》："蘇秦將為從，北説燕文侯曰：'……秦、趙五戰，秦再勝而趙三勝。'"蘇秦所言係設辭，非事實。鮑彪註："設辭也。"

4 "後秦擊趙者再"二句：《史記·趙世家》載，趙幽繆王遷二年（前234），秦破趙，殺趙將，斬首十萬。翌年，李牧為大將軍，在宜安（今河北藁城西南）大破秦軍。四年，秦攻番（pó）吾（今河北平山南），李牧又大敗秦軍。

5 邯鄲：趙都，此代指趙國。趙亡後，秦置邯鄲郡。

6 燕、趙處秦革滅殆盡之際：秦虜趙王遷，陷邯鄲後，趙公子嘉立為王，秦始皇二十五年（前 222），始與燕同被滅。時韓、楚皆已亡，故云。革滅，消滅。

7 三國：指韓、魏、楚。

【鑒賞】

蘇洵著有《權書》十篇，均為史論著作，本文為第八篇。北宋自真宗與契丹訂澶淵之盟後，不斷輸銀納絹割地，其後又與西夏屈辱求和，蘇洵故作此文以諷之。文章以六國賂秦而相繼喪亡的歷史教訓告誡統治者，宋步六國後塵，必蹈六國之覆轍，並進一步指出：六國雖勢弱，猶有取勝之可能，以宋之強大面對外敵一味妥協屈服，實為在六國之下。

文章開篇以否定句式加強肯定語氣，提出全文中心論點：六國破滅，弊在賂秦。然後從"賂秦而力虧，破滅之道"與"不賂者以賂者喪"兩方面分析，證實論點。韓、魏、楚三國割地終因"秦慾無厭"而覆亡；齊、趙、燕雖義不賂秦而終因不能同仇敵愾敗亡，因而六國破滅歸根結底的原因在於賂秦。作者由此生發議論，針對六國破滅的教訓，設想存國之道即封謀臣、禮奇才、並立西向。從而藉六國故事給宋統治者以當頭棒喝。

全文結構佈局可謂條理井然，層次明晰，運用對比論證的方法層層對比、逐層推進，使文章簡易明瞭又論證嚴密，如以秦攻取和被賂所得對比、諸侯戰敗所亡與賂秦所亡對比，得出"秦之所大欲，諸侯之所大患，固不在戰矣"，雖不明言而皆知"弊在賂秦"。又以"先祖父"披荊斬棘開創事業與"子孫視之不甚惜"相對比，襯托統治者守國的重要性，論證了"賂秦而力虧"的分論點。而接下來寫齊、燕、趙滅亡先從正面申訴原因：不同仇敵愾；又從反面作假設之詞，正反對比進一步證明了"不賂者以賂者喪"，從而歸結到中心論點上。

該文雖為史論，而語言生動形象、質樸簡勁，如只以"侵之愈急"就刻畫出秦的貪婪。行文中又結合否定、感歎句式加強批判力度，抒發一腔憤慨，使文章充滿強烈的主觀感情色彩，有很強感染力。"借古傷今，淋漓深痛"最能代表蘇洵論辯文風格，"欲能與《戰國策》相伯仲"。

上歐陽內翰第一書

內翰執事：洵布衣[1]窮居，嘗竊有歎。以為天下之人，不能皆賢，不能皆不肖。故賢人君子之處於世，合必離，離必合。往者天子方有意於治[2]，而范公在相府，富公為樞密副使，執事與余公、蔡公為諫官，尹公馳騁上下，用力於兵革之地。方是之時，天下之人，毛髮絲粟之才[3]，紛紛然而起，合而為一。而洵也自度其愚魯無用之身，不足以自奮於其間，退而養其心，幸其道之將成，而可以復見於當世之賢人君子。不幸道未成，而范公西，富公北，執事與余公、蔡公分散四出，而尹公亦失勢，奔走於小官。洵時在京師[4]，親見其事，忽忽[5]仰天歎息，以為斯人之去，而道雖成，不復足以為榮也。既復自思，念往者眾君子之進於朝，其始也，必有善人焉推之；今也，亦必有小人焉間之[6]。今之世無復有善人也，則已矣！如其不然也，吾何憂焉？姑養其心，使其道大有成而待之，何傷？退而處十年，雖未敢自謂其道有成矣，然浩浩乎其胸中若與曩者異。而余公適亦有成功於南方，執事與蔡公復相繼登於朝，富公復自外入為宰相，其勢將復合為一。喜且自賀，以為道既已粗成，而果將有以發之也。既又反而思其向之所慕望愛悅之而不得見之者，蓋有六人焉，今將往見之矣。而六人者，已有范公、尹公二人亡焉[7]，則又為之潸然出涕以悲。嗚呼！二人者不可復見矣，而所恃以慰此心者，猶有四人也，則又以自解。思其止於四人也，則又汲汲欲一識其面，以發其心之所欲言。而富公又為天子之宰相，遠方寒士，未可遽以言通於其前；余公、蔡公，遠者又在萬里外[8]；獨執事在朝廷間，而其位差[9]不甚貴，可以叫呼扳援而聞之以言。而飢寒衰老之病，又痼[10]而留之，使不克自至於執事之庭。夫以慕望愛悅其人之心，十年而不得見，而其人已死，如范公、尹公二人者；則四人者之中，非其勢不可遽以言通者，何可以不能自往而遽已也！

執事之文章，天下之人莫不知之；然竊自以為洵之知之特深，愈於天下之人。何者？孟子之文，語約而意盡，不為巉刻斬絕之言，而其鋒不可犯。韓子之文，如長江大河，渾浩流轉，魚黿蛟龍，萬怪惶惑，而抑遏蔽掩，不使自露；而人望見其淵然[11]之光，蒼然之色，亦自畏避不敢迫視。執事之文，紆餘委備，往復百折，而條達疏暢，無所間斷；氣盡語極，急言竭論，而容與閒易，無艱難勞苦之態。此三者，皆斷然自為一家之文也。惟李翱[12]之文，其味黯然而長，其光油然而幽，俯仰揖讓，有執事之態；陸贄[13]之文，遣言措意，切近的當，有執事之實。而執事之才，又自有過人者。蓋執事之文，非孟子、韓子之文，而歐陽子之文也。夫樂道人之善而不為諂者，以其人誠足以當之也；彼不知者，則以為譽人以求其悅己也。夫譽人以求其悅己，洵亦不為也。而其所以道執事光明盛大之德，而不自知止者，亦欲執事之知其知我也。

雖然，執事之名，滿於天下；雖不見其文，而固已知有歐陽子矣。而洵也不幸，墮在草野泥塗之中，而其知道之心，又近而粗成。而欲徒手奉咫尺之書，自託於執事，將使執事何從而知之，何從而信之哉？洵少年不學，生二十五歲，始知讀書，從士君子遊。年既已晚，而又不遂刻意厲行，以古人自期，而視與己同列者，皆不勝己，則遂以為可矣。其後困益甚，然後取古人之文而讀之，始覺其出言用意，與己大異。時復內顧，自思其才，則又似夫不遂止於是而已者。由是盡燒曩時所為文數百篇，取《論語》、《孟子》、《韓子》及其他聖人、賢人之文，而兀然端坐，終日以讀之者，七八年矣。方其始也，入其中而惶然，博觀於其外而駭然以驚。及其久也，讀之益精，而其胸中豁然以明；若人之言固當然者，然猶未敢自出其言也。時既久，胸中之言日益多，不能自制，試出而書之。已而再三讀之，渾渾乎覺其來之易矣，然猶未敢以為是也。近所為《洪範論》、《史論》凡七篇，執事觀其如何？嘻！區區[14]而自言，不知者又將以為自譽以求人之知己也。惟執事思其十年之心如是之不偶然也而察之。

註釋

1 布衣：古代平民穿布衣，故借指無官職的人。
2 往者天子方有意於治：天子，指宋仁宗。《續資治通鑒》卷四十六載，慶曆三年（1043）九月，宋仁宗"既擢任范仲淹、韓琦、富弼等，每進見，必以太平責之，數令條奏當時世務……帝再賜手詔督促，既又開天章閣召對，賜坐，給筆札，使疏於前"。這就是"有意於治"的具體內容。
3 毛髮絲粟之才：形容細小平凡之才。
4 洵時在京師：王文誥《蘇詩總案》卷一："慶曆五年，明允自夔、巫下荊渚，將遊京師。七年，與史經臣同舉制策。"
5 忽忽：憂愁、失意的樣子。
6"其始也"四句：如范仲淹除參知政事，是由於歐陽修等人的稱揚；仲淹、富弼出撫西、北，則是由於夏竦的進讒。
7 范公、尹公二人亡焉：范仲淹卒於皇祐四年（1052），尹洙卒於慶曆七年（1047）。
8"余公、蔡公"二句：是指當時余靖尚留廣西從事安撫工作。至和二年（1055）三月，蔡襄又出知泉州。
9 差：稍微，比較。
10 痼：久病。
11 淵然：深邃的樣子。
12 李翺：字習之，唐德宗貞元十四年（798）進士。曾從韓愈學古文，文章嚴謹平實。
13 陸贄：字敬輿，唐德宗時翰林學士。其文章議論婉暢，曲盡事情。
14 區區：同"姁姁"，得志的樣子。

【鑒賞】

宋仁宗嘉祐元年，蘇洵重遊京師，並以此文自通於時任翰林學士的歐陽修，希望得到引薦以展宏圖。這是自薦書信，用意明白而文不直露，婉轉曲折、波瀾起伏而又章法嚴謹、精細巧妙。對此前人已多敍及，如茅坤評："此書第三段：一段歷敘諸君子之離合，見己慕望之切；二段稱歐陽公文，見己知公之深；三段自敍平生經歷，欲歐陽之知之也，而情事婉曲周折，何等意氣！何等風神！"

本文圍繞自薦這個中心先敍寫諸賢人君子之離合，將自己學道成與未成夾敍其中，並把自己和革新派聯繫起來。以見諸君子之離合而悲喜愛悅，深切表明了自己對歐陽修等人的景仰之情。以孟子、韓愈、李翱、陸贄之文與歐陽修之文比較，則更顯出歐陽修高出前人自成一家之處，表達了自己的文學見解，最後敍學文經歷和心得，仰慕之情牽合全篇。書信語言生動而真摯動人，或滿腔悲憤或“喜且自賀”，對諸賢的景仰之情並不使人感到矯情，“面譽而不為諂，自述所得而不為誇”。

此書信為後世稱讚之處，不僅在於其構思精巧、語語動人，還在於其體現的文學見解，即就文論文，不受“文以載道”思想約束，重在出言用意的方法，反對因襲，主張自為一家之文，是宋代文論中的名篇。

心術

為將之道，當先治心[1]。泰山崩於前而色不變，麋鹿興於左而目不瞬[2]，然後可以制利害[3]，可以待敵。

凡兵，上義[4]；不義，雖利勿動。非一動之為利害，而他日將有所不可措手足也。夫惟義可以怒士[5]，士以義怒，可與百戰。

凡戰之道，未戰養其財，將戰養其力，既戰養其氣，既勝養其心。謹烽燧[6]，嚴斥堠[7]，使耕者無所顧忌，所以養其財；豐犒而優遊之[8]，所以養其力；小勝益急，小挫益厲，所以養其氣；用人不盡其所欲為，所以養其心。故士常蓄其怒、懷其慾而不盡。怒不盡則有餘勇，慾不盡則有餘貪。故雖併天下，而士不厭兵，此黃帝之所以七十戰而兵不殆也。不養其心，一戰而勝，不可用矣。

凡將欲智而嚴，凡士欲愚。智則不可測，嚴則不可犯，故士皆委己而聽命，夫安得不愚？夫惟士愚，而後可與之皆死。

凡兵之動，知敵之主，知敵之將，而後可以動於險[9]。鄧艾縋兵於蜀中[10]，非劉禪之庸[11]，則百萬之師可以坐縛，彼固有所侮而動也[12]。故古之賢將，能以兵嘗敵[13]，而又以敵自嘗，故去就可以決。

凡主將之道，知理而後可以舉兵，知勢而後可以加兵，知節而後可以用兵[14]。知理則不屈，知勢則不沮[15]，知節則不窮。見小利不動，見小患不避。小利小患，不足以辱吾技也[16]。夫然後有以支大利大患[17]。夫惟養技而自愛者，無敵於天下。故一忍可以支百勇，一靜可以制百動。

兵有長短，敵我一也。敢問：“吾之所長，吾出而用之，彼將不與吾校[18]；吾之所短，吾蔽而置之，彼將強與吾角[19]，奈何？”曰：“吾之所短，吾抗而暴之，使之疑而卻；吾之所長，吾陰而養之，使之狎而墮其中[20]。此用長短之術也。”

善用兵者，使之無所顧、有所恃。無所顧，則知死之不足惜；

有所恃，則知不至於必敗。尺箠當猛虎[21]，奮呼而操擊；徒手遇蜥蜴，變色而卻步，人之情也。知此者，可以將矣[22]。袒裼而按劍[23]，則烏獲不敢逼[24]，冠冑衣甲，據兵而寢，則童子彎弓殺之矣。故善用兵者以形固。夫能以形固[25]，則力有餘矣。

註釋

1 心：指戰爭中的膽略、智謀、忍耐心和吃苦精神等。
2 左：附近。瞬：眨眼。
3 制：掌握。利害：指戰爭形勢的變化狀況。
4 上：通"尚"，崇尚。
5 怒：激發。
6 烽燧（suì）：即烽火。古代邊防報警的兩種信號。白天報警的煙稱燧，夜晚報警的火稱烽。
7 斥堠（hòu）：原指古代探望敵情的土堡，這裏指放哨的地方。
8 豐犒（kào）：豐厚的犒賞。犒，用酒食慰勞士兵。優遊：閒暇的樣子。
9 險：此處指危險的軍事行動。
10 鄧艾縋（zhuì）兵於蜀中：鄧艾，三國魏大將。魏元帝景元四年（263），鄧艾帶兵從一條險路秘密入蜀，士兵用繩子下到山底。鄧艾自己也用氈布裹住身體，從山頂滑下去。魏軍兵臨成都城下，蜀漢後主劉禪被迫出降，於是蜀漢滅亡。縋，繫在繩子上放下去。
11 劉禪：三國蜀後主，小字阿斗，劉備子。
12 侮：小看，瞧不起。
13 嘗：試探，檢驗。
14 節：節制，即指揮約束。
15 沮（jǔ）：沮喪。
16 辱：玷污。技：本領，技能。
17 支：對付得了，支撐得起。
18 校：較量。
19 角：較量，角鬥。
20 狎（xiá）：疏忽，麻痺。
21 尺箠（chuí）：尺長的木棍。
22 將（jiàng）：帶兵打仗。
23 袒裼（tǎn xī）：坦露自己的身體。
24 烏獲：戰國時秦國的大力士，打仗力舉千鈞之重，受到秦武王的信任。
25 以形固：這裏指利用各種條件來保持自己的力量。以，憑藉；形，形勢，指各種條件。

【鑒賞】

西夏和遼一直威脅着宋王朝的安全，宋王朝積貧積弱，國力日衰。作為政治文人的蘇洵憂國憂民，曾研究古今兵法及戰略，寫作《權書》十篇，此文則為其中之一。

全文從內容看主要以研究戰略戰術為主，圍繞將才的心術發揮是戰爭取勝的關鍵展開論述。

"心"乃戰爭的首要條件，必須做到"泰山崩於前而色不變，麋鹿興於左而目不瞬"，保持良好的心理素質，才能沉着冷靜地應付一切戰爭。

文中涉及到許多戰爭中的重要問題，可分為三大層次，首先論述戰爭中義與利的關係，"凡兵，上義；不義，雖利勿動"，言舉兵當知尚義；其次論述為戰之道，“未戰養其財，將戰養其力，既戰養其氣，既勝養其心”，言議戰當知所養；第三層論述戰爭中陰長、暴短的關係，言主將當善短之術，將與士當得智愚，知理、勢、節三者。從中不難看出文中作者抓住了戰爭中的許多矛盾因素加以分析，逐節自為段落，井然有序。

蘇洵於北宋積弱積貧、割地以求和、納幣以苟安的局面下能冷眼看時世，藉其明暢易曉、平易簡勁的文筆縱談治國用兵之道，確有戰國縱橫家之風範，也可見其思想之進步，該文從而成為北宋文壇富於現實意義的軍事專論。

管仲論

管仲相桓公[1]，霸諸侯，攘夷狄，終其身齊國富強，諸侯不敢叛。管仲死，豎刁、易牙、開方用[2]。桓公薨於亂，五公子爭立[3]，其禍蔓延，訖簡公[4]，齊無寧歲。

夫功之成，非成於成之日，蓋必有所由起；禍之作，不作於作之日，亦必有所由兆。故齊之治也，吾不曰管仲，而曰鮑叔[5]。及其亂也，吾不曰豎刁、易牙、開方，而曰管仲。何則？豎刁、易牙、開方三子，彼固亂人國者，顧其用之者[6]，桓公也。夫有舜而後知放四兇[7]，有仲尼而後知去少正卯[8]。彼桓公何人也？顧其使桓公得用三子者，管仲也。仲之疾也，公問之相。當是時也，吾意以仲且舉天下之賢者以對，而其言乃不過曰“豎刁、易牙、開方三子，非人情，不可近”而已[9]。嗚呼！仲以為桓公果能不用三子矣乎？仲與桓公處幾年矣，亦知桓公之為人矣乎？桓公聲不絕於耳，色不絕於目，而非三子者，則無以遂其慾。彼其初之所以不用者，徒以有仲焉耳。一日無仲，則三子者可以彈冠而相慶矣。仲以為將死之言可以縶桓公之手足耶[10]？夫齊國不患有三子，而患無仲；有仲，則三子者，三匹夫耳。不然，天下豈少三子之徒哉？雖桓公幸而聽仲，誅此三人，而其餘者，仲能悉數而去耶[11]？嗚呼！仲可謂不知本者矣！因桓公之問[12]，舉天下之賢者以自代，則仲雖死，而齊國未為無仲也。夫何患三子者？不言可也。

五伯莫盛於桓、文[13]。文公之才，不過桓公，其臣又皆不及仲[14]。靈公之虐[15]，不如孝公之寬厚[16]。文公死，諸侯不敢叛晉；晉襲文公之餘威[17]，猶得為諸侯之盟主百餘年。何者？其君雖不肖，而尚有老成人焉[18]。桓公之薨也，一敗塗地，無惑也。彼獨恃一管仲，而仲則死矣。夫天下未嘗無賢者，蓋有有臣而無君者矣。桓公在焉，而曰天下不復有管仲者，吾不信也。仲之書[19]，有記其將死論鮑叔、賓胥無之為人[20]，且各疏其短[21]。是其心以為數子者，皆不足以託國；而又逆知其將死[22]，則其書誕謾不足信也[23]。

吾觀史鰌[24]，以不能進蘧伯玉而退彌子瑕[25]，故有身後之諫[26]；蕭何且死[27]，舉曹參以自代[28]。大臣之用心，固宜如此也！夫國以一人興，以一人亡；賢者不悲其身之死，而憂其國之衰。故必復有賢者，而後可以死，彼管仲者，何以死哉？

註釋

1 管仲：齊桓公時的名臣，輔佐桓公成就霸業。

2 豎刁、易牙、開方：三人都是齊桓公寵倖的近臣。管仲死後，三人共同專權。桓公死後，諸子爭位，豎刁與易牙發動內亂殺害大臣，擁立公子無虧為國君，太子昭奔宋，齊國發生內亂。

3 五公子：指桓公的五個兒子，即公子無詭、公子元、公子潘、公子商人、公子雍。

4 簡公：齊簡公，名壬，公元前 484 ～前 481 年在位，為左相田常所殺。

5 鮑叔：即鮑叔牙。

6 顧：但，但是。

7 四兇：指共工、驩兜、三苗、鯀為堯時四兇。

8 少正卯（公元前？～前 498）：春秋時魯國人。少正氏，名卯。傳説他聚徒講學，使得"孔子之門三盈三虛"（見《論衡・講瑞》）。孔子任魯司寇，"三月而誅少正卯"。（見《史記・孔子世家》）。

9 非人情：管仲認為豎刁、易牙、開方三人，既然能做閹以進宮、殺子以適君、背親以適君等這種不近人情的事，也就不可能忠於君主，故主張齊桓公要疏遠他們。

10 縶（zhí）：本義指用繩索絆住馬足。這裏引申為束縛的意思。

11 數（shǔ）：列舉。

12 因：順着，趁着。

13 五伯：即五霸。春秋初期，齊桓公、晉文公、楚莊王、宋襄公、秦穆公，曾先後稱霸諸侯，史稱春秋五霸。桓、文：指齊桓公和晉文公。

14 其臣：指晉文公（重耳）的大臣狐偃、趙衰、先軫等。

15 靈公：名夷皐，晉文公之孫，晉襄公之子。

16 孝公：齊桓公的兒子公子昭，即位後稱孝公。

17 襲：因襲，承襲。

18 老成人：年老成德之人，特指人生閱歷豐富通曉世故情理之人。

19 仲之書：即《管子》。相傳是管仲著，而實為後人偽託，共二十四卷，原本八十六篇，今存七十六篇。

20 賓胥無：齊國大夫，齊桓公時的名臣。

21 疏：陳述，列舉。

22 逆知：提前預知。

23 誕謾：荒誕無稽。

24 史鰌（qiū）：字子魚，也叫史魚，春秋時衛國大夫。

25 蘧（qú）伯玉：名瑗，衛國的賢大夫。彌子暇：衛靈公寵倖的近臣。

26 身後之諫：衛靈公不用蘧伯玉而信任彌子瑕，史鰌多次進諫，無效。史鰌臨死前，令其子把自己的屍體放在窗下，以表示死後仍要進諫。靈公來弔喪，問其因，其子告之，靈公幡然醒悟，於是不用彌子瑕而用蘧伯玉。

27 蕭何：漢初名臣，幫助劉邦奪取天下後為漢丞相。他生病時，漢惠帝劉盈來看望他，問他誰能繼相位，蕭何推薦了曹參。

28 曹參：隨劉邦起兵，屢立戰功，蕭何死後為漢丞相，恪守蕭何成法，有蕭規曹隨的典故。

【鑒賞】

歐陽修在《蘇明允墓誌銘》中對蘇洵的文章評論説“博辯宏偉”,“縱橫上下，出入馳驟，必造深微而後止”。這集中説明了蘇洵論辯文出色的藝術魅力，可以“擅天下”,《管仲論》便是蘇洵論辯文的代表作之一。

文章批評管仲臨死沒有舉賢自代，以致身後群小得以簒權，把他用畢生精力輔佐桓公至霸的強大齊國，弄到一蹶不振的地步。全文可分為七段。

第一段以五十多字一氣呵成地概括出管仲一生的功過，體現出蘇文古樸凝練的特點，全段前五句概括管仲一生赫赫功勳，後六句則列述管仲之過，作者以對比手法，用賓襯主、烘雲托月地將管仲功越大則過越令人惋惜的歷史現實概括出來。

第二段把首段暫放一邊而虛提另起，講述功之成有其由起，禍之作有所由兆這個世人皆知的道理，以泰山壓頂之勢使人同意他異乎常理的論斷：致齊國於富強的功勞應歸功於鮑叔牙而不是管仲，使齊國衰弱的過錯則在管仲而不是豎刁、易牙、開方這樣的小人。

第三段展開論述，豎刁等群小本要亂國，而國君齊桓公卻重用他們。要除掉他們得有明君賢相，齊桓公不算明君，管仲身為賢相卻沒有除掉這些小人，因此責任在管仲身上。

第四段點明管仲的具體過錯：臨死前沒有“舉天下賢者”來答覆齊桓公對其繼任人的詢問，而只説豎刁等小人“非人情，不可近”。以雄健恣肆的筆觸對管仲沒有盡臣下之責勸諫君主進行批評。段末，又替管仲設想：“因桓公之問，舉天下賢者以自代，則仲雖死，而齊國未為無仲也。夫何患三子者？不言可也。”

第五段以齊桓公與晉文公進行對比，説明雖晉不如齊，但晉國有極力輔佐的許多大臣，晉文公死後，晉國稱霸仍逾百年，國勢依舊強盛，而齊國則在桓公死後一敗塗地。從而把管仲之過論述得更透闢。

第六段以《管仲》一書堵塞論辯對手之口，説明《管仲》一書中“誕謾不足信”的特點。

第七段再用類比，以史鰌死後諫衛靈公用賢人蘧伯玉而去不肖彌子瑕、蕭何臨死向漢高祖推薦曹參接替自己當宰相，來陪襯管仲臨死不薦賢之過，然後以“夫國以一人興，以一人亡”的論斷來結束全文。

蘇洵此文格調高古，抑揚頓挫，博引古今，充滿機鋒，富有新意。

周敦頤

周敦頤（1017～1073），道州營道（今湖南道縣）人。原名敦實，字茂叔，因避宋英宗（趙曙）的舊諱，改名敦頤。歷任洪州分寧縣主簿、南安軍司理參軍令、合州判官等職。嘉祐六年（1061）升任國子博士、通判虔州。赴任途中，經過廬山，愛其風景，築書堂於山麓。堂前有小溪發源於蓮花峰，他便以故居營道濂溪之名命之。晚年定居在此，世稱濂溪先生。

他是宋代有名的哲學家，理學中濂洛學派的創始人，二程（程頤、程顥）是他的學生。著有《周子全書》。

愛蓮說

水陸草木之花，可愛者甚蕃[1]。晉陶淵明獨愛菊[2]；自李唐來，世人甚愛牡丹[3]；予獨愛蓮之出淤泥而不染，濯清漣而不妖[4]，中通外直，不蔓不枝[5]，香遠益清，亭亭淨植，可遠觀而不可褻玩焉[6]。予謂菊，花之隱逸者也；牡丹，花之富貴者也；蓮，花之君子者也。噫！菊之愛，陶之後鮮有聞；蓮之愛，同予者何人[7]？牡丹之愛，宜乎眾矣！

註釋

1 蕃：多。

2 晉陶淵明獨愛菊：東晉著名詩人陶淵明唯獨喜愛菊花。

3 自李唐來，世人甚愛牡丹：唐朝統治以來，世人喜愛牡丹成風。唐李肇《國史補》記載當時盛況説："京城貴遊，尚牡丹……每春暮，車馬若狂，耽玩為恥。執金吾鋪官圍外寺觀種以求利，一本有直數萬者。"

4 清漣：清澈的水波。妖：妖冶。

5 不蔓不枝：不牽蔓，不枝節。

6 香遠益清：香氣傳得越遠越顯得清幽。亭亭：直立的樣子。植：樹立。褻玩：近玩，含有不尊重的意味。

7 同予者何人：和我相同的還有誰呢？

【鑒賞】

《愛蓮説》是篇體物言志的散文小品，頗為後人稱頌。作者通過對蓮花的歌頌説明愛蓮的道理，藉以表現自己的人格操守，勉勵人們要有不同流合污的高尚人格，並暗諷社會上追求功名利祿、庸俗不堪的人們。

作者以人們對花的不同喜好來説明其人品的高下。他認為菊花雖好卻幽居獨處、孤芳自賞；牡丹雖豔，但一派富貴氣象，同於流俗；只有蓮花，雖根陷污淖尚能潔身自好，清高不凡。進而表明自己之愛蓮，蓮之勝菊正在於其身處污濁環境而能保持"高尚的節操"。

從結構來看，文章虛實相生，深淺相成。如"水陸草木之花……不可褻玩焉"，多以描述筆法，以淺、實為主；而"予謂菊……宜乎眾矣"，以議論筆墨寫得很深緻。這樣交錯極有章法。

作者在此基礎上又運用襯托手法，先後三次用菊和牡丹襯托蓮花。第一次襯托表明自己的喜好與眾不同；第二次見出蓮花品格高出百花，猶然"花之君子"；第三次藉以慨歎沒有志同道合的世人。三次襯托作用各不相同，每運用一次就使主題更深一重。

文中還雜以比喻的運用，表面詠物實則寫人，把菊比為"隱逸者"，以貞秀之姿表現人的孤傲；牡丹稱為"富貴者"，以雍容華貴之態表現世人之庸俗；而以君子喻蓮花，則藉清新飄逸表現純正無邪。多種手法的運用使該文搖曳生姿，精工傳神，於古樸自然中凸現出作者的高尚人格。

曾鞏

曾鞏（1019～1083），字子固，建昌南豐（今江西南豐）人。少而警敏，宋仁宗嘉祐二年（1057）中進士。歷任太平州司法參軍，館閣校勘，又任越州通判，齊州、福州知州，史館修撰等職，最後官至中書舍人。任地方官期間關心民眾疾苦，頗有政績。在史館任職時，曾整理校勘《戰國策》、《説苑》等古籍。

曾鞏所做文章温醇典重，雍容平易，甚為歐陽修所賞。時人"得其文，手抄口誦惟恐不及"。《宋史》本傳説他的文章"上下馳騁，愈出而愈工，本原六經，斟酌於司馬遷、韓愈，一時工文詞者，鮮能過也"。是唐宋八大家之一。著有《元豐類稿》。

《戰國策目錄》序

劉向所定《戰國策》三十三篇，《崇文總目》稱第十一篇者闕[1]。臣訪之士大夫家，始盡得其書，正其誤謬而疑其不可考者，然後《戰國策》三十三篇復完[2]。

敍曰：向敍此書[3]，言周之先，明教化，修法度，所以大治。及其後，謀詐用而仁義之路塞，所以大亂。其説既美矣，卒以謂此書戰國之謀士度時君之所能行[4]，不得不然。則可謂惑於流俗，而不篤於自信者也[5]。

夫孔孟之時，去周之初已數百歲，其舊法已亡、舊俗已熄久矣！二子乃獨明先王之道[6]，以謂不可改者，豈將強天下之主以後世之所不可為哉？亦將因其所遇之時、所遭之變而為當世之法，使不失乎先王之意而已。

二帝三王之治[7]，其變固殊，其法固異，而其為國家天下之意，本末先後，未嘗不同也。二子之道，如是而已。蓋法者，所以適變也[8]，不必盡同；道者，所以立本也，不可不一，此理之不易者也。故二子者守此，豈好為異論哉[9]？能勿苟而已矣，可謂不惑乎流俗而篤於自信者也。

戰國之遊士則不然，不知道之可信，而樂於說之易合[10]。其設心注意，偷為一切之計而已[11]。故論詐之便而諱其敗，言戰之善而蔽其患，其相率而為之者，莫不有利焉，而不勝其害也；有得焉，而不勝其失也。卒至蘇秦、商鞅、孫臏、吳起、李斯之徒以亡其身[12]，而諸侯及秦用之者亦滅其國，其為世之大禍明矣，而俗猶莫之寤也[13]。

惟先王之道，因時適變，為法不同，而考之無疵，用之無弊。故古之聖賢，未有以此而易彼也。

或曰："邪說之害正也，宜放而絕之，則此書之不泯其可乎[14]？"對曰："君子之禁邪說也，固將明其說於天下，使當世之人皆知其說之不可從，然後以禁，則齊；使後世之人皆知其說之不可為，然後以戒，則明。豈必滅其籍哉？放而絕之，莫善於是。是以孟子之書，有為神農之言者，有為墨子之言者，皆著而非之[15]。至於此書之作，則上繼春秋，下至楚漢之起，二百四五十年之間，載其行事，固不可得而廢也。"

此書有高誘註者二十一篇，或曰三十二篇[16]，《崇文總目》存者八篇，今存者十篇。

註釋

1 劉向：字子政，本名更生。漢成帝時，領校中五經秘書。著有《列女傳》、《新序》和《說苑》等書。《崇文總目》：宋代國家藏書的目錄。因藏書處在崇文館，故稱《崇文總目》。第：副詞，只。闕：與"缺"同。

2 疑：存疑。

3 向：劉向。

4 卒：最後，結果。度（duó）：衡量，揣摩之意。

5 "惑於流俗"二句：這是作者以儒家的觀點反駁劉向，說他為世俗之見所迷惑，沒有堅定的自信心。篤，深厚，堅強。

6 二子：指孔子、孟子。

7 二帝：指堯、舜。三王：指夏禹、商湯、周文王；一說包括周武王。

8 適變：隨着社會變化而改變。

9 好：喜好。

10 樂於說之易合：只喜歡自己的說法、主張能投合時君之意。

11 設心注意：指其居心用意。設，置；注，措。偷：苟且。一切之計：一時權宜的策略。

12 蘇秦：洛陽人，以遊說顯名；後被刺死於齊。商鞅：衛國貴族，佐秦孝公變法十年，國以富強；惠王立，被殺。孫臏：戰國時著名的軍事家，與龐涓俱學兵法於鬼穀子，龐涓很嫉妒他，騙去把他處以臏刑（削去膝蓋骨）。吳起：魏人，為魏文侯將；後入楚，協助楚悼王變法圖強，為楚國的貴族所害。李斯：楚上蔡人，佐秦始皇兼併六國，統一天下，官至丞相；二世立，為趙高所害。

13 寤：通"悟"，覺悟。

14 放：驅逐，廢棄。泯：消滅。

15 "孟子之書"四句：《孟子・滕文公上》記載了許行（農家學派）和墨者夷之的觀點，以及孟子對他們的批判。著，記載；非之，批駁他們的主張。

16 高誘：東漢涿郡（今河北涿縣）人，曾註《戰國策》、《呂氏春秋》和《淮南子》。

【鑒賞】

本文選自《元豐類稿》卷十一。《戰國策》是一部記敍戰國時期謀臣策士奔走遊説、合縱連橫等活動的國別體史書，西漢時劉向加以整理、校訂，編為三十三篇。至北宋，劉向所輯《戰國策》已有散佚，曾鞏廣加訪求、補充，成今本《戰國策》。

在這篇書序裏，作者簡述修補之事，對劉向輯理該書所持觀點提出異議。用儒家傳統的政治主張和倫理觀念看待問題，認為“道”是政治的根本準則，是不可動搖的，而“法”是可以因時而異的。

作者指斥戰國策士違背儒道，靠詐偽進行政治活動，以“邪説”惑主害正，結果只有身死國滅，“為世之大禍”。但同時作者又認為禁其“邪説”的最好辦法不是將其書廢棄銷毀，而是使當世之人認識“其説之不可從”，後世之人明白“其説之不可為”。

全文首尾談及《戰國策》的校訂及註本的存佚問題，中間主體部分則批駁劉向“謂此書戰國之謀士度時君之所能行，不得不然”，實為一篇小型議論文，體現了曾鞏“從容和緩且有條理又藏鋒不露”的文風，於謹嚴處見“雍容惇博之氣”。

在藝術手法上作者運用了正反對比論證以及舉例論證的手法，指斥劉向“惑於流俗，而不篤於自信”，並對舉孔孟不苟合世俗之論，以見出劉向紕漏。該文以孔孟知法因時而變，道不可變的“二子之道”對比策士“不知道之可信”，並以史例佐證，增強了文章説服力，表明自己對策士作用的否定。而其中指斥劉向觀點失誤之處時又用“先揚後抑”手法，本欲指出其觀點不足之處，卻從“其説既美矣”寫起，從而引起警醒反思，突出立論批駁力度，使人一目瞭然。本文語言風格既淺顯平易、生動形象，又精練簡潔。

墨池記

臨川之城東[1]，有地隱然而高，以臨於溪，曰新城。新城之上，有池窪然而方以長[2]，曰王羲之之墨池者[3]，荀伯子《臨川記》云也[4]。羲之嘗慕張芝，臨池學書，池水盡黑[5]，此為其故跡，豈信然邪？方羲之之不可強以仕，而嘗極東方，出滄海，以娛其意於山水之間[6]，豈有徜徉肆恣[7]，而又嘗自休於此邪？

羲之之書，晚乃善[8]；則其所能，蓋亦以精力自致者，非天成也。然後世未有能及者，豈其學不如彼邪？則學固豈可以少哉！況欲深造道德者邪[9]？

墨池之上，今為州學舍[10]。教授王君盛恐其不章也[11]，書“晉王右軍墨池”之六字於楹間以揭之[12]。又告於鞏曰：“願有記。”推王君之心[13]，豈愛人之善，雖一能不以廢，而因以及乎其跡邪？其亦欲推其事以勉其學者邪？夫人之有一能，而使後人尚之如此[14]，況仁人莊士之遺風餘思[15]，被於來世者何如哉！

慶曆八年九月十二日，曾鞏記[16]。

註釋

1 臨川：宋縣名，江南西路撫州治所，今江西省撫州市。

2 窪然：地勢低窪的樣子。方以長：即作長方形。以，而。

3 王羲之：字逸少，東晉琅琊臨沂（今山東臨沂）人。著名書法家，善長隸草，官至右軍將軍，世稱王右軍。

4 荀伯子：南朝宋潁川潁陰（今河南許昌）人。少好學，博覽經傳。入宋後為尚書左丞，出補臨川內史。

5“羲之嘗慕張芝”三句：張芝，字伯英，東漢弘農（今河南靈寶）人。羲之深慕張芝草書，思與相並，曾與人書云：“張芝臨池學書，池水盡黑，使人耽之若是，未必後之也。”（見《晉書》本傳）

6“方羲之之不可強以仕”四句：驃騎將軍王述，少有名譽，與王羲之齊名，而被王羲之小看。羲之任會稽內史時，述為揚州刺史，檢察會稽郡刑政。羲之深以為恥，遂稱病去職，並在父母墓前自誓不再做官。從此隱居會稽山陰（今浙江紹興），與東土人士縱情山水，以弋釣為娛，並遍遊附近諸郡，窮名山，泛滄海，自謂“我卒當以樂死”。

7 徜徉肆恣：謂隨意漫遊。

8“羲之之書”二句：羲之早年書法，並沒有超過同時的庾翼、郗愔。只是到晚年，才精妙絕倫，庾翼見其所作章草，歎為“煥若神明，頓還（張芝）舊觀”。

9 深造道德：在道德修養和品質方面達到很高的境界。造，至，詣。

10 州學舍：指撫州州學的房舍。

11 教授：官名，此處指州學教授。章：顯著。

12 楹：柱子。揭：張示，使彰顯。

13 推：推求，推想。

14 尚：崇尚。

15 仁人莊士：舊時指修德行仁義的莊重之士。遺風餘思：指留存於後人心目中的典範德行。

16 慶曆八年：即宋仁宗慶曆八年（1048）。

【鑒賞】

本文寫於宋仁宗慶曆八年，當時各州郡都在興學，作者應撫州州學教授王君之請特意為州學而寫，雖名為記，實則一篇優美的勸學文章。

文章先記王羲之墨池故蹟，回應題目，並指出王羲之的書法所以取得卓越成就，是由於其“以精力自致”，而非“天成”。後世學者之所以不能超越他，是因為“學不如彼”，進而推論出刻苦勤學是必不可少的，而且由此認識到道德的修為也應如此。

文章接下去敘寫作記原因，一方面點明州學王教授表彰王羲之墨池精神和王君請他作記的經過；另一方面又推究王教授用心固然是“愛人之善”，更主要的還在於“推其事以勉其學者”，含蓄地引出勸學之意。

全文結語由王羲之的書法推及“仁人莊士”的修養與德行，並勉勵後學不僅要擅長一“能”，更要不斷加強道德修養。這樣文章由勤學和勸學兩方面充分説明學習的重要性，見解精粹，發人深省。

文章在寫作上因事立論，藉墨池説明王羲之書法精妙的原因所在，即勤敏好學，因而學習的重要性被提出，由此引發到勸學的高度。這種因事立論、夾敘夾議的手法使文章既不空泛又頗有理論見地，可謂尺幅千里。

曾鞏是宋初詩文革新運動的積極支持者，散文創作往往委曲周詳、詞不迫切而思致明晰，本文堪為代表，語言簡淡自然、平和雅正，誠如林琴南所説“歐曾之文，心平氣和。有類於庸，實則非庸”。

學舍記

予幼則從先生[1]受書，然是時，方樂與家人童子嬉戲上下，未知好也。十六七時，窺六經之言與古今文章，有過人者，知好之，則於是鋭意欲與之並。而是時，家事亦滋出。自斯以來，西北則行陳、蔡、譙、苦、睢、汴、淮、泗[2]，出於京師；東方則絕江舟漕河之渠，逾五湖[3]，並封、禺、會稽之山[4]，出於東海上；南方則載大江[5]，臨夏口而望洞庭[6]，轉彭蠡[7]，上庾嶺[8]，繇湞陽之瀧[9]，至南海上。此予之所涉世而奔走也。蛟魚洶湧湍石之川，巔崖莽林貙虺[10]之聚，與夫雨暘寒燠風波霧毒不測之危，此予之所單遊遠寓，而冒犯以勤也。衣食藥物，廬舍器用，箕筥碎細之間，此予之所經營以養也。天傾地壞，殊州獨哭，數千里之遠，抱喪而南，積時之勞，乃畢大事，此予之所遘禍而憂艱[11]也。太夫人所志，與夫弟婚妹嫁，四時之祠，屬人外親之問，王事之輸，此予之所皇皇而不足也。予於是力疲意耗，而又多疾，言之所序，蓋其一二之粗也。得其閒時，挾書以學，於夫為身治人，世用之損益，考觀講解，有不能至者。故不得專力盡思，琢雕文章，以載私心難見之情，而追古今之作者為並，以足予之所好慕，此予之所自視而嗟也。

今天子至和[12]之初，予之侵擾多事故益甚，予之力無以為，乃休於家，而即其旁之草舍以學。或疾其卑，或議其隘者，予顧而笑曰："是予之宜也。予之勞心困形，以役於事者，有以為之矣。予之卑巷窮廬，冗衣礱飯，芑莧之羹，隱約而安者，固予之所以遂其志而有待也。予之疾則有之，可以進於道者，學之有不至；至於文章，平生所好慕，為之有不暇也。若夫土堅木好高大之觀，固世之聰明豪雋挾長而有恃者所得為。若予之拙，豈能易而志彼哉？"遂歷道其少長出處，與夫好慕之心，以為《學舍記》。

註釋

1 先生：指其父曾易占。曾易占，於天聖二年（1024）中進士，官至知信州，著有《時議》十卷。
2 陳：州名，治今河南淮陽。蔡：州名，治今河南汝南。譙：今安徽亳縣。苦：今河南鹿邑。睢：州名，治今河南睢縣。汴：州名，治今河南開封。淮：州名，治今江蘇淮陰。泗：州名，治今江蘇盱眙。
3 五湖：此處指太湖。
4 封：山名，在浙江德清縣西。禺：山名，在德清縣西南。會稽：山名，在浙江紹興東南。
5 大江：指長江。
6 夏口：今湖北武漢市漢口。洞庭：湖名，在湖北北部，長江南岸。
7 彭蠡：湖名，即鄱陽湖，在江西北部，為贛江、修水、鄱江、信江等河的總匯。
8 庚嶺：即大庚嶺，江西、廣東之界山。
9 繇：通"遊"。湞陽之瀧：即廣東英德縣南之瀧頭水。
10 貙：獸名，像狸而體稍大。虺：毒蛇。
11 憂艱：指父母之喪。
12 至和：宋仁宗年號（1054 ～ 1056）。

【鑒賞】

本文作於宋仁宗至和元年，曾鞏此時處境"侵擾多事故益甚"，於是"乃休於家"，在"其旁之草舍以學"，寫下了這篇流傳千古的勸學名篇。

與其他作品不同的是，此文並沒有就事論事，沒有花大筆墨寫所記之物，而是用大篇幅寫自己求學經歷、不幸遭遇。全文緊扣"學"這一中心，起筆從學說起，寫出了自己在幼時"樂與家人童子嬉戲上下，未知好也"。文章緊續其後寫"十六七時，窺六經之言與古今文章，有過人者，知好之，則於是銳意欲與之並"，體現了曾鞏不懈攻讀的過程。

接着文筆一轉寫到了家事變遷，並記自己奔走經營、流離故地的遊宦之路。作者採用大量排比句式，渲染出遊歷中所遇到的艱難險阻，看似訴說其"單遊遠寓"的艱辛，實是為下文寫作者在逆境中堅持學習做陪襯與鋪墊，環境惡劣方顯求學的矢志不渝，從中體現出作者安貧樂道、不以得失為懷的胸襟。

作者在此基礎上於文末點明主旨，既鼓勵後學，也抒己之志。文章充分體現出曾文溫淳典重、雍容平易的風格，雖記述自己不得志的窘困，卻“怨而不怒”，不失儒家溫柔惇厚之態。

語言運用上，該文汪洋恣肆，尤其早年遊歷的情景運用駢文儷句表達得淋漓盡致。從構思角度看，文章不落窠臼，雖題為記物散文，但從全文內容來看，都是曾鞏歷經坎坷的前半生的自傳，它既寫盡了半世生活的艱辛，又不脫離題目，自始至終與主旨“學”有關，這是曾文看似形散實則神聚的原因之一。

贈黎安二生序

趙郡蘇軾[1]，予之同年友也[2]。自蜀以書至京師遺予，稱蜀之士曰黎生、安生者。既而黎生攜其文數十萬言，安生攜其文亦數千言，辱以顧予。讀其文，誠閎壯雋偉[3]，善反覆馳騁，窮盡事理。而其材力之放縱，若不可極者也。二生固可謂魁奇特起之士[4]，而蘇君固可謂善知人者也。

頃之[5]，黎生補江陵府司法參軍[6]。將行，請予言以為贈。予曰：“予之知生，既得之於心矣[7]，乃將以言相求於外邪？”黎生曰：“生與安生之學於斯文，里之人皆笑，以為迂闊[8]。今求子之言，蓋將解惑於里人。”予聞之，自顧而笑。

夫世之迂闊，孰有甚於予乎？知信乎古，而不知合乎世；知志乎道[9]，而不知同乎俗。此予所以困於今而不自知也。世之迂闊，孰有甚於予乎？今生之迂，特以文不近俗，迂之小者耳，患為笑於里之人。若予之迂大矣，使生持吾言而歸，且重得罪，庸詎止於笑乎[10]？然則若予之於生，將何言哉？謂予之迂為善，則其患若此；謂為不善，則有以合乎世，必違乎古，有以同俗，必離乎道矣。生其無急於解里人之惑，則於是焉必能擇而取之[11]。

遂書以贈二生，並示蘇君以為何如也！

註釋

1 趙郡：今河北趙縣。北宋末年升為慶源府。蘇軾是四川眉山人，但他的遠祖，唐代文學家蘇味道（648～705）是趙州欒城人。所以作者稱趙郡蘇軾。

2 同年：同年科考中進士的人互稱為同年。曾鞏和蘇軾同為宋仁宗嘉祐二年（1057）進士。

3 閎：宏大。雋：意味深長。

4 魁奇：同“恢奇”，傑出。
5 頃之：立刻。
6 補：充任。江陵：府名，治所在今湖北江陵。
7 得：契合。
8 迂闊：空泛而不切實際。
9 道：指聖人之道，即儒家的學說。
10 庸詎（jù）：也作“庸遽”。豈，怎麼。
11 擇而取之：指在古文、道與時文、世俗之間進行選擇。

【鑒賞】

這是一篇贈序文，寫給曾經以文拜謁過自己的蜀郡黎、安二生。

既為贈序必先敘事，所以作者在文章的第一部分着力敘述自己與黎、安二生的交往。在文中，作者極力稱讚二生之文，文如其人，這樣寫既是對二生文章的讚賞，也是對他們人品的推舉，於是作者發出“二生固可謂魁奇特起之士”的感歎。行文至此乃是文章內容的一起，然後再通過與黎、安二生的話別，就黎生所謂里人笑其迂闊，求言以解里人之惑，轉入作者對“迂闊”的議論，此處內容與情感基調與前文迥然不同，乃是文勢一落。

在眾人對黎、安二生“迂闊”的評論中作者聯想自己的親身經歷，於是產生心理的共鳴，不禁生發出自己對“迂闊”的一番感慨，以自己的“大迂闊”來對比二生的“小迂闊”，由此表明作者看法與世人不同，所以所發議論不是消極的牢騷，而是充滿正義的辯護，“迂闊”不是“迂腐”，而是眾人皆醉我獨醒，作者堅守正道，這正是其美好人格的體現，雖看似解嘲，實則表明執着不懈的追求。

作者贈言二生“無急於解里人之惑，則於是焉必能擇而取之”。雖未明言二生該如何做，但一切盡在不言中，那就是寧可為世人所嘲也應不違古道，這既是對二生的期望，也是自己對世俗的抗議，對理想的追求，文章於此戛然而止。作者雖為二生寫贈序，實際上卻是藉此抒發自己的情感，這種借題抒懷的方式起到了一語多義的作用。

縱觀整篇文章，作者以充滿理智的語言抒發情感，雖無韓愈、蘇軾那種豪放之氣，卻也自有一種含蓄、淡雅的美學風格，讓人讀後感覺清新卻又凝重。文章在一起一落、俯仰開合中給人以一唱三歎之感，既充滿熱情的讚頌，也有冷靜的議論，極盡曾文抒情議理之本色。

王安石

王安石（1021～1086），字介甫，臨川（今江西撫州）人。宋神宗時任宰相，積極進行改革，但由於保守勢力的反對，最終失敗。他是中國歷史上著名的政治家。在文學上也有很大成就，詞作不多，但不受當時詞壇綺靡風氣的影響，獨標清奇。位列“唐宋八大家”之一，有《臨川先生文集》。

本朝百年無事札子

臣前蒙陛下問及本朝所以享國百年、天下無事之故。臣以淺陋，誤承聖問。迫於日晷[1]，不敢久留，語不及悉，遂辭而退。竊惟念聖問及此，天下之福；而臣遂無一言之獻，非近臣所以事君之義，故敢昧冒而粗有所陳。

伏惟太祖躬上智獨見之明，而周知人物之情偽，指揮付託，必盡其材；變置施設，必當其務。故能駕馭將帥，訓齊[2]士卒，外以捍夷狄，內以平中國。於是除苛賦，止虐刑，廢強橫之藩鎮，誅貪殘之官吏，躬以簡儉，為天下先。其於出政發令之間，一以安利元元[3]為事。太宗承之以聰武，真宗守之以謙仁，以至仁宗、英宗，無有逸德。此所以享國百年而天下無事也。

仁宗在位歷年最久，臣於時實備從官，施為本末，臣所親見。嘗試為陛下陳其一二，而陛下詳擇其可，亦足以申鑒於方今。伏惟仁宗之為君也，仰畏天，俯畏人，寬仁恭儉，出於自然，而忠恕誠慤[4]，終始如一，未嘗妄興一役，未嘗妄殺一人。斷獄務在生之，而特惡吏之殘擾。寧屈己棄財於夷狄，而終不忍加兵。刑平而公，賞重而信。納用諫官御史，公聽並觀，而不蔽於偏至之讒。因任眾人耳目，拔舉疏遠，而隨之以相坐之法。蓋監司[5]之吏以至州縣，無敢暴虐殘酷，擅有調發，以傷百姓。自夏人順服，蠻夷遂無大變。邊人父子夫婦，得免於兵死，而中國之人，安逸蕃息，以至今日者，未嘗妄興一役，未嘗妄殺一人，斷獄務在生之，而特惡吏之殘擾，寧屈己棄財於夷狄，而不忍加兵之效也。大臣貴戚，左右近習，莫敢強橫犯法，其自重慎，或甚於閭巷之人，此刑平而公之效也。募天下驍雄橫猾以為兵，幾至百萬，非有良將以禦之，而謀變者輒敗；聚天下財物，雖有文籍，委之府史，非有能吏以鉤考，而斷盜者輒發；凶年饑歲，流者填道，死者相枕，而寇攘者輒得，此賞重而信之效也。大臣貴戚，左右近習，莫能大擅威福，廣私貨賂，一有奸慝，隨輒上聞；貪邪橫猾，雖間或見用，未嘗得久，此納用諫官御史、公聽並觀、而不蔽於偏至之讒之效也。自縣令京官以至監司台閣，升擢之任，雖不皆得人，然一時之所謂才士，亦罕蔽塞而不見收舉者，此因任眾人之耳目、拔舉疏遠，而隨之以相坐之法之效也。升遐[6]之日，天下號慟，如喪考妣，此寬仁恭儉出於自然，忠恕誠愨終始如一之效也。

然本朝累世因循末俗之弊，而無親友群臣之議。人君朝夕與處，不過宦官女子，出而視事，又不過有司之細故，未嘗如古大有為之君，與學士大夫討論先王之法，以措之天下也。一切因任自然之理勢，而精神之運，有所不加，名實之間，有所不察。君子非不見貴，然小人亦得廁其間。正論非不見容，然邪說亦有時而用。以詩賦記誦求天下之士，而無學校養成之法；以科名資歷敘朝廷之位，而無官司課試之方。監司無檢察之人，守將非選擇之吏。轉徙之亟，既難於考績，而遊談之眾，因得以亂真。交私養望者多得顯官，獨立營職者或見排沮。故上下偷惰取容而已，雖有能者在職，亦無以異於庸人。農民壞於傜役，而未嘗特見救恤，又不為之設官，以修其水土之利。兵士雜於疲老，而未嘗申敕訓練，又不為之擇將，而久其疆埸之權。宿衛則聚卒伍無賴之人，而未有以變五代姑息羈縻之俗。宗室則無教訓選舉之實，而未有以合先王親疏隆殺之宜。其於理財，大抵無法，故雖儉約而民不富，雖憂勤而國不強。賴非夷狄昌熾之時，又無堯湯水旱之變，故天下無事，過於百年。雖曰人事，亦天助也。蓋累聖相繼，仰畏天，俯畏人，寬仁恭儉，忠恕誠愨，此其所以獲天助也。

伏惟陛下躬上聖之質，承無窮之緒，知天助之不可常恃，知人事之不可怠終[7]，則大有為之時，正在今日。臣不敢輒廢將明之義，而苟逃諱忌之誅。伏惟陛下幸赦而留神，則天下之福也。取進止[8]。

註釋

1 日晷（guǐ）：日影。這裏是特指時間。
2 訓齊：教育治理。
3 元元：庶民，老百姓。
4 誠慤（què）：忠厚誠實。
5 監司：宋代諸路的轉運使司、提點刑獄司、提舉常平司等，有監察各州官吏之責，總稱監司。
6 升遐：指帝王去世。
7 怠終：有始而無終。
8 取進止：唐宋時奏章結尾的習慣用語，意謂採納與否，取決於皇帝。取，聽取。進，指意見被採納。止，指奏章被駁回。

【鑒賞】

宋神宗熙寧元年四月，神宗召時任翰林學士的王安石入對，問本朝百年無事原由。王安石隨後整理成此文，表明自己看法，以奏章上呈給神宗皇帝。王安石是一個頗具遠見與膽識的政治家，他一生都在為推行"新法"盡心竭力。上此札子目的不是為了歌功頌德，故沒有正面總結"百年無事"的經驗，而是透過"無事"的表象指出北宋王朝積貧積弱的局面，強調變法的迫切性。這篇文章可以看做是他在變法前所造的輿論聲勢。

作者在文中首先讚頌宋太祖的政治，指出施政綱領與原則，"指揮付託，必盡其材；變置施設，必當其務……出發政令之間，一以安利元元為事"，接着對宋開國後的幾位皇帝概括，着重對在位最長的仁宗時的社會弊病加以含蓄的批評。作者巧妙運用富於變化的筆法或寓貶於褒，對仁宗委屈投降進行含蓄的諷刺；或虛褒實貶，輕褒重貶，大膽暴露仁宗時軍事上的弊端，廣大人民的悲慘生活；或褒貶並用，而意在貶，痛心於仁宗時奸佞小人當政的政治局面。而大多數情況下，王安石敢於直陳時弊，毫不隱諱，這再現出他作為政治家無所畏懼的本色。

在寫法上本文首尾呼應，一氣呵成，正如吳闓生所說："綱舉目應，章法高古。自首至尾，如一筆書。"在內容上作者運用欲抑先揚、明褒暗貶的手法，使文章委婉巧妙，文曲意明。而雄辯有力、辭鋒銳利的語言也使文章極富說服力與戰鬥力，排比、對偶等修辭手法的運用使文章氣勢極高，具有感染力。

答司馬諫議書

某啟[1]：昨日蒙教，竊以為與君實遊處相好之日久[2]，而議事每不合，所操之術多異故也[3]。雖欲強聒[4]，終必不蒙見察，故略上報[5]，不復一一自辨。重念蒙君實視遇厚[6]，於反覆不宜鹵莽[7]，故今具道所以[8]，冀君實或見恕也。

蓋儒者所重，尤在於名實[9]。名實已明，而天下之理得矣。今君實所以見教者，以為侵官[10]、生事[11]、徵利[12]、拒諫，以致天下怨謗也。某則以謂受命於人主，議法度而修之於朝廷[13]，以授之於有司[14]，不為侵官；舉先王之政[15]，以興利除弊，不為生事；為天下理財，不為徵利；辟邪說[16]，難壬人[17]，不為拒諫。至於怨誹之多，則固前知其如此也。人習於苟且非一日，士大夫多以不恤國事、同俗自媚於眾為善[18]。上乃欲變此[19]，而某不量敵之眾寡，欲出力助上以抗之，則眾何為而不洶洶[20]？然盤庚之遷，胥怨者民也，非特朝廷士大夫而已。盤庚不為怨者故改其度，度義而後動，是而不見可悔故也[21]。如君實責我以在位久，未能助上大有為，以膏澤斯民[22]，則某知罪矣。如曰今日當一切不事事，守前所為而已[23]，則非某之所敢知。

無由會晤，不任區區嚮往之至[24]。

註釋

1 某：作者本人自稱。
2 君實：司馬光，字君實。遊處：交遊相處。
3 所操之術：所執持的政治主張和見解。
4 強聒（guō）：勉強地解釋讓人聽。
5 略上報：簡單地寫回信。
6 視遇：看待。
7 反覆：指書信來往。鹵：同"魯"。
8 具道所以：詳細説明這樣做的理由。
9 "蓋儒者所重"二句：謂儒者特別重視綜核名實，即名稱（概念）與實質必須相符。"重"字通行本《臨川先生集》作"爭"，此據南宋本《王文公文集》改。
10 侵官：侵奪原來機構的職權。
11 生事：司馬光認為變法是生事擾民。
12 徵利：謂設法增加財政收入，與民爭利。
13 修之於朝廷：在朝廷上加以討論、修正。
14 有司：負專責的官吏。
15 舉：興辦，實施。先王：指古代的賢君。
16 辟：排斥，抨擊。
17 難壬人：駁斥巧辯的小人。《尚書・虞書・舜典》："而難任人。"壬，通"任"。
18 同俗自媚於眾：附和世俗，討好眾人。
19 上：指宋神宗趙頊。
20 洶洶：同"匈匈"，喧擾、爭吵。
21 "盤庚不為怨者故改其度"三句：盤庚不因為人民怨恨而改變遷都的計劃，那是由於他考慮到這樣做合理然後行動，他認為完全正確，所以沒有甚麼地方要悔改。
22 膏澤斯民：施恩澤於人民。《孟子・離婁下》："膏澤下於民。"
23 "如曰今日當一切不事事"二句：引用前文司馬光反對"生事"的説法，即甚麼事都不做。事事，做事。守前所為，遵守祖宗的陳規舊法，不予改革。
24 不任區區嚮往之至：表示衷心敬仰之意，為舊時書信中的客套語。不任，不勝；區區，誠心；嚮往，仰慕。

【鑒賞】

宋神宗熙寧二年王安石推行新法，次年二月，諫議大夫司馬光給當時的宰相王安石寫了一封三千多字的長信——《與王介甫書》，對新法大加指責，並要求取消新法，恢復舊制。王安石立即回了這封信。

這是一篇書信體政論文，具有極強的概括性和針對性。全文僅三百五十字卻回答了三千三百字長信提出的問題，它概括出對方信中的五個主要論點，即侵官、生事、徵利、拒諫和因此"致天下怨謗"，並對此以幾個簡短乾脆的否定句予以反駁，善於抓住其實質戟刺要害。

如對"怨謗之多"的駁斥，不是否定這一事實，而是指出招怨的原因，即由於"人習於苟且非一日"、"士大夫多以不恤國事、同俗自媚於眾為善"，這就抓住了問題實質且反駁有力，使文章顯得有理有據，環環相扣，富於論辯性和邏輯性，説理透闢。論辯中可謂"以子之矛攻子之盾"，針對對方儒家之教，回信從儒家所重的"名實"入手，以雄辯的事實説明對方給自己所加罪名和推行新法之實不相符合，從而使對方陷入無可辯駁的境地。

本文不僅有駁論文的義正嚴辭、鋒芒畢露，也有書信體的謙虛有禮、委婉含蓄，二者巧妙融合，於劍拔弩張中見謙和客氣。

總之，本文正是由於其語言的簡勁、質樸、峭拔嚴整和高超的立意、高度的概括性與邏輯性成為王安石政論文代表作。"理足氣盛，故勁悍廉厲無枝葉"，誠可謂切中肯綮之論。

興賢

國以任賢使能而興，棄賢專己而衰。此二者必然之勢，古今之通義，流俗所共知耳。何治安之世有之而能興，昏亂之世雖有之亦不興？蓋用之與不用之謂矣。有賢而用，國之福也；有之而不用，猶無有也。

商之興也有仲虺、伊尹[1]，其衰也亦有三仁[2]。周之興也同心者十人[3]，其衰也亦有祭公謀父、內史過[4]。兩漢之興也有蕭、曹、寇、鄧之徒[5]，其衰也亦有王嘉、傅喜、陳蕃、李固之眾[6]。魏、晉而下，至於李唐，不可遍舉，然其間興衰之世，亦皆同也。由此觀之，有賢而用之者，國之福也；有之而不用，猶無有也，可不慎歟？

今猶古也，今之天下亦古之天下，今之士民亦古之士民。古雖擾攘之際，猶有賢能若是之眾，況今太寧，豈曰無之？在君上用之而已。博詢眾庶，則才能者進矣；不有忌諱，則讜直之路開矣；不邇小人，則讒諛者自遠矣；不拘文牽俗，則守職者辨治矣；不責人以細過，則能吏之志得以盡其效矣。苟行此道，則何慮不跨兩漢，軼三代，然後踐五帝、三皇之塗哉[7]！

註釋

1 仲虺（huǐ）：湯左相，奚仲之後。伊尹：商初大臣，名伊，尹為官名。一説名摯。

2 三仁：《論語・微子》："微子去之，箕子為之奴，比干諫而死。孔子曰：'殷有三仁焉。'"

3 同心者十人：《尚書・泰誓中》："予有亂臣十人，同心同德。"亂，治。亂臣，治理國家的良臣。十人，指周公旦、召公奭、太公望、畢公、榮公、太顛、閎夭、散宜生、南宮适（kuò）、文母等十人。

4 祭（zhài）公謀父（fǔ）：祭國公，名謀父，為周之卿士。《左傳・昭公十二年》："昔穆王欲肆其心，周行天下，將皆必有車轍馬跡焉。祭公謀父作《祈招》之詩以止王心。"內史過：周大夫。

5 蕭：蕭何，西漢開國名相。曹：曹參，西漢開國功臣，蕭何死後為相。寇：寇恂。鄧：鄧禹。皆為東漢開國功臣。

6 王嘉：西漢哀帝時丞相，為人剛直，被迫害死。傅喜：西漢哀帝時大司馬，因不願依附權貴被策免。陳蕃：東漢靈帝時太傅，策劃誅殺宦官，事洩被害。李固：東漢順帝時大司農，在反對外戚的鬥爭中被害。

7 五帝：指上古的五個帝王，即黃帝、顓頊、帝嚳、唐堯、虞舜。三皇：指上古的三個帝王，即燧人、伏羲、神農。五帝、三皇有多個説法，此處取其一。

【鑒賞】

這是一篇關於如何用人的政論文，也可以看做是王安石在變法時對於運用人才以推行新法的一篇政治宣言書。

此文開門見山直接提出論點，即"國以任賢使能而興，棄賢專己而衰"，然後展開論述，需強調的是作者並沒有按人們通常思路來寫賢材的重要性，而是抓住發現和選用人才這樣一個迫切的現實問題強調賢材任何朝代都有，關鍵在於用與不用，如文章第一部分所説"有賢而用，國之福也；有之而不用，猶無有也"。

作者從歷史出發列舉商、周、兩漢之時興賢與棄賢的事實，從而進一步證明了前文所提觀點。在第二部分結尾再一次重申興賢之重要性，"有賢而用之者，國之福也；有之而不用，猶無有也，可不慎歟"。這段結尾文字雖與上文重複但順理成章，既是由歷史事實得出的結論，又起到強調上文的作用。

在文章第三部分作者由上文的古説到今，並且以"古雖擾攘之際，猶有賢能若是之眾"説明今之賢能之廣，就在如何用之，並且寫出如何運用賢人的具體方式，文章以感歎的形式説明了如果正確"興賢"將會使國家昌盛，可以"跨兩漢，軼三代，然後踐五帝、三皇之塗哉"。

雖説整篇文章只有三百多字，卻寫得既切合實際，又有深刻的思辨性。作者在論證其觀點的過程中，縱觀歷史，引古證今，通過古今對比，層層推進，形成一種高屋建瓴之勢，文章如行雲流水般自然而又嚴密。在語言運用上簡練自然，句句看似平淡，卻含義深刻，簡言貴語中極盡政論文之本色，實乃同類文中的佳品。

取材

夫工人之為業也，必先淬礪其器用，掄度其材幹，然後致力寡而用功得矣。聖人之於國也，必先遴柬其賢能，練核其名實，然後任使逸而事以濟矣。故取人之道，世之急務也，自古守文之君[1]，孰不有意於是哉？然其間得人者有之，失士者不能無焉，稱職者有之，謬舉[2]者不能無焉。必欲得人稱職，不失士，不謬舉，宜如漢左雄所議諸生試家法、文吏課箋奏為得矣[3]。

所謂文吏者，不徒苟尚文辭而已，必也通古今，習禮法，天文人事，政教更張；然後施之職事，則以詳平政體[4]，有大議論使以古今參之是也。所謂諸生者，不獨取訓習句讀而已，必也習典禮，明制度，臣主威儀，時政沿襲，然後施之職事，則以緣飾治道，有大議論則以經術斷之是也。

以今準古，今之進士，古之文吏也；今之經學，古之儒生也。然其策[5]進士，則但以章句聲病，苟尚文辭，類皆小能者為之；策經學者，徒以記問為能，不責大義，類皆蒙鄙者能之。使通才之人或見贅於時，高世之士或見排於俗。故屬文者至相戒曰："涉獵可為也，誣豔[6]可尚也，於政事何為哉？"守經者曰："傳寫可為也，誦習可勤也，於義理何取哉？"故其父兄勗其子弟，師長勗其門人，相為浮豔之作，以追時好而取世資也。何哉？其取捨好尚如此，所習不得不然也。若此之類，而當擢之職位，歷之仕途，一旦國家有大議論，立闢雍明堂[7]，損益禮制，更著律令，決讞疑獄，彼惡能以詳平政體，緣飾治道，以古今參之，以經術斷之哉？是必唯唯而已。

文中子曰："文乎文乎，苟作云乎哉？必也貫乎道。學乎學乎，博誦云乎哉？必也濟乎義[8]。"故才之不可苟取也久矣，必若差別類能，宜少依漢之箋奏家法之義。策進士者，若曰邦家之大計何先，治人之要務何急，政教之利害何大，安邊之計策何出，使之以時務之所宜言之，不直以章句聲病累其心。策經學者，宜曰禮樂之損益何宜，天地之變化何如，禮器之制度何尚，各傳經義以對，不獨以記問傳寫為能。然後署之甲乙以升黜之，庶其取捨之鑒，灼於目前，是豈惡有用而事無用，辭逸而就勞哉？故學者不習無用之言，則業專而修矣；一心治道，則習貫而入矣。若此之類，施之朝廷，用之牧民，何向而不利哉？其他限年之議，亦無取矣。

註釋

1 守文之君：指第二代以下的歷代帝王。《史記・外戚世家》："自古受命帝王及繼體守文之君。"索隱："守文猶守法也，謂非受命創制之君，但守先帝法度為之主耳。"

2 謬舉：指失職的薦舉。曹植《求自試表》："故君無虛授，臣無虛受。虛授謂之謬舉，虛受謂之屍祿。"

3 左雄（？～138）：字伯豪，東漢南郡涅陽（治所在今河南鄧縣東北）人。安帝時舉孝廉遷冀州刺史。順帝時，掌納言，官尚書。《後漢書・左雄傳》稱其上言："請自今孝廉年不滿四十不得察舉，皆先詣公府，諸生試家法（漢以後，儒學獨尊，故儒生自謂，乃稱家），文吏課箋奏，副之端門，練其虛實。以觀異能，以美風俗。帝從之。"

4 政體：指施政的綱領。

5 策：策問。漢代皇帝在面試人材時，事先把問題寫在竹簡上，應考的人按策上題目對答。

6 誣豔：指文辭華美但缺乏真實性。

7 闢雍明堂：周朝為貴族子弟所設的太學稱闢雍。明堂為古代帝王宣明政教之地，凡朝會、祭祀、慶賞、選士、養老、教學等大典，均在此舉行。

8 文中子：隋朝王通的私謚。王通（584～618），字仲淹，初唐詩人王勃的祖父。著有《中說》，又稱《文中子》。文中所引，見《中說》卷二。

【鑒賞】

本文可看作前面《興賢》的姊妹篇。它們共同反映了王安石的人才觀。但二者在立意上有所不同，《興賢》從如何選用賢材的角度去論證，而本文卻是從如何發現人才，選拔人才的角度去論述。

北宋時期的科舉制度，多以詞賦取進士，不注重解決實際問題的能力，許多有識之士往往被冷落，而那些以詞賦見長的文人卻被選入官僚集團，他們當然沒有多少政治才幹。王安石針對這種社會現象，在許多文章中提出自己的鮮明觀點，而此文正是他革除科舉用人弊病思想的集中體現。

文章以工匠精心選材為議論開端，然後轉入對人才選用的評論，提出"取人之道，世之急務也，自古守文之君，孰不有意於是哉"的觀點，從中讓讀者體會出人才選拔的重要性，仁人之君應該善於用人，做到“不失士，不謬舉”。

文章第二段，作者説明作為文吏不光應該“尚文辭”而且還應“習禮法，天文人事，政教更張”，這樣方能為國家所用，實現治國、平天下的人生價值。

文章第三段，作者以敏鋭的目光抓住選拔人才的重要途徑——科舉考試的弊病，大膽揭露當今進士只重章句聲病，不重“詳平政體，緣飾治道”之能的現狀，對整個社會“相為浮豔之作，以追時好而取世資也”的錯誤做法進行了抨擊。

第四段，針對前面所出現的種種社會弊病，作者提出了解決問題的辦法。他認為策問進士要以治國大計、政教得失以及安邊之策的掌握情況為主，而不應該“以章句聲病累其心”。這樣才能選取有利於國家強盛的實用人才，這是作者在改革中渴求人才的一種強烈呼聲。

文章結構精心安排，有條不紊，在議論上採取提出問題、分析問題、解決問題的論證方式，使文章自然順暢。作者採用古今對比，援古據經的方式，使文章有深厚的理論根據，並且內容更加豐富。文中那種不拘泥於儒家經典，而重實際能力的用人思想，也是王安石鮮明政治勇氣的體現。

讀《孟嘗君傳》

世皆稱孟嘗君能得士[1]，士以故歸之，而卒賴其力以脱於虎豹之秦。嗟乎！孟嘗君特雞鳴狗盜之雄耳[2]！豈足以言得士？不然，擅齊之強[3]，得一士焉，宜可以南面而制秦[4]，尚何取雞鳴狗盜之力哉？夫雞鳴狗盜之出其門，此士之所以不至也。

註釋

1 孟嘗君：戰國時齊國公族，田文，號孟嘗君，封於薛，曾任齊相，好養士，號稱食客三千。為“戰國四君子”之一。

2 雞鳴狗盜：會學雞叫，會裝狗當小偷的人。據《史記・孟嘗君列傳》載，孟嘗君被秦昭王囚禁，打算殺害他。他有一件很貴重的狐白裘，已經獻給昭王。幸好有個門客會裝狗當小偷，進入秦宮偷出狐白裘，賄賂昭王寵姬，寵姬替他説情，秦昭王就釋放了孟嘗君。孟嘗君連夜逃到函谷關，天還沒有亮。按關法規定，雞叫後才開關放人，而秦昭王又後悔釋放孟嘗君，正派人追趕，情況十分緊急，門客中有個會學雞叫的，這人一學雞叫，附近的雞都跟着叫了起來，關吏以為天亮了，於是打開門，孟嘗君這才逃出了關。雄：強有力者，頭目。

3 擅：依靠，據有。

4 南面：泛指國君。古時國君聽政和接見臣下時，坐北面南，故說“南面”。

【鑒賞】

這是一篇讀史札記，作者讀《史記·孟嘗君傳》有感而作。短文通篇不滿百字，而抑揚吞吐，曲盡其妙，駁斥世人皆稱“孟嘗君善養士”的傳統觀點，提出了真正的士的價值和作用，確為讀史之新創見。

文章分為四層，起承轉合，無不畢具。先說世人看法，士歸附於孟嘗君，因而他能逃脫強秦，然後筆鋒一轉，指斥這些人並非真正的士，接着進一步指出正因這些人充斥其門下，因而真正的士不至其門。前人評價此文認為“文與可畫竹，尺幅而具尋丈之觀，此其似之。至議論之正大，尤堪千載不磨”，真是尺幅中具有波濤萬里之勢，一波三折，跌宕生姿，強勁峭拔，邏輯性強。第一句先列出要駁斥的觀點——孟嘗君能得士。接着指斥，並以孟嘗君未能倚“士”而“制秦”的史料佐證，一破一立。

王安石鄙薄“雞鳴狗盜之徒”，對於孟嘗君“擅齊之強”而未能“南面制秦”不以為然，顯然他別有寄託，寄予了對自己的高度期許和要求振興國家的願望，希望真正的士，即為君主決策天下的國士能與之共同推行新政。該文以語簡意深、文短氣長、聲韻諧美而名垂千古。

遊褒禪山記

褒禪山亦謂之華山[1]。唐浮圖慧褒始舍於其址[2]，而卒葬之。以故，其後名之曰“褒禪”。今所謂慧空禪院者，褒之廬塚也[3]。距其院東五里，所謂華山洞者[4]，以其乃華山之陽名之也。距洞百餘步，有碑仆道[5]，其文漫滅[6]，獨其為文猶可識[7]，曰“花山”。今言“華”如“華實”之“華”者，蓋音謬也。

其下平曠，有泉側出，而記遊者甚眾，——所謂“前洞”也。由山以上五六里，有穴窈然[8]，入之甚寒，問其深，則其好遊者不能窮也，——謂之“後洞”。余與四人擁火以入，入之愈深，其進愈難，而其見愈奇。有怠而欲出者，曰：“不出，火且盡。”遂與之俱出。蓋予所至，比好遊者尚不能十一，然視其左右，來而記之已少。蓋其又深，則其至又加少矣。方是時，予之力尚足以入，火尚足以明也。既其出，則咎其欲出者[9]，而予亦悔其隨之，而不得極夫遊之樂也。

於是予有歎焉。古人之觀於天地、山川、草木、蟲魚、鳥獸，往往有得，以其求思之深而無不在也[10]。夫夷以近[11]，則遊者眾；險以遠，則至者少。而世之奇偉瑰怪非常之觀[12]，常在於險遠，而人之所罕至焉，故非有志者不能至也。有志矣，不隨以止也，然力不足者，亦不能至也。有志與力，而不隨以怠，至於幽暗昏惑，而無物以相之[13]，亦不能至也。然力足以至焉[14]，於人為可譏，而在己為有悔；盡吾志也而不能至者，可以無悔矣，其孰能譏之乎？此予之所得也。

余於仆碑，又以悲夫古書之不存，後世之謬其傳而莫能名者[15]，何可勝道也哉[16]！此所以學者不可以不深思而慎取之也。

四人者，廬陵蕭君圭君玉[17]，長樂王回深父[18]，予弟安國平父、安上純父[19]。

註釋

1 褒禪山：今安徽含山縣北十五里。
2 浮圖：僧人，也指塔。是梵語（古代印度語）的音譯，也寫作“浮屠”或“佛圖”。慧褒：唐代高僧。舍（shè）：房屋。這裏用作動詞，意思是築室定居。
3 禪院：佛寺。廬塚(zhǒng)：廬舍和墳墓。
4 華山洞：有的版本作“華陽洞”。從文意來看，似該作“山”。
5 仆：跌倒，倒。
6 其文：這個“文”指整篇文章。漫滅：磨滅，模糊不清。
7 其為文：這個“文”指碑上殘存的文字。
8 窈然：幽暗深邃的樣子。
9 咎：責備。
10 有得：心有所得，有心得。無不在：無所不在，意思是對任何事情都加以深思。
11 夷：平坦。以：連詞，而。
12 瑰（guī）：壯麗。觀：值得觀賞的景象。這裏用作名詞。
13 幽暗昏惑：幽暗，深遠黑暗，指客觀情況；昏惑，迷糊困惑，就主觀感受而言。物：外力。這裏指火把。相（xiàng）：幫助。
14 然力足以至焉：下邊應添上“而不能至”。
15 莫能名：沒有辦法描述清楚。
16 勝：盡，用完。
17 廬陵：今江西吉安縣。蕭君圭君玉：蕭君圭，字君玉。
18 長樂：今福建長樂縣。王回深父：王回，字深父，宋代著名理學家。
19 安國平父：王安國，字平父，王安石弟，排行第四。安上純父：王安上，字純父，王安石最小的弟弟。

【鑒賞】

《遊褒禪山記》是王安石在宋仁宗至和元年（1054）任舒州通判時所寫的一篇說理性遊記，該文敘述了他和友人同遊褒禪山所見到的景物以及遊山經過。在敘述基礎上作者進一步寫遊山心得，說明要實現遠大理想，成就一番事業，除了要有一定的物質條件外，更需要有堅定的意志和頑強的毅力，並且在研究學問上要做到"深思而慎取"。

本文不同於一般的遊記散文，不重在山川風物的描繪，而重在因事說理。敘議結合，以說理為目的，記遊只是說理的依據和材料，前文記遊山的經過處處為後文議論做鋪墊，後文議論又處處緊扣前文的遊歷，二者相得益彰，使全文結構嚴謹。這種由記遊入手而生發議論，是記遊文中的新體，宋人文章多見這種手法，此篇可以說是典範之作。

在選材上作者緊扣"有志"以及"深思而慎取"兩個觀點，重點突出，詳略得當。如第一段介紹褒禪山概況，只點明褒禪山取名由來，以重筆寫"有碑仆道"，為下文鋪墊，同時寫到華山洞名，為通篇藉遊華山洞而發揮議論作鋪墊，無一處閒筆。

蘇軾

蘇軾（1037～1101），字子瞻，自號東坡居士，眉州眉山（今四川眉山）人。宋仁宗嘉祐二年（1057）進士，從此步入仕途。因與王安石政見不合，先後出任杭州通判，密州、徐州、湖州知州。宋神宗元豐二年（1079），御史李定、舒亶、何正臣等人摘引蘇軾的某些詩句，羅織罪名，説他誹謗新政，因而被捕下獄，這就是著名的“烏台詩案”，接着被貶到黃州（今湖北黃岡）。哲宗時召回任翰林學士，因他在貶官期間看到新法的一些好處，不滿舊黨全部廢除新法，於是又被貶到惠州（今屬廣東）、儋州（今屬海南）；徽宗時，赦還，返回的途中死於常州。他的一生雖然受盡坎坷，但性格曠達，始終沒有消沉。

蘇軾是中國著名的文學家，詩、詞、文都有重大成就。他是詞的革新派，解放了詞的思想內容，在詞的題材、語言、音樂等方面都開拓了新的領域，從而形成“豪放派”詞風。這對詞的發展起了巨大而有益的推進作用。其散文與歐陽修並稱為“歐蘇”，是“唐宋八大家”之一，其詩與黃庭堅並稱為“蘇黃”。今有《東坡樂府》傳世。

教戰守策

夫當今生民之患，果安在哉？在於知安而不知危，能逸而不能勞。此其患不見於今，而將見於他日。今不為之計，其後將有所不可救者。

昔者先王知兵之不可去也[1]，是故天下雖平，不敢忘戰。秋冬之隙，致民田獵以講武[2]，教之以進退坐作之方，使其耳目習於鐘鼓旌旗之間而不亂[3]，使其心志安於斬刈殺伐之際而不慴。是以雖有盜賊之變，而民不至於驚潰。及至後世，用迂儒之議，以去兵為王者之盛節[4]，天下既定，則捲甲而藏之[5]。數十年之後，甲兵頓弊[6]，而人民日以安於佚樂，卒有盜賊之警，則相與恐懼訛言，不戰而走。開元、天寶之際[7]，天下豈不大治？惟其民安於太平之樂，豢於遊戲酒食之間[8]，其剛心勇氣，消耗鈍眊[9]，痿蹶而不復振[10]。是以區區之祿山一出而乘之[11]，四方之民，獸奔鳥竄，乞為囚虜之不暇[12]，天下分裂[13]，而唐室固以微矣。

蓋嘗試論之：天下之勢，譬如一身。王公貴人所以養其身者，豈不至哉！而其平居常苦於多疾。至於農夫小民，終歲勤苦而未嘗告病。此其故何也？夫風雨霜露寒暑之變，此疾之所由生也。農夫小民，盛夏力作，而窮冬暴露，其筋骸之所衝犯，肌膚之所浸漬，輕霜露而狎風雨，是故寒暑不能為之毒。今王公貴人處於重屋之下[14]，出則乘輿，風則襲裘[15]，雨則禦蓋[16]，凡所以慮患之具莫不備至。畏之太甚而養之太過，小不如意，則寒暑入之矣。是故善養身者，使之能逸而能勞，步趨動作，使其四體狃於寒暑之變者；然後可以剛健強力，涉險而不傷。夫民亦然。今者治平之日久，天下之人驕惰脆弱，如婦人孺子，不出於閨門。論戰鬥之事，則縮頸而股慄；聞盜賊之名，則掩耳而不願聽。而士大夫亦未嘗言兵，以為生事擾民，漸不可長[17]。此不亦畏之太甚而養之太過歟？

且夫天下固有意外之患也。愚者見四方之無事，則以為變故無自而有，此亦不然矣。今國家所以奉西、北之虜者，歲以百萬計[18]。奉之者有限，而求之者無厭，此其勢必至於戰。戰者，必然之勢也，不先於我，則先於彼，不出於西，則出於北。所不可知者，有遲速遠近，而要以不能免也。天下苟不免於用兵，而用之不以漸，使民於安樂無事之中，一旦出身而蹈死地[19]，則其為患必有不測。故曰：天下之民知安而不知危，能逸而不能勞，此臣所謂大患也。

臣欲使士大夫尊尚武勇，講習兵法；庶人之在官者[20]，教以行陣之節；役民之司盜者[21]，授以擊刺之術。每歲終則聚於郡府，如古都試之法[22]，有勝負，有賞罰。而行之既久，則又以軍法從事。然議者必以為無故而動民，又撓以軍法[23]，則民將不安。而臣以為此所以安民也。天下果未能去兵，則其一旦將以不教之民而驅之戰。夫無故而動民，雖有小恐，然孰與夫一旦之危哉[24]？

今天下屯聚之兵，驕豪而多怨，陵壓百姓而邀其上者[25]，何故？此其心以為天下之知戰者，惟我而已。如使平民皆習於兵，彼知有所敵，則固已破其奸謀而折其驕氣。利害之際，豈不甚明歟？

註釋

1 先王：指三代(夏、商、周) 時期的帝王。
2 "秋冬之隙" 二句：古時秋冬農閒時，召集百姓打獵，藉機教練武事。
3 教之以進退坐作之方：教給他們前進後退跪倒起立等基本動作。坐，跪：作，起。
4 去兵：解除軍備。
5 捲甲而藏之：把武器裝備收藏起來。
6 頓：通"鈍"，不利。
7 開元、天寶：都是唐玄宗年號（713～756)，號稱盛世。
8 豢 (huàn)：養。
9 眊(mào)：通"髦"，目不明，引申為昏潰。
10 痿蹶：委頓、僵化。
11 祿山：安祿山，營州柳城（今遼寧朝陽）胡人。唐玄宗時為平盧、範陽、河東節度使。天寶末年，起兵叛亂，攻陷洛陽、長安，自稱雄武皇帝，定國號燕。後為其子安慶緒所殺。
12 "四方之民" 三句：見《資治通鑒》二百十七卷："時海內久承平，百姓累世不識兵革，猝聞範陽兵起，遠近震駭。河北皆祿山統內，所過州縣，望風瓦解。守令或開門出迎，或棄城竄匿，或為所擒戮，無敢拒之者。"
13 天下分裂：指唐肅宗以後藩鎮割據的局面。
14 重屋：指有重簷的高大的房屋。
15 襲：加着衣服。
16 禦蓋：撐傘。
17 漸不可長：謂壞事、壞風氣不可讓它滋長，即防微杜漸的意思。漸，事物漸露端倪。
18 "今國家所以奉西、北之虜者" 二句：西，指西夏。北，指契丹（遼國)。虜，古代漢族對敵人蔑稱。宋仁宗慶曆間每年輸遼歲幣為銀二十萬兩、絹三十萬匹；輸西夏歲幣，計銀、綺、絹、茶等二十五萬五千。百萬，舉其約數。
19 出身：投身獻身。死地：指戰地。
20 庶人之在官者：一般平民在官府供職者。
21 役民之司盜者：從民間抽調來負責緝捕盜賊的差役。
22 古都試之法：定期集合官兵於都城，演習武事，評定優劣。《漢書・韓延壽傳》："春秋鄉射，陳鐘鼓管弦，盛升降揖讓，及都試講武；設斧鉞旌旗，習射御之事。"
23 撓，困擾，擾亂。
24 孰與：何如。一旦之危：指上句所言"一旦將以不教之民而驅之戰"。
25 邀：要挾，劫持。

【鑒賞】

北宋中葉以後，遼與西夏的強大日益構成對北宋的嚴重威脅，戰爭隨時都有可能爆發，而北宋統治者一方面怯於外敵，以賂敵的手段來換得暫時的相安無事，另一方面貪圖享樂，致使朝政混亂。一些正直文人面對這種狀況大聲疾呼，以文章來警醒世人。本文便是蘇軾在宋仁宗嘉祐六年間應考進士所進時務策中的一篇。

文章針對北宋的苟安之習，在開頭部分大膽提出：當今生民的憂患"在於知安而不知危，能逸而不能勞"這一振聾發聵的論斷，引起人們關注。而下文，蘇軾採用以史為證的方法，追溯前代之事，從先王的"天下雖平，不敢忘戰"説到後世的"去兵捲甲"，"不戰而走"，最後又談及唐人安於享樂，在安祿山叛亂時整個國家由盛及衰地垮掉的史實，道理不言而喻。

緊接着蘇軾由論史轉向了更為生動的説理。他以養身來比喻治國，以養尊處優的貴人疾病不斷、風餐露宿的窮人病不加身這兩個例子對比，説明"善養身者，使之能逸而能勞”，從而證明一味安逸享樂只能亡國，逸中有勞可以保國。

在以下的論述中蘇軾由歷史轉入現實，從分析當前形勢入手論證戰爭的不可避免。若統治者仍然以此安逸之身去迎敵，正如讓養尊處優的富人經歷風霜侵襲，其後果可想而知。針對這種現象，作者提出了自己的主張。蘇軾正面論述教民守戰的具體方法，動員全民講文習武，一方面可以增強軍隊的戰鬥力，另一方面使整個社會有一個備戰守戰的社會氛圍，以調動戰鬥積極性。

蘇軾為文長於以古鑒今，以史實證明論點，使文章頗具理論與現實厚度。寫作中該文邏輯嚴密，比喻生動，使人“便覺切理厭情”，這體現出蘇軾筆墨瀾翻，隨心所欲的自然之風。

留侯論[1]

古之所謂豪傑之士者，必有過人之節。人情有所不能忍者，匹夫見辱，拔劍而起，挺身而鬥，此不足為勇也。天下有大勇者，卒然臨之而不驚，無故加之而不怒[2]。此其所挾持者甚大[3]，而其志甚遠也。

夫子房受書於圯上之老人也[4]，其事甚怪。然亦安知其非秦之世，有隱君子者，出而試之？觀其所以微見其意者，皆聖賢相與警戒之義，而世不察，以為鬼物[5]，亦已過矣。

且其意不在書。當韓之亡，秦之方盛也，以刀鋸鼎鑊待天下之士[6]，其平居無罪夷滅者[7]，不可勝數。雖有賁育[8]，無所復施。夫持法太急者，其鋒不可犯，而其勢未可乘。子房不忍忿忿之心，以匹夫之力，而逞於一擊之間[9]。當此之時，子房之不死者，其間不能容髮[10]，蓋亦已危矣。千金之子，不死於盜賊。何哉？其身之可愛，而盜賊之不足以死也。子房以蓋世之才，不為伊尹、太公之謀，而特出於荊軻、聶政之計，以僥倖於不死，此圯上之老人所為深惜者也。是故倨傲鮮腆而深折之[11]，彼其能有所忍也，然後可以就大事。故曰“孺子可教也[12]”。

楚莊王伐鄭，鄭伯肉袒牽羊以迎[13]。莊王曰：“其君能下人，必能信用其民矣。”遂捨之。勾踐之困於會稽，而歸臣妾於吳者，三年而不倦。且夫有報人之志[14]，而不能下人者，是匹夫之剛也。夫老人者，以為子房才有餘，而憂其度量之不足，故深折其少年剛鋭之氣，使之忍小忿而就大謀。何則？非有平生之素[15]，卒然相遇於草野之間，而命以僕妾之役，油然而不怪者[16]，此固秦皇之所不能驚，而項籍之所不能怒也。

觀夫高祖之所以勝，而項籍之所以敗者，在能忍與不能忍之間而已矣。項籍唯不能忍，是以百戰百勝而輕用其鋒[17]；高祖忍之，養其全鋒而待其弊，此子房教之也。當淮陰破齊，而欲自王，高祖發怒，見於詞色[18]。由是觀之，猶有剛強不能忍之氣，非子房其誰全之？

太史公疑子房，以為魁梧奇偉，而其狀貌乃如婦人女子，不稱其志氣[19]。嗚呼，此其所以為子房歟！

註釋

1 留侯：張良（公元前？～前 186），字子房。傳説為城父（今安徽亳縣）人。秦末，聚眾歸附劉邦，為劉邦的重要謀臣。楚漢相爭時，輔佐劉邦打敗項羽，統一天下。封於留（今江蘇徐州市附近），故稱留侯。後退隱，不知去向。

2 加之：給他以打擊，侮辱。

3 所挾持者：所擁有的志向懷抱。

4 “夫子房”句：圯（yí），橋。據《史記・留侯世家》記載：張良刺秦始皇沒有成功，隱姓埋名至下邳（今江蘇睢寧北）。有一天在橋上遇到一位老人，老人把鞋子掉到橋下，令張良取上來。張良強忍怒火為他取鞋。取上來後，老人又要他替自己穿上，張良只好照辦。老人滿意地説“孺子可教矣”，並約五天後黎明時分在橋上相會。張良遲到了，老人又要求五天後再會。這次張良半夜就去橋上等候，果然比老人先到。老人很高興，便送了張良一部《太公兵法》。這位圯上老人，後來傳説是黃石公。

5 以為鬼物：《史記・留侯世家》末段太史公評論説：“學者多言無鬼神，然言有物。至如留侯所見老父予書，亦可怪矣。”東漢王充《論衡・自然》中説，張良遇圯上老人，是“天佐漢誅秦，故命令神石為鬼書授人”。

6 刀鋸、鼎鑊（huò）：古代施罰酷刑用的刑具。鼎鑊，煮人的大鍋。

7 夷：殺掉。

8 賁（bēn）育：戰國時衛國的兩位著名的勇士。賁，孟賁，傳説能生拔牛角；育，夏育，傳説能力舉千鈞。

9 一擊：指張良在博浪沙（今河南原陽東南）用鐵錘狙擊秦始皇的行動。

10 間不容髮：形容距離很近，中間容不下一根頭髮，比喻當時的情勢危急到了極點。間（jiàn），間隔，距離。

11 鮮腆（tiǎn）：此指沒有恭維的言詞。鮮，少；腆，豐厚，美好。

12 孺子：小孩。稱別人為孺子，是狂傲的表現。

13 鄭伯：指鄭襄公，春秋時鄭國國君。肉袒：脱衣坦露胸臂。古代在祭禮或謝罪時表示恭敬的一種禮節。

14 報人：向人報仇。

15 素：平素有交往，即故交。

16 油然：自然而然。

17 輕：輕率。鋒：鋭氣，鋒芒。

18 淮陰：指韓信。韓信破齊後，要求劉邦封他為“假王”。劉邦大怒。張良認為當時不能得罪韓信，劉邦便派張良前往，封韓信為齊王。

19 “太史公疑子房”四句：《史記・留侯世家》末段太史公説：“余以為其人計魁梧奇偉，至見其圖，狀貌乃如婦人好女。”稱（chèn）：相當，相稱。

【鑒賞】

本文是蘇軾早年論史的作品，從《史記・留侯世家》中黃石公賜書予張良的神奇故事生發開來，轉向對張良性格以及其日後成功原因的評價。蘇軾在此文中翻空出奇，認為張良輔佐劉邦滅秦楚興漢室的原因不在黃石公所授天書之功，而是張良"忍"的性格使然，"忍小忿而就大謀"才是關鍵所在，全文圍繞一個"忍"字論證自己的論點，並且引史據經很有氣勢。

從內容看全文可分三個層次，首先在第一段提出中心論點："天下有大勇者，卒然臨之而不驚，無故加之而不怒"。並舉出古代豪傑"必有過人之節"，用"匹夫之勇"反襯之，這點明瞭過人之節就是一個"忍"字。

在文章第二層次，即二、三、四、五自然段作者就中心論點逐步加以論證。作者認為張良圯上受書的傳説並非人常説的神鬼顯靈，而是聖賢告誡人們要隱忍。然後分析張良狙擊秦王是匹夫之勇，故而黃石公羞辱他，增強其忍耐性，這是從傳説本身論證。而鄭襄公和勾踐忍辱負重以圖報仇雪恥的史實則表明想要報仇，便要以低姿態屈尊於人，這樣才能成就事業，否則便為匹夫之勇。然後又由史轉入傳説，明確指出圯上老人的做法正是"深折其少年剛鋭之氣，使之忍小忿而就大謀"，再次回應了中心論點。第五段劉邦、項羽一成一敗的史實證明劉邦的"忍"戰勝了項羽的"不忍"，而劉邦的"忍"又是張良所勸之功，從側面反映出張良之忍的重要意義。

第三層雖説只寫張良貌似女子般柔弱，實則以相徵人。其狀貌有女子之形，卻能顯現出忍的特徵，這種志氣宏偉、含而不露的特點正是張良過人之處，能忍便是這一性格的具體體現，這成為文章中心論點的補充説明。

蘇軾以新穎的立論，充分的論據給歷史傳説以新的內涵與社會意義，雖然其中不免片面性，但他的主張在做人、做事方面還是有積極意義的。蘇軾此文議論縱橫捭闔，援經引古，雄辯有力，氣勢頗盛。語言上淺顯暢達，表現了汪洋恣肆、雄辯宏放的風格，正如明人楊慎所言："東坡文如長江大河，一瀉千里，至其渾浩流轉、曲折變化之妙，則無復可以名狀。"頗能概括此文特色。

喜雨亭記

亭以雨名，誌喜也。古者有喜則以名物，示不忘也。周公得禾，以名其書[1]；漢武得鼎，以名其年[2]；叔孫勝狄，以名其子[3]。其喜之大小不齊，其示不忘一也。

余至扶風之明年[4]，始治官舍。為亭於堂之北，而鑿池其南，引流種木，以為休息之所。是歲之春，雨麥於岐山之陽[5]，其占為有年[6]。既而彌月不雨，民方以為憂。越三月，乙卯乃雨[7]，甲子又雨，民以為未足；丁卯大雨，三日乃止。官吏相與慶於庭，商賈相與歌於市，農夫相與忭於野[8]。憂者以樂，病者以癒，而吾亭適成。

於是舉酒於亭上，以屬客而告之曰[9]：“五日不雨可乎？”曰：“五日不雨則無麥。”“十日不雨可乎？”曰：“十日不雨則無禾[10]。”無麥無禾，歲且薦饑[11]，獄訟繁興，而盜賊滋熾，則吾與二三子雖欲優遊以樂於此亭，其可得耶？今天不遺斯民，始旱而賜之以雨，使吾與二三子得相與優遊而樂於此亭者，皆雨之賜也，其又可忘耶？

既以名亭，又從而歌之，歌曰：使天而雨珠，寒者不得以為襦；使天而雨玉，飢者不得以為粟。一雨三日，伊誰之力？民曰太守[12]，太守不有，歸之天子。天子曰不[13]，歸之造物[14]，造物不自以為功，歸之太空，太空冥冥[15]，不可得而名，吾以名吾亭。

註釋

1 “周公得禾”二句：《尚書・周書・微子之命》載：“唐叔得禾，異畝同穎，獻諸天子。王命唐叔，歸周公於東，作《歸禾》。周公既得命禾，旅（宣揚）天子之命，作《嘉禾》。”《歸禾》、《嘉禾》為《尚書》篇名，現都散失。

2 “漢武得鼎”二句：《史記・孝武本紀》載，漢武帝元狩六年夏六月中得寶鼎於汾水上，改年號為元鼎元年（前 116）。

3 “叔孫勝狄”二句：《左傳》文公十一年載，狄人侵魯，魯文公使叔孫得臣追之，擊敗狄軍，俘獲北狄鄋瞞國君僑如，遂將其子宣伯改名僑如。

4 扶風：即今陝西省扶風縣。

5 雨（yù）麥於岐山之陽：謂在岐山以南天上落下麥子。雨，名詞作動詞，謂如雨下。岐山，在鳳翔縣東北。

6 有年：好年成。

7 越三月：謂過了三月。乙卯：是指這年的農曆四月初二日。

8 忭（biàn）：歡欣。

9 屬（zhǔ）客：酌酒敬客，勸客飲酒。

10 十日不雨則無禾：這是麥子即將成熟，禾稻下種的時候，故云。

11 薦饑：連年不熟或麥、禾皆不熟。此指麥、禾皆不熟，連年饑荒。薦，重疊。

12 太守：州府的行政長官。據郎曄註，時鳳翔太守為陳希亮。一說為宋選。選字子才，鄭州滎陽（今河南滎陽）人。

13 不：同“否”。

14 造物：古時以萬物為天所生成，故稱天為造物。

15 冥冥：高遠的樣子。

【鑒賞】

這篇文章是蘇軾二十七歲在鳳翔任簽書判官時所作。當年春旱，三月間才下了透雨，正好這時蘇軾所建造的亭子落成，於是蘇軾以“喜雨”名亭並作文以記之。

從文章內容來看作者並非為亭而記，而是借題發揮。他從作亭寫起，記到久旱得雨後百姓的喜悅歡欣，又記自己由之而生發的感想，整個篇章流露出蘇軾對人民生活的關注，反映了作者對自然之美的熱愛之情和仁政愛民的政治思想。

全文可分四個層次，即每一段落自成一層，第一層主要以“亭以雨名，誌喜也”概括文章的主旨與內容，並寫出以物誌喜的歷史根據；第二層寫“喜”、“雨”、“亭”，順序是倒過來寫的，先記建亭目的“以為休息之所”，次寫久旱逢雨，雨給萬眾帶來喜悅，此際“而吾亭適成”，有了以雨命亭的契機；第三層從作者自身出發，寫出雨給治民的官吏帶來喜悅，無雨導致災亂，則官員也得以樂於此亭，從而引出“皆雨之賜也，其又可忘耶”的結論；第四層中說雨的可貴，這雨帶給作者及百姓無限的歡愉，而“喜雨亭”便是對這歡欣之情的最好表達，在收結全文的同時又回應了開頭。

從藝術形式上看，文章結構自然而新穎，全文緊扣“喜”、“雨”、“亭”三字來敍寫，卻又隨意揮灑，筆調靈活多變，正如明代王聖俞所說：“文至東坡，真是不須作文，只隨筆記錄便是文。”全文散韻結合，富於變化，不用華麗的辭藻，也不用險怪的文句，俱用明白暢達的語言，給人以親切平實的感覺，足以體現出蘇文行雲流水，舒捲自如，行止得當的特色。

在表達方式上文章敍議結合，敍事時簡潔明快，議論時則多感歎，形成感情上的起伏跌宕。全文質樸但不平直，敍事、議論生動靈活，這是宋代散文平易流暢、委婉多姿風格的一種反映。

日喻說

生而眇者不識日，問之有目者，或告之曰：“日之狀如銅盤。”扣盤而得其聲。他日聞鐘，以為日也[1]。或告之曰：“日之光如燭。”捫燭而得其形。他日揣籥，以為日也[2]。日之與鐘、籥亦遠矣，而眇者不知其異，以其未嘗見而求之人也。

道之難見也甚於日[3]，而人之未達也，無以異於眇。達者告之，雖有巧譬善導，亦無以過於盤與燭也。自盤而之鐘，自鐘而之籥[4]，轉而相之，豈有既乎[5]？故世之言道者，或即其所見而名之[6]，或莫之見而意之[7]，皆求道之過也。

然則道卒不可求歟？蘇子曰：道可致而不可求[8]。何謂致？孫武曰："善戰者致人，不致於人[9]。"子夏曰："百工居肆，以成其事，君子學以致其道[10]。"莫之求而自至，斯以為致也歟？南方多沒人[11]，日與水居也，七歲而能涉，十歲而能浮，十五而能沒矣。夫沒者豈苟然哉？必將有得於水之道者[12]。日與水居，則十五而得其道；生不識水，則雖壯，見舟而畏之。故北方之勇者，問於沒人，而求其所以沒，以其言試之河，未有不溺者也。故凡不學而務求道，皆北方之學沒者也。

昔者以聲律取士，士雜學而不志於道[13]；今也以經術取士，士知求道而不務學[14]。渤海吳君彥律[15]，有志於學者也，方求舉於禮部[16]，作《日喻》以告之。

註釋

1 "他日聞鐘"二句：謂眇者以耳代目產生誤會。

2 "他日揣籥（yuè）"二句：謂眇者以手代目產生誤會。揣籥，摸着一支狀如笛子的樂器。籥，本作"龠"，一種管樂器，有三孔、六孔或七孔。

3 道：此處指儒家之道。

4 "自盤而之鐘"二句：從把日當做銅盤到把日當做鐘再到把日當做籥。

5 "轉而相之"二句：也就是輾轉比附，沒完沒了的意思。既，盡。

6 即其所見而名之：就自己片面之見來解釋它。

7 意之：憑主觀猜測它。

8 致：導致，含有循序漸進以獲致、使其自至的意思。求：意指不學而強求。

9 "孫武曰"三句：《集註》引杜牧曰："致令敵來就我，我當奮力待之，不就敵人，恐我勞也。"

10 "子夏曰"四句：語見《論語・子張》。邢昺《正義》曰："肆，謂官府造作之處也。致，至也。言百工處其肆，則能成其事；猶君子勤於學，則能至於道也。"蘇軾的意思是説：君子勤學，則道自至。子夏，孔子的學生。

11 沒人：能潛水的人。

12 水之道：指水性。

13 "昔者以聲律取士"二句：謂以聲律取士的流弊是使學者只注重聲律雜學等無用的東西。北宋前期承襲唐、五代科舉法，以詩賦試士。詩賦重聲律，故云。

14 "今也以經術取士"二句：謂以經術取士的流弊是使學者只求空談義理，不立志於學儒道。

15 渤海：唐時置棣州渤海郡，治所在今山東省陽信縣。吳君彥律，生平事蹟不詳。

16 求舉於禮部：報名參加應進士科的考試。中唐以後，進士考試由禮部主管。禮部，尚書省所屬六部之一，掌管典章制度、學校、科舉、祭祀和接待等事務的官署。

【鑒賞】

本文寫於宋神宗元豐元年，當時蘇軾任徐州知州。王安石變法之後朝廷將以前的“以聲律取士”改為“以經術取士”，科場之士但務求進，不務積學，這時本州監酒正字吳彥律赴京應禮部試。蘇軾針對當時的這種風氣有感而發，作此文贈行，以勉其學。文章主旨在於闡明“君子學以致其道”，反對“雜學而不志於道”和“求道而不務學”，主張“學”、“道”統一，反對只憑道聽途説、崇尚空談的惡習。

這是一篇引人入勝的説理文，突出之處在於蘇軾善用寓言比喻説明抽象的哲理。為了説明君子學以致道，他用了兩個形象的寓言。第一個以盲人問日為喻，指出盲人惟其“生而眇”故不識日，人以銅盤喻日之狀，以燭喻日之光，可謂形象，但畢竟盲人本不識日，才會產生出以鐘為日、以籥為日的笑話。作者從盲人眇目不識日轉入論道，指出時人述道之過無異於眇人之識日。到此作者提出了道究竟能否達到領悟和怎樣達到領悟境界兩個問題，“然則”一轉，以設問自答的方式，引孫武與子夏的話，從而闡明了“道可致而不可求”的道理，揭示出本文主旨。

作者於第二個寓言中以學習沒水為喻説明道可致而不可求。作者先指出南人沒水是日積月累的結果，接着又從反面寫北人學沒，北人雖勇且壯，但只是“問於沒人”，而根本不識水性，所以試河必溺。到此作者得出“凡不學而務求道，皆北方之學沒者”的結論，從而説明不注重學習而強行求道的害處。

整篇文章由兩個寓言貫通起來，融敘事、議論於一爐。前人曾評價“前段言道之不可求，後段言求之當以學，而皆喻言之。然前段比喻入正，後段從正出喻，便兩喻相承而不排”，恰道出本文譬喻的妙處。文中有對話，有排比，有反詰，生動活潑而又富於變化，理趣深長而又不流於空洞的説教。

超然台記

凡物皆有可觀。苟有可觀，皆有可樂，非必怪奇偉麗者也。餔糟啜醨[1]，皆可以醉；果蔬草木，皆可以飽。推此類也，吾安往而不樂？

夫所為求福而辭禍者，以福可喜而禍可悲也。人之所欲無窮，而物之可以足吾慾者有盡。美惡之辨戰乎中，而去取之擇交乎前，則可樂者常少，而可悲者常多，是謂求禍而辭福。夫求禍而辭福，豈人之情也哉？物有以蓋之矣[2]。彼遊於物之內，而不遊於物之外。物非有大小也，自其內而觀之，未有不高且大者也。彼挾其高大以臨我，則我常眩亂反覆，如隙中之觀斗，又焉知勝負之所在？是以美惡橫生，而憂樂出焉。可不大哀乎！

予自錢塘移守膠西[3]，釋舟楫之安，而服車馬之勞；去雕牆之美，而蔽采椽之居[4]；背湖山之觀，而適桑麻之野[5]。始至之日，歲比不登[6]，盜賊滿野，獄訟充斥；而齋廚索然[7]，日食杞菊。人固疑予之不樂也。處之期年，而貌加豐，髮之白者，日以反黑。予既樂其風俗之淳，而其吏民亦安予之拙也。

於是治其園圃，潔其庭宇，伐安丘、高密之木[8]，以修補破敗，為苟完之計[9]。而園之北，因城以為台者舊矣，稍葺而新之[10]。時相與登覽，放意肆志焉。南望馬耳、常山[11]，出沒隱見，若近若遠，庶幾有隱君子乎！而其東則廬山，秦人盧敖之所從遁也[12]。西望穆陵[13]，隱然如城郭，師尚父、齊桓公之遺烈[14]，猶有存者。北俯濰水[15]，慨然太息[16]，思淮陰之功，而弔其不終[17]。台高而安，深而明，夏涼而冬溫。雨雪之朝，風月之夕，予未嘗不在，客未嘗不從。擷園疏[18]，取池魚，釀秫酒[19]，瀹脱粟而食之[20]，曰：樂哉遊乎！

方是時，予弟子由適在濟南[21]，聞而賦之，且名其台曰“超然”。以見予之無所往而不樂者，蓋遊於物之外也。

註釋

1 餔（bǔ）：食。啜（chuò）：飲。醨（lí）：薄酒。
2 蓋：遮蔽，掩蓋。
3 膠西：指山東膠河以西地區。這裏指密州，因密州在漢代為膠西郡。
4 蔽：遮蔽，此為居住義。采椽（chuán）：用柞木作椽子。采，也作“棌”，柞木。
5 適桑麻之野：密州屬古代魯地，以產桑麻著稱。適，到。
6 比：連續，接連。登：豐收。
7 齋廚：本為寺廟的廚房，這裏指官署的廚房。
8 安丘、高密：二縣名，都屬於當時的密州。
9 完：完身，即保全自身。
10 葺（qì）：修補，修繕。
11 馬耳、常山：二山名，均在山東諸城縣南。
12 盧敖：秦朝博士。為秦始皇求仙藥不得，後來隱居於廬山。
13 穆陵：關名。故址在今山東臨朐東南大峴山上。春秋時為齊國南境，山谷峻狹，稱為齊南天險。
14 師尚父：即呂尚，又叫姜太公。遺烈：前人遺留下的業績。
15 濰水：即濰河，在山東東部。
16 太息：歎息。
17 弔：這裏為憐憫、歎息之意。
18 擷（xié）：採摘。疏：通“蔬”，蔬菜。
19 秫（shú）酒：高粱酒。秫，高粱。
20 瀹(yuè)：煮。脱粟：僅脱去稃殼的糙米。
21 子由：蘇轍，字子由，蘇軾之弟。當時在齊州（今濟南）做官。

【鑒賞】

宋神宗任用王安石實行熙寧變法，蘇軾因不滿新法的某些做法而受到排擠，於是在熙寧四年他自請外調，出任杭州通判。熙寧七年又移知密州。熙寧八年蘇軾於密州修葺超然台，本文即作於此時。文章記敘了他到密州後的生活情況，反映了他淡泊自適、超然物外的思想和生活態度。

文章開頭一段，由凡物皆可觀而點出"吾安往而不樂"的觀點，此段雖未出現所記之台，但卻點出了台名"超然"的題旨，起到了正面闡發超然則樂的道理的作用。"樂"成為貫穿全文的情感基調。

第二段，作者從議論禍福與悲喜的角度出發，指出人們都想求福辭禍是因為"福可喜而禍可悲"，但主觀願望不一定會得到客觀實現，有時會出現求福禍至的情況，究其原因是"人之所欲無窮，而物之可以足吾慾者有盡"。而對這種情況，那些未能達觀對待的人便會陷入煩惱，他們做不到超然，於是只有"美惡橫生，而憂樂出焉"。這段議論體現了超然而樂的重要，不超然則哀的危害。

下文緊接着轉入敘事，寫自己在外物世界的折磨下，如何做到超然物外，放達其情。文章以鋪排對比的手法，寫出了密州的偏僻、荒涼與貧窮，然而在這樣的惡劣條件下，作者卻能始終以苦為樂，擺脱煩惱，以一種超然自適的心態看待環境，並且還一直堅持為民做善事。他在與朋友登臨山水，遊賞歷史故地的過程中，雖然也會有些淒苦痛楚，但這種痛苦馬上便被歡樂所代替，進入"樂哉遊乎"的逍遙境界。

在文章最後一段，作者寫子由為此台命名之事。再次點明"超然"二字，回應了開頭。

文章結構精密，從發揮人生哲理的議論開端，進而寫修此台的背景與經過，然後再寫登台之樂，最後歸結點題，由理入事，由事及景，使文章內容逐層遞進，手法虛實相生，自然而巧妙。文章敘事、議論、描寫交錯使用，情、景、事、理相交融，從而增強了表達效果，而流暢的文勢、清新的語言，也體現出蘇文行雲流水、淡雅素樸的特點。

放鶴亭記

熙寧十年秋，彭城大水。雲龍山人張君[1]之草堂，水及其半扉。明年春，水落，遷於故居之東，東山之麓。升高而望，得異境焉，作亭於其上。彭城之山，岡嶺四合，隱然如大環，獨缺其西十二[2]，而山人之亭適當其缺。春夏之交，草木際天，秋冬雪月，千里一色。風雨晦明之間，俯仰百變。山人有二鶴，甚馴而善飛。旦則望西山之缺而放焉，縱其所如，或立於陂田，或翔於雲表，暮則傃[3]東山而歸。故名之曰“放鶴亭”。

郡守蘇軾，時從賓客僚吏往見山人，飲酒於斯亭而樂之，挹[4]山人而告之，曰：“子知隱居之樂乎？雖南面之君，未可與易也。《易》曰：‘鳴鶴在陰，其子和之[5]。’《詩》曰：‘鶴鳴於九皐，聲聞於天[6]。’蓋其為物，清遠閒放，超然於塵垢之外。故《易》、《詩》人以比賢人君子隱德之士，狎而玩之，宜若有益而無損者，然衛懿公好鶴則亡其國[7]。周公作《酒誥》[8]，衛武公作《抑戒》[9]，以為荒惑敗亂無若酒者，而劉伶、阮籍[10]之徒，以此全其真而名後世。嗟夫！南面之君，雖清遠閒放如鶴者猶不得好，好之則亡其國。而山林遁世之士，雖荒惑敗亂如酒者猶不能為害，而況於鶴乎？由此觀之，其為樂未可以同日而語也。”

山人欣然而笑曰：“有是哉！”乃作《放鶴》、《招鶴》之歌曰：“鶴飛去兮，西山之缺。高翔而下覽兮，擇所適。翻然斂翼，宛將集兮，忽何所見，矯然而復擊。獨終日於澗谷之間兮，啄蒼苔而履白石。”“鶴歸來兮，東山之陰。其下有人兮，黃冠草屨，葛衣而鼓琴。躬耕而食兮，其餘以汝飽。歸來歸來兮，西山不可以久留。”

元豐元年十一月初八日記。

註釋

1 張君：張師厚，字天驥，號雲龍山人。蘇軾有《跋張希甫墓誌後》，敍述其家庭情事。

2 十二：指山如大圓環而缺其西部的十分之二。

3 傃（sù）：朝着。

4 挹（yì）：酌。指向張天驥斟酒。

5 “鳴鶴”二句：語出《周易・中孚・九二》。

6 “鶴鳴”二句：語出《詩經・小雅・鶴鳴》。

7 “衛懿公好鶴”句：《左傳》閔公二年載：“冬十二月，狄人伐衛，衛懿公好鶴，鶴有乘軒者。將戰，國人受甲者皆曰：‘使鶴，鶴實有祿位，余焉能戰？’……及狄人，戰於熒澤，衛師敗績，遂滅衛。”

8《酒誥》：《尚書》篇名。《尚書・康誥》序：“成王既伐管叔、蔡叔，以殷餘民，封康叔，作《康誥》、《酒誥》、《梓材》。”《酒誥》孔安國傳：“康叔監殷民，殷民化紂嗜酒，故以戒酒誥。”

9《抑戒》：指《抑》，《詩經・大雅》篇名。《毛詩序》："《抑》，衛武公刺厲王，亦以自警也。"其第三章云："顛復厥德，荒湛於酒。"

10 劉伶、阮籍：《晉書・劉伶傳》："（劉伶）初不以家產有無介意。常乘鹿車，攜一壺酒，使人荷鍤而隨之，謂曰：'死便埋我。'其遺形骸如此。"《晉書・阮籍傳》："（阮籍）本有濟世志，屬魏晉之際，天下多故，名士少有全者，籍由是不與世事，遂酣飲為常。文帝初欲為明帝求婚於籍，籍醉六十日，不得言而止。"

【鑒賞】

本文作於宋神宗元豐元年（1078），當時蘇軾知徐州，與雲龍山人張天驥關係十分密切。雲龍山人隱居山林之中，過着悠閒的生活，他築放鶴亭以怡心志，在亭子落成之際，蘇軾寫下了這篇文章。

文章雖為記亭之文，卻寫得不落窠臼，蘇軾沒有把大篇幅放在寫亭子上，而是在開頭一段簡單介紹亭子的位置，及周圍的優美風景，並把山人放鶴時的情景寫得充滿了詩情畫意，二鶴之神態躍然紙上，同時也點明了亭子取名的原因。

在第二部分，作者以《易》、《詩》中的句子證明鶴是賢人君子、有德之士的象徵，從而藉二鶴"超然於塵垢"對張天驥的隱居生活進行讚美。接下來作者以南面之君與隱居之士作比較，隱居者以放鶴之事陶冶心境，其樂無窮；衛懿公愛好養鶴，竟亡了國。此二者愛好相同，而結局截然不同，從而得出"其為樂未可以同日而語也"的深刻結論。

在第三部分，作者藉山人作《放鶴》、《招鶴》之歌，以楚辭的形式，把隱居山林中的怡然之樂、高雅之境表現了出來。從中也可以看出蘇軾在藉他人之酒杯，澆自己心中之塊壘，既讚揚了山人出世隱居的自然之樂，同時也寄託了自己對官場的厭惡，有心隱居的感慨。

蘇軾此文結構清晰，首段寫亭與鶴，中段藉隱居與南面之君對比，襯托出隱居之樂，而末段作《放鶴》、《招鶴》二歌，寄託了自己的無限感慨，這樣由景生情，由情生理，整個文章就此連貫而成。

在表達方式上，文章將寫景、抒情、議論緊密地結合在一起。在語言的運用上，駢散結合的語言風格使文章在淡雅的氣息中吹入了一絲濃豔之風，二者兼具中和之美，使文章引人入勝。作者在句子的運用中，往往採用兩兩成對、交替行文的方式，如鶴與酒、隱士與南面之君、賓客與亭主、放鶴與招鶴，這樣使文章內容豐富，相映成趣而又主旨鮮明。

石鐘山記

《水經》云[1]："彭蠡之口有石鐘山焉[2]。" 酈元以為下臨深潭[3]，微風鼓浪，水石相搏[4]，聲如洪鐘。是說也，人常疑之。今以鐘磬置水中[5]，雖大風浪不能鳴也，而況石乎！至唐李渤始訪其遺蹤[6]，得雙石於潭上，扣而聆之，南聲函胡[7]，北音清越[8]，桴止響騰[9]，餘韻徐歇，自以為得之矣。然是說也，余尤疑之。石之鏗然有聲者，所在皆是也，而此獨以鐘名，何哉？

元豐七年六月丁丑[10]，余自齊安舟行適臨汝[11]，而長子邁將赴饒之德興尉[12]，送之至湖口[13]，因得觀所謂石鐘者。寺僧使小童持斧，於亂石間擇其一二扣之，硿硿焉[14]，余固笑而不信也。至莫夜月明，獨與邁乘小舟至絕壁下。大石側立千尺，如猛獸奇鬼，森然欲搏人[15]；而山上棲鶻[16]，聞人聲亦驚起，磔磔雲霄間[17]；又有若老人欬且笑於山谷中者[18]，或曰此鸛鶴也[19]。余方心動欲還，而大聲發於水上，噌吰如鐘鼓不絕[20]。舟人大恐。徐而察之，則山下皆石穴罅[21]，不知其淺深，微波入焉，涵澹澎湃而為此也[22]。舟回至兩山間[23]，將入港口，有大石當中流，可坐百人，空中而多竅[24]，與風水相吞吐，有窾坎鏜鞳之聲[25]，與向之噌吰者相應，如樂作焉。因笑謂邁曰："汝識之乎？噌吰者，周景王之無射也[26]；窾坎鏜鞳者，魏莊子之歌鐘也[27]。古之人不余欺也"！

事不目見耳聞而臆斷其有無[28]，可乎？酈元之所見聞殆與余同[29]，而言之不詳；士大夫終不肯以小舟夜泊絕壁之下，故莫能知；而漁工水師雖知而不能言。此世所以不傳也。而陋者乃以斧斤考擊而求之[30]，自以為得其實。余是以記之，蓋歎酈元之簡，而笑李渤之陋也。

註釋

1《水經》：是中國古代一部專記江河源流的地理著作。相傳為漢代桑欽或晉代郭璞所著。後經清代學者考訂，作者大約是三國時人，姓名已不可考。

2 彭蠡（lǐ）：湖名，即鄱陽湖。

3 酈元：即酈道元，北魏範陽（今河北涿縣）人，著有《水經註》四十卷，是一部地理名著，但有很高的文學價值。

4 搏：撞擊。

5 磬：古代一種石製或玉製的打擊樂器。

6 李渤：唐朝洛陽人，憲宗時為江州（治所在今江西九江）刺史。曾寫過《辨石鐘山記》。

7 函胡：同"含糊"，模糊不清。

8 清越：清脆而高亢。

9 桴（fú）：鼓槌。騰：迴盪，傳播。

10 元豐七年：公元 1084 年。元豐，宋神宗年號。六月丁丑：即農曆六月九日。丁丑，干支紀日。

11 齊安：即黃州，治所在今湖北黃岡縣。臨汝：即汝州，治所在今河南臨汝縣。當時蘇軾由黃州團練副使調任知汝州。
12 邁：蘇軾長子蘇邁。饒：饒州，治所在今江西鄱陽縣。
13 湖口：縣名，今江西湖口縣。石鐘山就在這裏。
14 硿硿（kōng）：斧擊石頭發出的響聲。
15 森然：陰森恐怖的樣子。
16 鶻（gǔ）：一種像鷹的猛禽。
17 磔磔（zhé）：鶻的鳴叫聲。
18 欬：同"咳"。
19 鸛（guàn）鶴：一種水鳥，形似鶴而頂不紅。
20 噌吰（zēng h1ng）：擬聲詞，形容沉重而響亮的鐘聲。
21 石穴罅（xià）：石頭間的空隙。罅：裂縫。
22 涵澹：形容水波激蕩的樣子。
23 兩山：石鐘山有南北兩座山，南面的稱上鐘山，北面的稱下鐘山。
24 空中：即中空。竅：窟窿。
25 窾坎（kuǎn kǎn）：擊物聲。鏜鞳（tāng tà）：鐘鼓聲。
26 周景王之無射（yì）：周景王，東周國君，公元前 544 年至公元前 520 年在位。據《國語》記載，周景王二十四年，鑄成無射鐘。
27 魏莊子之歌鐘：《左傳》襄公十一年及《國語・晉語》載，鄭人送給晉侯歌鐘二套（每套十六枚），女樂十六人。晉侯將一半賜給晉大夫魏絳。歌鐘，即編鐘，樂器。魏絳謚號莊子。
28 臆：根據主觀想像、猜測來作判斷。
29 殆（dài）：大概，大體上。
30 考：通"拷"，敲擊。

【鑒賞】

本文寫於宋神宗元豐七年（1084）陰曆六月。當年正月，蘇軾由黃州團練副使移官汝州團練副使，其長子蘇邁將赴任德興尉，於是蘇軾從水路繞道江西，送蘇邁到湖口。六月，二人到達湖口，夜遊石鐘山考察其得名的真正原因後，蘇軾寫下了這篇帶有科學考察性質的遊記。

文章通過對石鐘山命名的懷疑，以及作者夜遊石鐘山探得其命名真相經過的記敘，說明了事須耳聞目見才可斷其有無的道理，表現了作者注重調查研究的探索求實精神。

全文大致可分為三段。第一段對前人的言論產生疑問，由前人的兩種錯誤說法（酈元說與李渤說）引出下文。第二段寫作者親自遊覽湖口，探訪石鐘山的經過，從聲音與山水的關係中發現了秘密，"空中而多竅，與風水相吞吐"，這樣便找到了石鐘山得名的真正原因。第三段作者從親自解開石鐘山得名疑慮中生發感想，即"事不目見耳聞而臆斷其有無"是錯誤的，人們必須注重實踐，親自調查，切不可憑主觀想像去判斷事物，這樣文章便由單純記事上升到了一定的哲理高度。

文章層次清晰，結構嚴謹，中心突出。第一段的論述為第二段親自夜遊石鐘山打下基礎，而第二段作者找到石鐘山命名的原因又為第三段生發議論作好準備，這樣從設疑到解疑，從自己解疑到分析別人為甚麼會產生似是而非的結論，層層深入，步步推進，從而達到深化主題的目的。記敘與議論、描寫與抒情的結合，使文章生動且充滿情趣，又有理性為依託。

在描寫中，作者善用比喻、誇張等修辭手法，使所見之物、所記之事特別真實生動，夜遊石鐘山，見常人所未見，聞常人所未聞，繪形繪聲，讓讀者彷彿身臨其境，見其搏人之形，聞其磔磔之聲。另外，對石洞、石縫的描寫，對中流大石的描寫，對水流的形容，簡潔明白，生動傳神，語言綺麗而又自然。

賈誼論

非才之難，所以自用者實難。惜乎！賈生王者之佐，而不能自用其才也。

夫君子之所取者遠，則必有所待；所就者大，則必有所忍。古之賢人，皆負可致之才[1]，而卒不能行其萬一者，未必皆其時君之罪，或者其自取也。

愚觀賈生之論，如其所言，雖三代何以遠過？得君如漢文，猶且以不用死。然則是天下無堯舜，終不可有所為耶？仲尼聖人，歷試於天下，苟非大無道之國，皆欲勉強扶持[2]，庶幾一日得行其道。將之荊，先之以冉有，申之以子夏[3]。君子之欲得其君，如此其勤也。孟子去齊，三宿而後出晝[4]，猶曰“王其庶幾召我”。君子之不忍棄其君，如此其厚也。公孫丑問曰[5]：“夫子何為不豫[6]？”孟子曰：“方今天下，捨我其誰哉？而吾何為不豫？”君子之愛其身，如此其至也。夫如此而不用，然後知天下之果不足與有為，而可以無憾矣。若賈生者，非漢文之不用生，生之不能用漢文也。

夫絳侯親握天子璽而授之文帝[7]，灌嬰連兵數十萬以決劉呂之雌雄[8]。又皆高帝之舊將。此其君臣相得之分，豈特父子骨肉手足哉[9]？賈生，洛陽之少年，欲使其一朝之間，盡棄其舊而謀其新[10]，亦已難矣。為賈生者，上得其君，下得其大臣，如絳、灌之屬，優遊浸漬而深交之[11]，使天子不疑，大臣不忌，然後舉天下而唯吾之所欲為，不過十年，可以得志。安有立談之間，而遽為人痛哭哉[12]？觀其過湘，為賦以弔屈原[13]，縈紆鬱悶[14]，趯然有遠舉之志[15]。其後卒以自傷哭泣，至於夭絕[16]。是亦不善處窮者也。夫謀之一不見用，則安知終不復用也？不知默默以待其變，而自殘至此。嗚呼！賈生志大而量小，才有餘而識不足也。

古之人有高世之才，必有遺俗之累。是故非聰明睿哲不惑之主，則不能全其用。古今稱苻堅得王猛於草茅之中，一朝盡斥去其舊臣，而與之謀[17]。彼其匹夫略有天下之半[18]，其以此哉！愚深悲賈生之志，故備論之[19]。亦使人君得如賈生之臣，則知其有狷介之操[20]，一不見用，則憂傷病沮[21]，不能復振。而為賈生者，亦謹其所發哉[22]！

註釋

1 致：成就功業。
2 勉強：盡力去做。
3 "將之荊"三句：語出《禮記·檀公上》，原文是"將之荊，蓋先之以子夏，又申之以冉有。"引文與原文有出入。荊，楚國。子夏、冉有，都是孔子的學生。
4 三宿而後出晝：事見《孟子·公孫丑下》。孟子在齊為客卿，政治主張不被齊王採納，便辭官而去，但在晝有意停留了三天，想讓齊王重新招他回去。晝，齊地名，在今山東淄博臨淄縣西北。
5 公孫丑問曰：據今本《孟子·公孫丑下》，問話的人是孟子弟子充虞。引文與原文有出入。
6 豫：高興，快樂的樣子。
7 絳侯：西漢初年大臣周勃。秦末跟隨劉邦起義，封絳侯，後平諸呂作亂，迎立文帝。文帝回京城路過渭橋時，周勃向他跪獻天子璽。故此言"絳侯親握天子璽"。
8 灌嬰：西漢初年大臣。與劉邦出生入死，轉戰全國，封潁陰侯。後與周勃共謀，與齊哀王聯合，平定諸呂作亂。故此言"灌嬰連兵"。
9 特：只。
10 盡棄其舊而謀其新：賈誼為太中大夫和梁懷王太傅時，曾向文帝提出"改正朔，易服色，法制度，定官名，興禮樂"等一系列治國、禦外方面的建議。
11 優遊：從容不迫的樣子。浸漬（zì）：逐漸滲透。
12 遽為人痛哭哉：指賈誼在《治安策》的序中說："臣竊惟事勢，可為痛哭者一，可為流涕者二，可為長太息者六。"作者在此批評賈誼操之過速。遽（jù），快速，驟然。
13 弔屈原：賈誼因被朝中大臣排擠，貶為長沙王太傅，路過湘水，作《弔屈原賦》。
14 縈（yíng）紆：曲折纏繞。這裏指賦中反映出的委婉而複雜的感情。
15 趯（tì）然：形容心潮澎湃的樣子。遠舉：原指高飛，此為退隱。
16 夭絕：賈誼死時才三十三歲。夭，短命而亡。
17 苻堅：十六國時苻堅殺掉前秦國主苻生，自立為前秦皇帝。王猛：字景略，年輕時販賣畚箕，隱居華山，後受苻堅徵召，二人一見如故，王猛很快便被提升，權傾內外，遭到舊臣仇騰、席寶反對，苻堅大怒，貶黜二人，於是上下皆服。草茅：比喻草野、民間。
18 略：佔領，攻取。
19 備：詳細。
20 狷（juàn）介：潔身自好。
21 病沮：困頓灰心。沮，灰心失望。
22 所發：所作所為，引申為處世。

【鑒賞】

本文是一篇頗有新意的政論文。賈誼是漢文帝時一位很有才華的青年文人。綜觀其一生，命運多艱，才高而不被重用，最後在悲傷抑鬱中結束了自己年輕的生命。後人多對賈誼才高而遭棄的不幸遭遇深表同情，蘇軾此文卻一反常人之見解，提出賈誼不為所用是其"不能自用其才"的結果。

文章開頭劈空一語，“非才之難，所以自用者實難”，開門見山地將話題引入，並隨之歸結到賈誼身上，指出賈誼雖為飽學之士，卻不善於表露自己的才能，更不瞭解自己，也就是做不到“不患人之不己知，患其不能也”。

第二段，作者提出“古之賢人，皆負可致之才，而卒不能行其萬一者，未必皆其時君之罪，或者自取也”的論斷，這是對上文的一種補充說明。

第三段，作者以賈誼言論為切入點，對賈誼不會使用自己之才，而鬱結於時代的言論進行了批評；並且在下文以孔子、孟子在春秋戰國混亂的時代猶且不辭勞苦地周遊列國，宣傳自己的主張，以求得到施展才華的機會為例子，證明“非漢文之不用生，生之不能用漢文也”。為臣應該像孔孟那樣“君子之欲得其君，如此其勤也”。

第四段，作者是從君臣、上下級關係入手，認為漢文帝疏遠賈誼、灌嬰等人，反對賈誼政治主張，是因為他不能“上得其君，下得其大臣”，這樣當然不能“使天子不疑，大臣不忌”，也不可能在短時間內讓皇帝重用自己。“賈生志大而量小，才有餘而識不足也。”這也是賈誼悲劇命運的性格原因。

最後一段，以“高世之才，必有遺俗之累”的觀點，對賈誼在批評的同時，又投以一定的同情。作者從君與臣兩方面，提出君應知臣之狷介個性，而臣應該“亦謹其所發”，這樣才不至於使英雄失勢，國君無賢臣相助。

本文論點鮮明，論證過程條理清晰，語言幹練、簡潔，極有氣勢與說服力，充分體現出蘇文汪洋恣肆、行雲流水的特點，是一篇具有深刻社會意義的論辯文。

方山子傳

方山子[1]，光、黃間隱人也[2]。少時慕朱家、郭解為人[3]，閭里之俠皆宗之[4]。稍壯，折節讀書[5]，欲以此馳騁當世，然終不遇。晚乃遁於光、黃間，曰岐亭[6]。庵居蔬食[7]，不與世相聞。棄車馬，毀冠服，徒步往來山中，人莫識也。見其所着帽，方聳而高，曰：“此豈古方山冠之遺像乎[8]？”因謂之方山子。

余謫居於黃，過岐亭，適見焉。曰：“嗚呼！此吾故人陳慥季常也，何為而在此？”方山子亦矍然[9]問余所以至此者，余告之故。

俯而不答，仰而笑，呼余宿其家。環堵蕭然[10]，而妻子奴婢皆有自得之意。余既聳然異之[11]。

獨念方山子少時，使酒好劍[12]，用財如糞土。前十九年，余在岐山，見方山子從兩騎，挾二矢，遊西山。鵲起於前，使騎逐而射之，不獲；方山子怒馬獨出[13]，一發得之。因與余馬上論用兵及古今成敗，自謂一時豪士。今幾日耳，精悍之色猶見於眉間，而豈山中之人哉？

然方山子世有勳閥[14]，當得官。使從事於其間，今已顯聞。而其家在洛陽，園宅壯麗與公侯等；河北有田，歲得帛千匹，亦足以富樂。皆棄不取，獨來窮山中，此豈無得而然哉？余聞光、黃間多異人，往往陽狂垢污，不可得而見，方山子儻見之與[15]？

註釋

1 方山子：姓陳名慥（zào），字季常。太常少卿陳希亮之子，生卒年不詳。
2 光：光州。黃：黃州。
3 朱家、郭解：都是西漢時著名的俠客。
4 閭里：鄉間。宗：尊崇。
5 折節：改變平日的志向和行為。
6 岐亭：岐亭鎮，在今湖北麻城西南。
7 庵：小草屋。
8 方山冠：漢代樂師戴的帽子，用彩色的絲織品製成。唐、宋隱士常戴這種帽子。
9 矍（jué）然：驚惶四顧的樣子。
10 堵：牆壁。蕭然：清靜冷落的樣子。
11 聳然：吃驚的樣子。
12 使：縱，此為縱飲之義。
13 怒：振奮。
14 勳閥：功勞。
15 儻：同“倘”，意外，偶然。

【鑒賞】

本文寫於宋神宗元豐三年，當時蘇軾被貶黃州，後與陳慥相遇於岐亭，二人流連詩酒，互相酬和。隨後蘇軾為陳慥作傳，因陳慥歸隱後被時人稱為方山子，因而篇名題為《方山子傳》。

文章有別於一般傳記，是為方山子生前作傳，通篇只敘寫遊俠隱淪，而不涉及世系以及生平行事。文章讚揚了方山子能棄殷富之境來任俠隱居的豪情，表現了他糞土王侯的精神。然而全篇文眼在“欲以此馳騁當世，然終不遇”兩句，點染出方山子隱淪的真正原因及其異於常人之處。

文章緊密圍繞文眼寫方山子被迫歸隱，所舉事例都為遊俠行徑，以種種不當隱而隱之事驗證其並非因仕宦無成或窮困而隱，點出他異於尋常隱士之處。

作者先以順敍筆法敍寫其生活道路，從少時、稍壯及晚年的經歷可見出方山子的豪俠氣概。接着文章引入作者，交代自己貶官黃州偶遇方山子，刻畫了自己的驚怪之態和方山子矍然神情，既疑方山子何以居岐亭，也暗寓自己本不應謫之意。因自己“聳然異之”轉入追敍方山子少時使酒、好劍、輕財的壯舉，補寫出其向非隱人本色，其終生之志為“馳騁當世”，究其歸隱原因只有“終不遇”。而方山子能有得而為、安貧樂道，實有異人之處。

文章妙在雖寫方山子，也是東坡悲慨自己身世，“正欲馳騁當世，竟謫黃州”的不為所用之苦。林紓評説：“宋時小人好摭人短，東坡不敢發真牢騷，故藉方山子以抒其意。”可見此文確實是傷友悲己、感慨良深之作。

從藝術手法看，文章於敍事中採用順敍、追敍手法，使人物形象豐滿完整，活畫出豪俠放浪失意之態。而且於敍述中又雜以議論，打破了一般傳記前半述生平，後半論讚的格局，於字裏行間見出作者的同情與悲慨。本文語言生動形象、簡潔暢達，使方山子豪縱任俠、安貧樂道之態躍然紙上。

前赤壁賦

壬戌之秋，七月既望，蘇子與客泛舟遊於赤壁之下。清風徐來，水波不興。舉酒屬客，誦明月之詩，歌窈窕之章[1]。少焉，月出於東山之上，徘徊於斗牛之間[2]。白露橫江，水光接天。縱一葦[3]之所如，淩萬頃之茫然，浩浩乎如馮虛御風[4]而不知其所止，飄飄乎如遺世獨立，羽化而登仙。

於是飲酒樂甚，扣舷而歌之。歌曰：“桂棹兮蘭槳，擊空明兮溯流光[5]。渺渺兮予懷，望美人兮天一方[6]。”客有吹洞簫者[7]，倚歌而和之。其聲嗚嗚然，如怨如慕，如泣如訴。餘音裊裊，不絕如縷，舞幽壑之潛蛟，泣孤舟之嫠婦[8]。

蘇子愀然，正襟危坐而問客曰：“何為其然也？”

客曰：“‘月明星稀，烏鵲南飛’[9]，此非曹孟德之詩乎？西望夏口[10]，東望武昌[11]，山川相繆，鬱乎蒼蒼，此非孟德之困於周郎者乎[12]？方其破荊州[13]，下江陵[14]，順流而東也，舳艫[15]千里，旌旗蔽空，釃酒臨江，橫槊賦詩[16]，固一世之雄也，而今安在哉！況吾與子漁樵於江渚之上，侶魚蝦而友麋鹿，駕一葉之扁舟，舉匏樽以相屬，寄蜉蝣於天地，渺滄海之一粟。哀吾生之須臾，羨長江之無窮。挾飛仙以遨遊，抱明月而長終。知不可乎驟得，託遺響於悲風[17]。”

蘇子曰：“客亦知夫水與月乎？逝者如斯，而未嘗往也[18]；盈虛者如彼，而卒莫消長也[19]。蓋將自其變者而觀之，則天地曾不能以一瞬；自其不變者而觀之，則物與我皆無盡也[20]，而又何羨乎？且夫天地之間，物各有主，茍非吾之所有，雖一毫而莫取。惟江上之清風，與山間之明月，耳得之而為聲，目遇之而成色，取之無禁，用之不竭，是造物者之無盡藏也，而吾與子之所共適[21]。”

客喜而笑，洗盞更酌。餚核既盡，杯盤狼藉。相與枕藉乎舟中，不知東方之既白。

註釋

1 明月之詩：指《詩經・陳風・月出》一篇。窈窕之章，即指該詩第一章：“月出皎兮，佼人僚兮。舒窈糾兮，勞心悄兮。”“窈糾”與“窈窕”音義相近，故稱之為窈窕之章。

2 斗牛之間：斗、牛，指天上的斗宿與牛宿。古代以星辰配地上的方位，斗牛之間下合吳越分野；吳越分野在黃州之東，故實指東方的天際。

3 一葦：比喻小船。語出《詩經・衛風・河廣》：“誰謂河廣，一葦杭之。”

4 馮虛御風：馮同“憑”，意謂凌空駕風而行。

5“擊空明”句：意謂船槳拍着清澈江波，在月光照耀下的水面逆流上行。空明、流光是互文，狀水也狀月；溯，逆流而上。

6“渺渺兮”二句：化用《楚辭・九歌・湘夫人》“目眇眇兮愁予”及《九章・思美人》題意，抒發貶謫黃州思君而不見的情懷。美人，古人常用以象徵君王或良友。

7 洞簫：即簫。簫管上下相通，下端沒底，故稱洞簫。

8“舞幽壑”二句：形容洞簫聲音悲慘悽切，使潛伏於深壑中的蛟龍起舞，孤舟中的寡婦啜泣。嫠（lí）婦：寡婦。

9“月明”二句：曹操《短歌行》中的詩句。

10 夏口：今湖北武漢市漢口。

11 武昌：今湖北鄂城。

12“此非”句：指漢末建安十三年（208）曹操被周瑜擊敗於赤壁。

13 荊州：漢代荊州包括湖北、湖南及河南南部部分土地。

14 江陵：今屬湖北，數度為荊州首府。

15 舳艫（zhú lú）：指長方形的大船。

16 橫槊賦詩：形容氣概雄邁。語出唐元稹所作《杜甫墓誌銘》：“曹氏父子鞍馬間為文，往往橫槊賦詩。”槊，長矛一類的武器。

17“挾飛仙”四句：意思是登仙、與明月永在是辦不到的，所以只能將悲思通過簫聲訴之於秋風。

18“逝者如斯”二句：《論語・子罕》：“子在川上曰：‘逝者如斯夫，不舍晝夜。’”意為川水不分晝夜地這樣流逝而去。

19“盈虛者”二句：上文用“如斯”，是以舟邊的長江為比，是近處，故用“斯”；此句用月為比，在遠處，故用“彼”。盈虛，指月的圓缺。意思是月亮忽圓忽缺，但始終沒有消亡或增大。

20“蓋將”四句：意思是如果從變動這個角度看，天地萬物每一瞬間都在變；從不變這個角度看，宇宙與人類都是長存的。

21 共適：今存蘇軾手寫《赤壁賦》，“共適”作“共食”，食是享用的意思。兩字均通。

【鑒賞】

蘇軾因“烏台詩案”被貶為黃州團練副使。元豐五年七月他與友人遊覽了赤鼻磯，並寫下這篇著名的賦。當時蘇軾因文字下獄被貶，內心鬱積了不為時用的悲慨。所以這篇賦是排遣內心苦悶，聊以自慰的作品。

作者通過夜遊赤壁，抒發了對江山風月歷史人物的無限感慨，又以主客問答的形式，延及對宇宙人生哲理的探討，表現出縱情山水，寄意風月的老莊思想，流露出濃郁的苦悶不平情緒，同時也不乏樂觀曠放、不以得失為懷的灑脱態度。

文章以泛舟夜遊赤壁為線索，緊密圍繞作者思想感情的起伏變化而逐次展開，首段描繪了清風、明月、白露、水光所交織的江上美景，在這詩情畫意的境界中與友人縱舟飲酒賦詩，於是產生了飛升仙境的超然之感。此時友人簫聲的悽切哀鳴引起了人生無常的感受，氣氛陡然由壯懷逸興轉而為觸景生情的感念歎息，情緒由喜及悲，大有惆悵失意之慨。針對客人即景懷古抒發天地永恆而人生短暫的感歎，主人以變與不變，物我無盡的曠達言辭消釋哀愁，氣氛由悲轉喜，以大家重振精神盡情歡樂結束全文。

文中主客問答的長篇對話是蘇軾內心世界的獨白，以客代主，借客抒慨，極為巧妙，代表了作者思想的兩個方面。這表現在全篇思想感情從樂到悲，又由悲轉喜的過程中，反映了作者思想矛盾衝突，即以樂觀取代悲觀，以積極戰勝消極。本文一方面適當運用賦體傳統表現手法，如設為主客問答、抑客伸主，以及楚辭體句式，同時又擺脱了大賦板滯的形式和齊梁駢儷的文風，大量使用散句，使文章內容和形式達到了完美融合。

作者將敍事、寫景、議論、抒情有機地結合起來，描寫景物生動形象，由景生情，從景生發議論，大段的説理由於融於水、月、風等大自然具體形象之中，並不顯枯燥乏味，構成了統一完美的藝術境界和藝術形象，曲折地傳達出作者複雜的思想感情。賦中令人神往的境界使全篇洋溢着濃厚的浪漫色彩。

後赤壁賦

是歲十月之望[1]，步自雪堂[2]，將歸於臨皐[3]。二客從予過黃泥之阪[4]。霜露既降，木葉盡脱，人影在地，仰見明月，顧而樂之，行歌相答[5]。已而歎曰：“有客無酒，有酒無餚，月白風清，如此良夜何？”客曰：“今者薄暮，舉網得魚，巨口細鱗，狀似松江之鱸[6]。顧安所得酒乎[7]？”歸而謀諸婦。婦曰：“我有斗酒，藏之久矣，以待子不時之需。”

於是攜酒與魚，復遊於赤壁之下。江流有聲，斷岸千尺[8]，山高月小，水落石出。曾日月之幾何，而江山不可復識矣！

予乃攝衣而上[9]，履巉岩[10]，披蒙茸[11]，踞虎豹[12]，登虯龍[13]，攀棲鶻之危巢[14]，俯馮夷之幽宮[15]。蓋二客不能從焉。划然長嘯[16]，草木震動，山鳴谷應，風起水湧。予亦悄然而悲，肅然而恐，凜乎其不可留也[17]。返而登舟，放乎中流，聽其所止而休焉。時夜將半，四顧寂寥。適有孤鶴[18]，横江東來，翅如車輪，玄裳縞衣[19]，戛然長鳴[20]，掠予舟而西也。

須臾客去，予亦就睡。夢一道士，羽衣蹁躚[21]，過臨皋之下，揖予而言曰：“赤壁之遊樂乎？”問其姓名，俯而不答。嗚呼噫嘻，我知之矣！“疇昔之夜[22]，飛鳴而過我者，非子也耶？”道士顧笑，予亦驚寤。開戶視之，不見其處。

註釋

1 是歲：指宋神宗元豐五年（1082）。
2 雪堂：蘇軾被貶黃州後，在東坡築室，四壁畫雪景，名曰雪堂。
3 臨皋：即臨皋亭，在黃岡縣南長江邊。
4 黃泥阪：在黃岡縣東，東坡附近的山坡。
5 行歌相答：邊走邊吟詩相唱和。
6 松江之鱸：松江縣（今屬上海市）以產四鰓鱸著名。
7 安所：甚麼地方。
8 斷岸千尺：江岸峭壁陡立，高達千尺。
9 攝衣：撩起衣服。
10 履巉（chán）岩：走上高而險的山崖。
11 披蒙茸：分開叢生的野草。
12 踞虎豹：踞坐在狀如虎豹的大石上。
13 虯（qiú）龍：形容彎曲、年久的樹木。
14 攀棲鶻之危巢：攀上鶻鳥巢居的崖壁。鶻，一稱隼，猛禽的一種。危，高。
15 馮（píng）夷：傳說中的水神，即河伯。幽宮：深宮遠地，此指水府。
16 划然：象聲詞。長嘯：撮口發出清越而悠長的聲音。
17 凜乎：恐懼的樣子。
18 適：正好，剛好。
19 玄裳縞衣：黑裙白衣。丹頂鶴（俗稱仙鶴）身上純白，羽尾黑色。
20 戛然：象聲詞。
21 羽衣：《漢書・郊祀志上》：“天子又刻玉印曰‘天道將軍’。使使衣羽衣，夜立白茅上；五利將軍亦衣羽衣，立白茅上受印，以視（示）不臣也。”顏師古註：“羽衣，以鳥羽為衣，取其神仙飛翔之意也。”按，五利將軍欒大為漢時方士，故後世稱道士為羽士，道服為羽衣。
22 疇昔之夜：昨夜。

【鑒賞】

宋神宗元豐五年十月十五，蘇軾再次遊歷赤鼻磯，並作此文以記之。與《前赤壁賦》的月下泛舟不同，這次遊歷是作者於明月之夜與友人散步，偶然遊興大發而再度泛舟，並且棄舟登山，“極夫遊之樂”。

開篇以散句形式交代遊歷起因，以“降”、“盡脱”再現出初冬微寒，萬物凋零之景，而這樣的景象配合以“月白風清”並無蕭瑟之感，反而使作者頓生遊樂之意，倍感清新曠遠，從中體現出樂觀曠放的思想和積極進取陶然自適的生活情趣。

全段沒有華麗的辭藻，不講究對仗的精工，只以自然明暢的白描手法、簡約淡雅的語言便可見江景之美、遊歷之樂。如“江流有聲，斷岸千尺。山高月小，水落石出”可謂尺幅千里，水聲、山勢畢顯無餘，而一“月小”勾勒出曠遠意境，給讀者以無窮的想像餘地。而攝、履、披、踞、登、攀、俯等動詞的選煉，傳神入畫地描繪出作者在危崖峭壁中穿行而上、不懈進取的形象。

該文構思精巧，既以遊覽時空順序為明線，條分屢晰，層次清楚，又以作者情感發展變化為暗線，二者相輔相成，使文章既再現了江景之美，又可見作者由之引起的感觸，由初始的“顧而樂之，行歌相答”到“長嘯”，情緒由愉悦轉而為沉重、肅然，最後在夜半沉寂中因夢遇道士化鶴，感情轉為超然灑脱，自然收束全文。

文中處處體現出蘇軾浪漫主義的風格，如寫“划然長嘯”竟會使“草木震動，山鳴谷應，風起水湧”，而道士能化為戛然長鳴的孤鶴，於神奇幻化中體現出作者無往而不適、孤高傲世、曠放自得的哲理思索，從文意看正與《前赤壁賦》“羽化而登仙”的境界相印證，兩賦自然融合，互為發揮，誠如金聖歎評：“前賦是特地發明胸前一段真實瞭悟，後賦是承上文從現身現境一一指示此一段真實瞭悟。兩賦自以其思想以及藝術表現的高妙而一洗萬古，無懈可擊。”

潮州韓文公廟碑

匹夫而為百世師，一言而為天下法，是皆有以參天地之化[1]，關盛衰之運。其生也有自來，其逝也有所為。故申、呂自嶽降[2]，傅説為列星[3]，古今所傳，不可誣也。孟子曰：“我善養吾浩然之氣[4]。”是氣也，寓於尋常之中，而塞乎天地之間。卒然遇之，則王公失其貴，晉、楚失其富，良、平失其智，賁、育失其勇，儀、秦失其辯。是孰使之然哉？其必有不依形而立，不恃力而行，不待生而存，不隨死而亡者矣！故在天為星辰，在地為河嶽，幽則為鬼神，而明則復為人。此理之常，無足怪者。

自東漢以來，道喪文弊，異端並起。歷唐貞觀、開元之盛[5]，輔以房、杜、姚、宋而不能救[6]。獨韓文公起布衣，談笑而麾之，天下靡然從公[7]，復歸於正。蓋三百年於此矣。文起八代之衰[8]，而道濟天下之溺[9]，忠犯人主之怒[10]，而勇奪三軍之帥[11]。此豈非參天地、關盛衰、浩然而獨存者乎？

蓋嘗論天人之辨，以謂人無所不至，惟天不容偽[12]。智可以欺王公，不可以欺豚魚；力可以得天下，不可以得匹夫匹婦之心。故公之精誠，能開衡山之雲[13]，而不能回憲宗之惑；能馴鱷魚之暴[14]，而不能弭皇甫鎛、李逢吉之謗[15]；能信於南海之民，廟食百世[16]，而不能使其身一日安於朝廷之上。蓋公之所能者，天也；其所不能者，人也。

始潮人未知學，公命進士趙德為之師，自是潮之士，皆篤於文行，延及齊民[17]，至於今，號稱易治。信乎孔子之言：“君子學道則愛人，小人學道則易使也[18]。”潮人之事公也，飲食必祭，水旱疾疫，凡有求必禱焉。而廟在刺史公堂之後，民以出入為艱。前守欲請諸朝作新廟，不果。元祐五年[19]，朝散郎王君滌來守是邦[20]，凡所以養士治民者，一以公為師，民既悅服，則出令曰：“願新公廟者聽。”民歡趨之，卜地於州城之南七里，期年而廟成。

或曰：“公去國萬里而謫於潮，不能一歲而歸，沒而有知，其不眷戀於潮也審矣！”軾曰：“不然。公之神在天下者，如水之在地中，無所往而不在也。而潮人獨信之深，思之至，焄蒿悽愴[21]，若或見之。譬如鑿井得泉，而曰水專在是，豈理也哉！”

元豐元年[22]，詔封公昌黎伯[23]，故榜曰：“昌黎伯韓文公之廟。”潮人請書其事於石，因作詩以遺之，使歌以祀公。其辭曰：

公昔騎龍白雲鄉[24]，手抉雲漢分天章[25]，天孫為織雲錦裳[26]。飄然乘風來帝旁，下與濁世掃秕糠[27]。西遊咸池略扶桑[28]，草木衣被昭回光。追逐李杜參翱翔，汗流籍湜走且僵[29]，滅沒倒影不可望。作書詆佛譏君王，要觀南海窺衡湘[30]，歷舜九嶷弔英皇[31]。祝融先驅海若藏[32]，約束蛟鱷如驅羊。鈞天無人帝悲傷[33]，謳吟下招遣巫陽[34]。犦牲雞卜羞我觴[35]，於粲荔丹與蕉黃[36]。公不少留我涕滂，翩然被髮下大荒[37]。

註釋

1 參天地之化：可以與天地化育萬物。《禮記・中庸》："可以贊天地之化育，則可以與天地參矣。" 宋朱熹註："與天地參，謂與天地並立為三矣。"

2 申、呂自嶽降：申、呂，指周宣王時伯夷的後代的申伯和呂侯（亦稱甫侯），都是周朝宰輔之臣。相傳他們降生時有山嶽降神之徵兆。《詩經・大雅・崧高》有言："崧高維嶽，駿極於天。維嶽降神，生甫及申。維申及甫，維周之翰。"

3 傅說（yuè）為列星：傅說，商王武丁的大臣。相傳他死後飛升上天，與群星並列。

4 我善養吾浩然之氣：見《孟子・公孫丑上》。浩然之氣，盛大剛直的正氣。

5 貞觀、開元：分別為唐太宗、唐玄宗時的年號，屬唐朝興盛的時期。

6 房：指房玄齡。杜：指杜如晦，與房玄齡共同輔佐唐太宗。姚：指姚崇。武則天、睿宗、玄宗時屢次出任宰相，對"開元盛世"起過重大作用。宋：指宋璟，繼姚崇任宰相。

7 麾（huī）：通"揮"，指揮，文中指率眾攻擊。靡然：傾倒的樣子。

8 八代：指東漢、魏、晉、宋、齊、梁、陳、隋八個朝代。從東漢起文壇上興起一股綺靡空洞的文風，韓愈提倡古文運動，從理論和實踐上糾正了這種弊病。

9 道濟天下之溺：指韓愈提倡儒家之道，反對佛老，扭轉了東漢以來"道喪"的局面。濟，拯救，救助。

10 忠犯人主之怒：指公元 819 年，唐憲宗派人到鳳翔迎佛骨於宮中，韓愈上《諫迎佛骨表》勸諫，觸怒了憲宗。因此貶斥潮州做刺史。

11 勇奪三軍之帥：特指韓愈奉詔宣撫鎮州叛亂一事。穆宗時，鎮州（治所在今河北正定）叛亂，殺節度使田弘正，另立王廷湊。朝廷派韓愈前去撫鎮，韓愈前往，只用一席話便平息了這場叛亂。穆宗大悦擢升韓愈為吏部侍郎。

12 偽：人為的事，與自然的相對。

13 能開衡山之雲：相傳韓愈經過衡山時，正值新雨，雲霧籠罩，他潛心默禱一番，天就放晴了。他曾作《謁衡山南嶽廟》詩記此事。

14 能馴鱷魚之暴：指韓愈到潮州後驅逐惡溪鱷魚一事，具有神話色彩。

15 皇甫鎛（bó）：唐憲宗時宰相，盤剝人民，搜刮財物，經常詆毀韓愈。李逢吉：憲宗時大臣，詭計多端，陷害忠良。弭（mǐ）：消除。

16 廟食：接受後世的立廟祭祀。

17 齊民：平民。

18 "君子學道則愛人"二句：見《論語・陽貨》。

19 元祐五年：公元 1090 年。元祐，宋哲宗年號。

20 朝散郎：文官名，從七品文官。王君滌：即王滌，人名，事蹟不詳。

21 焄（xūn）蒿悽愴：祭禮時引起淒涼悲傷的情感。焄，指祭物的香氣；蒿，香氣蒸發的樣子。

22 元豐元年：當為元豐七年，即公元 1084 年。元豐是宋神宗的年號。

23 昌黎伯：韓愈的遠祖籍所在地是昌黎（今屬河北），因而詔封為昌黎伯。

24 白雲鄉：古代，把神仙居住的仙鄉叫白雲鄉。

25 天章：指分佈在天空中的日月星辰等。

26 天孫：星名，指織女星。織女傳為天帝之孫。

27 秕糠：本指米的皮屑，此喻邪說異端。

28 西遊咸池略扶桑：咸池，神話當中太陽沐浴的地方。略，到。扶桑，神話中日沒的地方。

29 籍、湜（shí）：張籍和皇甫湜，唐代文學家，與韓愈同時。僵：仆倒。

30 要（yào）：要服。上古分天下為五服，要服是離王畿極遠的地方。

31 九嶷：指九嶷山，又名蒼梧，在今湖南寧遠縣南。相傳虞舜死後葬於此。英皇：即女英、娥皇，相傳是唐堯的兩個女兒，同時嫁給舜帝為妃。《史記・五帝本紀》載，舜"踐帝位三十九年，南巡守，崩於蒼梧之野，葬於江南九嶷"。娥皇、女英尋至南方，一起投湘水而死。

32 祝融：傳說中的火神。海若：海神。

33 鈞天：天的中央。

34 巫陽：神巫名。

35 犦牲：用犛牛作祭品。雞卜：古代占卜法之一。饈觴：祭祀時獻酒。饈，進獻祭品。

36 於（wū）粲：色澤鮮明的樣子。荔丹與蕉黃：紅色的荔枝與黃色的香蕉，文中泛指祭品。

37 翩然被髮下大荒：此化用韓愈詩句："翩然下大荒，被髮騎麒麟。" 祈望韓愈快快降臨人世享受祭品。被，通"披"；大荒，此指大地。

【鑒賞】

韓愈曾因諫迎佛骨而被貶為潮州刺史，因有德於民，潮州人建廟祭祀他。宋哲宗元祐七年，潮州知州王滌重修韓廟，並寄廟圖請蘇軾他撰寫此文。蘇軾對韓愈一生的道德、文章以及他在潮州的政績加以讚揚。

本文雖為碑誌，但作者未採取一般碑文的鋪敍寫法，而是從大處落筆，氣象非凡，而且全文不拘於歷史事實，帶着濃厚的神話色彩。在篇章結構上誠如蔡世遠所評："上半總論韓文公，後半方是韓州廟碑。精力全注在上半，後半只淡淡寫來。"

文章起首從大處着筆，先説聖賢參天地、關盛衰的歷史作用，雖明寫聖賢，而實暗指韓文公，接着下文歷落到實處分説韓公功績。文章展示了"東漢以來，道喪文弊"的空闊背景，充分顯露其在儒學和文學上的建樹，並進而論其遭遇，稱頌其人品及無所畏懼的精神。文中慨歎韓愈"不能使其身一日安於朝廷之上"，也是自己宦海浮沉鬱悶情懷的傾瀉，大有身世之感。作者寫到韓愈被貶遭遇，順次轉入寫韓文公為潮州興辦教育所作貢獻以及潮州人對他敬愛之深。最後交代詔封及寫作緣由，補前之不足，收束全文。

文中駢散間行，既用散句交代其生平舊事，生動形象，又以駢語論贊，典雅精切。如"文起……"四句以駢句鋪陳概括韓公一生文、道、忠、勇四個方面的勳業，對仗精工，音韻和諧。而寫潮州人對韓公敬仰，以散句更易表達其悦服之心。

全文交叉運用感歎句、反詰句、陳述句等句式使文章議論和敍述契合無間，而以多組排比句使文勢酣暢淋漓。如對韓文公所能者三事，所不能者三事，兩兩對舉，顯示了韓愈合於天道而乖於人事的平生大節。

蘇軾此文雖為碑誌而語言生動活潑、淺顯平易，如寫韓愈鎮定自若、力挽狂瀾的氣魄，以"談笑而麾之"一語便已道出。如後文假設"公之神在天下者"如"水之在地中，無所往而不在也"，又譬為鑿井得泉，"而曰水專在是"，生動刻畫出韓愈遺澤之深廣。

答謝民師書

軾啟。近奉違，亟辱問訊，具審起居佳勝，感慰深矣。某受性剛簡，學迂材下，坐廢累年[1]，不敢復齒縉紳[2]。自還海北[3]，見平生親舊，惘然如隔世人，況與左右無一日之雅[4]，而敢求交乎？數賜見臨，傾蓋如故[5]，幸甚過望，不可言也。

所示書教及詩賦雜文，觀之熟矣。大略如行雲流水，初無定質，但常行於所當行，常止於所不可不止，文理自然，姿態橫生。孔子曰：“言之不文，行而不遠[6]。”又曰：“辭達而已矣[7]。”夫言止於達意，即疑若不文，是大不然。求物之妙，如繫風捕影[8]，能使是物瞭然於心者，蓋千萬人而不一遇也，而況能使瞭然於口與手者乎？是之謂辭達。辭至於能達，則文不可勝用矣。揚雄好為艱深之辭，以文淺易之說，若正言之，則人人知之矣。此正所謂雕蟲篆刻[9]者，其《太玄》、《法言》皆是類也。而獨悔於賦，何哉？終身雕篆而獨變其音節，便謂之“經”，可乎[10]？屈原作《離騷經》，蓋《風》、《雅》之再變者，雖與日月爭光可也[11]。可以其似賦而謂之“雕蟲”乎？使賈誼見孔子，升堂有餘矣；而乃以賦鄙之，至與司馬相如同科[12]。雄之陋如此比者甚眾，可與知者道，難與俗人言也，因論文偶及之耳。歐陽文忠公言：文章如精金美玉，市有定價，非人所能以口舌定貴賤也[13]。紛紛多言，豈能有益於左右，愧悚不已。

所須惠力法雨堂字[14]，軾本不善作大字，強作終不佳，又舟中局迫難寫，未能如教。然軾方過臨江[15]，當往遊焉。或僧有所欲記錄，當為作數句留院中，慰左右念親之意。今日至峽山寺[16]，少留即去。愈遠，惟萬萬以時自愛。不宣。

註釋

1 坐廢：因事被貶。累年：多年。蘇軾於紹聖元年（1094）責授寧遠軍節度副使惠州安置，經紹聖四年（1097）再責授瓊州別駕昌化軍安置，南貶達六年之久，至元符三年（1100）才赦還。

2 “不敢”句：這句是説自己不敢自居於士大夫之列，與之交遊。

3 “自還”句：指渡海北還之事。蘇軾於元符三年六月二十日渡海。

4 無一日之雅：語見《漢書・穀永傳》，意思為我與您素無交誼。雅，平素，引申為交往。

5 “傾蓋”句：意謂一見如故。鄒陽《獄中上梁王書》有“白頭如新，傾蓋如故”語。傾蓋，指朋友相遇，停車交談，兩個車蓋相倚而傾斜。

6 “言之”二句：語出《左傳》襄公二十五年：“仲尼曰：‘志有之：‘言以足志，文以足言。’不言，誰知其志。言之無文，行而不遠。’”

7 辭達而已矣：見《論語・衛靈公》。

8 繫風捕影：風與影都沒有實體，比喻客觀事物的奧妙底蘊難以捕捉。《漢書・郊祀志下》：“如繫風捕影，終不可得。”

9 雕蟲篆刻：語出揚雄《法言・吾子》：“或曰：‘吾子少而好賦？’曰：‘然。童子雕蟲篆刻。’俄而曰：‘壯夫不為也。’”比喻辭賦為小技。西漢童子學習的秦朝八種書體，蟲書、刻符是其中纖巧難學的兩種。雕蟲篆刻，是説雕琢蟲書，篆寫刻符，都是童子所習的小技。

10 “終身”三句：揚雄仿《周易》作《太玄》，仿《論語》作《法言》，自認為是著述經傳，蘇軾認為這只是不用講求音節的賦體而改用散文罷了，都是雕蟲篆刻，不能算作經傳。

11 "屈原"三句：《史記・屈原列傳》："《國風》好色而不淫，《小雅》怨誹而不亂，若《離騷》者，可謂兼之矣……推此志也，雖與日月爭光可也。"《詩經》裏有"變風"、"變雅"抒寫憂怨之情，所以蘇軾説《離騷》是《風》、《雅》之再變者。

12 "使賈誼"四句：揚雄《法言・吾子》："如孔氏之門用賦也，則賈誼升堂，相如入室矣；如其不用何！"蘇軾反對此説，認為賈誼的人格修養已很高了，不能因為他作過賦就貶他，與司馬相如相提並論。升堂有餘，古人把學問由淺入深的三種境界喻為"入門"、"升堂"、"入室"。升堂有餘，是説快達到"入室"的造詣極高的境界了。

13 歐陽文忠公言：歐陽修《蘇氏文集序》："斯文，金玉也，棄擲埋沒糞土，不能消蝕。其見遺於一時，必有收而寶之於後世者。"此意蘇軾曾多次引述，曾敏行《獨醒雜志》卷一載，蘇軾謂謝民師曰："子之文如上等紫磨黃金。"又用以比人，如《答黃魯直書》："此人如精金美玉，不即人而人即之，將逃名而不可得，何以我稱揚為！"又《太息一章送秦少章》："士如良金美玉，市有定價，豈可以愛惜口舌貴賤之歟！"等等。本篇引歐陽修語，當只"文章如金玉"一喻，"市有定價"以下，是蘇軾的引申發揮，因此各篇措語多有不同。

14 惠力：寺名，在江西臨下縣（今清江）南二里。臨江鄰近謝氏家鄉新淦，謝氏請蘇軾為惠力寺法雨堂題額。《東坡經進文集事略》本"堂"後有"兩"字。

15 臨江：宋臨江軍，治所在今江西清江縣。新淦亦其屬縣。

16 峽山寺：在廣東清遠縣清遠峽。蘇軾紹聖元年來惠州時曾遊其地，有《題廣州清遠峽山寺》文。

【鑒賞】

蘇軾於宋哲宗元符三年奉命由海南北還，十月至廣東，當時任廣州推官的謝民師曾以詩文拜謁他，蘇軾對謝大加賞揚，曾説："子之文如上等紫磨金，須還他十七貫五百。"離開廣州後，謝民師又多次詢問，本篇即為蘇軾行至廣東清遠時寫的一封答書。

從整體結構佈局看該回信本着書信的格式，開端陳述雙方交誼，結尾答覆對方請託，而中間闡述個人見解，即對文藝的看法。這實際上是蘇軾晚年一篇重要的文論，對謝民師文章的評語正是其一貫的散文創作主張，即要求寫作散文要有真情實感、平易暢達，不為艱深之辭，這也是其一生創作經驗的寶貴總結，概括了宋代散文創作的基本特點。

文章雖闡發文藝觀，但語言質樸簡勁、形象生動，並配合以比喻手法使觀點明白易曉。如稱讚謝詩文"如行雲流水"，指出其為文平易自然，流暢生動。這與其《文説》中自評其文"如萬斛泉源"同一妙理。

蘇軾以敘事和議論相結合的方法，使重文、達意二者兼顧的觀點頗具説服力。如論文一段，先引用孔子的話從正面立論，而後以揚雄好為艱深之辭，獨變其音節而被認為"終身雕篆"的反例，進一步論證辭達要取決於內容，而後又對舉屈原作《離騷》，“《風》、《雅》之再變”可與日月爭光的正面事例加以佐證。這樣層層舉例反覆論證就使自己重天然、講文采、反對艱深的文學觀易為人所接受。其中揭示出的物、意、言三者關係，對以後的文藝創作影響深廣。

蘇轍

蘇轍（1039～1112），字子由，蘇軾之弟。嘉祐時與軾同登進士科。王安石變法時，他和蘇軾一起反對新法，力言其不便於民，遂出為河南推官。宋哲宗時，"舊黨"執政，召為右司諫。他力主廢棄新法，累遷御史中丞，拜尚書右丞，進門下侍郎。後因事忤哲宗及元豐諸臣，累貶官，徙許州。徽宗時復官大中大夫致仕。曾築室於許（今河南許昌），自號潁濱遺老。他的詩文深受蘇軾影響，風格也相近，與父洵、兄軾齊名，並稱"三蘇"。著有《欒城集》。

上樞密韓太尉書

太尉執事：轍生好為文，思之至深。以為文者氣之所形，然文不可以學而能，氣可以養而致。孟子曰："我善養吾浩然之氣[1]。"今觀其文章，寬厚宏博，充乎天地之間，稱其氣之小大[2]。太史公行天下，周覽四海名山大川，與燕、趙間豪俊交遊[3]，故其文疏蕩[4]，頗有奇氣。此二子者，豈嘗執筆學為如此之文哉？其氣充乎其中而溢乎其貌，動乎其言而見乎其文，而不自知也。

轍生十有九年矣。其居家所與遊者，不過其鄰里鄉黨之人。所見不過數百里之間，無高山大野可登覽以自廣。百氏之書，雖無所不讀，然皆古人之陳跡，不足以激發其志氣。恐遂汩沒[5]，故決然捨去，求天下之奇聞壯觀，以知天地之廣大。過秦、漢之故都[6]，恣觀終南、嵩、華之高[7]；北顧黃河之奔流[8]，慨然想見古之豪傑[9]。至京師，仰觀天子宮闕之壯[10]，與倉廩、府庫、城池、苑囿之富且大也[11]，而後知天下之巨麗。見翰林歐陽公[12]，聽其議論之宏辯，觀其容貌之秀偉，與其門人賢士大夫遊[13]，而後知天下之文章聚乎此也。太尉以才略冠天下，天下之所恃以無憂，四夷之所憚以不敢發[14]；入則周公、召公，出則方叔、召虎[15]，而轍也未之見焉。

且夫人之學也，不志其大，雖多而何為？轍之來也，於山見終南、嵩、華之高，於水見黃河之大且深，於人見歐陽公，而猶以為未見太尉也。故願得觀賢人之光耀，聞一言以自壯，然後可以盡天下之大觀而無憾者矣。

轍年少，未能通習吏事[16]。向之來[17]非有取於斗升之祿，偶然得之，非其所樂。然幸得賜歸待選[18]，使得優遊數年之間，將歸益治其文，且學為政。太尉苟以為可教而辱教之，又幸矣！

註釋

1 浩然之氣：博大剛正的精神氣質。語出《孟子・公孫丑上》。

2 稱（chèn）：相稱。

3 "太史公"三句：太史公，指司馬遷。燕、趙：戰國時的兩個諸侯國。燕在今北京市和河北省一帶。趙在今河北省和山西省一帶。

4 疏蕩：疏朗暢達而又跌宕有勢。

5 汩（gǔ）沒：埋沒消沉。

6 秦、漢之故都：秦都咸陽（今陝西咸陽市），漢都長安（今西安市），東漢遷都洛陽（今河南洛陽市）。

7 終南：即終南山。嵩：嵩山，在河南登封縣東北，為五嶽之中嶽。華：華山，在陝西華陰縣南，為五嶽之西嶽。

8 北顧黃河之奔流：蘇轍從四川出發，經終南、華山、嵩山，赴開封應試，而黃河正在北面，所以說"北顧黃河之奔流"。

9 慨然：十分激動的樣子。

10 宮闕：宮殿。闕，宮門外的望樓。

11 倉廩（lǐn）：糧倉。府庫：儲存財物的庫房。城池：城，指城牆；池，指護城河。苑囿：古代帝王種植花木和畜養禽獸的園林。

12 翰林歐陽公：指歐陽修。他於宋仁宗至和元年（1054）任翰林學士。嘉祐二年（1067），蘇轍考取進士時，歐陽修是主考官。

13 門人賢士大夫：指曾鞏、梅堯臣、蘇舜欽等。門人，門生。

14 四夷：古代指邊境各少數民族。憚（dàn）：畏懼。發：發動叛亂。

15 方叔：周宣王時大臣，受命征伐荊蠻、玁狁有功。召虎：即周宣王時貴族召穆公，曾奉命平定兩淮地區的騷亂。

16 吏事：做官的行政事務。

17 向：以前，從前。

18 賜歸待選：蘇轍在中進士之後，又參加制科考試，由於直言當時政事的弊端，被列為下等，授商州軍的推官，他嫌位卑官小，辭職不去。"賜歸待選"是委婉的措辭。

【鑒賞】

宋仁宗嘉祐二年（1067），十九歲的蘇轍與其兄蘇軾一起考中進士，隨即寫了這封信給韓琦。蘇轍寫此信的目的是想拜謁韓琦，可內容卻迂迴婉曲，擺脫了一般干謁文章直接歌頌甚至奉承的格調，寫得瀟灑有奇氣，成為其散文中的傳世名篇。

文章開頭撇開拜見本意，暢談文必養氣，並以孟軻養氣以充其文，司馬遷周遊以養其氣二例為證，說明養氣對文人寫文章有着重要的作用。

第二段寫自己為作文養氣而登覽交遊。"恣觀終南、嵩、華之高；北顧黃河之奔流，慨然想見古之豪傑"，所有這一切都使作者眼界大開，並且自然由觀物轉到拜訪名人上來。作者以四賢比韓琦的才略威望，從而提出求見。這些都是在婉轉曲折中不知不覺完成的，吳楚材評價説："意只是欲求見太尉，以盡天下之大觀，以激發其氣志，卻以得見歐陽公，引起求見太尉；以歷見名山大川京華人物，引起得見歐陽公；以作文養氣，引起歷見名山大川京華人物。注意在此，而立意在彼，絕妙奇文。"(《古文觀止》卷十一）一語道出本文以客陪主的寫作特色。

第三段，以反詰句開頭，提出為學必須"志其大"，再用"於山"，"於水"，"於人"三句，陪襯烘托出以未見韓琦為憾事。"猶以為未見太尉"一句，將前文汪洋之勢一齊收卷，從而轉入對"願得觀賢人之光耀"本意的論述，而"盡天下之大觀"則與前文"求天下奇聞壯觀"遙相呼應，周嚴細密。

最後一段申明求見韓琦的目的，文章雖沒徑直説出，但卻以先説自己年少不通吏事，引出來京考取進士的目的"非有取於斗升之祿"，再由賜歸待選，説到自己"益治其文"，"且學為政"，點出自己追求的並非是官位、名聲，而是要精進學業，交接名士，以增加自己的見聞，文勢幾經跌宕，最後以請韓琦"辱教之"收結，點明求見目的。

該文雖為拜謁文章，作者卻寫得不卑不亢，極有分寸，顯示出自己不同一般的志向。全文採用迂迴入題的手法，先以作文養氣為開始，後寫自己以遊覽天下名山大川，結交天下名士來養氣，末尾點明求見之意。文章在論述的過程中層層遞進，步步轉折，汪洋灑脱，奇思壯采，至始至終都洋溢着少年人秀傑英鋭之氣。

黃州快哉亭記

江出西陵[1]，始得平地，其流奔放肆大[2]。南合沅湘[3]，北合漢沔[4]，其勢益張[5]。至於赤壁之下，波流浸灌[6]，與海相若。清河張君夢得[7]謫居齊安[8]，即其廬之西南為亭，以覽觀江流之勝[9]，而余兄子瞻名之曰"快哉"。

蓋亭之所見，南北百里，東西一舍[10]，濤瀾洶湧，風雲開闔[11]。晝則舟楫出沒於其前，夜則魚龍悲嘯於其下。變化倏忽[12]，動心駭目，不可久視。今乃得玩之几席之上[13]，舉目而足。西望武昌諸山[14]，岡陵起伏，草木行列[15]，煙消日出，漁夫樵父之舍，皆可指數。此其所以為快哉者也。至於長洲之濱[16]，故城之墟[17]，曹孟德、孫仲謀之所睥睨[18]，周瑜、陸遜之所騁騖[19]，其風流遺跡[20]，亦足以稱快世俗。

昔楚襄王從宋玉、景差於蘭台之宮[21]，有風颯然至者，王披襟當之，曰："快哉此風！寡人所與庶人共者耶[22]！"宋玉曰："此獨大王之雄風耳，庶人安得共之！"玉之言蓋有諷焉。夫風無雌雄之異，而人有遇不遇之變[23]。楚王之所以為樂，與庶人之所以為憂，此則人之變也，而風何與焉[24]？士生於世，使其中不自得，將何往而非病[25]？使其中坦然，不以物傷性，將何適而非快[26]？今張君不以謫為患，竊會計之餘功[27]，而自放山水之間，此其中宜有以過人者。將蓬戶甕牖[28]，無所不快；而況乎濯長江之清流，揖西山之白雲[29]，窮耳目之勝以自適也哉！不然，連山絕壑，長林古木，振之以清風，照之以明月，此皆騷人思士之所以悲傷憔悴而不能勝者[30]。烏睹其為快也哉[31]！

元豐六年十一月朔日趙郡蘇轍記。

註釋

1 江：長江。西陵：西陵峽，長江三峽之一。
2 奔放：指江流奔騰迅疾。肆大：水勢浩大無阻。肆，展開。
3 沅湘：湖南境內的湘水、沅水，北流經洞庭湖注入長江。
4 漢沔（miǎn）：即漢水、沔水。漢水上源為沔水，出陝西南部，至漢中，經武漢注入長江。
5 張：大。
6 浸灌：浸透灌注。這裏是説水勢的奔騰澎湃。
7 清河：郡名，治所在今河北省清河縣。宋代為貝州地。張君夢得：即張夢得，蘇軾在黃州的朋友。
8 齊安：即黃州。
9 勝：勝景。
10 舍：古時以三十里為一舍。
11 風雲開闔（hé）：指天氣的晴朗和陰晦。闔，關閉，聚攏。
12 倏（shū）忽：非常快的樣子。
13 玩：觀賞。之：它，指"江流之勝"。几席：座位。几，几案，即桌子；席，坐席。
14 武昌：今湖北鄂城縣。
15 行（háng）列：用作動詞，即成行成列。
16 長洲：泛指長江中成形的沙洲。
17 故城：指隋以前的黃州城。墟：舊址，遺址。
18 曹孟德：曹操，字孟德。孫仲謀：孫權，字仲謀。睥睨：斜着眼睛看的樣子，意即窺伺時機以奪取。也作"俾倪"。
19 周瑜：東吳名將。208 年率吳軍大破曹操於赤壁，後病逝。陸遜：三國時吳的大將，官至吳國丞相。騁騖：在戰場上馳騁。
20 風流：《欒城集》作"流風"。
21 楚襄王：即楚頃襄王，楚懷王的兒子。宋玉、景差：兩人都是戰國時楚國的大夫，都以善寫辭賦著稱。蘭台之宮：楚國的一所宮苑，舊址在今湖北省鍾祥縣境。
22 "快哉此風"二句：見宋玉的《風賦》。
23 變：變異，不同。
24 與（yù）：參與。
25 病：憂愁，怨恨。
26 物：外物，指環境、遭遇等。適：往。
27 竊會計之餘功：此句意為趁公務之餘，忙裏偷閒。會計，指徵收錢糧之類的公務。
28 將：即"令"。蓬戶甕牖（yǒu）：蓬戶，用蓬草編的門；甕牖，用破甕子做的窗戶。

29 揖（yì）：拉，牽引。西山：在今湖北鄂城縣西。
30 騷人：詩人，此指失意的文人。思士：這裏指心懷憂思的人，即不得意的士大夫。勝：經得起。
31 烏：何，哪裏。

【鑒賞】

本文作於1083年，當時蘇轍和蘇軾等人因不支持王安石新法而遭到排斥。蘇軾被貶到黃州任團練副使，蘇轍被貶到筠州任監巡鹽酒稅的官。蘇軾好友張夢得恰好也被貶黃州，共同的遭遇使張蘇關係十分密切，張夢得在其住所西南築亭，"以覽觀江流之勝"，蘇軾題名"快哉亭"，蘇轍作此文以記之。

文章可分為三段，開頭一段作者由遠及近慢鏡頭推移，藉浩蕩的長江水奔流而下直沖赤壁將所處的快哉亭推入讀者眼中，又由亭及人，引出築亭的張夢得，隨後簡略交代築亭緣起，築亭、名亭之人，點出所記之物"快哉亭"。

第二段，緊承上文解釋亭何以取名為"快哉"，作者寫出登快哉亭所見之景，以一"蓋"字領起，寫出登亭觀江所見，"濤瀾洶湧，風雲開闔"，這種"變化倏忽，動心駭目"之景給心情抑鬱的作者以釋然之感。不僅如此，登臨此亭更可以在臨江覽勝之快的同時憑弔歷史遺跡，在這"人道是，三國周郎赤壁"的地方自然會聯想起三國赤壁之戰，其"流風遺跡"令人逸興遄飛，"足以稱快世俗"。"快哉"之因一寫無餘，"快哉"之情也抒發得淋漓盡致。

接下來作者選取宋玉《風賦》中的典故來證明"士生於世，使其中不自得，將何往而非病？使其中坦然，不以物傷性，將何適而非快"的人生哲理，進而在下文的論述中讚揚了張夢得"不以物傷性"，即"不以謫為患"的精神，從而使行文由歷史回到文章本身，與首段呼應。需注意的是作者在文中所說的這一精神既是對張的讚揚，也是作者自道和自勉，是逆境之中有志之士的心靈共鳴，這正是文章主旨所在。

蘇軾評蘇轍為文："其文如其為人，汪洋淡泊，有一唱三歎之致，而其秀傑之氣，終不可沒。"本文集中體現了這一點。作者採用先敘事，次寫景，末議論的手法，行文中將這三種方式緊密結合，以"快"貫穿，在直接敘述之中別有一種俯仰頓挫、一唱三歎之味。文章於議論中又運用對比手法，如第三段讚揚了孤苦之境中忘情山水，自求安適的張夢得，同時也是作者自我安慰。

東軒記

余既以罪謫監筠州[1]鹽酒税，未至，大雨，筠水泛溢，蔑南市，登北岸，敗刺史府門。鹽酒税治舍俯江之濆，水患尤甚。既至，敝不可處，乃告於郡，假戶部使者府以居。郡憐其無歸也，許之。歲十二月，乃克支其欹斜，補其圮缺，闢聽事堂之東為軒，種杉二本，竹百個，以為宴休之所。然鹽酒税舊以三吏共事，余至，其二人者適皆罷去，事委於一。晝則坐市區鬻鹽、沽酒、税豚魚，與市人爭尋尺以自效；莫歸，筋力疲廢，輒昏然就睡，不知夜之既旦。旦則復出營職，終不能安於所謂東軒者。每旦莫出入其旁，顧之，未嘗不啞然自笑也。

余昔少年讀書，竊嘗怪顏子[2]以簞食瓢飲，居於陋巷，人不堪其憂，顏子不改其樂。私以為雖不欲仕，然抱關擊柝[3]尚可自養，而不害於學，何至困辱貧窶自苦如此？及來筠州，勤勞鹽米之間，無一日之休，雖欲棄塵垢，解羈縶，自放於道德之場，而事每劫而留之，然後知顏子之所以甘心貧賤，不肯求斗升之祿以自給者，良以其害於學故也。

嗟夫！士方其未聞大道，沉酣勢利，以玉帛子女自厚，自以為樂矣。及其循理以求道，落其華而收其實，從容自得，不知夫天地之為大與生死之為變，而況其下者乎！故其樂也，足以易窮餓而不怨，雖南面之王不能加之，蓋非有德不能任也。余方區區欲磨洗濁污，晞聖賢之萬一，自視缺然，而欲庶幾顏氏之樂，宜其不可得哉！若夫孔子周行天下，高為魯司寇，下為乘田委吏，惟其所遇，無所不可。彼蓋達者之事，而非學者之所望也。

余既以譴來此，雖知桎梏之害而勢不得去。獨幸歲月之久，世或哀而憐之，使得歸休田里，治先人之敝廬，為環堵之室而居之，然後追求顏氏之樂，懷思東軒，優遊以忘其老。然而非所敢望也。

元豐三年十二月初八日，眉山蘇轍記。

註釋

1 筠州：治所在高安（今屬江西）。

2 顏子：顏回，孔子的學生。《論語・雍也》："子曰：'賢哉回也！一簞食，一瓢飲，在陋巷，人不堪其憂，回也不改其樂。賢哉回也！'"

3 抱關擊柝：守關擊梆，這裏指守門打更的小吏。柝，巡夜者擊以報更的木梆。這兩句化用《孟子・萬章下》："孟子曰：'仕非為貧也，而有時乎為貧……為貧者，辭尊居卑，辭富居貧。辭尊居卑，辭富居貧，惡乎宜乎？抱關擊柝。'"

【鑒賞】

宋神宗元豐二年十二月，蘇轍坐貶監筠州鹽酒稅。到任後他於十二月開闢聽事堂之東為軒並“種杉二本，竹百個，以為宴休之所”，然而監鹽酒稅是個位卑事繁，權輕責重的職位，再加上其他二吏“適皆罷去，事委於一”，他終不能在東軒中怡情養性。設置東軒本來不易，更尷尬的是晝出夜歸只能出入其旁，這不能不引起作者“啞然自笑”，而其中包含了多少無奈與歎息。

題目雖名為“東軒記”，但並非一般的詠物記事之作，東軒是為修身養性而建的，而官務繁忙使安樂於軒中成為奢想，所以“東軒”實際上是作者重道、求道與行道精神的寄託，名為“東軒記”就是寫他仕宦與學道的相互衝突、矛盾對立，藉東軒來揮灑筆墨，抒發對仕、道關係的思考。

文章以雖設東軒而不能安享的無奈引發全文思想的探求，並以對顏淵安貧樂道人生追求的理解為線索牽合全篇，層層推理，以淺近自然的語言娓娓道來、發人深省。作者先回憶自己少年讀書時為孟子取祿自養的觀點所迷惑，竊怪顏子以簞食瓢飲、居於陋巷而自得。直到來筠州任所後無一日之休，才明白顏淵甘於貧苦的用心是害怕出仕有礙於學道。通過古人以說理，從對比中表達出多年仕宦，官場蹭蹬的深刻體悟。

由此作者進一步表白自己鄙棄俗士，仰慕德者，崇敬達者，希望能“追求顏氏之樂，懷思東軒，優遊以忘其老”。這樣既在結構上達到了首尾呼應，渾融完整的效果，又多次舉例佐證，使文章形象生動，淺顯平易。

文中多次採用對比論證方法，如以顏回悠遊自在，不改其樂與自己疲於奔命，不能自放於道德之場相比照，既可見自己欲求道而不能的矛盾與無奈，又顯出對顏回安貧固守的讚歎與仰慕，弘揚了古儒重道輕祿的傳統。而從“未聞大道”者沉酣勢利，“以玉帛子女自厚，自以為樂”；“有德”者“從容自得，不知夫天地之為大與生死之為變”；“達者”“惟其所遇，無所不可”的對比中則顯出蘇轍鮮明的人生態度。

武昌九曲亭記[1]

子瞻遷於齊安[2]，廬於江上[3]。齊安無名山，而江之南武昌諸山[4]，陂陁蔓延，澗谷深密。中有浮圖精舍，西曰西山，東曰寒谿。依山臨壑，隱蔽松櫪，蕭然絕俗，車馬之跡不至。每風止日出，江水伏息，子瞻杖策載酒，乘漁舟亂流[5]而南。山中有二三子，好客而喜遊，聞子瞻至，幅巾迎笑，相攜徜徉而上，窮山之深，力極而息，掃葉席草，酌酒相勞，意適忘返，往往留宿於山上。以此居齊安三年，不知其久也。

然將適西山，行於松柏之間，羊腸九曲而獲少平，遊者至此必息。倚怪石，蔭茂木，俯視大江，仰瞻陵阜，旁矚溪谷，風雲變化，林麓向背，皆效於左右。有廢亭焉，其遺址甚狹，不足以席眾客。其旁古木數十，其大皆百圍千尺，不可加以斤斧。子瞻每至其下，輒睥睨終日。一旦大風雷雨，拔去其一，斥其所據[6]，亭得以廣。子瞻與客入山視之，笑曰："茲欲以成吾亭耶？"遂相與營之。亭成而西山之勝始具。子瞻於是最樂。

昔余少年，從子瞻遊，有山可登，有水可浮，子瞻未始不褰裳先之。有不得至，為之悵然移日。至其翩然獨往，逍遙泉石之上，擷林卉，拾澗實，酌水而飲之，見者以為仙也。蓋天下之樂無窮，而以適意為悅。方其得意，萬物無以易之；及其既厭，未有不灑然自笑者也。譬之飲食，雜陳於前，要之一飽，而同委於臭腐。夫孰知得失之所在？惟其無愧於中，無責於外，而姑寓焉。此子瞻之所以有樂於是也。

註釋

1 武昌：今湖北鄂城。九曲亭：《清一統志》云："九曲亭在武昌縣西九曲嶺，為孫吳遺跡，宋蘇軾重建，蘇轍有記。"

2 齊安：即黃州，今湖北黃岡，與武昌隔江相望。

3 廬於江上：宋神宗元豐四年（1081），蘇軾貶謫黃州團練副使的第二年，他由定惠院遷居臨皋亭，亭瀕長江。

4 武昌諸山：指樊山，蘇軾曾渡江遊覽。

5 亂流：江水橫流。《詩經・大雅・公劉》："涉渭為亂。"孔穎達正義："水以流為順，橫渡為亂。"自江北黃州臯亭至江南武昌樊口，正好橫渡長江。

6 斥其所據：斥，開。這句意思是清除掉樹所佔據的地方。

【鑒賞】

文章寫於宋神宗元豐五年，蘇軾因"烏台詩案"被貶為黃州團練副使，蘇轍也受株連坐貶筠州監鹽酒稅。患難之中，兄弟二人經常以詩文相唱和，互相激勵，並不因宦途失意而怨天尤人。此文即蘇轍應蘇軾之命，為重建武昌九曲亭而作。

這篇題記主要記敘了蘇軾重修武昌九曲亭的由來，闡發蘇軾"適意為悅"

的思想情趣，表現蘇軾能在政治失意之後於山水中自得其樂的曠放胸懷和灑脱風度，同時也寄寓了作者同樣的襟懷和意趣。

文章構思精巧，以兩條線索交錯展開，相輔相成，牽合全篇，抒寫懷抱，既抓住建亭的來龍去脈，又突出了蘇軾情趣追求。先寫蘇軾遊武昌諸山之樂，為下文建亭做鋪墊；次寫建亭經過，實承上文寫此舉上符天意，下遂人願；最後以議論作結，寫建亭的目的，頌揚蘇軾"以適意為悦"的生活情趣，樂觀曠放的人生態度和光明磊落的為人品格。

全文語言凝練精警，既惜墨如金又用墨如潑，圍繞主題，揮灑自如。如寫西山，以"陂陁蔓延，澗谷深密"便見山勢的綿延起伏，峭拔幽深，而"依山臨壑，隱蔽松櫪"則給山林增添了一抹遮天蔽日的神秘氣氛，這樣的氛圍中自然使人倍覺遠隔塵世的快意，為下文寫蘇軾與友人"酌酒相勞，意適忘反"做伏筆，延引出愛景，建亭。

該文雖為題記，但文中人物的刻畫生動形象，富於個性風采。如寫於蘇軾舉步維艱中"幅巾迎笑"的友人，見出友誼的真摯、淳厚，充滿人情暖意，使蘇軾"居齊安三年，不知其久也"。而寫蘇軾久欲重修亭子，只交代"每至其下，輒睥睨終日"與見樹拔去之笑，就見其心思意趣及風趣豪爽的性格，使人如見其人，如臨其境。

前人評蘇轍多認為其"為文汪洋澹泊"，本文可見一斑，不僅寫亭，而且跨越時空，於平易質樸中寫武昌之遊、少年之遊，點明寄情山水之樂，富於哲理意味，融敍事、議論、抒情於一爐，紆徐疏蕩，情趣盎然，確有"一唱三歎之致，而其秀傑之氣，終不可沒"，而其"言樂，因乎心而不因乎境。雖未道出孔顏之樂，而與子瞻《超然台》意，已兩心相印矣"。

李格非

李格非，生卒年不詳，字文叔，濟南（今山東濟南）人。宋神宗熙寧九年（1076）中進士，哲宗時官太學，後曾任校書郎、著作佐郎、禮部員外郎等職。在政治上反對王安石變法。宋徽宗建中靖國元年（1101）因涉及"黨人"事被罷官。他早年致力於詞章的創作，曾說："文不可以苟作，誠不著焉，則不能工。"主張為文要"誠"，要"字字從肺肝出"。著有《禮記說》、《洛陽名園記》。

書《洛陽名園記》後

洛陽處天下之中，挾殽澠之阻[1]，當秦隴之襟喉[2]，而趙魏之走集[3]，蓋四方必爭之地也。天下常無事則已，有事則洛陽必先受兵。予故嘗曰：洛陽之盛衰，天下治亂之候[4]也。

方唐貞觀、開元[5]之間，公卿貴戚開館列第於東都者，號千有餘邸。及其亂離，繼以五季之酷[6]，其池塘竹樹，兵車蹂踐，廢而為丘墟，高亭大榭，煙火焚燎，化而為灰燼，與唐共滅而俱亡者，無餘處矣。予故嘗曰："園圃之廢興，洛陽盛衰之候也。"且天下之治亂，候於洛陽之盛衰而知；洛陽之盛衰，候於園圃之廢興而得，則《名園記》之作，予豈徒然哉？

嗚呼！公卿大夫方進於朝，放乎一己之私意以自為，而忘天下之治忽[7]，欲退享此樂，得乎？唐之末路是矣！

註釋

1 挾：挾恃，依靠。殽：山名，在今河南省洛寧縣北，位於函谷關東端，地勢險要。澠（miǎn）：在今河南省池縣西，古代九塞之一。阻：險阻。

2 秦隴：今陝西、甘肅一帶地區。襟喉：衣襟與咽喉，比喻軍事要害之地。

3 趙：今河北南部、山西東部、河南北部一帶。魏：今山西西南部、河南北部一帶。走集：邊境上的堡壘。

4 候：徵兆、跡象。

5 貞觀、開元：分別為唐太宗、唐玄宗年號。

6 五季：指五代，即後梁、後唐、後晉、後漢、後周。酷：激烈殘酷的戰爭。

7 治忽：治理與怠忽，這裏指國家的安定與混亂。

【鑒賞】

《洛陽名園記》是一本以記述洛陽名園為主的專著，其中記錄了王公貴族、僧侶名士的園林十九處。作者在記述這些名園後在書尾加上了這一篇評論性文章，這樣便從單純記述名園景致轉到生發議論上來。

全文篇幅雖不很長，但內容卻很有深度，發人深省。文章在第一段通過記述洛陽地理位置的重要性，即"蓋四方必爭之地也"，提出"洛陽之盛衰，天下治亂之候也"的觀點。

第二段，作者逐步推進，將洛陽之興衰與洛陽名園之興廢緊密地聯繫起來，從而又進一步說明"園圃之廢興，洛陽盛衰之候也"這一深刻見地。文章寫到這裏，作者作此《洛陽名園記》的目的昭然若揭，作者並非為了記園而作，而是有其現實針對性。

第三段作者直接論述現實，對北宋時期公卿大夫的享樂之風進行了批判，指出如果一味地享樂，就會如唐末五代的亂世那樣"兵車蹂踐，廢而為丘墟"，"煙火焚燎，化而為灰燼"，那麼整個國家便會滅亡，這在當時號稱"大平盛世"的徽宗時期，似一個晴空霹靂，振聾發聵，而不久後北宋靖康之難的歷史事實證明李格非見解的深遠與正確，這也使我們看到李格非身上體現出的"天下興亡，匹夫有責"的高度責任感與歷史使命感。

文章雖以洛陽名園入手，作者卻能夠採取"以小見大"、"見微知著"的手法，將隱含在名園背後的議論自然展開，起到借古鑒今，批判現實的目的，當然這也是歷代有識之士所肩負的"文以明道"的歷史任務的體現。

文章在論證過程中層層推進，步步深入，把洛陽盛衰，名園廢興與國家存亡有機地統一起來，在自然的論述中達到深刻的現實目的。文章敘議結合，記敘五代末洛陽名園破敗之景，為下文議論做了鋪墊，使議論自然展開，文末富有警世性的議論，則把前文的記敘上升到理性的層次，使文章顯得厚重有深度。

李清照

李清照（1084～1151），號易安居士，濟南（今山東濟南）人。父親李格非是個頗有文才的官吏，丈夫趙明誠是有名的金石學家，也愛詩詞。她在文藝學術氣息非常濃厚的家庭裏過着美滿而閒適的生活。金兵南侵，毀滅了這種生活。南渡不久，丈夫病死，她後半生在孤寂、愁苦、顛沛流離中度過。

李清照是中國文學史上最負盛名的女詞人，前期詞多寫閨怨離愁和自然景物，後期詞在個人哀情愁緒的抒寫中表達了國亡家破的痛苦。她作詞自成一家，具有鮮明的獨創性，並善於採用口語，細膩地表現內心的感受，其在語言藝術上的獨到之處可以和李煜相提並論，為後世留下很多不朽的名篇。今傳《漱玉詞》。

《金石錄》後序

右《金石錄》三十卷者何？趙侯德父[1]所著書也。取上自三代[2]，下迄五季[3]，鐘、鼎、甗、鬲、盤、匜、尊、敦之款識[4]，豐碑大碣、顯人晦士之事蹟，凡見於金石刻者二千卷，皆是正訛謬，去取褒貶，上足以合聖人之道，下足以訂史氏之失者，皆載之，可謂多矣。嗚呼！自王播、元載之禍，書畫與胡椒無異[5]；長輿、元凱之病，錢癖與《傳》癖何殊[6]？名雖不同，其惑一也。

余建中辛巳[7]，始歸趙氏。時先君[8]作禮部員外郎，丞相[9]作吏部侍郎，侯年二十一，在太學[10]作學生。趙、李族寒，素貧儉，每朔望謁告[11]出，質衣取半千錢，步入相國寺[12]，市碑文果實，歸，相對展玩咀嚼，自謂葛天氏之民[13]也。後二年，出仕宦，便有飯蔬衣練[14]，窮遐方絕域，盡天下古文奇字[15]之志。日就月將[16]，漸益堆積。丞相居政府，親舊或在館閣，多有亡詩逸史，魯壁汲冢[17]所未見之書，遂盡力傳寫，浸覺有味，不能自已。後或見古今名人書畫，一代奇器，亦復脫衣市易。嘗記崇寧[18]間，有人持徐熙[19]《牡丹圖》求錢二十萬。當時雖貴家子弟，求二十萬錢，豈易得耶？留信宿[20]，計無所出而還之。夫婦相向惋悵者數日。

後屏居鄉里十年[21]，仰取俯拾，衣食有餘。連守兩郡[22]，竭其俸入以事鉛槧[23]。每獲一書，即同共勘校，整集簽題。得書畫彝鼎，亦摩玩舒卷，指摘疵病，夜盡一燭為率。故能紙札精緻，字畫完整，冠諸收書家。余性偶強記，每飯罷，坐歸來堂[24]，烹茶，指堆積書史，言某事在某書某卷第幾頁第幾行，以中否角勝負，為飲茶先後。中即舉杯大笑，至茶傾覆懷中，反不得飲而起，甘心老是鄉矣！故雖處憂患困窮而志不屈。

收書既成，歸來堂起書庫大櫥，簿甲乙[25]，置書冊。如要講讀，即請鑰上簿[26]，關出卷帙[27]。或少損污，必懲責揩完塗改，不復向時之坦夷也。是欲求適意而反取憀慄[28]。余性不耐，始謀食去重肉，衣去重采，首無明珠翡翠之飾，室無塗金刺繡之具。遇書史百家字不刓闕、本不訛謬者，輒市之，儲作副本。自來家傳《周易》、《左氏傳》，故兩家者流，文字最備。於是几案羅列，枕席枕藉，意會心謀，目往神授，樂在聲色狗馬之上。

至靖康丙午歲[29]，侯守淄川[30]。聞金人犯京師，四顧茫然，盈箱溢篋，且戀戀，且悵悵，知其必不為己物矣。建炎丁未[31]春三月，奔太夫人喪南來。既長物[32]不能盡載，乃先去書之重大印本者，又去畫之多幅者，又去古器之無款識者，後又去書之監本[33]者，畫之平常者，器之重大者。凡屢減去，尚載書十五年。至東海，連艫渡淮，又渡江，至建康[34]。青州故第尚鎖書冊什物，用屋十餘間，期明年春再具舟載之。十二月，金人陷青州，凡所謂十餘屋者，已皆為煨燼矣。

建炎戊申[35]秋九月，侯起復，知建康府。己酉春三月罷，具舟上蕪湖[36]，入姑孰[37]，將卜居贛水上[38]。夏五月，至池陽[39]，被旨知湖州[40]，過闕上殿。遂駐家池陽，獨赴召。六月十三日，始負擔捨舟，坐岸上，葛衣岸巾[41]，精神如虎，目光爛爛射人，望舟中告別。余意甚惡，呼曰：“如傳聞城中緩急，奈何？”戟手[42]遙應曰：“從眾。必不得已，先去輜重，次衣被，次書冊卷軸，次古器。獨所謂宗器者，可自負抱，與身俱存亡，勿忘之！”遂馳馬去。途中奔馳，冒大暑，感疾。至行在[43]，病痁[44]。七月末，書報臥病。余驚怛，念侯性素急，奈何病痁？或熱，必服寒藥，疾可憂。遂解舟下，一日夜行三百里。比至，果大服柴胡、黃芩藥，瘧且痢，病危在膏肓[45]。余悲泣倉皇，不忍問後事。八月十八日，遂不起，取筆作詩，絕筆而終，殊無分香賣履之意[46]。

葬畢，余無所之。朝廷已分遣六宮[47]，又傳江當禁渡。時猶有書二萬卷，金石刻二千卷，器皿茵褥可待百客，他長物稱是。余又大病，僅存喘息，事勢日迫，念侯有妹婿任兵部侍郎，從衛在洪州[48]，遂遣二故吏先部送行李往投之。冬十二月，金人陷洪州，遂盡委棄。所謂連艫渡江之書，又散為雲煙矣。獨餘少輕小卷軸、書帖，寫本李、杜、韓、柳集，《世說》，《鹽鐵論》，漢、唐石刻副本數十軸，三代鼎鼐十數事，南唐寫本書數篋，偶病中把玩，搬在卧內者，巋然獨存。

上江[49]既不可往，又虜勢叵測。有弟迒，任敕局刪定官[50]，遂往依之。到台，台守已遁[51]。之剡[52]，出陸[53]，又棄衣被走黃岩[54]，僱舟入海，奔行朝。時駐蹕章安[55]，從御舟海道之溫[56]，又之越[57]。庚戌[58]十二月，放散百官[59]，遂之衢[60]。紹興辛亥[61]春三月，復赴越。壬子[62]，又赴杭。先侯疾亟時，有張飛卿學士攜玉壺過視侯，便攜去，其實珉[63]也。不知何人傳道，遂妄言有頒金[64]之語，或傳亦有密論列[65]者。余大惶怖，不敢言，亦不敢遂已，盡將家中所有銅器等物，欲赴外廷[66]投進。到越，已移幸四明[67]。不敢留家中，並寫本書寄剡。後官軍收叛卒，取去，聞盡入故李將軍家。所謂巋然獨存者，無慮十去五六矣。惟有書畫硯墨可五七簏，更不忍置他所，常在卧榻下，手自開闔。在會稽[68]，卜居土民鍾氏舍，忽一夕，穴壁負五簏去。余悲慟不已，重立賞收贖。後二日，鄰人鍾復皓出十八軸求賞，故知其盜不遠矣。萬計求之，其餘遂不可出。今知盡為吳說運使[69]賤價得之。所謂巋然獨存者，乃十去其七八。所有一二殘零不成部帙書冊，三數種平平書貼，猶復愛惜如護頭目，何愚也耶！

今日忽閱此書，如見故人。因憶侯在東萊靜治堂[70]，裝卷初就，芸籤縹帶[71]，束十卷作一帙。每日晚吏散，輒校勘二卷，跋題一卷。此二千卷，有題跋者五百二卷耳。今手澤[72]如新而墓木已拱[73]，悲夫！

昔蕭繹江陵陷沒，不惜國亡而毀裂書畫[74]；楊廣江都傾覆，不悲身死而復取圖書[75]。豈人性之所著[76]，死生不能忘之歟？或者天意以余菲薄，不足以享此尤物[77]耶？抑亦死者有知，猶斤斤愛惜，不肯留在人間耶？何得之艱而失之易也？嗚呼！余自少陸機作賦之二年[78]，至過蘧瑗知非之兩歲[79]，三十四年之間，憂患得失，何其多也！然有有必有無，有聚必有散，乃理之常。人亡弓，人得之[80]，又胡足道！所以區區記其終始者，亦欲為後世好古博雅者之戒云。

紹興二年玄黓歲壯月朔甲寅[81]，易安室[82]題。

註釋

1 趙侯德父：侯，古時士大夫平輩之間的尊稱。德父，趙明誠的字。
2 三代：指夏、商、周三朝。
3 五季：五代，指後梁、後唐、後晉、後漢、後周。
4 甗（yǎn）：古代用陶做成的炊具。鬲（lì）：古代烹飪器。匜（yí）：盛水的器具。尊：盛酒器。敦（duì）：青銅製食器。款識：古代在鐘鼎彝器上鑄刻的文字。
5 王播、元載之禍：王播，清人何焯校改為王涯，可從。王涯，唐文宗時宰相，為宦官殺害，家產被抄沒，其家中複壁秘藏歷代名貴書畫，被人打開，搶走飾有金玉的匣軸而棄其書畫於道路間。元載，唐代宗時官至同中書門下平章事（宰相），後因罪賜死，抄其家時僅胡椒就有八百石，餘物更不可盡數。
6 長輿、元凱之病：和嶠，字長輿，晉武帝時官至中書令，家財豐足，卻嗜錢如命，被稱為有"錢癖"。元凱是杜預的字，西晉滅吳的大將，著有《春秋左氏經傳集解》，自稱有"《左傳》癖"。
7 建中辛巳：宋徽宗建中靖國元年(1101)。
8 先君：指李清照已故的父親李格非。
9 丞相：指趙明誠的父親趙挺之，他在崇寧四、五年（1105～1106）曾任尚書右僕射兼中書侍郎（相當於古代的丞相）。
10 太學：京師的最高學府。
11 朔望謁告：舊曆初一、十五日按規定進行休假。
12 相國寺：東京（今河南開封）有名的集市及遊玩處。《東京夢華錄》卷三："殿後資聖門前，皆書籍玩好圖畫之類。"
13 葛天氏之民：遠古時生活安定簡樸的平民。
14 綀（shū）：粗布。
15 古文奇字：漢王莽時有六體書，其一曰古文，其二曰奇字。古文指孔子宅壁中書字體，奇字即古文之異體字。
16 日就月將：日積月累。語出《詩經・周頌・敬之》。
17 亡詩、逸史、魯壁、汲塚：亡詩指今本《詩經》三百零五篇以外之詩。逸史是正史以外的史書。魯壁指孔子宅壁，其中覓到古文《尚書》及《禮記》等前所未見的古書。汲塚，晉武帝時汲郡人從魏襄王墓中覓得竹簡小篆古書十萬餘言。
18 崇寧：宋徽宗年號（1102～1106）。
19 徐熙：五代時南唐大畫家。
20 信宿：住兩夜。
21 屏居鄉里十年：屏居，賦閒在家。趙挺之死後被追奪贈官，趙明誠遂與李清照長期屏居青州（今山東益都）鄉間。
22 連守兩郡：趙明誠先後做過萊州（治今山東掖縣）、淄州（治今山東淄博）的知州。
23 鉛槧（qiàn）：指校訂工作。鉛，指鉛粉筆，用以改字。槧，書寫用的木板。
24 歸來堂：在青州趙氏故第內，取陶淵明《歸去來兮辭》之意命名其堂。
25 簿甲乙：分門別類編訂目錄。
26 請鑰上簿：拿出鑰匙，在本上登記。
27 關出卷帙：關出，檢出。卷帙，合數卷為一帙，指書本。
28 憀（liáo）慄：不安。
29 靖康丙午歲：宋欽宗靖康元年（1126）。
30 淄川：即淄州。
31 建炎丁未：宋高宗建炎元年（1127）。
32 長物：多餘的東西。
33 監本：五代以來國子監所刻的書本，當時為通行本。
34 建康：今江蘇南京市。
35 建炎戊申：建炎二年。
36 蕪湖：今屬安徽。
37 姑孰：今安徽當塗。
38 贛水：即江西贛江。贛水上，指今江西省地區。聯繫下文看，當指洪州（今南昌市）。
39 池陽：今安徽貴池。

40 湖州：今屬浙江。
41 葛衣岸巾：葛衣，夏衣。岸巾，戴頭巾露額。
42 戟手：徒手屈指，用食指、中指指點，其狀如戟形。
43 行在：皇帝出行所在之地。此指建康。
44 痁（diàn）：瘧疾。
45 病危在膏肓（huāng）：不治之症。
46 分香賣履：陸機《弔魏武帝文序》記曹操臨終前遺令曰："餘香可分與諸夫人。諸舍中（姬妾）無所為，學作履組賣也。"此處全句意謂趙明誠臨死時對妻子不作瑣事囑咐。
47 分遣六宮：時因為金兵南下，南宋朝廷實行疏散政策。六宮，指皇后妃嬪。
48 從衛在洪州：在洪州護衛隆祐太后。
49 上江：安徽以上為上江（長江上游）。
50 敕局刪定官：敕局，即編修敕令所，屬樞密院，專管收集詔旨類編成書。刪定官是其下屬官員。
51 台：台州，治所在今浙江臨海。
52 剡（shàn）：浙江嵊縣舊名。
53 出陸：原作"出睦"，誤，據別本改。
54 黃岩：今屬浙江。
55 駐蹕（bì）章安：皇帝出行，在沿途短暫休息。章安，鎮名，在今浙江臨海東南。
56 溫：今浙江溫州。
57 越：今浙江紹興。
58 庚戌：建炎四年（1130）。
59 放散百官：疏散眾官。
60 衢：今浙江衢州。
61 紹興辛亥：宋高宗紹興元年（1131）。
62 壬子：紹興二年。
63 珉（mín）：美石。
64 頒金：指將玉壺贈給金人。
65 密論列：向朝廷秘密揭發。
66 外廷：朝廷不在京師，稱外廷。
67 四明：明州，今浙江寧波。
68 會稽：今浙江紹興。
69 吳説：字傅朋，錢塘（今浙江杭州）人，王令外孫。擅書法。運使：宋朝"路"一級管財糧的官員轉運使的簡稱。
70 東萊：即萊州，治所在今山東掖縣。靜治堂：趙明誠任萊州知州時的廳堂名。
71 芸籤縹（piǎo）帶：芸籤，書籤的雅稱。古人藏書多用芸香防蟲，故名。縹帶，淡青色的帶子，用以束書卷。
72 手澤：手汗，後代借指先人的遺物或手跡。
73 墓木已拱：墓前樹木已可兩手合抱，説明人已死了很久。
74 "蕭繹"二句：梁元帝蕭繹即位於江陵（今屬湖北）。承聖三年（554）西魏兵攻陷江陵，蕭繹將自己所藏圖書十餘萬卷焚燒之。
75 "楊廣"二句：隋煬帝楊廣於義寧二年（618）在江都（今江蘇揚州）被宇文化及所殺。據《太平廣記》記載，楊廣生前極愛惜書史，雖積如山丘，然一字不許外出。及崩亡之後，新君欲將楊廣所藏之書運走，藏書卻在河中全部覆沒，人們認為是楊廣的魂靈復來取書。
76 着（zhuó）：執着，掛念。
77 尤物：最好的東西。
78 少陸機作賦之二年：指十八歲。杜甫《醉歌行》："陸機二十作《文賦》。"
79 過蘧瑗知非之兩歲：指五十二歲。蘧瑗，字伯玉，春秋時衛國大夫。
80 人亡弓，人得之：《孔子家語・好生》載，楚恭王出遊，亡弓，左右請求之。王曰："已（止）之。楚人失之，楚人得之，又何求焉？"孔子聞之曰："惜乎其不大也。亦曰'人遺弓，人得之'而已，何必楚也。"作者用此典故，意在自我寬慰：自己丟掉了金石書畫，別人得到了也一樣。
81 紹興二年玄黓：紹興二年適為壬子年。壯月：八月。《爾雅・月陽》："八月為壯。"朔：農曆每月初一為朔。甲寅：即八月朔日的干支名。
82 易安室：李清照自號易安居士，易安室是其書齋名。

【鑒賞】

《金石錄》是李清照的丈夫趙明誠所撰的學術著作，著錄所藏三代至隋唐、五代金石拓本二千種，為目錄十卷，辨證二十卷，跋502篇，素有“考據精慎”的評價。這篇後敘是一篇傳記性散文，追敘他們夫婦一生辛勤積聚圖書古器，共同完成《金石錄》的過程以及變亂中文物漸次散失的經過。

此文不僅記錄了作者生平志趣及其不幸遭遇，也反映了在金人威脅下，南宋統治者倉皇奔逃、束手無策的社會紊亂局面。所以該文不僅以其自述家世盛衰、身世坎坷而極具藝術感染力，同時也因其記錄了動盪離亂的史實而極具史料價值。

從整體思路看文章以金石書畫的聚散得失為線索，寫出了三十四年間作者家庭生活的變遷，以南渡為界一盛一衰，一美滿一破碎，讓人欷歔歎息。

文章開篇先承題開宗明義點明《金石錄》作者及內容，以下追敘南渡前夫婦二人琴瑟相諧的生活，可略分為三個階段：初嫁，明誠作太學生——後二年，出仕宦——屏居青州十餘年。敘寫了文物的搜集、整理成冊，並選取了幾個典型的生活場景細筆勾勒。既有閨房之樂，也有困頓之苦，亦有收集撰書之辛勞。與南渡後生活相比，這正是其最富光彩的生活，不論歡樂與悲哀，都是詩化了的生活。

下文轉寫南渡後書畫器皿漸次流散。先寫明誠出守淄川，故宅書冊被胡兵付之一炬；次寫奉旨赴建康，明誠暴病而亡。李清照細筆追憶了訣別時對話以及“絕筆而終，殊無分香賣履之意”；再敘葬畢丈夫到寫《後序》三年間書畫十去七八，覽物思人，“憂患得失，何其多也”。

文章於文物得失可見家庭悲歡離合，並以小家庭比照廣闊的社會面，起到了以小見大、以物寫人的作用，具有生活的廣度和思想的深度。追敘中夾以細節描寫，勾勒人物形象，摹寫音容笑貌，使文章詳略得當、濃淡相宜。文字表達委婉細膩，語言疏秀淡雅、平易自然。文中敘事、議論、抒情相結合，並以典故白描使胸中所鬱積的不能釋然之情得以體現，真有“一枝折得，人間天上，沒個人堪寄”之苦。

總之，文章文由情生，情由文見，於或輕快或凝重的多變筆調中收到了以情動人、以形象感人的藝術效果。

胡銓

胡銓（1102～1180），字邦衡，號澹庵，盧陵（今屬江西）人。宋高宗建炎二年（1128）進士，紹興七年（1137）為樞密院編修官，次年，秦檜對金統治者屈膝求和，胡銓上書堅決反對。因此長期遭受打擊，被貶官到很多地方，最後到海南島。秦檜死後，始得內遷。宋孝宗時官至兵部侍郎、端明殿學士。他一生主張抗金，與投降派英勇鬥爭，百折不撓。著有《澹庵文集》。

戊午上高宗封事

紹興八年[1]十一月，右通直郎、樞密院編修官[2]臣胡銓，謹齋沐裁書，昧死百拜獻於皇帝陛下：

臣謹案：王倫[3]本一狎邪小人，市井無賴，頃緣宰相無識，遂舉以使虜。專務詐誕，欺罔天聽。驟得美官[4]，天下之人切齒唾罵。今者無故誘致虜使，以詔諭江南[5]為名，是欲臣妾我也[6]，是欲劉豫我也[7]。劉豫臣事醜虜，南面稱王，自以為子孫帝王萬世不拔之業，一旦豺狼改慮，捽而縛之，父子為虜[8]。商鑒不遠[9]，而倫又欲陛下效之。

夫天下者，祖宗之天下也；陛下所居之位，祖宗之位也。奈何以祖宗之天下為犬戎[10]之天下，以祖宗之位為犬戎藩臣之位乎？陛下一屈膝，則祖宗廟社之靈，盡污夷狄；祖宗數百年之赤子，盡為左衽[11]；朝遷宰執，盡為陪臣[12]；天下之士大夫，皆當裂冠毀冕，變為胡服。異時豺狼無厭之求，安知不加我以無禮如劉豫者哉？

夫三尺童子，至無知也，指犬豕而使之拜，則怫然怒。今醜虜，則犬豕也，堂堂天朝，相率而拜犬豕，曾童稚之所羞，而陛下忍為之耶？

倫之議乃曰："我一屈膝，則梓宮可還，太后可復，淵聖可歸，中原可得[13]。"嗚呼！自變故以來，主和議者，誰不以此說啖陛下哉？而卒無一驗，是虜之情偽[14]已可知矣。而陛下尚不覺悟，竭民膏血而不恤，忘國大仇而不報，含垢忍恥，舉天下而臣之，甘之焉！就令虜決可和，盡如倫議，天下後世謂陛下何如主？況醜虜變詐百出，而倫又以奸邪濟之，梓宮決不可還，太后決不可復，淵聖決不可歸，中原決不可得。而此膝一屈不可復伸，國勢陵夷不可復振，可為痛哭流涕長太息矣[15]。

向者陛下間關海道[16]，危如累卵，當時尚不肯北面臣虜，況今國勢稍張，諸將盡銳，士卒思奮，只如頃者醜虜陸梁[17]，偽豫入寇，固嘗敗之於襄陽[18]，敗之於淮上[19]，敗之於渦口[20]，敗之於淮陰[21]，較之前日蹈海之危，已萬萬矣。倘不得已而遂至於用兵，則我豈遽出虜人下哉？今無故而反臣之，欲屈萬乘之尊[22]，下穹廬之拜[23]，三軍之士不戰而氣已索。此魯仲連所以義不帝秦[24]，非惜夫帝秦之虛名，惜夫天下大勢有所不可也。今內而百官，外而軍民，萬口一談，皆欲食倫之肉。謗議洶洶，陛下不聞。正恐一旦變作，禍且不測。臣竊謂不斬王倫，國之存亡未可知也。

雖然，倫不足道也，秦檜以腹心大臣而亦為之。陛下有堯舜之資，檜不能致陛下如唐虞，而欲導陛下如石晉[25]。近者禮部侍郎曾開等引古誼以折之，檜乃厲聲曰："侍郎知故事，我獨不知！"則檜之遂非狠愎，已自可見。而乃建白，令台諫從臣僉議可否[26]，是明畏天下議己，而令台諫從臣共分謗耳。有識之士，皆以為朝廷無人。吁！可惜哉！孔子曰："微管仲，吾其被髮左衽矣[27]。"夫管仲，霸者之佐耳，尚能變左衽之區為衣冠之會。秦檜，大國之相也，反驅衣冠之俗，歸左衽之鄉；則檜也，不惟陛下之罪人，實管仲之罪人矣。

孫近附會檜議，遂得參知政事[28]。天下望治，有如飢渴，而近伴食中書[29]，漫不敢可否事。檜曰"虜可和"，近亦曰"可和"；檜曰"天子當拜"，近亦曰"當拜"。臣嘗至政事堂，三發問而近不答，但曰："已令台諫侍從議矣。"嗚呼！參贊大臣徒取容充位如此，有如虜騎長驅，尚能折衝禦侮耶？臣竊謂秦檜孫近亦可斬也。

臣備員樞屬，義不與檜等共戴天。區區之心[30]，願斬三人頭，竿之藁街[31]，然後羈留虜使，責以無禮，徐興問罪之師，則三軍之士不戰而氣自倍。不然，臣有赴東海而死耳[32]，寧能處小朝廷求活耶？小臣狂妄，冒瀆天威，甘俟斧鉞，不勝隕越之至[33]！

註釋

1 紹興八年：公元 1138 年。

2 右通直郎、樞密院編修官：右通直郎是從六品階官，只表示資歷和官俸待遇等級。樞密院編修官是其實際職務。

3 王倫：字正道，大名莘縣(今屬山東）人。《宋史》本傳載他“家貧無行，為任俠，往來京、洛間，數犯法倖免”。宋高宗時，屢次出使到金請和，後被金人縊死。

4 驟得美官：《宋史・王倫傳》載，紹興七年春，徽宗及寧德后（徽宗鄭皇后）訃至，四月以王倫為徽猷閣待制假直學士充迎奉梓宮（帝、后棺柩）使。八年秋，又遣王倫以端明殿學士再出使金國。

5 詔諭江南：《宋史・王倫傳》載，紹興八年十月，金主“遣簽書宣徽院事蕭哲、左司郎中張通古為江南詔諭使，偕倫來。朝論以金使肆嫚，抗論甚喧，多歸罪論”。金國派遣使者南宋議事，竟然稱“江南詔諭使”，將宋朝皇帝當做臣下看待。

6 臣妾我：使我為臣妾，降服之意。

7 劉豫我：使我為劉豫。

8“劉豫臣事醜虜”六句：《宋史・叛臣・劉豫傳》：豫字彥遊，景州阜城（今屬河北）人，建炎二年（1128）知濟南府。金人進攻濟南，豫殺其將關勝降金。三年三月，兀朮聞高宗渡江，乃徙豫知東平府，充京東、京西淮南等路安撫使，界舊（黃）河以南，俾豫統之。四年七月，金人遣人峒冊劉豫為皇帝，國號“大齊”，都大名府。九月，豫即僞位，奉金正朔，稱天會八年。後尚書省奏豫治國無狀，當廢，於是廢豫為蜀王。擒豫子劉麟，又囚豫於汴京金明池。後又徙其父子於臨潢（今內蒙古巴林左旗東南波羅城，即契丹之上京)。

9 商鑒不遠：《詩經・大雅・蕩》：“殷鑒不遠，在夏後之世。”此處引用，是説宋主當以劉豫為鑒戒。宋人避宋太祖趙匡胤之父趙弘殷諱，改“殷”為“商”。

10 犬戎：殷、周時居於中國西部的古戎族的一支。此處借指金人。

11 左衽：中國古代某些少數民族的服裝，前襟向左掩，異於中原人的右掩，故以左衽代指淪於異族統治。

12 宰執：指宰相和執政官。陪臣：古代諸侯的大夫，對天子自稱陪臣，即臣之臣。這兩句意思是説如果宋帝對金稱臣，則朝廷大臣皆為陪臣。

13“倫之議乃曰”六句：《宋史・王倫傳》：紹興七年冬，“倫入對言：金人許還梓宮及太后，又許歸河南地。……九年春，賜倫同進士出身，端明殿學士，簽書樞密院事，充迎梓宮奉還兩宮交割地界使”。梓宮，指宋徽宗棺木。徽宗被金人擄去後，死於五國城（今黑龍江依蘭）。太后，指徽宗韋賢妃，高宗生母，隨徽宗北遷，高宗即位時，遙尊為宣和皇后。紹興七年，又遙尊為皇太后。十二年，從金回國，入居慈寧宮。淵聖，即宋欽宗。高宗即位，遙尊為孝慈淵聖皇帝。中原，指河南等被金人佔領地。《金史・熙宗紀》：天眷元年（宋紹興八年，1138）八月：“己卯（廿六日），以河南地與宋。”

14 情偽：真情和假意。

15 可為痛哭流涕長太息矣：賈誼《治安策》：“臣竊惟事勢，可為痛哭者一，可為流涕者二，可為長太息者六。”太息，大聲歎氣。

16 間關海道：宋高宗於建炎三年（1129）十二月，自明州（今浙江寧波）乘樓船至定海縣。四年正月初一，船碇泊海中；初三至台州章安鎮，廿一日泊溫州港口，二月十七日入溫州。待金兵退，始輾轉還紹興。見《宋史・高宗紀》。間關，形容道路艱險，路途遙遠。

17 陸梁：趾高氣昂的樣子，引申為囂張。

18 敗之於襄陽：《宋史・岳飛傳》記載，紹興四年，飛奏：“襄陽等六郡，為恢復中原基本，今當先取六郡，以除心膂之病。”五月，復郢州（今襄樊），李成迎戰大敗，夜遁，復襄陽及鄧州(今鄧縣)、唐州（今河南唐河)、信陽軍（今河南信陽)，襄漢悉平。

19 敗之於淮上：《宋史・韓世忠傳》記載，紹興四年，金人與劉豫合兵分道入侵，世忠自鎮江至大儀（鎮名，在揚州市西北，近安徽天長縣境)，設伏兵，大破敵軍，擒金將撻孛也等二百餘人，復親追至淮，金人驚潰，相蹈藉溺死者甚眾。

20 敗之於渦口：《宋史・叛臣・劉豫傳》記載，紹興六年九月，劉豫“籍民兵三十萬，分三道入寇。(劉）麟總十路兵由壽春犯廬州，(劉）猊率東路兵取紫荊山，出渦口以犯定遠，西兵趨光州寇六安，孔彥舟統之……猊眾數萬過定遠，欲趨宣化犯建康，楊沂中遇猊兵於越家坊，破之；

又遇於藕塘，大破之。猊遁。麟聞，亦拔寨走。”藕塘，鎮名，在安徽定遠縣東南。渦口，渦水入淮之口，在安徽懷遠縣東北。

21 敗之於淮陰：《宋史・韓世忠傳》記載，紹興六年，“授京東淮東路宣撫處置使，置司楚州……劉豫數入寇，輒為世忠所敗。時張浚以右相視師，命世忠自承（承州，今江蘇高郵）、楚圖淮陽（淮陽軍，治所在今江蘇睢寧西北古邳鎮）……呼延通與金將牙合孛堇搏戰，扼其吭而擒之，乘鋭掩擊，金人敗去”。楚州，治所在山陽（今江蘇淮安），淮陰縣也歸其管轄。

22 萬乘（shèng）：古時一車四馬為一乘。周制天子地方千里，出兵車萬乘。所以後世稱皇帝為萬乘。

23 穹廬：古代北方遊牧民族居住的氈帳，它的形狀像穹窿，故曰穹廬。這裏代指金國。

24 魯仲連所以義不帝秦：據《戰國策・趙策三》及《史記・魯仲連列傳》載，秦圍趙都邯鄲，魏王派使者新垣衍勸趙尊秦王為帝，可解秦圍。齊人魯仲連適遊趙，前去見新垣衍，説秦稱帝之害。新垣衍被説服，不敢復言帝秦。秦將聞之，退軍五十里。

25 石晉：五代時石敬瑭藉契丹兵滅掉後唐，受契丹冊封為帝，建都於汴州（今河南開封），國號晉。對契丹主自稱“兒皇帝”。

26 令台諫從臣僉議可否：《宋史・高宗紀》記載：紹興八年十一月辛丑，“詔：‘金國遣使入境，欲朕屈己就和，命侍從台諫詳思條奏。’從官張燾、晏惇復、魏矼、曾開、李彌遜、尹焞、梁汝嘉、樓炤、蘇符、薛徽言，御史方廷實皆言不可。”台，指御史；諫，指諫議官；從臣，指侍從官，在皇帝身邊以備顧問的文學近臣。

27 “微管仲”二句：見《論語・憲問》。微，沒有；被，同“披”。

28 “孫近”二句：《宋史・高宗紀》記載，紹興八年十一月，“以翰林學士承旨孫近參知政事，兼同知樞密院事”。孫近，字叔諸，無錫（今屬江蘇）人。

29 伴食中書：宰相議事的地方稱政事堂，北宋設於中書內省，簡稱為中書。元豐改革官制後，以尚書省的都堂為政事堂。孫近為參加政事（副宰相），在政事堂辦公，但卻事事附和秦檜，自己毫無主見，故稱他“伴食中書”。

30 區區之心：清黃生《義府》：“李陵《答蘇武書》‘區區之心，竊慕此耳’。區區，少意。蓋指此心而言，猶云方寸耳。”

31 竿之藁街：謂將人頭懸掛在高竿上示眾。藁街，在長安城內，漢朝時少數民族及外國使者居住的地方。《漢書・陳湯傳》：“斬郅支首及名王以下，宜縣頭藁街蠻夷邸間，以示萬里，明犯強漢者，雖遠必誅。”

32 有赴東海而死耳：《戰國策・趙策三》：“魯連曰：‘彼秦者，棄禮義而上首功之國也，權使其士，虜使其民。彼則肆然而為帝，過而遂正於天下，則連有赴東海而死耳。’”

33 不勝隕越之至：此為奏疏中用的客套話。隕越，本是跌倒、顛墜的意思，引申為惶恐。此謂犯上而表示有死罪之意。

【鑒賞】

宋高宗趙構紹興八年，宋金議和垂成之時，作者向皇帝上書，極力反對向金人屈膝投降，請求斬王倫、秦檜、孫近三人頭，並羈留金使，興師問罪。據史書記載，胡銓此書一成，到處傳誦。楊萬里《胡忠簡公文集序》云：“紹興戊午，高宗皇帝以顯仁皇太后駕未返，不得已以大事小，屈尊和戎。先生上書力爭，至乞斬宰相，在廷大驚。金虜聞之，募其書千金三日得之，君臣奪氣。”可見胡銓此文在當時產生的巨大影響。

胡銓作為具有正義感與愛國心的忠義之臣，目睹紹興和議時南宋的軟弱與奸臣的投降面目，冒着生命危險寫下了這篇文章，對投降派人物王倫、孫近、秦檜等的欺君賣國罪行進行揭露，並勸諫宋高宗不要輕信小人，應該懲處奸人，以正國法。

作者對王倫的彈劾佔文章很大一部分。王倫只是一名主和派的走卒，並且數犯王法，臭名昭著，對他的彈劾，人人稱快，況且也能起到殺一儆百的作用，對主和派是個很大的打擊。作者抓住王倫騙官、賣國和欺上犯下的大量罪行，對王倫的典型賣國投降言論進行批判。胡銓還以歷史事實證明，"主和議者，誰不以此說啖陛下"的做法"卒無一驗"，最終只會使"此膝一屈不可復伸，國勢陵夷不可復振"。

接下來作者指出王倫的後台是秦檜，然後以曾開與秦檜的論爭為證據，以曾開對秦檜的批判作為對秦檜彈劾的有力武器，並通過一些古語來責備他。作者以秦檜"侍郎知故事，我獨不知"證明了秦檜是完全徹底的投降派。

對於孫近，作者指斥孫近附和秦檜，是一個靠取悅上級來空佔高位的走狗。在這段論述中，作者以人物語言為反映內心的手段，將孫近搖尾乞憐、俯首聽命、唯唯諾諾的奴才嘴臉表現出來。作者在文中，一方面彈劾奸人，另一方面又以亡國之仇不可忘，祖宗天下不可讓的道理，來勸諫宋高宗。

陸游

陸游（1125～1210），字務觀，自號放翁，越州山陰（今浙江紹興）人。他胸懷遠大的抱負，始終堅決主張抗金，在仕途上不斷受到打擊、排擠。他是南宋最傑出的愛國詩人，留下詩作近萬首；詞作一百三十多首，風格多樣，以豪放為主，也有婉麗飄逸的一面。他的詩歌題材豐富多樣，“凡一草一木，一魚一鳥，無不裁剪入詩”。由此，其詩作內容多反映社會現實，表達了廣大人民恢復中原的願望，故他的詩作是那個時代的最強音。

跋李莊簡公家書

李丈參政罷政歸鄉里時，某年二十矣[1]。時時來訪先君[2]，劇談終日[3]。每言秦氏，必曰“咸陽”[4]，憤切慨慷，形於色辭。一日平旦來[5]，共飯，謂先君曰：“聞趙相過嶺[6]，悲憂出涕。僕不然，謫命下，青鞋布襪行矣[7]，豈能作兒女態耶[8]！”方言此時，目如炬，聲如鐘，其英偉剛毅之氣，使人興起。

後四十年，偶讀公家書。雖徙海表，氣不少衰[9]，丁寧訓戒之語，皆足垂範百世。猶想見其道“青鞋布襪”時也。

淳熙戊申五月己未[10]，笠澤陸某書[11]。

註釋

1“李丈參政罷政歸鄉里”二句：李光於宋高宗紹興九年（1139）十二月被“罷參知政事”（見《宋史・宰輔表四》）回鄉里，至紹興十一年（1141）冬受到貶謫，“責授建寧軍節度副使，瓊州安置”（見《宋史》本傳），回到家鄉居住近兩年，時陸游只有十六七歲。“年二十”，當係舉成數而言。丈，對長輩的敬稱。參政，參知政事的簡稱，即副宰相。

2 先君：陸游已去世的父親陸宰。

3 劇談：暢談。

4 必曰“咸陽”：秦都咸陽（今陝西咸陽）。秦檜擅權獨斷，排斥異己，故以暴秦為喻，稱為咸陽。

5 平旦：早晨。

6 趙相：趙鼎，宋高宗時宰相。因為反對和議，被秦檜排斥，多次遭貶謫，死於吉陽軍（治所在今廣東崖縣）。過嶺，《宋史・高宗紀六》載紹興十年（1140）六月“再貶趙鼎漳州居住，又貶清遠軍節度副使，潮州安置”。此指其赴潮洲（治所在今廣東潮安）事。嶺，當指揭陽嶺（裴淵《廣州記》列為"五嶺"之一），在廣東揭陽東北，是福建通往廣東必經的山路。

7 青鞋布襪：普通百姓的衣服。

8 兒女態：形容感情脆弱的人，多愁善感，經不起打擊。

9 "雖徙海表"二句：《宋史·李光傳》："居瓊州八年……呂願中又告光與胡銓詩賦唱和，譏訕朝政，移昌化軍，論文考史，怡然自適。年逾八十，筆力精健。"瓊州（治所在今海南瓊山）、昌化軍（治所在今海南儋縣）。海表，海外。

10 淳熙戊申：宋孝宗淳熙十五年，即公元1188年，歲次戊申。是年陸游六十四歲。

11 笠澤：太湖的別名。陸游祖籍甫里（今屬江蘇吳縣），在太湖濱。

【鑒賞】

本文是一篇跋，乃陸游讀李光家書後所作。家書是李光在高宗面前斥秦檜而遭貶謫、徙居瓊州時所作。陸游一生都在為恢復中原，驅逐異族努力，而南宋小朝廷偏安一隅，不思進取，朝綱混亂的現實使陸游心中憤慨難平。李光同樣也是一位愛國志士，有着嫉惡如仇的剛直性格，在他的家書中處處洋溢着不畏權貴、積極樂觀的精神，我們從陸游的這篇跋中便可以窺豹一斑。

文章不足二百字，卻將一位性格剛直、嫉惡如仇的愛國人士形象刻畫得鮮明生動。

第一部分回憶李光罷官回鄉後與先君的交往，在這裏，作者通過對話描寫把李光的性格生動地刻畫出來。"每言秦氏，必曰'咸陽'"，"青鞋布襪行矣，豈能作兒女態"，一位賢良正直之士在敵人的打擊迫害下，依舊對國家命運懷着深深的掛念，對自己的遭遇坦然面對，大義凜然。這既是士大夫對國家民族命運高度責任感的體現，也是李光敝屣功名、浮雲富貴的內在思想情操的外化，充分體現了李光人格的魅力。對人物外貌描寫，"目如炬，聲如鐘"，則是這種高度完美人格的外現，正如陸游所說"其英偉剛毅之氣，使人興起"。

在第二部分，作者將時間從"四十年前"的過去轉回到現在，寫出了自己讀李光家書時的真切感受："雖徙海表，氣不少衰。"它包括對李光給自己少年時的印象和"猶想見其道'青鞋布襪'"時的記憶，作者以今昔對比的手法，緊扣主題，最後自然而然地發出"皆足垂範百世"的衷心讚歎。

姚平仲小傳

姚平仲，字希晏，世為西陲大將[1]。幼孤，從父古養為子。年十八，與夏人戰臧底河[2]，斬獲甚眾，賊莫能枝梧[3]。宣撫使童貫召與語，平仲負氣不少屈。貫不悅，抑其賞，然關中豪傑皆推之，號“小太尉[4]”。睦州盜[5]起，徽宗遣貫討賊，貫雖惡平仲，心服其沉勇，復取以行。及賊平，平仲功冠軍，乃見貫曰：“平仲不願得賞，願一見上耳。”貫愈忌之。他將王淵、劉光世皆得召見，平仲獨不與。欽宗在東宮，知其名，及即位，金人入寇，都城受圍，平仲適在京師，得召對福寧殿，厚賜金帛，許以殊賞。於是平仲請出死士斫營擒虜帥以獻。及出，連破兩寨，而虜已夜徙去。平仲功不成，遂乘青騾亡命，一晝夜馳七百五十里，抵鄧州[6]，始得食。入武關[7]，至長安，欲隱華山，顧以為淺，奔蜀，至青城山上清宮[8]，人莫識也。留一日，復入大面山[9]，行二百七十餘里，度採藥者莫能至，乃解縱所乘騾，得石穴以居。朝廷數下詔物色求之，弗得也。乾道、淳熙[10]之間始出，至丈人觀道院[11]，自言如此。時年八十餘，紫髯鬱然，長數尺，面奕奕有光，行不擇崖塹荊棘，其速若奔馬。亦時為人作草書，頗奇偉，然秘不言得道之由云。

註釋

1 世為西陲大將：西陲，西部邊境。姚平仲，五原（在今內蒙古自治區）人，世代為將，鎮守西北邊境，抗禦西夏。

2 臧底河：地名，未詳何處，當在今內蒙古自治區。

3 枝梧：抗拒。

4 小太尉：太尉，秦代官名，掌軍事。狄青平西夏有功，曾官居樞密使。宋人喚樞密使為“太尉”，因此“小太尉”可能是當時人讚揚姚平仲堪與狄青相比的美稱。

5 睦州盜：指方臘。宣和二年（1120）方臘在睦州（今浙江桐廬、建德、淳安一帶）起義，次年戰敗被俘，在東京就義。

6 鄧州：治所在今河南鄧縣。

7 武關：在陝西商南縣西北。

8 青城山：在四川灌縣，為道教名山，山上有上清宮。

9 大面山：宋王象之《輿地紀勝》記載：“永康軍，大面山，在三溪之北，前臨成都。山眾峰攢秀，高七十二里。”范成大《吳船錄》卷上載：“岷山之最近者曰青城山，其尤大者曰大面山，大面山之後，皆西戎山矣。”

10 乾道、淳熙：皆為宋孝宗年號。

11 丈人觀：王象之《輿地紀勝》：“丈人觀，在青城山，即建福宮也。”范成大《吳船錄》卷上：“夜宿丈人觀。觀在丈人峰下，五峰峻峙如屏。觀之台殿，上至岩腹。”

【鑒賞】

本文是一篇人物傳記，傳主是兩宋之交的名將姚平仲。文章雖然名為小傳，可姚平仲給讀者的感覺卻是形象特別豐滿，如在眼前，這主要是陸游在記述人物的過程中吸取史家為人物作傳“以事見性”的特點，“簡核有法”地記述傳主一生的重大事件，從而凸現出人物鮮明的性格和生活經歷。

開篇先介紹姚平仲的身世，抓住姚平仲一生的三件大事，即他少年、中年、老年時富有代表性的事件，展示出他的性格風貌。

首先，少年時與夏人打仗，大敗西夏，聲名大振。因其“負氣不少屈”得罪童貫，卻獲得關中豪傑“小太尉”的美稱。睦州盜起，童貫被迫借平仲“討賊”，“賊平”後，功勞頗大的平仲“不願得賞，願一見上耳”的願望被童貫阻撓。在這一段的敍述中，我們可以看到一位蔑視權貴、英姿勃發的少年英雄形象。

第二件記述平仲中年奇襲金兵而未獲成功的憾事，寫出了他“請出死士斫營擒虜帥以獻”的英雄氣魄。

第三件主要記述晚年平仲隱匿山林的生活。寫出姚平仲功業未成，無顏見江東父老的無奈之舉。同時在言辭中，也表現出對於姚平仲逍遙生活的羨慕之情，如寫八十歲的平仲，“紫髯鬱然，長數尺，面奕奕有光，行不擇崖塹荊棘，其速若奔馬”，通過外貌與動作描寫，將一位隱士怡然自適的神態刻畫出來，同時體現出陸游這位在仕途宦海中功業難成、志不得伸的英雄人物對山林隱居生活的嚮往之情。

對於姚平仲，陸游以無限的敬仰與敬佩之情記述，就連對平仲的失敗，也充滿同情；而對於童貫，作者則不露聲色，以含蓄的筆法對其進行諷刺與批判。這是作者寓主觀褒貶於客觀記述中的集中體現。

朱熹

朱熹（1130～1200），字元晦，號晦庵，別稱紫陽。徽州婺源（今江西婺源）人。高宗紹興十八年（1148）進士，在孝宗、光宗、寧宗執政期間為官。後為沈繼祖所誣，落職罷祠。去世後，被追謚為文，世稱朱文公。朱熹為著名理學家，他的《四書集註》成為明清兩代知識分子必讀的教科書，他的註解被認為是標準答案。

詩集傳序

或有問於余曰："詩何謂而作也？"余應之曰："'人生而靜，天之性也；感於物而動，性之欲也[1]。'夫既有欲矣，則不能無思；既有思矣，則不能無言；既有言矣，則言之所不能盡而發於咨嗟詠歎之餘者[2]，必有自然之音響節奏，而不能已焉。此詩之所以作也。"

曰："然則其所以教者[3]，何也？"曰："詩者，人心之感物而形於言之餘也[4]。心之所感有邪正，故言之所形有是非。惟聖人在上，則其所感者無不正，而其言皆足以為教。其或感之之雜，而所發不能無可擇者，則上之人必思所以自反，而因有以勸懲之，是亦所以為教也。昔周盛時，上自郊廟朝廷，而下達於鄉黨閭巷[5]，其言粹然無不出於正者。聖人固已協之聲律[6]，而用之鄉人，用之邦國[7]，以化天下。至於列國之時，則天子巡守，亦必陳而觀之，以行黜陟之典[8]。降自昭、穆而後，寖以陵夷[9]，至於東遷[10]，而遂廢不講矣。孔子生於其時，既不得位，無以行帝王勸懲黜陟之政，於是特舉其籍而討論之[11]，去其重複，正其紛亂；而其善之不足以為法，惡之不足以為戒者，則亦刊而去之[12]；以從簡約，示久遠，使夫學者即是而有以考其得失，善者師之，而惡者改焉。是以其政雖不足行於一時，而其教實被於萬世，是則詩之所以為教者然也。"

曰："然則國風、雅、頌之體，其不同若是，何也？"曰："吾聞之，凡詩之所謂風者，多出於里巷歌謠之作。所謂男女相與詠歌，各言其情者也。惟《周南》、《召南》親被文王之化以成德[13]，而人皆有以得其性情之正，故其發於言者，樂而不過於淫，哀而不及於傷[14]，是以二篇獨為風詩之正經[15]。自《邶》而下[16]，則其國之治亂不同，人之賢否亦異，其所感而發者，有邪正是非之不齊，而所謂先王之風者，於此焉變矣[17]。若夫雅、頌之篇，則皆成周之世，朝廷郊廟樂歌之詞，其語和而莊，其義寬而密；其作者往往聖人之徒，固所以為萬世法程而不可易者也。至於雅之變者，亦皆一時賢人君子，閔時病俗之所為，而聖人取之。其忠厚惻怛之心，陳善閉邪之意，猶非後世能言之士所能及之。此《詩》之為經，所以人事浹於下，天道備於上，而無一理之不具也。”

曰：“然則其學之也，當奈何？”曰：“本之二《南》以求其端[18]，參之列國以盡其變[19]，正之於雅以大其規[20]，和之於頌以要其止[21]，此學詩之大旨也。於是乎章句以綱之，訓詁以紀之[22]，諷詠以昌之[23]，函濡以體之[24]。察之情性隱微之間[25]，審之言行樞機之始[26]，則修身及家，平均天下之道，其亦不待他求而得之於此矣[27]。”

問者唯唯而退。余時方輯《詩傳》，因悉次是語以冠其篇云。淳熙四年丁酉冬十月戊子[28]，新安朱熹書[29]。

註釋

1 “人生而靜”四句：出自《禮記・樂記》。孔穎達疏：“言人初生未有情欲，是其靜稟於自然，是天性也。‘感於物而動，性之欲也’者，其心本雖靜，感於外物而心遂動，是性之所貪欲也。自然謂之性，貪欲謂之情，是情別矣。”

2 “言之所不能盡”句：化用《毛詩序》“言之不足，故嗟歎之；嗟歎之不足，故永歌之”之意。

3 教：教育感化作用。

4 形：表現。言之餘：指言語之所不能盡情表述。

5 鄉黨閭巷：泛指民間。鄉黨，鄉里；閭巷，街巷。

6 聖人固已協之聲律：《史記・孔子世家》載：“三百五篇，孔子皆弦歌之。”

7 “用之鄉人”二句：《毛詩序》：“風之始也，所以風天下而正夫婦也，故用之鄉人焉，用之邦國焉。”

8 “至於列國之時”四句：《禮記・王制》載，天子巡守，“命大師陳詩，以觀民風”。巡守，即巡狩，巡視分封給諸侯的土地；黜陟，指舉薦或斥退人材。

9 “降自昭穆而後”二句：指周朝自昭王、穆王以後，國勢逐漸趨於衰微。陵夷，衰頹。

10 東遷：指周平王遷都洛邑（洛陽）。此後即為東周。

11 籍：書籍，特指《詩經》。

12 “去其重複”五句：《史記・孔子世家》載：“古者詩三千餘篇，及至孔子，去其重，取可施於禮義。”刊，刪。

13《周南》、《召南》親被文王之化以成德：《毛詩序》：“《關雎》，后妃之德也。”孔穎達疏：“二《南》之風，實文王之化，而美后妃之德者。”又《毛詩序》：“《周南》、《召南》，正始之道，王化之基。”孔穎達疏：“《周南》、《召南》二十五篇之詩，皆是正其初始之大道，王業風化之基本也……文王正其家而後及其國，是正其始也。化南土以成王業，是王化之基也。”《毛詩序》、鄭玄註、孔穎達疏與朱熹《集傳》對於《詩經》各篇的題旨，常有謬誤曲解之處，不可以全信。

14“樂而不過於淫”二句：《論語・八佾》：“子曰：‘《關雎》樂而不淫，哀而不傷。’”朱熹《集註》：“淫者，樂之過而失其正者也。傷者，哀之過而害於和者也。”
15 二篇獨為風詩之正經：謂《周南》、《召南》二篇為國風的正詩。鄭玄《詩譜序》：“其時詩：風有《周南》、《召南》，雅有《鹿鳴》、《文王》之屬。及成王、周公致太平，制禮作樂，而有頌聲興焉，盛之至也。本之由此風、雅而來，故皆錄之，謂之詩之正經。”
16 自《邶》而下：指《邶》、《鄘》、《衛》、《王》、《鄭》、《齊》、《魏》、《唐》、《秦》、《陳》、《檜》、《曹》、《豳》十三國的風詩。
17“而所謂先王之風者”二句：鄭玄《詩譜序》：“故孔子錄懿王、夷王時詩，訖於陳靈公淫亂之事，謂之變風、變雅。”大意是說時世由盛而衰，因而先王之正風至此也轉為變風。先王，指周初諸王。
18 本之二《南》以求其端：作者認為《周南》、《召南》“獨為風詩之正經”，所以說應該在此基礎上探索其要領。
19 列國：指《周南》、《召南》以外的十三國風。
20 正之於雅以大其規：通過雅詩以正得失。
21 和之於頌以要（yāo）其止：指頌聲求其和並能適可而止。要，求；止，適度，適可而止的意思。
22“章句以綱之”二句：通過章句以總括（綱）其要旨，解釋文字以識別（紀）其意義。章句，謂分析古籍的章節句讀（逗）。
23 昌(chàng)：同“唱”、“倡”，歎賞的意思。
24 函濡：浸潤，仔細玩味。體：體會，體察。
25 察之情性隱微之間：詩所以“吟詠情性”（見《毛詩序》），故要在比興隱微之間察見其邪正之意。
26 審之言行樞機之始：大意為審查其言行的動機以分辨是非。
27“則修身及家”三句：朱熹《詩集傳・國風一》謂《周南》“所以著明先王風俗之盛，而使天下後世之修身、齊家、治國、平天下者，皆得以取法焉。”
28 淳熙四年丁酉：宋孝宗淳熙四年，即公元 1177 年。
29 新安：唐以前郡名(治所在今安徽歙縣)。朱熹為婺源人，婺源屬新安郡，故題名多用新安。

【鑒賞】

本文是朱熹為其二十卷著作《詩集傳》所寫的序。《詩集傳》是宋以後《詩經》的重要註本之一，內容多雜採諸家之說，解釋篇名題旨，出以己見。這篇序簡括地說明了詩所以產生的原因，《詩經》的教育意義，風、雅、頌內容體制上的區別及其流變，以及學詩的大旨，是宋代比較重要的一篇詩論。

本文從內容上可以分為四部分，在每部分中，作者以一問一答的形式，闡述了詩歌某一方面的理論問題。朱熹是宋代的理學大家，他的詩論基本上以儒家思想為指導，從社會政治的角度分析詩歌，尤其體現在對《詩經》的研究分析上。

文章的第一部分主要闡明詩所以產生的原因，對於這個問題，朱熹基本上採用前人的觀點，也就是《毛詩序》中提到的“詩者，志之所之也，在心為志，發言為詩”，並對此加以引申提出“既有言矣，則言之所不能盡而發於諮嗟詠歎之餘者，必有自然之音響節奏，而不能已焉”，從而闡明詩產生的原因。

第二部分闡明《詩經》的教育意義。朱熹提出“上之人必思所以自反，而因有以勸懲之，是亦所以為教也”的觀點，從周盛時聖人以《詩》來“用之鄉人，用之邦國，以化天下”，講到周東遷後，詩教之不講，詩的教育意義開始衰落，而孔子生於亂世，親自刪詩，加強詩的教化作用。這樣重新使詩的地位得到提高，作者以詩教的興廢變遷為例證，深刻地闡明了《詩經》的教育作用。

在第三部分，作者採用對比的方式着力論證《詩經》的三種體制，即風、雅、頌的區別，論風主要從風的教化作用出發，將《周南》、《召南》定為風詩之正經，這樣便為風詩劃定了標準。對於雅、頌二者之別，作者先列舉其相同之處“其語和而莊，其義寬而密；其作者往往聖人之徒”，然後找出同中之異，“雅之變者，亦皆一時賢人君子，閔時病俗之所為，而聖人取之”，這樣便將風、雅、頌之間的區別解釋清楚。

在第四部分，作者主要闡明學詩的大旨，即“本之二《南》以求其端，參之列國以盡其變，正之於雅以大其規，和之於頌以要其止”。文章末尾記述作文的時間、地點從而完整結束全文。

整篇文章雖然闡明的是理論問題，但文章並不顯得艱深晦澀。在行文中，作者採取一問一答的形式，使文章顯得自然靈活，不致於走上理論家傳統説教的老路，這也是朱熹以窮理致用為主，反對浮華無實文風的體現。

百丈山記

登百丈山三里許，右俯絕壑，左控垂崖[1]；疊石為磴[2]，十餘級乃得度。山之勝蓋自此始。

循磴而東，即得小澗，石樑跨於其上[3]。皆蒼藤古木，雖盛夏亭午無暑氣[4]；水皆清澈，自高淙下，其聲濺濺然[5]。度石樑，循兩崖，曲折而上，得山門，小屋三間，不能容十許人[6]。然前瞰澗水，後臨石池，風來兩峽間，終日不絕[7]。門內跨池又為石樑。度而北，躡石梯數級入庵[8]。庵才老屋數間，卑庳迫隘，無足觀，獨其西閣為勝[9]。水自西谷中循石罅奔射出閣下，南與東谷水並注池中[10]。自池而出，乃為前所謂小澗者。閣據其上流，當水石峻激相搏處[11]，最為可玩。乃壁其後[12]，無所睹。獨夜臥其上，則枕席之下，終夕潺潺，久而益悲，為可愛耳。

出山門而東十許步，得石台。下臨峭岸，深昧險絕[13]。於林薄間東南望，見瀑布自前岩穴瀵湧而出[14]，投空下數十尺。其沫乃如散珠噴霧，目光燭之，璀璨奪目[15]，不可正視。台當山西南缺，前揖蘆山[16]，一峰獨秀出；而數百里間峰巒高下，亦皆歷歷在眼。日薄西山，餘光橫照，紫翠重疊，不可殫數[17]。旦起下視，白雲滿川，如海波起伏；而遠近諸山出其中者，皆若飛浮來往，或湧或沒，頃刻萬變。台東徑斷，鄉人鑿石容磴以度，而作神祠於其東，水旱禱焉[18]。畏險者或不敢度。然山之可觀者，至是則亦窮矣。

余與劉充父、平父、呂叔敬、表弟徐周賓遊之。既皆賦詩以紀其勝，余又敍次其詳如此[19]。而最其可觀者，石磴、小澗、山門、石台、西閣、瀑布也。因各別為小詩以識其處[20]，呈同遊諸君，又以告夫欲往而未能者。年月日記。

註釋

1 絕壑：深而險的山谷。控：面對。垂崖：陡峭的山崖。
2 磴（dèng）：石階。
3 樑：石橋。
4 亭午：正午時分。
5 淙下：發出淙淙的聲音下注。濺濺：流水聲。
6 山門：通往寺廟引道上的牌坊式大門。
7 瞰（kàn）：俯視。峽（xiá）：兩山夾着的水道。
8 躡（niè）：踏。庵：小廟，多指尼姑住處。
9 卑庳（bēi）：低矮。隘：狹小。閣：小樓房。
10 罅（xià）：縫隙。注：流入。
11 水石峻激相搏：石峻水激，互不相讓，勢如搏鬥。
12 乃：卻。壁：築壁。
13 峭岸：陡坡。昧：幽暗不明。
14 林薄：密林。瀵（fèn）湧：分流湧出。瀵，水同源分流。
15 沫：水沫。璀璨：光輝燦爛。
16 揖：作揖，這裏是“對”的意思。
17 殫（dān）：用盡。
18 徑：小路。鑿石容磴：在石壁上鑿出石級為路。禱：祈禱。
19 敍次其詳如此：逐一記敍百丈山的詳細情況如上。
20 識（zhì）其處：記述去過的那些地方。按，所作小詩是五絕六首，見《朱文公文集》卷六《百丈山六詠》。

【鑒賞】

本文是一篇遊記體散文，作於宋孝宗淳熙二年（1175）。作者與其他四人遊歷百丈山後，每人“皆賦詩以紀其勝”，朱熹寫下了《百丈山六詠》並且作此文記這次出遊，詩文交相輝映，共同展現了百丈山的壯麗景色，引起世人對此山的神往，這達到了本文的寫作目的，不僅為“呈同遊諸君”，而且“又以告夫欲往而未能者”。

本文既為遊記，自然以遊蹤為線索，以移步換景的方式表現出百丈山不同地方的景致。作者的遊覽方向基本上是東向，在不斷的行進中，不同的景色接踵而至，映入眼簾，對此作者並非每景必觀，而是有所選擇，對於景致平平的，作者並沒有捨棄，而是在記述中做一番簡單的評論：如對於庵中老屋認為“無足觀”；對於石壁背後景觀，則以“無所睹”概之；對於石台之東則認為“然山之可觀者，至是則亦窮矣”。

而那些山中獨具審美特色的景致，作者則仔細描繪，如對於登山覽勝的石磴，作者以“山之勝蓋自此始”評論，石磴之奇險已可見一斑；對於山澗則又是一番描寫，山澗周圍“蒼藤古木，雖盛夏亭午無暑氣”，而澗中之水則“水皆清澈，自高淙下，其聲濺濺然”，這樣點染了山澗的清幽氛圍，給人清洌感受；對於山中瀑布的描寫，則極盡其壯美之景，“瀑布自前岩穴瀵湧而出，投空下數十尺”，把凌空而瀉的瀑布表現得很有氣勢。

對於極具百丈山特色的山峰，作者則傾注了許多筆墨，首先以“台當山西南缺，前揖廬山”這一獨特的視角着眼，把從缺口中遙望遠山的所見所感寫了出來，然後以“一峰獨秀出；而數百里間峰巒高下，亦皆歷歷在眼”的描述，粗線條勾勒出山之畫意，緊接着作者在時間的急速變化中，將山峰在太陽掩映下形成的不同景色加以對比，以“紫翠重疊，不可殫數”，同“皆若飛浮來往，或湧或沒”相比，給人一種強烈的運動感，從而極盡色彩變幻之美。

作者在文章結尾，除了交代同遊之人外，還突出強調了百丈山極有觀賞價值的五個地方，“最其可觀者也，石磴、小澗、山門、石台、兩閣、瀑布也”，這既是遊百丈山後的結論，也是對全文內容的總括。有針對性地提到五處景觀，達到了“告夫欲往而未能者”的寫作目的。

范成大

范成大（1126～1193），字致能，號石湖居士，吳縣（今江蘇蘇州）人。宋高宗紹興二十四年（1154）進士，在擔任赴金使節時，不畏強暴，正義凜然，表現了崇高的氣節；後擔任參知政事等高級職務。他是南宋著名的詞人，詞寫得比較婉約，文字精美，音節和諧，主要是反映閒適的生活。其詩曾學江西詩派，後博取眾長，自成一派，與尤袤、楊萬里、陸游並稱南宋四大家，其田園詩獨創一格，影響較大，有《石湖居士詩集》、《石湖詞》傳世。

峨嵋山行紀

乙未[1]，大霽[2]。……過新店、八十四盤、娑羅平[3]。娑羅者，其木葉如海桐，又似楊梅，花紅白色，春夏間開，惟此山有之。初登山半即見之，至此滿山皆是。大抵大峨之上，凡草木禽蟲悉非世間所有。昔固傳聞，今親驗之。余來以季夏，數日前雪大降，木葉猶有雪漬斑斕之跡。草木之異，有如八仙[4]而深紫，有如牽牛而大數倍，有如蓼而淺青。聞春時異花尤多，但是時山寒，人鮮能識之。草葉之異者亦不可勝數。山高多風，木不能長，枝悉下垂。古苔如亂髮，鬖鬖掛木上，垂至地，長數丈。又有塔松，狀似杉而葉圓細，亦不能高，重重偃蹇如浮圖[5]，至山頂猶多。又斷無鳥雀，蓋山高，飛不能上。自娑羅平過思佛亭、軟草平、洗腳溪，遂極峰頂光相寺[6]，亦板屋數十間，無人居，中間有普賢小殿。以卯初登山，至此已申後。初衣暑綌[7]，漸高漸寒，到八十四盤則驟寒。比及山頂，亟挾纊[8]兩重，又加毳衲駝茸[9]之裘，盡衣笥中所藏，繫重巾，躡氈靴，猶凜慄不自持，則熾炭擁爐危坐。山頂有泉，煮米不成飯，但碎如砂粒。萬古冰雪之汁，不能熟物，余前知之。自山下攜水一缶來，財[10]自足也。

移頃，冒寒登天仙橋，至光明巖炷香。小殿上木皮蓋之。王瞻叔參政[11]嘗易以瓦，為雪霜所薄[12]，一年輒碎。後復以木皮易之，翻可支二三年。人雲佛現[13]悉以午，今已申後，不若歸舍，明日復來。逡巡[14]，忽雲出巖下傍谷中，即雷洞山也。雲行勃勃如隊仗，既當巖，則少駐。雲頭現大圓光，雜色之暈數重。倚立相對，中有水墨影若仙聖跨象[15]者。一碗茶頃，光沒，而其傍復現一光如前，有頃亦沒。雲中復有金光兩道，橫射巖腹，人亦謂之“小現”。日暮，雲物皆散，四山寂然。乙夜燈出[16]，巖下遍滿，彌望以千百計。夜寒甚，不可久立。

丙申[17]，復登巖[18]眺望。巖後岷山萬重；少北則瓦屋山，在雅州[19]；少南則大瓦屋，近南詔[20]，形狀宛然瓦屋一間也。小瓦屋亦有光相，謂之“辟支佛[21]現。”此諸山之後，即西域雪山，崔嵬刻削，凡數十百峰。初日照之，雪色洞明，如爛銀晃耀曙光中。此雪自古至今未嘗消也。山綿延入天竺諸蕃[22]，相去不知幾千里，望之但如在几案間。瑰奇勝絕之觀。真冠平生矣。

復詣巖殿致禱，俄氛霧四起，混然一白。僧云：“銀色世界也。”有頃，大雨傾注，氛霧辟易。僧云：“洗巖雨也，佛將大現。”兜羅綿雲[23]復佈巖下，紛鬱而上，將至巖數丈輒止，雲平如玉地。時雨點有餘飛。俯視巖腹，有大圓光偃卧平雲之上，外暈三重，每重有青、黃、紅、綠之色。光之正中，虛明凝湛，觀者各自見其形現於虛明之處，毫釐無隱，一如對鏡，舉手動足，影皆隨形，而不見傍人。僧云：“攝身[24]光也。”此光既沒，前山風起雲馳。風雲之間，復出大圓相光，橫亙數山，盡諸異色，合集成采，峰巒草木，皆鮮妍絢蒨，不可正視。雲霧既散，而此光獨明，人謂之“清現”。凡佛光欲現，必先佈雲，所謂“兜羅綿世界[25]”。光相依雲而出；其不依雲，則謂之“清現”，極難得。食頃，光漸移，過山而西。左顧雷洞山上，復出一光，如前而差小。須臾，亦飛行過山外，至平野間轉徙，得得[26]與巖正相值，色狀俱變，遂為金橋，大略如吳江垂虹[27]，而兩圯[28]各有紫雲捧之。凡自午至未，雲物淨盡，謂之“收巖”，獨金橋現至酉後始沒。

註釋

1 乙未：宋孝宗淳熙四年（1177）六月二十七日。
2 大霽：雪後天色轉晴。
3 娑羅平：平，通"坪"，山中小塊平地。娑羅，曇花。宋・宋祁《益都方物略記》："娑羅花，生峨眉山中，類枇杷，數葩合房，春天，葉在表，花在中。"佛家認為此花有祥瑞之兆。
4 八仙：繡球花。
5 浮圖：佛塔。一作"浮屠"。
6 極：達到最高處。光相寺：在大峨山絕頂。舊名光普殿。
7 綌（xì）：粗葛布，文中指夏天衣服。
8 纊（kuàng）：絲綿。
9 毳衲駝茸：毳（cuì），鳥獸的細毛。衲（nà），僧衣。駝茸，駱駝的細毛絨。
10 財：通"才"。
11 王瞻叔：名之望，曾任四川成都府路計度轉運副使。孝宗時拜參知政事。
12 薄：接近，迫近。
13 佛現：即"佛光"。它是太陽光照射處雲霧上所生的彩色光環。因峨眉山是佛教名山，人們便把它聯想成"佛現"。
14 逡（qūn）巡：形容時間極短，頃刻之間。
15 仙聖跨象：指普賢菩薩騎着大象。佛寺中普賢塑像，往往騎着白象。
16 乙夜：二更時分，晚上十點左右。《顏氏家訓・書證》："漢、魏以來，謂為甲夜、乙夜、丙夜、丁夜、戊夜，亦云一更、二更、三更、四更、五更。"燈出：燈指神燈或聖燈。峨眉山頂夜間時可望見狀如螢火、繁星般的光點，人稱"神燈"。起因可能是燐火，也可能是樹皮腐爛所發的光。
17 丙申：此指六月二十八日。
18 巖：指光明巖。
19 雅州：今四川雅安。
20 南詔：古國名，在今雲南大理一帶。
21 辟支佛：辟支迦佛陀的簡稱，指悟道之佛，為一通稱。
22 天竺諸蕃：天竺，印度。諸蕃，指各少數民族和外國。
23 兜羅綿雲：像兜羅綿一般的雲。兜羅，樹名，梵語。它所生的絮叫兜羅綿，意譯為"楊華絮"。
24 攝身：攝取自身的影子。
25 兜羅綿世界：意為"雲海"。
26 得得：特地。
27 吳江垂虹：吳江（今屬江蘇）的垂虹橋。本名利往橋，因上有垂虹亭，故名。因作者家鄉常見，故有此聯想。
28 兩圯（yí）：指橋的兩邊。

【鑒賞】

此文選自范成大的《吳船錄》。《吳船錄》是作者於1177年6月從成都被召回朝的旅途日記。本文主要寫的是峨眉山"佛光晝見，神燈夜來"的景色，作者在文中以細緻的觀察，將"佛光"出現的美景描繪出來。

全文以日記體遊記的形式，記述了兩天之內觀賞"佛光"的情景，全文可分為四段。

第一段作者交待登山的時間與天氣特點，"乙未，大霽"，然後開始寫佛殿的情況，作者此次出遊目的是為了看"佛光"，所以寫出自己虔誠地炷香和人們對佛殿的保護，從藝術上為文章蒙上了一層神秘的面紗，也為下文"佛光"的顯現作了鋪墊。

第二段主要寫佛光的"小現"和"神燈夜來"的情景。在這裏作者以一波三折的手法，先寫來時已過佛現最佳時刻——午後，作者心中遺憾，"逡巡"二字將此時作者矛盾心理表現出來。而這時奇跡出現，"雲頭現大圓光，雜色之景數重”，“佛光”小現，作者不禁由憂轉喜；而描寫“神燈夜來”，作者則以簡潔之筆述之，“燈出，巖下遍滿，彌望以千百記。夜甚寒，不可久立”。這是為了烘托“佛光”的環境氛圍。

第三段寫眺望西域雪山的情景，先交待“復登巖眺望”的時間，然後將眺望所見的萬重岷山和大小瓦屋山的情景生動地描寫出來。

第四段，描述了“佛光”大現，“清現”以及“金橋”的美輪美奐之景。作者以由表及裏，由近及遠的手法，將“佛光”大現的情景，以濃重的色彩，從視覺上表現出來，給人一種居高臨下的感覺。對於“清現”的描述，作者抓住它“不依雲”的特點，把筆墨用在“清現”後形成的“金橋”上，以形象的比喻“大略如吳江垂虹，而兩圯各有紫雲捧之”，將“金橋”出現的華麗之景勾畫出來。

洪邁

洪邁（1123～1202），字景盧，別號容齋，饒州鄱陽（今江西波陽）人。在宋高宗時出使金國，不辱使命。孝宗時拜翰林學士。曾任編修官、知州，在浙東做過興修水利、改造農田之事。父兄當時皆以文名，而邁尤博學。晚年歸鄉，專門從事著述。著有《容齋五筆》、《夷堅志》等書。

稼軒記

國家行在武林，廣信最密邇畿輔[1]。東舟西車，蜂午錯出[2]，勢處便近，士大夫樂寄焉。環城中外，買宅且百數，基局不能寬，亦曰避燥濕寒暑而已耳。郡治之北可里所[3]，故有曠土存：三面傅城，前枕澄湖如寶帶，其從千有二百三十尺，其衡八百有三十尺[4]，截然砥平，可廬以居。而前乎相攸[5]者，皆莫識其處。天作地藏，擇然後予。濟南辛侯幼安最後至，一旦獨得之。既築室百楹，財佔地什四[6]。乃荒左偏以立圃，稻田泱泱，居然衍十弓[7]。意他日釋位得歸，必躬耕於是，故憑高作屋下臨之，是為"稼軒"。而命田邊立亭曰"植杖[8]"，若將真秉耒耨之為者。東岡西阜，北墅南麓，以青徑款竹扉，錦路行海棠[9]。集山有樓，婆娑有堂，信步有亭，滌硯有渚，皆約略位置，規歲月緒成之。而主人初未之識也，繪圖畀予曰："吾甚愛吾軒，為吾記。"

余謂侯本以中州雋人，抱忠仗義，章顯聞於南邦[10]。齊虜巧負國，赤手領五十騎縛取於五萬眾中[11]，如挾毚兔[12]，束馬銜枚[13]，間關西奏淮[14]，至通晝夜不粒食。壯聲英概，懦士為之興起！聖天子一見三歎息，用是簡深知[15]，入登九卿，出節使二道，四立連率幕府[16]。頃賴氏禍作[17]，自潭薄於江西，兩地震驚，譚笑掃空之。使遭事會之來，挈中原還職方氏[18]，彼周公瑾、謝安石事業，侯固饒為之[19]。此志未償，因自詭[20]放浪林泉，從老農學稼，無亦大不可歟？

若予者，倀倀[21]一世間，不能為人軒輊[22]，乃當急須襏襫[23]，醉眠牛背，與蕘童牧豎肩相摩。幸未黧老[24]時，及見侯展大功名，錦衣來歸，竟廈屋潭潭之樂[25]，將荷笠棹舟，風乎玉溪之上[26]。因園隸內謁[27]曰："是嘗有力於稼軒者[28]。"侯當輟食迎門，曲席而坐[29]，握手一笑，拂壁間石[30]細讀之，庶不為生客。

侯名棄疾，今以右文殿修撰，再安撫江南西路云[31]。

註釋

1 行在：皇帝出巡暫住的地方。武林：臨安（今杭州）別稱。時南宋遷都臨安，此表示不忘北宋舊都汴梁（開封），而以臨安為行在。廣信：宋信州上饒郡（今江西上饒）。畿輔：京城周圍地區。

2 蜂午錯出：縱橫交叉。

3 可：大約。所：猶"許"，約數。

4 從：同"縱"。有：同"又"。衡：同"橫"。

5 相（xiàng）攸：訪察居住的地方。《詩經・大雅・韓奕》："為韓姞相攸，莫如韓樂。"

6 財：通"才"。什四：十分之四。

7 荒左偏以立圃：留下左邊的地皮建立園圃。泱泱：宏大的樣子。弓：五尺為一弓。

8 植杖：耕作。語出《論語・微子》："植其杖而芸。"

9 以青徑款竹扉，錦路行海棠：形容環境的優雅。意思是青翠色的小路通向竹門，錦繡般的道路以海棠花為導引。

10 南邦：指南宋。

11 "齊虜巧負國"二句：紹興三十一年（1161）辛棄疾參加耿京農民義軍，耿聽其勸告歸附南宋，遂派其赴臨安，北上途中聞知張安國等人乘機殺耿降金。於是率五十騎兵直奔濟州（今山東巨野），於五萬兵的金營中擒獲叛徒張安國。

12 毚（chán）兔：狡兔。

13 銜枚：枚，小木棍，像筷子。行軍時令士兵嘴裏銜着，以防說話。

14 間（jiàn）關：崎嶇輾轉。奏：通"走"。

15 用是：因此。簡深知：語出《尚書・湯誥》："惟簡在上帝之心。"意為被皇帝察知。此指乾道六年（1170）孝宗召對延和殿之事。

16 出節使二道：指辛棄疾於淳熙六年（1179）先後任荊湖北路轉運副使、荊湖南路轉運副使。四立連率幕府：指先後四次任安撫使，即淳熙四年（1177）春任江陵知府（府治在今湖北江陵）兼荊湖北路安撫使，同年冬任隆興知府（府治在今江西南昌）兼江南西路安撫使，淳熙六年任潭州知府（府治在今湖南長沙）兼荊湖南路安撫使，淳熙七年再任隆興知府兼江南西路安撫使。連率，連帥。《禮記・王制》："十國以為連，連有帥。"後用來稱呼地方長官。幕府，安撫使官署。凡立幕府者，可以闢置僚屬將佐。

17 賴氏禍作：指淳熙二年（1175）賴文政的茶商軍發動的武裝暴動。

18 職方氏：官名，掌管國家版圖，見《周禮・夏官》。還職方氏，指收歸版圖。

19 周公瑾：三國時吳國都督周瑜，字公瑾，曾指揮赤壁之戰大敗曹軍。謝安石：東晉謝安，字安石，曾指揮過大敗前秦苻堅的淝水之戰。饒為之：同"優為之"。

20 自詭：自為虛妄之言。

21 倀倀：不知所措的樣子。

22 軒輊（zhì）：車前高後低（前輕後重）叫軒，前低後高（前重後輕）叫輊。不能為人軒輊，比喻無足輕重。

23 襏襫（bò shì）：蓑衣。

24 黧（lí）老：黧，黑黃色。人老則面色黑黃，所以稱黧老。

25 竟：盡。廈屋：大屋，此指"稼軒"。潭潭：深而寬大。

26 風乎：語出《論語・先進》："浴乎沂，風乎舞雩。"玉溪：即信江，亦稱上饒江，發源於江西玉山縣懷玉山，故名。

27 因園隸內謁：由管園人傳達接見。

28 嘗有力於稼軒者：曾為稼軒出過力的。指自己曾為"稼軒"寫過"記"。

29 曲席而坐：相連而坐。

30 壁間石：壁間石刻，指這篇《稼軒記》。

31 今以右文殿修撰，再安撫江南西路：指辛棄疾以右文殿修撰的職銜（宋代地方官例帶京官職銜）再次充任江南西路安撫使。

【鑒賞】

宋孝宗淳熙八年，辛棄疾以“右文殿修撰”的虛銜充任江南西路安撫使，並在江西信州上饒郡城北靈山下之帶湖築室以居。因其“嘗謂人生在勤，當以力田為先……故以稼名軒”，稼軒也就成為他的號。新居落成不久，他請洪邁作文以記之。

此文先寫辛棄疾於郡治之北不為人所識的寬敞之地築軒立圃，創造了一個清幽雅靜的所在。作者猜測辛棄疾有歸隱之意，進而以辛壯年輝煌業績勸諭他應當“展大功名”才“錦衣來歸”，並設想了一幅生趣盎然的隱逸圖。文章情詞飽滿，讚頌、褒揚之意溢於言表，惋惜之情、規勸之意於中可見。

文章整體思路即由軒及人，既點明主人的隱逸情趣，又委婉表明自己的態度，層層推進，條理清晰。而敍及建園情形又由大到小，由外及內。先概括指出廣信地勢便利，因此環城中外人滿為患的大背景，進而具體寫“郡治之北可里所”的“可廬以居”無人問津，為辛棄疾後至而獨得。

作者以細筆勾勒出此地“三面傅城”的地勢，以及地面開闊，“截然砥平”的地形，這與總述“環城中外……基局不能寬”的情形形成鮮明對照，暗歎時人不識此佳處，從反面襯托出辛棄疾眼識之高。而後作者以白描手法刻畫亭堂園圃，勾勒出曲徑通幽的所在，表明主人隱逸之趣。

第二段作者由亭堂及人，對辛棄疾生平英勇過人之處加以概括。先總寫其功勳“顯聞於南邦”，而後又分敍其勇擒張安國，平定賴文政暴動，以生動形象的語言，對比、比喻等手法傳神寫出其驍勇之態。下面作者更以歷史人物比附，褒揚之情可見，後文勢陡然一轉，“此志未償，因自詭放浪林泉，從老農學稼，無亦大不可歟”，表明自己對辛棄疾意欲歸隱的批評。此處文情跌宕起伏，而從結構看與上文自然銜接，既有對辛棄疾修園隱逸的勸諭，又以其壯年勳業相激勵。

周密

周密（1232 ～ 1298），字公瑾，號草窗，濟南人。後居吳興（今浙江湖州）。南宋淳祐年間曾任義烏令，宋亡隱居不仕，自號四水潛夫。能詩詞、擅書畫，講究格律，有慨歎宋室滅亡之作；前期作品內容空泛，後期則較為深沉。著作有《蘋洲漁笛譜》（又名《草窗詞》），還編選有《絕妙好詞》。

西湖遊賞

西湖天下景，朝昏晴雨，四序總宜。杭人亦無時而不遊，而春遊特盛焉。承平時，頭船如大綠、間綠、十樣錦、百花、寶勝、明玉之類，何翅百餘[1]。其次則不計其數，皆華麗雅靚，誇奇競好。而都人凡締姻、賽社、會親、送葬、經會、獻神、仕宦、恩賞之經營，禁省台府之囑託，貴璫[2]要地，大賈豪民，買笑千金，呼盧[3]百萬，以至痴兒騃子，密約幽期，無不在焉。日糜金錢，靡有紀極。故杭諺有"銷金鍋兒"之號，此語不為過也。

都城自過收燈[4]，貴遊巨室，皆爭先出郊，謂之"探春"，至禁煙[5]為最盛。龍舟十餘，彩旗疊鼓，交午曼衍[6]，粲如織錦。內有曾經宣喚者，則錦衣花帽，以自別於眾。京尹為立賞格，競渡爭標。內璫貴客，賞犒無算。都人士女，兩堤駢集，幾於無置足地。水面畫楫，櫛比如魚鱗，亦無行舟之路，歌歡簫鼓之聲，振動遠近，其盛可以想見。若遊之次第，則先南而後北，至午則盡入西泠橋裏湖，其處幾無一舸矣。弁陽老人[7]有詞云："看畫船盡入西泠，閒卻半湖春色。"蓋紀實也。

既而小泊斷橋，千舫駢聚，歌管喧奏，粉黛羅列，最為繁盛。橋上少年郎，競縱紙鳶，以相勾引，相牽剪截，以線絕者為負，此雖小技，亦有專門。爆仗起輪走線之戲，多設於此，至花影暗而月華生，始漸散去。絳紗籠燭，車馬爭門，日以為常。張武子詩云："帖帖平湖印晚天，踏歌遊女錦相牽，都城半掩人爭路，猶有胡琴落後船。”最能狀此景。茂陵[8]在御，略無遊幸之事，離宮別館，不復增修。黃洪詩云：“龍舟太半沒西湖，此是先皇節儉圖。三十六年安靜裏，棹歌一曲在康衢。”理宗[9]時亦嘗製一舟，悉用香楠木搶金為之，亦極華侈，然終於不用。至景定間，周漢國公主得旨，偕駙馬都尉楊鎮[10]泛湖。一時文物亦盛，彷彿承平之舊，傾城縱觀，都人為之罷市。然是時先朝龍舫久已沉沒，獨有小舟號小烏龍者，以賜楊郡王之故尚在。其舟平底有柁，制度簡樸。或傳此舟每出必有風雨，余嘗屢乘，初無此異也。

註釋

1 頭船：比較大的船。自“大綠”至“明玉”皆船的種類。翅：同“啻”。
2 璫：宦官的代稱。
3 呼盧：古代樗蒲戲，其骰五枚，上黑下白，以擲得全黑為盧，是最好一等。《晉書・劉毅傳》：“既而四子俱黑，其一子轉躍未定，（劉）裕厲聲喝之，即成盧焉。”後遂稱賭博為“呼盧”。
4 收燈：即下燈。舊俗正月十三日頭燈，十五日為元宵，或稱燈節，十六日為殘燈。南宋十六夜收燈，見吳自牧《夢粱錄》卷一。
5 禁煙：指寒食節，清明前一日為寒食。這天老百姓食不舉火，因稱禁火，又稱禁煙。
6 交午：縱橫交錯。曼衍：連綿不絕，起伏不斷。
7 弁陽老人：周密的號因晚年居吳興（今浙江湖州市）弁山，故自號弁陽老人。所引詞句調名《曲遊春》。
8 茂陵：這裏指代宋寧宗趙擴。寧宗陵墓在紹興，稱永茂陵。
9 理宗：趙昀，公元 1224～1264 年在位。
10 景定：宋理宗年號（1260～1264）。周漢國公主：宋理宗的女兒。景定二年四月，嫁寧宗楊皇后姪孫楊鎮，擢升楊鎮為右領軍衛將軍、附馬都統，進封公主為周國公主。景定三年，進封周漢國公主。見《宋史・公主傳》。

【鑒賞】

周密生在宋元易代之際，於宋亡之後寫作《武林舊事》，在“憂患飄零”中感慨“時移物換”，並追想“目睹耳聞，最為真確”的昔日臨安城都邑風物、逸聞軼事等種種社會風貌，表現出“惻惻興亡之感”。本文節選自卷三中的《西湖遊幸》。

文章鋪排渲染了西湖昔日的繁盛景況，先從西湖春遊寫起，遊船如織，活動繁多，各色人物匯集其中，而後細寫“探春”之遊，歌歡簫鼓之聲振動遠近，歌管喧奏，粉黛羅列，場景熱鬧非凡，而作者於“湖山歌舞，靡麗紛華”中實寄予“興亡之感”，所以文章極寫其繁盛正是歎西湖易主的悲哀，江山不復的感慨，表面繁盛下隱藏着的危機，批判了南宋小朝廷文恬武嬉、苟且偷安的生活。

周密善於選取材料進行剪裁組織，為寫作目的服務，無一筆旁逸斜出，無一字閒文贅墨，並且詳略得當。寫昔日西湖之盛景，先簡筆勾勒出西湖美景四時皆宜，而後有重點地選擇人多、船多、活動多的春遊圖。而春遊又泛寫不計其數爭奇競好的遊船，品目繁多的活動，形形色色的人物，詳寫“探春”的盛大場面，從不同側面，多角度地描繪出歌舞升平的景象。

作者運用了鋪排、引用、比喻等修辭手法並結合簡筆勾勒的白描手法或豐潤生動的細筆描繪使文章充滿動感、生動活潑、形象逼真。如開頭一段描寫都人士女活動節奏明快而急促，渲染出喧鬧繁亂的氣氛。後文探春之遊後則引其詞簡勁勾勒實況，詩文互補，相輔相成。前文已提及文章實為“遺老故臣，惻惻興亡之隱，實曲寄於言外”，所以文章記往昔的繁盛寫今日之衰敗，樂中含悲，使人感到作者“盛衰無常，年運既往，後之覽者能不興慨我寤歎之悲乎”的苦心，解悟其為文“著其盛，正著其所以衰”。

觀潮

浙江之潮，天下之偉觀也。自既望以至十八日為最盛。方其遠出海門，僅如銀線；既而漸近，則玉城雪嶺，際天而來，大聲如雷霆，震撼激射，吞天沃日，勢極雄豪。楊誠齋詩云“海湧銀為郭，江橫玉繫腰”者是也。

每歲，京尹出浙江亭教閱水軍，艨艟數百，分列兩岸；既而盡奔騰分合五陣之勢，並有乘騎、弄旗、標槍、舞刀於水面者，如履平地。倏爾黃煙四起，人物略不相睹。水爆轟震，聲如崩山；煙消波靜，則一舸無跡，僅有“敵船”為火所焚，隨波而逝。

吳兒善泅者數百，皆披髮文身，手持十幅大彩旗，爭先鼓勇，溯迎而上，出沒於鯨波萬仞中，騰身百變，而旗尾略不沾濕，以此誇能。而豪民貴宦，爭賞銀彩。

江幹上下十餘里間，珠翠羅綺溢目，車馬塞途。飲食百物皆倍穹常時[1]，而僦賃看幕，雖席地不容閒也。

禁中例觀潮於“天開圖畫”。高台下瞰，如在指掌。都民遙瞻黃傘雉扇[2]於九霄之上，真若簫台蓬島[3]也。

註釋

1 倍穹常時：意思是價格比平時更高好幾倍。穹，高出。
2 黃傘雉扇：帝王出行時所用的儀仗。
3 簫台：即蕭史吹簫引鳳的鳳台。春秋秦穆公時有蕭史，善吹簫，穆公女弄玉好之，遂成婚配。嘗吹簫作鳳鳴，鳳凰來止於其居，穆公因此作鳳台。蓬島：即蓬萊山。古代傳説渤海中三神山之一。簫台、蓬島，總言神仙所居。

【鑒賞】

自宋以來以詩文展現錢塘觀潮盛況的人為數不少。就筆記而言，周密《武林舊事》頗負盛名。本文即選自該筆記第三卷。《武林舊事》為宋亡之後所作，追憶了杭州物阜人盛的社會風貌，表現出懷戀情愫，節錄這段文字於繁盛江景中正透露出這種故國之思，無論是潮盛時水兵演習的激烈場面、吳地健兒弄潮本領，抑或是觀潮人溢目塞途的盛況，都以昔日的繁華富足，暗含了作者的無限感慨。

文章僅三百餘字，用語繁簡得當，以極經濟的筆墨勾勒出了觀潮的熱鬧場面。先寫海潮雄奇壯闊，為下文觀潮作鋪墊，進而抓取典型場景從三個不同側面勾勒點染。場景風采各異但始終圍繞觀潮這一中心，主題突出，層次明晰，其為文構思精巧可見一斑。

在每一特寫鏡頭中他都一脈貫通，條分縷晰，層層推進。如第一段以"浙江之潮，天下之偉觀也"，從大處着筆，提綱挈領，開門見山點明題旨，繼而寫"自既望以至十八日為最盛"轉入集中描寫，銜接自然，寫出了錢塘江形、色、聲、勢四個方面的特點，次序井然。段末以楊萬里詩句作結，詩文互補、相映生輝。

全文多處運用比喻、擬人、誇張、引用等修辭手法使文章形象生動、妥帖自然，如寫江潮如銀線，如雪嶺，其聲勢吞天沃日，彷彿特寫鏡頭由遠及近，漸次推進，使人如聞其聲、如見其景。誠如辛棄疾《摸魚兒》詞所寫"望飛來，半空鷗鷺，須臾地動鼙鼓。截江組練驅山去，鏖戰未收貔虎"。

作者不僅能"狀難狀之景如在目前"，而且寫人記事極富文采，弄潮觀潮熱鬧非凡。如寫吳兒善泅者富於地域風情以及果敢好勝的心理狀態。其中誇能一段純用白描，不同於上文寫江潮的繁複勾勒，而豪民貴宦爭賞銀彩的側面烘托，使人物神氣完足。

文天祥

文天祥（1236～1283），字履善，號文山，吉州廬陵（今江西吉安）人。宋理宗寶祐四年（1256）考取進士第一名。歷任湖南提刑等職。宋恭帝德祐元年（1275），元兵渡江，奉詔起兵萬人勤王。為右丞相，出使元軍被扣留，後脱險。又到福建募集軍兵，重新進軍江西，收復許多失地。最後為元兵打敗，被俘至大都（今北京市）。英勇不屈，從容就義。他的作品多與時事緊密結合，不屑於字句聲調之工，直抒胸臆，表現出堅貞不屈的民族氣節和昂揚的鬥爭意志，慷慨悲壯，感人至深，有《文山先生全集》。

《指南錄》後序

德祐二年[1]正月十九日，予除右丞相兼樞密使，都督諸路軍馬[2]。時北兵已迫修門外[3]，戰、守、遷皆不及施。縉紳、大夫、士萃於左丞相府[4]，莫知計所出。會使轍交馳，北邀當國者相見，眾謂予一行為可以紓禍。國事至此，予不得愛身，意北亦尚可以口舌動也。初，奉使往來，無留北者，予更欲一覘北，歸而求救國之策。於是辭相印不拜，翌日，以資政殿學士行[5]。

初至北營，抗辭慷慨，上下頗驚動，北亦未敢遽輕吾國[6]。不幸呂師孟構惡於前[7]，賈餘慶獻諂於後[8]，予羈縻不得還[9]，國事遂不可收拾。予自度不得脱，則直前詬虜帥失信，數呂師孟叔姪為逆[10]，但欲求死，不復顧利害。北雖貌敬，實則憤怒。二貴酋名曰館伴，夜則以兵圍所寓舍，而予不得歸矣。

未幾，賈餘慶等以祈請使詣北；北驅予並往，而不在使者之目[11]。予分當引決[12]，然而隱忍以行。昔人云：“將以有為也。[13]”至京口，得間奔真州[14]，即具以北虛實告東西二閫[15]，約以連兵大舉。中興機會，庶幾在此[16]。留二日，維揚帥下逐客之令[17]。不得已，變姓名，詭蹤跡，草行露宿，日與北騎相出沒於長淮間[18]。窮餓無聊，追購又急，天高地迥，號呼靡及。已而得舟，避渚洲，出北海，然後渡揚子江，入蘇州洋，展轉四明、天台以至於永嘉[19]。

嗚呼！予之及於死者不知其幾矣！詆大酋[20]當死；罵逆賊[21]當死；與貴酋處二十日，爭曲直，屢當死；去京口，挾匕首以備不測，幾自剄死[22]；經北艦十餘里，為巡船所物色，幾從魚腹死[23]；真州逐之城門外，幾徬徨死；如揚州，過瓜洲揚子橋[24]，竟使遇哨，無不死；揚州城下，進退不由，殆例送死；坐桂公塘土圍中，騎數千過其門，幾落賊手死[25]；賈家莊幾為巡徼所陵迫死[26]；夜趨高郵，迷失道，幾陷死；質明避哨竹林中，邏者數十騎，幾無所逃死[27]；至高郵，制府檄下，幾以捕繫死[28]；行城子河，出入亂屍中，舟與哨相後先，幾邂逅死[29]；至海陵[30]，如高沙[31]，常恐無辜死；道海安、如皐，凡三百里，北與寇往來其間，無日而非可死[32]；至通州，幾以不納死[33]；以小舟涉鯨波[34]出，無可奈何，而死固付之度外矣。嗚呼！死生，晝夜事也[35]；死而死矣，而境界危惡，層見錯出，非人世所堪。痛定思痛[36]，痛何如哉！

予在患難中，間以詩記所遭，今存其本，不忍廢，道中手自抄錄：使北營，留北關外，為一卷；發北關外，歷吳門、毗陵[37]，渡瓜洲，復還京口，為一卷；脫京口，趨真州、揚州、高郵、泰州、通州，為一卷；自海道至永嘉，來三山[38]，為一卷。將藏之於家，使來者讀之，悲予志焉。

嗚呼！予之生也幸，而幸生也何所為？求乎為臣[39]，主辱臣死[40]，有餘僇[41]；所求乎為子，以父母之遺體行殆而死[42]，有餘責。將請罪於君，君不許；請罪於母，母不許；請罪於先人之墓，生無以救國難，死猶為厲鬼以擊賊，義也；賴天之靈，宗廟之福，修我戈矛，從王於師，以為前驅[43]，雪九廟[44]之恥，復高祖[45]之業，所謂"誓不與賊俱生"，所謂"鞠躬盡力，死而後已[46]"，亦義也。嗟夫！若予者，將無往而不得死所矣。向也，使予委骨於草莽，予雖浩然無所愧怍，然微以自文於君親[47]，君親其謂予何？誠不自意返吾衣冠，重見日月[48]，使旦夕得正丘首[49]，復何憾哉！復何憾哉！

是年夏五，改元景炎[50]，廬陵[51]文天祥自序其詩，名曰《指南錄》。

註釋

1 德祐：宋恭帝趙（㬎）年號，德祐二年為公元 1276 年。
2 右丞相兼樞密使，都督諸路軍馬：這是文天祥全銜。南宋時置左右丞相，右相之位略次於左。樞密使為掌管全國軍政的最高長官。
3 時北兵已迫修門外：文天祥《指南錄・自序》："時北兵駐高亭山，距修門三十里。" 北兵，指元兵；修門，國都的門。
4 萃於左丞相府：聚集在左丞相吳堅的府第。
5 以資政殿學士行：《宋史・職官志二》載："景德二年，王欽若罷參政，真宗特置資政殿學士以寵之……景祐四年，王曾罷相復除。二十年間除三人，皆前宰相也。" 後相沿為例，宰相罷政，多授以此官。
6 "初至北營" 四句：《指南錄卷一・紀事》載："予詣北營，辭色慷慨……大酋（元丞相伯顏）為之辭屈而不敢怒。諸酋相顧動色，稱為丈夫。是晚諸酋議良久，忽留予營中。當時覺北未敢大肆無狀。"
7 呂師孟構惡於前：呂文煥守襄陽降元，其姪呂師孟為兵部侍郎，於德祐元年十二月出使元軍請求稱姪納幣。《指南錄卷一・紀事》云："（文天祥）入疏言：'叛逆遺孽不當待以姑息，乞舉《春秋》誅亂賊之法。' 意指呂師孟。朝廷不能行。" 構惡之事指此。構惡，結怨。
8 賈餘慶獻諂於後：賈餘慶為同簽書樞密院事、知臨安府，與文天祥同使元軍。元軍扣留文天祥，賈餘慶實預其謀。《指南錄卷一・使北》："賈餘慶兇狡殘忍，出於天性，密告伯顏，使啟北庭，拘予於沙漠。" 獻諂，指向敵人獻媚。
9 予羈縻不得還：《元史・伯顏傳》："顧天祥舉動不常，疑有異志，留之軍中。天祥數請歸，伯顏笑而不答。天祥怒曰：'我此來為兩國大事，彼皆遣歸，何故留我？' 伯顏曰：'勿怒。汝為宋大臣，責任非輕，今日之事，正當與我共之。' 令忙古歹、唆都館伴羈縻之。" 時古歹為萬戶，唆都為建康安撫使，都是元朝的高級將領。
10 "直前詬虜帥失信" 二句：事見《指南錄卷一・紀事》："文煥云：'丞相何故罵煥以亂賊？' 予謂：'國家不幸至今日，汝為罪魁，汝非亂賊而誰！三尺童子皆罵汝，何獨我哉！' 煥云：'襄守六年不救。' 予謂：'力窮援絕，死以報國可也。汝愛身惜妻子，既負國，又隤家聲。今合族為逆，萬世之賊臣也。'（呂師）孟在傍甚忿，直前云：'丞相上疏欲見殺，何為不殺取師孟！' 予謂：'汝叔姪皆降北，不族滅汝，是本朝之失刑也，敢有面皮來做朝士！予實恨不殺汝叔姪。'"
11 "賈餘慶等以祈請使詣北" 三句：《元史・世祖紀》：至元十三年二月，"宋主（㬎）率文武百僚詣祥曦殿望闕上表，乞為藩輔，遣右丞相兼樞密使賈餘慶，樞密使謝堂、端明殿學士簽樞密院事劉岊奉表以聞。……遣其右丞相賈餘慶等充祈請使，詣闕請命。右丞相命吳堅、文天祥同行。"
12 分當引決：理當自殺。
13 "昔人云" 二句：韓愈《〈張中丞傳〉後敍》："城陷，賊以刃脅張巡，巡不屈，即牽去，將斬之；又降霽雲，雲未應，巡呼雲曰：'南八，男兒死耳，不可為不義屈！' 雲笑曰：'欲將以有為也。公有言，雲敢不死！' 即不屈。"
14 "至京口" 二句：《指南錄卷三・脫京口》："二月二十九日夜，予自京口城中間（jiàn）道出江滸，登舟溯金山，走真州。" 京口，今江蘇鎮江；真州，治所在今江蘇儀徵。
15 東西二閫（kǔn）：指淮南東路制置使李庭芝（駐揚州）和淮南西路制置使夏貴（駐廬州，今安徽合肥）。閫，邊帥。
16 "約以連兵大舉" 三句：《指南錄卷三・議糾合兩淮復興》記載，文天祥到了真州，守將苗再成向其陳述恢復策略，天祥認為"中興機會在此"，即作書與李庭芝、夏貴，約雙方連兵大舉。此事可見《宋史・文天祥傳》。
17 維揚帥下逐客之令：《宋史・文天祥傳》："時揚有脫歸兵言，密遣一丞相入真州說降矣。庭芝信之，以為天祥來說降也，使再成亟殺之。再成不忍，給天祥出城壘。以制司文示之，閉之門外。"
18 長淮間：即淮水以南，當時淮南東路一帶地區。
19 "避渚洲" 六句：因長江中沙洲為敵所據，須避開。北海，長江口以北的海域。渡過揚子江口，入於蘇州洋（今上海市附近海面）。四明，今浙江寧波。天台，今屬浙江。就嘉，今浙江溫州。
20 詆大酋：指前文"詬虜帥失信"事。

21 罵逆賊：指痛斥呂文煥、呂師孟叔姪叛國一事。

22“去京口”三句：《指南錄卷三・候船難》：“予先遣二校坐舟中，密約待予甘露寺下。及至，船不知所在，意窘甚，交謂船已失約，奈何！予攜匕首，不忍自殘，甚不得已，有投水耳。”

23“經北艦”三句：《指南錄卷三・上江難》：“予既登舟，意溯流直上，他無事矣。乃不知江岸皆北船，連亙數十里，鳴梆唱更，氣焰甚盛。吾船不得已，皆從北船邊經過，幸而無問者。至七里江，忽有巡者喝云：‘是何船！’梢答以‘河魨船’。巡者大呼云：‘歹船！’歹者，北以是名反側奸細之稱。巡者欲經船前，適潮退，擱淺不能至。是時舟中皆流汗。其不來，僥幸耳。”物色，搜尋。

24 瓜洲：在揚州市南四十里長江邊。揚子橋：即揚子津，在揚州市南十五里。

25“坐桂公塘”三句：《指南錄卷三・至揚州》：“予不得已，去揚州城下，隨賣柴人趨其家，而天色漸明，行不能進。至十五里頭，半山有土圍一所，舊是民居，毀盪之餘，無椽瓦，其間馬糞堆積。時唯恐北有望高者，見一隊人行，即來追逐，只得入此土圍中暫避。”又：“數千騎隨山而行，正從土圍後過。一行人無復人色，傍壁深坐，恐門外得見。若一騎入來，即無噍類矣！時門前馬足與箭筒之聲，歷落在耳，只隔一壁。幸而風雨大作，騎只徑去。”桂公塘，揚州城外小丘。

26“賈家莊”句：《指南錄卷三・賈家莊》：“予初五日隨三樵夫，黎明至賈家莊，止土圍中。卧近糞壤，風露悽然……是夜僱馬趨高沙。”又《揚州地公官》：“初五至晚，地分官五騎咆哮而來，揮刀欲擊人，兇焰甚於北。亟出濡沫（給錢），方免毒手。”賈家莊，在揚州之北。巡徼，揚州宋軍巡查的哨兵。

27“夜趨高郵”六句：《指南錄卷三・高沙道中》：“予僱騎夜趨高沙，越四十里，至板橋，迷失道。一夕由田畈中，不知東西。風露滿身，人馬飢乏。且行霧中不相辨。須臾四山漸明，忽隱隱見北騎，道有竹林，亟入避。須臾，二十餘騎繞林呼噪。虞候張慶右眼內中一箭，項二刀，割其髻，裸於地。帳兵王青縛去。杜架閣（杜滸）與金應，林中被獲，出所攜黃金賂邏者得免。予藏處與杜架閣不遠，北馬入林，過吾旁三四皆不見，不自意得全。”高郵，江蘇省縣名。

28“至高郵”三句：《指南錄卷三・至高沙》：“予至高沙（即高郵），奸細之禁甚嚴……聞制使有文字報諸郡，有以丞相來賺城，令覺察關防。於是不敢入城，急買舟去。”

29“行城子河”四句：《指南錄卷三・發高沙》：“二月六日城子河一戰，我師大捷。”又：“自至城子河，積屍盈野，水中流屍無數，臭穢不可當，上下幾二十里無間斷。”又：“自高郵至稽家莊，方有一團人家，以水為寨。統制官稽聳云：‘今早報，灣頭馬（指盤據灣頭鎮的元兵）出，到城子河邊，不與之相遇，公福人也。’為之嗟歎不置。”城子河，在高郵縣東南。

30 海陵：今江蘇泰州。

31 如高沙：指到了海陵以後，同在高郵的艱險遭遇相似。高沙即高郵。

32“道海安”四句：《指南錄卷三・泰州》：“予至海陵，間程趨通州，凡三百里河道，北與寇（土匪）出沒其間，真畏途也。”又《聞馬》：“越一日，聞吾舟過海安未遠，即有馬（敵騎）至縣。使吾舟遲發一時頃，已為囚虜矣，危哉！”海安、如皋，江蘇省縣名。

33“至通州”二句：《指南錄卷三・聞諜》：“文既不為制鉞（指淮東制置使李庭芝）所容，行至通州，得諜者云：‘鎮江府走了文相公，滸浦（常熟縣東北滸浦鎮，北臨長江）一路有馬（騎兵）來捉’聞之悚然。”通州，治所在今江蘇南通。

34 涉鯨波：指出海。鯨波，比喻巨浪。

35“死生”二句：《莊子・至樂》：“死生為晝夜。”成玄英疏：“以生為晝，以死為夜，故天下能無晝夜，人焉能無死生。”意謂生死是很平常的事。

36 痛定思痛：語出韓愈《與李翺書》：“如痛定之人，思當痛之時，不知何能自處也。”

37 吳門：今江蘇蘇州。毗陵：古縣名，治所在今江蘇常州。

38 三山：福建福州市的別稱，以城內東有九仙山、西有閩山（烏石山）、北有越王山得名。

39 求乎為臣：《禮記・中庸》：“君子之道四，丘未能一焉。所求乎子，以事父未能也；所求乎臣，以事君未能也；所求乎弟，以事兄未能也；所求乎朋友，先施之未能也。”

40 主辱臣死：此句為古諺，指皇帝受辱，臣子理應效死。《史記・范雎蔡澤列傳》：

"臣聞'主憂臣辱，主辱臣死'。"

41 僇（lù）：通"戮"。《廣雅・釋詁》："戮，辱也。"又："戮，罪也。"《史記・范睢蔡澤列傳》："名在僇辱而身全者，下也。"

42 "以父母"句：《禮記・祭義》："身也者，父母之遺體也……不敢以先父母之遺體行殆。"殆，危險。

43 "修我戈矛"三句：《詩經・秦風・無衣》："王於興師，修我戈矛，與子同仇。"

44 九廟：古代皇帝立九廟以祭祀祖先。文中指朝廷。

45 高祖：開國的皇帝，子孫以其開創國家之偉業，稱為高祖。此指宋太祖趙匡胤。

46 "鞠躬盡力"二句：見諸葛亮《後出師表》。"盡力"或作"盡瘁"。

47 微以自文於君親：無法掩蓋自己對皇帝、對父母的過失。微，無；文，掩飾。此指上文"有餘僇"、"有餘責"之事。

48 "誠不自意"二句：指沒有料到能回到宋朝，恢復漢族的衣冠（指任職），重新見到皇帝。

49 正丘首：《禮記・檀弓上》："狐死正丘首。"鄭玄註："正丘首，正首丘也。"孔穎達疏："所以正首而向丘者，丘是狐窟穴根本之處，雖狼狽而死，意猶向此丘。"引申為死於故鄉、故國。

50 "是年夏五"二句：《宋史・瀛國公紀》載，德祐二年，"五月乙未朔，（陳）宜中等乃立（趙）昰於福州，以為宋主，改元景炎"。

51 廬陵：文天祥為吉州吉水（今屬江西）人。吉州在唐稱廬陵郡，宋代沿襲。這裏是以郡名自稱其籍貫。

【鑒賞】

《指南錄》是文天祥所作四卷詩集。作者取《渡揚子江》詩"臣心一片磁針石，不指南方不肯休"之意為詩集名。此文為詩集後記，但作者於文中沒有闡述美學見解或文學主張，而是記敘了自己出使元軍，與敵酋進行針鋒相對的鬥爭，痛斥叛徒，逃出敵營展轉顛沛，歷盡千難萬險終於逃歸的九死一生遭遇。

全文感情激越，氣勢磅礴，籠罩着一種堅貞剛強的氣勢。如第一段寫元軍已兵臨城下，宋王朝危在旦夕。作者以凜然正氣臨危不懼，挺身赴敵談判並且尋求救國之策。他面對強敵慷慨陳詞，正氣壓倒了元軍氣焰。

接下來文章轉入具體險情的敘述，在內容上更加觸目驚心，情感上更為惋切動人，筆致細膩入微，寫出"境界危惡，層見錯出，非人世所堪"。其中作者連用了十八個排比，更兼短句，將層出不窮的險情連成一幅殘酷畫面，營造了緊張氣氛，讀來驚心動魄，使人於巨大的場面中體會出山河易代造成的顛沛之苦，從而取得了超越時空局限的美感，引起長久的同情心與悲涼感。

這篇序文運筆峻削，曲折變化而又詳略得當，作者出使元營的原因只用粗筆勾勒，交代得簡潔明瞭，而用了大量的筆墨來敘述逃難的經過。文章語言精練簡勁，自然貼切，如寫從水陸奔永嘉，運用避、出、渡、入、展轉、至等動詞無一重複，各有妙處，既可體現作者的機智沉着，又顯出時局的緊迫。又如逃難中面臨各種遭遇，同是赴死，卻又形形色色各不相同，更加襯托出作者百折不回、萬死不辭的氣魄，感人肺腑。

謝翱

謝翱（1249～1295），字皐羽，自號晞髮子，福州長溪（今福建霞浦縣南）人。咸淳三年（1267），曾到臨安應進士試，不中。景炎元年（1276）臨安被元兵攻破，文天祥於七月間以樞密使同都督諸路軍馬的名義到南劍州（今福建南平縣）聚兵抗敵，謝翱率鄉兵數百人投效，做了諮議參軍。文天祥轉戰東南，兵敗被俘以身殉國後，謝翱堅持反抗殘酷的民族壓迫，與那些抗元志士交往，漫遊兩浙山水終其一生。他平生特別悲慟文天祥之死，多次登高哭祭，作詩文表示哀悼。

登西台慟哭記

始，故人唐宰相魯公[1]，開府南服[2]，予以布衣從戎[3]。明年，別公漳水湄[4]。後明年[5]，公以事過張睢陽及顏杲卿所嘗往來處，悲歌慷慨[6]，卒不負其言而從之遊[7]。今其詩具在[8]，可考也。

予恨死無以藉手見公[9]，而獨記別時語，每一動念，即於夢中尋之。或山水池榭，雲嵐草木，與所別處，及其時適相類，則徘徊顧盼，悲不敢泣。又後三年[10]，過姑蘇。姑蘇，公初開府舊治也[11]，望夫差之台[12]，而始哭公焉。又後四年[13]，而哭之於越台[14]。又後五年[15]及今，而哭於子陵之台[16]。

先是一日，與友人甲乙若丙約，越宿而集。午，雨未止，買榜江涘[17]。登岸謁子陵祠[18]，憩祠旁僧舍。毀垣枯甃[19]，如入墟墓，還，與榜人治祭具[20]。須臾雨止，登西台，設主於荒亭隅[21]，再拜跪伏，祝畢，號而慟者三，復再拜起。又念予弱冠時[22]往來必謁拜祠下。其始至也，侍先君焉。今予且老，江山人物，睠焉若失[23]。復東望，泣拜不已。有雲從西南來，渰浥浡鬱[24]，氣薄林木，若相助以悲者。乃以竹如意擊石，作楚歌，招之曰[25]：“魂朝往兮何極！暮歸來兮關水黑[26]。化為朱鳥兮有咮焉食[27]？”歌闋[28]，竹石俱碎，於是相向感唶[29]。復登東台[30]，撫蒼石，還憩於榜中。榜人始驚予哭，云：“適有邏舟之過也[31]，盍移諸[32]？”遂移榜中流，舉酒相屬，各為詩以寄所思[33]。薄暮，雪作風凜，不可留。登岸宿乙家。夜復賦詩懷古。明日，益風雪，別甲於江，予與丙獨歸。行三十里，又越宿乃至。其後，甲以書及別詩來，言：“是日風帆怒駛，逾久而後濟。既濟，疑有神陰相[34]，以着茲遊之偉。”予曰：“嗚呼！阮步兵死，空山無哭聲且千年矣[35]！若神之助，固不可知；然茲遊亦良偉，其為文詞因以達意，亦誠可悲已。”

予嘗欲仿太史公，著《季漢月表》，如秦楚之際[36]。今人不有知予心，後之人必有知予者。於此宜得書[37]，故紀之，以附季漢事後。時，先君登台後二十六年也。先君諱某，字某[38]。登台之歲在乙丑云[39]。

註釋

1 唐宰相魯公：顧炎武認為魯公指顏魯公。（見《日知錄》卷十九“古文未正之隱”條）顏真卿封魯郡公，世稱顏魯公。他做過太子太師，地位相當於宰相，又是唐朝著名的忠烈之臣，所以作者隱喻文天祥。

2 開府南服：在南方建立府署。當時文天祥在南劍州（治所在今福建南平）開府聚兵，積極圖謀恢復失地。

3 以布衣從戎：謝翱在參軍以前，試進士不中，閉門讀書，故自稱布衣。

4“明年”二句：謝翱與文天祥分別當在二月前後。漳州，治所在今福建省漳州市；湄，水邊。

5 後明年：宋端宗景炎三年（帝昺立，改祥興元年），即元世祖至元十五年（1278）。這年十二月文天祥兵敗走海豐（今廣東海豐），被元將張弘範部所俘。

6“公以事過張睢陽及顏杲（gǎo）卿所嘗往來處”二句：元世祖至元十六年（1279）文天祥被俘北行，途中經過睢陽（今河南商丘）、常山（今河北正定）憑弔古跡，所作詩多悲憤感慨之情。文中用“以事”隱諱其被俘。張睢陽，指張巡。唐肅宗至德年間，在安祿山、史思明的叛亂中，顏杲卿守常山，張巡與許遠合力守睢陽，城陷均被殺。睢陽有合祀張巡、許遠的雙廟。

7 卒不負其言而從之遊：指文天祥終於不負諾言，追隨張、許、顏諸英烈而殉國。

8 今其詩具在：文天祥《指南錄》卷二有歌頌顏真卿、杲卿、張巡、許遠的詩篇。

9 藉手：憑藉。

10 又後三年：元世祖至元二十年（1283），為文天祥殉國的次年。

11 姑蘇，公初開府舊治也：《宋史・瀛國公紀》載，恭帝德祐元年（1275）八月：“以文天祥為浙西、江東制置使兼知平江府。”平江府治所在今江蘇省蘇州市。蘇州，亦稱姑蘇；治，地方長官駐地。

12 夫差之台：即姑蘇台，在今蘇州市西南姑蘇山上。春秋時吳王夫差所築。

13 又後四年：元世祖至元二十三年（1286），是文天祥殉國第四週年。

14 越台：指禹陵。在今浙江省紹興市東南會稽山上。

15 又後五年：元世祖至元二十七年（1290）。

16 子陵之台：在浙江桐廬縣西富春山。子陵，嚴光字子陵。

17 買榜：僱船。江涘（sì）：江岸。

18 子陵祠：在西台下。北宋范仲淹所建。

19 枯甃（zhòu）：枯井。甃，井壁，文中借指井。

20 榜人：操船的人。

21 主：神主，牌位。

22 弱冠：《禮記・曲禮上》：“二十曰弱冠。”後沿用以稱二十歲左右的男子。

23“江山人物”二句：謂江山社稷不復存在，人物凋謝，心中如有所失。睠，“眷”的異體字，懷念。

24 渰（yān）浥浡（bó）鬱：雲氣蒸騰貌。

25 楚歌：楚地的歌調。招：招魂。
26“魂朝往兮何極”二句：杜甫《夢李白》詩：“魂來楓林青，魂返關塞黑。”此用其語表示招魂之意。
27 化為朱鳥兮有咮（zhòu）焉食：謂死者化為朱鳥來歸，無處得食。這是暗示宋朝滅亡後，不能為他立祠廟祭祀。咮，同“噣”、“啄”，鳥嘴。又根據古代陰陽家的說法，宋以火德王，故以朱鳥配宋。
28 歌闋（què）：歌罷。闋，一曲終了。
29 感喟（jiè）：感歎。
30 東台：與西台對峙。
31 邏舟：巡查的船。
32 盍：“何不”的合音。移：謂移船以避邏舟。諸：“之乎”的合音。
33 各為詩以寄所思：謝翺《西台哭所思》詩云：“殘年哭知己，白日下荒台。淚落吳江水，隨潮到海回。故衣猶染碧，後土不憐才。未老山中客，唯應賦《八哀》。”
34 陰相（xiàng）：暗中幫助。
35“阮步兵死”二句：阮籍，字嗣宗，曾任步兵校尉，世稱阮步兵。謝翺為南宋遺民，處境的危苦和阮籍有相類似之處。
36“予嘗欲仿太史公”三句：司馬遷《史記》中有《秦楚之際月表》。太史公，司馬遷自稱。按，季漢實指季宋。
37 宜得書：應該記錄下來。
38 諱：指死者之名。
39 登台之歲在乙丑：謝翺於宋度宗咸淳元年（1265，歲次乙丑），曾跟隨其父登西台，時年十七。

【鑒賞】

元世祖時社會已趨於穩定，但宋末遺民卻不願仕元，常私自聚會，填詞賦詩以抒情志，懷念故國，悼念抗元英雄。此文即南宋遺民謝翺與友人登西台弔祭故丞相文天祥殉國而作。

文章起筆回憶自己與文天祥的交情，即“予以布衣從戎”，並以古之志士喻指文天祥，寫文天祥抗元鬥爭及其慷慨就義之事，以示對文天祥高風亮節的推崇。而想到自己對國事無所貢獻，又覺死後無面目見文天祥。故追憶以往總是痛悼時悲不敢泣，“每一動念，即於夢中尋之”，今天才敢約友人慟哭拜伏於西台之下，竹枝擊節，悲歌以抒懷念。

作者以南宋亡國慘史的見證人自居，希望記錄此事，寄託哀思，留一份信史。全文要言不煩，寫了文天祥的抗元愛國之志和被俘後慷慨赴難之事，以及自己懷念與哭悼過程，高度讚揚了文天祥的愛國精神和品格氣節，抒發了對故國南宋深切哀痛之情。

文章在寫法上採用了夾敍夾議手法，以敍事貫穿全篇。先追敍文天祥開府南服，指揮東南勤王之師進行抗元鬥爭，以及自己從戎與文生死與共之情，次寫文英勇就義，再寫別後思念及哭悼之事。其中雜以議論，對文天祥作了“卒不負其言”的評論，既讚美其高風亮節，又寫哭悼原因。哭奠神主又夾以江山人物眷然若失的評論，而寫書信往還，也以大段議論抒寫情志。敍寫中詳略相得，始終圍繞記敍中心，突出登西台哭奠重點。

其中環境的渲染對凸現作者痛悼之情起了很好的作用，以景襯情，如夢中虛景山水雲嵐襯托出湄水別景及別後思念之情；哭奠中雲從西南來，渰浥浡鬱，氣薄林木則襯托出祭奠中悲悽之情；而風帆怒駛有神陰助又暗示了南宋遺民不屈鬥志；陰晴不定暗寓政治環境的恐怖。總之，環境氛圍的刻畫增強了悲憤力量，烘托了哭祭氣氛。再加以作者為避文字之禍，文意的隱諱曲折使文章撲朔迷離，隱約其辭，雖為哭奠之文，實則抒寫情志。

元好問

元好問（1190～1257），字裕之，太原秀容（今山西忻縣）人，金代詩人。他曾在遺山（今山西定襄東北十八里）讀書，故自號遺山山人，世稱元遺山。金宣宗興定三年（1219）中進士。金亡之後不再做官。他工詩、詞、散文，尤以詩的成就為高，是金代唯一的傑出詩人。

元好問論詩主張以北人剛健質樸之風來救南人綺靡輕浮之習；主張寫真景，詠真情，反對虛偽矯飾；主張創造，反對模擬因襲。元好問的詩，內容較為廣闊，深刻地反映了金亡之後的社會現實。由於親身經歷國破家亡之恨，故所作多悲壯蒼涼之音，幽咽沉雄，意境闊遠。今存有《遺山集》。

市隱齋記

吾友李生為予言：“予遊長安，舍於婁公所。婁，隱者也，居長安市三十年矣。家有小齋，號曰‘市隱’，往來大夫士多為之賦詩，渠欲得君作記。君其以我故為之。”

予曰：“若[1]知隱乎？夫隱，自閉之義也。古之人隱於農、於工、於商、於醫卜、於屠釣，至於博徒、賣漿、抱關吏、酒家保，無乎不在，非特深山之中、蓬蒿之下，然後為隱。前人所以有大小隱之辨者，謂初機之士，信道未篤，不見可欲，使心不亂，故以山林為小隱；能定能應，不為物誘，出處一致，喧寂兩忘，故以朝市為大隱耳。以予觀之，小隱於山林，則容或有之，而在朝市者未必皆大隱也。自山人索高價之後，欺松桂而誘雲壑者多矣，況朝市乎？今夫干沒氏[2]之屬，脅肩以入市，疊足以登壟斷，利嘴長距，爭捷求售，以與傭兒販夫血戰於錐刀[3]之下，懸羊頭，賣狗脯，盜跖[4]行，伯夷[5]語，曰‘我隱者也’而可乎？敢問婁之所以隱奈何？”

曰：“鬻書以為食，取足而已，不害其為廉；以詩酒遊諸公間，取和而已，不害其為高。夫廉與高，固古人所以隱也，子何疑焉？”

予曰：“予得之矣，予為子記之。雖然，予於此猶有未滿焉者。請以韓伯休[6]之事終其說。伯休賣藥都市，藥不二價，一女子買藥，伯休執價不移。女子怒曰：‘子韓伯休邪？何乃不二價？’乃歎曰：‘我本逃名，乃今為兒女子所知！’棄藥徑去，終身不返。夫婁公固隱者也，而自閉之義，無乃與伯休異乎？言，身之文也，身將隱，焉用文之？是求顯也[7]。奚以此為哉？予意大夫士之愛公者強為之名耳，非公意也。君歸，試以吾言問之。”

貞祐丙子[8]十二月日，河東[9]元某記。

註釋

1 若：代詞，你。
2 干沒氏：指投機取巧，牟取利益的人。
3 錐刀：應寫作“刀錐”，比喻微末的小利。唐陳子昂《感遇》詩：“務光讓天下，商賈競刀錐。”
4 盜跖：春秋戰國時人，名跖。《莊子・盜跖》說他“從卒九千人，橫行天下，侵暴諸侯”。“盜跖”是誣稱。
5 伯夷：商末孤竹君長子，與其弟叔齊都不繼承父位。武王伐紂後，二人不願食周粟（因反對武王伐紂），而餓死首陽山。
6 韓伯休：韓康，字伯休，東漢京兆霸陵（今陝西西安市東）人。以採藥賣藥為生，口不二價。後隱居山中。
7 “言，身之文”五句：見《左傳・僖公二十四年》。大意是：以言語來描述人的種種好處，是為了顯示他的光彩。一個人將要去隱居了，還要這些文采、修飾做甚麼？如這樣做，那目的就是想求得顯達，而不是想隱居了。
8 貞祐丙子：金宣宗貞祐（1216）。
9 河東：古地名。元好問為秀容（今山西忻縣）人，秀容古屬河東。

【鑒賞】

仕與隱歷來是文人兩種不同的人生態度。隱士們因其灑脱曠達，所以歸隱更為人們所仰慕，而歸隱的道路也紛繁複雜，“小隱隱陵藪，大隱隱朝市”，“隱之為道，朝亦可隱，市亦可隱，隱初在我，不在於物”。本文假借與友人爭論婁姓隱士是否為真隱士而表明自己對歸隱的看法。如果隱士自己或別人給他掛上“隱士的招牌”，並且加以“表白張揚”，這樣的人就算不得“隱士”或“逸民”了，真隱士應當是“聲聞不彰，息影山林的人物”。

文章雖名為《市隱齋記》，但並不敘其所處環境或由齋及人大加賞揚，而是集中筆墨論隱居之意。從正反兩方面論證那些假隱士，號曰歸隱而實為沽名釣譽之徒，以犀利文筆諷刺了婁公類“隱士”，所以文章實為説理文，但又不脱離題目，藉“隱齋”及其主人開篇，中間於議論中圍繞婁公“之所以隱奈何”展開，使文章前後呼應構成渾融完整的整體。

文章於議論中層層推進，逐層挖掘“隱”之真意，並以古先賢言論或史實為例證，正反對比論證，從而使真假隱士涇渭分明。如第二段，由婁公聲名顯赫引發作者思考何謂隱士。先下定義，為全文立主腦，“夫隱，自閉之義也”。然後圍繞“隱”來申明觀點，指出歸隱不一定要在深山、蓬蒿，並暗用典故，使觀點明確。而後又解釋大小隱區分的標準，隱於朝市應當“能定能應，不為物誘，出處一致，喧寂兩忘”，與上段婁公形成了鮮明對比，從而以正面立論駁斥了婁公之流。而後作者亮明觀點，“在朝市者未必皆大隱”，並舉例論證，以“懸羊頭，賣狗脯，盜跖行，伯夷語，曰‘我隱者也’而可乎”的反詰使假隱士面目畢現。然後以下段“顯”與“隱”的對比，伯休的典故，揭示了“市隱婁公”的真相。

明代名篇

宋濂

宋濂（1310～1381），字景濂，號潛溪，浦江（今浙江義烏西北）人。元末朝廷召為翰林編修，不就，明初主修《元史》。他學識淵博，文章簡潔，在當時頗負盛名。著有《宋學士文集》。

送東陽馬生序

余幼時即嗜學，家貧，無從致書以觀，每假借於藏書之家，手自筆錄，計日以還[1]。天大寒，硯冰堅，手指不可屈伸，弗之怠。錄畢，走送之，不敢稍逾約。以是人多以書假余，余因得遍觀群書。既加冠[2]，益慕聖賢之道，又患無碩師、名人與遊[3]，嘗趨百里外，從鄉之先達執經叩問[4]。先達德隆望尊，門人弟子填其室，未嘗稍降辭色[5]。余立侍左右，援疑質理[6]，俯身傾耳以請；或遇其叱咄，色愈恭，禮愈至，不敢出一言以覆；俟其欣悅，則又請焉。故余雖愚，卒獲有所聞。

當余之從師也，負篋曳屣，行深山巨谷中，窮冬烈風，大雪深數尺，足膚皸裂而不知；至舍，四肢僵勁不能動，媵人持湯沃灌[7]，以衾擁覆，久而乃和。寓逆旅，主人日再食，無鮮肥滋味之享。同舍生皆被綺繡，戴朱纓寶飾之帽，腰白玉之環，左佩刀，右佩容臭[8]，燁然若神人；余則縕袍敝衣處其間[9]，略無慕豔意。以中有足樂者，不知口體之奉不若人也。蓋余之勤且艱若此。今雖耄老[10]，未有所成，猶幸預君子之列，而承天子之寵光，綴公卿之後[11]，日侍坐備顧問，四海亦謬稱其氏名，況才之過於余者乎？

今諸生學於太學[12]，縣官日有廩稍之供[13]，父母歲有裘葛之遺，無凍餒之患矣；坐大廈之下而誦詩書，無奔走之勞矣；有司業、博士為之師[14]，未有問而不告，求而不得者也；凡所宜有之書，皆集於此，不必若余之手錄，假諸人而後見也。其業有不精、德有不成者，非天質之卑，則心不若余之專耳，豈他人之過哉！

東陽馬生君則，在太學已二年，流輩甚稱其賢。余朝京師，生以鄉人子謁余，撰長書以為贄[15]，辭甚暢達，與之論辨，言和而色夷。自謂少時用心於學甚勞，是可謂善學者矣！其將歸見其親也，余故道為學之難以告之。謂余勉鄉人以學者，余之志也；詆我誇際遇之盛而驕鄉人者[16]，豈知余者哉！

註釋

1 計日以還：按照約定的日期送還。
2 加冠：古代男子年二十行加冠禮，以示成人。
3 碩師：名師。
4 先達：有德行學問而且名聲地位顯達的先輩。
5 未嘗稍降辭色：言語和態度很嚴肅。降，謙抑；辭色，言語和臉色。
6 援疑質理：提出疑難，詢問道理。
7 媵人：指婢僕。
8 容臭：香囊。
9 緼袍：以亂麻為棉絮的袍子。
10 耄老：年老。《禮記・曲禮上》："八十、九十曰耄。"
11 綴：連綴。此處指追隨。
12 太學：當時全國最高的學府。
13 "縣官"句：是説朝廷每天供給食糧。縣官，指朝廷，公家。稟稍，即稟食。
14 司業：太學副長官。博士：太學教員。
15 撰長書以為贄：寫很長的信作為進見之禮。
16 際遇：遭遇。

【鑒賞】

這是一篇贈序。作者為勸勉馬君則等太學生刻苦讀書而作。

文章推己及人，首先寫自己少年時讀書的經歷，在敍述自己"嗜學"與"家貧"的現實矛盾和設法借書過程中所遇的種種磨難時，寥寥幾筆即表現出他認真踏實的求學態度——或"手自筆錄"，或"趨百里外"向先達求教，或"遇其叱咄，色愈恭，禮愈至，不敢出一言以覆"。文章開篇敍及的讀書難、求師難，也都圍繞作者好學這一主旨展開的。

接下來作者用自己外出求學時"窮冬"、"烈風"、"大雪"的嚴酷環境與同舍人諸種優裕的生活學習條件比較，表明自己不但不以此為苦，"略無慕豔意"，反而"中有足樂"，從中更見作者認真執着的求學態度。

以下則筆鋒一轉，回到現實，歷數今之太學生供足、師備、書全的優越條件，並指出他們"業有不精、德有不成"是因為"心不若余之專耳"。這再次點明學習態度端正之必要。最後作者道出寫作此文的目的是"勉鄉人以學者"。

此序主旨明確，結構緊湊。作者以親身經歷為線索，運用夾敘夾議手法將文章寫得情真意切，語重心長。他善用對比手法，分別以自己的窮寒與富家子弟的優裕、自己當年學習條件的低劣與"今之諸生"學習條件的優越對比，從而達到勸勉諸生的目的。

秦士錄

鄧弼字伯翊，秦人也。身長七尺，雙目有紫棱，開合閃閃如電，能以力雄人。鄰牛方鬥，不可擘，拳其脊，折仆地；市門石鼓，十人舁弗能舉，兩手持之行。然好使酒，怒視人，人見輒避，曰狂生不可近，近則必得奇辱。

一日獨飲娼樓，蕭、馮兩書生過其下，急牽入共飲。兩生素賤其人，力拒之。弼怒曰：“君終不我從，必殺君，亡命走山澤耳，不能忍君苦也。”兩生不得已，從之。弼自據中筵，指左右揖兩生坐，呼酒歌嘯以為樂。酒酣解衣箕踞，拔刀置案上，鏗然鳴。兩生雅聞其酒狂，欲起走。弼止之曰：“勿走也，弼亦粗知書，君何至相視如涕唾。今日非速君飲，欲少吐胸中不平氣耳！四庫書[1]從君問，即不能答，當血是刃。”兩生曰：“有是哉！”遽摘七經[2]數十義叩之。弼歷舉傳疏[3]，不遺一言。復詢歷代史，上下三千年，纚纚如貫珠。弼笑曰：“君等伏乎未也？”兩生相顧慘沮，不敢再有問。弼索酒被髮跳叫曰：“吾今日壓倒老生矣。古者學在養氣，今人一服儒衣，反奄奄欲絕，徒欲馳騁文墨，兒撫一世豪傑，此何可哉！此何可哉！君等休矣！”兩生素負多才藝，聞弼言，大愧，下樓，足不得成步。歸詢其所與遊，亦未嘗見其挾冊呻吟也[4]。

泰定[5]末，德王執法西御史台[6]，弼造書數千言，袖謁之。閽卒不為通，弼曰：“若不知關中有鄧伯翊耶？”連擊踣數人，聲聞於王。王令隸人捽入，欲鞭之。弼盛氣曰：“公奈何不禮壯士？今天下雖號無事，東海島彝，尚未臣順。間者賀海艦互市於鄞[7]，即不滿所欲，出火刀斫柱，殺傷我中國民。諸將軍控弦引矢，追至大洋，且戰且卻，其虧國體為已甚。西南諸蠻，雖曰稱臣奉貢，乘黃屋左纛，稱制，與中國等[8]，尤志士所同憤。誠得如弼者一二輩，驅十萬橫磨劍伐之，則東西止日所出入，莫非王土矣。公奈何不禮壯士？”庭中人聞之，皆縮頸吐舌，舌久不能收。王曰：“爾自號壯士，解持矛鼓噪，前登堅城乎？”曰：“能。”“百萬軍中可刺大將乎？”曰：“能。”“突圍潰陣，得保首領乎？”曰：“能。”王顧左右曰：“姑試之。”問所須，曰：“鐵鎧良馬各一，雌雄劍二。”王即命給與。陰戒善槊者五十人，馳馬出東門外，然後遣弼往。王自臨觀，空一府隨之。暨弼至，眾槊並進。弼虎吼而奔，人馬闢易五十步，面目無色。已而煙塵漲天，但見雙劍飛舞雲霧中，連斫馬首墮地，血涔涔滴。王撫髀歡曰：“誠壯士！誠壯士！”命勺酒勞弼，弼立飲不拜。由是狂名振一時，至比之王鐵槍[9]云。

王上章薦諸天子。會丞相與王有隙[10]，格其事不下。弼環視四體，歎曰："天生一具銅筋鐵肋，不使立勳萬里外，乃槁死三尺蒿下，命也，亦時也，尚何言！"遂入王屋山[11]為道士，後十年終。

史官曰：弼死未二十年，天下大亂。中原數千里，人影殆絕。玄鳥來降，失家[12]，競棲林木間。使弼在，必當有以自見，惜哉！弼鬼不靈則已，若有靈，吾知其怒髮上衝也。

註釋

1 四庫書：指經、史、子、集四部古籍。
2 七經：《小學紺珠》中以《易》、《書》、《詩》、《周禮》、《儀禮》、《禮記》、《春秋》為七經。
3 傳疏：解釋經文的叫"傳"，解釋傳文的叫"疏"。
4 挾冊呻吟：隨時攜帶書本以供吟讀。
5 泰定：元泰定帝年號（1324～1328）。
6 德王：即馬札兒台。泰定四年（1327），拜陝西行台治書侍御史。元順帝至正六年（1346）封忠王。卒後，至正十二年改封德王。
7 互市：古時中原地區與外國或邊境民族進行貿易的通稱。鄞：今浙江省寧波市。
8 黃屋左纛（dào）：古代天子的車駕上以黃繒為裏的車蓋，稱黃屋。此指帝王所乘之車。左纛，古時皇帝車駕上的裝飾物。因設在車衡之左，故稱。稱制：自稱皇帝。與中國等：與中國天子地位相同，意指僭越不臣。
9 王鐵槍：《新五代史・王彥章傳》載："王彥章字子明……為人驍勇有力，能跣足履棘行百步。持一鐵槍，騎而馳突，奮疾如飛，他人莫能舉也。軍中號王鐵槍。"
10 丞相與王有隙：泰定四年，右丞相為塔失帖木兒，左丞相為倒剌沙，俱與德王不合。
11 王屋山：今河南濟源西北。
12 玄鳥：燕子。失家：找不到舊時巢穴。借指戰爭中房屋破壞嚴重。

【鑒賞】

這是一篇人物特寫，着力描繪鄧弼身懷絕技、能文能武、博學多才的"秦士"形象，並寫出他懷才不遇的憤慨之情。

作者從"武"的方面落筆，首先寫他的體態容貌，十分有吸引力和震撼力，接着用兩個實例加以證明，極簡略地刻畫出一個非凡、勇武的人物。文章的主幹部分寫鄧弼強挾蕭、馮二生登樓共飲，並以博學多才折服二人以及他希圖為世所用，遂登門求見德王。在文武兩方面的考驗中都有出色的表現。末段歸結全文引出作者的一番感慨。

作者寫這篇人物傳記，抓住幾個具有典型意義的細節，說鄧弼能武，則寫他“身長七尺，雙目有紫棱，開合閃閃如電”、徒手分牛、力舉石鼓；說其能文，則寫兩生“遽摘七經數十義叩之”，“弼歷舉傳疏，不遺一言”，致使二生“相顧慘沮”。更值得一提的是作者用德王與鄧弼的問答來表現他的恃才自傲和胸有成竹，這無疑使鄧弼的形象血肉豐滿。

閱江樓記

金陵為帝王之州[1]。自六朝迄於南唐，類皆偏據一方[2]，無以應山川之王氣[3]。逮我皇帝定鼎於茲[4]，始足以當之。由是聲教所暨[5]，罔間朔南[6]，存神穆清[7]，與天同體；雖一豫一遊，亦可為天下後世法[8]。京城之西北有獅子山，自盧龍蜿蜒而來[9]。長江如虹貫，蟠繞其下[10]。上以其地雄勝[11]，詔建樓於巔，與民同遊觀之樂，遂錫嘉名為“閱江”云[12]。

登覽之頃，萬象森列[13]；千載之秘，一旦軒露[14]；豈非天造地設，以俟夫一統之君，而開千萬世之偉觀者歟？當風日清美，法駕幸臨[15]，升其崇椒[16]，憑闌[17]遙矚，必悠然而動遐思。見江漢之朝宗[18]，諸侯之述職[19]，城池之高深，關阨之嚴固[20]，必曰：“此朕櫛風沐雨[21]，戰勝攻取之所致也。中夏之廣[22]，益思有以保之。”見波濤之浩蕩，風帆之上下，番舶接跡而來庭[23]，蠻琛聯肩而入貢[24]，必曰：“此朕德綏威服[25]，覃及內外之所及也[26]。四陲之遠[27]，益思有以柔之[28]。”見兩岸之間，四郊之上，耕人有炙膚皸足之煩[29]，農女有捋桑行饁之勤[30]，必曰：“此朕拔諸水火，而登於衽席者也[31]。萬方之民，益思有以安之。”觸類而思，不一而足。臣知斯樓之建，皇上所以發舒精神，因物興感，無不寓其政治之思，奚止閱夫長江而已哉！

彼臨春、結綺[32]，非不華矣；齊雲、落星[33]，非不高矣；不過樂管弦之淫響，藏燕趙之豔姬，不旋踵間而感慨繫之[34]。臣不知其為何說也。雖然，長江發源岷山[35]，委蛇七千餘里而入海[36]，白涌碧翻。六朝之時，往往倚之為天塹[37]。今則南北一家，視為安流，無所事乎戰爭矣。然則果誰之力歟？逢掖之士[38]，有登斯樓而閱斯江者，當思聖德如天，蕩蕩難名，與神禹疏鑿之功同一罔極[39]。忠君報上之心，其有不油然而興耶？

臣不敏，奉旨撰記。欲上推宵旰圖治之功者[40]，勒諸貞珉[41]。他若留連光景之辭，皆略而不陳，懼褻也[42]。

註釋

1 金陵：今江蘇省南京市。明太祖朱元璋曾在此建都。州：這裏作地方"居所"講。
2 六朝：三國的吳，東晉，南朝的宋、齊、梁、陳，都以金陵為都城，歷史上合稱六朝。南唐：五代時十國之一，公元 937 年，李昪代吳稱帝，建都金陵，後為宋太祖趙匡胤所滅。六朝的疆域都只在黃河以南今長江流域和珠江流域一帶；南唐的疆域只有今江蘇、江西、福建一帶地區。所以作者說他們"偏據一方"。
3 王氣：迷信的說法，古時帝王所在的地方，有一種祥瑞之氣，叫做"王氣"。
4 我皇帝：指明太祖朱元璋。定鼎：定都。傳說夏禹鑄九鼎，象徵九州，把它作為傳國的重器，定都在哪裏，鼎就放在哪裏。因此，後世也稱定都為定鼎。
5 聲教：指帝王的聲威、教化。暨（jì）：及，到。
6 罔（wǎng）間：沒有間隔。罔，無。朔、南：指北方和南方。
7 穆清：《詩經・大雅・烝民》："穆如清風。"指陶冶人的性情，像清風化育世間萬物。這裏用來頌揚皇帝。穆，美好、肅敬。
8 一豫一遊：指遊覽行樂。豫，快樂。法：規範，模範。
9 盧龍：盧龍山。在今江蘇江寧。
10 蟠（pán）繞：盤曲纏繞。
11 上：皇上，指明太祖朱元璋。
12 錫：即御賜。嘉名：好的名字。
13 森列：眾多地排列在一起。森，樹木茂盛的樣子，此處引申為眾多。
14 軒露：開闊顯露。
15 法駕：皇帝的車駕。此處指皇帝本人。幸臨：皇帝親自到來。
16 椒（jiāo）：山頂。
17 闌：指欄杆。
18 朝宗：《周禮・春官・大宗伯》："春見曰朝，夏見曰宗。"原指諸侯朝見天子，這裏喻百川歸大海。
19 述職：陳述自己的職責，匯報自己的工作。
20 阨：要塞，通"隘"。
21 櫛（zhì）風沐雨：用風梳髮，用雨洗頭，形容旅途奔波辛勞。
22 中夏：中國，即中原地區。
23 番舶（bó）：外國船隻。番，古時中國對外國的蔑稱；舶，原指航海的大船，這裏泛指船隻。
24 蠻：古代對南方各族的蔑稱。這裏代指少數民族。琛（chēn）：珍寶。
25 綏（suí）：安撫。
26 覃及：廣佈。覃，延伸。
27 陲（chuí）：邊境。
28 柔：指用和平策略使之歸服。
29 炙（zhì）：烤。皸（jūn）：手腳受凍而開裂。
30 捋（luō）桑：用手摘桑葉。行饁（yè）：給耕種的人送飯。
31 衽（rèn）蓆：蓆子。此處借指平安無慮的日子。
32 臨春、結綺：古樓閣名，均為南朝陳後主所建。
33 齊雲、落星：古樓閣名。齊雲，在江蘇蘇州，唐朝恭王建。落星，三國時吳大帝孫權建。
34 旋踵（zhǒng）：轉一下腳後跟的時間。形容時間極短。
35 岷山：在四川省北部，綿延川、甘兩省邊境。古人認為長江發源於岷山。
36 委蛇（yí）：同"逶迆"，曲折前行。
37 天塹（qiàn）：天然的溝壑。這裏指長江。
38 逢掖：古代讀書人穿的一種袖子寬大的衣服。這裏借指讀書人。
39 罔極：無窮無盡。
40 宵旰（gàn）："宵衣旰食"的略語。意思是天不亮就穿衣起身，天很晚了才吃飯。舊時用來形容帝王勤於政事。旰，晚上。
41 勒諸貞珉（mǐn）：刻在碑石上。勒，刻、鑿；諸，之於；貞珉，即"貞石"，刻碑的美石。
42 褻（xiè）：怠慢，褻瀆。

【鑒賞】

這是應皇帝旨意作的一篇記文。與其他遊記散文不同，本文以闡明皇恩浩德為題旨。

文章以金陵歷史起篇。金陵作為六朝古都，自然王氣充沛，所以說“金陵為帝王之州”。下面筆鋒隨即一轉，説王朝雖定都於此，但非偏安之王朝，以當今皇帝的武略，定能“應山川之王氣”，一統河山，“與天同體”。本段作者引古論今，開篇有度，自然引出下文的所見所感。

第二層首先簡述閱江樓所處地理位置不同尋常，所以“上以其地雄勝”，詔建此樓，以與民“同遊觀之樂”。接着作者寫道：統一天下的皇帝登上此樓，撫欄遠眺，定會神思飛揚。此處皇帝所感成為行文的關鍵，由此引出下文的三見三思，其行文如行雲流水，妥帖有序，一代帝王的感慨逐層昇華。

文章最後勸勉當今帝王要勵精圖治，以“勒諸貞珉”。

此文雖為應制之作，但立意新穎，文風惇厚，且結構緊湊，轉接得當，夾敘夾議和鋪排手法運用靈活自然。

劉基

劉基（1311～1375），字伯温，青田（今浙江青田）人。元末進士，曾任元朝江西高安縣丞等職。後棄官歸隱。元至正二十年（1360）後，幫助朱元璋建立明王朝，為明朝開國功臣。官至御史中丞兼太史令，封誠意伯。他是元末明初著名詩文家之一，詩歌以質樸、雄放見長。有《誠意伯文集》。

賣柑者言

杭有賣果者，善藏柑，涉寒暑不潰[1]，出之燁然，玉質而金色[2]。置於市，賈十倍，人爭鬻之[3]。予貿得其一[4]，剖之，如有煙撲口鼻，視其中，乾若敗絮。予怪而問之曰："若所市於人者，將以實籩豆[5]，奉祭祀，供賓客乎？將衒外以惑愚瞽也[6]？甚矣哉，為欺也。"

賣者笑曰："吾業是有年矣，吾賴是以食吾軀[7]。吾售之，人取之，未嘗有言，而獨不足子所乎？世之為欺者不寡矣，而獨我也乎？吾子未之思也。今夫佩虎符、坐臯比者，洸洸乎干城之具也[8]，果能授孫吳之略耶[9]？峨大冠、拖長紳者，昂昂乎廟堂之器也[10]，果能建伊臯之業耶[11]？盜起而不知禦[12]，民困而不知救，吏奸而不知禁，法斁而不知理，坐縻廩粟而不知恥[13]。觀其坐高堂，騎大馬，醉醇醲而飫肥鮮者[14]，孰不巍巍乎可畏，赫赫乎可象也[15]？又何往而不金玉其外，敗絮其中也哉！今子是之不察，而以察吾柑！"

予默默無以應。退而思其言，類東方生滑稽之流[16]。豈其憤世疾邪者耶？而託於柑以諷耶[17]？

註釋

1 杭：指浙江省杭州市。柑：果名，形似橘而大。涉：經歷。潰：指腐爛。

2 燁（yè）然：色彩鮮豔的樣子。玉質而金色：質地像玉一樣溫潤，顏色像金子一樣閃亮。

3 賈：同"價"，價格。鬻（yù）：賣。此處作購買解。

4 貿（mào）：買賣，這裏是應取買意。

5 若：你。市：賣。籩（biān）豆：古代禮器。籩竹製，豆木製，供盛食物之用。

6 衒（xuàn）：同"炫"，炫耀。愚瞽：傻子和瞎子。

7 "吾業是" 二句：是説我做這種職業已多年了，靠它維持生活。食（sì），供給，餵養；軀，身體。

8 虎符：形如虎的兵符。皐比（pí）：虎皮。洸洸（guāng）：威武的樣子。干城之具：喻保衛國家的將領。《詩經・周南・兔罝》："糾糾武夫，公侯干城。" 具，這裏指人材。

9 孫吳：指中國古代著名的軍事家孫武和吳起。

10 峨：高。拖：下垂。紳（shēn）：古代士大夫束在腰間並垂下一部分用作裝飾的大帶子。廟堂之器：喻朝廷的棟梁之材。

11 伊皐：伊，指伊尹，商湯的名臣。皐，指皐陶（yáo），舜時掌管刑罰的大臣。

12 禦：抵禦。

13 斁（dù）：敗壞。坐縻廩粟：坐着浪費國家倉庫裏的糧食。縻，通"靡"，浪費。

14 醇醲：香醇的酒。飫（yù）：飽食。

15 巍巍：高不可及的樣子。赫赫：氣勢盛大的樣子。象：效法。

16 東方生：即東方朔，漢武帝弄臣，詼諧滑稽，善諷諫。

17 託：假借。

【鑒賞】

這是一篇對話體刺世散文。作者通過賣柑人之口，用形象的比喻揭露了當時官員"金玉其外，敗絮其中" 的腐朽本質。

作者以買柑者的身份，從所見之柑説起。從外表看，此柑"出之燁然，玉質而金色"，但"視其中" 卻 "乾若敗絮"，柑的表裏不一引起買柑者的不滿，於是 "怪而問之"，接着便以 "欺" 引起責難。這實在是妥帖至極，不經意間便引出了賣柑者的反詰與議論。

文中賣柑者的話是正文部分。針對責難，他首先提出 "世之為欺者不寡"，這是一種普遍存在的社會現象。接着便藉題發揮由文欺説到武欺，淋漓盡致，罵盡世間欺世盜名的各種醜行。最後賣柑者以反詰句"今子是之不察，而以察吾柑" 作結。文章結尾處以"豈其憤世疾邪者耶？而託於柑以諷耶" 點明題旨，表達了作者的諷諫之意。

這篇文章用形象的筆觸刻畫了當時社會文恬武嬉、欺世盜名的醜態，有很強的批判意義。對話體的運用，使文章的結構緊湊，語言活潑生動，説理形式鮮活。

司馬季主論卜

東陵侯既廢[1]，過司馬季主而卜焉[2]。季主曰："君侯何卜也[3]？" 東陵侯曰："久卧者思起，久蟄者思啟[4]，久懣者思嚏[5]。吾聞之：'蓄極則泄[6]，閟極則達，熱極則風，壅極則通[7]。一冬一春，靡屈不伸[8]；一起一伏，無往不復。' 僕竊有疑，願受教焉。" 季主曰：

“若是，則君侯已喻之矣，又何卜為[9]？”東陵侯曰：“僕未究其奧也，願先生卒教之。”

季主乃言曰：“嗚呼！天道何親[10]？惟德之親；鬼神何靈？因人而靈。夫蓍[11]，枯草也；龜，枯骨也；物也。人，靈於物者也，何不自聽而聽於物乎？且君侯何不思昔者也！有昔者必有今日。是故碎瓦頹垣，昔日之歌樓舞館也；荒榛斷梗[12]，昔日之瓊蕤玉樹也[13]；露蛬風蟬，昔日之鳳笙龍笛也[14]；鬼燐螢火，昔日之金釭華燭也[15]；秋荼春薺，昔日之象白駝峰也[16]；丹楓白荻，昔日之蜀錦齊紈也[17]。昔日之所無，今日有之不為過；昔日之所有，今日無之不為不足。是故一晝一夜，華開者謝[18]；一春一秋，物故者新；激湍之下，必有深潭；高丘之下，必有浚谷[19]。君侯亦知之矣，何以卜為？”

註釋

1 東陵侯：邵平，秦時封東陵侯。秦滅亡後，在長安城郊以種瓜為生。
2 過：拜訪。司馬季主：複姓司馬，漢初人，以占卜聞名當世。卜：占卜，古代人用龜甲、蓍草等占卜以預測吉凶。
3 君侯：漢代對列侯的尊稱。此指對東陵侯的尊稱。
4 蟄（zhé）：蟲類冬眠。比喻潛伏。啟：出來。
5 懣（mèn）：煩悶。嚏（tì）：打噴嚏。
6 泄：發泄。
7 壅（yōng）：阻擋，堵塞。
8 靡（mǐ）：沒有。
9 為：句尾語氣詞，表示反問。
10 天道：古代哲學用語。天道觀有唯物的和唯心的，這裏的解釋是唯心的。
11 蓍（shī）：草本植物。又名鋸齒草，古代用蓍草莖桿占卜。
12 荒榛（zhēn）斷梗（gěng）：荒蕪的樹叢，殘敗的草木。榛，樹叢；梗，草木枝莖。
13 瓊蕤（ruí）玉樹：絢麗的花草，珍貴的樹木。泛指茂盛的園林。
14 露蛬（qi1ng）風蟬：露天的蟋蟀，秋風中的鳴蟬。蛬，同“蛩”。鳳笙龍笛：管樂器名。因有龍鳳之形或飾有龍鳳彩繪，故稱。這裏指悦耳動聽的音樂。
15 鬼燐：即燐火。夜間有淡綠色的光，舊時迷信認為是鬼火。釭：燈。華燭：有彩色裝飾的蠟燭。此處指輝煌的燈火。
16 荼（tú）：一種苦菜。薺（jì）：薺菜。象白、駝峰：大象的鼻子，駱駝的肉峰，都是珍貴的食物。此指美味佳餚。
17 楓：楓樹，葉經霜而變紅，故稱丹楓。荻（dí）：與蘆葦相似的草本植物。蜀錦齊紈（wán）：四川出產的錦，山東出產的絹。這裏指各種華貴的絲織品。
18 華（huā）：同“花”。
19 浚（jùn）谷：深谷。浚，水流很深的樣子。

【鑒賞】

這是一篇對話體論説文，藉歷史人物東陵侯和卜士司馬季主之口，闡明了世事無常、盛極必衰的道理。

文章假託東陵侯向司馬季主問卜，由東陵侯説出天道無常，世事變幻，衰然後盛，窮然後達的道理。接着又以東陵侯“究其奧”引出司馬季主的大段議論。季主暢論天道更替之理，以世上有昔日必有今日諸事為例，深入淺出地説明世事的相互轉化和變幻莫測，警戒世人不要醉心於富貴，執着於名利。文章最後重複“君侯亦知之矣，何以卜為”，表明兩人的觀點相同。

這篇文章議論世事多變，人靈於物，應自聽而不必聽於物，具有樸素的辯證唯物主義色彩。作者的寫作目的是警示世人不應盲目追求名利富貴，具有一定的積極意義。

文章短小精練，思想深刻，論辯犀利，能通過人物對話闡明抽象道理。且語言音韻和諧，極富音樂性，讀來朗朗上口。

方孝孺

方孝孺（1357～1402），字希直，寧海（今浙江象山）人。以文章、理學聞名於時。洪武年間，除漢中府教授。建文時，為侍講學士。燕王朱棣（成祖）引兵入金陵稱帝，命他起草登基詔書，不從，被斬。著有《遜志齋集》。

吳士

吳士好誇言。自高其能，謂舉世莫及。尤善談兵[1]，談必推孫吳[2]。遇元季亂，張士誠稱王姑蘇[3]，與國朝爭雄[4]，兵未決。士謁士誠曰："吾觀今天下形勢莫便於姑蘇，粟帛莫富於姑蘇，甲兵莫利於姑蘇，然而不霸者，將劣也。今大王之將，皆任賤丈夫，戰而不知兵，此鼠鬥耳[5]。王果能將吾[6]，中原可得，於勝小敵何有！"士誠以為然，俾為將[7]，聽自募兵[8]，戒司粟吏勿與較贏縮[9]。

士嘗遊錢塘，與無賴懦人交。遂募兵於錢塘，無賴士皆起從之。得官者數十人，月靡粟萬計[10]。日相與講擊刺坐作之法[11]，暇則斬牲具酒燕飲[12]。其所募士，實未嘗能將兵也[13]。

李曹公破錢塘[14]，士及麾下遁去，不敢少格[15]。搜得，縛至轅門誅之。垂死猶曰："吾善孫吳法。"

註釋

1 善：善於。

2 孫吳：孫武、吳起，古代軍事家。

3 張士誠：元末泰州白駒場人，監販出身。1353年與弟張士德、張士信率監民起義，攻克泰州、興化、高郵。次年稱誠王，國號周。1356年定都平江（今江蘇蘇州）。次年為朱元璋所敗，降元。後又繼續擴佔土地，但屢為朱元璋所敗。1367年秋，平江城破，被押至金陵（今江蘇南京），自縊死。

4 國朝：指明朝。爭雄：爭取強大。

5 鼠鬥：像鼠一樣鬥架。

6 將（jiàng）吾：以我為將。

7 俾為將：使（他）為將領。

8 募兵：招募士兵。

9 贏縮：贏，有餘；縮，不足。這句意思是，命令主管糧食的官吏不要與他計較多少。

10 靡：浪費。

11 擊刺坐作：指兵士習武的動作。

12 具：備。燕：通"宴"。

13 將（jiàng）兵：領兵打仗。

14 李曹公：即李文忠。文忠，字思本，盱眙人，明太祖（朱元璋）姊子。洪武年間，官至大都督府左都督，封曹國公。卒後，追封岐陽王，謚武靖。

15 格：鬥的意思。

【鑒賞】

這是一篇諷刺好誇者的雜文，以張士誠輕於用人為事實根據發揮而成。《續資治通鑒》曰："浙西民物蕃盛，儲積殷富。士誠兄弟驕侈淫佚，又瘖於斷制，欲以得士要譽，士有到者，無問賢不肖，輒重其贈遺，輿馬居室靡不充足，士多往趨之。"可見張士誠用人的標準。

篇首落筆，直刺"好誇言""尤善談兵"的吳士，寥寥幾筆勾畫出這位大言不慚的諷刺對象。之後用吳士與張士誠的對話對他紙上談兵的言行進行細緻描繪。下面又敘述吳士自高其能，浮誇不實的本相及其下場。末句與開頭"談必推孫吳"呼應，進一步加深文章的諷刺力度。

作者寫作本文的目的是通過諷刺誇誇其談者引起世人和統治者的注意，告誡他們以"得士"要譽的做法是愚蠢的，必然自害其身。重視人才是好事，但不可不辨賢愚。

這篇文章諷刺手法巧妙，筆勢勁健灑脫，於嬉笑婉曲中見出鋒芒。而且作者善於刻畫和表現人物的個性特徵，以人物言行來突出人物性格，使人物形象豐滿逼真。

馬中錫

馬中錫（1446～1512），字天祿，故城（今河北故城）人。明憲宗成化十一年（1475）進士。正德年間，官至兵部侍郎。因反對太監劉瑾，被貶官、下獄。劉瑾被誅以後，出任大同巡撫。正德六年（1511），劉六、劉七等起義，馬中錫奉命統率禁兵前往鎮壓。但後來他鑒於起義部隊力量強大，又有感於事變是由酷吏、太監所激起，遂主張"招安"，並親自勸説劉等"就撫"。但當權者卻發強兵，決意進行鎮壓。劉六等見朝廷不可信任，遂堅持鬥爭，兵至故城，令軍士不得侵犯馬中錫家。因此，誹謗之言起，朝廷以"縱賊"之罪關押馬中錫，遂病死獄中。後數年，朝廷為其昭雪復官。著有《東田集》。

中山狼傳

趙簡子大獵於中山[1]，虞人導前[2]，鷹犬羅後，駭禽鷙獸應弦而倒者不可勝數[3]。有狼當道，人立而啼。簡子垂手登車[4]，援烏號之弓[5]，挾肅慎之矢[6]，一發飲羽[7]，狼失聲而逋[8]。簡子怒，驅車逐之，驚塵蔽天，足音鳴雷，十里之外，不辨人馬。

時，墨者東郭先生[9]，將北適中山以干仕[10]，策蹇驢[11]，囊圖書，夙行失道[12]，望塵驚悸。狼奄至[13]，引首顧曰："先生豈有志於濟物哉？昔毛寶放龜而得渡[14]，隋侯救蛇而獲珠[15]，龜蛇固弗靈於狼也。今日之事，何不使我得早處囊中以苟延殘喘乎？異時倘得脱穎而出[16]，先生之恩，生死而肉骨也[17]，敢不努力以效龜蛇之誠！"先生曰："嘻，私汝狼以犯世卿[18]，忤權貴，禍且不測，敢望報乎？然墨之道，兼愛為本，吾終當有以活汝，脱有禍[19]，固所不辭也！"乃出圖書，空囊橐，徐徐焉實狼其中[20]，前虞跋胡，後恐疐尾[21]，三納之而未克，徘徊容與[22]，追者益近。狼請曰："事急矣！先生果將揖遜救焚溺，而鳴鑾避寇盜耶[23]？惟先生速圖！"乃跼蹐四足[24]，引繩而束縛之，下首至尾[25]，曲脊掩胡，猬縮蠖屈[26]，蛇盤龜息，以聽命先生。先生如其指，內狼於囊[27]，遂括囊口，肩舉驢上，引避道左[28]，以待趙人之過。

已而簡子至，求狼弗得，盛怒，拔劍斬轅端示先生，罵曰："敢諱狼方向者[29]，有如此轅！"先生伏躓就地[30]，匍匐以進[31]，跽而言曰[32]："鄙人不慧，將有志於世，奔走遐方，自迷正途，又安能發狼蹤，以指示夫子之鷹犬也！然嘗聞之，大道以多歧亡羊[33]。夫羊，一童子可制之，如是其馴也，尚以多歧而亡；狼非羊比，而中山之歧，可以亡羊者何限？乃區區循大道以求之，不幾於守株緣木乎[34]？況田獵，虞人之所事也，君請問諸皮冠[35]。行道之人何罪哉？且鄙人雖愚，獨不知夫狼乎？性貪而狠，黨豺為虐[36]，君能除之，固當窺左足以效微勞[37]，又肯諱之而不言哉！"簡子默然，回車就道。先生亦驅驢，兼程而進。

良久，羽旄之影漸沒[38]，車馬之音不聞，狼度簡子之去已遠，而作聲囊中曰："先生可留意矣。出我囊，解我縛，拔矢我臂，我將逝矣！"先生舉手出狼，狼咆哮謂先生曰："適為虞人逐，其來甚遠，幸先生生我[39]。我餒甚，餒不得食，亦終必亡而已。與其飢死道路，為群獸食，毋寧斃於虞人，以俎豆於貴家[40]。先生既墨者，摩頂放踵[41]，思一利天下，又何吝一軀啖我而全微命乎[42]？"遂鼓吻奮爪以向先生。先生倉卒以手搏之，且搏且卻，引蔽驢後，便旋而走，狼終不得有加於先生[43]，先生亦極力拒，彼此俱倦，隔驢喘息。先生曰："狼負我！狼負我！"狼曰："吾非固欲負汝，天生汝輩，固需吾輩食也！"相持既久，日晷漸移[44]，先生竊念天色向晚，狼復群至，吾死矣夫！因紿狼曰[45]："民俗，事疑必詢三老，第行矣[46]，求三老而問之，苟謂我當食即食，不可即已。"狼大喜，即與偕行。

逾時[47]，道無人行，狼饞甚，望老木僵立路側，謂先生曰："可問是老！"先生曰："草木無知，叩焉何益[48]？"狼曰："第問之，彼當有言矣！"先生不得已，揖老木，具述始末，問曰："若然，狼當食我邪？"木中轟轟有聲，謂先生曰："我杏也。往年老圃種我時，費一核耳，逾年華[49]，再逾年實，三年拱把[50]，十年合抱，至於今二十年矣！老圃食我，老圃之妻子食我，外至賓客，下至奴僕皆食我。又復鬻實於市，以規利於我[51]。其有功於老圃甚巨。今老矣，不能斂華就實[52]，賈老圃怒[53]，伐我條枚，芟我枝葉，且將售我工師之肆取直焉[54]。噫！樗朽之材[55]，桑榆之景[56]，求免於斧鉞之誅而不可得，汝何德於狼，乃覬免乎[57]？是固當食汝。”言下，狼復鼓吻奮爪以向先生。先生曰：“狼爽盟矣[58]，矢詢三老[59]，今值一杏，何遽見迫邪？”復與偕行。

狼愈急，望見老牸[60]，曝日敗垣中，謂先生曰：“可問是老！”先生曰：“向者草木無知[61]，謬言害事，今牛，禽獸耳，更何問焉？”狼曰：“第問之，不問，將咥汝[62]！”先生不得已，揖老牸，再述始末以問。牛皺眉瞪眼，舐鼻張口，向先生曰：“老杏之言不謬矣！老牸繭慄少年時[63]，筋力頗健，老農賣一刀以易我，使我貳群牛、事南畝[64]。既壯，群牛日以老憊，凡事我都任之[65]。彼將馳驅，我伏田車[66]，擇便途以急奔趨。彼將躬耕，我脱輻衡[67]，走郊坰以闢榛荊[68]。老農視我猶左右手。衣食仰我而給，婚姻仰我而畢，賦税仰我而輸[69]，倉庾仰我而實[70]。我亦自諒，可得帷席之敝如馬狗也[71]。往年家儲無擔石[72]，今麥秋多十斛矣；往年窮居無顧藉[73]，今掉臂行村社矣；往年塵卮罌[74]，涸唇吻，盛酒瓦盆，半生未接，今醞黍稷，據樽罍[75]，驕妻妾矣；往年衣短褐，侶木石[76]，手不知揖，心不知學，今持《兔園冊》[77]，戴笠子，腰韋帶[78]，衣寬博矣。一絲一粟，皆我力也。顧欺我老弱，逐我郊野，酸風射眸[79]，寒日弔影，瘦骨如山，老淚如雨，涎垂而不可收，足攣而不可舉，皮毛俱亡，瘡痍未瘥。老農之妻妒且悍，朝夕進説曰：‘牛之一身，無廢物也。肉可脯，皮可鞟[80]，骨角可切磋為器。’指大兒曰：‘汝受業庖丁之門有年矣，胡不礪刃於硎以待[81]？’跡是觀之[82]，是將不利於我，我不知死所矣！夫我有功，彼無情乃若是，行將蒙禍；汝何德於狼，覬幸免乎？”言下，狼又鼓吻奮爪以向先生。先生曰：“毋欲速！”

遙望老子杖藜而來[83]，鬚眉皓然，衣冠閒雅，蓋有道者也。先生且喜且愕，捨狼而前，拜跪啼泣，致辭曰：“乞丈人一言而生。”丈人問故，先生曰：“是狼為虞人所窘，求救於我，我實生之，今反欲咥我，力求不免，我又當死之，欲少延於片時，誓定是於三老[84]。初逢老杏，強我問之，草木無知，幾殺我。次逢老牸，強我問之，禽獸無知，又幾殺我。今逢丈人，豈天之未喪斯文也[85]。敢乞一言而生。”因頓首杖下，俯伏聽命。丈人聞之，欷歔再三。以杖叩狼曰：“汝誤矣！夫人有恩而背之，不祥莫大焉。儒謂受人恩而不忍背者，其為子必孝，又謂虎狼之父子[86]。今汝背恩如是，則並父子亦無矣！”乃厲聲曰：“狼，速去！不然將杖殺汝！”狼曰：“丈人知其一未知其二，請愬之[87]，願丈人垂聽。初，先生救我時，束縛我足，閉我囊中，壓以詩書，我鞠躬不敢息[88]，又蔓辭以說簡子[89]，其意蓋將死我於囊，而獨竊其利也。是安可不咥？”丈人顧先生曰：“果如是，是羿亦有罪焉[90]！”先生不平，具狀其囊狼憐惜之意。狼亦巧辯不已以求勝。丈人曰：“是皆不足以執信也。試再囊之，我觀其狀，果困苦否。”狼欣然從之。信足先生[91]，先生復縛置囊中，肩舉驢上，而狼未之知也。丈人附耳謂先生曰：“有匕首否？”先生曰：“有！”於是出匕。丈人目先生，使引匕刺狼。先生曰：“不害狼乎？”丈人笑曰：“禽獸負恩如是，而猶不忍殺。子固仁者，然愚亦甚矣！從井以救人，解衣以活友[92]，於彼計則得，其如就死地何？先生其此類乎？仁陷於愚，固君子之所不與也[93]。”言已大笑，先生亦笑。遂舉手助先生操刃，共殪狼[94]，棄道上而去。

註釋

1 趙簡子：名鞅。春秋時晉國的大夫。中山：地名，今河北定縣一帶。
2 虞人：古代主管山澤苑囿狩獵的官員。
3 鷙獸：兇猛的鳥獸。
4 垂手登車：從容上車。垂手，手自然地下垂着，形容安閒從容。
5 烏號：古良弓名。
6 肅慎之矢：古之良箭。肅慎，古代國名，原稱息慎、稷慎，周代始稱肅慎。周武王時，肅慎曾進貢該地出產的名箭。
7 飲羽：形容箭射入極深，連箭尾羽毛都不見了。飲，此指吞沒。
8 失聲：狼中箭後發出的號叫聲。逋：逃跑。
9 墨者東郭先生：信仰墨家學說的東郭先生。墨子，春秋時人，創“兼愛”、“非攻”之說。東郭，複姓。
10 適：往。干仕：謀求官職。
11 策蹇（jiǎn）驢：騎着跛足的驢子。蹇，跛足。
12 夙行：清晨趕路。
13 奄至：突然到來。
14 毛寶放龜而得渡：毛寶，東晉時陽武人，字碩貞，官至豫州刺史。《搜神記》載：寶嘗得一白龜，放於江中。後守邾城時，為石季龍戰敗，諸人投江逃命，均溺死，唯寶披甲投水，覺水下有物浮之前進，登岸後視之，乃前所放白龜也。
15 隋侯救蛇而獲珠：《淮南子・覽冥訓》載：“譬如隋侯之珠，和氏之璧，得之者富，失之者貧。”高誘註：“隋侯，漢東之國，姬姓諸侯也。隋侯見大蛇傷斷，以藥傅（敷）之。後蛇於江中銜大珠以報之，因曰隋侯之珠。蓋明月珠也。”
16 脫穎而出：意謂顯露頭角。此處指脫離災難，日後能重新出頭。穎，錐子尖鋒。
17 生死而肉骨：意謂使死者復生，枯骨長肉。此處“生”、“肉”作動詞用。
18 私汝狼以犯世卿：為着包庇你這狼而冒犯貴族。世卿，指趙簡子。春秋時，各國大都由一個或幾個大貴族掌握政權，世代沿襲，故稱世卿。
19 脫有禍：假使有禍。脫，假使，即使。
20“空囊橐（tuó）”二句：倒空口袋，慢慢地把狼裝進去。橐，原為無底的袋，然常囊橐連稱。實，這裏指裝進去。
21“前虞”二句：意思是前後都怕狼受苦。胡，老狼頷下的垂肉。疐，跲，躓也，此處作踐壓解。
22 容與：從容不迫。此處徘徊容與，意謂動作緩慢，躊躇不前。
23“先生”二句：比喻人遇事不分緩急、迂闊害事。揖遜救焚溺，在救火、救溺時還打躬作揖地講究禮貌。鳴鸞避寇盜，躲避強盜時，還像平時那樣駕着響鈴的車。

24 跼蹐：蜷縮。

25 下首至尾：把頭彎下來湊到尾巴上。

26 猬縮蠖（huò）屈：像刺猬似地縮起來，像尺蠖蟲爬行時那樣地彎曲起來。

27 內：同"納"。

28 引避道左：躲避在路邊。引避，退避。

29 諱：這裏作隱瞞解。

30 伏躓就地：趴伏在地上。躓，倒下。

31 匍匐：伏地而行。

32 跽：跪。

33 大道以多歧亡羊：大路多岔路，因此羊容易走失。

34 幾：近。守株：守株待兔。緣木：緣木求魚。

35 皮冠：古代田獵時戴的帽子。古時國君出獵，欲招虞人，則以此為符信。這裏皮冠代指狩獵官。

36 黨豺為虐：與豺為伴相助作惡。黨，朋黨。

37 窺左足：略舉足。

38 羽旄：古代旗上裝飾，這裏借指趙簡子一行人。

39 生我：救活我。

40 俎（zǔ）豆於貴家：供貴族作祭祀用的祭品。俎、豆皆為古代舉行祭禮時用的容器。

41 摩頂放踵：《孟子・盡心》上曰："墨子兼愛，摩頂放踵，利天下為之。"意謂為了實現兼愛主張，求有利於天下，自己就是全身都受到折磨、傷害，也毫不在意。放，至。

42 又何吝一軀啖我而全微命乎：你又何必吝惜你的身體不讓我吃，讓我能夠保全這條小命。

43 有加於先生：佔先生的上風。

44 日晷（guǐ）：日影。

45 紿（dài）：誑騙。

46 第行：只管走。第，但，只管。

47 逾時：過一會兒。

48 叩焉何益：問它有甚麼用呢？

49 逾年華：隔年開花。

50 拱把：《孟子・告子》："拱把之桐梓。"朱註："拱，兩手所圍也；把，一手所握也。"

51 規利於我：從我身上謀取利益。規，謀取。

52 不能斂華就實：不能在花落後結果。

53 賈（gǔ）老圃怒：引得老圃發怒。賈，謂有自取之義。

54 工師之肆：工匠的店舖。直：同"值"，價錢。

55 樗（chū）朽之材：無用的樹木。樗，落葉喬木，高數丈，質松，味臭，又稱臭椿。

56 桑榆之景：晚年。日落之時，其光尚留於桑榆之上，喻晚年。

57 覬（jì）：覬覦，非分的想望。《左傳》桓公二年："是以民服事其上，而下無覬覦。"覬免，妄想脱免。

58 爽盟：背約。

59 矢：發誓。

60 老牸（zì）：老母牛。牸，母牛，也可為母獸之通稱。

61 向者：剛才。

62 咥（dié）：咬的意思。

63 繭慄：初長成的牛角。以其小而形似慄，故稱。

64 貳群牛、事南畝：跟別的牛在一起耕地。貳，有"副"義，如副車稱貳車。此處貳群牛、事南畝，指作群牛的輔助、幫同耕作。

65 我都任之：指小牛初來時輔助耕地，及後則凡事都任它去幹。都，有總其事之意。

66 伏田車：駕着田獵的車。伏，猶服，駕。田車，古代打獵所用的車。

67 輻：車輪中直木。衡：車轅橫木。此處輻衡泛指車輛。脱輻衡，謂卸去車杠。耕田用以拖犁，故不用車杠。

68 郊坰（jiōng）：郊外田野。闢榛荊：指開墾荒地。榛、荊，皆木名，這裏泛指野草雜樹。

69 輸：繳納。

70 倉庾（yǔ）：穀倉。庾，倉之無屋者。

71 帷席：帷蓋。

72 擔（dān）石：少量糧食。

73 無顧藉：沒有人照顧、依靠。

74 卮（zhī）：酒器。罌：盛漿容器，肚大口小。這裏卮罌連稱，作酒器解。塵卮罌，意謂無酒可喝，故酒器上有灰塵。

75 樽罍：酒器。據樽罍，拿着酒器。

76 侶木石：和木石為伴。

77《兔園冊》：也稱"兔園策"，古代村塾所用的一種淺陋課本。

78 腰韋帶：圍着軟皮帶。韋帶，熟皮帶，質柔軟。

79 酸風射眸：冷風刺痛眼睛。
80 鞟（kuò）：同"鞹"，去掉毛的皮子。
81 硎（xíng）：磨刀石。
82 跡是觀之：從這些跡象來看。
83 杖藜：猶策杖。藜，植物名，莖高數尺，等到老時，可以用做枴杖。
84 誓定是於三老：講好以三位老人的意見為標準。
85 豈天之未喪斯文也：莫非是上天不絕我這書生之命？斯文，讀書人。
86 虎狼之父子：意謂即使是虎狼，也知道有父子的情分。
87 愬：同"訴"。
88 鞠躬不敢息：弓着身子不敢出氣兒。
89 蔓辭：節外生枝的話，沒有用的廢話。
90 "是羿"句：《孟子・離婁下》："逢蒙（羿之家眾）學射后羿，盡羿之道。思天下惟羿為愈己，於是殺羿。孟子曰：'是羿亦有罪焉。'"孟子認為后羿不辨人之好壞，盡傳其藝於人，以至死於壞人之手，他自己也有過失。此處"是羿亦有罪焉"即借用這句成語，説狼雖負恩，可東郭先生自己也有些太大意了。
91 信足先生：把腳伸向東郭先生。
92 "從井"句：典出《論語・雍也》："宰我問曰：'仁者，雖告之曰，井有仁焉，其從之也？'子曰：'何為其然也？君子可逝也，不可陷也。'"孔子認為：君子可以想辦法救出井裏的人，但不能自己也跟着跳下井，因為那樣只能同歸於盡。"解衣"句：典出《列士傳》：戰國時燕國人左伯桃與羊角哀為友，同往楚國，途遇雨雪，衣薄糧少，二人估計不能都活着到楚國，左伯桃謂羊角哀曰："吾所學不如子，子往矣！"乃並衣糧與羊角哀，自避入空樹中，凍餓而死。羊角哀至楚國，為上卿。後啟樹發左伯桃屍，備禮改葬。左伯桃墓近荊將軍陵，託夢告羊角哀曰："我日夜被荊將軍所伐"，哀云："我向地下看之"，遂自刎死。後世遂稱忠信友誼的人為羊左。這兩句話諷刺東郭先生"仁陷於愚"。
93 "仁陷於愚"二句：謂講究仁義而到了愚蠢的地步，也是君子所不贊成的。
94 殪（yì）：殺死。

【鑒賞】

這篇文章是作者根據古代傳説創作的寓言故事。相傳是為諷刺李夢陽而作，但朱東潤等人認為：此作品是以前人的創作為藍本，至於最初的作者或馬中錫本人創作時，主觀上是否確有所指，雖不可知，但這篇作品本身卻具有廣泛的概括性。所以，如果把它的思想意義和社會價值僅僅歸結為反映康（康海）李（李夢陽）之間的私人恩怨，是不正確的。

文章敍述趙簡子圍獵，中山狼負矢亡命，趙簡子怒而追之，狼慌亂之際恰遇去中山求官的東郭先生，於是求救於他，東郭先生素來以墨者兼愛自許，把狼裝在書囊中。趙簡子尋狼不得，問東郭先生。東郭用謊話騙走他。狼脱險後出書囊，反而要吃東郭先生。先生盡力抗爭，彼此相持後，共約請三老示意。可是老杏樹與老母牛的回話幾乎使東郭先生喪命狼腹。在關鍵時刻，東郭先生逢一老人，於是向他求救。老人責備中山狼，狼卻用謊言極力為自己狡辯。於是老人設計再次把狼裝入書袋，示意東郭先生殺死它。到此時，東郭猶有不忍心，老人指出他的思想迂腐，最後二人合力把狼刺死。

文章揭示並批判了中山狼陰險狡猾、貪婪兇殘、忘恩負義的本性。並告訴讀者：狼總是要吃人的，對它們不應施任何仁慈之舉，而應像老人那樣，堅決消滅它。“仁陷於愚”的行為是錯誤且不可取的。

文章寓意深刻，有較強的藝術性，對狼狡猾貪婪的本性和東郭先生的愚仁，均作了形象生動的刻畫。

唐順之

唐順之（1507～1560），字應德，毗陵（今江蘇常州）人。嘉靖八年進士，翰林院編修。後罷官入陽羨山讀書十餘年，復被召用，率兵巡視淮、揚，屢敗侵犯沿海地區的倭寇，被提升為右僉都御史。

明代弘治中，前七子李夢陽、何景明等人提出了"文必秦漢"的口號，並形成了一個聲勢浩大的文學復古運動，摹擬之風泛濫一時。嘉靖初，王慎中、唐順之、茅坤等人起來反對復古派，提出自己的文學主張。他們推崇唐宋散文，因之被稱為"唐宋派"。唐順之對復古派的文風深惡痛絕，批評尖銳。著作有《荊川先生文集》。

答茅鹿門知縣[1]（二）

熟觀鹿門之文，及鹿門與人論文之書，門庭路徑，與鄙意殊有契合；雖中間小小異同，異日當自融釋，不待喋喋也。

至如鹿門所疑於我本是欲工文字之人，而不語人以求工文字者，此則有說。鹿門所見於吾者，殆故吾也，而未嘗見夫槁形灰心[2]之吾乎？吾豈欺鹿門者哉！其不語人以求工文字者，非謂一切抹殺，以文字絕不足為也；蓋謂學者先務[3]，有源委[4]本末之別耳。文莫猶人，躬行未得[5]，此一段公案，姑不敢論，只就文章家論之。雖其繩墨佈置，奇正轉折[6]，自有專門師法；至於中一段精神命脈骨髓，則非洗滌心源，獨立物表，具今古隻眼[7]者，不足以與此。今有兩人，其一人心地超然，所謂具千古隻眼人也，即使未嘗操紙筆呻吟[8]，學為文章，但直攄胸臆，信手寫出，如寫家書，雖或疏鹵[9]，然絕無煙火酸餡習氣，便是宇宙間一樣絕好文字；其一人猶然塵中人也，雖其專專[10]學為文章，其於所謂繩墨佈置，則盡是矣，然翻來覆去，不過是這幾句婆子舌頭語，索其所謂真精神與千古不可磨滅之見，絕無有也，則文雖工而不免為下格。此文章本色也。即如以詩為諭，陶彭澤[11]未嘗較聲律，雕句文，但信手寫出，便是宇宙間第一等好詩。何則？其本色高也。自有詩以來，其較聲律、雕句文、用心最苦而立說最嚴者，無如沈約[12]，苦卻一生精力，使人讀其詩，只見其捆縛齷齪，滿卷累牘，竟不曾道出一兩句好話。何則？其本色卑也。本色卑，文不能工也，而況非其本色者哉！

且夫兩漢而下，文之不如古者，豈其所謂繩墨轉折之精之不盡如哉？秦、漢以前，儒家者有儒家本色，至如老莊家有老莊本色，縱橫家有縱橫本色，名家、墨家、陰陽家皆有本色[13]。雖其為術也駁[14]，而莫不皆有一段千古不可磨滅之見。是以老家必不肯剿儒家之說，縱橫必不肯藉墨家之談，各自其本色而鳴之為言。其所言者，其本色也。是以精光注焉[15]，而其言遂不泯於世。唐、宋而下，文人莫不語性命，談治道，滿紙炫然，一切自託於儒家。然非其涵養畜聚之素，非真有一段千古不可磨滅之見，而影響剿說[16]，蓋頭竊尾，如貧人借富人之衣，莊農作大賈之飾，極力裝做，醜態盡露。是以精光枵焉，而其言遂不久湮廢。然則秦、漢而上，雖其老、墨、名、法、雜家之說而猶傳，今諸子之書是也；唐、宋而下，雖其一切語性命、談治道之說而亦不傳，歐陽永叔所見唐四庫書目百不存一焉者是也[17]。後之文人，欲以立言為不朽計者，可以知所用心矣。

然則吾之不語人以求工文字者，乃其語人以求工文字者也，鹿門其可以信我矣。雖然，吾槁形而灰心焉久矣，而又敢與知文乎！今復縱言至此，吾過矣，吾過矣！此後鹿門更見我之文，其謂我之求工於文者耶，非求工於文者耶？鹿門當自知我矣，一笑。

鹿門東歸後，正欲待使節西上時得一面晤，傾倒十年衷曲；乃乘夜過此，不已急乎？僕三年積下二十餘篇文字債，許諾在前，不可負約，欲待秋冬間病體稍蘇，一切塗抹，更不敢計較工拙，只是了債。此後便得燒卻毛穎[18]，碎卻端溪[19]，兀然作一不識字人矣。而鹿門之文方將日進，而與古人為徒未艾[20]也。異日吾倘得而觀之，老耄尚能識其用意處否耶？並附一笑。

註釋

1 茅鹿門知縣：即茅坤，字順甫，號鹿門，歸安（今浙江湖州）人，嘉靖十七年（1538）進士，曾任青陽（今屬安徽）、丹徒（今屬江蘇）知縣，擅古文。
2 槁形灰心：《莊子・齊物論》載："形固可使如槁木，而心固可使知死灰乎？"
3 先務：首先要做的。
4 源委：《禮記・學記》載："三王之祭川也，皆先河而後海，或源也，或委也，此之謂務本。"鄭玄註："源，泉所出也；委，流所聚也。"引申為事情的本末。
5 "文莫猶人"二句：《論語・述而》云："子曰：文，莫吾猶人也。躬行君子，則吾未之有得。"莫，大約的意思。
6 "繩墨"二句：繩墨，木工畫直線用的工具，在文章中常喻規矩、準則。奇正，孫子兵法用語，奇，即奇兵，正，即正面用兵。此處喻寫文章的筆法。
7 具今古隻眼：具有不同於古今一般人的獨到見解。
8 呻吟：指寫詩文時低聲斟酌詞句。
9 疏鹵：粗糙。
10 專專：兩個"專"字連用以加重語氣。
11 陶彭澤：即陶淵明。淵明曾作彭澤令，故名。
12 沈約：南北朝梁代著名文學家、詩人，字休文，武康（今浙江德清武康鎮）人。作詩嚴於聲律，提出"四聲八病"説。
13 儒家、老莊家、縱橫家、名家、墨家、陰陽家：都是春秋戰國時的學派，各家都有獨立的學説。老莊家即道家，以老子、莊子為代表。
14 駁：雜亂，混雜不清。
15 精光注焉：精光，指"真精神與千古不可磨滅之見"。意思是把這種精神、見解，傾注在他們的文章之中。
16 影響：意思是隨聲附和。剿説：因襲別人的觀點、學説。
17 "歐陽永叔"句：歐陽修，字永叔。四庫：即指經、史、子、集四類典籍。
18 毛穎：毛筆。典出韓愈《毛穎傳》。
19 端溪：指硯台，即"端硯"。此硯由端溪水中之石製成，故又以"端溪"稱之，是名硯的一種。
20 徒：朋輩，指同類型的人。為徒，指"為伍"。

【鑒賞】

這篇文章是唐順之給茅坤（別號鹿門）的兩封書信中的一封，表明他的文學見解。他認為，作文章僅注意"繩墨佈置，奇正轉折"之類的文字技巧是不夠的，而要重視"真精神"，強調"本色"，且創作要"直攄胸臆，信手寫出"，不能刻意模仿抄襲古人為文之法。他的這些見解是對明朝"前七子"掀起的復古潮流的批判，在當時有很大的進步意義。

文章圍繞作文章要有"真精神"這一中心論點展開，作者以兩種人作比較。一種人心地超然，有獨特的見地，即使他們文學積澱不厚實，沒有學習作文之法，但仍能夠如實地抒發自己的真實情感，絕無造作的俗氣和迂腐的味道，故頗有可讀之處。諸如"未嘗較聲律，雕句文"的陶淵明，他"信手寫出，便是宇宙間第一等好詩"，這是因為他"本色高"；而致力於"較聲律、雕句文、用心最苦而立説最嚴"的沈約，卻因作詩框框繁多，"竟不曾道出一兩句好話"，原因是"其本色卑也"。經過正反對比，作者得出"本色卑，文不能工"的結論。

接着作者進一步分析“秦、漢以前”諸家文章為何能長存，而“唐宋以下”的文章“不久湮廢”，“歐陽永叔所見唐四庫書目百不存一”的道理。這擊中了“前七子”復古摹擬的要害。

文章以書信體寫就，行文自然活潑，語言通俗形象，娓娓道來，如述家常。且全文緊扣主旨，逐層闡述，結構謹嚴。這正是作者“直攄胸臆，信手寫出，如寫家書”文學主張的實踐之作。

歸有光

歸有光（1506～1571），字熙甫，號震川，昆山（今江蘇昆山）人。曾於安亭江上讀書講學，遠近從學者甚多。嘉靖四十四年（1565）進士，授浙江長興縣令，官至南京太僕寺丞。歸有光是明代後期著名的散文家。他反對風靡一時的復古文風。其散文簡潔平淡，對清代桐城派影響很大。著有《震川文集》。

見村樓記

昆山治城之隍[1]，或云即古婁江[2]。然婁江已湮[3]，以隍為江，未必然也。吳淞江自太湖西來[4]，北向，若將趨入縣城，未二十里，若抱若折，遂東南入於海。江之將南折也，背折而為新洋江。新洋江東數里，有地名羅巷村，亡友李中丞先世居於此[5]，因自號為羅村云。

中丞遊宦二十餘年，幼子延實，產於江右南昌之官廨[6]。其後，每遷官輒隨，歷東兗、汴、楚之境[7]，自岱岳、嵩山、匡廬、衡山、瀟湘、洞庭之渚[8]，延實無不識也。獨於羅巷村者，生平猶昧之。中丞既謝世[9]，延實卜居縣城之東南門內金潼港。有樓翼然出於城闉之上[10]，前俯隍水，遙望三面，皆吳淞江之野。塘浦縱橫，田塍如畫，而村墟遠近映帶，延實日焚香灑掃讀書其中，而名其樓曰見村。

余間過之，延實為具飯，念昔與中丞遊，時時至其故宅所謂南樓者，相與飲酒論文。忽忽二紀，不意遂已隔世。今獨對其幼子飯，悲悵者久之。城外有橋，余常與中丞出郭造故人方思曾[11]，時其不在，相與憑檻，常至暮，悵然而返。今兩人者皆亡，而延實之樓，即方氏之故廬，余能無感乎！中丞自幼攜策入城，往來省墓，及歲時出郊嬉遊，經行術徑[12]，皆可指也。孔子少不知父葬處，有輓父之母知而告之[13]，余可以為輓父之母乎？

延實既能不忘其先人，依然水木之思[14]，肅然桑梓之懷[15]，愴然霜露之感矣[16]。自古大臣子孫蚤孤而自樹者，史傳中多其人。延實在勉之而已。

註釋

1 隍：沒有水的護城壕。有水則稱池。
2 婁江：又名下江，俗稱瀏河。源自太湖，流至昆山後入長江。
3 湮：沒。
4 吳淞江：又名蘇州河。源自太湖，流至上海合黃浦江入海。
5 李中丞：名憲卿，字廉甫，官至都察院左副都御史，故稱中丞。
6 江右：舊稱今江西省為江右。
7 東兗、汴、楚：指今山東、河南、湖北等省。
8 岱岳、嵩山、匡廬、衡山、瀟湘、洞庭：指今山東省的泰山，河南省的嵩山，江西省的廬山，湖南省的衡山、瀟江、湘江、洞庭湖。
9 謝世：辭世。
10 城闉（yīn）：城門。
11 方思曾：名元儒，後更名欽儒。官至侍御史，以忤權貴罷歸。
12 術徑：道路。
13 "孔子"二句：《史記・孔子世家》載："丘生而叔梁紇死，葬於防山，防山在魯東，由是孔子疑其父墓處，母諱之也……母死，乃殯五父之衢，蓋其慎也，郰人輓父之母，誨孔子父墓，然後往合葬於防焉。"
14 水木之思：想起根源。《左傳》昭公九年："王使詹桓伯辭於晉曰……我在伯父，猶衣服之有冠冕，木水之有本原。"
15 桑梓：指故鄉。《詩經・小雅・小弁》："維桑與梓，必恭敬止。"朱註："桑梓，二木。古者五畝之宅，樹之牆下，以遺子孫。"後世遂以為故鄉之稱。
16 愴然句：《禮記・祭義》云："霜露既降，君子履之，必有悽愴之心。"以上幾句說延實能不忘先人，不忘根源，不忘故鄉，不忘祭祀、悼念，值得嘉勉。

【鑒賞】

這是一篇記載見村樓環境及其來歷的文章。它不以文采動人，而以情思打動每位追古念今的讀者，且文章能把情感不經意間滲入寫景記事當中，讓人讀來黯然神傷。

文章首先追述建見村樓之人的父親，即作者老朋友李中丞，並寫其名號的由來，睹子思其父，表達一種相承的情感，下面自然引出對見村樓所處位置的交待。說出李延實雖隨父遊歷各地，卻不知羅巷村，作者有義務告訴他，使他能更瞭解父親的經歷，不致"生平猶昧之"。接着作者交待了見村樓名字的由來——不但"有樓翼然出於城闉之上"，且"塘浦縱横，田塍如畫，而村墟遠近映帶"，遂以之命名。

然後作者又寫他與李中丞之子延實的隔代交往，並交待了自己與延實之父的交往故事，情思切切，真實感人。文章最後寫李延實能不忘先人，不忘根源，不忘故土，不忘祭祀，實在值得嘉勉。

項脊軒志

項脊軒[1]，舊南閤子也。室僅方丈，可容一人居。百年老屋，塵泥滲漉[2]，雨澤下注，每移案，顧視無可置者。又北向，不能得日，日過午已昏。余稍為修葺[3]，使不上漏。前闢四窗，垣牆周庭，以當南日，日影反照，室始洞然[4]。又雜植蘭桂竹木於庭，舊時欄楯[5]，亦遂增勝。借書滿架，偃仰嘯歌，冥然兀坐[6]，萬籟有聲，而庭階寂寂，小鳥時來啄食，人至不去。三五之夜[7]，明月半牆，桂影斑駁，風移影動，珊珊可愛。

然予居於此，多可喜，亦多可悲。先是庭中通南北為一，迨諸父異爨[8]，內外多置小門牆，往往而是。東犬西吠，客逾庖而宴[9]，雞棲於廳。庭中始為籬，已為牆，凡再變矣。家有老嫗，嘗居於此。嫗，先大母婢也[10]，乳二世，先妣撫之甚厚[11]。室西連於中閨，先妣嘗一至。嫗每謂予曰：“某所，而母立於茲[12]。”嫗又曰：“汝姊在吾懷，呱呱而泣，娘以指扣門扉，曰：‘兒寒乎？欲食乎？’吾從板外相為應答。”語未畢，余泣，嫗亦泣。余自束髮[13]，讀書軒中。一日，大母過余曰：“吾兒，久不見若影[14]，何竟日默默在此，大類女郎也？”比去，以手闔門，自語曰：“吾家讀書久不效，兒之成則可待乎？”頃之，持一象笏至[15]，曰：“此吾祖太常公宣德間執此以朝[16]，他日汝當用之！”瞻顧遺跡，如在昨日，令人長號不自禁。

軒東故嘗為廚；人往，從軒前過。余扃牖而居[17]，久之，能以足音辨人。軒凡四遭火，得不焚，殆有神護者。

項脊生曰：蜀清守丹穴，利甲天下，其後秦皇帝築女懷清台[18]。劉玄德與曹操爭天下，諸葛孔明起隴中。方二人之昧昧於一隅也[19]，世何足以知之？余區區處敗屋中，方揚眉瞬目，謂有奇景，人知之者，其謂與坎井之蛙何異[20]？

余既為此志，後五年，吾妻來歸，時至軒中，從余問古事，或憑几學書。吾妻歸寧[21]，述諸小妹語曰：“聞姊家有閤子，且何謂閤子也？”其後六年，吾妻死，室壞不修。其後二年，余久臥病無聊，乃使人復葺南閤子，其制稍異於前。然自後余多在外，不常居。

庭有枇杷樹，吾妻死之年所手植也，今已亭亭如蓋矣[22]。

註釋

1 項脊軒：作者遠祖歸隆道，曾居住太倉縣之項脊涇，作者故以項脊給自己的書閣命名。

2 閤（gé）：同“閣”，此指小的居室。滲漉（lù）：水從孔隙漏下。

3 修葺（qì）：修補。

4 洞然：明亮。
5 欄楯（shǔn）：欄杆。
6 冥然：靜靜的樣子。
7 三五之夜：陰曆十五日之夜。
8 諸父異爨（cuàn）：伯叔父分居分食。
9 客逾庖而宴：客人越過廚房而赴宴。
10 大母：祖母。
11 先妣：去世的母親。《禮記・曲禮》載："生曰父、曰母、曰妻，死曰考、曰妣、曰嬪。"
12 而：你。
13 束髮：古人以十五歲為成童之年，把頭髮束起來盤到頭頂上。
14 若：你。
15 象笏：又稱象簡。古時大臣朝見君主時拿象笏。
16 太常公：指夏昶。昶字仲昭，昆山人。永樂年間進士，歷官太常寺卿。宣德：明宣宗年號。
17 扃牖（jiǒng yǒu）：關閉窗戶。
18 "蜀清"三句：《史記・貨殖列傳》："巴蜀寡婦清，其先得丹穴，而擅其利數世，家亦不訾。清，寡婦也，能守其業，用財自衛，不見侵犯。秦皇帝以為貞婦而客之，為築女懷清台。"
19 昧昧：昏暗不明。
20 坎井之蛙：比喻目光短淺的人。
21 歸寧：已婚女子回家省親。
22 蓋：傘。

【鑒賞】

這是一篇優秀的抒情散文。文章筆意雖清淡，感情卻極為真摯。作者宋朝遠祖歸隆道曾居住在太倉縣的項脊涇，故作者將自己的書齋命名為項脊軒。

全文共分六段。首段介紹項脊軒內外的景物，重點描寫修整後清靜幽雅、生趣盎然的環境，同時着意描繪自己在軒中讀書的情景。第二、三段由喜而悲，先追述諸父分居後庭中的凌亂，然後記老嫗説亡母之事，記祖母話語，記軒中之幽靜以及軒屢遭火而"得不焚"，這是全文的主要部分。第四段描寫一些瑣事，作為小結。第五段感歎自己的侷促。最後一段以對亡妻的悼念收束全文。

文章既有寫景敘事，又有議論抒情，一切都圍繞項脊軒展開。雖所記多為生活中的瑣事，但連綴時脈絡清晰，條理分明。作者善於選取生活中具有典型性的細節加以靈活巧妙的組織和安排。如他用"東犬西吠，客逾庖而宴，雞棲於廳"表現大家庭分家以後混亂不堪的局面。

此外，作者善用淺白的口語表現人物的情感。如母親説："兒寒乎？欲食乎？"祖母説："吾家讀書久不效，兒之成則可待乎？"妻子述諸小妹語："聞姊家有閣子，且何謂閣子也？"這樣的敘述親切動人。正如王錫爵所評："無意於感人，而歡愉慘惻之思，溢於言語之外。"

本文最精彩之處在於結尾對亭亭如蓋的枇杷樹的描述，睹物思人，表現了作者物是人非的感慨。

《吳山圖》記

吳、長洲二縣[1]在郡治所，分境而治。而郡西諸山皆在吳縣，其最高者，穹窿、陽山、鄧尉、西脊、銅井，而靈岩，吳之故宮在焉，尚有西子之遺跡[2]。若虎丘、劍池及天平、尚方、支硎[3]，皆勝地也。而太湖汪洋三萬六千頃[4]，七十二峰沉浸其間，則海內之奇觀矣。

余同年友魏君用晦為吳縣[5]，未及三年，以高第召入，為給事中[6]。君之為縣，有惠愛，百姓扳留之不能得[7]，而君亦不忍於其民；由是好事者繪《吳山圖》以為贈。

夫令之於民誠重矣[8]。令誠賢也[9]，其地之山川草木亦被其澤而有榮也[10]；令誠不賢也，其地之山川草木亦被其殃而有辱也。君於吳之山川，蓋增重矣。異時吾民將擇勝於巖巒之間[11]，尸祝於浮屠、老子之宮也[12]，固宜。而君則亦既去矣，何復惓惓於此山哉[13]？

昔蘇子瞻稱韓魏公去黃州四十餘年[14]，而思之不忘，至以為思黃州詩，子瞻為黃人刻之於石。然後知賢者於其所至，不獨使其人之不忍忘而已，亦不能自忘於其人也。君今去縣已三年矣。一日，與余同在內庭[15]，出示此圖，展玩太息，因命余記之。噫！君之於吾吳有情如此，如之何而使吾民能忘之也！

註釋

1 吳、長洲：吳，吳縣，在今江蘇省東南。長洲：舊縣名。武則天時設吳縣置，治所與吳縣同城，在今江蘇蘇州市。

2 穹窿、陽山、鄧尉、西脊、銅井：山名，都在吳縣境內。靈岩：山名，亦在吳縣境內。春秋時，吳王曾在靈岩山為西施建"館娃宮"。西子：即西施，春秋時吳王夫差的寵妃。

3 虎丘、劍池、天平、尚方、支硎（xíng）：都是風景名勝地區，其中劍池是池名，其餘的都是山名。

4 太湖：湖名，跨江蘇、浙江二省，湖中有很多小山，均是著名的風景勝地。頃：面積單位，一頃為一百畝。

5 同年：科舉考試中同科考中的人互稱同年。魏君用晦：即魏用晦，歸有光的朋友。

6 高第：這裏指官吏考核成績列入優等。第，等級。給事中：官名。漢代為加官，掌管顧問應對。隋唐以後為門下省的要職。掌管侍從、規諫、監察六部，糾察官吏。

7 扳（pān）留：挽留。扳，通"攀"。

8 令：指縣令。誠：確實。

9 誠：如果，這裏用作表假設的副詞。

10 被：遭受。澤：雨露。引申為恩澤。

11 異時：他日，有一天。

12 尸祝：尸是祭祀時的神主，開始由活人代替，後來改為畫像。祝是司祭祀的人。尸祝引申為祭祀。浮屠：指佛。

13 惓惓（quán）：誠懇深切之狀。

14 蘇子瞻：蘇軾，字子瞻。韓魏公：韓琦，北宋大臣，封魏國公。黃州：地名，今湖北黃岡。

15 內庭：指後院。

【鑒賞】

吳山，指當時蘇州府吳縣境內的一些名山。歸有光的同年友人魏用晦曾任吳縣縣令，後擢升為給事中而入朝。他離開吳縣時，吳人畫了一幅《吳山圖》贈給他，作為紀念，以彰其功績。三年後的一天，歸與魏二人在宮中相見，魏用晦把這幅圖拿給歸有光看，並請他為此圖作記，歸有光便寫了這篇文章。

文章開篇沒有直接寫吳山圖，而是遍列吳縣內的名山秀水，特別是太湖七十二峰沉浸在汪洋巨澤中，尤為壯觀。有此美景，可想《吳山圖》的由來及其畫境的壯觀美麗。第二段記敍吳縣之人為魏用晦繪《吳山圖》的原因。第三段說魏作為吳縣知縣，能使吳之山川增彩添秀，所以當地百姓不忘記他。最後一段敍述作者為《吳山圖》作記的緣由，再次強調魏用晦與吳縣百姓的深厚情意。

文章立意新穎，將縣令治政與山川之景聯繫起來。寫吳山秀美，表明了魏用晦政績顯耀。且行文淡雅有致，頗耐人品味。

滄浪亭記

浮圖文瑛居大雲庵[1]，環水，即蘇子美滄浪亭之地也[2]。亟求余作《滄浪亭記》[3]，曰："昔子美之記，記亭之勝也；請子記吾所以為亭者。"

余曰："昔吳越有國時，廣陵王鎮吳中[4]，治園於子城之西南[5]，其外戚孫承佑亦治園於其偏[6]。迨淮南納土[7]，此園不廢。蘇子美始建滄浪亭，最後禪者居之[8]，此滄浪亭為大雲庵也。有庵以來二百年，文瑛尋古遺事，復子美之構於荒殘滅沒之餘。此大雲庵為滄浪亭也。夫古今之變，朝市改易[9]。嘗登姑蘇之台[10]，望五湖之渺茫[11]，群山之蒼翠，太伯、虞仲之所建，闔閭、夫差之所爭[12]，子胥、種、蠡之所經營[13]，今皆無有矣。

庵與亭何為者哉？雖然，錢鏐因亂攘竊[14]，保有吳越，國富兵強，垂及四世[15]，諸子姻戚，乘時奢僭[16]，宮館苑囿，極一時之盛；而子美之亭，乃為釋子所欽重如此[17]。可以見士之欲垂名於千載，不與其澌然而俱盡者[18]，則有在矣。"

文瑛讀書喜詩，與吾徒遊[19]，呼之為滄浪僧云。

註釋

1 浮圖：即佛陀。這裏指和尚。文瑛：人名，生平不詳。庵：小寺廟。
2 蘇子美：即蘇舜欽，字子美，宋代梓州銅山（今四川中江）人。北宋著名詩人，著有《蘇學士集》。建滄浪亭，並自號滄浪翁，寫《滄浪亭記》。“滄浪”取義於古代民歌：“滄浪之水清兮，可以濯我纓；滄浪之水濁兮，可以濯我足。”寓有政治污濁則隱退閒居之意。
3 亟（qì）：多次。
4 吳越：五代時十國之一，據有今浙江省、福建省及江蘇省的部分地區。廣陵王：即吳越王錢鏐的兒子錢元璙。吳中：指蘇州地區。
5 子城：內城。
6 外戚：指帝王的母族或妻族。孫承佑：五代十國時吳越國人。是吳越王錢元瓘之孫錢弘俶的岳父。
7 迨（dài）：等到。淮南納土：指吳越於公元978年向北宋投降。淮南，指吳越國。
8 禪者：僧人，俗稱和尚。
9 朝（cháo）市：指朝廷和集市。
10 姑蘇之台：即姑蘇台，在今江蘇省蘇州市西南的姑蘇山上，春秋時吳王闔閭建。
11 五湖：先秦古籍常提到吳越地區有五湖，但具體所指，說法不同。這裏可能指太湖流域的所有湖泊。
12 太伯、虞仲：為讓賢者姬昌（即周文王）即位，太伯、虞仲一同退避江南，改從江南民風，斷髮紋身，成為該地君長，其後人成為吳國的開創者。闔閭：春秋時吳王，公元前514～前496年在位。夫差：春秋時吳王，公元前496～前475年在位，闔閭之子。
13 子胥：伍子胥，名員。春秋時吳國大夫。種、蠡（lí）：文種和范蠡。兩人都是越王勾踐的大夫。
14 錢鏐（liú）：五代時吳越國的建立者，公元907～932年在位，謚號武肅。攘（ráng）：奪取。
15 垂及四世：傳到四代。吳越從公元907年錢鏐建國至公元978年降於北宋，共歷五主，傳國四代，七十二年。
16 奢僭（jiàn）：奢侈僭越。僭，超越本分，指冒用上一級的名義、禮儀與器物。
17 釋子：僧侶的通稱。即釋迦牟尼弟子。
18 澌（sī）然：冰塊溶解的樣子。
19 吾徒：即我們這些讀書人。

【鑒賞】

這是作者應友人之請所作的一篇事物記。北宋詩人蘇舜欽曾作《滄浪亭記》，其文以寫景為主，而本文則以介紹亭子的由來及其興廢變遷為主。

文章首段交待文瑛和尚建此亭的原因。第二段記敘滄浪亭的歷史變遷。作者遙想過去，感慨萬千，亭變庵，庵為亭，幾度滄桑幾度興廢，道盡人間世事無常。第三段作者將吳越王朝的興衰與蘇舜欽的道德、文章、人格傳承相對比，闡明滄浪亭之所以二百多年存而不朽，就在於它蘊含着不朽的精神。最後一段照應開頭，讚揚文瑛和尚的品格、才學，指出他與蘇舜欽同樣可敬可讚。

作者在這篇文章中，一改往日清淡文風，代之以深沉跌宕，委婉曲折的敘述。全文情景交融，開合有度，主旨分明。

宗臣

宗臣（1525～1560），字子相，興化（今江蘇興化）人。嘉靖二十九年（1550）進士，官至福建提學副使。詩文主張復古，與李攀龍、王世貞、謝榛，梁有譽、徐中行、吳國倫齊名，世稱“後七子”。著有《宗子相集》。

報劉一丈書

數千里外，得長者時賜一書，以慰長想，即亦甚幸矣。何至更辱饋遺[1]，則不才益將何以報焉！書中情意甚殷，即長者之不忘老父，知老父之念長者深也。至以“上下相孚，才德稱位”語不才[2]，則不才有深感焉。夫才德不稱，固自知之矣；至於不孚之病，則尤不才為甚。

且今之所謂“孚”者何哉？日夕策馬候權者之門，門者故不入，則甘言媚詞作婦人狀，袖金以私之[3]。即門者持刺入[4]，而主者又不即出見，立廄中僕馬之間，惡氣襲衣袖，即飢寒毒熱不可忍，不去也。抵暮，則前所受贈金者出，報客曰：“相公倦，謝客矣。客請明日來。”即明日，又不敢不來。夜披衣坐，聞雞鳴即起，盥櫛[5]，走馬推門。門者怒曰：“為誰？”則曰：“昨日之客來。”則又怒曰：“何客之勤也！豈有相公此時出見客乎？”客心恥之，強忍而與言曰：“亡奈何矣，姑容我入。”門者又得所贈金，則起而入之，又立向所立廄中[6]。幸主者出，南面召見[7]，則驚走匍匐階下[8]。主者曰“進”，則再拜，故遲不起，起則上所上壽金[9]。主者故不受，則固請；主者故固不受，則又固請。然後命吏納之。則又再拜，又故遲不起，起則五六揖始出。出，揖門者曰：“官人幸顧我[10]！他日來，幸勿阻我也！”門者答揖。大喜，奔出。馬上遇所交識，即揚鞭語曰：“適自相公家來，相公厚我，厚我！”且虛言狀。即所交識亦心畏相公厚之矣。相公又稍稍語人曰：“某也賢，某也賢。”聞者亦心計交讚之。此世所謂“上下相孚”也，長者謂僕能之乎？

前所謂權門者，自歲時伏臘一刺之外[11]，即經年不往也。間道經其門，則亦掩耳閉目，躍馬疾走過之，若有所追逐者。斯則僕之褊衷[12]，以此長不見悦於長吏[13]，僕則愈益不顧也。每大言曰："人生有命，吾惟守分爾矣。"長者聞之，得無厭其為迂乎？

鄉園多故，不能不動客子之愁。至於長者之抱才而困，則又令我愴然有感。天之與先生者甚厚，亡論長者不欲輕棄之，即天意亦不欲長者之輕棄之也。幸寧心哉！

註釋

1 饋遺（kuìwèi）：贈送禮物。
2 "上下相孚，才德稱位"：是劉一丈給宗臣信中的話。孚（fú），信任；稱，相稱。
3 私：暗地裏賄賂。
4 刺：謁見時用的帖子。
5 盥櫛（guàn zhì）：洗臉梳頭。
6 向：從前。
7 南面：古代以面向南為尊位。
8 匍匐：趴着。
9 上壽金：奉獻金銀作為祝壽的禮物。
10 幸：副詞，含有請求、希望之意。下同。
11 歲時伏臘：指一年中逢年過節的時候。歲時，一年四季；伏臘，夏天的伏日和冬天的臘日。
12 褊（biǎn）衷：心胸狹隘。
13 長（zhǎng）吏：地位較高的官員。

【鑒賞】

這篇文章是宗臣回覆他父親的朋友劉一丈的信。明世宗嘉靖中葉，嚴嵩、嚴世藩父子當朝，恃寵攬權，賄賂成風。一時間，無恥的投機之徒，競相奔走其門下，醜態百出。宗臣針對這種社會現象，藉給劉一丈回信之機，盡情發泄內心激憤，表明了作者潔身自好的態度，同時揭露當時官場的腐朽、醜惡現象。

文章針對劉的來信中"上下相孚，才德稱位"兩句展開論述。此處，作者極力描繪當時官場中奔走權門、搖尾乞憐的下層官僚的醜態，以及相府把門人與主人沆瀣一氣、收受賄賂的作威作福情形。他認為這種情形是現實中所謂的"上下相孚"。接着用對比的手法表明自己潔身自好，不屑向權門折腰的態度。最後以勸慰劉一丈"寧心"自好的話作結。

作者擅用白描筆法，將那些干謁權貴、奴顏媚骨、阿諛逢迎的小官僚描繪得惟妙惟肖，並能把他們的語言和行為巧妙地結合在一起。這説明作者具有超凡的藝術概括力和表現力。

李贄

李贄（1527～1602），字卓吾，別號宏甫等，泉州晉江（今福建省泉州市）人。二十六歲中舉，三十歲被選為河南輝縣教諭，官至雲南姚安府知府。晚年著書講學，對當時的假道學、程朱理學作了強烈抨擊，引起當權者的不滿。於是因"敢倡亂道，惑世誣民"之罪被捕，死於獄中。李贄是泰州學派後期代表人物，哲學觀點沒有擺脱王守仁思想和禪的影響。他的文章長於分析，犀利、潑辣。主要著述有《焚書》、《續焚書》、《藏書》、《續藏書》等。

題孔子像於芝佛院

人皆以孔子為大聖，吾亦以為大聖；皆以老、佛為異端，吾亦以為異端。人人非真知大聖與異端也，以所聞於父、師之教者熟也；父、師非真知大聖與異端也，以所聞於儒先之教者熟也；儒先亦非真知大聖與異端也，以孔子有是言也。其曰"聖則吾不能[1]"，是居謙也。其曰"攻乎異端[2]"，是必為老與佛也。

儒先億度[3]而言之，父、師沿襲而誦之，小子矇聾[4]而聽之。萬口一詞，不可破也；千年一律，不自知也。不曰"徒誦其言"，而曰"已知其人"；不曰"強不知以為知"，而曰"知之為知之[5]"。至今日，雖有目，無所用矣。

余何人也，敢謂有目？亦從眾耳。既從眾而聖之[6]，亦從眾而事[7]之，是故吾從眾事孔子於芝佛之院。

註釋

1 聖則吾不能：《孟子・公孫丑上》云："昔者子貢問於孔子曰：'夫子聖矣乎？'孔子曰：'聖則吾不能，我學不厭而教不倦也。'"意思是我不是聖賢。

2 攻乎異端：《論語・為政》曰"攻乎異端，斯害也已"。異端，可解釋為不正確的議論。

3 億度(duó)：主觀推測。億，通常寫作"臆"。

4 矇聾：目不明曰矇，耳不聰曰聾。

5 知之為知之：《論語・為政》曰："知之為知之，不知為不知，是知也。"這裏指出道學家們只取孔子原話的上半句，裝得一切都"知"，實際上是"強不知以為知"。

6 聖之：意思是把孔子當做聖人。

7 事：侍奉，指供奉孔子像。

【鑒賞】

這是一篇駁論性的雜文。作者曾在湖北的龍潭芝佛院著述、講學十幾年。此文是他在芝佛院時所作。

文章首先寫當時的社會風氣：尊孔子為聖人，斥道教與佛教為異端，作者指出人們這是盲從"父師之教"。第二段寫世代沿襲此風造成人們"萬口一詞"，"千年一律"地盲目崇奉孔子，甚至到了可笑的地步。文章最後作者寫自己也是"既從眾而聖之，亦從眾而事之"。但作者這麼寫是故意用反語。這種寫法綿裏藏針，銳利至極，直刺人心。

這篇文章充分體現了李贄文章見解獨到、思想進步，敢於直接向傳統的尊孔理念挑戰的特色。文章寫法獨特，先立後駁，正如作者自述"我為文章只就是裏面攻打出來，用他城他食他糧草，統率他兵馬，橫衝直撞，攪得他粉碎，故不費一毫氣力而自然有餘也"(《續焚書·與友人論文》)。此外，文字精警，諷刺中帶着詼諧的情趣也是這篇文章的一大特色。

李卓吾先生遺言

春來多病，急欲辭世。幸於此辭，落在好朋友之手。此最難事，此余最幸事，爾等不可知重也。

倘一旦死，急擇城外高阜[1]，向南開作一坑：長一丈，闊五尺，深至六尺即止。既如是深，如是闊，如是長矣，然後就中復掘二尺五寸深土，長不過六尺有半，闊不過二尺五寸，以安予魄。既掘深了二尺五寸，則用蘆蓆五張填平其下，而安我其上，此豈有一毫不清淨者哉！我心安焉，即為樂土。勿太俗氣，搖動人言，急於好看，以傷我之本心也。雖馬誠老能為厚終之具[2]，然終不如安余心之為愈矣。此是余第一要緊言語。我氣已散，即當穿此安魄之坑。

未入坑時，且閣我魄於板上，用余在身衣服即止，不可換新衣等，使我體魄不安。但面上加一掩面，頭照舊安枕，而加一白布中單總蓋上下，用裹腳布廿字交纏其上。以得力四人平平扶出，待五更初開門時寂寂抬出，到於壙所，即可裝置蘆蓆之上，而板復抬回以還主人矣。既安了體魄，上加二三十根椽子橫閣其上。閣了，仍用蘆蓆五張鋪於椽子之上，即起放下原土，築實使平，更加浮土，使可望而知其為卓吾子之魄也。周圍栽以樹木，墓前立一石碑，題曰：“李卓吾先生之墓。”字四尺大，可託焦漪園[3]書之，想彼亦必無吝。

爾等欲守者，須是實心要守。果是實心要守，馬爺[4]決有以處爾等，不必爾等驚疑。若實與余不相干，可聽其自去。我生時不着親人相隨，沒後亦不待親人看守，此理易明。

幸勿移易我一字一句！二月初五日，卓吾遺言。幸聽之！幸聽之！

註釋

1 城外：指通州（今北京市通縣）城郊，當時李卓吾寓居通州。高阜：即高地。
2 馬誠老：馬經綸，字誠所，官至御史，《續焚書》中多處稱為“馬侍御”。厚終之具：指厚葬的用品。
3 焦漪園：即焦竑，字弱侯，號漪園，又號澹園，江寧（今江蘇南京）人，明朝著名學者，李贄的好友。
4 馬爺：即馬經綸。

【鑒賞】

這篇文章是李贄的遺書。李贄晚年，年老多病，常常談到死的問題。在《續焚書・與周友山》中，他説：“今年不死，明年不死，年年等死，等不出死，反等出禍。然禍來又不即來，等死又不即死，真令人歎塵世苦海之難逃也，可如何！”萬曆三十年（1602）二月，他深感自己將不久於人世，便寫了這封遺書，對身後事作出了安排。

遺書開篇即寫道：“幸於此辭，落在好朋友之手。此最難事，此余最幸事。”這是情感推己及人的一種表現。李贄雖已年至古稀，且終年疾病纏身，但頭腦依舊敏捷清晰，他對自己後事的安排有條不紊，連下葬用的門板都提醒兒女們及時歸還主人。他對自己的下葬方法有具體安排，甚至列出具體數字，這是有一定用意的。當時社會厚葬成風，作為一代思想家，李贄是不會坐視不管的，他對選地、開坑、坑的尺寸以至如何掩埋、如何立碑作詳細安排，實際是向厚葬者挑戰，以警戒世人，這是他一生最後一次吶喊，也是其真性情的再現。

雖如此，李贄最終並沒能如願地在好友的守護下了此塵緣。在病危之際，衛道者以“敢倡亂道，惑世誣民”的罪名將他逮捕入獄，三月中旬他在獄中被迫自殺。

這封遺書發乎真情，語意沉穩，敍述井然有序，且文字樸實無華，淺白如話，真誠感人。

袁宏道

袁宏道（1568～1610），字中郎，號石公，公安（今湖北公安）人。萬曆二十年（1592）進士，曾任吳縣（今江蘇蘇州）知縣，官至吏部郎中。與其兄宗道、弟中道同為晚明反對復古主義運動的"公安派"代表人物，時稱"三袁"。他們反對當時"文必秦漢，詩必盛唐"的流弊，主張文學作品要"獨抒性靈，不拘格套"。其作品語言清新明快，部分篇章反映了民眾疾苦，對當時政治現實也有一定的批判。著作有《袁中郎全集》。

徐文長傳

徐渭，字文長，為山陰諸生[1]，聲名籍甚[2]。薛公蕙校越時[3]，奇其才，有國士之目[4]。然數奇，屢試輒蹶[5]。中丞胡公宗憲聞之，客諸幕[6]。文長每見，則葛衣烏巾[7]，縱談天下事，胡公大喜。是時，公督數邊兵[8]，威振東南，介冑之士，膝語蛇行[9]，不敢舉頭。而文長以部下一諸生傲之，議者方之劉真長、杜少陵云[10]。會得白鹿，屬文長作表；表上，永陵喜。公以是益奇之，一切疏記[11]，皆出其手。文長自負才略，好奇計，談兵多中，視一世士無可當意者[12]，然竟不偶[13]。

文長既已不得志於有司，遂乃放浪曲糵[14]，恣情山水，走齊、魯、燕、趙之地，窮覽朔漠。其所見山奔海立，沙起雲行，風鳴樹偃[15]，幽谷大都，人物魚鳥，一切可驚可愕之狀，一一皆達之於詩。其胸中又有勃然不可磨滅之氣[16]，英雄失路[17]、託足無門之悲。故其為詩，如嗔[18]，如笑，如水鳴峽，如種出土，如寡婦之夜哭，羈人之寒起。雖其體格時有卑者[19]，然匠心獨出，有王者氣[20]，非彼巾幗而事人者所敢望也。文有卓識，氣沉而法嚴，不以模擬損才，不以議論傷格，韓、曾之流亞也[21]。文長既雅不與時調合[22]，當時所謂騷壇主盟者[23]，文長皆叱而奴之，故其名不出於越。悲夫！

喜作書，筆意奔放如其詩，蒼勁中姿媚躍出，歐陽公所謂"妖韶女老自有餘態"者也[24]。間以其餘，旁溢為花鳥，皆超逸有致。

卒以疑殺其繼室，下獄論死。張太史元汴力解[25]，乃得出。晚年憤益深，佯狂益甚。顯者至門，或拒不納；時攜錢至酒肆[26]，呼下隸與飲[27]；或自持斧擊破其頭，血流被面，頭骨皆折，揉之有聲；或以利錐錐其兩耳，深入寸餘，竟不得死。周望言[28]：晚歲詩文益奇，無刻本，集藏於家。余同年有官越者，託以鈔錄，今未至。余所見者，《徐文長集》、《闕編》二種而已[29]。然文長竟以不得志於時，抱憤而卒。

石公曰："先生數奇不已，遂為狂疾；狂疾不已，遂為囹圄[30]。古今文人，牢騷困苦未有若先生者也。雖然，胡公間世豪傑，永陵英主；幕中禮數異等[31]，是胡公知有先生矣；表上，人主悅，是人主知有先生矣。獨身未貴耳。先生詩文崛起[32]，一掃近代蕪穢之習，百世而下，自有定論。胡為不遇哉！梅客生嘗寄余書曰[33]："文長吾老友，病奇於人，人奇於詩。"余謂文長無之而不奇者也。無之而不奇，斯無之而不奇也[34]。悲夫！

註釋

1 諸生：明代凡經過本省各級考試錄取進入府、州、縣學的，通稱諸生或生員，俗稱秀才。
2 聲名籍甚：名聲很大。籍甚，亦作"藉甚"。
3 薛公蕙：即薛蕙。明武宗正德年間進士，官至吏部考功郎中。學者稱四原先生。校越：掌管越中考試。校，考核；越，今浙江省。
4 國士：一國中傑出的人物。目：看待。
5 數奇（jī）：命運不好。蹶（jué）：失敗。
6 幕：幕府，地方軍政大吏的官署。
7 葛衣烏巾：古代隱士或平民的穿着。
8 公督數邊兵：嘉靖三十二年，倭寇猖獗，朝廷議設總督大臣，總督江南、江北、浙江、山東、福建、湖廣諸軍。胡宗憲繼張經、周琉、楊宜之後任總督，所以說"督數邊兵"。
9 介胄（zhòu）：即甲胄，披甲戴盔。介，甲；胄，頭盔。膝語蛇行：跪着講話，匍匐前進。
10 劉真長：名惔（tán），東晉人，有名的清談家，曾在晉簡文帝司馬昱的幕中作過上賓。方：比。
11 疏記：公文，奏章。
12 視一世士：放眼士林。
13 不偶：指不遇時。
14 曲蘖（niè）：酒母，這裏指酒。
15 風鳴樹偃：一本作"雨鳴樹偃"。
16 勃然：奮起的樣子。
17 失路：指不得志。
18 嗔（chēn）：怒。
19 體格：指詩的體裁格調。
20 王者氣：自成一家的高雅氣派。
21 韓、曾之流亞：韓愈、曾鞏一流的人。流亞，指同一類的人物。
22 雅：向來。
23 騷壇：詩壇，指詩歌界。屈原作《離騷》，後人因稱詩人為騷人，詩歌界為騷壇。
24 妖韶：靚麗美好。
25 張太史元汴（biàn）：浙江山陰（今紹興）人。明穆宗隆慶年間進士，官至翰林侍讀。太史，史官名。
26 酒肆：酒店。
27 下隸：地位低下的人。
28 周望：陶望齡，字周望，號石簣，會稽人。袁宏道的朋友。
29 闕編：殘缺不全的書。此處作書名。闕，同“缺”。
30 囹圄（líng yǔ）：亦作“囹圉”，指監獄。
31 禮數異等：徐文長在胡宗憲幕中，始終保持賓客的地位，不以下屬官吏相待，所以說“禮數異等”。
32 崛起：振作。
33 梅客生：名國禎，麻城人，萬曆年間進士，官至兵部右侍郎。徐渭的朋友。
34 無之而不奇，斯無之而不奇也：第一個“奇”是奇特的奇；第二個“奇”是數奇的奇（jī）。

【鑒賞】

這是一篇人物傳記。文章記敘了徐渭的生平遭遇和藝術成就，並進行簡明扼要的評價，字裏行間寄寓着作者對徐渭懷才不遇命運的深切同情。徐渭是明代一位多才多藝的作家，在詩文、戲曲、繪畫、書法等方面都有獨到的成功之處。

作者寫徐渭的一生，主要突出了他不同於別人的三點：才奇、人奇和“數奇”（命運不好）。

薛蕙“奇其才，有國士之目”，接着歷數他才奇之處。與胡宗憲“縱談天下事，胡公大喜”，代胡宗憲作表，明世宗喜，這表明他文奇；他的詩文風格“如嗔，如笑，如水鳴峽，如種出土，如寡婦之夜哭，羈人之寒起”，連用五種人們不常用的比喻，突出他詩奇；接着又寫他的奇字和奇畫，以說明徐文長的才奇。

隨後轉寫他的“人奇”：“顯者至門，或拒不納”；“或自持斧擊破其頭，血流被面”；“或以利錐錐其兩耳，深入寸餘，竟不得死”。他之所以是個“奇人”，是因為他的“數奇”：先是“屢試輒蹶”，繼而“不偶”，“不得志於有司”，又幾乎被“下獄論死”，可以說正是命運多舛使他這個有奇才的人成為“奇人”。

這篇文章直抒胸臆不落俗套，代表了袁宏道的寫作風格。在行文造句上，運用比喻形象、駢散結合和排比層遞等多種手法，新奇別致、與眾不同。在思想情感上，文中洋溢着作者對徐文長的仰慕和同情，同時也飽含作者對當時社會妒賢嫉能風氣的激憤之情。

虎丘記

虎丘去城可七八里[1]。其山無高巖邃壑，獨以近城故，簫鼓樓船，無日無之。凡月之夜，花之晨，雪之夕，遊人往來，紛錯如織，而中秋為尤勝。每至是日，傾城闔戶，連臂而至。衣冠士女，下迨蔀屋，莫不靚妝麗服，重茵累席，置酒交衢間。從千人石[2]上至山門，櫛比如鱗，檀板丘積，樽罍雲瀉，遠而望之，如雁落平沙，霞鋪江上，雷輥電霍，無得而狀。

佈席之初，唱者千百，聲若聚蚊，不可辨識。分曹部署，競以歌喉相鬥。雅俗既陳，妍媸自別。未幾而搖頭頓足者，得數十人而已。已而明月浮空，石光如練，一切瓦釜[3]，寂然停聲，屬而和者，才三四輩；一簫，一寸管，一人緩板而歌，竹肉相發[4]，清聲亮徹，聽者魂銷。比至夜深，月影橫斜，荇藻淩亂[5]，則簫板亦不復用；一夫登場，四座屏息，音若細髮，響徹雲際，每度一字，幾盡一刻，飛鳥為之徘徊，壯士聽而下淚矣。

劍泉[6]深不可測，飛巖如削。千頃雲得天池諸山作案[7]，巒壑競秀，最可觴客。但過午則日光射人，不堪久坐耳。文昌閣亦佳，晚樹尤可觀。面北為平遠堂舊址[8]，空曠無際，僅虞山[9]一點在望。堂廢已久，余與江進之[10]謀所以復之，欲祠韋蘇州、白樂天諸公於其中[11]；而病尋作，余既乞歸，恐進之興亦闌矣。山川興廢，信有時哉！

吏吳兩載，登虎丘者六。最後與江進之、方子公[12]同登，遲月生公石[13]上。歌者聞令來，皆避匿去。余因謂進之曰："甚矣，烏紗之橫，皂隸之俗哉！他日去官，有不聽曲此石上者，如月[14]！"今余幸得解官稱吳客矣，虎丘之月，不知尚識[15]余言否耶？

註釋

1 虎丘：舊名海涌山，在今江蘇省蘇州市郊。相傳春秋時吳王闔閭既葬之後，金精之氣化而為虎，踞其墳，故號虎丘。

2 千人石：虎丘山腳的巨石。

3 瓦釜：屈原《卜居》曰："黃鐘毀棄，瓦釜雷鳴。"瓦釜即瓦缶，一種原始的樂器。這裏比喻低等的音樂。

4 竹肉：竹指管樂器，肉指人的歌喉。

5 荇藻：兩種水草名。這裏用以形容月光下樹葉交錯的影子。蘇軾《記承天寺夜遊》："庭下如積水空明，水中藻荇交橫，蓋竹柏影也。"

6 劍泉：在虎丘千人石下，相傳為吳王洗劍處，又稱劍池。

7 千頃雲：山名，在虎丘山上。天池：山名，又名華山，在蘇州閶門外三十里。此句是說千頃雲把天池等山作為它的几案。

8 平遠堂：初建於宋代，元代改建。

9 虞山：位於江蘇省常熟市西北部。

10 江進之：名盈科，字進之，桃源（今屬湖南）人，萬曆二十年（1592）進士，時任長洲（與吳縣同治蘇州）知縣。是作者的朋友。

11 祠：祭祀。韋蘇州：唐代詩人韋應物，曾任蘇州刺史。白樂天：唐代詩人白居易，曾擔任蘇州刺史。任上曾開河築堤，直達山前，人稱白公堤。

12 方子公：方文僎，字子公，新安（今安徽歙縣）人。窮困落拓，由袁中道推薦給袁宏道，為宏道整理筆札。

13 生公石：虎丘大石名。傳説晉末高僧竺道生，世稱生公，嘗於虎丘山聚石為徒，講《涅槃經》，群石為之點頭。

14 如月：對月發誓。"有如"或"如"，為古人一種設誓句式。《詩經・王風・大車》："謂予不信，有如皦日！"指眼前一物作誓。

15 識（zhì）：通"志"，記憶。

【鑒賞】

這是一篇山水遊記。作者描繪了虎丘山中秋月夜的景色。

文章首段交待虎丘山的地理位置，以及遊人多來此地玩賞的原因，特別點出"中秋為尤勝"。這引出下文對虎丘山中秋夜景的描繪。

作者以獨特的視角，鳥瞰虎丘全貌。甚至將遊人也納入自己的觀察範圍。"衣冠仕女，下迨蔀屋"，記敍遊人階層的廣泛；"櫛比如鱗，檀板丘積"，記敍遊人眾多，場面盛大；還有"搖頭頓足"的雜耍俗人之樂，"音若細髮"、"四座屏息"的雅士文人之樂。莫不生動自然活潑。

第三段直寫虎丘山的自然景色，作者以點睛之筆描寫了幾處有代表性的景致，稍加連綴形成一幅生動鮮活的畫面："劍泉深不可測，飛巖如削。千頃雲得天池諸山作案，巒壑競秀。"近景、遠景連為一體，且互相襯托，相映成趣。

文章最後一段，記敍了作者遊山的心情及由此產生的感慨。短短的一段文字，表現出他獨有的思想境界和超凡的藝術概括能力。

這篇文章文理清晰，描寫細膩，比喻形象，思想獨特，不拘格套，且語言清新明快，毫無拖沓之感，充分體現了"公安派"的文學主張。

西湖（二）

西湖最盛，為春，為月。一日之盛，為朝煙，為夕嵐。

今歲春雪甚盛，梅花為寒所勒，與杏桃相次開發，尤為奇觀。石簣[1]數為余言，傅金吾[2]園中梅，張功甫[3]家故物也，急往觀之。余時為桃花所戀，竟不忍去。湖上由斷橋[4]至蘇堤[5]一帶，綠煙紅霧，瀰漫二十餘里。歌吹為風，粉汗為雨，羅紈之盛，多於堤畔之草，豔冶極矣。

然杭人遊湖，止午、未、申[6]三時。其實湖光染翠之工，山嵐設色之妙，皆在朝日始出，夕舂[7]未下，始極其濃媚。月景尤不可言，花態柳情，山容水意，別是一種趣味。此樂留與山僧、遊客受用，安可為俗士道哉！

註釋

1 石簣：即陶望齡，字周望，石簣為其號，會稽（今浙江紹興）人，官終國子監祭酒，是作者的好友。

2 傅金吾：所指何人未詳。金吾，即執金吾，古官名。在明代為五城（中、東、西、南、北）兵馬司指揮，是掌管京師治安的長官。

3 張功甫：名鎡，南宋名將張浚之孫，其家園林中玉照堂有梅花四百株。事見周密《武林舊事》。

4 斷橋：本名寶祐橋，自唐時稱為斷橋，在白堤東頭。

5 蘇堤：一名蘇公堤，南北橫截西湖，為宋蘇軾任杭州知州時浚湖而築，故有此名。

6 午、未、申：均屬十二時辰名，指上午十一時至下午十七時。

7 夕舂：意同“下舂”。《淮南子・天文訓》：“日至於淵虞，是謂高舂；至於連石，是謂下舂。”高誘註：“連石，西北山。言欲將冥，下象息舂，故曰下舂。”這裏指夕陽。

【鑒賞】

這篇文章的另一題目作“晚遊六橋待月記”，作者以簡潔清麗之筆，描寫了西湖自白堤東頭的斷橋至蘇堤一帶的春景。篇幅雖然短小，卻有獨特的審美情趣。

西湖是歷代文人墨客遊覽吟詠的聖地，一年四季，一日晨昏，風花雪月，皆有唱歎之詞。不同文人，據各自品味、素養不同而各有所愛。袁宏道對“春”、“月”、“朝煙”、“夕嵐”情有獨鍾，所以開篇就着重介紹西湖最盛之景。

第二段記今春與往年不同之處。因春雪大，提及梅花，延期開放，竟然與桃花相次爭妍，成為一大奇景。並説自己因“為桃花所戀”，竟辭去友人共同賞梅之約。接着以重彩富詞描繪斷橋至蘇堤一帶的春日景觀。

最後一段寫“山嵐”、“朝煙”和西湖之“月”。作者認為西湖的光影和色彩，在“朝日始出”、“夕舂未下”之時最為“濃媚”。而在“朝煙”與“夕嵐”的渲染下，西湖之“月”緩緩登台，技壓群景，“月景尤不可言，花態柳情，山容水意，別是一種趣味”。這種美景，是常人難以留意和體會的。

此文雖短小，卻匠心獨運，精巧別致。對於難以描摹之景，能以虛代實，創造一種清靈的意境，這顯示出作者一種獨具個性的審美觀。

鍾惺

鍾惺（1574～1624），字伯敬，竟陵（今湖北天門）人。萬曆進士，官至福建提學僉事。與譚元春同為“竟陵派”創始人。他提倡抒寫性靈，同時又希望用以幽深峭拔的風格來矯正“公安派”的浮淺之弊，這在反對前後七子的擬古文風方面起了一些作用，但因此他的大部分作品又流於冷僻生澀。著有《隱秀軒文集》。

浣花溪記

出成都南門，左為萬里橋。西折纖秀長曲，所見如連環、如玦[1]、如帶、如規、如鉤，色如鑒、如琅玕[2]、如綠沉瓜，窈然深碧，瀠迴城下者，皆浣花溪委也。然必至草堂，而後浣花有專名，則以少陵浣花居在焉耳。

行三四里為青羊宮[3]，溪時遠時近，竹柏蒼然，隔岸陰森者盡溪，平望如薺，水木清華，神膚洞達。自宮以西，流匯而橋者三，相距各不半里。舁[4]夫云通灌縣，或所云“江從灌口[5]來”是也。人家住溪左，則溪蔽不時見，稍斷則復見溪，如是者數處，縛柴編竹，頗有次第。橋盡，一亭樹道左，署曰“緣江路”。

過此則武侯祠[6]。祠前跨溪為板橋一，覆以水檻，乃睹“浣花溪”題榜。過橋，一小洲橫斜插水間如梭。溪周之，非橋不通，置亭其上，題曰“百花潭水[7]”。由此亭還，度橋，過梵安寺，始為杜工部祠[8]。像頗清古，不必求肖，想當爾爾。石刻像一，附以本傳，何仁仲別駕署華陽時所為也[9]。碑皆不堪讀。

鍾子曰：杜老二居，浣花清遠，東屯險奧，各不相襲。嚴公[10]不死，浣溪可老，患難之於朋友大矣哉！然天遣此翁增夔門[11]一段奇耳。窮愁奔走，猶能擇勝，胸中暇整，可以應世，如孔子微服主司城貞子時也。

時萬曆辛亥[12]十月十七日，出城欲雨，頃之霽。使客遊者，多由監司郡邑招飲，冠蓋稠濁，磬折[13]喧溢，迫暮趣歸。是日清晨，偶然獨往。楚人鍾惺記。

註釋

1 玦（jué）：有缺口的玉環。
2 琅玕：美玉。
3 青羊宮：亦名青羊觀。曹學佺《蜀中廣記》："《蜀本紀》云：'子行道千日後，於成都郡青羊肆尋吾。'今為青羊觀也。"相傳老子曾牽青羊過此，故名。
4 舁（yú）：抬。
5 灌口：山名，又名金灌口，古稱天彭門。相傳漢代文翁郡守，穿湔江灌溉，故名灌口。
6 武侯祠：即武侯廟，在今四川成都市西南。以祭三國蜀武鄉侯諸葛亮。祠原址在成都少城，西晉十六國成（漢）李雄（武帝）建。明時改在今址與劉備的昭烈祠合。
7 百花潭水：杜甫《狂夫》："萬里橋西一草堂，百花潭水即滄浪。"後人取其中四字題景。
8 杜工部祠：杜甫祠，為杜甫草堂建築之一，在杜甫故宅原址上建成。
9 別駕：官名，明代為通判的別稱。通判是州、府輔助知州或在知府處理政務的官員。華陽：古縣名，明為成都府治。
10 嚴公：即唐代嚴武（726～765），字季鷹，官至劍南節度使兼成都尹，封鄭國公。鎮蜀時善待杜甫，杜甫曾以《八哀》詩悼念之。
11 夔門：即長江瞿塘峽，在四川奉節東。因地處川東門戶，故有此稱。
12 萬曆辛亥：萬曆三十九年，即公元1611年。
13 磬折：像磬那樣地彎腰，表示恭敬。磬，一種形狀如矩的樂器。

【鑒賞】

這是一篇遊記散文。浣花溪又名百花潭，是四川省錦江上的風景名勝。唐代大詩人杜甫流寓四川時，曾在這裏居住過，他在此寫了許多傳誦千古的詩文。他去世後，文人騷客多來這裏訪問他的故居，浣花溪因而名噪四海。這篇文章記敘鍾惺遊覽浣花溪和杜工部祠的情景，同時寄寓了他的情懷。

文章移步換景，首先介紹去杜甫草堂的路徑，交代起步的方位。此處作者提及萬里橋，這與杜甫詩句"萬里橋西一草堂"暗合。隨後作者交代了浣花溪委曲之景，説明浣花溪名字的由來——"浣花有專名，則以少陵浣花居在焉耳"。

第二段以青羊宮為遊覽的轉折點，寫隨溪前行所見的周圍景色。

第三段寫青羊宮附近的溪岸景致、溪邊人家、溪上橋亭，以及武侯祠，最後寫目的地——杜工部祠。

篇末作者直抒胸臆，説杜甫"窮愁奔走"之事，對那些"冠蓋稠濁，磬折喧溢，迫暮趣歸"類朝廷大臣附庸風雅的醜態進行嘲諷，以此反襯杜甫在窮困之時依然憂國憂民的偉大精神。

文章結構緊湊，線索清晰。作者以浣花溪為主線把所觀所感貫穿其中。而且其語言顯示了"竟陵派"新奇、峭拔的風格，比喻也形象生動，如寫浣花溪水又"所見如連環、如玦、如帶、如規、如鉤，色如鑒、如琅玕、如綠沉瓜"；如寫溪行"隔岸陰森者盡溪，平望如薺，水木清華，神膚洞達"，可謂造語精工。

徐弘祖

徐弘祖（1586～1641），字振之，別號霞客，江陰（今江蘇江陰）人。小時候喜愛讀古今史籍及《山海圖經》等書。成人後，無意於仕進，遂漫遊各地，搜訪奇山異水。自二十二歲至逝世前，三十餘年間走遍了華東、華北及西南等地，並將其所見一一紀述，後編為《徐霞客遊記》。

遊黃山後記

戊午九月初三日[1]：出白嶽榔梅庵[2]，至桃源橋，從小橋右下，陡甚，即舊向黃山路也[3]。七十里，宿江村[4]。

初四日：十五里，至湯口[5]。五里，至湯寺[6]，浴於湯池[7]。扶杖望硃砂庵而登[8]。十里，上黃泥岡，向時雲裏諸峰，漸漸透出，亦漸漸落吾杖底。轉入石門[9]，越天都之脅而下[10]，則天都、蓮花二頂[11]，俱秀出天半。路旁一歧東上，乃昔所未至者，遂前趨直上，幾達天都側。復北上，行石罅中，石峰片片夾起，路宛轉石間，塞者鑿之，陡者級之[12]，斷者架木通之，懸者植梯接之。下瞰峭壑陰森，楓松相間，五色紛披，燦若圖繡。因念黃山當生平奇覽，而有奇若此，前未一探，茲遊快且愧矣。時夫僕俱阻險行後，余亦停弗上，乃一路奇景，不覺引余獨往。既登峰頭，一庵翼然，為文殊院[13]，亦余昔年欲登未登者。左天都，右蓮花，背倚玉屏風[14]。兩峰秀色，俱可手攬。四顧奇峰錯列，眾壑縱橫，真黃山絕勝處！非再至，焉知其奇若此？遇遊僧澄源至[15]，興甚勇。時已過午，奴輩適至。立庵前，指點兩峰，庵僧謂：“天都雖近而無路，蓮花可登而路遙，只宜近盼天都，明日登蓮頂。”余不從，決意遊天都，挾澄源、奴子[16]，仍下峽路。至天都側，從流石蛇行而上，攀草牽棘，石塊叢起則歷塊，石崖側削則援崖，每至手足無可着處，澄源必先登垂接。每念上既如此，下何以堪？終亦不顧。歷險數次，遂達峰頂。惟一石頂，壁起猶數十丈，澄源尋視其側，得級，挾予以登[17]，萬峰無不下伏，獨蓮花與抗耳。時濃霧半作半止，每一陣至，則對面不見。眺蓮花諸峰，多在霧中。獨上天都，予至其前，則霧徙於後；予越其右，則霧出於左。其松猶有曲挺縱橫者，柏雖大幹如臂，無不平貼石上如苔蘚然。山高風鉅[18]，霧氣去來無定，下盼諸峰，時出為碧嶠[19]，時沒為銀海[20]。再眺山下，則日光晶晶，別一區宇也。日漸暮，遂前其足，手向後據地，坐而下脱，至險絕處，澄源並肩手相接。度險下至山坳，瞑色已合，復從峽度棧以上，止文殊院。

初五日：平明[21]，從天都峰坳中北下二里，石壁岈然[22]，其下蓮花洞[23]，正與前坑石筍對峙[24]，一塢幽然。別澄源下山，至前歧路側，向蓮花峰而趨。一路沿危壁西行，凡再降升，將下百步雲梯，有路可直躋蓮花峰[25]，既陟而磴絕，疑而復下。隔峰一僧高呼曰："此正蓮花道也！"乃從石坡側度石隙，徑小而峻，峰頂皆巨石鼎峙[26]，中空如室，從其中迭級直上，級窮洞轉，屈曲奇詭，如下上樓閣中，忘其峻出天表也[27]。一里，得茅廬，倚石罅中，方徘徊欲升，則前呼道之僧至矣。僧號凌虛，結茅於此者，遂與把臂陟頂[28]。頂上一石，懸隔二丈，僧取梯以度，其巔廓然。四望空碧，即天都亦俯首矣。蓋是峰居黃山之中，獨出諸峰上，四面巖壁環聳，遇朝陽霽色，鮮映層發，令人狂叫欲舞。久之，返茅庵。凌虛出粥相餉[29]，啜一盂。乃下至歧路側，過大悲頂[30]，上天門[31]。三里，至煉丹台[32]，循台嘴而下。觀玉屏風、三海門諸峰[33]，悉從深塢中壁立起。其丹台一岡中垂，頗無奇峻，惟瞰翠微之背[34]，塢中峰巒錯聳，上下周映，非此不盡瞻眺之奇耳。還過平天矼[35]，下後海[36]，入智空庵，別焉。三里，下獅子林[37]，趨石筍矼[38]，至向年所登尖峰上，倚松而坐，瞰塢中峰石回攢[39]，藻繢滿眼[40]，始覺匡廬[41]、石門[42]，或具一體[43]，或缺一面[44]，不若此之閎博富麗也。久之，上接引崖，下眺塢中，陰陰覺有異。復至風上尖峰側，踐流石，援棘草，隨坑而下，愈下愈深，諸峰自相掩蔽，不能一目盡也。日暮，返獅子林。

初六日：別霞光[45]，從山坑向丞相原[46]。下七里，至白沙嶺[47]，霞光復至，因余欲觀牌樓石[48]，恐白沙庵無指者[49]，追來為導。遂同上嶺，指嶺右隔坡，有石叢立，下分上併，即牌樓石也。余欲逾坑溯澗，直造其下，僧謂："棘迷路絕，必不能行，若從坑直下丞相原，不必復上此嶺，若欲從仙燈而往[50]，不若即由此嶺東向。"余從之，循嶺脊行。嶺橫亘天都、蓮花之北，狹甚，旁不容足，南北皆崇峰夾映。嶺盡北下，仰瞻右峰羅漢石，圓頭禿頂，儼然二僧也。下至坑中，逾澗以上，共四里，登仙燈洞。洞南向，正對天都之陰，僧架閣連板於外，而內猶穹然[51]，天趣未盡刊也[52]。復南下三里，過丞相原，山間一夾地耳。其庵頗整，四顧無奇，竟不入。復南向循山腰行五里，漸下，澗中泉聲沸然，從石間九級下瀉，每級一下，有潭淵碧，所謂九龍潭也[53]。黃山無懸流飛瀑，惟此耳。又下五里，過苦竹灘[54]，轉循太平縣路[55]，向東北行。

註釋

1 戊午：明萬曆四十六年。
2 白嶽：山名，在黃山的西南部。
3“即舊”句：指萬曆四十四年（1616）作者初遊黃山時所走過的路。
4 江村：鎮名，在黃山的東北部。
5 湯口：鎮名，在黃山腳下，是上山時的必經之處。
6 湯寺：即祥符寺，因靠近湯泉，所以俗稱湯寺。
7 湯池：指湯泉。
8 硃砂庵：在硃砂峰下，又名慈光寺。
9 石門：峰名。
10 天都：指天都峰。
11 蓮花：即蓮花峰。與天都並稱為黃山兩大峰。
12 陡者級之：陡峭之處就鑿出石級來。
13 文殊院：寺名，在天都、蓮花兩峰之間。
14 玉屏風：即玉屏峰。
15 遊僧：遊方和尚。
16 奴子：即奴僕。
17 挾：這裏當扶持解。
18 鉅：同“巨”。
19 碧嶠：因滿山松柏，青翠蒼然，所以稱作“碧嶠”。
20 銀海：因雲霧瀰漫似大海波濤翻滾，故稱銀海。
21 平明：天剛亮的時候。
22 岈（yā）然：山谷深空的樣子。
23 蓮花洞：在蓮花峰下。
24 石筍：峰名。
25 躋：登。
26 鼎峙：像鼎之三足而立。
27 天表：天上。
28 把臂：挽臂。
29 相餉：指款待。
30 大悲頂：山峰名。
31 上天門：在天都峰腳。
32 煉丹台：在煉丹峰上。相傳黃帝曾在此煉丹，故名。
33 三海門：峰名，在石門峰與煉丹峰之間。
34 翠微：峰名，在清潭峰北。
35 平天矼：在煉丹峰上。
36 後海：峰名。
37 獅子林：在煉丹峰左。
38 石筍矼：在始信峰上。
39 回攢：曲折聚集。
40 藻繢：指文采。這裏指山下的五光十色。
41 匡廬：江西廬山。
42 石門：浙江青田縣的石門山。
43 具一體：具備黃山的某一形態。
44 缺一面：缺少黃山的某一特點。
45 霞光：僧名。
46 丞相原：在石門峰、缽盂峰之間。傳說宋理宗丞相程元鳳曾在這裏讀書，故得名。
47 白沙嶺：在皮篷嶺與丞相原之間。
48 牌樓石：即天牌石，俗稱“仙人榜”。
49 白沙庵：在白沙嶺下。
50 仙燈：洞名，在缽盂峰下。
51 穹然：大且深的樣子。
52“天趣”句：天然之致沒有失去。刊，削掉。
53 九龍潭：在丞相原附近。
54 苦竹灘：即苦竹溪，在九龍潭下。
55 太平縣：今安徽省太平縣。

【鑒賞】

這是一篇遊記。黃山是著名風景區，兼有泰山之雄偉、華山之險絕、衡山之雲靄、廬山之飛瀑、峨眉之清爽。徐霞客曾兩遊黃山，留下了傳誦至今的評説："五嶽歸來不看山，黃山歸來不看嶽。"本文是他第二次遊黃山時寫的日記，介紹了在黃山所見之景，着重描繪天都、蓮花二峰千崖競秀，雲海松林的動人景觀。

作者是以遊歷時間和登山進程來記敍黃山風景的。文章初三日記敍自己第二次來黃山的途徑；初四日記遊湯口，湯寺，上黃泥崗，轉入石門，上天都峰山腰等一路風光以及在天都峰上所見的勝景；初五日記登蓮花峰的艱難與所感，"令人狂叫欲舞"；初六日記黃山其他景觀，諸如丞相原、牌樓石、仙燈洞、九龍潭等。作者在文中所記景致，都是黃山風景的精華所在。

文章記敍有重有輕，描寫有濃有淡。寫天都、蓮花二峰，集中筆力，恣意渲染，二峰秀奇峭拔、千姿百態，盡收筆底。如天都峰，"萬峰無不下伏"，"山高風鉅，霧氣去來無定，下盼諸峰，時出為碧嶠，時沒為銀海。再眺山下，則日光晶晶"。蓮花峰則"四望空碧，即天都亦俯首"，"是峰居黃山之中，獨出諸峰上，四面岩壁環聳，遇朝陽霽色，鮮映層發"。而記敍其他諸峰的景致，則多為一筆帶過，不喧賓奪主。這種寫法，有主有從，產生一種眾星捧月的效果。作者在寫景的同時抒發自己內心的感受，使文章達到了情景交融的境界。

譚元春

譚元春，字友夏，竟陵（今湖北天門）人。天啟間鄉試第一。與鍾惺同為“竟陵派”創始人。文章重性靈，反擬古，但著作偏於孤峭冷澀。

再遊烏龍潭記

潭宜澄，林映潭者宜靜，筏宜穩，亭閣宜朗，七夕宜星河，七夕之賓客宜幽適無累。然造物者豈以予為此拘拘者乎！

茅子越中人[1]，家童善篙楫。至中流，風妒之，不得至荷蕩，旋近釣磯繫筏。垂垂下雨，霏霏濕幔[2]，猶無上岸意。已而雨注下，客七人，姬六人，各持蓋[3]立幔中，濕透衣表。風雨一時至，潭不能主[4]。姬惶恐求上，羅襪無所惜。客乃移席新軒，坐未定，雨飛自林端，盤旋不去，聲落水上，不盡入潭，而如與潭擊。雷忽震，姬人皆掩耳欲匿至深處。電與雷相後先，電尤奇幻，光煜煜入水中，深入丈尺，而吸其波光以上於雨，作金銀珠貝影，良久乃已。潭龍窟宅之內，危疑未釋。

是時風物倏忽，耳不及於談笑，視不及於陰森，咫尺相亂；而客之有致者反以為極暢，乃張燈行酒，稍敵風雨雷電之氣。忽一姬昏黑來赴，始知蒼茫歷亂，已盡為潭所有，亦或即為潭所生；而問之女郎來路，曰“不盡然”，不亦異乎？

招客者為洞庭吳子凝甫，而冒子伯麟、許子無念、宋子獻孺、洪子仲偉，及予與止生為六客，合凝甫而七。

註釋

1 茅子：茅元儀，字止生，歸安（今浙江湖州）人。茅坤的孫子。越中人：明代紹興府，古稱越州。而歸安屬湖州府。這裏的“越中”當是指浙江。春秋時浙江一帶屬越國，故作者稱茅子為越中人。

2 垂垂下雨，霏霏濕幔：垂垂，下降貌。范成大《秋日田園雜興》詩：“秋來只怕雨垂垂。”霏霏，形容雨密。《詩經・小雅・采薇》：“今我來思，雨雪霏霏。”

3 蓋：古代指車蓋，籠罩在車上的帷幔，與傘同類。至指傘，到今還有人稱傘為雨蓋。

4 潭不能主：“主”字於文義不通，疑是“往”字之誤省偏旁。或作主宰、控制解。

【鑒賞】

在南京居住期間，譚元春曾與友人三遊烏龍潭，並分別寫了三篇遊記，本文是他遊記中的第二篇，主要記敍大雷雨中的烏龍潭奇觀。

作者用六個“宜”字以議論開篇，寫烏龍潭的清靜幽僻以及世人對遊潭條件的約定俗成，但這只是眾人的品味，作者則截然不同。下文進一步表明自己不為格套所拘，不肯屈從世俗規範的特立態度和傲然風骨。

文章二、三段是這篇遊記的主體部分，主要描寫雷雨中烏龍潭的景致以及遊覽者的行為。作者寫景不忘寫人，寫人不忘寫情，使文章真正達到情景交融、物我同存的境界。風雨初作時遊客興致正濃，猶無上岸意；待到“濕透衣表”，則“姬惶恐求上，羅襪無所惜”，鮮活的人物形象躍然紙上。而一女郎冒雨前來，則更是別開生面，趣味橫生。作者打趣她“盡為潭所有，亦或即為潭所生”，女郎卻巧答“不盡然”，一幅生活畫面幾筆勾成，在風雨中灼灼生色。

文末記作者同遊之人，是遊記散文的常法。

作者擅用擬人手法，使所記自然景致鮮活動人，如寫船因風不行，說“風妒之”；寫雨落潭上，“如與潭擊”，“風雨一時至，潭不能主”，從中可見作者奇特的想像力和巧妙傳神的筆法。

魏學洢

魏學洢（1596～1625），字子敬，嘉善（今浙江嘉善）人。父因彈劾魏忠賢遭誣害，他受牽連而遭閹黨迫害，悲憤而死。平生好學，著作有《茅簷集》。

核舟記

明有奇巧人曰王叔遠，能以徑寸之木[1]，為宮室、器皿、人物，以至鳥獸、木石，罔不因勢象形，各具情態。嘗貽余核舟一，蓋大蘇泛赤壁云[2]。

舟首尾長約八分有奇，高可二黍許。中軒敞者為艙，箬篷覆之[3]。旁開小窗，左右各四，共八扇。啟窗而觀，雕欄相望焉。閉之，則右刻“山高月小，水落石出”[4]，左刻“清風徐來，水波不興”[5]，石青糝之[6]。

船頭坐三人，中峨冠而多髯者為東坡，佛印居右[7]，魯直居左[8]。蘇、黃共閱一手卷[9]。東坡右手執卷端，左手撫魯直背。魯直左手執卷末，右手指卷，如有所語。東坡現右足，魯直現左足，各微側，其兩膝相比者，各隱卷底衣褶中。佛印絕類彌勒，袒胸露乳，矯首昂視，神情與蘇、黃不屬。卧右膝，詘右臂支船，而豎其左膝，左臂掛念珠倚之，珠可歷歷數也。

舟尾橫卧一楫。楫左右舟子各一人。居右者椎髻仰面，左手倚一衡木，右手攀右趾，若嘯呼狀。居左者右手執蒲葵扇，左手撫爐，爐上有壺，其人視端容寂[10]，若聽茶聲然。

其船背稍夷，則題名其上，文曰“天啟壬戌秋日[11]，虞山王毅叔遠甫刻”[12]，細若蚊足，鈎畫了了[13]，其色墨。又用篆章一，文曰“初平山人”，其色丹。

通計一舟，為人五；為窗八；為箬篷，為楫，為爐，為壺，為手卷，為念珠各一；對聯、題名並篆文，為字共三十有四。而計其長曾不盈寸。蓋簡桃核修狹者為之。

魏子詳矚既畢[14]，詫曰：嘻，技亦靈怪矣哉！《莊》、《列》所載，稱驚猶鬼神者良多[15]，然誰有遊削於不寸之質[16]，而須麋瞭然者[17]？假有人焉，舉我言以復於我，亦必疑其誑。今乃親睹之。由斯以觀，棘刺之端，未必不可為母猴也[18]。嘻，技亦靈怪矣哉！

註釋

1 徑寸之木：直徑為一寸長的木頭。
2 大蘇泛赤壁：蘇軾泛舟遊赤壁。大蘇，指蘇軾。
3 箬（ruò）篷：箬竹葉做的船篷。
4 山高月小，水落石出：蘇軾《後赤壁賦》中的名句。
5 清風徐來，水波不興：蘇軾《前赤壁賦》中的名句。
6 石青糝之：以青色顏料塗在刻字上。
7 佛印：《續傳燈錄》云：佛印禪師名了元，字覺老，蘇東坡謫黃州，佛印住廬山，曾與他酬唱往還。
8 魯直：黃庭堅，字魯直。
9 手卷：橫幅的書畫卷。
10 視端容寂：眼睛正視（茶爐），神態十分平靜。
11 天啟壬戌：明熹宗天啟二年（1622）。
12 虞山：在今江蘇省常熟縣西北，這裏借指常熟。
13 了了：清楚的意思。
14 詳矚：仔細地看。
15 驚猶鬼神：驚奇得好像鬼神所造。
16 遊削於不寸之質：在不到一寸的材料上進行雕刻。
17 須麋：即須眉。
18 “棘刺”二句：意謂在荊棘刺的尖子上未必不能刻成一個母猴。

【鑒賞】

這是一篇事物記。所謂核舟，即用桃核雕刻而成的一隻小船。核舟的雕刻者王叔遠把這件工藝品送給作者。作者驚歎他手藝精巧奇特，遂作此篇以讚揚民間手藝人出色的智慧和超凡的技巧。

文章第一段介紹雕刻者王叔遠及其技藝，並點出核舟所涉題材是有關蘇東坡泛舟赤壁的。第二段概括介紹核舟的大小和形狀。第三段介紹舟頭，描述了蘇東坡、黃魯直、佛印三人的獨特姿態。第四段介紹船尾，描寫兩個舟子的神態和行動。第五段介紹船背及王叔遠的題名。第六段介紹全舟人數、物數、字數。揭示出如此多的東西，竟刻在這“曾不盈寸”的桃核上，實在是“技亦靈怪矣哉”，最後作者以魏子的感歎作結，藉別人之口抒發自己的驚詫之情。

王叔遠作為雕刻藝人，善於捕捉和刻畫具有代表性的人物形象，他把魯直、佛印與蘇東坡同塑於一舟之上，可見他對蘇軾等三人身世與思想極為瞭解。而本文作者領會其意，以重墨來描寫三人。雖然說明一件雕刻之物，卻寫得栩栩如生。蘇東坡與魯直“共閱一手卷”，可見二者關係之親密，佛印“臥右膝，詘右臂支船，而豎其左膝，左臂掛念珠倚之”，可見他比蘇、黃二人更為超脱。而這些都體現了刻者與作者的心通意會、山水相成。

張岱

張岱（1597～1679），字宗子，號陶庵，山陰（今浙江紹興）人。一生經歷明、清兩個朝代，“少為紈絝子弟”，沉醉於溫柔富貴之鄉；明亡後始知“繁華靡麗，過眼皆空”，遂避居山中，潛心著述。所著《陶庵夢憶》、《西湖夢尋》都是他對過去生活片斷的記錄。但在緬懷明王朝的感歎中，也流露出不少消極思想。

柳敬亭說書

南京柳麻子[1]，黧黑[2]，滿面疤癗[3]，悠悠忽忽，土木形骸[4]。善說書。一日說書一回，定價一兩。十日前先送書帕下定[5]，常不得空。南京一時有兩行情人[6]，王月生[7]、柳麻子是也。

余聽其說景陽崗武松打虎白文[8]，與本傳大異。其描寫刻畫，微入毫髮，然又找截乾淨[9]，並不嘮叨。哱夬聲如巨鐘[10]。說至筋節處[11]，叱吒叫喊，洶洶崩屋[12]。武松到店沽酒，店內無人，謈地一吼[13]，店中空缸空甓[14]，皆甕甕有聲。閒中著色[15]，細微至此。主人必屏息靜坐，傾耳聽之，彼方掉舌[16]，稍見下人呫嗶耳語[17]，聽者欠伸有倦色，輒不言，故不得強。每至丙夜[18]，拭桌剪燈，素瓷靜遞[19]，款款言之[20]，其疾徐輕重，吞吐抑揚，入情入理，入筋入骨，摘世上說書之耳，而使之諦聽，不怕其齰舌死也[21]。

柳麻子貌奇醜，然其口角波俏[22]，眼目流利，衣服恬靜，直與王月生同其婉孌[23]，故其行情正等。

註釋

1 柳麻子：即柳敬亭。因他滿臉瘢疤，所以當時人們都這樣稱呼他。敬亭，名逢春，泰州（今江蘇省泰縣）人。善說書，曾為馬士英、阮大鋮的幕客，因憎恨他們的奸邪，憤然離去。

2 黧（lí）黑：面色黃黑。黧，黑黃色。

3 疤：痕跡，瘡痕、傷痕等。癗（lěi）：疙瘩。

4 “悠悠忽忽”二句：形容柳為人，隨便、放蕩，不加修飾。

5 送書帕：指送去請柬和定金。

6 行情人：即非常有名的人。

7 王月生：當時南京名妓。
8 白文：南方說書分"大書"、"小書"。"大書"全是白文，不唱，重在說書時的語言、表情、聲勢。"小書"則唱白並重而尤在唱。
9 找截乾淨：指應補敍即補敍，應停止即停止，毫不拖沓松散。
10 哱夬（bó guài）：似吆喝意。
11 筋節處：即關鍵的地方。
12 洶洶崩屋：喊聲震屋。洶洶，迅猛的吵鬧聲。
13 謈（páo）：指大聲呼喊。
14 甓（pì）：原意是磚，此處作瓦器解。
15 閒中著色：在一般人不在意的地方，加以渲染。
16 掉舌：動舌，發出聲音。
17 呫嗶（chè bì）耳語：附在耳邊小聲說話。
18 丙夜：夜半時分，與"子夜"義同。
19 素瓷：此指茶盌。素，白色。
20 款款：緩慢的樣子。
21 齰（zé）舌：咬舌。
22 波俏：流利有風致，這裏指柳敬亭說書口齒十分伶俐。
23 婉孌：美好的意思。

【鑒賞】

本文篇幅短小，主要記敍說書人柳敬亭其人其事。據黃宗羲《柳敬亭傳》載，柳是明末一位奇人，姓曹名逢春，因罪逃亡改姓名，後從師精研說書技藝，造詣非一般說書人所能達到。

文章首先介紹柳敬亭的外貌，並且提及南京當時有兩位非常出名的人，一是說書人柳敬亭，另一是名妓王月生。第二段具體描寫柳敬亭高超絕妙的說書藝術。第三段描繪柳、王二人相貌、衣着。

作者能以細膩的筆觸描述柳敬亭說書時的動人場面。說到柳敬亭善於渲染故事情節，則舉武松到酒店買酒，見"店內無人，謈地一吼，店中空缸空甓，皆甕甕有聲"。說到柳敬亭善於掌握場內形勢，見到"主人"不"傾耳聽之，彼方掉舌，稍見下人呫嗶耳語，聽者欠伸有倦色"，他"輒不言，故不得強"。表明他注重人格尊嚴，有非同一般的敬業風度。

作者善用對比反襯手法。如以柳敬亭面貌醜陋，反襯他說書時情緒激昂，神采飛揚，從而突出了柳敬亭高超的說書技藝。

西湖七月半

西湖七月半，一無可看，止可看看七月半之人。看七月半之人，以五類看之。其一，樓船簫鼓，峨冠盛筵，燈火優傒[1]，聲光相亂，名為看月而實不見月者，看之；其一，亦船亦樓，名娃[2]閨秀，攜及童孌[3]，笑啼雜之，環坐露台，左右盼望，身在月下而實不看月者，看之；其一，亦船亦聲歌，名妓閒僧，淺斟低唱，弱管輕絲，竹肉[4]相發，亦在月下，亦看月而欲人看其看月者，看之；其一，不舟不車，不衫不幘[5]，酒醉飯飽，呼群三五，躋入人叢，昭慶、斷橋[6]，嘄[7]呼嘈雜，裝假醉，唱無腔曲，月亦看，看月者亦看，不看月者亦看，而實無一看者，看之；其一，小船輕幌，淨几暖爐，茶鐺[8]旋煮，素瓷靜遞，好友佳人，邀月同坐，或匿影樹下，或逃囂裏湖，看月而人不見其看月之態，亦不作意看月者，看之。

杭人遊湖，巳出酉歸[9]，避月如仇。是夕好名，逐隊爭出，多犒門軍酒錢，轎夫擎燎，列俟岸上。一入舟，速舟子急放斷橋，趕入勝會。以故二鼓以前，人聲鼓吹，如沸如撼，如魘如囈[10]，如聾如啞。大船小船一齊湊岸，一無所見，止見篙擊篙，舟觸舟，肩摩肩，面看面而已。少刻興盡，官府席散，皂隸喝道去，轎夫叫，船上人怖以關門，燈籠火把如列星，一一簇擁而去。岸上人亦逐隊趕門，漸稀漸薄，頃刻散盡矣。

吾輩始艤[11]舟近岸。斷橋石磴始涼，席其上，呼客縱飲。此時，月如鏡新磨，山復整妝，湖復頮面[12]。向之淺斟低唱者出，匿影樹下者亦出。吾輩往通聲氣，拉與同坐。韻友[13]來，名妓至，杯箸安，竹肉發。月色蒼涼，東方將白，客方散去。吾輩縱舟酣睡於十里荷花之中，香氣拍人，清夢甚愜。

註釋

1 優：優伶，指演員。傒（xī）：通"奚"，僕人。
2 娃：美女，指歌妓。
3 童孌（luán）：英俊的男童。
4 竹：指樂器之聲。肉：這裏指口中發出的歌聲。
5 幘（zé）：舊時男子包頭髮用的頭巾。
6 昭慶：昭慶寺，在西湖東北岸。斷橋：在西湖白堤東端，靠近昭慶寺。
7 嘄（jiào）：同"叫"。
8 茶鐺（chēng）：燒茶水用的小鍋。
9 巳：上午九時至十一時。酉：下午五時至七時。
10 魘（yǎn）：夢魘，夢中驚悸。囈（yì）：說夢話。
11 艤（yǐ）：指附船着岸。
12 頮（huì）面：洗臉。指湖面恢復明淨。
13 韻友：風雅的朋友。

【鑒賞】

這是一篇遊記散文，描繪了杭州人七月半遊西湖的盛況。七月半，指農曆七月十五日中元節，這是一個宗教節日，佛教徒在這一天作盂蘭盆會，追祭亡靈，解除他們倒懸之苦。道教在這一天也誦經施食。而杭州風俗，則在這一天全城人共同遊湖，盡情玩樂。

文章開門見山地點出主要內容，“西湖七月半”，只可看看當時的遊人。而遊湖的人可分“五類”：第一類是有身份、有地位的官僚，坐着豪華的船隻，擺着豐盛的酒席，聲樂齊鳴，有意自炫，“明為看月而實不見月者”；第二類是富貴之家，千金閨秀，露天坐在船上的平台上，嬌聲笑啼，“身在月下而實不看月”；第三類是在船上且說且笑的名妓或閒僧，故弄絲竹，附庸風雅，“亦在月下，亦看月而欲人看其看月”；第四類是市井中的好事之人，他們與前三類人不同，不坐船，不乘車，衣衫不整，三五成群，大呼小叫，“月亦看，看月者亦看，不看月者亦看，而實無一看者”；第五類是清雅之士，他們坐小船，掛帷幔，煮好茶，二三好友，絕色佳人，一同賞月，自然為之，毫無顯耀做作之態，“看月而人不見其看月之態，亦不作意看月”。作者描寫這五類人，觀察細緻，描摹生動，褒貶之詞溢於言表，對那些附庸風雅，忸怩做作之人進行深刻的嘲諷。

文章第三段寫大多數杭州人遊湖並不是為隨意消遣，而是好虛名，湊熱鬧，眾出則己出，眾歸則己回，毫無主見，把真正的明月佳景錯過了。而“吾輩”卻在其他遊客散盡之後，在明月下淺斟低唱，直至“月色蒼涼，東方將白”，顯示出作者獨特的審美情趣。

這篇文章，作者觀察視角獨特，把月色、湖水作為陪襯之景，而把遊人作為主要的觀照對象，從中可見作者敏銳的觀察力。另外，作者善於處理人與物的關係，行文有條不紊，活潑生動。

湖心亭看雪

崇禎五年[1]十二月，余往西湖。大雪三日，湖中人鳥聲俱絕。

是日，更定矣，余拏一小舟，擁毳衣爐火，獨往湖心亭看雪。霧淞沆碭，天與雲與山與水，上下一白；湖上影子，惟長堤一痕、湖心亭一點與余舟一芥、舟中人兩三粒而已。

到亭上，有兩人鋪氈對坐，一童子烘酒，爐正沸。見余，大喜，曰：“湖中焉得更有此人！”拉余同飲。余強飲三大白而別。問其姓氏，是金陵[2]人，客此。

及下船，舟子喃喃曰：“莫說相公痴，更有痴似相公者。”

註釋

1 崇禎五年：公元 1632 年。崇禎：明思宗年號。

2 金陵：今江蘇南京。

【鑒賞】

這是一篇描繪雪景的小品文。文章雖然短小，卻寫得富有詩情畫意。

文章開篇點明時間、地點，並提到三日大雪，為下文雪夜賞月埋下伏筆。

第二段寫湖上雪景。作者適夜賞雪，堪稱一奇，此時天地“上下一白”，“湖上影子，惟長堤一痕、湖心亭一點與余舟一芥、舟中人兩三粒而已”。

第三段寫冰雪天地亭中遇知音。二客“拉余同飲”，盡逢知己之樂，亭中其樂融融，給冷寂的雪天寒夜平添了一分暖意。後作者又記萍水相逢之人，原是金陵之客，驚歎、欣喜、悵惘、悲涼之情一時同聚心頭。茫茫宇內，知己難逢，偶然一會，又作匆匆過客，每讀至此，怎能不掩卷悲歎？

文末藉舟子之口抒發自己的情懷，天下痴人並非只有自己，文理雖已説透，但思之仍有餘味。

二百多字的短文，神采綽約，雋永清靈，處處洋溢着詩情畫意，充分顯示了作者的文學才能。

張溥

張溥（1602～1641），字天如，太倉（今江蘇太倉）人。崇禎四年（1631）進士。他是“復社”的發起人之一。著有《七錄齋詩文合集》。

五人墓碑記

五人者，蓋當蓼洲周公之被逮[1]，激於義而死焉者也。至於今，郡之賢士大夫請於當道[2]，即除逆閹廢祠之址以葬之[3]，且立石於其墓之門，以旌其所為[4]。嗚呼，亦盛矣哉！

夫五人之死，去今之墓而葬焉，其為時止十有一月耳。夫十有一月之中，凡富貴之子，慷慨得志之徒，其疾病而死，死而湮沒不足道者[5]，亦已眾矣，況草野之無聞者歟[6]！獨五人之皦皦[7]，何也？

予猶記周公之被逮，在丁卯三月之望[8]。吾社之行為士先者[9]，為之聲義[10]，斂資財以送其行，哭聲震動天地。緹騎按劍而前[11]，問：“誰為哀者？”眾不能堪，抶而仆之[12]。是時以大中丞撫吳者[13]為魏之私人，周公之逮，所由使也[14]。吳之民方痛心焉，於是乘其厲聲以呵，則噪而相逐。中丞匿於溷藩以免[15]。既而以吳民之亂請於朝，按誅五人[16]，曰顏佩韋、楊念如、馬傑、沈揚、周文元，即今之傫然在墓者也[17]。

然五人之當刑也，意氣陽陽，呼中丞之名而詈之[18]，談笑以死。斷頭置城上，顏色不少變。有賢士大夫發五十金，買五人之脰而函之[19]，卒與屍合。故今之墓中，全乎為五人也。

嗟夫！大閹之亂，縉紳而能不易其志者，四海之大有幾人歟？而五人生於編伍之間[20]，素不聞詩書之訓[21]，激昂大義，蹈死不顧，亦曷故哉[22]？且矯詔紛出，鈎黨之捕[23]遍於天下，卒以吾郡之發憤一擊，不敢復有株治[24]。大閹亦逡巡畏義[25]，非常之謀難於猝發[26]，待聖人之出而投繯道路[27]，不可謂非五人之力也。

由是觀之，則今之高爵顯位，一旦抵罪[28]，或脱身以逃，不能容於遠近，而又有剪髮杜門[29]，佯狂不知所之者[30]，其辱人賤行[31]，視五人之死，輕重固何如哉？是以蓼洲周公，忠義暴於朝廷[32]，贈諡美顯[33]，榮於身後，而五人亦得以加其土封[34]，列其姓名於大堤之上，凡四方之士無有不過而拜且泣者，斯固百世之遇也[35]。不然，令五人者保其首領[36]，以老於戶牖之下[37]，則盡其天年[38]，人皆得以隸使之，安能屈豪傑之流[39]，扼腕墓道[40]，發其志士之悲哉？故予與同社諸君子，哀斯墓之徒有其石也而為之記。亦以明死生之大，匹夫之有重於社稷也。

賢士大夫者，冏卿因之吳公[41]，太史文起文公[42]，孟長姚公也。

註釋

1 蓼（liǎo）洲周公：周順昌，號蓼洲，明末吳縣（今江蘇吳縣）人，萬曆年間進士。他一生為官清廉。後因得罪朝廷權監魏忠賢，被捕入獄，冤死在獄中。
2 士大夫：此處指有聲望的讀書人。當道：執掌政權的人。此指江蘇巡撫和蘇州知府。
3 除：修治，整理。逆閹（yān）：指魏忠賢。閹，宦官。魏忠賢在明熹宗時為秉筆太監，兼管皇帝的特務機關東廠，他專斷國政，使國家政事日益腐敗。且反對他的人屢遭鎮壓，導致鬥爭愈來愈尖銳。熹宗死後被黜職。廢祠：魏忠賢當權時，其黨羽和各地無恥官吏為他建立生祠（給活人修的廟），閹黨失勢後，這些生祠就成了廢祠。
4 旌（jīng）：表彰。
5 湮沒：埋沒。
6 草野：指民間。
7 皦皦（jiǎo）：明亮的樣子。
8 丁卯：即明熹宗天啟七年（1627）。望：夏曆每月十五日。
9 吾社：指復社。先：先導，引申為楷模。
10 聲義：伸張正義。
11 緹騎（tí jì）：本指古代侍從貴官的騎士。此處指明代專門逮捕人犯的東廠和錦衣衛特務機關的吏役。
12 抶（chì）：笞打。仆：倒下。
13 以大中丞撫吳者：以大中丞出任安撫的人。此指毛一鷺，他是魏忠賢的死黨。大中丞，官名。掌管接受公卿的奏事，以及推薦、彈劾官員的事務。
14 所由使：由他指使。
15 溷（hùn）：廁所。藩：籬笆。
16 按：審查，追查。
17 傫（lěi）然：堆積的樣子。
18 詈（lì）：罵。
19 脰（dòu）：頸項，此處指頭。函：匣子。這裏用作動詞，裝入匣子裏。
20 編伍：舊時的居民組織，五家編為一伍。此處代指平民。
21 詩書：這裏泛指儒家經典。
22 曷：何。
23 矯詔：假託皇帝名義下達的詔書。鈎黨：相牽連的同黨。
24 株治：因一人之罪而懲治所有受牽連的人。
25 逡（qūn）巡畏義：因畏懼正義而猶豫不前。
26 非常之謀：指篡奪皇位的陰謀。猝（cù）：倉猝，突然。
27 聖人：對皇帝的尊稱。此指崇禎皇帝。投繯（huán）道路：崇禎皇帝即位的當年，根據貢生錢嘉徵所控魏忠賢的十大罪狀，將魏忠賢貶謫鳳陽（今屬安徽），看守皇陵。途中又下詔追回他治罪，魏忠賢深知自己罪不可赦，行至阜城（今河北）自縊身亡。繯，即繩索。
28 抵罪：根據所犯罪行加以懲處。
29 剪髮：削髮為僧。杜門：閉門不出。杜，關閉的意思。
30 佯狂：假裝瘋狂。之：往。
31 辱人賤行：可恥的人品，低下的行為。
32 暴（pù）：顯露。
33 諡（shì）：古代的帝王或官員死後，根據死者生前的功過給予的表明褒貶的稱號。
34 加：擴大。土封：指墳墓。
35 斯：這。

36 令：假設。首領：指頭。
37 戶牖（yǒu）之下：指家中。牖，窗戶。
38 天年：自然的壽命。
39 屈：此作使動用法，“使……屈身”。
40 扼腕：用手握腕，表示激動或惋惜。
41 冏（jiōng）卿：太僕卿的別稱，為九卿之一。因之吳公：吳默，字因之。
42 太史：史官，明清兩朝修史的事由翰林擔任，因此，對翰林官也有“太史”之稱。文起文公：文震孟，字文起。

【鑒賞】

這是一篇碑記。張溥所記五人之死，反映了明末發生在江南的一場激烈的政治鬥爭。明熹宗朱由校在位時，宦官魏忠賢擅權專政，殘害忠良。以東林黨人為首的開明知識分子和社會底層人民同閹黨進行了不屈不撓的鬥爭。文中所記五人之事，就是在這樣的背景下發生的。作者頌揚五人功績，指斥閹黨混淆是非、禍國殃民。

文章首先介紹五人墓的緣起：五人激於義而死，賢士大夫於所葬之處為之立碑。繼而舉富家之子、慷慨得志之徒死不足道，以襯托五人之死光榮偉大。後以議論結篇，闡明作此文的主旨，“以明死生之大，匹夫之有重於社稷也”。並補出賢士大夫的姓和字，以照應開篇。

文中，作者成功地運用了夾敘夾議的表現手法。在記錄事件的經過時，融注了褒貶愛憎之情，同時也點明了五人之死的偉大意義，使死難者的行為得到理念和情感上的昇華。

這篇文章的成功之處還在於運用了對比的手法。用“富貴之子，慷慨得志之徒”的死而無聞與五人身後之榮盛對比；用“縉紳”的迫於閹黨淫威改變初志和五人“激昂大義，蹈死不顧”對比；用“高爵顯位”之人的苟全性命、忍辱偷生與五人的臨危不懼、視死如歸對比，以此反襯出五人精神的崇高偉大和行為的光明磊落。

夏完淳

夏完淳（1631～1647），字存古，松江華亭（今上海市松江縣）人。與父允彝，師陳子龍，並有聲名。明亡後，跟隨父、師起兵抗清；事敗以後，允彝與子龍先後死難。夏完淳復入吳易軍中參與軍事。吳易敗後，流亡並繼續從事抗清活動。順治四年(1647）夏，因上表謝魯王遙授中書舍人，被人告發，入獄，不屈而死，年僅十七歲。著作有《夏內史集》、《玉樊堂詞》。

獄中上母書

不孝完淳今日死矣，以身殉父，不得以身報母矣。痛自嚴君見背，兩易春秋。冤酷日深，艱辛歷盡。本圖復見天日，以報大仇，恤死榮生，告成黃土。奈天不佑我，鍾虐[1]明朝。一旅[2]才興，便成齏粉。去年之舉[3]，淳已自分必死，誰知不死，死於今日也！斤斤[4]延此二年之命，菽水之養[5]無一日焉。致慈君託跡於空門[6]，生母寄生於別姓[7]，一門漂泊，生不得相依，死不得相問。淳今日又溘然先從九京[8]，不孝之罪，上通於天。

嗚呼！雙慈在堂，下有妹女，門祚衰薄，終鮮兄弟[9]。淳一死不足惜，哀哀八口，何以為生？雖然，已矣。淳之身，父之所遺；淳之身，君之所用。為父為君，死亦何負於雙慈？但慈君推乾就濕[10]，教禮習詩，十五年如一日；嫡母慈惠，千古所難。大恩未酬，令人痛絕。慈君託之義融女兄[11]，生母託之昭南女弟[12]。

淳死之後，新婦遺腹得雄[13]，便以為家門之幸；如其不然，萬勿置後[14]。會稽大望[15]，至今而零極矣。節義文章，如我父子者幾人哉？立一不肖後如西銘先生[16]，為人所詬笑，何如不立之為愈耶？嗚呼！大造[17]茫茫，總歸無後，有一日中興再造[18]，則廟食千秋，豈止麥飯豚蹄、不為餒鬼而已哉！若有妄言立後者，淳且與先文忠在冥冥誅殛頑嚚[19]，決不肯捨！

兵戈天地，淳死後，亂且未有定期。雙慈善保玉體，無以淳為念。二十年後，淳且與先文忠為北塞之舉矣。勿悲勿悲！相託之言，慎勿相負。武功甥將來大器[20]，家事盡以委之。寒食、盂蘭，一杯清酒，一盞寒燈，不至作若敖之鬼[21]，則吾願畢矣。新婦結褵二年，賢孝素著，武功甥好為我善待之，亦武功渭陽情[22]也。語無倫次，將死言善[23]。痛哉痛哉！

人生孰無死，貴得死所耳。父得為忠臣，子得為孝子，含笑歸太虛，了我分內事。大道本無生，視身若敝屣。但為氣所激，緣悟天人理。惡夢十七年，報仇在來世。神遊天地間，可以無愧矣。

註釋

1 鍾：聚集。虐：指災禍。

2 一旅：古代兵制，五百人為一旅。據説夏少康曾憑藉“有土一成有眾一旅”的基礎，終於恢復了國家（《史記・吳太伯世家》）。後世便以一旅代稱剛建立的義軍。

3 去年之舉：指作者 1646 年在吳易軍中抗清，吳軍遭清兵擊襲失敗，避居鄉間一事。

4 斤斤：同“僅僅”。

5 菽水之養：《禮記・檀弓下》云：“啜菽飲水盡其歡，斯之謂孝。”後世以菽水之養代指貧家對父母的報答。菽，豆。

6 慈君：指作者的嫡母盛氏，後削髮為尼。

7 生母：指作者的生母陸氏，是夏允彝的妾。

8 九京：亦稱“九原”，本是古代晉國貴族的墓地（《禮記・檀弓下》）。後來用如九泉，亦泛指墓地。

9 終鮮兄弟：《詩經・鄭風・揚之水》成句。鮮，少，此指沒有。

10 推乾就濕：意即把牀上乾處讓給孩兒，自己睡在濕處。《父母恩重難報經》：“第五回乾就濕恩，頌曰：母願身投濕，將兒移就乾。”指天下母親撫育子女的辛勞。

11 義融女兄：作者的姐姐夏淑吉，字美南，號荊隱。義融是她的別號。

12 昭南女弟：作者的妹妹夏惠吉，字昭南，號蘭隱。

13 新婦：指作者結婚兩年的妻子錢秦篆，嘉善錢旃之女。遺腹：妻子懷孕後，丈夫死去，生下的兒子，叫遺腹子。雄：此指男孩。

14 置後：抱養別人的孩子為後嗣。

15 會稽大望：會稽郡的大族。此指夏姓大族。會稽，古郡名，作者的家鄉松江縣舊屬會稽郡。

16 西銘先生：張溥，字天如，別號西銘，卒於崇禎十四年。無子，由錢謙益等代為立嗣。

17 大造：造化，指上天。

18 中興再造：指恢復明朝。

19 先文忠：作者的父親夏允彝死後，賜謚文忠。頑嚚（yín）：頑固不化。這裏指宗族中人。

20 武功甥：作者姐姐夏淑吉的兒子侯檠，字武功。作者被捕後，曾寫詩給他說：“仇俱未報，仗爾後生賢。”見（《寄荊隱女兄兼武功侯甥》）大器：大材。

21 若敖之鬼：沒有後代的餓鬼。若敖為楚國的同姓氏族。

22 渭陽情：指舅甥之間的情誼。

23 將死言善：《論語・泰伯》曰：“人之將死，其言也善。”指人臨死時所説的一些由衷的話。

【鑒賞】

這是作者的訣別書，寫於抗清失敗後南京獄中。文章情思切切，出語沉痛至極。作者首先表達念父戀母之情，懷抱臨死“不得以身報母”的遺恨。在彰明父母教養之恩的同時，反映出作者深藏於心的深深愧疚。與母訣別後，作者囑託自己的姐姐、妹妹、妻子錢秦篆以及外甥諸家人，要自重自勵，要以“節義文章”為重。最後敍述作者自己所依之道，“人生孰無死，貴得死所耳”，以及自己笑傲生死的凜然正氣。

這篇文章充滿了國破家亡的悲憤，一方面流露出作者對慈母、姊妹、愛妻的依戀不捨之情，另一方面又將復明大志放在私情之上，體現出他激烈的愛國情懷。

清代名篇

黃宗羲

黃宗羲（1610～1695），字太沖，號南雷，又號梨洲，浙江餘姚人。他早年繼承東林遺志，參與對閹黨的鬥爭，並成為"復社"的領導之一。明亡以後，他又組織抗清運動，設世忠營，在四明山結寨防守。晚年則隱居著書講學，清朝屢次請他出仕均遭拒絕。在政治、軍事、經濟等方面，黃宗羲曾提出許多新的見解，是17世紀重要的思想家和歷史學家。他的文章樸實無華，筆鋒犀利，說理透徹。著作有《南雷文定》、《明夷待訪錄》、《宋元學案》等。

原君

有生之初，人各自私也，人各自利也。天下有公利，而莫或興之，有公害而，莫或除之。有人者出，不以一己之利為利，而使天下受其利；不以一己之害為害，而使天下釋其害。此其人之勤勞，必千萬於天下之人。夫以千萬倍之勤勞而己又不享其利，必非天下之人情所欲居也。故古之人君，量而不欲入者，許由、務光[1]是也；入而又去之者，堯、舜是也；初不欲入而不得去者，禹是也。豈古之人有所異哉？好逸惡勞亦猶夫人之情也。

後之為人君者不然，以為天下利害之權皆出於我，我以天下之利盡歸於己，以天下之害盡歸於人，亦無不可。使天下之人不敢自私，不敢自利，以我之大私為天下之大公。始而慚焉，久而安焉。視天下為莫大之產業，傳之子孫，受享無窮。漢高帝所謂"某業所就，孰與仲多"者[2]，其逐利之情，不覺溢之於辭矣。此無他，古者以天下為主，君為客，凡君之所畢世而經營者，為天下也。今也以君為主，天下為客，凡天下之無地而得安寧者，為君也。是以其未得之也，屠毒天下之肝腦，離散天下之子女，以博我一人之產業，曾不慘然，曰："我固為子孫創業也。"其既得之也，敲剝天下之骨髓，離散天下之子女，以奉我一人之淫樂，視為當然，曰："此我產業之花息也。"然則，為天下之大害者，君而已矣。向使無君，人各得自私也，人各得自利也。嗚呼！豈設君之道固如是乎？

古者天下之人愛戴其君，比之如父，擬之如天，誠不為過也。今也天下之人怨惡其君，視之如寇仇，名之為獨夫，固其所也。而小儒規規焉，以君臣之義無所逃於天地之間，至桀、紂之暴，猶謂湯、武不當誅之，而妄傳伯夷、叔齊無稽之事[3]。乃兆人萬姓崩潰之血肉曾不異夫腐鼠，豈天地之大，於兆人萬姓之中獨私其一人一姓乎！是故武王聖人也，孟子之言聖人之言也。後世之君，欲以如父如天之空名，禁人之窺伺者，皆不便於其言，至廢孟子而不立[4]，非導源於小儒乎！

雖然，使後之為君者，果能保此產業，傳之無窮，亦無怪乎其私之也。既以產業視之，人之欲得產業，誰不如我？攝緘縢，固扃鐍，一人之智力，不能勝天下欲得之者之眾。遠者數世，近者及身，其血肉之崩潰，在其子孫矣。昔人願世世無生帝王家[5]，而毅宗之語公主，亦曰："若何為生我家[6]！"痛哉斯言！回思創業時，其欲得天下之心，有不廢然摧沮者乎！是故明乎為君之職分，則唐、虞之世，人人能讓，許由、務光非絕塵也；不明乎為君之職分，則市井之間，人人可欲，許由、務光所以曠後世而不聞也。然君之職分難明，以俄頃淫樂不易無窮之悲，雖愚者亦明之矣。

註釋

1 許由、務光：傳說中的高士。唐堯要把天下讓給許由，許由卻覺得這是對自己的侮辱，於是就隱居在箕山中。商湯要把天下讓給務光，務光認為受到了侮辱，於是背着石頭投水自盡。

2 "漢高"句：據《史記・高祖本紀》載，漢高祖劉邦稱帝後，曾對他的父親說："始大人常以臣無賴，不能治產業，不如仲（其兄劉仲）力，今某之業所就，孰與仲多？"

3 伯夷、叔齊無稽之事：據《史記・伯夷列傳》載，伯夷和叔齊反對武王伐紂，天下歸周之後，又恥食周粟，遂餓死於首陽山。

4 廢孟子而不立：《孟子・盡心下》中有"民為貴，社稷次之，君為輕"的句子，明太祖朱元璋讀罷憤而下詔廢除祭祀孟子。

5 "昔人"句：據《南史・王敬則傳》載，南朝宋順帝劉準被逼出宮，曾發願："願後身世世勿復生天王家！"

6 "而毅宗"三句：明崇禎帝，謚號思宗，後改毅宗，李自成軍攻入北京後，他感歎長平公主不應生在帝王之家，遂以劍斷其左臂，然後自縊。

【鑒賞】

《原君》是《明夷待訪錄》的第一篇。《明夷待訪錄》著於公元1663年，大膽抨擊了君主專制，在官制、立法、教育、選舉、農業、軍事、財政等方面提出了一整套改革辦法。

文章第一段根據古代歷史傳說提出古代君主“不以一己之利為利，而使天下受其利；不以一己之害為害，而使天下釋其害”。

第二段筆鋒轉向後世君主，指出他們把天下看作是自己的私有財產，將天下之利歸於自己名下，而將天下之害推給別人。他們殘酷地剝削殺害天下人，而自己則世代享樂，沒有節制。歷數後世君主屠毒天下之肝腦，離散天下之子女以及敲剝天下之骨髓的惡行。

第三段綜上所論，得出古代天下人愛戴君主，而現在天下人怨惡君主的道理，並以此駁斥小儒盲目忠君的謬論。

最後一段，推究後世君主國亡家破的原因是他們把天下當作個人的私有財產。

文章直指最高統治者——皇帝，揭露他們以天下為私有，貪圖享樂，不顧人民死活的行徑。

李漁

李漁(1611～1680)，字笠鴻、讁凡，號笠翁，浙江蘭溪人。戲曲理論家，著有《閒情偶寄》，內容涉及戲劇理論、飲食、園藝等方面。此外，他還另有傳奇、小說等作品傳世。

芙蕖

芙蕖與草本諸花似覺稍異，然有根無樹，一歲一生，其性同也。譜云："產於水者曰草芙蓉，產於陸者曰旱蓮。"則謂非草本不得矣。予夏季倚此為命者[1]，非故效顰於茂叔[2]而襲成說於前人也。以芙蕖之可人，其事不一而足，請備述之。

群葩當令時，只在花開之數日，前此後此皆屬過而不問之秋矣。芙蕖則不然，自荷錢出水之日，便為點綴綠波。及其莖葉既生，則又日高日上，日上日妍。有風既作飄搖之態，無風亦呈裊娜之姿，是我於花之未開，先享無窮逸致矣。迨至菡萏[3]成花，嬌姿欲滴，後先相繼，自夏徂秋，此則在花為分內之事，在人為應得之資者也。及花之既謝，亦可告無罪於主人矣，乃復蒂下生蓬，蓬中結實，亭亭獨立，猶似未開之花，與翠葉並擎，不至白露為霜而能事不已。此皆言其可目者也。

可鼻，則有荷葉之清香，荷花之異馥，避暑而暑為之退，納涼而涼逐之生。

至其可人之口者，則蓮實與藕皆並列盤餐而互芬齒頰者也。

只有霜中敗葉，零落難堪，似成棄物矣，乃摘而藏之，又備經年裹物之用。

是芙蕖也者，無一時一刻不適耳目之觀，無一物一絲不備家常之用者也。有五穀之實而不有其名，兼百花之長而各去其短，種植之利有大於此者乎？

予四命之中，此命為最。無如酷好一生，竟不得半畝方塘為安身立命之地。僅鑿斗大一池，植數莖以塞責，又時病其漏[4]，望天乞水以救之，殆所謂不善養生而草菅其命者哉。

註釋

1 倚此為命者：李漁《笠翁偶集 • 種植部》言曰："予有四命，各司一時：春以水仙、蘭花為命，夏以蓮為命，秋以秋海棠為命，冬以蠟梅為命。無此四花，是無命也。"下文的"予四命之中，此命為最"亦出此處。

2 茂叔：宋周敦頤，字茂叔。

3 菡萏（hàn dàn）：荷花的別名。

4 病其漏：因池水滲漏而煩惱。

【鑒賞】

芙蕖，又名荷花，蓮花。宋人周敦頤曾著《愛蓮説》讚賞其出淤泥而不染的高貴品質。本文承襲周文餘緒，從觀賞價值和實用價值兩方面讚美芙蕖。

芙蕖的外表極其引人注目，故作者以較多的筆墨寫其"可目"。群葩花開只數日，而芙蕖的生長期則很長，從夏到秋，無時不美，觀其生長過程，從葉、莖、花到蓮蓬，無處不散發着美感。接下來，作者依次敍述芙蕖的可鼻——"有荷葉之清香，荷花之異馥"，可口——"蓮實與藕皆並列盤餐"，可用——"霜中敗葉"，"摘而藏之"，可備經年裹物之用。這是芙蕖的實用價值，與它的觀賞價值互為表裏。

通過對上述兩方面價值的描述，作者得出結論：芙蕖"無一時一刻不適耳目之觀，無一物一絲不備家常之用"，"有五穀之實而不有其名，兼百花之長而各去其短"。因此，作者視芙蕖為四命之最，對其酷愛至極。但他卻沒有半畝方塘種植之，只能"鑿斗大一池"，聊植數莖，安慰自己。這讓人在感歎他癡心芙蕖之餘，又生出無限的理解和同情。

顧炎武

顧炎武（1613～1682)，初名絳，字寧人，別號亭林，又自署名蔣山傭，江蘇崑山人。早年入“復社”，清兵南下時，曾參與崑山、嘉定一帶的抗清起義。失敗後，遍遊華北各省，考察邊塞山川形勢，訪求各地風俗民情，並墾荒於雁門之北，一生不失興復之志。晚年隱居華陰，卒於曲沃。

他學識淵博，於歷朝典制、郡邑掌故、河漕兵農、經史百家及音韻訓詁之學，無一不追根溯源。其詩文善用典故和史實，熨帖恰當。著作有《亭林詩文集》、《日知錄》、《天下郡國利病書》、《音學五書》等。

《廣宋遺民錄》序

子曰：“有朋自遠方來，不亦樂乎？”古之人學焉而有所得，未嘗不求同志之人，而況當滄海橫流[1]，風雨如晦之日乎[2]！於此之時，其隨世以就功名者固不足道，而亦豈無一二少知自好之士，然且改行於中道，而失身於暮年[3]，於是士之求其友也益難。而或一方不可得，則求之數千里之外；今人不可得，則慨想於千載以上之人。苟有一言一行之有合於吾者，從而追慕之，思為之傳其姓氏而筆之書。嗚呼！其心良亦苦矣！

吳江朱君明德[4]，與僕同郡人[5]，相去不過百餘里，而未嘗一面，今朱君之年六十有二矣，而僕又過之五齡，一在寒江荒草之濱，一在絕障重關之外[6]，而皆患乎無朋。朱君乃採輯舊聞，得程克勤所為《宋遺民錄》而廣之[7]，至四百餘人，以書來問序於余，殆所謂一方不得其人，而求之數千里之外者也。其於宋之遺民，有一言一行或其姓氏之留於一二名人之集者，盡舉而筆之書，所謂今人不可得，而慨想於千載以上之人者也。余既尠聞[8]，且耄矣[9]，不能為之訂正，然而竊有疑焉。

自生民以來[10]，所尊莫如孔子，而《論語》、《禮記》皆出於孔氏之傳，然而互鄉之童子，不保其往也[11]；伯高之赴，所知而已[12]；孟懿子、葉公之徒，問答而已[13]；食於少施氏而飽，取其一節而已[14]。今諸繫姓氏於一二名人之集者，豈無一日之交而不終其節者乎！或邂逅相遇而道不同者乎？固未必其人之皆可述也。然而朱君猶且眷眷於諸人[15]，而並號之為遺民，夫亦以求友之難而託思於此歟？莊生有言："子不聞越之流人乎[16]？去國數日，見其所知而喜；去國旬月，見所嘗見於國中者喜；及期年也[17]，見似人者而喜矣[18]。"余嘗遊覽於山之東西，河之南北二十餘年，而其人益以不似。及問之大江以南，昔時所稱魁梧丈夫者，亦且改形換骨，學為不似之人，而朱君乃為此書，以存人類於天下[19]，若朱君者，將不得為遺民矣乎？因書以答之。吾老矣，將以訓後之人，冀人道之猶未絕也[20]。

註釋

1 滄海橫流：比喻時世變幻混亂。橫流，水不由道而行。

2 "風雨"句：《詩經・鄭風・風雨》："風雨如晦，雞鳴不已。"晦，昏暗。以上兩句均比喻當時社會的黑暗和動盪。

3 "然且"二句：指變節在清廷做官的人。

4 吳江：縣名，今屬江蘇省。朱君明德：即朱明德，字不遠，明末吳江人。少時，研究經義之學。明亡後隱居，作《廣宋遺民錄》。

5 同郡：顧炎武的家鄉在昆山，昆山與吳江二縣，明清時同屬江南蘇州府。

6 絕障重關：邊遠險阻的地區。

7 程克勤：名敏政，明河間（今河北河間）人。進士，官至禮部右侍郎。著有《新安文獻志》、《宋遺民錄》等。《宋遺民錄》共十五卷，主要記錄南宋遺民王炎午、謝翺、唐珏等人的遺文和事蹟，以及後人緬懷他們的詩文。

8 尠（xiǎn）：很少。

9 耄(mào)：年紀很大。《禮記・曲禮》言："八十、九十曰耄。"

10 自生民以來：自有人類以來。

11 "然而"二句：據《論語・述而》載："互鄉（鄉名）難與言，童子見，門人惑。子曰：'與（容許、接受）其進也，不與其退也，唯何甚？人潔己以進，與其潔也，不保其往(不能保證他過去的作為）也。'"

12 "伯高"二句：《禮記・檀弓》載："伯高死於衛，赴(訃告）於孔子。孔子曰：'吾惡（同烏）乎哭諸？兄弟吾哭諸廟。父之友，吾哭諸廟門之外；師，吾哭諸寢；朋友，吾哭諸寢門之外；所知，吾哭諸野。於野則已（過分）疏，於寢則已重。'"鄭玄註："以其交會尚新。"

13 孟懿子：春秋時魯國大夫，姓仲孫，名何忌。《論語・為政》載："孟懿子問孝，子曰：'無違！'……樊遲曰：'何謂也？'子曰：'生事之以禮；死葬之以禮，祭之以禮。'"葉（shè）公：楚國葉縣尹，字子高，曾向子路問過孔子的為人。《論語・述而》載："葉公問孔子於子路，子路不對。子曰：'女（汝）奚不曰：其為人也，發憤忘食，樂以忘憂，不知老之將至也云爾！'"

14 "食於"二句：據《禮記・雜記》載："孔子曰：'吾食於少施氏而飽，少施氏食我以禮。'"以上一節表明《論語》、《禮記》所記的這幾個人，都是因為孔子與他們偶有接觸，未必這些人的德行真值得稱道，以見朱氏所集留名"於一二名人之集者"，亦未必無類似情況。

15 眷眷：念念不忘。

16 流人：流亡的人。

17 期（jī）年：一週年。

18 似人者：類似同鄉的人。後文藉此譏刺那些投清變節者。

19 人類：人的遺類。

20 人道：即社會的倫理道德，忠君是其中最重要的部分。

【鑒賞】

明朝程敏政著《宋遺民錄》，清朝朱明德在其基礎上進行擴展，著《廣宋遺民錄》，以表彰前代遺民，抨擊當朝新貴。顧炎武在公元1679年為此書作序，表達他強烈的愛國情緒。

序文從交友之道落筆，述古人求同志的優良傳統，並推想今朝也必有不為功名隨世的潔身自好之士。在"滄海橫流，風雨如晦"的社會中，很多人中途投降，晚節無存。因此守節之士欲尋同志就很困難，一方面要到千里之外尋，另一方面要尋千載以上之人。這真可謂用心良苦。

第二段寫朱明德著《廣宋遺民錄》，懇請顧炎武為序。顧炎武認為此書真正做到了"所謂一方不得其人，而求之數千里之外者"，"所謂今人不可得，則慨想於千載以上之人者"。

第三段指出朱君著《廣宋遺民錄》的目的是"以存人類於天下"。作者藉《論語》、《禮記》為例，説明《廣宋遺民錄》中所載人物未必全值得稱道，但朱君對他們念念不忘，是因為求友實在太難。這從側面對那些改仕異代，變節異志的當朝新貴進行了深刻的諷刺。同時，作者又結合自己的親身經歷，指出大江南北變節的人太多了，朱君能以此書求友，激勵更多的人保持氣節，在當時確實具有重要意義。

本序文多處援引古訓，並利用典故表白思想，説明作者極其重視民族傳統文化，並希望以此激發有識之士的愛國熱情，以求得更多復明抗清的同盟。

廉恥

《五代史・馮道傳》論曰："禮義廉恥，國之四維；四維不張，國乃滅亡[1]。善乎管生之能言也[2]。禮義治人之大法，廉恥立人之大節。蓋不廉則無所不取！不恥則無所不為，人而如此，則禍敗亂亡亦無所不至。況為大臣，而無所不取，無所不為，則天下其有不亂，國家其有不亡者乎[3]！"然而四者之中[4]，恥尤為要。故夫子之論士曰："行己有恥[5]。"孟子曰："人不可以無恥，無恥之恥，無恥矣[6]！"又曰："恥之於人大矣！為機變之巧者，無所用恥焉[7]！"所以然者，人之不廉而至於悖禮犯義[8]，其原皆生於無恥也。故士大夫之無恥，是謂國恥。

吾觀三代以下[9]，世衰道微，棄禮義，捐廉恥[10]，非一朝一夕之故。然而松柏後彫於歲寒，雞鳴不已於風雨[11]，彼昏之日，固未嘗無獨醒之人也。頃讀《顏氏家訓》，有云：“齊朝一士夫，嘗謂吾曰：‘我有一兒，年已十七，頗曉書疏[12]。教其鮮卑語[13]及彈琵琶，稍欲通解，以此伏事公卿[14]，無不寵愛。’吾時俯而不答。異哉此人之教子也！若由此業自致卿相，亦不願汝曹為之！”嗟乎！之推不得已而仕於亂世[15]，猶為此言，尚有《小宛》詩人之意[16]，彼閹然媚於世者[17]，能無愧哉！

註釋

1“禮義”四句：出自《管子・牧民》。維，綱，繫在魚網四角的大繩子，這裏指治國大綱。
2 管生：管仲，春秋時齊國傑出的政治家。曾輔佐齊桓公進行改革，使齊首先稱霸。相傳《管子》為他所著。
3 其：同“豈”，難道。
4 四者：指禮、義、廉、恥。
5 夫子：指孔子。論士：《論語・子路》載：“子貢問曰：‘何如斯可謂之士矣？’子曰：‘行己有恥。使於四方，不辱君命，可謂士矣！’”行己有恥：是士者立身行事能知恥而有所不為。
6“人不可以”三句：見《孟子・盡心上》。意思是人能以無恥為可恥，自然不會做出恥辱之事。
7“恥之於人”三句：見《孟子・盡心上》。機變，虛偽巧詐。無所用恥，把廉恥不放在心上。
8 悖（bèi）：違背。
9 三代：指夏、商、周。
10 捐：拋棄。
11“雞鳴”句：《詩經・鄭風・風雨》曰：“風雨如晦，雞鳴不已。”已，止。歲寒、風雨都指衰亂之世。
12 疏：記。
13 鮮卑語：北魏本鮮卑人，北齊之先世雖為渤海人，但因久處北方，亦隨鮮卑俗，用鮮卑語。
14 伏：同“服”。
15 之推：北齊顏之推（531～595），著有《顏氏家訓》。
16《小宛》：《詩經・小雅》篇名。
17 閹（yān）然：昏暗閉塞的樣子。

【鑒賞】

作者生當明清更替之際，明末士大夫鮮廉寡恥，紛紛奔走名利，不顧國家存亡，甚至享有盛名的士大夫也紛紛變節，投靠清廷，屈膝取官。針對這種情況，顧炎武在《日知錄》中作《廉恥》一文，提出“行己有恥”的口號，在一定程度上諷刺了當時的官僚。

文章第一段引用《五代史・馮道傳》中有關“廉恥”的話，指出“禮義廉恥”，“恥”最重要。接着，又用孔子、孟子的話進一步證明，“人之不廉而至於悖禮犯義，其原皆生於無恥也”。所以作者認為士大夫無恥，會使國家蒙受恥辱。

第二段作者探究士大夫無恥的原因。他先指出士大夫“棄禮義，捐廉恥”不是一朝一夕的事。世道衰微，不同流俗的人本來就沒有幾個。《顏世家訓》不是也曾記載一個北齊人讓其子學鮮卑語以服事公卿貴族的事嗎？當時顏之推生在亂世，對此持有異議，作《顏世家訓》相誡，那麼當世那些諂媚之人能沒有愧疚嗎？

侯方域

侯方域（1618～1655），字朝宗，河南商丘人。二十二歲到南京應試時，他結交陳定生等"復社"人士，抨擊閹黨餘孽阮大鋮、馬士英等人。福王在南京稱帝後，方域遭到阮大鋮等人的殘酷迫害。無奈他投奔史可法避禍。待清兵南下，才返回故鄉河南。他早年以詩和時文揚名天下，後致力於古文研究。著有《四憶堂詩集》、《壯悔堂文集》。

癸未去金陵日與阮光祿書

僕竊聞君子處己，不欲自恕而苛責他人以非其道。今執事[1]之於僕，乃有不然者，願為執事陳之。

執事，僕之父行[2]也，神宗[3]之末，與大人[4]同朝，相得甚歡。其後乃有欲終事執事而不能者，執事當自追憶其故，不必僕言之也。大人削官歸[5]，僕時方少，每侍，未嘗不念執事之才，而嗟惜者彌日。及僕稍長，知讀書，求友金陵，將戒途，而大人送之曰："金陵有御史成公勇者[6]，雖於我為後進，我常心重之。汝至，當以為師。又有老友方公孔炤[7]，汝當持刺拜於牀下。"語不及執事。及至金陵，則成公已得罪去[8]，僅見方公，而其子以智者[9]，僕之夙交也，以此晨夕過從。執事與方公，同為父行，理當謁。然而不敢者，執事當自追憶其故，不必僕言之也。今執事乃責僕與方公厚，而與執事薄。噫，亦過矣。

忽一日，有王將軍過僕甚恭。每一至，必邀僕為詩歌，既得之，必喜。而為僕貰酒奏伎，招遊舫，攜山屐，殷殷積旬不倦。僕初不解，既而疑，以問將軍。將軍乃屏人以告僕曰："是皆阮光祿[10]所願納交於君者也，光祿方為諸君所詬，願更以道之君之友陳君定生、吳君次尾[11]，庶稍湔乎。"僕斂容謝之曰："光祿身為貴卿，又不少佳賓客，足自娛，安用此二三書生為哉。僕道之兩君，必重為兩君所絕。若僕獨私從光祿遊，又竊恐無益光祿。辱相款八日，意良厚，然不得不絕矣。”凡此皆僕平心稱量，自以為未甚太過，而執事顧含怒不已，僕誠無所逃罪矣。

昨夜方寢，而楊令君文驄[12]叩門過僕曰：“左將軍[13]兵且來，都人洶洶，阮光祿揚言於清議堂[14]，云子與有舊[15]，且應之於內，子盍行乎。”僕乃知執事不獨見怒，而且恨之，欲置之族滅而後快也。僕與左誠有舊，亦已奉熊尚書[16]之教，馳書止之，其心事尚不可知。若其犯順，則賊也；僕誠應之於內，亦賊也。士君子稍知禮義，何至甘心作賊。萬一有焉，此必日暮途窮，倒行而逆施[17]，若昔日乾兒義孫之徒[18]，計無復之，容出於此。而僕豈其人耶！何執事文織之深也。

竊怪執事常願下交天上士，而展轉蹉跎，乃至嫁禍而滅人之族，亦甚違其本念。倘一旦追憶天下士所以相遠之故，未必不悔，悔未必不改。果悔且改，靜待之數年，心事未必不暴白。心事果暴白，天下士未必不接踵而至執事之門。僕果見天下士接踵而至執事之門，亦必且隨屬其後，長揖謝過，豈為晚乎？而奈何陰毒左計一至於此！僕今已遭亂無家，扁舟短棹，措此身甚易。獨惜執事忮機一動，長伏草莽則已，萬一復得志，必至殺盡天下士以酬其宿所不快。則是使天下士終不復至執事之門，而後世操簡書以議執事者，不能如僕之詞微而義婉也。

僕且去，可以不言，然恐執事不察，終謂僕長者傲，故敢述其區區，不宣。

註釋

1 執事：書信中稱呼對方，因不敢直陳，故向侍從左右供使令的人陳述，示尊敬。與“閣下”、“左右”等同意。

2 父行：與父親輩分相同。

3 神宗：明神宗朱翊鈞，年號萬曆（1573～1620）。

4 大人：指其父侯恂，當時任御史等職。

5 大人削官歸：熹宗天啟四年（1624），侯恂因反對閹黨魏忠賢，被削官歸里。

6 成公勇：即成勇，字仁有，天啟五年（1625）進士，崇禎時任南京御史。

7 方孔炤：字潛夫，號仁植，安徽桐城人，萬曆四十四年（1616）進士，崇禎時任右僉都御史巡撫湖廣。明亡後隱居桐城白鹿山。

8 成公已得罪去：成勇上疏毀謗兵部尚書楊嗣昌，被削籍戍寧波衛。

9 方以智：字密之，號曼公，方孔炤之子。明清之際思想家、科學家。崇禎進士，官翰林院檢討。“復社四公子”之一。清軍入關後，出家為僧，法名大智，字無可。

10 阮光祿：阮大鋮，字集之，號圓海，懷寧（今安徽安慶）人，萬曆四十四年（1616）與馬士英同中會試，天啟時依附閹黨魏忠賢，任光祿寺卿。閹黨事敗後，被革職為民。崇禎末又依附馬士英，在南京擁立福王，任兵部尚書。後降清，跟隨清軍攻佔仙霞關，死於山上。

11 陳君定生：即陳貞慧，字定生，宜興（今屬江蘇）人，"復社四公子"之一，曾與吳應箕等抨擊閹黨餘孽阮大鋮等。明亡後，過着隱居生活。吳君次尾：即吳應箕，字次尾，"復社四公子"之一。明亡，起兵抗清，兵敗被俘，寧死不屈。

12 楊令君文驄：令君，漢末以來稱尚書令及郎中令為"令君"，後亦尊稱縣令。楊文驄，字龍友，貴陽人。崇禎時，歷任青田、永嘉、江寧知縣，因故奪職。弘光時任兵備副使，巡撫常、鎮，兼轄揚州沿海地方。南京陷，隆武帝立，任兵部右侍郎，在浙江衢州抵抗清兵，隆武二年（1646）兵敗，不屈而死。

13 左將軍：左良玉，字昆山，臨清（今屬山東）人，明末大將，弘光時封寧南侯。

14 清議堂：當時朝廷大臣商議軍政大事的地方。

15 子與有舊：左良玉曾隸屬昌平督師侯恂（侯方域父）麾下，受到其賞識提拔。他十分尊重侯恂。崇禎十五年，左再度隸屬起自獄中、任中原督師的侯恂麾下。有舊，有關係。

16 熊尚書：南京兵部尚書熊明遇。

17 日暮途窮，倒行而逆施：據《史記・伍子胥列傳》載：伍子胥引吳兵入楚，掘楚平王墓，鞭其屍。申包胥使人責子胥。伍子胥曰："為我謝申包胥曰：'吾日暮途遠，吾故倒行而逆施之。'"

18 乾兒義孫之徒：魏忠賢專政時，附庸乾兒義孫眾多，有"十孩兒、四十孫"之稱。阮曾依附魏忠賢，造《百官圖》，誣陷楊漣、左光斗等，與魏之"乾兒義孫"沒有差別，故侯方域以此譏之。

【鑒賞】

崇禎十六年（1643年），明將左良玉部因糧餉不足發生兵變。左良玉率軍沿江東下，欲到明朝留都南京搶糧，引起了南京城官民的極大恐慌。當時的南京兵部尚書熊明遇通過奪職縣令楊文驄，懇請侯方域以其父侯恂的名義發書，勸阻左良玉東下。侯恂當年曾擢拔左良玉，故侯方域得以利用此關係。而阮大鋮因拉攏侯方域遭拒，一直懷恨在心，趁機報復他，造謠說他與左勾結。侯方域被逼無奈，只得逃離南京。臨行前，他給阮大鋮寫了這封信，義正辭嚴地指責他昔日與閹黨勾結，今日又嫁禍於人的罪行。

全文六段文字，圍繞"君子處己，不欲自恕而苛責他人以非其道"展開。第二、三、四段從容不迫地敘述他們父子兩代與阮大鋮交往始末，揭發他甘心追隨閹黨魏忠賢，通過王將軍拉攏自己的卑劣行為和遭拒絕後伺機報復，藉左良玉一事造謠中傷的醜惡面目。第五段純為議論，用層層演進的假設推理，譴責阮大鋮違背"君子處己，不欲自恕而苛責他人以非其道"的原則，而"忮機一動"，"必至殺盡天下士以酬其宿所不快"。

全文舒卷自如，從容不迫。作者沒有以激憤的語言逞一時之快，而是滔滔不絕地發出微諷之辭，讓人讀來覺得公允恰當，理直氣壯。

阮大鋮與侯方域之間的矛盾是閹黨與"復社"矛盾的具體化，從本文我們可以看出，阮氏的"陰毒左計"是二者矛盾的根源所在。因此，這封書信是研究南明覆亡的重要資料。

李姬傳

李姬者名香[1]，母曰貞麗[2]。貞麗有俠氣，嘗一夜博[3]，輸千金立盡。所交接皆當世豪傑，尤與陽羨陳貞慧善也[4]。姬為其養女，亦俠而慧，略知書，能辨別士大夫賢否，張學士溥[5]、夏吏部允彝急稱之[6]。少風調皎爽不群[7]。十三歲，從吳人周如松受歌玉茗堂四傳奇[8]，皆能盡其音節。尤工琵琶詞[9]，然不輕發也。

雪苑侯生[10]，己卯來金陵[11]，與相識。姬嘗邀侯生為詩，而自歌以償之。初，皖人阮大鋮者[12]，以阿附魏忠賢論城旦[13]，屏居金陵，為清議所斥[14]。陽羨陳貞慧、貴池吳應箕實首其事[15]，持之力，大鋮不得已，欲侯生為解之，乃假所善王將軍[16]，日載酒食與侯生遊。姬曰："王將軍貧，非結客者，公子盍叩之[17]？"侯生三問，將軍乃屏人述大鋮意。姬私語侯生曰："妾少從假母識陽羨君，其人有高義，聞吳君尤錚錚[18]，今皆與公子善，奈何以阮公負至交乎？且以公子之世望[19]，安事阮公！公子讀萬卷書，所見豈後於賤妾耶？"侯生大呼稱善，醉而臥。王將軍者殊怏怏，因辭去，不復通。

未幾，侯生下第[20]。姬置酒桃葉渡[21]，歌琵琶詞以送之，曰："公子才名文藻，雅不減中郎[22]。中郎學不補行[23]，今琵琶所傳詞固妄，然嘗暱董卓，不可掩也。公子豪邁不羈，又失意，此去相見未可期，願終自愛，無忘妾所歌琵琶詞也！妾亦不復歌矣！"

侯生去後，而故開府田仰者[24]，以金三百鍰[25]，邀姬一見。姬固卻之。開府慚且怒，且有以中傷姬。姬歎曰："田公豈異於阮公乎？吾向之所讚於侯公子者謂何？今乃利其金而赴之，是妾賣公子矣[26]！"卒不往。

註釋

1 李姬者名香：李姬名香，又稱香君。
2 貞麗：明末秦淮名妓，字淡如。
3 博：賭博。
4 陽羨：指宜興。
5 張學士溥：張溥，字天如，江蘇太倉人。"復社"發起人之一。曾為明朝進士，故稱為學士。
6 夏吏部允彝：夏允彝，字彝仲，江蘇松江人，創立"幾社"與"復社"相應。明亡後，投水自盡。曾在吏部任過職，故稱其為吏部。
7 風調皎爽：風韻格調，開朗豪邁。
8 周如松：即明末清初著名的昆曲家蘇昆生。玉茗堂：湯顯祖的室名。四傳奇：指湯顯祖的代表作：《紫釵記》、《還魂記》、《南柯記》、《邯鄲記》。
9 琵琶詞：指明初高則誠所作的《琵琶記》。
10 雪苑侯生：侯方域自號雪苑，故稱"雪苑侯生"。
11 己卯：崇禎十二年（1639）。
12 阮大鋮：見前一篇《癸未去金陵日與阮光祿書》註 10。
13 論城旦：指阮大鋮因閹黨逆案，被廢為民。城旦，秦漢時的一種勞役，白日防寇，夜間築城，一般以四年為期。
14 清議：公正的議論。古代一般指鄉里或學校中對官吏的批評。
15 貴池：今安徽省貴池縣。
16 假：請託。
17 盍（hé）：何不。
18 錚錚：為人剛直。
19 世望：世家望族。此處包含侯方域父因反對閹黨為世人所敬仰意。
20 下第：考試未中。
21 桃葉渡：在南京城內秦淮河與清溪合流處。相傳東晉王獻之曾於此送其愛妾桃葉渡河，故名。
22 中郎：指東漢蔡邕。邕曾官左中郎將，故稱。
23 學不補行：學問雖好，但也不能彌補其品行上的不足。歷史上認為蔡邕人品不端。
24 開府：明清時各省巡撫稱開府。田仰：馬士英的親戚，弘光時為淮陽巡撫。
25 鍰（huán）：古代重量單位。
26 負公子：負心於公子。

【鑒賞】

"復社四公子"之一的侯方域與秦淮歌妓李香君之間悲歡離合的故事，是文學史上的一段風流佳話。本文是侯方域為李香君作的小傳，刻畫了一個不慕榮華富貴，不屈服於權勢的風塵女子形象。它是研究李香君其人其事的第一手資料，十分珍貴。

全文共分四段。第一段概要介紹李姬的情況。側重點放在她的德行上，説她"俠而慧，略知書，能辨別士大夫賢否"，曾經得到"復社"領袖張溥與名士夏允彝的稱讚。

第二段為了突出李姬對社會政治是非的清晰看法，作者特選取她義卻阮大鋮一事集中筆力進行描繪。阮大鋮是閹黨魏忠賢的餘孽，閹黨事敗後，他革職為民，在南京隱居，伺機東山再起。與侯方域同列"復社四公子"的陳貞慧、吳應箕主持正義，力排阮氏。因此，阮大鋮想通過王將軍拉攏侯方域以軟化陳、吳等人。李姬覺察到貧窮的王將軍"日載酒食與侯生遊"另有所圖，便提醒侯方域搞清他的真正意圖。當他們瞭解到這是阮大鋮的陰謀後，李姬大義凜然地勸侯方域以義為重，與阮大鋮絕交。

第三段寫侯方域落第，李姬到桃葉渡送別。她歌琵琶詞規勸侯生"終自愛"。這段臨別贈言深情綿邈、悽婉動人，顯示了李姬的凜然風骨。

第四段，寫侯生去後，李姬堅決拒絕開府田仰的邀聘，以實際行動表達她對侯生的忠貞不渝。

《李姬傳》是清代古文中的名篇，它風格質樸剛健，無柔靡香綺之態；筆致蘊藉，猶有不盡之意；選材精當，不蔓不枝，處處都顯出了大家風範。

王夫之

王夫之（1619～1692），字而農，湖南衡陽人。清兵南下，他在衡山率軍抵抗，兵敗，退至肇慶，任桂王行人司行人。因反對王化澄，幾陷大獄。後到桂林依附瞿式耜，不久桂林復陷，式耜殉難。他便隱居衡陽之石船山，築土室曰"觀生居"，潛心研究、著述約四十年，世稱船山先生。王夫之是明清之際重要的思想家、文學家。他學識廣博，著述甚多，後人根據其留存的文章編《船山遺書》三百五十八卷。

桑維翰論

謀國而貽天下之大患，斯為天下之罪人，而有差等焉[1]。禍在一時之天下，則一時之罪人，盧杞是也[2]；禍及一代，則一代之罪人，李林甫是也[3]；禍及萬世，則萬世之罪人，自生民以來，唯桑維翰當之。

劉知遠決策以勸石敬瑭之反[4]，倚河山之險，恃士馬之強，而知李從珂之淺軟[5]，無難摧拉，其計定矣。而維翰急請屈節以事契丹。敬瑭智劣膽虛，遽從其策，稱臣割地，授予奪之權於夷狄，知遠爭之而不勝。於是而生民之肝腦，五帝三王之衣冠禮樂，驅以入於狂流。契丹弱[6]，而女直乘之[7]；女直弱，而蒙古乘之[8]；貽禍無窮，人胥為夷[9]。非敬瑭之始念也，維翰尸之也[10]。

夫維翰起家文墨，為敬瑭書記，固唐教養之士人也，何仇於李氏，而必欲滅之？何德於敬瑭，而必欲戴之為天子？敬瑭而死於從珂之手，維翰自有餘地以居。敬瑭之篡已成，己抑不能為知遠而相因而起。其為喜禍之奸人，姑不足責；即使必欲石氏之成乎？抑可委之劉知遠輩，而徐收必得之功。乃力拒群言，決意以戴犬羊為君父也，吾不知其何心！終始重貴之廷[11]，唯以曲媚契丹為一定不遷之策，使重貴糜天下以奉契丹。民財竭，民心解，帝昺厓山之禍[12]，勢所固然。毀夷夏之大防，為萬世患；不僅重貴縲繫[13]，客死穹廬而已也[14]。論者乃以亡國之罪歸景延廣[15]，不亦誣乎？延廣之不勝，特不幸耳；即其智小謀強，可用為咎，亦僅傾梟捩雞徼幸之宗社[16]，非有損於堯封禹甸之中原也[17]。義問已昭[18]，雖敗猶榮。石氏之存亡，惡足論哉！

正名義於中夏者，延廣也；事雖逆而名正者，安重榮也[19]；存中國以授於宋者，劉知遠也；於當日之儔輩而有取焉，則此三人可錄也。自有生民以來，覆載不容之罪[20]，維翰當之。胡文定傳《春秋》而亟稱其功[21]，殆為秦檜之嚆矢與[22]？

註釋

1 差等：差次等級。
2 盧杞：唐滑州（今河南滑縣）人，字子良，性情陰險，相貌醜陋，有口才。藉蔭為兵曹參軍，德宗時擢升為相。他肆意妄為，殘害忠良，敲剝斂財，惹得民怨沸騰，最後貶死澧州（故治在今湖南澧縣）。
3 李林甫：小字哥奴，性狡黠，有權術。玄宗時，官兵部尚書兼中書令，在任宰相的十九年中，他厚結宦官、嬪妃，專政自恣。
4 劉知遠：五代時沙陀（突厥族之一支）人，世居太原，封太原王。契丹滅晉，中原無主，乃即帝位於晉陽，國號漢，後遷都汴，為後漢高祖。石敬瑭：五代晉高祖，後唐末，以戰功拜官為河東節度使。後唐末帝（李從珂）時，契丹南侵，敬瑭為末帝所疑，懼誅，引契丹兵入後唐，國亡，稱臣於契丹，並割燕雲十六州為賄賂。後稱帝，國號晉，史稱後晉。
5 李從珂：後唐末帝，原姓王，為明宗養子。初以功封潞王，後自立。石敬瑭藉契丹兵滅之，從珂兵敗自焚死。淺軟：意謂李從珂淺薄軟弱，其勢力不難推翻。
6 契丹：中國古代北方地區少數民族，北魏時建國，唐宋時，常侵擾邊境。五代初開始強盛，後改國號遼，公元 1125 年被金所滅。
7 女直：即女真，種族名。北宋末年，其首領完顏阿骨打稱帝，國號金，滅遼和北宋，後為蒙古所滅。
8 蒙古：種族名。金時，合不勒始建大蒙古國。後滅金和南宋統一中國，國號元。
9 人胥為夷：人民皆淪為夷狄。胥，都。
10 維翰尸之：桑維翰主使之。尸，掌管。
11 重貴：石重貴，敬瑭之姪，敬瑭死，嗣位，為出帝。後為契丹所虜。
12 帝昺：即南宋最後一個皇帝趙昺。端宗崩，昺嗣位，遷崖山。元將張弘範攻陷崖山，陸秀夫負帝昺投海，南宋亡。
13 縲繫：義同"縲絏"。後以縲絏泛指囚繫。此處指石重貴為契丹所虜。
14 穹廬：氈帳。
15 景延廣：字航川，五代晉陝州（治所在今河南陝縣）人。後晉高祖（石敬瑭）時，總握兵權。高祖稱臣於契丹，奉契丹主為父皇帝。出帝（石重貴）立，奉表告契丹，從延廣之議，稱孫而不稱臣。契丹怒，遣使責問，延廣對來使稱晉有強大武力，不懼契丹。契丹愈怒，遂入侵。延廣羲壁不出，契丹返去，從此與晉結怨。出帝以此貶延廣為河南尹，後契丹入侵，延廣自扼其喉而死。
16 梟捩雞：石敬瑭之父。
17 堯封禹甸之中原：即傳統意義上的中華。
18 義問已昭：謂正義之名聞已經顯赫。
19 安重榮：承德軍節度使。敬瑭尊契丹主為父皇帝，自稱兒皇帝。重榮以之為恥，遂反晉，兵敗被殺。
20 覆載不容之罪：謂罪至大，天地不容。覆，指天。載，指地。天覆地載，簡稱覆載。
21 胡文定：名安國，字康侯。宋崇安（今福建崇安）人，紹聖（北宋哲宗趙煦年號）年間進士。官至給事中，謚號文定。著《春秋傳》，屢稱桑維翰之功。
22 嚆矢：響箭。箭未至而聲先至，比喻事物之先聲或發端。此處引喻為與秦檜一類的賣國賊。

【鑒賞】

本文選自《讀通鑒論》，旨在抨擊後唐大臣桑維翰引契丹兵滅後唐的反叛行為，表現出作者強烈的民族意識。

文章第一段指出凡是遺禍天下的便是天下的罪人，但罪的大小因遺禍的大小而有不同。盧杞在唐德宗時，專權恣肆，為害一時，作者稱其為"一時之罪人"。李林甫，在唐玄宗朝重用安祿山，引發安史之亂，使唐朝由盛而衰，作者稱其為"一代之罪人"。而同桑維翰比，他們都不值得一提，桑維翰引契丹兵入後唐，"禍及萬世"，是自生民以來的"萬世之罪人"。

第二段，作者以史實為基礎論證桑維翰為萬世罪人。他認為由於桑維翰提出"屈節以事契丹"，於是導致"稱臣割地，授予奪之權於夷狄"的局面，遂"貽禍無窮，人胥為夷"。

第三段，作者全面分析桑維翰賣國求榮的本質，並指出"毀夷夏之大防，為萬世患"的可悲下場便是"客死穹廬而已"。

末段，與前文呼應，又舉三人進行比較。景延廣對契丹宣戰表現出不屈的民族氣節；安重榮恥作契丹大臣保持了民族自尊心；劉知遠驅逐契丹，恢復中原功不可沒。只有桑維翰在國難當頭之際，出賣國家，成為自有生民以來天下最大的罪人。至此，作者便將桑維翰這個民族敗類名正言順地定為萬世罪人。

王夫之曾參加抗清義軍，阻撓清軍入關。他著本文，意在斥責當時背棄大明，投靠清廷的人士。有當時的政治背景。

姜宸英

姜宸英（1628～1699），字西溟，號湛園，浙江省慈溪人。其詩文、書畫聞名於時，七十歲時中進士，授翰林院編修，後因科場案牽連死於獄中。著有《湛園未定稿》等。

《奇零草》序

余得此於定海，命謝子大周鈔別本以歸[1]。凡五、七言近體若干首，今久失之矣，聊憶其大概，為之序以藏之。

嗚呼！天地晦冥，風霾晝塞[2]，山河失序[3]，而沉星殞氣於窮荒絕島之間，猶能時出其光焰，以為有目者之悲喜而幸睹，雖其揜抑於一時[4]，然要以俟之百世，雖欲使之終晦焉不可得也。客為余言：公在行間[5]，無日不讀書，所遺集近十餘種，為邏卒取去[6]，或有流落人間者。此集是其甲辰以後[7]，將解散部伍，歸隱於落迦山所作也[8]。公自督師，未嘗受強藩節制[9]，及九江遁還[10]，漸有掣肘[11]，始邑邑不樂[12]。而其歸隱於海南也[13]，自製一椑[14]置寺中，實糧其中，俟糧且盡死。門有兩猿守之，有警，猿必跳躑哀鳴。而間之至也，從後門入。既被羈會城[15]，遠近人士，下及市井屠販賣餅之兒，無不持紙素至羈所爭求翰墨[16]。守卒利其金錢，喜為請乞。公隨手揮灑應之，皆正氣歌也，讀之鮮不泣下者，獨士大夫家或頗畏藏其書，以為不祥。不知君臣父子之性，根於人心，而徵於事業[17]，發於文章，雖歷變患，逾不可磨滅。歷觀前代，沈約撰《宋書》，疑立《袁粲傳》[18]，齊武帝曰："粲自是宋忠臣，何為不可？"歐陽修不為周韓通立傳[19]，君子譏之。元聽湖南為宋忠臣李芾建祠[20]，明長陵不罪藏方孝孺書者[21]，此帝王盛德事。為人臣子處無諱之朝，宜思引君當道[22]。臣各為其主，凡一切勝國語言[23]，不足避忌。余欲稍掇拾公遺事，成傳略一卷，以備惇史之求[24]，猶懼搜訪未遍，將日就放失也。悲夫！

註釋

1 謝大周：人名。
2 風霾（mái）：吹起塵土的大風。
3 山河失序：指明朝覆亡，國土淪喪。
4 揜（yǎn）抑：被壓制、被埋沒。
5 行間：軍中。
6 邏卒：清軍巡邏的士兵。
7 甲辰：清康熙三年（1664）。此集其實編於公元 1662 年。作者所記有誤。
8 落迦山：舟山東南一小島。張煌言與軍隊失散後潛藏在此。
9 強藩：實力強大的藩鎮，此指鄭成功。
10 九江遁還：清順治十六年（1659），鄭成功自金門率師北伐，張煌言為前鋒，從長江口溯遊而上，鄭成功在南京戰敗，撤軍入海，張煌言後路被截斷，部隊潰散，經化裝潛行二千餘里始返抵舟山。
11 漸有掣肘：指張煌言曾勸鄭成功暫緩收復台灣，先行恢復中原的意見未被採納。
12 邑邑：同“悒悒”，鬱悶不樂。
13 海南：指落迦山。
14 椑（pì）：棺材。
15 會城：指杭州。
16 紙素：紙和絹帛。
17 徵於：表現在。
18 疑立《袁粲傳》：沈約在齊梁時著《宋書》，因袁粲曾謀殺齊高帝蕭道成，事敗身死。所以沈約不敢為其立傳，故本文說“疑立”。
19 韓通：後周恭帝時任侍衛副都指揮使，宋太祖趙匡胤廢周自立，韓通曾抵抗，被殺害。
20 “元聽”句：謂元朝聽任湖南為宋朝忠臣李芾建祠。李芾，宋朝湖南安撫使，元軍攻破潭州（今湖南長沙）時犧牲。
21 長陵：指明朝永樂帝。方孝孺：明朝建文帝時翰林學士，文章聞名於時。永樂帝欲廢建文帝自立，令方孝孺擬詔以示天下，方孝孺抗命，遂被殺。
22 當道：正當的道路。
23 勝國：後一朝代滅亡前一朝代後，稱前朝為勝國或勝朝。
24 惇史：忠實公正的史書。

【鑒賞】

《奇零草》是明末清初抗清民族英雄張煌言的詩集，集中作品反映出作者的民族氣節和愛國思想。康熙三年（1664），此書被朝廷定為禁毀書，張煌言亦慘遭殺害。姜宸英敢冒天下之大不韙，在康熙年間為此書作序讚揚張煌言其人其書，從中可看出他的勇氣。此序也因此具有了極重要的歷史意義。

序文第一部分交代寫作緣由，從中可知作者對張煌言作品的珍視。

第二部分為正文，記敘了《奇零草》成書的過程，和張煌言抗清失敗，獨留墨跡的情事。

作者先用三句話十二個字形容明朝覆亡的情形。接着追憶張煌言領導浙東義師，在舟山一帶活動的事。張煌言在軍旅生涯中沒有一日不讀書，留下來的集子有十多種，《奇零草》便是其中之一。當年張煌言帶兵抗清，並未受到強藩控制，但在九江失敗後便漸受清兵阻撓。他隱居在海南，後因叛徒出賣而被捕。在羈押期間，遠近人士，甚至社會中的下層群眾都爭着向他索求字幅。他隨手揮灑的都是正氣歌，讀過的人很少有不流淚的。只有那些士大夫家有的不敢收藏他的書，怕惹禍。

寫到此處，作者批評他們“不知君臣父子之性，根於人心，而徵於事業，發於文章，雖歷變患，逾不可磨滅”。事實上，作者正是藉批判他們的行為來表彰民族志士的高尚氣節。而且，作者舉前代諸賢為例，指出“臣各為其主，凡一切勝國語言，不足避忌”。因此，他整理張煌言的遺作，以備惇史採用。

唐甄

唐甄（1630～1704），初名大陶，後更名甄，字鑄萬，別號圃亭，達州（今四川省達縣）人。清順治十四年（1657）舉人，曾任山西長子縣知縣，因與上司有隙，任職十月即棄官歸家。唐甄在學術思想方面，反對只談心性不講事功。在政治思想方面，則對當時的君主專制制度進行嚴厲的批判。他的論文獨抒己見，遒勁有力，條理通達。著有《潛書》。

室語

唐子居於內，夜飲酒。己西向坐，妻東向坐，女安北向坐，妾坐於西北隅。執壺以酌，相與笑語。唐子食魚而甘，問其妾曰："是所市來者，必生魚也？"妾對曰："非也。是魚死未久，即市以來；又天寒，是以味鮮若此。"於是飲酒樂甚。忽焉拊几而歎。其妻曰："子飲酒樂矣，忽焉拊几而歎，其故何也？"唐子曰："溺於俗者無遠見。吾欲有言，未嘗以語人，恐人之駭異吾言也。今食是魚而念及之，是以歎也。"妻曰："我，婦人也，不知大丈夫之事；然願子試以語我。"

曰："大清有天下，仁矣。自秦以來，凡為帝王者皆賊也。"妻笑曰："何以謂之賊也？"曰："今也有負數疋布，或擔數斗粟而行於塗者，或殺之而有其布粟，是賊乎，非賊乎？"曰："是賊矣。"

唐子曰："殺一人而取其疋布斗粟，猶謂之賊；殺天下之人而盡有其布粟之富，而反不謂之賊乎？三代以後，有天下之善者莫如漢。然高帝屠城陽，屠潁陽[1]；光武帝屠城三百[2]。使我而事高帝，當其屠城陽之時，必痛哭而去之矣；使我而事光武帝，當其屠一城之始，必痛哭而去之矣。吾不忍為之臣也。"

妻曰："當大亂之時，豈能不殺一人而定天下？"唐子曰："定亂豈能不殺乎！古之王者，有不得已而殺者二：有罪，不得不殺；臨戰，不得不殺。有罪而殺，堯舜之所不能免也；臨戰而殺，湯武之所不能免也；非是，奚以殺為！若過里而墟其里[3]，過市而竄其市[4]，入城而屠其城，此何為者？大將殺人，非大將殺之，天子實殺之；偏將殺人，非偏將殺之，天子實殺之；卒伍殺人，非卒伍殺之，天子實殺之；官吏殺人，非官吏殺之，天子實殺之。殺人者眾手，實天子為之大手。天下既定，非攻非戰，百姓死於兵與因兵而死者十五六。暴骨未收，哭聲未絕，目眥未乾[5]，於是乃服衮冕[6]，乘法駕[7]，坐前殿，受朝賀，高宮室，廣苑囿，以貴其妻妾，以肥其子孫。彼誠何心而忍享之？若上帝使我治殺人之獄，我則有以處之矣。匹夫無故而殺人，以其一身抵一人之死，斯足矣；有天下者無故而殺人，雖百其身不足以抵其殺一人之罪。是何也？天子者，天下之慈母也，人所仰望以乳育者也。乃無故而殺之，其罪豈不重於匹夫！"

妻曰："堯舜之為君何如者？"曰："堯舜豈遠於人哉！"乃舉一箸指盤中餘魚曰："此味甘乎？"曰："甘。"曰："今使子釣於池而得魚，揚竿而脱，投地跳躍，乃按之椹上而割之[8]，刳其腹[9]，劙其甲[10]，其尾猶搖。於是煎烹以進，子能食之乎？"妻曰："吾不忍食也。"曰："人之於魚，不啻太山之於秋毫也[11]；甘天下之味，亦類於一魚之味耳。於魚則不忍，於人則忍之；殺一魚而甘一魚之味則不忍，殺天下之人而甘天下之味則忍之。是豈人之本心哉！堯舜之道，不失其本心而已矣。"

妾，微者也；女安，童而無知者也；聞唐子之言，亦皆悄然而悲，諮嗟欲泣，若不能自釋焉。

註釋

1 城陽：今山東省鄄城縣。潁陽：今河南省登封縣西南。
2 "光武帝"句：《後漢書・耿弇傳》載："弇凡所平郡四十六，屠城三百。"耿弇為東漢光武帝劉秀的大將。
3 墟其里：使鄉里變為廢墟。
4 竄：遷。
5 目眥（zī）：眼眶。
6 衮（gǔn）冕：皇帝的禮服。衮，畫有卷龍的衣服；冕，皇冠。
7 法駕：皇帝的車駕。
8 椹（zhēn）：案板。
9 刳：剖腹。
10 劙（xī）：除去。
11 太山：即泰山。

【鑒賞】

本文選自《潛書》，“室語”意為在家裏說的話。文章由唐子與妻的對話構成，闡明“凡帝王皆為賊”的道理。

第一段是全文的引子，寫唐甄與妻、妾和女兒同坐飲酒吃魚，很高興。他吃着魚，忽然想起了一些自己一向不願說的話，於是撫几而歎。妻子此時便請唐甄具體說說，由此引起了下文。

第二段唐甄提出論點“自秦以來，凡為帝王者皆賊也”。圍繞這一論點，妻提出大前提：凡殺人而取其布粟者為賊。

第三段唐甄又提出小前提：三代以後，有天下者無不殺天下之人而盡取其布粟。與前段大前提相呼應，大小前提均成立，那麼“凡為帝王者皆賊也”這個論點就成立了。

第四段，唐子針對“天子殺人”的小前提，作透徹的說明分析，以使聽者折服。接着，他還強調天子殺人，其罪應重於匹夫。

第五段分析原因，指出人皆有不忍之心，堯舜這樣的仁君無非未失其本心而已。後來的君主忍於甘天下之味，是失掉了他們的本心。這就與第一段中的吃魚飲酒有了關聯。

第六段寫唐甄的話使其幼女和妾諮嗟欲泣。意在說明未失本心的人對此都應有所感。

全文用形式邏輯的三段論法加以論證，採用合乎邏輯的淺顯對話，揭露出歷代帝王屠殺人民而掠奪其財富的惡行。

邵長蘅

邵長蘅（1637 ～ 1704），字子湘，江蘇省武進人。在詩文方面較有造詣，曾任江蘇巡撫宋犖幕僚。他常講藝論文，還選王士禎及宋犖詩輯成《二家詩鈔》，著有《青門全集》。

閻典史傳

閻典史[1]者，名應元，字麗亨，其先浙江紹興人也，四世祖某，為錦衣校尉[2]，始家北直隸之通州[3]，為通州人。應元起掾史[4]，官京倉大使[5]。崇禎十四年，遷江陰[6]縣典史。始至，有江盜百艘，張幟乘潮闌入內地，將薄城，而會縣令攝篆旁邑[7]，丞、簿選愞怖急[8]，男女奔竄。應元帶刀鞬出，躍馬大呼於市曰："好男子，從我殺賊護家室！"一時從者千人。然苦無械，應元又馳竹行呼曰："事急矣，人假一竿，值取諸我！"千人者，佈列江岸，矛若林立，士若堵牆。應元往來馳射，發一矢輒殪一賊。賊連斃者三，氣懾，揚帆去。巡撫[9]狀聞，以欽依都司掌徼巡縣尉[10]，得張黃蓋，擁纛，前驅清道而後行。非故事[11]，邑人以為榮。久之，僅循資遷廣東英德縣主簿，而陳明選代為尉。應元以母病未行，亦會國變[12]，挈家僑居邑東之砂山[13]。是歲乙酉[14]五月也。

當是時，本朝定鼎改元二年矣。豫王[15]大軍渡江，金陵[16]降，君臣出走。弘光帝[17]尋被執。分遣貝勒[18]及他將，略定東南郡縣。守土吏或降或走，或閉門旅拒[19]，攻之輒拔。速者功在漏刻，遲不過旬日，自京口[20]以南，一月間下名城大縣以百數。而江陰以彈丸下邑，死守八十餘日而後下，蓋應元之謀計居多。

初，薙發令[21]下，諸生[22]許用德者，以閏六月朔懸明太祖御容於明倫堂[23]，率眾拜且哭，士民蛾聚[24]者萬人，欲奉新尉陳明選主城守。明選曰："吾智勇不如閻君，此大事，須閻君來。"乃夜馳騎往迎應元。應元投袂[25]起，率家丁四十人夜馳入城。是時城中兵不滿千，戶裁及萬，又餉無所出。應元至，則料尺籍[26]，治樓櫓[27]，令戶出一男子乘城，餘丁傳餐[28]。已乃發前兵備道[29]曾化龍所製火藥火器貯堞樓，已乃勸輸巨室，令曰：「輸不必金，出粟、菽、帛、布及他物者聽。」國子上舍[30]程璧首捐二萬五千金，捐者麇集。於是團城中有火藥三百罌，鉛丸、鐵子千石，大炮百，鳥機千張，錢千萬緡，粟、麥、豆萬石，他酒、酤、鹽、鐵、芻、藁稱是。已乃分城而守：武舉黃略守東門，把總[31]某守南門，陳明選守西門，應元自守北門，仍徼巡四門。部署甫定，而外圍合。

時大軍薄城下者已十萬，列營百數，四面圍數十重，引弓仰射，頗傷城上人。而城上礧炮、機弩乘高下，大軍殺傷甚眾。乃架大炮擊城，城垣裂。應元命用鐵葉裹門板，貫鐵絙護之，取空棺實以土，障隤處。又攻北城，北城穿。下令：「人運一大石塊，於城內更築堅壘。」一夜成，會城中矢少，應元乘月黑，束藁為人，人竿一燈，立陴睨[32]間，匝城，兵士伏垣內，擊鼓叫噪，若將縋城斫營者。大軍驚，矢發如雨，比曉，獲矢無算。又遣壯士夜縋城入營，順風縱火，軍亂，自蹂踐自殺死者數千。

大軍卻，離城三里止營。帥劉良佐擁騎至城下，呼曰：「吾與閻君雅故，為我語閻君，欲相見。」應元立城上與語。劉良佐者，故弘光四鎮[33]之一，封廣昌伯，降本朝總兵者也。遙語應元：「弘光已走，江南無主，君早降，可保富貴。」應元曰：「某明朝一典史耳，尚知大義，將軍胙土分茅[34]，為國重鎮，不能保障江淮，乃為敵前驅，何面目見吾邑義士民乎？」良佐慚退。

應元偉軀幹，面蒼黑，微髭。性嚴毅，號令明肅，犯法者，鞭笞貫耳[35]，不稍貰。然輕財，賞賜無所吝。傷者手為裹創，死者厚棺殮，酹醊[36]而哭之。與壯士語，必稱好兄弟，不呼名。陳明選寬厚嘔煦[37]，每巡城，拊循[38]其士卒，相勞苦，或至流涕。故兩人皆能得士心，樂為之死。

先是，貝勒統軍略地蘇、松[39]者，既連破大郡，濟師來攻。面縛兩降將，跪城下説降，涕泗交頤。應元罵曰：「敗軍之將，被禽不速死，奚喋喋為！」又遣人諭令：「斬四門首事各一人，即撤圍。」應元厲聲曰：「寧斬吾頭，奈何殺百姓！」叱之去。會中秋，給軍民賞月錢，分曹攜具，登城痛飲，而許用德制樂府《五更轉曲》，令善謳者曼聲歌之。歌聲與刁斗、笳吹聲相應，竟三夜罷。

貝勒既覘知城中無降意，攻愈急。梯衝[40]死士，鎧胄皆鑌鐵，刀斧及之，聲鏗然，鋒口為缺。炮聲徹晝夜，百里內，地為之震。

城中死傷日積，巷哭聲相聞。應元慷慨登陴，意氣自若。旦日，大雨如注，至日中，有紅光一縷起土橋，直射城西。城俄陷，大軍從煙焰霧雨中蜂擁而上。應元率死士百人，馳突巷戰者八，所當殺傷以千數。再奪門，門閉不得出，應元度不免，踴身投前湖，水不沒頂，而劉良佐令軍中，必欲生致應元，遂被縛。良佐箕踞乾明佛殿，見應元至，躍起持之哭，應元笑曰："何哭？事至此，有一死耳！"見貝勒，挺立不屈。一卒持槍刺應元貫脛，脛折踣地。日暮，擁至棲霞禪院，院僧夜聞大呼"速斫我"不絕口。俄而寂然，應元死。

凡攻守八十一日，大軍圍城者二十四萬，死者六萬七千，巷戰死者又七千，凡損卒七萬五千有奇。城中死者，無慮五六萬，屍骸枕藉，街巷皆滿，然竟無一人降者。

城破時，陳明選下騎搏戰，至兵備道前被殺，身負重創，手握刀，僵立倚壁上不仆。或曰闔門投火死。

論曰：《尚書・序》[41]曰："成周既成，遷殷頑民[42]。"而後之論者，謂於周則頑民，殷則義士。夫跖犬吠堯[43]，鄰女詈人[44]，彼固各為其主。予童時，則聞人嘖嘖談閻典史事，未能記憶也。後五十年，從友人家見黃晞所為《死守孤城狀》，乃摭其事而傳之。微夫應元，固明朝一典史也，顧其樹立，乃卓卓如是！嗚呼！可感也哉！

註釋

1 典史：官名，知縣的屬官，掌管緝捕、監獄。
2 錦衣校尉：明代掌管侍衛、緝捕、刑獄的官署，錦衣衛的下屬軍吏。
3 北直隸之通州：今北京通縣。
4 掾（yuàn）史：古代地方長官的屬吏。
5 京倉大使：明代掌管京城倉場的官員。
6 江陰：今屬江蘇。
7 攝篆旁邑：到其他縣代理縣令職務。
8 丞、簿：縣丞、主簿，均為知縣的屬官。選愞（xùn nuò）怖急：怯懦恐懼。
9 巡撫：官名，總管一省的軍民政務。
10 以欽依都司掌徼（jiào）巡縣尉：以皇帝的命令加閻典史都司職銜，掌管全縣巡察緝捕的縣尉職務。
11 非故事：沒有先例可循。
12 國變：指明朝滅亡。
13 砂山：今江陰縣城東南約三十里。
14 乙酉：南明弘光元年，清順治二年（1645）。
15 豫王：即大清和碩豫親王，名多鐸。
16 金陵：指南京弘光政權。
17 弘光帝：南明福王朱由崧。
18 貝勒：清封爵名，此處指平南大將軍勒克德渾。
19 旅拒：聚眾抗拒。
20 京口：今江蘇省鎮江市。
21 薙（tì）發令：薙，通"剃"。順治二年，清兵攻入南京，強迫漢族男子剃髮留辮，改為滿族裝束，違者處死。
22 諸生：取得生員資格的人，俗稱秀才。
23 明倫堂：縣學的正殿。
24 蛾（yǐ）聚：蛾，同"蟻"。像螞蟻一樣聚集在一起，極言人多。
25 投袂（mèi）：甩動衣袖奮發的樣子。
26 料尺籍：整理軍中的文書典籍。

27 治樓櫓：修整守城的器具。
28 傳餐：傳送食物。
29 兵備道：官名，明代於各省重要的地方設置的整飭兵備的官員。
30 國子上舍：即明代國子監的監生。上舍指班級較高的士子。
31 把總：武官名。
32 陴倪（pí ní）：城上女牆。
33 弘光四鎮：南明弘光帝時，分江北為四鎮，分別由劉良佐、黃得功、高傑、劉澤清駐守。
34 胙（zuò）土分茅：胙，賜。古代帝王給功臣分封土地，用白茅裹着泥土授予被封者，象徵授予土地及權力。這裏是說劉良佐是有封爵的大官。
35 貫耳：以短箭插耳示眾，是古代軍隊中的刑罰。
36 酹醊（lèi chuò）：祭祀的一種，以酒澆地。
37 嘔煦（xū xù）：溫和可親的樣子。
38 拊循：撫慰。
39 蘇、松：蘇州、松江兩府所屬各地。
40 梯衝：古時攻城用的雲梯與沖車。
41《尚書・序》：指《尚書》中《多士》篇的序。
42 成周既成，遷殷頑民：意指西周滅殷以後，把不服從周朝的殷人遷到成周這個地方，以防他們叛亂。成周，古地名，今河南洛陽市東北。周成王時，周公旦曾築城於此。
43 跖犬吠堯：比喻人臣各侍其主。跖，古代傳說中的大盜的名字。
44 鄰女詈人：《戰國策・秦策一》載："楚人有兩妻者，人誂其長者，長者詈之；誂其少者，少者許之。居無幾何，有兩妻者死，客謂誂者曰：'汝取長者乎，少者乎？'曰：'取長者。'客曰：'長者詈汝，少者和汝，汝何為取長者？'曰：'居彼人之所，則欲其許我也；今為我妻，則欲其為我詈人也。'"詈，罵。誂（tiǎo），引誘。

【鑒賞】

公元1665年，清統帥多鐸率軍南下，消滅南明福王政權。當時，許多明朝官吏紛紛投降。但不屈的江南人民卻奮起反抗清統治者的殘酷鎮壓。閻典史領導的江陰人民守城八十一天的抗清鬥爭，便是其中輝煌的一頁。計六奇《明季南略・江陰經略》中有一副對聯曰："八十日戴髮效忠，表太祖十七朝人物；六萬人同心死義，存大明三百里江山。"高度評價了閻典史及江陰人民的壯舉。《閻典史傳》以江陰守城戰役為背景，生動展現了閻應元等人不畏強暴、智勇雙全的形象。

文章圍繞閻應元其人展開，在敘述江陰守城一事前，作者先插入他大破海賊的故事。這個故事顯示了閻應元有勇有謀、不畏強暴的品格，為下文江陰戰役中他大智大勇的行為埋下伏筆。

作者將視線放在明朝即將覆滅的局勢，描繪風雨飄搖的狀態。"豫王大軍渡江，金陵降，君臣出走"，"守土吏或降或走，或閉門旅拒，攻之輒拔"，中原已是危機四伏，然江陰卻以彈丸之地，死守八十一天，其間閻應元的功勞巨大。

接下來，描述整個戰役的過程，敘述應元與全體軍民同仇敵愾，視死如歸。其間，作者還插入一段介紹應元愛兵如子、執法嚴明的文字，緩和全文緊張的氣氛。最後，作者以一段議論收束全文，點明閻應元雖為明朝一個小小的典史，"顧其樹立，乃卓卓如是！""可感也哉！"

戴名世

戴名世（1653～1713），字田有，安徽桐城人。五十七歲中進士，任翰林院編修，三年後被參劾，以"大逆"罪誅。他長於史傳，留意明代史事，訪問遺老，考訂野史。

鳥說

余讀書之室，其旁有桂一株焉，桂之上，日有聲喧喧然者[1]。即而視之，則二鳥巢於其枝幹之間，去地不五六尺，人手能及之。巢大如盞，精密完固，細草盤結而成。鳥雌一雄一，小不能盈掬，色明潔，娟皎可愛，不知其何鳥也。雛且出矣，雌者覆翼之，雄者往取食，每得食，輒息於屋上，不即下。主人戲以手撼其巢，則下瞰而鳴，小撼之小鳴，大撼之即大鳴，手下鳴乃已。他日，余從外來，見巢墜於地，覓二鳥及鷇[2]，無有。問之，則某氏僮奴取以去。

嗟乎！以此鳥之羽毛潔而音鳴好也，奚不深山之適而茂林之棲，乃託身非所，見辱於人奴以死。彼其以世路為甚寬也哉？

註釋

1 喧喧（guān）：二鳥相和相鳴。

2 鷇（kū）：鳥卵。

【鑒賞】

清代滿族貴族統治中原後，為了加強對人民群眾的思想控制，大興文字獄。本文作者戴名世便因"《南山集》案"慘遭殺害，其無辜受冤的遭遇恰與文中二鳥相似。

本文先敘二鳥將巢構築在桂枝之間，日日相鳴相和。它們"色明潔，娟皎可愛"，覓食盤桓，嬌態可掬。接着在這種平和恬靜的氣氛中突敘巢墜鳥失，使讀者的情緒一下子被破壞。最後發出一段議論，點明篇旨所在，給讀者掩卷細思的餘地。

從“嗟乎！以此鳥之羽毛潔而音鳴好也，奚不深山之適而茂林之棲，乃託身非所，見辱於人奴以死”這段話來看，《鳥説》的主旨是君子可以全身遠禍。但這僅是作者的個人願望罷了。正人君子想避禍是沒有門路的，戴名世本人的悲劇命運就證明了這一點。

本文不足三百字，卻清新雋永，諷世深刻，特別是篇末“彼其以世路為甚寬也哉”一句，警世極深，發人深省，在平淡的敘述中露出鋒芒。

醉鄉記

昔余嘗至一鄉，輒頽然靡然，昏昏冥冥，天地為之易位，日月為之失明，目為之眩，心為之荒惑，體為之敗亂。問之人：“是何鄉也？”曰：“酣適之方，甘旨之嘗，以徜以徉，是為醉鄉。”

嗚呼！是為醉鄉也歟？古人不余欺也[1]。吾嘗聞夫劉伶、阮籍[2]之徒矣。當是時，神州陸沉，中原鼎沸，而天下之人，放縱恣肆，淋漓顛倒，相率入醉鄉不已。而以吾所見，其間未嘗有可樂者。或以為可以解憂云耳。夫憂之可以解者，非真憂也；夫果有其憂焉，抑亦不必解也，況醉鄉實不能解其憂也。然則入醉鄉者，皆無有憂也。

嗚呼！自劉、阮以來，醉鄉遍天下；醉鄉有人，天下無人矣。昏昏然，冥冥然，頽墮委靡，入而不知出焉。其不入而迷者，豈無其人者歟？而荒惑敗亂者率指以為笑，則真醉鄉之徒也已。

註釋

1“是為”二句：唐王績在《醉鄉記》中寫道：“醉之鄉，去中國不知其幾千里也。其土曠然無涯，無丘陵阪險。其氣和平一揆，無晦明寒暑。其俗大同，無邑居聚落。其人甚精，無愛憎喜怒，吸風飲露，不食五穀。其寢於於，其行徐徐，與鳥獸魚鼈雜處，不知有舟車器械之用。”

2 阮籍：字嗣宗，三國陳留尉氏（今屬河南）人，蔑視禮教，在當時複雜激烈的政治鬥爭中常借醉酒保全自己。傳世名作有《詠懷》、《大人先生傳》、《達生論》等。

【鑒賞】

清代，士大夫得不到重用，醉生夢死、頹唐放浪的人便越來越多。本文嘲諷、批判了這種現象。

文章第一段解釋何為醉鄉。作者抓住了醉鄉的幾個特徵：首先，它使人頹然靡然，糊裏糊塗。其次，它惑人耳目，擾亂人的心神 。最後，它用美好的酒食，舒適暢快的感覺引誘人，使他們陷入其間而不願離開。這樣的地方便是醉鄉。

接下來的一段，作者以阮籍、劉伶為例，指出他們在國家喪亂不定的時候，任性而為，相率進入醉鄉，並不是為了取樂，只能説是為了解憂。作者認為，憂慮如果可解的話，就不是真正的憂慮。真正的憂慮，那一定是解不開的。況且醉鄉確實不能給他們解憂。所以進入醉鄉的人都沒有憂慮。

第三段作者筆鋒一轉又回到現實。他看到醉鄉遍及天下，醉鄉有人，天下無人。醉鄉中的人糊裏糊塗、墮落委靡，只知道進去而不知道出來。更為可悲的是：那些迷亂昏惑的人還嘲笑不入醉鄉的清醒的人。作者對這種現象痛心不已，他喟然感歎“真醉鄉之徒也已”。

本篇用的是雜文體裁，對醉鄉和入醉鄉者的描述含有辛辣的諷刺，對當時某些士大夫放浪形骸的行為，進行了尖鋭深刻的批判，篇幅雖短，指斥的力量卻很強。

方苞

方苞（1668～1749），字鳳九，號靈臯，晚年號望溪，安徽桐城人。康熙四十五年（1700）中進士，官至禮部右侍郎。他是"桐城派"的創始人之一，論文注重"義"、"法"。"義"要求文章闡發倫理觀念，而"法"則對文章的詞語、章法給出種種限制。著有《望溪文集》等。

左忠毅公逸事

先君子嘗言[1]：鄉先輩左忠毅公視學京畿[2]，一日，風雪嚴寒，從數騎出，微行入古寺。廡下一生伏案卧[3]，文方成草，公閱畢，即解貂覆生[4]，為掩戶。叩之寺僧，則史公可法也[5]。及試，吏呼名至史公，公瞿然注視[6]，呈卷，即面署第一[7]。召入，使拜夫人，曰："吾諸兒碌碌，他日繼吾志者，惟此生耳。"

及左公下廠獄[8]，史朝夕獄門外；逆閹防伺甚嚴，雖家僕不得近。久之，聞左公被炮烙[9]，旦夕且死；持五十金，涕泣謀於禁卒，卒感焉。一日，使史更敝衣草屨，背筐，手長鑱[10]，為除不潔者，引入，微指左公處。則席地倚牆而坐，面額焦爛不可辨，左膝以下，筋骨盡脱矣。史前跪，抱公膝而嗚咽。公辨其聲而目不可開，乃奮臂以指撥眥[11]，目光如炬，怒曰："庸奴，此何地也？而汝來前！國家之事糜爛至此，老夫已矣，汝復輕身而昧大義，天下事誰可支拄者！不速去，無俟奸人構陷[12]，吾今即撲殺汝！"因摸地上刑械，作投擊勢。史噤不敢發聲，趨而出。後常流涕述其事以語人，曰："吾師肺肝，皆鐵石所鑄造也！"

崇禎末，流賊張獻忠出沒蘄、黃、潛、桐間。史公以鳳廬道奉檄守禦[13]。每有警，輒數月不就寢，使壯士更休，而自坐幄幕外。擇健卒十人，令二人蹲踞而背倚之，漏鼓移，則番代[14]。每寒夜起立，振衣裳，甲上冰霜迸落，鏗然有聲。或勸以少休，公曰："吾上恐負朝廷，下恐愧吾師也。"

史公治兵，往來桐城，必躬造左公第[15]，候太公、太母起居[16]，拜夫人於堂上。

余宗老塗山[17]，左公甥也，與先君子善，謂獄中語乃親得之於史公云。

註釋

1 先君子：作者對其已過世的父親方仲舒的稱呼。
2 京畿：國都及其附近的地方。
3 廡（wǔ）：正房對面和兩側的小屋子。
4 解貂：脱下貂皮裘。
5 史可法：字憲之，祥符（今河南開封）人。崇禎進士，南明時任兵部尚書大學士，清軍入關時鎮守揚州，公元 1645 年 4 月 25 日城破，殉難。
6 瞿然：驚視的樣子。
7 面署第一：當面批為第一名。
8 廠獄：明代特務機關東廠所設的監獄。
9 炮烙：用燒紅的鐵炙燒犯人。
10 長鑱（chǎn）：一種長柄的掘土工具。
11 眥（zì）：眼眶。
12 構陷：誹謗陷害。
13 以鳳廬道：以鳳陽、廬州道員身份。明清兩代分一省為若干道，道的長官稱為道員。
14 番代：輪流代替。
15 躬造左公第：親自到左光斗的家裏。
16 太公、太母：指左光斗的父母。
17 宗老塗山：宗老，同族的老前輩；塗山，方苞族祖父的號。

【鑒賞】

左忠毅公即左光斗，明末桐城人，萬曆進士，官至左僉都御史，為人剛毅正直。他因彈劾閹黨魏忠賢，被誣入獄，慘死在獄中。後福王朱由崧嘉賞他剛正不阿的品行，追謚為“忠毅”。本文記敍了左光斗言傳身教、捨生取義方面的兩件事，表現了他忠貞剛毅、堅強不屈的美好品德。

因本文為“逸事”，故文章第一句説“先君子嘗言”，以證實所述事蹟的可靠準確。本文所記均為作者的父親給他講述的同鄉先輩左光斗的事蹟。

第一段寫左光斗視學京畿，賞識史可法。左光斗任京城地區學政時，在風雪嚴寒中微服視察。他在一座古寺中發現剛剛寫好一篇文章伏案休息的史可法。史可法過人的才華深深打動了左光斗。他愛才惜才，當即解下貂裘蓋在史可法身上，並且等到考試的時候，當面將他定為第一名，還召史可法拜見夫人，待他像自己的子女。而這一切均是因為左光斗認為“他日繼吾志者，惟此生耳”。從中可看出左光斗為國擢拔人才的耿耿忠心。

第二段寫左光斗入獄後捨生取義、寧死不屈的事蹟。作者略去左光斗被誣陷的過程，以及在獄中的遭遇，而專門選取史可法化裝後到獄中探望老師的所見所聞。一段肖像描寫暗示左光斗遭受“炮烙”之刑。而其對深愛的學生的一頓斥責則表現了他雖身陷囹圄，卻心憂國事、大義凜然的高尚品德。

第三段、第四段寫史可法勤於職守和仁孝的品德，從側面烘托出左光斗對他的言傳身教。第五段簡述"逸事"的來源，與前呼應，表明其真實性。

全文剪裁得當，內容精要，敘述清晰明瞭。作者以左史師生之誼為線索，從不同角度表現了左光斗"忠毅"的品格。

獄中雜記

康熙五十一年三月，余在刑部獄，見死而由竇出者日三四人。有洪洞令杜君者，作而言曰："此疫作也。今天時順正，死者尚稀，往歲多至日十數人。"余叩所以。杜君曰："是疾易傳染，遘者雖戚屬，下敢同臥起。而獄中為老監者四，監五室。禁卒居中央，牖其前以通明，屋極[1]有窗以達氣。旁四室則無之，而繫囚常二百餘。每薄暮下管鍵，矢溺皆閉其中，與飲食之氣相薄。又隆冬，貧者席地而臥，春氣動，鮮不疫矣。獄中成法，質明啟鑰。方夜中，生人與死者並踵頂而臥，無可旋避。此所以染者眾也。又可怪者，大盜積賊，殺人重囚，氣傑旺，染此者十不一二，或隨有瘳；其駢死，皆輕繫及牽連佐證法所不及者。"

余曰："京師有京兆獄[2]，有五城御史司坊[3]，何故刑部繫囚之多至此？"杜君曰："邇年獄訟，情稍重，京兆、五城即不敢專決；又九門提督[4]所訪緝糾詰，皆歸刑部；而十四司正副郎[5]好事者，及書吏、獄官、禁卒，皆利繫者之多，少有連，必多方鈎致。苟入獄，不問罪之有無，必械手足，置老監，俾困苦不可忍。然後導以取保，出居於外，量其家之所有以為劑，而官與吏剖分焉。中家以上，皆竭資取保。其次，求脱械居監外板屋，費亦數十金。惟極貧無依，則械繫不稍寬，為標準以警其餘。或同繫，情罪重者反出在外，而輕者、無罪者罹其毒。積憂憤，寢食違節，及病，又無醫藥，故往往至死。"余伏見聖上好生之德，同於往聖，每質獄辭，必於死中求其生。而無辜者乃至此。倘仁人君子為上昌言，除死刑及發塞外重犯，其輕繫及牽連未結正者，別置一所以羈之，手足毋械，所全活可數計哉？或曰："獄舊有室五，名曰現監，訟而未結正者居之。倘舉舊典，可小補也。”杜君曰：“上推恩，凡職官居板屋，今貧者轉繫老監，而大監有居板屋者，此中可細詰哉！不若別置一所，為拔本塞源之道也。”余同繫朱翁、余生及在獄同官僧某[6]，遘疫死，皆不應重罰。又某氏以不孝訟其子，左右鄰械繫入老監，號呼達旦。余感焉，以杜君言泛訊之，眾言同，於是乎書。

凡死刑獄上，行刑者先俟於門外，使其黨入索財物，名曰“斯羅[7]”。富者就其戚屬，貧則面語之。其極刑[8]，曰：“順我，即先刺心；否則四肢解盡，心猶不死。”其絞縊，曰：“順我，始縊即氣絕；否則三縊加別械，然後得死。”惟大辟無可要，然猶質其首。用此，富者賂數十百金，貧亦罄衣裝；絕無有者，則治之如所言。主縛者亦然，不如所欲，縛時即先折筋骨。每歲大決，勾者十四三，留者十六七，皆縛至西市待命[9]。其傷於縛者，即幸留，病數月乃瘳，或竟成痼疾。

余嘗就老胥[10]而問焉：“彼於刑者、縛者，非相仇也，期有得耳；果無有，終亦稍寬之，非仁術乎？”曰：“是立法以警其餘，且懲後也；不如此，則人有幸心。”主梏撲者亦然。余同逮以木訊者三人：一人予三十金，骨微傷，病間月；一人倍之，傷膚，兼旬愈；一人六倍，即夕行步如平常。或叩之曰：“罪人有無不均，既各有得，何必更以多寡為差？”曰：“無差，誰為多與者？”孟子曰：“術不可不慎[11]。”信夫！

部中老胥，家藏偽章，文書下行直省[12]，多潛易之，增減要語，奉行者莫辨也。其上聞及移關諸部[13]，猶未敢然。功令[14]：大盜未殺人，及他犯同謀多人者，止主謀一二人立決；餘經秋審，皆減等發配。獄辭上，中有立決者，行刑人先俟於門外。命下，遂縛以出，不羈晷刻。有某姓兄弟，以把持公倉，法應立決。獄具矣，胥某謂曰：“予我千金，吾生若。”叩其術，曰：“是無難，別具本章，獄辭無易，取案末獨身無親戚者二人易汝名，俟封奏時潛易之而已。”其同事者曰：“是可欺死者，而不能欺主讞者；倘復請之，吾輩無生理矣。”胥某笑曰：“復請之，吾輩無生理，而主讞者亦各罷去。彼不能以二人之命易其官，則吾輩終無死道也。”竟行之，案末二人立決。主者口呿舌撟，終不敢詰。余在獄，猶見某姓，獄中人群指曰：“是以某某易其首者。”胥某一夕暴卒，眾皆以為冥謫云。

凡殺人，獄辭無謀、故者[15]，經秋審入矜疑[16]，即免死。吏因以巧法。有郭四者，凡四殺人，復以矜疑減等，隨遇赦。將出，日與其徒置酒酣歌達曙。或叩以往事，一一詳述之，意色揚揚，若自矜詡。噫！渫惡吏忍於鬻獄，無責也；而道之不明，良吏亦多以脱人於死為功，而不求其情。其枉民也，亦甚矣哉！

奸民久於獄，與胥卒表裏，頗有奇羨。山陰李姓以殺人繫獄，每歲致數百金。康熙四十八年，以赦出。居數月，漠然無所事，其鄉人有殺人者，因代承之，蓋以律非故殺，必久繫，終無死法也。五十一年，復援赦減等謫戍，歎曰："吾不得復入此矣！"故例，謫戍者移順天府羈候，時方冬停遣，李具狀求在獄，候春發遣，至再三，不得所請，悵然而出。

註釋

1 屋極：屋頂。
2 京兆獄：京兆府在各地設立的監獄。
3 五城御史司坊：五城御史衙門的監獄。京城內分東、西、南、北、中五區，各有監獄。
4 九門：清代北京外城有九門，即：正陽、崇文、宣武、安定、德勝、東直、西直、朝陽、阜成。
5 十四司正副郎：清初刑部設十四司，司的正官稱郎中，副官稱員外郎。
6 朱翁：名字不詳。余生：即余湛，字石民，童年師從戴名世。兩人皆因"《南山集》案"牽連下獄。同官：今陝西銅川市。僧某：姓僧的人，或指某個僧人。
7 斯羅：同"撕攞"，料理。
8 極刑：即凌遲。行刑時先割去肢體，然後斷喉致死。
9 大決：即秋決。清朝每年八月，刑部會同九卿審核死刑犯，名單奏報皇帝，皇帝用朱筆加勾的立即執行，未勾的暫緩。西市：清時京師行刑的場所，今北京宣武區菜市口。
10 胥：衙門中掌管公文案卷的小官。
11 術不可不慎：見《孟子・公孫丑上》，意思是選擇謀生的手段要慎重。
12 直省：清代各省皆直屬中央，故稱。
13 上聞：上奏皇帝。移關：即移文和關文，平行機關之間的來往公文。
14 功令：政府頒佈的法令。
15 謀：預謀。故：故意殺人。
16 秋審：每年秋天，刑部會同有關京官審核死刑案件故稱。矜疑：其情可憫，其罪可疑。清朝規定，審判犯人分為情實、緩決、可矜、可疑四類。凡矜、疑類案件可減罪。

【鑒賞】

康熙五十年，清文字獄之一的"《南山集》案"發生，方苞被牽連入獄。《南山集》是方苞的同鄉舊友戴名世的著作，方苞曾給其作序，連刻《南山集》的木板也藏在他家，因此受到牽連。本文係方苞在獄中所作，記錄了他被關進刑部獄後的見聞。主要有以下幾方面：

一、監獄中的居住和衛生條件極其惡劣。獄中羈押犯人過多，造成空氣污濁、瘟疫流行，每日都有大批囚犯死去。二、劊子手、主傳者以及專管上鐐銬和打板子的獄卒各握其權，藉以敲詐勒索，其窮兇極惡之態令人心有餘悸。三、獄中任職多年的老獄吏，家藏偽章以偷換奏折，私自篡改文書。他們貪贓枉法，偷偷更換死囚姓名，枉送了許多無辜者的性命。四、長期被押的慣犯，與差役獄卒互相勾結，把監獄作為牟取利益的場所。這些事實均發生在當時最高的司法機關——刑部和其直屬的監獄裏，那麼以此透視整個社會，其黑暗腐朽的狀況便不言自明。

本文材料豐贍，頭緒井然，文筆平易流暢，不作過多渲染。作者以所述事實的真實性和嚴謹的批判態度，有力地揭開了監獄的重重黑幕，抨擊了當時司法部門的種種罪惡。

作者在講述獄中種種駭人聽聞的事實的時候，飽含着濃鬱的情感。他同情蒙受不白之冤的百姓，看到他們含冤負屈、貧而無告，只能任人宰割的情形，作者的心在流淚，在滴血。他憎恨貪贓枉法的各級官吏，對他們的種種惡行忿然疾呼“其枉民也，亦甚矣哉”。正是這種強烈的愛憎情感使本文的記錄脱去冗長乏味虛假的窠臼。

鄭燮

鄭燮（1693～1765），字克柔，號板橋，江蘇省興化人。乾隆元年（1736）進士，曾任範縣（今山東範縣）、濰縣（今山東濰縣）知縣十餘年，因得罪豪紳而罷官，後寄居揚州，以賣畫為生。燮能詩善畫，書法方面造詣頗深，他的詩文不受時風限制，能自成一格，有《鄭板橋集》。

范縣署中寄舍弟墨第四書

十月二十六日得家書，知新置田獲秋稼五百斛，甚喜。而今而後，堪為農夫以沒世矣[1]！要須製碓、製磨、製篩羅簸箕、製大小掃帚、製升斗斛。家中婦女，率諸婢妾，皆令習舂揄蹂簸之事，便是一種靠田園長子孫氣象。天寒冰凍時，窮親戚朋友到門，先泡一大碗炒米送手中，佐以醬薑一小碟，最是暖老溫貧之具[2]。暇日嚥碎米餅，煮糊塗粥，雙手捧碗，縮頸而啜之[3]，霜晨雪早，得此周身俱暖。嗟乎！嗟乎！吾其長為農夫以沒世乎！

我想天地間第一等人，只有農夫，而士為四民之末[4]。農夫上者種地百畝，其次七八十畝，其次五六十畝，皆苦其身，勤其力，耕種收獲，以養天下之人。使天下無農夫，舉世皆餓死矣。我輩讀書人，入則孝，出則弟[5]，守先待後[6]，得志澤加於民，不得志修身見於世，所以又高於農夫一等。今則不然，一捧書本，便想中舉、中進士、作官，如何攫取金錢、造大房屋、置多田產。起手便錯走了路頭，後來越做越壞，總沒有個好結果。其不能發達者，鄉里作惡，小頭銳面[7]，更不可當。夫束修自好者[8]，豈無其人；經濟自期[9]，抗懷千古者[10]，亦所在多有。而好人為壞人所累，遂令我輩開不得口；一開口，人便笑曰："汝輩書生，總是會說，他日居官，便不如此說了。" 所以忍氣吞聲，只得捱人笑罵。工人製器利用，賈人搬有運無，皆有便民之處。而士獨於民大不便，無怪乎居四民之末也！

且求居四民之末，而亦不可得也！

愚兄平生最重農夫，新招佃地人[11]，必須待之以禮。彼稱我為主人，我稱彼為客戶，主客原是對待之義，我何貴而彼何賤乎？要體貌他，要憐憫他；有所借貸，要周全他；不能償還，要寬讓他。嘗笑唐人《七夕》詩，詠牛郎織女，皆作會別可憐之語，殊失命名本旨。織女，衣之源也，牽牛，食之本也，在天星為最貴；天顧重之，而人反不重乎？其務本勤民，呈象昭昭可鑒矣[12]。吾邑婦人，不能織綢織布[13]，然而主中饋[14]，習針錢，猶不失為勤謹。近日頗有聽鼓兒詞，以鬥葉為戲者[15]，風俗蕩軼[16]，亟宜戒之。

吾家業地雖有三百畝，總是典產[17]，不可久恃。將來須買田二百畝，予兄弟二人，各得百畝足矣，亦古者一夫受田百畝之義也。若再求多，便是佔人產業，莫大罪過。天下無田無業者多矣，我獨何人，貪求無厭，窮民將何所措足乎[18]！或曰："世上連阡越陌[19]，數百頃有餘者，子將奈何？"應之曰："他自做他家事，我自做我家事，世道盛則一德遵王，風俗偷則不同為惡[20]，亦板橋之家法也。"哥哥字。

註釋

1 沒世：終身。
2 暖老溫貧：使老人、窮人感到溫暖。
3 啜：喝。
4 四民：舊時指士、農、工、商。
5 "入則孝"二句：出自《論語・學而》。孝，指對父母、祖先尊敬孝順。弟，亦作"悌"，指順從兄長。
6 守先待後：保持先王之道以待後世。
7 小頭銳面：指鑽營不已、無孔不入的人。
8 束修自好：即"束身自好"。約束檢點自己的言行，愛惜自己的聲名。
9 經濟自期：誇耀自己能治理國家救濟災民。經，治理。
10 抗懷千古：抱負比古人還要遠大。抗，高。
11 佃地人：佃農。
12 呈象：這裏指牛郎織女星的呈形。
13 綢：薄而軟的絲織品。
14 中饋：指家中飲食等事。
15 鬥葉：鬥牌。
16 蕩軼：放蕩不守規矩。軼，通"逸"，超出範圍。
17 典產：典有的田地，土地的業主回來時可以贖回。
18 措足：立足。
19 連阡越陌：同"田連阡陌"，意謂土地很多。
20 "世道盛"二句：意謂如果遇上太平盛世就和大家同心同德幫助皇帝治理好國家，如果風俗不好也決不和壞人一起去作惡。

【鑒賞】

鄭燮是"揚州八怪"之一，其《板橋家書》貼近日常生活，理趣十足。本文作於鄭燮任山東范縣知縣期間，是《板橋家書》原刊本中的第十通，主要與其堂弟鄭墨談論"農本"的問題。

文章第一段講他收到家中的來信很高興。高興的原因是家裏有"一種靠田園長子孫氣象"，所以他叮嚀家人要準備足夠的農具，要人人勤勞，要善待窮親戚朋友，日常生活要節儉自足，"而今而後，堪為農夫以沒世矣"。這是作者宦海浮沉幾年的人生願望。官場的兇險骯髒已讓他心生厭倦，而家園的美好生活又使他感到極大的安慰。

第二段緊接着申訴"天地間第一等人，只有農夫，而士為四民之末"的觀點。作者從農民勤勞耕種，供養天下人，得出"使天下無農夫，舉世皆餓死矣"的結論。又批判今之讀書人"一捧書本，便想中舉、中進士、作官，如何攫取金錢、造大房屋、置多田產"。

第三段補筆談自己待農夫的態度是"要體貌他，要憐憫他；有所借貸，要周全他；不能償還，要寬讓他"。同時藉《七夕》詩告誡家人在風俗蕩軼的世風下，"猶不失為勤謹"。

第四段從購置田產的角度告誡家人不可貪佔別人的土地。末句點明板橋家法"我自做我家事"，"風俗偷則不同為惡"。

這篇"家書"以平易流暢的語言諄諄教導家人，感情真摯動人，又多親切感，在緩和沖淡的氛圍中道出了人生真諦。

劉大櫆

劉大櫆（1698～1779），字才甫，號浮海峰，安徽桐城人。師事方苞，為姚鼐所推重，是"桐城派"重要作家。他論文強調"義理、書卷、經濟"，要求闡發程朱理學，並提倡崇古、擬古。

遊三遊洞記

出夷陵州治，西北陸行二十里，瀕大江之左，所謂下牢之關[1]也。路狹不可行，捨輿登舟。舟行里許，聞水聲湯湯[2]，出於兩崖之間。復捨舟登陸，循仄徑曲折以上。窮山之顛，則又自上縋危滑以下。其下地漸平，有大石覆壓當道，乃傴俯徑石腹以出。出則豁然平曠，而石洞穹起，高六十餘尺，廣可十二丈。二石柱屹立其口，分為三門，如三楹之室焉。

中室如堂，右室如廚，左室如別館。其中一石，乳而下垂，扣之，其聲如鐘。而左室外小石突立正方，扣之如磬。其地石雜以土，擅之則逢逢然鼓音。背有石如牀，可坐，予與二三子浩歌其間，其聲轟然，如鐘磬助之響者。下視深溪，水聲泠然出地底。溪之外，翠壁千尋，其下有徑，薪採者負薪行歌，縷縷不絕焉。

昔白樂天自江州司馬徙為忠州刺史，而元微之[3]適自通州[4]將北還[5]，樂天攜其弟知退[6]，與微之會於夷陵，飲酒歡甚，留連不忍別去，因共遊此洞，洞以此三人得名。其後歐陽永叔暨黃魯直二公皆以擯斥流離，相繼而履其地，或為詩文以紀之。予自顧而嘻：誰擯斥予乎？誰使予之流離而至於此乎？偕予而來者，學使陳公[7]之子曰伯思、仲思[8]。予非陳公，雖欲至此無由，而陳公以守其官未能至，然則其至也，其又有幸有不幸邪？

夫樂天、微之輩，世俗之所謂偉人，能赫然取名位於一時，故凡其足跡所經，皆有以傳於後世，而地得因人以顯。若予者，雖其窮幽陟險，與蟲鳥之適去適來何異？雖然，山川之勝，使其生於通都大邑，則好遊者踵相接也；顧乃置之於荒遐僻陋之區，美好不外見，而人亦無以親炙其光。嗚呼！此豈一人之不幸也哉？

註釋

1 下牢關：今宜昌市西北。
2 湯湯（shāng）：水流的聲音。
3 元微之：即元稹，微之是他的字。
4 通州：今四川達縣。
5 將北還：指元稹由通州司馬改任虢州（今河南靈寶）長史。
6 知退：指白居易的弟弟白行簡，其字為知退。
7 學使陳公：指陳浩。學使，官名。即提督學政，也稱提學使。
8 伯思、仲思：指陳浩之長子本忠，次子本敬。

【鑒賞】

三遊洞，在今湖北省宜昌市境內，因唐代大詩人白居易與其弟白行簡、友元稹同遊於此而得名。《遊三遊洞記》是一篇遊記，它記敘了作者遊歷三遊洞的過程，並以此為基礎生發開來抒寫了作者的感慨。

文章第一段先交代了作者出行的地點、路線，以及三遊洞的大致位置。接着詳敘自下牢至三遊洞的旅程。其間路途曲折變化，作者先乘車，"復捨舟登陸"，至山頂"自上縋危滑以下"，最後"傴俯徑石腹以出"，才到達三遊洞。從中看出作者不畏艱險尋幽探勝的興趣。

第二段記遊三遊洞的經過。作者先用形象的比喻概括中室、左室、右室的特徵"如堂"、"如廚"、"如別館"。接着着力描寫引起自己注意的景觀。有"乳而下垂"的石頭，有"突立正方"的石頭，又有石如牀，可坐其上，整個洞穴實際是奇石的世界。下面還有泠然而響的深溪，溪之外，又有千尋翠壁，壁下小徑上，有負薪者載歌而行。這是多麼令人陶醉的景致，讓讀者覺得作者不枉此行。

第三段說明三遊洞得名的原因，並藉歐陽修、黃庭堅的遭遇暗示自己因仕途失意而得此遊賞機會。

第四段由遊歷生出感慨。作者想自己"雖其窮幽陟險，與蟲鳥之適去適來何異"？從中不難體會出他不為人重視的深深悲哀。然作者至此仍沒有擱筆，他從一己之不幸推及山川草木，感歎道："山川之勝，使其生於通都大邑，則好遊者踵相接也；顧乃置之於荒遐僻陋之區，美好不外見，而人亦無以親炙其光。"這又與其個人的不幸遭遇暗合，真可謂耐人尋味。

本文將遊歷的經過與發人深省的議論結合在一起，創作出一種全新的遊記形式。這樣既完成了對自然景物的生動描繪，也表達了作者由此產生的感想。

袁枚

袁枚（1716～1798），字子才，號簡齋，又號隨園主人，浙江省杭州人。乾隆年間進士，曾任江寧等地知縣，後辭官，在江寧（今江蘇南京）小倉山購置花園，稱隨園。袁枚著有諸多詩文，他主張詩文要抒寫性情，要真摯自然並創立性靈説，對當時及後世影響很大。著有《小倉山房詩文集》、《隨園詩話》等。

黃生借書説

黃生允修借書，隨園主人授以書而告之曰[1]：

書非借不能讀也。子不聞藏書者乎？七略四庫[2]，天子之書，然天子讀書者有幾？汗牛塞屋，富貴家之書，然富貴人讀書者有幾？其他祖父積、子孫棄者無論焉。非獨書為然，天下物皆然。非夫人之物而強假焉，必慮人逼取而惴惴焉摩玩之不已[3]，曰："今日存，明日去，吾不得而見之矣。"若業為吾所有，必高束焉，庋藏焉[4]，曰"姑俟異日觀"云爾。

余幼好書，家貧難致。有張氏，藏書甚富；往借不與，歸而形諸夢[5]。其切如是，故有所覽輒省記。通籍後[6]，俸去書來[7]，落落大滿[8]，素蟫灰絲[9]，時蒙卷軸[10]，然後歎借者之用心專而少時之歲月為可惜也！

今黃生貧類予，其借書亦類予，惟予之公書與張氏之吝書若不相類[11]。然則予固不幸而遇張乎？生固幸而遇予乎？知幸與不幸，則其讀書也必專，而其歸書也必速[12]。

為一說，使與書俱。

註釋

1 隨園主人：袁枚辭官後居於江寧小倉山隨園，遂自稱"隨園主人"。

2 七略：西漢劉歆把宮廷藏書編輯為輯略、六藝略、諸子略、詩賦略、兵書略、術數略、方技略等七類。四庫：指經、史、子、集。唐玄宗開元年間收羅全國各地圖書，分別收藏於長安、洛陽兩地，以甲、乙、丙、丁為次，列經、史、子、集四部。後稱四部為四庫。

3 "非夫人"兩句：意為勉強向別人借來的

東西，總怕物主逼着要還，於是便憂慮不安地撫摩賞玩不止。夫，那個；惴惴，恐懼不安的樣子。

4 庋（guǐ）藏：收藏。庋，擱置器物的木板或架子。

5 歸而形諸夢：指回來後夢見借書之事。

6 通籍：名字登記在國家的官名簿上，意謂開始做官。

7 俸去書來：拿做官的俸祿買書。

8 落落大滿：多得堆滿了。落落，比喻多。

9 素蟫（tán）：即蠹魚，蛀蝕衣服、書籍的小蟲。灰絲：灰色的蛛絲。

10 蒙：蓋。卷軸：古時文章，都裱成長卷，有軸可以舒卷。此指書籍。

11 公書：肯借書與人。吝書：不肯借書與人。

12 歸書：還書。

【鑒賞】

黃允修是作者的學生，他向作者借書。作者在交給他書的同時，送他這篇文章，勉勵他好好讀書。本文內容重在闡明借書與讀書的關係，並指出借書的好處。

作者首先提出論點“書非借不能讀也”。接着舉例論證藏書者不讀書。他談到天子藏有“七略”、“四庫”之書，然而天子中卻沒有幾人認真讀書；富貴人家的書汗牛塞屋，富貴人卻很少讀書；而更多的則是祖輩父輩收藏書，子孫後代丟棄它們，足見藏書的人書多但讀書少。

下面作者解釋“書非借不能讀”的原因是別人的東西借來，一定擔心人家來要，所以就恐懼不安地不停觀賞把玩。而且心中嘀咕：今天在，明天還了，就看不到了。而已經為自己所有的東西，一定會把它束之高閣，說：“等過幾天再看吧！”

然後作者回憶自己昔日借書的遭遇，並用自己的經歷和今日黃生借書的經歷作比較，指出自己樂意把圖書借給別人共同使用，而張氏捨不得把書借給別人。自己不幸遇到張氏，而黃生有幸遇到自己。通過幸與不幸的對比，勉勵黃生珍惜難得的機會，專心讀書。

本文的意思十分明瞭，篇幅也極為短小，但作者信手拈來，侃侃而談，將“書非借不能讀”這一道理説得讓人心服口服。

遊黃山記

癸卯[1]四月二日，余遊白嶽[2]畢，遂浴黃山[3]之湯泉[4]。泉甘且洌，在懸厓[5]下。夕宿慈光寺[6]。

次早，僧告曰：“從此山徑仄險，雖兜籠[7]不能容。公步行良苦，幸有土人慣負客者，號海馬，可用也。”引五六壯佼者來，俱手數丈布。余自笑羸老乃復作襁褓兒耶！初猶自強，至憊甚，乃縛跨其背。於是且步且負各半。行至雲巢[8]，路絕矣，躡木梯而上，萬峰刺天，慈光寺已落釜底。是夕至文殊院[9]宿焉。

天雨寒甚，端午猶披重裘擁火。雲走入奪舍，頃刻混沌，兩人坐，辨聲而已。散後，步至立雪台[10]，有古松，根生於東，身仆於西，頭向於南，穿入石中，裂出石外。石似活，似中空，故能伏匿其中，而與之相化。又似畏天不敢上長，大十圍，高無二尺也。他松類是者多，不可勝記。晚，雲氣更清，諸峰如兒孫俯伏。黃山有前、後海[11]之名。左右視，兩海並見。

次日，從台左折而下，過百步雲梯[12]，路又絕矣。忽見一石如大鼈魚，張其口。不得已走入魚口中，穿腹出背，別是一天。登丹台[13]，上光明頂[14]。與蓮花[15]、天都[16]二峰為三鼎足，高相峙。天風撼人，不可立。幸松針鋪地二尺厚，甚軟，可坐。晚至獅林寺[17]宿焉。趁日未落，登始信峰[18]。峰有三，遠望兩峰夾峙，逼視之尚有一峰隱身落後。峰高且險，下臨無底之溪。余立其巔，垂趾二分在外。僧懼挽之。余笑謂"墜亦無妨"。問："何也？"曰："溪無底，則人墜當亦無底，飄飄然知泊何所？縱有底，亦須許久方到，盡可須臾求活。惜未挈長繩縋精鐵量之，果若千尺耳。"僧大笑。

次日登大小清涼台[19]。台下峰如筆，如矢，如筍，如竹林，如刀戟，如船上桅，又如天帝戲將武庫兵仗佈散地上。食頃，有白練繞樹。僧喜告曰："此雲鋪海也。"初濛濛然，熔銀散綿，良久渾成一片。青山群露角尖，類大盤凝脂中有筍脯矗現狀。俄而離散，則萬峰簇簇，仍還原形。余坐松頂，苦日炙，忽有雲片起為蔭遮，方知雲有高下，迥非一族。薄暮往西海門[20]觀落日。草高於人，路又絕矣。喚數十夫芟夷之而後行。東峰屏列，西峰插地怒起，中間鶻突數十峰，類天台瓊台[21]。紅日將墜，一峰以首承之，似吞似捧。余不能冠，被風掀落；不能襪，被水沃透；不敢杖，動陷軟沙；不敢仰，慮石崩壓。左顧右睨，前探後矚，恨不能化千億身，逐峰皆到。當海馬負時，捷若猱猿，衝突急走，千萬山亦學人奔，狀如潮湧。俯視深坑、怪峰，在腳底相待。倘一失足，不堪置想。然事已至此，惴慄無益。若禁緩之，自覺無勇。不得已，託孤寄命[22]，憑渠所往，覺此身便已羽化。《淮南子》有"牆為雲[23]"之說，信然。

初九日，從天柱峰[24]後轉下，過白沙矼，至雲谷[25]。家人以肩輿相迎。計步行五十餘里，入山凡七日。

註釋

1 癸卯：清乾隆四十八年（1783）。
2 白嶽：即白嶽嶺，是齊雲山的一部分。這裏奇峰路陡，山勢險峻。
3 黃山：原稱黟山，唐代改名為黃山，傳說黃帝曾在此修身煉丹。位於安徽歙縣、太平、休寧、黟縣間，方圓二百五十公里。山中風景獨特，山勢奇險，雲霧縹緲，蒼松枝虬，怪石密佈，溫泉噴湧，是著名風景區。
4 湯泉：古名硃砂泉，在黃山紫雲峰下。相傳黃帝在此沐浴後白髮變黑，返老還童，被譽為“靈泉”。
5 懸厓：即懸崖。此指紫雲峰。
6 慈光寺：在黃山南部硃砂峰下，古稱硃砂庵。
7 兜籠：一種只有坐位而沒有轎廂的便轎。
8 雲巢：即雲巢洞。
9 文殊院：在天都、蓮花二峰之間，後有玉屏峰。相傳明萬曆年間由普門和尚構建。院左側下方有文殊池、前一線天、文殊洞，西有立雪台等。
10 立雪台：在文殊院西。
11 前、後海：指光明頂前後兩處雲海。
12 百步雲梯：地名。《徐霞客遊記》描寫它“梯磴插天，足趾及腮，而磴石傾側砱砑，兀兀欲動”。
13 丹台：即煉丹台，在黃山中部煉丹峰前。傳說浮丘公在此為黃帝煉丹。
14 光明頂：在黃山中部，黃山三大主峰之一，是看日出、觀雲海的最佳地點。
15 蓮花：蓮花峰，在黃山中部，黃山三大主峰之一。主峰突出，小峰簇擁，形狀猶如怒放的蓮花。
16 天都：天都峰，在黃山東南部，黃山三大主峰之一，山勢最為險峻，古稱“群山所都”。
17 獅林寺：在黃山北部獅子峰上。
18 始信峰：在黃山東部。相傳古時有一人持懷疑態度遊山，到此始信黃山可愛，故名。有石筍峰、上升峰左右陪襯，成鼎足之勢。
19 清涼台：原名法台，在獅子峰腰部，是黃山後山觀雲海和日出的最佳地點。
20 西海門：在獅子峰、石鼓峰西的懸崖峭壁上，在此可憑眺西海群峰與落日奇觀。
21 天台瓊台：在浙江天台縣。瓊台狀如馬鞍，下臨龍潭，三面絕壁，孤峰卓立。
22 託孤寄命：以後代與生命相託。
23《淮南子》有“膽為雲”之說：見《淮南子・精神訓》。高誘註曰：“膽，金也。金石雲氣之所出，故為雲。”
24 天柱峰：在安徽潛山縣西北。其狀如柱倚天。
25 雲谷：在黃山缽盂峰下，溪谷蜿蜒，雲霧吞吐，有雲谷寺。

【鑒賞】

黃山是名山大川之一。徐霞客稱：“五嶽歸來不看山，黃山歸來不看嶽。”袁枚這篇《遊黃山記》描述了他入山七日，步行五十餘里的所見所感。全文以時間為序，描繪了黃山的險徑、雲海、古松、怪石、奇峰等令人歎為觀止的景觀，表達了作者對黃山奇景的酷愛，顯示了他以性靈思想寫作山水遊記的審美觀點。

文章開頭先交代入山的時間是“癸卯四月二日”，接着概述向黃山諸峰進軍前的準備工作，包括洗浴黃山湯泉和夕宿慈光寺。

四月三日正式開始登山遊覽。這天作者着重描寫了兩處奇觀。第一處是登硃砂峰的險徑，作者從僧之口中道出山徑仄險、自己“且步且負各半”艱難到達雲巢的經歷以及在雲巢時路絕只能躡木梯登頂這三方面來暗示來路險絕。

第二處奇觀是在文殊院見到的雲海、奇松和怪石。寫雲海，側重其濃和快，“頃刻混沌”，兩人相距咫尺卻只能聽見聲音而看不見人影。寫奇松和怪石，則側重生動傳神。古松根生在東邊，身子仆倒在西邊，頭則側向南邊，它自怪石中穿出，好似伏匿在那裏，又似畏天不敢向上長。另外，作者還風趣地形容諸峰“如兒孫俯伏”。因而，黃山奇景在作者筆下具有靈性，顯得活潑靈動。

四月四日作者登光明頂和始信峰，體會峰高且險、臨空而立的滋味。他的路線是過百步雲梯，自一如大鼇魚的巨石中穿出，後登丹台，上光明頂。峰頂天風撼人，站立不住，只能坐在厚厚的軟軟的松針上。接着登始信峰，臨無底之溪，此處作者安排了一場對話，以詼諧的筆墨抒發其內心的豪情，這為遊記增添了生氣，避免了一味寫景的單調。

四月五日是作者遊黃山的第四天。這天他登大小清涼台，觀奇峰，賞“雲鋪海”之景。待薄暮又往西海門觀日落，見到“紅日將墜，一峰以首承之，似吞似捧”的奇觀。此外作者還詳敘了艱難下山的情況，寫出自己“恨不能化千億身，逐峰皆到”的心情。

最後一段，作者略敘後幾日的行程，交代遊覽結束的日期。

錢大昕

錢大昕（1728～1804），字曉徵，一字辛楣，號竹汀，上海市嘉定人。乾隆年間進士，官至少詹事，乾隆四十年（1775）辭官，在鐘山、婁東、紫陽等書院講學。錢大昕學識淵博，擅長詩文，在音韻、訓詁方面有獨到的見解，在史學方面則精於校勘考訂。有《潛研堂詩文集》等。

弈喻

予觀弈於友人所。一客數敗。嗤其失算，輒欲易置之；以為不逮己也。頃之，客請與予對局，予頗易之。甫下數子，客已得先手。局將半，予思益苦，而客之智尚有餘。竟局數之[1]，客勝予十三子。予赧甚[2]，不能出一言。後有招予觀弈者，終日默坐而已。

今之學者，讀古人書，多訾古人之失[3]；與今人居，亦樂稱人失。人固不能無失。然試易地以處，平心而度之，吾果無一失乎？吾能知人之失，而不能見吾之失；吾能指人之小失，而不能見吾之大失。吾求吾失且不暇，何暇論人哉？

弈之優劣，有定也。一著之失，人皆見之；雖護前者[4]，不能諱也。理之所在，各是其所是，各非其所非。世無孔子，誰能定是非之真？然則人之失者，未必非得也；吾之無失者，未必非大失也；而彼此相嗤，無有已時，曾觀弈者之不若已！

註釋

1 竟局：終局。
2 赧（nǎn）：因羞愧而臉紅。
3 訾（zǐ）：詆毀。
4 前：指前此之失。

【鑒賞】

錢大昕在清朝乾嘉時代是著名的樸學大師，他精通經史學術，獨具躬身自省之德。《弈喻》一文他以觀弈為喻，教導弟子門人要正確認識自己的錯誤，同時正確對待他人的過失，切不可自大自傲。

文章先講述作者觀弈嗤笑別人不如自己，結果因輕視別人而慘遭失敗。接着點出他對這一教訓的認識，“後有招予觀弈者，終日默坐而已”，體現了他知錯則改的學者風範。

下文由觀弈過渡到讀書和為人上。作者指出現在的學者讀書多指責古人的錯誤，和人相處，也樂意說別人的過失。他們往往“能知人之失，而不能見吾之失”。於是作者想到“吾求吾失且不暇，何暇論人哉”。

接下來作者總結道：下棋的優劣是可以衡量的，一步走錯，人人都能覺察到，即使想袒護自己的錯誤也不可能。但“理”卻不容易辨清，人們都“各是其所是，各非其所非”，所以，從一定意義上講，“失”未必不是“得”，而“不失”未必不是“大失”。對於善於學習的人來說，時時處處看到自己的“失”，便可無時無處不有所得。

文章所說之理並不深奧，語言也明白如話，但事理恰切，態度中肯，說服力很強。作者從觀棋這一尋常事件，悟出了為人治學的道理，從而提醒子弟後人時時反省自己，處在對方的位置上考慮問題。

姚鼐

姚鼐（1731～1815），字姬傳，號惜抱，安徽桐城人。乾隆年間進士，官至刑部郎中，曾任《四庫全書》纂修官。辭官後，先後在梅花、鐘山、紫陽、敬敷等書院主講約四十餘年。姚鼐為"桐城派"古文家。他論學主張集義理、考據、辭章的優點於一爐，不拘泥於漢代和宋代的體式。姚鼐所著古文風格簡潔嚴整，在文學史上有一定地位，但其文章比較注重形式與技巧。所編《古文辭類纂》在當時流傳甚廣，對清中葉以後的散文影響很大。著有《九經説》、《惜抱軒全集》等。

袁隨園君墓誌銘

君錢塘袁氏[1]，諱枚，字子才。其仕在官，有名績矣。解官後，作園江寧西城居之[2]，曰隨園[3]。世稱隨園先生，乃尤著云。祖諱錡，考諱濱，叔父鴻，皆以貧遊幕四方。君之少也，為學自成。年二十一，自錢塘至廣西，省叔父於巡撫幕中。巡撫金公鉷一見異之[4]，試以銅鼓賦[5]，立就，甚瑰麗。會開博學鴻詞科[6]，即舉君。時舉二百餘人，惟君最少。及試報罷，中乾隆戊午科順天鄉試[7]，次年成進士，改庶吉士[8]。散館[9]，又改發江南為知縣；最後調江寧知縣。江寧故巨邑，難治。時尹文端公為總督[10]，最知君才；君亦遇事盡其能，無所迴避，事無不舉矣。既而去職家居，再起，發陝西；甫及陝，遭父喪歸，終居江寧。

君本以文章入翰林有聲，而忽擯外；及為知縣，著才矣，而仕卒不進。自陝歸，年甫四十，遂絕意仕宦，盡其才以為文辭歌詩。足跡造東南山水佳處皆遍。其瑰奇幽邈，一發於文章，以自喜其意。四方士至江南，必造隨園投詩文，幾無虛日。君園館花竹水石，幽深靜麗，至欞檻器具，皆精好，所以待賓客者甚盛。與人留連不倦，見人善，稱之不容口。後進少年詩文一言之美，君必能舉其詞，為人誦焉。

君古文、四六體[11]，皆能自發其思，通乎古法。於為詩，尤縱才力所至，世人心所欲出不能達者，悉為達之；士多仿其體。故《隨園詩文集》，上自朝廷公卿，下至市井負販，皆知貴重之。海外琉球[12]，有來求其書者。君仕雖不顯，而世謂百餘年來，極山林之樂，獲文章之名，蓋未有及君也。

君始出，試為溧水令[13]，其考自遠來縣治。疑子年少，無吏能，試匿名訪諸野。皆曰："吾邑有少年袁知縣，乃大好官也。"考乃喜，入官舍。在江寧嘗朝治事，夜召士飲酒賦詩，而尤多名跡。江寧市中以所判事，作歌曲，刻行四方，君以為不足道，後絕不欲人述其吏治云。

君卒於嘉慶二年十一月十七日，年八十二。夫人王氏無子，撫從父弟樹子通為子。既而側室鍾氏又生子遲。孫二：曰初，曰禧。始君葬父母於所居小倉山北，遺命以己祔[14]。嘉慶三年十二月乙卯，祔葬小倉山墓左。桐城姚鼐以君與先世有交，而鼐居江寧，從君遊最久。君歿，遂為之銘曰："粵有耆龐[15]，才博以豐。出不可窮，匪雕而工。文士是宗，名越海邦[16]。藹如其衝，其產越中[17]。載官倚江[18]，以老以終。兩世阡同，銘是幽宮[19]。"

註釋

1 錢塘：今浙江省杭州市。
2 江寧：今江蘇省南京市。
3 隨園：在今南京市清涼山東小倉山下。
4 金公鉷：即金鉷，字震方，一字得山。遼寧遼陽人。官至廣西巡撫。
5 銅鼓：古代西南少數民族所用的一種鼓。
6 博學鴻詞：清代考試科目名。唐開元十九年開，用來考拔博學能文之士；清代立博學鴻儒科，後改博學鴻詞科。
7 "乾隆"句：戊午，清高宗三年（1738）。順天，今北京市一帶。鄉試，生員應試，考中者稱舉人。舉人再應會試。各省鄉試限本省人參加。順天府鄉試則各省由貢監出身的都可以應試。
8 庶吉士：清時，翰林院設庶常館，選拔新進士中擅長文學書法的人入館學習，稱為翰林院庶吉士。
9 散館：翰林院庶吉士學習期滿稱為"散館"。考試後仍留翰林院，授編修等職的人，叫"留館"。
10 尹文端：名繼善，字元長。與袁枚同師。
11 四六體：即駢文。
12 琉球：古國名，清光緒五年，為日本所滅，改為沖繩縣。
13 溧水：今江蘇省溧水縣。
14 祔（fù）：合葬。子孫葬於先人墓中，亦稱祔葬。
15 粵：發語詞，無義。耆龐：年高德劭者。
16 海邦：指琉球。
17 越中：浙江省。
18 倚江：緣江。袁枚在江寧縣任職，故稱。
19 幽宮：墳墓。

【鑒賞】

姚鼐是袁枚的晚輩友人，他們在江寧多年常以文字過從。《袁隨園君墓誌銘》是姚鼐精心結綴的祭奠袁枚的文字，從各個角度總結了袁枚的一生。

文章第一段簡要敍述了袁枚一生的經歷。包括他的籍貫、名號、家世、才能以及做官情況。重點放在他少時"為學自成"，後任江寧知縣，"遇事盡其能，無所迴避，事無不舉矣"。

第二段寫袁枚辭官歸隨園後，縱情山水，"盡其才以為文辭歌詩"，四方人士至江南造訪隨園，袁枚皆熱情接待，且他獎掖後進，對少年文人詩文極其重視。

第三段主要寫袁枚在文學方面的貢獻。作者指出他的古文、駢文，"皆能自發其思"，但又不越"古法"。他的詩達"世人心所欲出不能達者"。而其《隨園詩文集》廣為流傳，海外琉球國都有人來求這本書。所以，作者認為袁枚仕途雖不顯赫，而其"極山林之樂，獲文章之名"，百餘年來世上卻無人能及。

第四段寫袁枚做官的才能。段末"君以為不足道，後絕不欲人述其吏治云"，表明袁枚寧可以文章名世，而不願以仕途彰顯。

第五段寫卒年及歸葬情況，照應前文"遭父喪歸，終居江寧"，說他囑咐家人將他葬在小倉山父母墓左。並且交代寫作此墓誌的原因，和袁姚兩世的交情。最後是銘辭，主要突出袁枚的詩名。

本篇墓誌銘開闔變化又脈絡分明。作者抓住袁枚的成就和與此相關的品格展開敍述，將一個年老德重，聲名遠播海外的詩文家形象凸現在讀者面前。文章用筆簡省，選取典型事件構建結構，是姚鼐碑誌文中的佳製。

登泰山記

泰山之陽，汶水[1]西流；其陰，濟水[2]東流，陽谷皆入汶，陰谷皆入濟。當其南北分者，古長城[3]也。最高日觀峰[4]，在長城南十五里。

余以乾隆三十九年十二月，自京師乘風雪，歷齊河、長清[5]，穿泰山西北谷，越長城之限，至於泰安[6]。是月丁未，與知府朱孝純子潁[7]由南麓登。四十五里，道皆砌石為磴，其級七千有餘。

泰山正南面有三谷，中谷繞泰安城下，酈道元所謂環水[8]也。余始循以入，道少半，越中嶺[9]；復循西谷，遂至其巔。古時登山，循東谷入，道有天門。東谷者，古謂之天門谿水[10]。余所不至也。今所經中嶺及山巔崖限當道者，世皆謂之天門云。道中迷霧冰滑，磴幾不可登。及既上，蒼山負雪，明燭天南；望晚日照城郭，汶水、徂徠[11]如畫，而半山居[12]霧若帶然。

戊申晦，五鼓，與子潁坐日觀亭[13]待日出。大風揚積雪擊面。亭東自足下皆雲漫，稍見雲中白若摴蒱[14]數十立者，山也。極天，雲一線異色，須臾成五彩；日上，正赤如丹，下有紅光，動搖承之。或曰：此東海[15]也。回視日觀以西峰，或得日，或否，絳皓駁色，而皆若僂。

亭西有岱祠[16]，又有碧霞元君祠[17]；皇帝行宮[18]在碧霞元君祠東。是日，觀道中石刻，自唐顯慶[19]以來，其遠古刻盡漫失。僻不當道者，皆不及往。

山多石少土，石蒼黑色，多平方少圓。少雜樹多松，生石罅，皆平頂。冰雪，無瀑水，無鳥獸音跡。至日觀，數里內無樹，而雪與人膝齊。桐城姚鼐記。

註釋

1 汶水：即大汶河。發源於山東省萊蕪東北原山，向西南流經泰安。
2 濟水：發源於河南濟源西王屋山，流經山東。
3 古長城：指春秋時齊國所築長城。《管子・輕重丁》中記載長城為齊、魯之分界。
4 日觀峰：泰山頂峰之一。
5 齊河、長清：縣名，今均屬山東。
6 泰安：今屬山東，清代為泰安府治。
7 朱孝純子潁：號海愚，山東歷城人。
8 環水：即今泰安護城河。酈道元《水經註・汶水》載，汶水至博縣（今泰安東南）北合環水，"水出泰山南溪，世謂此水為石汶。"
9 中嶺：又名中溪山，是中溪的源頭。
10 天門谿水：《水經註・汶水》曰："東南流徑泰山東，右合天門下溪水，水出泰山天門下谷，東流。古者帝王升封，咸憩此水。"
11 徂徠：山名，在泰安城東南四十里。
12 居：停留。
13 日觀亭：在日觀峰上。
14 摴蒱（chū pú）：亦作樗蒲，古代賭具。此處摴蒱指五木，亦即五枚骰子，用以擲彩打馬。五木之制，為長形，兩頭尖鋭，中間廣平，上黑下白，豎立時似山峰。
15 東海：泛指東方的大海。
16 岱祠：泰山之神東嶽大帝的祠廟。
17 碧霞元君：相傳為東嶽大帝之女。
18 皇帝行宮：皇帝外出時的住所。清康熙帝及乾隆帝均登泰山，祭東嶽廟。
19 顯慶：唐高宗年號（656～661）。

【鑒賞】

乾隆三十九年（1774），姚鼐以養親為名，告歸鄉里。回歸途中，經泰安，與摯友朱孝純同登泰山並著此文。文章記述作者在冬日登臨泰山的經歷頗具特色。

第一段寫泰山周圍的地理環境：山南有汶水西流，山北有濟水東流，南北分界處，又有古長城橫亙其間。最高的日觀峰，則位於古長城南十五里。

第二段寫作者在乾隆三十九年十二月離開京師，冒着風雪經過齊河、長清縣，穿越泰山西北谷，抵達泰安的過程，和丁未日與朱孝純由南麓登山四十五里的情況。此處，作者只簡要敘述上山的路由石頭砌成，四十五里就有七千多個台階。

第三段是全文的主體部分，寫作者由中谷入山，越過中嶺，又沿西谷登上峰頂。途中，道路迷霧冰滑，"磴幾不可登"，作者歷經艱辛到達峰頂，則看到座座青山覆蓋着皚皚白雪，傍晚的夕陽照着泰安城，汶水、徂徠峰彷彿都在畫中，而半山腰停留的雲霧像輕柔的絲帶。如此景致，怎能不令人心曠神怡，故作者的心情是不言而明的。

第四段寫作者與朱孝純次日五鼓時分在日觀亭看日出。冬日裏，大風吹揚積雪，山谷中雲霧彌漫，披雪的山峰像幾十粒骰子聳立着，這時天的盡頭出現一線奇異的色彩，片刻幻化成五色斑斕的雲霞。太陽升起，紅如丹砂，下有紅光晃動，托着它向上。而回望日觀峰以西諸峰，則或明或暗，色彩斑駁，顯得十分矮小。

第五段概述作者遊覽山頂其他建築及道中石刻的過程。最後一段總述泰山的特點："多石少土，石蒼黑色，多平方少圓。少雜樹多松，生石罅，皆平頂。"又寫山中冰雪奇觀："雪與人膝齊。"

全文重點描繪了兩處壯觀景象，其餘一筆帶過。整個遊歷活動以日觀峰為中心，又抓住季節特徵，將嚴冬冰雪覆蓋的泰山呈現在讀者面前。姚鼐是桐城派古文家，本文體現了他重視義理、考據、辭章的嚴謹學風。

汪中

汪中（1745～1794），字容甫，江蘇省揚州人。少時喪父，家貧，無力就學，由其母教讀。後因助書商販書，得以遍讀經史百家之書。他在哲學、史學、文學等方面都有一定成就，尤其精於駢文，是清代駢文的代表作家。文章風格悽麗、哀婉。著作有《廣陵通典》、《述學》內外篇、《汪容甫遺詩》等。

哀鹽船文

乾隆三十五年十二月乙卯，儀徵鹽船火，壞船百有三十，焚及溺死者千有四百。是時鹽綱[1]皆直達，東自泰州，西極於漢陽，轉運半天下焉。唯儀徵綰其口。列檣蔽空，束江而立，望之隱若城郭。一夕並命，鬱為枯腊[2]，烈烈[3]厄運，可不悲邪！

於時，玄冥告成[4]，萬物休息，窮陰涸凝，寒威懔慄，黑眚[5]拔來，陽光西匿。群飽方嬉，歌咢[6]宴食。死氣交纏，視面唯墨。夜漏始下，驚飆勃發。萬竅怒號，地脈盪決。大聲發於空廓，而水波山立。於斯時也，有火作焉。摩木自生[7]，星星如血，炎光一灼，百舫盡赤。青煙睒睒，熛若沃雪。蒸雲氣以為霞，炙陰崖而焦爇。始連楫以下碇，乃焚如以俱沒。跳踯火中，明見毛髮，痛謈田田[8]，狂呼氣竭。轉側張皇，生塗未絕。倏陽焰之騰高，鼓腥風而一吷。洎埃霧之重開，遂聲銷而形滅。齊千命於一瞬，指人世以長訣。發冤氣焄蒿[9]，合遊氛而障日。行當午而迷方。揚沙礫之嫖疾。衣繒敗絮，墨查炭屑，浮江而下，至於海不絕。

亦有沒者善游，操舟若神。死喪之威[10]，從井有仁[11]。旋入雷淵[12]，並為波臣[13]。又或擇音[14]無門，投身急瀨。知蹈水之必濡，猶入險而思濟。挾驚浪以雷奔，勢若隮而終墜，逃灼爛之須臾，乃同歸乎死地。積哀怨於靈台[15]，乘精爽而為厲[16]。出寒流以浹辰，目睊睊而猶視。知天屬[17]之來撫，慭[18]流血以盈眥。訴強死之悲心，口不言而以意[19]。若其焚剝支離，漫漶莫別。圜者如圈，破者如玦。積埃填竅，攦指[20]失節。嗟狸首之殘形[21]，聚誰何而同穴！收然灰之一抔，辨焚餘之白骨。

嗚呼哀哉！且夫眾生乘化，是云天常。妻孥環之，絕氣寢牀。以死衛上，用登明堂。離而不懲，祀為國殤。茲也無名，又非其命。天乎何辜，罹此冤橫！遊魂不歸，居人心絕。麥飯壺漿，臨江嗚咽。日墮天昏，悽悽鬼語。守哭迍邅，心期冥遇。唯血嗣之相依，尚騰哀而屬路。或舉族之沉波，終狐祥而無主[22]。悲夫！叢塚有坎[23]，泰厲有祀[24]。強飲強食，馮其氣類。尚群遊之樂，而無為妖祟。

人逢其凶也邪？天降其酷也邪？夫何為而至於此極哉！

註釋

1 鹽綱：舊時水陸運輸成批貨物的組織，稱為綱，如茶綱、鹽綱、花石綱等。

2 並命：同時喪命。鬱為枯腊（xī）：鬱，聚結。腊，乾肉。

3 烈烈：火焰熾烈的樣子。

4 玄冥：語出《禮記・月令》："季冬之月，其神玄冥。"告成：完成使命。火災發生之日為十二月乙卯（十九日），已是冬末，故云。

5 眚：原指目生翳，引申為雲霧。

6 歌咢：《詩經・大雅・行葦》："或歌或咢。"《爾雅・釋樂》："徒出鼓謂之咢。"

7 摩木自生：《莊子・外物》："木與木相摩則然（燃）。"

8 痛謈（pó）：因疼痛而呼喊。《漢書・東方朔傳》："上令倡監榜（擊打）舍人，舍人不勝痛，呼謈。"田田：指哀哭聲。《禮記・問喪》曰："婦人不宜袒，故發胸擊心，爵（雀）踴，殷殷田田如壞牆然，悲哀痛疾之至也。"

9 焄蒿：氣味散發。《禮記・祭義》云："眾生必死，死必歸土。……其氣發揚於上為昭明，焄蒿悽愴，此百物之精也。"鄭玄註："焄謂香臭也；蒿謂氣焄出貌也。"

10 死喪之威：《詩經・小雅・常棣》載："死喪之威，兄弟孔懷。"

11 從井有仁：《論語・雍也》曰："井有仁焉，其從之也？"註："仁者必濟人於患難，故問有仁者墮井，將自投下從而出之不乎？"

12 旋入雷淵：語見《楚辭・招魂》。此借指深淵。

13 波臣：《莊子・外物》云："（莊）周顧視車轍中，有鮒魚焉。……曰：'我東海之波臣也，君豈有斗升之水而活我哉？'"波臣即水族中的臣僕。

14 擇音：出自《左傳・文公十七年》："鹿死不擇音。"孔穎達疏："鹿死不擇庇蔭之處。"音，通"蔭"。

15 靈台：出自《莊子・庚桑楚》："不可內（納）於靈台。"成玄英疏："靈台，心也。"

16 精爽：人的魂魄。厲：惡鬼。

17 天屬：《莊子・山木》："或曰：'……棄千金之璧，負赤子而趨，何也？'林回曰：'彼以利合，此以天屬也。'夫以利合者，迫窮禍患害相棄也。以天屬者，迫窮禍患害相收也。"天屬，指有血緣關係的親屬。

18 憖（yìn）：傷痛。

19 口不言而以意：出自賈誼《鵩鳥賦》："鵩乃歎息，舉首奮翼，口不能言，請對以意。"意，通"臆"，心意。

20 攦（lì）指：《莊子・胠篋》："攦工倕之指，而天下始人有其巧矣。"成玄英疏："攦，折也，割也。"

21 嗟狸首之殘形：出自韓愈《殘形操序》："曾子夢見一狸不見其首作。"

22 終狐祥而無主：《戰國策・秦策四》："鬼神狐祥無所食。"《史記・春申君列傳》

引作“鬼神孤傷，無所血食”。狐祥，即孤兒和受傷的人。無主，無人主管祭祀。
23 叢塚有坎：叢塚，亂墳場。坎，坑穴。
24 泰厲有祀：《禮記・祭法》記，王為百姓設立七祀，其五曰“泰厲”。孔穎達疏：“曰泰厲者，謂……此鬼無所依歸，好為民作禍，故祀之也。”

【鑒賞】

乾隆三十五年（1770）十二月十九日夜，江蘇儀徵沙漫州港停泊的鹽船發生火災，一夜之間燒燬鹽船一百三十隻，死難船民一千四百人。這一慘案激起汪中的無限悲痛，他以深情的筆調寫作本文，表達對遇難船民的深深哀悼。

文章第一段交代慘案發生的時間、地點、環境和結果。作者特別提到“壞船百有三十，焚及溺死者千有四百”，“一夕並命，鬱為枯腊”。如此慘烈的事實，使聞之者無不扼腕歎息。

第二段正面描寫整個大火場面。作者先以一大段文字渲染火災發生前的天氣情況，為下文慘案的發生奠定了悲悽的基調。接着，寫大火突發，“百舫盡赤”，人民“跳躑火中，明見毛髮，痛謈田田，狂呼氣竭”的慘烈場面。最後，描述大火過後“衣繒敗絮，墨查炭屑，浮江而下，至於海不絕”的破敗景象。

第三段集中筆力寫人民在火中奔走呼號或死或傷的慘狀。作者寫他們奮力逃生，寫他們互相救助，寫他們“同歸乎死地”，而屍體的支離破碎更是讓人觸目驚心。

第四段寫死者的無辜離去和生者的沉痛悼念。至此作者的感情已由前面的鋪墊向高潮湧去。

末段“人逢其凶也邪？天降其酷也邪？夫何為而至於此極哉！”將其情感推向了極至。

全文以駢語寫就，使事用典開闔自如，故劉台拱評其曰：“鈎貫經史，熔鑄漢唐，宏麗淵雅，卓然自成一家。”（《遺詩題辭》）

洪亮吉

洪亮吉（1746～1809），字君直，一字稚存，號北江，江蘇省武進人。乾隆五十五年（1790）進士，任翰林院編修，出督貴州學政。嘉慶時，因針砭時弊，觸怒皇上，充軍伊犁，不久被放還，改號更生齋居士。他擅駢文，著有《洪北江詩文集》。

治平篇

人未有不樂為治平之民者也，人未有不樂為治平既久之民者也。治平至百餘年，可謂久矣。然言其戶口，則視三十年以前增五倍焉，視六十年以前增十倍焉，視百年、百數十年以前不啻增二十倍焉。

試以一家計之：高、曾[1]之時，有屋十間，有田一頃，身一人，娶婦後不過二人。以二人居屋十間，食田一頃，寬然有餘矣。以一人生三計之，至子之世而父子四人，各娶婦即有八人，八人即不能無傭作之助，是不下十人矣。以十人而居屋十間，食田一頃，吾知其居僅僅足，食亦僅僅足也。子又生孫，孫又娶婦，其間衰老者或有代謝，然已不下二十餘人。以二十餘人而居屋十間，食田一頃。即量腹而食，度足而居，吾知其以必不敷矣。又自此而曾焉，自此而元焉，視高、曾時口已不下五六十倍，是高、曾時為一戶者，至曾、元[2]時不分至十戶不止。其間有戶口消落之家，即有丁男繁衍之族，勢亦足以相敵。

或者曰：“高、曾之時，隙地未盡辟，閒廛[3]未盡居也。”然亦不過增一倍而止矣，或增三倍五倍而止矣，而戶口則增至十倍二十倍，是田與屋之數常處其不足，而戶與口之數常處其有餘也。又況有兼並之家，一人據百人之屋，一戶佔百戶之田，何怪乎遭風雨霜露飢寒顛踣而死者之比比乎？

曰：天地有法乎？曰：水旱疾疫，即天地調劑之法也。然民之遭水旱疾疫而不幸者，不過十之一二矣。曰：君相有法乎？曰：使野無閒田，民無剩力，疆土之新辟者，移種民以居之，賦稅之繁重者，酌今昔而減之，禁其浮靡，抑其兼併，遇有水旱疾疫，則開倉廩、悉府庫以賑之，如是而已，是亦君相調劑之法也。

要之，治平之久，天地不能不生人，而天地之所以養人者，原不過此數也；治平之久，而君相亦不能使人不生，而君相之所以為民計者，亦不過前此數法也。然一家之中有子弟十人，其不率教者常有一二，又況天下之廣，其遊惰不事者何能一一遵上之約束乎？一人之居以供十人已不足，何況供百人乎？一人之食以供十人已不足，何況供百人乎？此吾所以為治平之民慮也。

註釋

1 高、曾：指高祖父、曾祖父。

2 曾、元：指曾孫、玄孫。因避清聖祖玄燁諱，改"玄"作"元"。

3 閒廛（chán）：空閒的屋子。

【鑒賞】

本文作於清乾隆五十八年（1793），是中國歷史上最早討論人口問題的文章。它指出清康乾年間人口增長過快，與經濟發展速度不協調，由此可能引起社會危機。

文章開頭首先提出論點：清自康熙朝至乾隆朝，百餘年天下承平，但其中隱藏着嚴重的人口危機。比之前三十年、六十年或百數十年人口增了近五倍、十倍、二十倍。

接着，作者細細算了一筆賬：高祖或曾祖時，一家二人，居屋十間，食田一頃，生活"寬然有餘"；到兒子一代，田地房屋不變，而人增加到十口，於是"其居僅僅足，食亦僅僅足"，生活質量大大下降；到孫子一代，人口已增加到二十餘口，可田地房屋仍不變，所以只能過着"量腹而食，度足而居"的窘迫生活。這樣的情況如果繼續下去，生活的質量就可想而知。通過以上數字，作者論證了人口問題會帶來經濟問題，以至引起社會危機。這是一種以小見大的方法，家庭是社會的分子，從一個家庭的情況便可透視到整個社會的現狀。

經過正面論述後，作者將土地的增長與人口的增加作一比較，指出"田與屋之數常處其不足，而戶與口之數常處其有餘也"。同時，他還補充了土地兼併問題與人口問題之間的矛盾。

最後，作者綜述上文觀點，引出自己的憂慮："一人之居以供十人已不足，何況供百人乎？一人之食以供十人已不足，何況供百人乎？此吾所以為治平之民慮也。” 這樣經過層層推理論證，人口問題造成的社會問題便顯而易見地擺在讀者面前，引人深思和警覺。

全文明白曉暢，委婉親切，且論述精警嚴密，邏輯性很強。但作者只提出了人口問題的嚴重性，卻沒有提出解決辦法，使本文略顯缺憾。

梅曾亮

梅曾亮（1786～1856），字伯言，江蘇南京人。道光年間進士，官至户部郎中。後辭官，在揚州書院任主講。他早年喜寫作駢文，後師從姚鼐，致力於古文創作，著有《柏梘山房文集》等。

遊小盤谷記

江寧府城[1]，其西北包盧龍山而止[2]。余嘗求小盤谷，至其地，土人或曰無有。惟大竹蔽天，多歧路，曲折廣狹如一，探之不可窮。聞犬聲，乃急赴之，卒不見人。

熟五斗米頃[3]，行抵寺，曰歸雲堂。土田寬舒，居民以桂為業。寺傍有草徑甚微，南出之，乃墜大谷[4]。四山皆大桂樹，隨山陂陀[5]。其狀若仰大盂，空響內貯，謦欬不得他逸[6]；寂寥無聲，而耳聽常滿。淵水積焉，盡山麓而止。

由寺北行，至盧龍山，其中阬谷窪隆[7]，若井灶齗齶之狀[8]。或曰："遺老所避兵者[9]，三十六茅庵，七十二團瓢[10]，皆當其地。"

日且暮，乃登山循城而歸。暝色下積，月光佈其上。俯視萬影摩盪[11]，若魚龍起伏波浪中。諸人皆曰："此萬竹蔽天處也。所謂小盤谷，殆近之矣。"

同遊者：侯振廷舅氏，管君異之[12]，馬君湘帆，歐生嶽庵，弟念勤，凡六人。

註釋

1 江寧府：清朝置，屬江蘇省。
2 盧龍山：一名獅子山。在南京市西北二十里處。
3 熟五斗米頃：大約可以煮熟五斗米的時間。
4 墜：下垂。
5 陂陀（pō tuó）：傾斜的樣子。
6 謦欬（qǐng ké）：咳嗽。輕聲叫謦，重聲叫欬。
7 阬（gāng）谷：阬，大土山，此處指高地。谷，兩山之間的夾道或流水道。此處指低地。
8 井灶齗齶（yín è）：山地窪者如井，高者如灶，高低不平。齗齶，齒根肉謂齗，口腔的頂壁謂齶。此處喻山地高低不平。
9 遺老所避兵者：清兵南下時，明朝遺民的避難處。
10 團瓢：小屋。

11 摩盪：動盪不安。
12 管君異之：即管異之，名同，上元人，姚鼐弟子，擅長古文，與梅曾亮齊名。

【鑒賞】

唐代散文家韓愈曾寫過《送李願歸盤谷序》，文曰："是谷也，宅幽而勢阻，隱者之所盤旋。"梅氏本文之小盤谷，蓋由此而來。

文章從尋找小盤谷寫起。作者要找名為小盤谷的地方，當地人有的説有，有的説沒有。而目之所及高大的竹樹遮天蔽日，多條曲折的岔路寬狹似乎都一樣，往前走，又覺得沒有盡頭。偶然聽到了狗叫聲，便急着跑過去，最終卻還是不見人影。

接着，作者抵達"歸雲堂"。這是一座佛寺，寺周田地種滿桂樹。寺旁有一條長滿草的小路向南伸出，沿着大谷下去。周圍山上"隨山陂陀"到處是桂樹。而大谷"若仰大盂，空響內貯，聲欬不得他逸"，且谷中"寂寥無聲，而耳聽常滿"，谷底"淵水積焉，盡山麓而止"。

然後，作者向北行，到達盧龍山，見山中"阬谷窪隆，若井灶齟齬之狀"，指出這可能是明朝遺老避兵紓難的地方。

最後，作者回到城中，在月光下"俯視萬影摩盪，若魚龍起伏波浪中"。於是眾人都認為萬竹遮蔽天地的地方就是小盤谷。

本文追求空靈的境界和神韻，以似真似幻、亦虛亦實的筆法寫出小盤谷的深遠和幽僻。

龔自珍

龔自珍（1792～1841），字璱人，浙江杭州人。清代思想家和文學家。三十八歲中進士，官至禮部主事。後辭官，卒於丹陽雲陽書院。龔自珍是今文學派的代表人物，曾與林則徐、魏源等成立"宣南詩社"，講求經世之學。在政治上，他主張改革內政、抵制外國侵略，為近代改良主義運動的先驅。在文學上，其散文多發表對社會政治問題的見解，縱橫奇詭，別具一格，對近代文學影響很大。著有《定盦全集》。

病梅館記

江寧之龍蟠[1]，蘇州之鄧尉[2]，杭州之西溪[3]，皆產梅。或曰：梅以曲為美，直則無姿；以欹為美[4]，正則無景；梅以疏為美，密則無態。固也[5]。此文人畫士心知其意，未可明詔大號，以繩天下之梅也[6]。又不可以使天下之民，斫直，刪密，鋤正，以夭梅[7]、病梅為業以求錢也。梅之欹、之疏、之曲，又非蠢蠢求錢之民，能以其智力為也。有以文人畫士孤癖之隱，明告鬻梅者：斫其正，養其旁條；刪其密，夭其稚枝；鋤其直，遏其生氣[8]，以求重價，而江浙之梅皆病。文人畫士之禍之烈至此哉！

予購三百盆，皆病者，無一完者。既泣之三日，乃誓療之：縱之，順之，毀其盆，悉埋於地，解其棕縛。以五年為期，必復之，全之。予本非文人畫士，甘受詬厲[9]。闢病梅之館以貯之。嗚呼，安得使予多暇日，又多閒田以廣貯江寧、杭州、蘇州之病梅，窮予生之光陰以療梅也哉。

註釋

1 江寧：今江蘇省南京市。龍蟠：即龍蟠里，在今南京市清涼山下。

2 鄧尉：山名，在今江蘇省蘇州市西南。鄧尉山多梅樹，每到開花時節，一望如雪，號稱"香雪海"。

3 西溪：地名，在今浙江省杭州市靈隱山西北。

4 欹：歪斜不正。

5 固也：向來都這樣。
6 繩：衡量。
7 夭梅：使梅早死。
8 遏其生氣：壓抑它的生機。
9 詬厲：辱罵，憎惡。

【鑒賞】

《病梅館記》又名《療梅説》，是龔自珍散文的代表作之一。清代盛行文字獄，在這種專制統治下，人民有話不敢説，不能説，他們往往藉助暗喻等方式表達內心的不滿之情。本文藉江南梅樹的不幸遭遇，比喻統治者對人才的摧殘和扼殺。

文章第一部分講述病梅的成因。江寧的龍蟠、蘇州的鄧尉、杭州的西溪，都盛產梅花。一些文人雅士認為，梅樹應以曲折歪斜、疏落為美，直立稠密的沒有姿態。所以就有人把文人畫士這種獨特的愛好告訴賣梅樹的人，教他們扼殺梅樹的生機，以賣得高價。但是，梅樹的欹、疏、曲僅靠庸碌的賺錢者的才智和心力根本達不到。結果，江浙一帶的梅樹都成了病梅。文人畫士引起的禍患竟如此慘烈。

第二部分敍説自己拯救病梅的情事。作者購置了三百盆病梅，決心在五年內治好它們。於是將它們都埋在地裏，解開所有的束縛，使它們順其自然地生長。作者最後發出感慨：我不是文人畫士，甘心情願忍受斥罵而拯救病梅。只是怎麼才能使我有更多空閒，多置田地，普遍收藏江寧、蘇杭的病梅，用盡我一生的時光治療它們！

本文不足三百字，藉病梅表達了作者對病態社會的抨擊，對黑暗社會的反抗。末段"安得"一聲長歎，在沉重壓抑的氣氛下，發出激動人心的呼喚，表明作者對未來仍舊充滿希望。

說居庸關

居庸關者，古之譚[1]守者之言也。龔子曰："疑若可守然。"何以疑若可守然？曰："出昌平州[2]，山東西遠相望，俄然而相輳、相赴以至相蹙[3]。居庸置其間，如因[4]兩山以為之門，故曰疑若可守然。關凡四重，南口[5]者下關也，為之城，城南門至北門一里；出北門十五里曰中關，又為之城，城南門至北門一里；出北門又十五里曰上關，又為之城，城南門至北門一里；出北門又十五里曰八達嶺[6]，又為之城，城南門至北門一里。蓋自南口之南門至於八達嶺之北門，凡四十八里，關之首尾具制如是，故曰疑若可守然。下關最下，中關高倍之，八達嶺之俯南口也，如窺井形然，故曰疑若可守然。"

自入南口，城甃有天竺[7]字、蒙古字。上關之北門，大書曰："居庸關，景泰[8]二年修。"八達嶺之北門，大書曰："北門鎖鑰，景泰三年建。"自入南口，流水齧[9]吾馬啼，涉之琮[10]然鳴，弄之則忽湧忽洑[11]而盡態，跡之則至乎八達嶺而窮。八達嶺者，古隰餘水[12]之源也。自入南口，木多文杏、蘋婆、棠梨[13]，皆怒華[14]。自入南口，或容十騎[15]，或容兩騎，或容一騎。蒙古自北來，鞭橐駝[16]，與余摩臂[17]行，時時橐駝銜余騎顛[18]。余亦撾[19]蒙古帽，墮於橐駝前，蒙古大笑。余乃私歎曰："若蒙古，古者建置居庸關之所以然，非以若[20]耶？余江左[21]士也，使余生趙宋世，目尚不得睹燕、趙，安得與反毳[22]者相撾戲乎萬山間？生我聖清中外一家之世，豈不傲古人哉！"蒙古來者，是歲克西克騰、蘇尼特[23]，皆入京，詣理藩院[24]交馬雲。自入南口，多霧，若小雨。過中關，見稅亭焉，問其吏曰："今法網寬大，稅有漏乎？"曰："大筐小筐，大偷橐駝小偷羊。"余歎曰："信[25]若是，是有間道[26]矣。"自入南口，四山之陂陀[27]之隙，有護邊牆數十處，問之民，皆言是明時修。微稅吏言，吾固[28]知有間道出沒於此護邊牆之間。承平之世，漏稅而已；設生昔之世，與凡守關以為險之世，有不大駭北兵自天而降者哉！

降自八達嶺[29]，地遂平，又五里曰岔道[30]。

註釋

1 譚：同"談"。
2 昌平州：明正德年間上升昌平縣為州，管轄今北京市昌平、密雲、順義、懷柔等縣地。
3 蹙（cù）：緊迫。
4 因：憑藉。
5 南口：關溝之南入口。故城在今昌平縣南口鎮偏北方向，京張公路靠山一側。
6 八達嶺：在今北京延慶縣，是關溝之北口。從北門城樓兩側，延伸出起伏不絕的長城。
7 城甃（zhòu）：城牆。甃本意為井壁。
8 景泰：明代宗朱祁鈺年號（1450～1456）。
9 齧（niè）：咬。
10 琮（cōng）：玉相碰發出的聲音。此處形容涉水之聲。
11 洑：漩渦。
12 隰（xí）餘水：即濕餘水。源頭在上谷居庸關東，西入於沽河。
13 蘋婆：蘋果。棠梨：又名白棠、甘棠、杜梨，俗稱野梨。
14 怒華：花正盛開。
15 容十騎：指容納並列的十匹馬。
16 橐（tuó）駝：駱駝。
17 摩臂：擦臂。
18 顛：倒，墜。
19 撾（zhuā）：同"抓"。
20 若：此。
21 江左：江南。

22 反毳（cuì）：毛朝外反穿皮衣。

23 克西克騰：蒙古族部落，屬昭烏達盟，在今內蒙古自治區克什克騰旗。蘇尼特：蒙古族部落，屬錫林郭勒盟，在今內蒙古自治區蘇尼特左、右旗。

24 理藩院：清官署名，掌管內外藩蒙古、回部及諸藩部封授、朝覲、貢獻、黜陟、征發的事務。設尚書一人，左右侍郎各一人，皆由滿族、蒙古族人擔任。

25 信：果然。

26 間道：僻徑小道。

27 陂陀（pō tuó）：地勢起伏不平。

28 固：果然。

29 降：下。這句話是說出八達嶺下山而行。

30 坌（bēn）道：當作“岔道”，指延慶岔道口村。

【鑒賞】

龔自珍精通經學、小學（文字學）、歷史、地理而自成一家，他對輿地學很有研究。本文是他輿地學成果的有力證據，對居庸關內外山川、風物、形勢、道路、里程的考察無不準確清晰。

文章開頭，從居庸關“疑若可守然”入筆，談它的地理山川形勢。首先，遠望居庸山，東西兩邊緊緊擠在一起，而居庸關恰在其間，好像以兩邊的山為門。其次，居庸關分下關、中關、上關和八達嶺四重，每重建一座城，每兩城相距十五里，城南門至北門為一里。從南口的南門到八達嶺的北門首尾相接共四十八里。再次，四重關一重高出一重一倍，從八達嶺俯視南口，就像從上而下向井裏窺探。

接下來的部分從文化、風物、民族等方面詳細描述居庸關的情況。作者將注意力放在民族問題上，城牆上有“天竺字，蒙古字”，城內有自北來的蒙古人。此外，作者還考察了居庸關內的河道、物產以及護邊牆間偏僻的小道。這些具體情況，均係作者實地探測的結果，具有一定科學性。

本文質樸無華，激盪着雄偉的氣勢，同時蘊含着作者民族統一的願望。作為説明性質的文章，能寫得如此暢達生動，足見作者的思想深刻，才情縱橫飛揚。